文心雕龍這本書

文论及其时代

邵耀成 著

金耀基 题

中国社会科学出版社

图书在版编目（CIP）数据

《文心雕龙》这本书：文论及其时代/邵耀成著．—北京：中国社会科学出版社，2014.7

ISBN 978－7－5161－4371－1

Ⅰ．①文…　Ⅱ．①邵…　Ⅲ．①中国文学—古典文学—文学理论—南朝时代②《文心雕龙》—研究　Ⅳ．①I206.2

中国版本图书馆 CIP 数据核字（2014）第 126201 号

出 版 人　赵剑英
责任编辑　郭　鹏
责任校对　吕韩强
责任印制　戴　宽

出　　版　中国社会科学出版社
社　　址　北京鼓楼西大街甲 158 号（邮编 100720）
网　　址　http://www.csspw.cn
　　　　　中文域名：中国社科网　010－64070619
发 行 部　010－84083685
门 市 部　010－84029450
经　　销　新华书店及其他书店

印　　刷　北京君升印刷有限公司
装　　订　廊坊市广阳区广增装订厂
版　　次　2014 年 7 月第 1 版
印　　次　2014 年 7 月第 1 次印刷

开　　本　710×1000　1/16
印　　张　26.5
字　　数　435 千字
定　　价　78.00 元

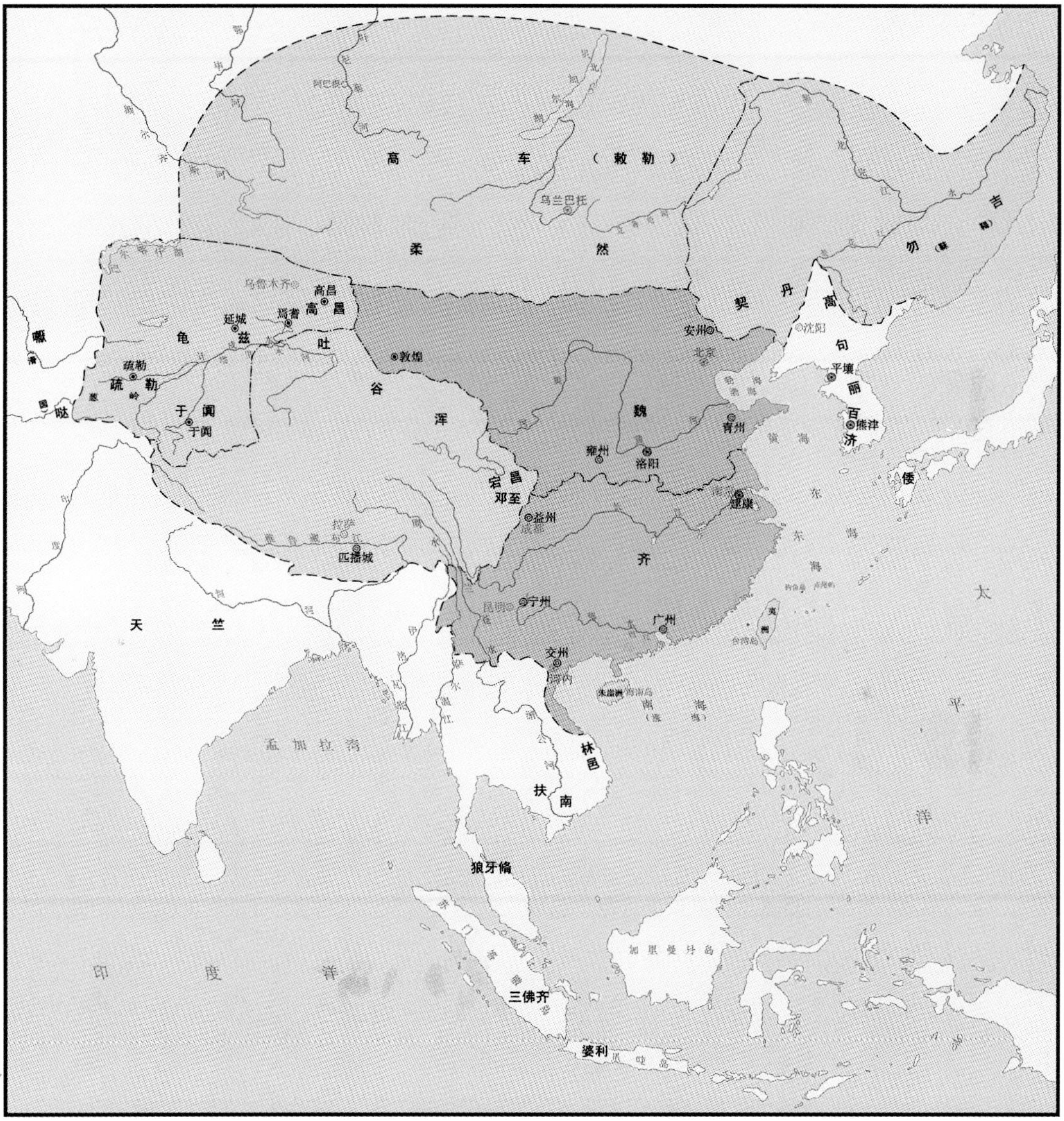

五世纪中期中国形势及周边民族分布示意图（黄玉成绘制）

图上界线参考《中国历史地图集》齐建武四年、魏太和二十一年（497 年）的界线绘制。

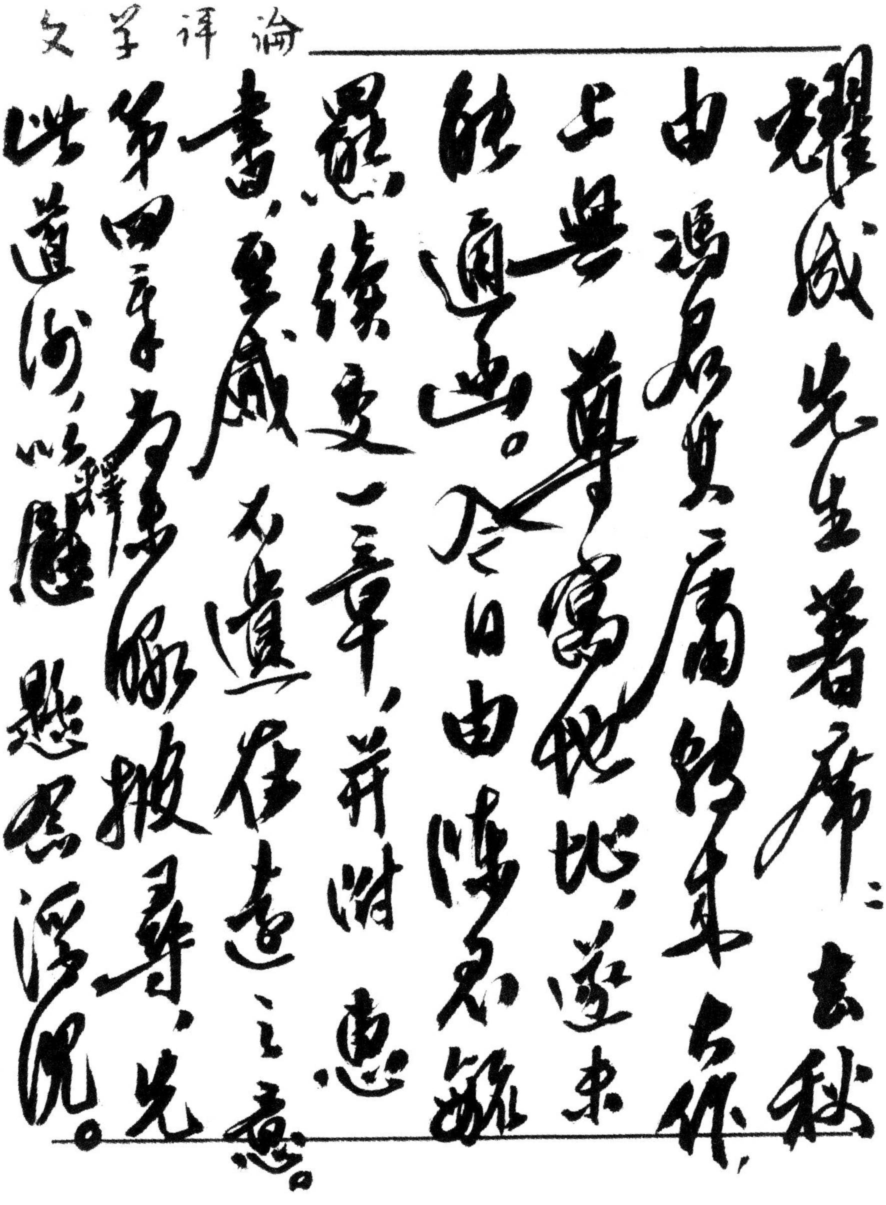

钱锺书先生与本书作者早年的通信

文学评论

第一二三章前曾翻诵，甚佩精思明辨，偶於名辞词意求之过深；Renan尝戒学者："Solliciter doucement les textes"；鄙见亦谓然。顾此乃一家之言，不敢强欲人同。君毋掉臂经行，而不理会老生常谈也。匆复即问近安。

钟书上 十日

钱锺书先生与本书作者早年的通信（续）

目　录

前言 …………………………………………………………………………… (1)
一　内容 ……………………………………………………………………… (1)
二　体例 ……………………………………………………………………… (10)
三　鸣谢 ……………………………………………………………………… (10)

第一部分　时代背景

一　政治与经济 ……………………………………………………………… (3)
二　经学的衰退与玄文两学的抬头 ………………………………………… (8)
三　佛教的主流化与正统化 ………………………………………………… (10)
四　佛典译经巨浪对中国文化的深远影响 ………………………………… (12)

第二部分　刘勰的生平与年代

一　刘勰生平年表的分析 …………………………………………………… (17)
二　刘勰生平年表 …………………………………………………………… (20)
三　南朝和北朝465—520年间的时代年表 ………………………………… (28)

第三部分　刘勰的文论

一　刘勰关于“纯文学”史的论述 ………………………………………… (93)
二　“文心”与“雕龙”两个层次的“神思”创作论 ……………………… (137)
三　“文心”与“雕龙”两个层次的风格论
——从“显示关系”与“目的与工具关系”二概念
试图把刘勰有关风格的理论系统化 ………………………………… (173)
四　“雕龙”层次的文章作法论与各类文体的论述 ……………………… (233)

第四部分　附录

一　“文言语”这个概念与章句中虚字字符的产生 ……………… (271)
二　商末周初因记录的需要而创造字符的“形声造字法” ………… (280)
三　不赞成以神话的眼球看中国文学史并论大禹治水非神话 …… (290)
四　一个梦想:打造从中文句子自然生态而来的文法结构 ………… (306)
五　南朝和北朝465—520年间的佛经译作 ………………………… (314)
六　南朝和北朝465—520年间所发生的民间起义 ………………… (322)
七　南朝与北朝465—520年间僧人的起义 ………………………… (325)
八　南朝与北朝465—520年间地方官或宗族起兵造反
或谋乱 ………………………………………………………………… (327)
九　南朝与北朝465—520年间宫廷皇室中的残杀 ………………… (331)
十　南朝与北朝465—520年间彼此的外交往来 …………………… (334)
十一　南朝与北朝465—520年间各自与境外国家政权的
外交往来 ……………………………………………………………… (337)
十二　南朝和北朝465—520年间各自与境外国家政权
间的战争 ……………………………………………………………… (347)
十三　南朝与北朝465—520年间彼此的战争和冲突 ……………… (350)
十四　南朝和北朝465—520年间与境内少数民族部落间的
战争与安抚以及镇压起义 …………………………………………… (357)
十五　南朝和北朝465—520年间的重要人物介绍 ………………… (364)

参考书目 ……………………………………………………………… (384)

后记　四十年来的心路历程
——我的宗教情怀 ………………………………………………… (398)

前　言

《文心雕龙》无疑是中国文学批评传统中的一部“前不见古人，后不见来者”的划时代著作。作为一个现代人，我们应该怎样去了解它呢？自然，我们不能放弃传统注经译经的基本功夫，因为如果对文义了解得不清楚，再高深严谨的现代理论也是在空中构建的楼阁，那是风一吹就会倒塌的理论架构。但是，我们若只停留在注经译经传统考证的层面上，就会把自己圈禁于一个牛耕的农业社会之中——那个尚未与现代科学接触的年代里。因此，我们必须尝试，以现代理论和分析的方法来解读古籍，即便失败也要尝试，把受到现代科学影响的人文研究方法带进“龙学”（《文心雕龙》的学术研究）之中，只有这样，我们才能在失败中建立起成功的基础。所以，我们不期待成功，我们只期待一个能够指向成功的失败，一个能为未来成功打下基础的失败，这是本书的目标。

一　内容

刘勰（465？—537？）虽然打着“徵圣、宗经”的旗帜，但他的《文心雕龙》中的三个篇章，《原道》、《辨骚》、《神思》，却完全颠覆了儒家“言志、教化、讽喻”的价值观。他所依据作为文或章的本源的道，不是儒家的“人道”，而是道家的“自然之道”（《原道》）以及《易》的天、地、人“三才”之道，人因天地而生，但因为是万物之灵，因此与天地并生而鼎足为三；人和天地最大的不同乃是天地无心，而人则有心，因此，人为“天地之心”（在《原道》中出现二次）。孔子（前551—前479）、孟子（前372—前289）、荀子（约前313—前238）都没有谈及过自然之道，它显然是和荀子以后的儒家是拉不上关系的。《论语》、《孟子》、《荀子》也没有“三才”的记载，“三才”显然和儒学之前的孔学也是拉不上关系的。因此，《文心雕龙》第二章的《徵圣》和第三章的《宗经》与开章明义的《原道》是泾渭不同的两个思想架构。刘大杰和刘若愚两位先生把《原道》和《徵圣》、《宗经》分开，强调《原道》之道，乃自然之道[①]；刘若愚先生进而把刘勰的文论解读为形而上的文学理论[②]，与众多评论家把刘勰的道解作是韩愈之儒道[③]相比，是更能令人信服的。在外观上，也就是在表面的言论上，刘勰确有述说——并坚持——儒家文论的价值观，那是他从小被灌输的观念[④]；但在内心深处，在对文学的本质经过潜心默想之后，他认识到文艺创造的本质种根在形而上的道（万物创造的原生力）中，他因此在第一时间说明他的立场。如果借用一句常常用来形容这两千年来中国政治体制的话，所谓“阳法阴儒”，那么，刘勰的文论可以用“阳儒阴玄”来形容，也就是说，在表面上，充满了儒家传统“文”与“学”的价值观，但骨子里，是道家和《易》的玄学架构，关于后者，在本书中有进一步的说明。

周振甫先生明确地感到，刘勰对《楚辞》的爱慕和评价超过了《诗经》，周先生对《辨骚》作如此的解说：“这种［《楚辞》文学］发展可以‘轹古’，是超越古代，‘难与并能’，无可比并，不正是胜过《诗经》吗？这就是《时序》里指出《楚辞》的‘笼罩雅颂’，也是指超过《诗经》。”[⑤] 这可能是刘勰把《辨骚》放在《明诗》之前的原因。对《楚辞》的偏爱其实是汉朝以来大部分文人的一个共识；他们模仿骚体写赋，而不

---

① 刘大杰称：“他（刘勰）在《原道》、《序志》二篇中所说的道只是天地自然的法则，与后代的文以载道（韩愈标志语）的一家之道是完全不同的。”见刘大杰《中国文学发展史》（繁体版），香港古文书局 1973 年版，第 305 页。在复旦大学出版社 2011 年出版的《中国文学发展史》（第 205—206 页）中不见该讨论。刘若愚先生关于刘勰乃形而上文论说，见 James J. Y. Liu, *Chinese Theories of Literature*, Chicago and London: University of Chicago Press, 1975, pp. 18 – 36。

② James J. Y. Liu, *Chinese Theories of Literature*, p. 21.

③ James J. Y. Liu, *Chinese Theories of Literature*, Chicago and London: University of Chicago Press, 1975, pp. 18 – 36.

④ 《序志》称：“予生七龄，乃梦彩云若锦，则攀而采之。齿在逾立，则尝夜梦执丹漆之礼器，随仲尼而南行。旦而寤，乃怡然而喜，大哉！圣人之难见哉！乃小子之垂梦欤！（我七岁时［有一天］，梦见像锦绣那样的彩云，便攀登去采彩云。三十多岁时，夜梦中，我曾梦见自己提着丹漆的礼器，跟随孔子向南走去。早上醒来，高兴得神采怡然。那真是一件大得不能再大的事啊！圣人可不容易见得到的啊！竟降临在我这个小子的梦中呢！）”

⑤ 周振甫：《文心雕龙今译》，中华书局 2005 年重印 1986 年版，第 39 页。

模仿《国风》写诗；直到五言诗（那是与《诗经》完全不同的诗体）的出现，创作之风才有所改变。可以这样说，屈原（前340—前278）的创作使人看到文字的艺术性，文学作品的"美"。大家可能会感到笔者这个说法荒唐，《诗经》怎么可能会没有让中国人看到文字上的美呢？但是，在《论语》、《墨子》、《庄子》、《孟子》、《荀子》、《韩非子》中，大家不会找到一言半语形容《诗经》文字之美的话。其他哲人且不说，只说说孔子和庄子（约前369—约前286），他俩无疑是对艺术美有极高的体会和认识的。孔子因为对韶乐美的沉醉，好吃肉的他三个月没吃肉；庄子则是中国传统美学的开创者，可能，到今天还没有中国人在这个传统中超越他。这样厉害的两个人，怎么可能对文字的美没有体会呢？只能这样说，他们俩可能朦朦胧胧地感觉到文字美的存在，但还未到能明确清楚地说出来的阶段。他们对美的明确体会来自礼乐和礼舞。在本书讨论刘勰的文学史论述时，笔者将进一步探讨：在什么时候中国人明确地认识文字美的存在？为什么《楚辞》比《诗经》更能使人认识文字之美？由此而认识到刘勰革命性文论的创见。这将成为本书第三部分《刘勰的文论》部分的第一章，题为《刘勰关于"纯文学"史的论述》，主要取材自《徵圣》、《宗经》、《正纬》、《辨骚》、《明诗》、《乐府》、《诠赋》。

有一点是需要强调的，刘勰不是一个具有分析性、系统性的理论家——即使在所谓"创作论"的篇章中，例如，在《神思》、《体性》、《风骨》、《通变》、《定势》、《情采》中，"文心"的论说混杂在"雕龙"的论说之中，而且，前者稀少，后者众多，我们必须在"雕龙"的砂石中找寻"文心"的珠玉。关于他从《原道》中玄学的"道"和《易》的"三才"而来的"创作论"，形成了本书的第三部分的第二章，题为《"文心"与"雕龙"两个层次的"神思"创作论》，且主要取材于以上七章。如果我们说一首诗作美，而且是超凡脱俗的美，作为一个评论家，一个很自然的问题是：什么"东西"在这首诗中使它有这种不平凡的美？世界著名男高音帕瓦罗蒂（Pavarotti，1935—2007）可能会说：因为上帝的一个吻。英国大诗人华兹华斯（Wordsworth，1770—1850）持相同的见解，认为最伟大的诗章来自上帝在自然景象中的显示。华兹华斯是诗人，不是文学批评家，但他的伙伴柯尔律治（Coleridge，1772—1834）则两者兼具，优秀杰出，而且提出"创造性的想象力"（creative imagination）理论，认为一个作家必须用创造性的想象力创作，像神创造世界那样，才会创造出神一样的作品来。从我们对《原道》的解读，两种说法有极相似的地方，笔者将以这个现代观念去解读“心生而言立，言立而文明，自然之道也”（《原道·1.1》）的“天地之心”，笔者认为这是刘勰“文心”的本意，是一种有原创性的想象力；缺乏这种力量的构思，那是工匠一样的“雕龙”。这是本书题目“两个层次”的由来：原创性的“文心”是一个层次；工匠般的“雕龙”是另一个层次。

笔者另外还写了一章关于风格的篇章，题为《“文心”与“雕龙”两个层次的风格论》，取材自《文心雕龙》各篇章，有融会贯通本书第三部分第一章、第二章两章和第四章的作用。我们若要以现代化的眼光来审察刘勰的“风格论”，建立起一个称得上现代化的理论架构，那就必须要有一把尺子，可以用它来衡量刘勰在“风格论”方面的观点。也就是说，我们需要一个理论上严谨的关于风格的定义。可是，我们有没有这么样的一个定义呢？目前来说，恐怕还没有①。然而，风格一词已成为我们日常生活中的口头语，大如建筑、小如姿态服饰，都是开口风格这、闭口风格那的。论文学因为定义不明确而不谈风格，就有一点鸵鸟政策的味道。我们且大着胆子，论一下风格，抱着“知之‘谓’知之，不知‘谓’不知”（《2.17》）的态度，对不能界定的领域，作出旁踏一步的认知和说明。在亚伯拉罕（M. H. Abrams）畅销美国大学三四十年的手册《文学术语汇编》中②，关于风格的概念，他有一个广泛而中肯的定义，我们且以这个定义为起点，进而勾勒出刘勰“风格论”的概念，总结成一个在逻辑上更严格的定义。

刘勰的“雕龙”层次的文论，也就是“文章作法论”，却是精彩无比，深得徐复观先生的欣赏，他认为它的含义和英国论文大家斯宾塞

---

① 关于什么是风格，20世纪60年代时，讨论较多，目前好像没有，至少在英文语言中是这样；一些关于这方面的论作如下：Bennison Gray, *Style: The Problem and Its Solution*, The Hague: Mouton, 1969. R. A. Sayce, “The Definition of the Term ‘Style’,” in *Proceedings of the Third Congress of the International Comparative Literature Association*, The Hague, 1962. Seymour Chatman, “On the Theory of Literary Style,” in *Linguistics* 27, November, 1966. David Birch and Michael O' Toole, ed., *Functions of Style*, London & N. Y.: Printer, 1988。

② M. H. Abrams（亚伯拉罕）, *A Glossary of Literary Terms*, New York: Holt Rinehart and Winston, 1957; 3rd ed., 1971.

(Herbert Spencer, 1820—1903) 在某些层次上是不遑多让的。本书第三部分的第四章，题为《“雕龙”层次的文章作法论与各类文体的论述》，讨论刘勰的一些文章作法见解在经过1500年的时间冲洗后，还是没有褪色，可与现代思潮一争上下。本节观点主要取材于从《颂赞第九》到《书记第二十五》的十五个篇章（其中《杂文》、《诸子》两章弃而不论），以及从《熔裁第三十二》到《附会第四十三》的十二个篇章。文章作法的准则只能应用在特定的文体、特定的场合，以及特定的说话对象。这一点我们在第三部分第三章讨论风格时已论及，我们将就《熔裁》、《声律》、《章句》、《丽辞》、《比兴》、《夸饰》、《事类》、《练字》、《通变》、《附会》、《总术》各章（其中《隐秀》一章，多为后人所补作[①]，弃而不论），重点地提炼出他的文章作法准则。现代文论学者赫什（E. D. Hirsch, Jr.）之所以认为他的原理是原理，乃是因为他给予文章作法准则心理学上的依据[②]。不同文化间的差异是巨大的，但生物性的心理学是普遍性（universal）的。因此，现代英语的文章作法准则和1500年前刘勰时代的文言文的文章作法准则是有共通的地方的，我们尽量在比较两种文化中的文章作法准则时，给予心理学上的解读。目前，这种研究还未成熟，但应该是一个极具前途的方向。

在印度文化、印度语言学与译佛典巨浪的冲击下，《文心雕龙》的作者刘勰在1500年前就有着如下的警觉性，他认识到：在中国文化的传统中，我们缺乏文法、音韵与修辞学上分析性的概念，以及理论思维缺乏系统性的结构。他为此而努力，想为没有文法观念的中国人下一个文法结构的定义；为刚刚才认识到自己的语言发音有“四声”的中国人下一个声乐上的理论解释；为传统“赋比兴”修辞分类下一个精确的定义；可惜，从现代的水平来衡量，他都未能达到他的目的。

笔者为刘勰所承传的语文背景，写下了附录的头四章：附录一《文言语这个概念与章句中虚字字符的产生》介绍了中国人在3500年前，因为没法记录自己的口语而发明了文言语，在章句与虚字发明之后，才开始

---

① 周振甫：《文心雕龙今译》，中华书局2005年重印1986年版，第355页。

② E. D. Hirsch, Jr., *The Philosophy of Composition*, The University of Chicago Press, 1977, pp. 58, 65-71, 94, 171.

能记录文言语而因此有文言文；附录二《商末周初因记录的需要而创造字符的“形声造字法”》，以想象的方式介绍了“形声造字法”。那时，在原先不到一千字的基础上，先贤们发明了偏旁和声符，从而创造出几千个字来；附录三《不赞成以神话的眼球看中国文学史》，认为《诗经》中几乎没有神话，《楚辞》中虽然有灵界的形容，但那是以礼的程序来形容的，而不是以故事的形式来形容的，因此《文心雕龙》不以神话的眼光看中国的文学史是正确的；附录四《一个梦想：打造从中文句子自然生态而来的文法结构》，论说刘勰有了文法的观念（也就是句子应该有一个结构），但没法把这个结构形容出来，正如近代文法家——例如吕叔湘、王力、高名凯——虽然认识到虚字的特殊性，却没法把它从句子结构上创建一个从中国语文自然生态而来的文法架构。不过，刘勰超乎凡俗的警觉性已把它放在一个“出于其类，拔乎其萃”的档次，成为了一个在文化关键性的问题上存在着先知先觉性的人物。同时，他为自己的理论体系建立了一个形式性与比喻性的、借镜自《易经》的系统。这个系统从现代的眼光来看，不能说是没有缺点的。但在中国传统中，包括任何一位哲学家：孔、孟、老、庄、荀、韩，甚至王弼（226—249），刘勰都是一个独创者。

对《文心雕龙》五十章的分类，笔者和传统的看法略有不同。笔者认为总论（或“文论基本价值观”）应包括《明诗》、《乐府》、《诠赋》三章，因为前5章的题目都是动词名词结构，而《明诗》、《诠赋》也是这种结构，虽然《乐府》是例外，但和《颂赞》两个文体名词“颂”、“赞”比较起来，是断然不同的。一直到第25章《书记》为止，原则上，都是以这个方法命名的。中间有三个例外，它们是《杂文》、《诸子》、《封禅》。从《颂赞》到《书记》十七篇，我们称为“文体论”。从《神思》到《情采》六篇，再加上总论的《原道》篇，我们称为“创作论”（或“文心论”）。从《熔裁》到《附会》十二篇，我们称为“文章作法论”（或“雕龙论”）。从《总术》到《序志》七篇，我们称为“杂篇”，也就是说，刘勰不知道要怎样分类这几篇，就把它们放在后尾，更准确一点，是我们不知道要怎样去分类它们，无以名之，名之为杂类。《时序》有文学史的味道，物色介绍了“创作论”中重要的感应观念。可能很多人会不同意笔者称《总术》为“杂篇”，笔者也知道——例如，祖保泉先生对纪昀不看重该章的批评[①]。不过，在笔者自己阅读该篇章的经验里，确实读不出什么意思来，为了对笔者自己诚实，对该篇章弃而不论。其他不论述的篇章还有《杂文》、《诸子》、《隐秀》、《才略》、《知音》诸篇，因此，本书所论述的《文心雕龙》篇章，只有四十四篇。

关于刘勰的生平，我们讨论了他生年有4年的误差期，卒年有6年的误差期，书稿完成的时间可能也有6年误差期。他一生最重要的一件事，就是完成了《文心雕龙》的创作，我们以“燃烧生命的创造”来形容刘勰这段文论的创作生涯，乃是因为我们相信他在出仕之前是把他整个生命都倾注进研究文论问题之中，是一种全心全意地把生命燃烧的崇高精神追求。而不是像目前流行的看法，认为他因为生活上没有依靠，加上僧祐（445—518）是社会上显赫的僧人，将来可以帮助他结识皇族显贵，他才进上定林寺依附后者的。我们完全不能同意这个看法，因为一部像《文心雕龙》那样伟大的作品不是一个不专心的人可以写成功的，如果他在还未写《文心雕龙》之前就满脑子想着仕途与人事关系，那他一定写不出这样一部精神生命凝聚成金的不朽著作。

刘勰进上定林寺，因为那里有书，那里有一个读书的环境，他可以心无旁骛地研究学问，不必为生活担忧；同时，有一位学问渊博的“老板”——僧祐——可以指点他读书，特别是在佛学的学术典籍方面，包括佛家史传和目录学。他绝不可能为未来的仕途而在十多年前就安排谋划自己进身的人脉关系[②]。我们且以自身为例子吧！我们大家都投胎进了一个阶级社会之中，从小就被灌输一个人受教育是为了能得到一个更好的职位的观念。因此，大家都想进名校，博士生想找名教授做导师。一个只会在人脉关系转念头的博士生，他的专业论文一定写不好。而我们却以这样的功利心态去看刘勰，那真是有点罪过的。

刘勰就像在工作中的米开朗琪罗（Michelangelo，1475—1564），看到的只有面前的石头与凿子凿下去的线条，其他一概不闻不问，连自己吃什

① 祖保泉：《文心雕龙解说》，安徽教育出版社1993年版，第867页。

② 一个说法认为刘勰依僧祐是为了结识丁贵嫔（460—508，昭明太子母亲，梁武帝夫人僧祐名誉性的俗家受戒弟子）。这个说法的荒唐在于：刘勰依僧祐在齐世，根本不可能知道梁武帝会灭齐称王，更不可能知道丁贵嫔会生儿子（刘勰20岁时大约昭明太子还未出世），而且她儿子又会被封为太子。

么，睡什么都不关心。工作有多大，世界就多大，除工作外没有别的世界。孔子就曾经这样说过："士志于道，而耻恶衣恶食者，未足议也。"（《4.9》）。写武侠小说的古龙（1941？—1985）先生也懂得这个道理[①]；在他笔下的剑神"西门吹雪"是一个把自己的生命奉献给剑与剑术的人，他就是剑，剑就是他。当他听闻泥人张后裔的巧手"并不是天生的，而是练出来的"时，书中接着说："其实那不但要苦练，还得要有一种别人无法了解的狂热与爱好……西门吹雪脸上也不禁露出这种被感动的表情，因为他了解。对于这种感情没有人比他了解得更清楚。他少年时，甚至在洗澡睡觉的时候，手里都抱着他的剑。"那是一种如痴如迷的执着，刘勰对文论的热爱就像西门吹雪对剑的痴迷一样；若果[②]我们不了解这种热爱，我们就不会了解他这个人，也没法了解其作品的精神所在。

严格来说，刘勰作为伟人的"巅峰经验"（peak experience）在503—505年间结束，在这段时间里，他转化为一个一般性的名士，争逐于名利场；同时也建功立业，完成了儒家教育的士人责任。但他已不是一个继续创建千古文化事业的伟人；他燃烧生命的创造于此结束。因此，笔者原本打算把505年作为其时代年表的终结年，但由于笔者想把梁武帝的部分生涯放进笔者的时代年表中加以分析，因此，笔者把终结年放在520年，比刘勰卒年早12—17年。

本书第二部分第三章《南朝和北朝465—520年间的时代年表》的着重点在于讲述得清楚明白，即使是普通读者也能一看就明白，很多专家们认为平凡的专有名词，例如："三老五更"、"耕藉田礼"、"常平仓"、"监福曹"、"僧祇粟"、"寺户制"、"佛图户"、"总明观"等，笔者都加以解释。对寺庙职称，例如：维那（梵文 Karma-dāna，音译"羯磨陀那"，意译"授事"）和上座（梵文 sthavira，巴文 thera，藏文 gnas-brtan）等，也予以注释。凡年表中所引的僧人例如昙摩伽陀耶舍（梵文 Dharma-gatayaśas），以及佛典例如《十诵律》（梵文 Sarvāstivādavinaya，59卷，《大正藏》第23册律部），尽量介绍说明。传统年表对一些家喻户晓的名言，不注出处；笔者的另一个工作乃是为这些引文找出处。

---

① 古龙：《陆小凤传奇之二：决战前后》，华新出版社1977年版。

② 中国南方方言，如果的意思。

大家一般都会说，南北朝政治动荡，战争频繁，社会不安，经济不稳。那么，到底有几场战争？谁跟谁打？有多少朝廷中或地方上的叛乱？有多少民间的起义？有多少僧人的起义？有多少少数民族部落的起义？从本书中的时代年表，笔者做了九个列表（附录六—十四）帮助解答这些问题。大家会发现，除了和北朝有过七十五场战役之外，南朝从未和境外任何其他国家打过仗，而北朝则和二十一个少数民族部落政权打过十九次仗。在邦交方面，除了与北朝之外，南朝还与十九个境外国家有友好的关系。外交往来，乃表示两国是友邦，两国民众可以互相来往做生意。跟随在使节后面的，就是商旅生意人。

南北朝其中一个最大的差异是在地方官或宗族起兵造反或谋乱的频率上，从附录八《南朝与北朝 465—520 年间地方官或宗族起兵造反或谋乱》来看，这个列表显示出地方官或宗族起兵造反或谋乱一面倒地发生在南朝，共三十二宗；北朝仅有两宗。后者比起有七王之乱的汉朝来，成绩更好。我们一般都喜欢说，南北朝政治不安定，这是不正确的，至少在我们研究的 55 年期间，是不正确的。应说南朝如此，平均每两年有一宗造反或谋乱，而北朝在官僚统治上是相对稳定的。这自然反映了南朝在 55 年间，共换了两个朝代，共更替三个统治政权，而北朝只有一个统治政权。

附录中的十五个列表，有一个不是笔者自己编写的，而是由中国艺术研究院美术研究所张南南先生编写的，那就是附录五《南朝和北朝 465—520 年间的佛经译作》。笔者原本以为有了任继愈先生主编的《中国佛教史》，以及赖永海先生主编的《中国佛教通史》[①]，就能轻松地编制一个佛典译作表，把 465—520 年间有哪些译作，是谁译的，在哪一年或哪个时段译的，在哪里译的，以及相应的梵文都著述清楚。结果，笔者认识到专业训练的重要性，得到张先生的帮助，才有附录五这个表。由于史书并没有明确地说，沈约和刘勰等受到译经活动的影响，因此，我们必须列举出译经活动的广泛性与无处不在的事实来证明他们必定会受到影响。

---

① 赖永海主编：《中国佛教通史》（全 13 卷），江苏人民出版社 2010 年版。

二　体例

笔者尽量注明每一个人物的年份或年代，包括传奇人物；按惯例，只在人物第一次出现时这样做；但也有例外。年份的格式为某人（前500—前429），若在公元前100年内，则在后一个年份加“前或后”以示公元前或公元后，例如某人（前71—前4）或某人（前71—后4），前者死于公元前4年，后者则死于公元后4年。地名亦然，在第一次出现时说明乃近代何处。以谭其骧先生的《中国历史地图集》为根据。

《参考书目》一章的体例请看该篇章前言，在注解中，第一次引用，则附全书资料，同页再引时，只提供作者与书名，引古籍时，则按常例提供书名与篇章名，例如《礼记·檀弓下》。有两个书目或篇章例外，《论语》只以篇号、章号来代表，例如:《10.3》乃《乡党》第十部分之第三章，《道德经》只以《63》代表第63章。另外笔者用［］方括号表示补上缺失的句词，以便阅读，用（）表示说明。

三　鸣谢

本书改写自笔者讨论刘勰文论的博士论文，第三部分第二章的“创作论”基本上没有什么改动，第三部分第三章“风格论”和第三部分第四章“文章作法论”则扩充了一倍有余，第一章“纯文学史”则为新作。第二部分的《刘勰生平年表》、《南朝和北朝465—520年间的时代年表》，以及附录15篇全为新作。在2006年，笔者基本上改写好这本书，准备出版，北京一场孔子热把笔者卷进孔子研究的行列中，一跳进去，就是五六年，2012年12月重整稿件，了结了一个长达30年的夙愿。

虽然年代久远，我还是得谢谢我的论文导师：刘若愚先生、王靖宇先生、杜维明先生，以及肯尼斯·菲斯（Kenneth Fields）先生。

熊婕女士、熊海静女士、汤群凤女士帮我在网上查找资料与核对，特此致谢。再一次谢谢中国艺术研究院美术研究所张南南先生替我编制附录五《南朝和北朝465—520年间的佛经译作》。

中国社会科学出版社的冯广裕先生、王磊先生、郭鹏先生，在出版方面，给予我极大的支持和方便，能不谢乎？

我把这本书献给傅汉思（Hans H. Frankel）先生，表示我对他的感谢和敬意。我刚毕业的时候，市场上没有什么适合我的工作，他从耶鲁到斯坦福作演讲，就是这样巧，耶鲁那时恰好有一份适合我的工作，我在酒会上和他谈了半个多小时，两星期后，受邀到耶鲁正式面试。虽然最终没有得到那份工作，但心里对他还是充满感激的。后来我因为生活的压力，想去电脑公司工作，跟他说起，他力劝我不要这样做，我没听他的劝告。在自己有了社会经验之后，重新回想起他的话，也就明白了！30 年来，我一直在想，我的书若能出版的话，一定要献赠给他。

第一部分
时代背景

一 政治与经济

我们这个《时代背景》部分的介绍虽以简洁为要，但提供实例实据。我们一般都会说，南北朝政治动荡，战争频繁，社会不安，经济不稳。那么，到底有几场战争？谁跟谁打？有多少朝廷中或地方上的叛乱？有多少民间起义？有多少僧人起义？有多少少数民族部落起义？根据本书中的第二部分，我们做了九个列表（附录六—十四）帮助我们解答这些问题。我们会发现，除了和北朝有过七十五场战役之外，南朝从未和境外任何其他国家打过仗，而北朝则和二十一个少数民族部落政权打过十九次仗。在邦交方面，除了与北朝之外，南朝还与十九个境外国家有友好的关系。外交往来，乃表示两国是友邦，两国民众可以互相来往做生意。跟随在使节后面的，就是商旅生意人，南朝有十九个经常做生意的友好国家。南朝和北朝几乎每年都打仗，但每两三年两国就有使节往来，也因此有贸易往来。农业只能让人有安定的生活，商业才是财富的创造者，南朝和北朝都创造了足够的财富养育着一大群不事生产的士人和僧侣阶级，他们是不必纳税的，而且是有庄园供养的有闲阶级。目前我们不知道他们在总人口中所占的比例，如果他们达到 15%—20% 的话，这个社会结构倒是很像公元前 5 世纪希腊雅典的社会，20% 的男人因为有奴隶帮他们生产，终日无所事事，空谈政治、哲学、话剧、诗歌——要界定奴隶制社会，必须先界定有闲的中产阶级，如果说先秦是奴隶制社会，我们就必须知道那时的有闲中产阶级是谁——南北朝时的生产者，只有一小部分是奴隶，大部分则不是，因此不是奴隶制社会。不过，低层的人民是很受压榨的。因此，社会中有不少起义。

起义我们分为三类：民间起义、僧人起义、少数民族部落起义。民间起义可分为三个阶段：从 467 至 483 年间的 16 年，从附录六《南朝和北朝465—520年间所发生的民间起义》来看，北朝（七件）的情况比南朝（三件）糟糕。从485至499年间的15年，北朝（四件）也比南朝（二件）糟糕。从500至515年间的16年，情况有所改变，北朝（二件）比南朝（六件）好多了，这或许是和梁武帝统治不良有关。

关于僧人起义，从附录七《南朝与北朝465—520年间僧人的起义》来看，一面倒地显示出北朝在佛教统治政策上的失败，北朝共有7宗僧人起义事件而南朝只有一宗。北朝在469年推行的僧祇户制度，把寺庙变成地主，百姓变成佃农，罪人变成农奴，是一个缺乏人性的制度。北朝的庙宇石窟可能有一大部分都是建筑在百姓的卖妻当儿的血泪斑斑之上。南朝在佛教统治政策上对下层民众要比较优胜。或许北朝缺乏言官，南朝有这样一个故事：宋明帝作湘宫寺，极为壮丽。新安太守巢尚之免职后入见，帝谓之曰："此是我大功德，用钱不少。"通直散骑侍郎虞愿（426—479）在一旁曰："此皆百姓卖儿贴妇钱所为，佛若有知，当慈悲嗟愍；罪高浮图，何功德之有！"明帝当即将虞愿逐出（《资治通鉴·133》）。可能宋明帝因为这席话，怕佛怪罪，而有所收敛，不敢太压榨百姓。可惜没有人把这个道理说给北朝统治者听。由于僧人起义频繁，在485年禁图谶，在511年禁天文学。[①]

关于少数民族部落起义，从附录十四《南朝和北朝465—520年间与境内少数民族部落间的战争与安抚以及镇压起义》来看，南朝虽然在这段时期从未和境外的少数民族部落国家政权战争过，但对境内少数民族部落则有十次冲突或镇压（项：3，5，7，8，9，10，11，14，16，19），五次安抚封官（项：1，2，6，13，18），以及部落弃南朝而投北朝（项：4，12，15，17）。北朝则有二十一次冲突或镇压（项：1，2，3，6，7，10，11，13，14，15，16，17，18，19，20，21，22，23，24，25，26），五次安抚封官（项：4，5，8，9，12）。北朝镇压的手段血腥残暴，强掠不留余地，例如，471年，斩杀八千余人，俘男女万余口、杂畜三万余头；又如496年，魏吐京胡起义，魏击之，俘杂畜数以万计；又如502年，魏鲁阳蛮鲁北燕等起兵攻湖阳，兵败被杀。魏迁万余户于幽、并诸州及六镇。诸蛮皆叛南走，魏追杀殆尽。但是，上面提到有四宗南朝的少数

① 参见本书第二部分第三章。

民族部落弃南朝而投北朝，也是一件有点令人奇怪的事。

把三种起义加起来，北朝是四十一宗，南朝是二十二宗，差别似乎很大，但是，我们若把人口的差异计算进去，则差别就不是很突出。邹纪万在《大动乱时代的人口流动与民族融合》中指出：梁武帝大同五年（539），南朝约有1100万人；北魏孝明帝正光元年（520），北朝约有3000万人①。也就是说，北朝人口是南朝的三倍，三倍人口有二倍的起义，似乎是正常的。因此，南朝与北朝对低层人民的压榨相差不远，但在僧侣管理上，北朝比不上南朝。

南北朝其中一个最大的差异在地方官或宗族起兵造反或谋乱的频率上，从附录八《南朝与北朝465—520年间地方官或宗族起兵造反或谋乱》来看，这个列表显示出地方官或宗族起兵造反或谋乱一面倒地发生在南朝，共三十二宗；北朝仅有两宗。后者比起有七王之乱的汉朝来，成绩更好。我们一般都喜欢说，南北朝政治不安定，这是不正确的。应该说南朝如此，平均每两年有一宗造反或谋乱，而北朝在官僚统治上是相对稳定的。这自然反映了南朝在55年间，共换了两个朝代，共更替了三个统治政权，而北朝只有一个统治政权。

关于宫廷皇室中的残杀，由于南朝换了两个朝代而北朝连一个朝代都没有换过，因此，南朝血淋淋的宫廷惨剧比北朝多一倍。我们爱说孝道是中国文化最珍贵的遗产，但是在中国统治层中，孝悌之道是不存在的。而且，三千年来，我们找不出一个办法，把孝悌之道带进统治层，让统治者活得有人性。一直要到现代，中国的统治者才开始知道什么是温暖的家庭生活。北朝献文帝是一个典型的宫廷悲剧性人物，生活在帝王之家，却未能透彻地认识绝对权力的本质，在借口礼佛退位为太上皇之后，还去招惹冯太后，结果被其毒杀。如果他安心礼佛，不问朝政，或许能舒舒服服地安度余生；按《洛阳伽蓝记》的描绘来看，很多皇室寺庙其实质是宫廷的延伸，寺庙中充满温香软玉、罗裳华堂的生活。冯太后信佛，自然是讲求慈悲的，但当绝对的权力受到威胁时，她杀人是一点都不会手软的。在很多层次上——对权力本质的了解和掠夺、对政权的维系靠良好的政制、

① 邹纪万：《大动乱时代的人口流动与民族融合》，《中国通史：魏晋南北朝史》，九州出版社2009年版，第124页。

对行政要靠贤人、对杀亲人的不手软、对男色的不假装等——冯太后是武则天的先声或缩影。南北朝有三个好统治者：冯太后、孝文帝、齐武帝。至于为什么梁武帝不算是一个好皇帝，那是因为他手上百姓的斑斑血渍远超过南北朝任何一个统治者，虽然他是一个多才多艺、多姿多彩的人物。①

在56年间，北朝遣使南朝二十一次，平均每三年一次；南朝遣使北朝十一次，平均每五年一次。北朝对彼此间的外交往来，远比南朝有积极性。在战争上也是如此，附录十三《南朝与北朝465—520年间彼此的战争和冲突》显示，北朝攻打南朝46次，而南朝攻打北朝则只有29次。因此，在做朋友和打斗上，北朝都要比南朝来得主动，事实上，是北朝先向南朝伸出友谊之手，在历经4年，三趟使节（469年、471年、473年）之后，南朝才在473年遣使回礼。南朝之所以迟迟不接受北朝的外交善意，可能是因为在467年用千两黄金，想向魏赎义阳王刘昶，为魏帝所拒绝，因此深为不满，迟迟不肯握北朝所伸来的外交之手。由于外交的往来，表示两国是友邦，两国民众可以互相来往做生意，增加了民间的财富，以及政府的税收。南朝在这段时期经济衰退，在465年就因国库空虚，州郡官吏田禄被减一半；民间则通货膨胀，商货不行，自盗铸滥钱。② 最后，在经济的压力下，方才接受了北朝的外交友谊。③

从附录十一《南朝与北朝465—520年间各自与境外国家政权的外交往来》，我们可以看到南朝与境外国家政权的外交往来（68次）是北朝（22次）的三倍。一方面，可能境外国家政权在汉朝时就已和汉民族政权有往来，被认为是正统，而认为鲜卑族的政权非正统；另一方面，南朝占了地理位置的优势，中国南边的境外国家政权，例如扶南国、狼牙脩、林邑等，是不太可能和北朝往来做生意的。在附录十中我们曾提到，外交往来，乃表示两国是友邦，两国民众可以互相来往做生意。跟随在使节后面的就是商旅生意人。在这个意义上，北朝是有点吃亏的，他们如果想要扶南国、狼牙脩、林邑的商品，例如沉木香、象牙、孔翠、五色鹦鹉等，他

① 见本书附录九《南朝与北朝465—520年间宫廷皇室中的残杀》。

② 参见本书第二部分第三章。

③ 见本书附录十《南朝与北朝465—520年间彼此的外交往来》。

们必须到南朝来购买，价钱会比直接购买贵上几倍。由于南朝控制了四川，北朝之北的游牧民族部落国家都可以通过四川到南朝经商。从经商的层面来看，南朝要比北朝优胜得多，但在财富的累积上，南朝并不显得比北朝更繁华多财。原因何在，待考。

在56年间，南朝除了与北朝之外，并没有和任何境外国家政权有战争，而北朝则有二十一次这样的战争。主要战争的对象是柔然，亦和地豆干、百济、吐谷浑、敕勒、高车诸国发生冲突。在470年，北朝击败柔然，在女水之滨，斩首5万级，归降者万余人，获戎马器械不可胜数。北朝可能通过战争掠夺来获取财富，此说待考。①

在附录十《南朝与北朝465—520年间彼此的外交往来》中，我们指出，北朝对彼此间的外交往来，远比南朝有积极性，在战争上也是如此，北朝攻打南朝46次，而南朝攻打北朝则只有29次。南朝和北朝之间的战争互有胜负，没有一场决定性的战役，谁把谁打垮了。不过，北朝如此主动性的喜欢打仗，确令人怀疑北朝是否因战胜品而挑拨起战争，例如，499年，魏王亲征，击败齐军，追至汉水，获齐军资以亿计，颁赐将士。不过，南朝的战胜品也不少，例如，507年，韦睿乘淮水暴涨，驾战舰击魏，又放火烧魏营，魏军大溃，弃甲投水及被梁军斩杀者计二十余万，擒五万余人。梁军收其资粮、器械、牛马驴骡不可胜计。②

以上是对我们第四部分所编制年表的分析，关于南朝和北朝在政治和经济政策上的运作，可参阅第二部分第三章年表。年表的着重点在于讲述清楚，即使是普通读者也能一看就明白，很多专家们认为平凡的专有名词，例如："三老五更"、"耕藉田礼"、"常平仓"、"监福曹"、"僧祇粟"、"寺户制"、"佛图户"、"总明观"等，我们都加以解释。对寺庙职称，例如：维那和上座等，也予以注释。凡年表中所引的僧人例如昙摩伽陀耶舍，以及佛典例如《十诵律》，尽量介绍说明。传统年表对一些名言认为家喻户晓，不注出处；我们另一个工作乃是为这些引文找出处。

① 见本书附录十二《南朝和北朝465—520年间各自与境外国家政权间的战争》。
② 见本书附录十三《南朝与北朝465—520年间彼此的战争和冲突》。

二　经学的衰退与玄文两学的抬头

经学的衰退不是因为玄文两学的抬头，后两者产生兴旺于魏晋，而经学衰于两汉，在本书第三部分《刘勰的文论》中的《刘勰关于“纯文学”史的论述》一文中，我们指出导致经学衰退的是谶纬，纬书之学在西汉中叶（约前100）之后，到东汉初年（公元25）大盛。吕宗力和栾保群两位先生，在安居香山和中村璋八两位先生所辑的《纬书集成》的《前言》中说：“纬书在东汉为显学，不懂纬就是没有学问，大臣奏折，皇帝诏令，都是动辄称引纬书，所以不懂纬就会仕途艰涩。”① 孔子对鬼神的理性态度没有影响到汉朝人，虽然汉朝人把孔子放到半神的位置。

或者应该这样说，人天生对鬼神有一种渴望，这是人存在的一个特性。孔子最亲密的学生子路不但在孔子生病时劝孔子祈神，而且劝有重病的颜回经过祭祀的神祠，不妨停车驻足，求神保佑②。孔子对鬼神的理性态度恐怕只影响了他一部分的学生，并没有从根本上影响他有迷信倾向的学生——例如子路。汉朝人也不满足于孔子的理性态度，他们需要神与鬼的慰藉，于是，他们发明了谶纬，属于志怪的东西。在灵界的体验上，应该算是低层次的东西。由于汉朝人自己没有能力发明高层次的灵界体验，因此在灵界方面有真空的存在，恰好佛教在这个时候东渐，征服了中原大地。

玄学基本上是以释家——在思辨上论证物质世界的不稳定性与不恒久

① 安居香山和中村璋八：《纬书集成》，河北人民出版社1994年版，第9页。

② 《礼记·檀公下》中有这样一段记载：子路离鲁，与颜回告别，互赠言语。颜回告诉子路：离父母之乡应是怎样的；回来又应是怎样的。子路告诉颜回：安居父母之乡应是怎样的；又劝颜回时常出来走走，经过墓地，就要在车上行式礼；经过祭祀的神祠，不妨停车驻足，求神保佑。

性的“空”的概念，以及人用来认识物质世界的感观能力也是瞬息在变，人对世界的“识”是非常不可靠的，真理是不可能的观念——来解读《老子》、《易》、《庄子》、《论语》。刘勰形而上的架构基本上根源自《淮南子》和汉朝人对《易》的追捧和解读，似乎受玄学的影响不大，但他要融合儒、道两家的意愿，则颇受玄学家的影响。

正如本书第三部分《刘勰的文论》中的《刘勰关于“纯文学”史的论述》所说，屈原受到汉朝人的追捧和模仿，汉乐府和五言诗的出现，完全改观了文坛的景色，魏晋个人意识的抬头，导致作者百花竞艳，文坛绚璨，人们开始以“美”的眼光看文字写作，可以说，是“文字美”意识的警醒时期。到南北朝时，文学成为一个旗帜，一个独立的学问体系，已在水到渠成的阶段，昭明太子肃统因为他独特的地位，成为文学独树一帜的奠基者。我们猜想，由于刘勰在《文心雕龙》中对同时代，或对他来说相距百年的作家，都付之阙如，他因而可能对他当代和近代的创作缺乏全面性的了解。可能因为这个原因，他没有积极参与《文选》[①] 的编辑，失去了一个历史性的机会。

---

① 指梁时萧统编的《文选》，又称《昭明文选》。

三　佛教的主流化与正统化

当佛教思想被用来演绎道家和儒家思想而产生玄学，它的主流化意义是不言而明的。当南北两朝政府设立僧正的时候，僧人集团已是中央官僚制度的一部分，因此它的正统性也是不言而明的。名僧受到统治阶层的尊重，有极高的社会地位，因此僧人的主流化与正统化也是不言而喻的。

僧人的生活群体组织并建立了中国有史以来政府官僚制度以外唯一（在一定程度上，有些像今日的大学机构）可与政府相抗衡的社会机构组织（起码在民国时期是那样的），那就是寺庙制度①。很多寺庙是学术中心和译经重镇，除了上定林寺外，还有南京瓦官寺、南京昆耶离寺、广州朝亭寺、山西石窟寺、洛阳白马寺等，可能不少于二三十个这样的寺庙。它们让像刘勰、刘孝标那样清贫而有志的年青学子有一个培育发展的场所，对中国文化的发展有不可磨灭的贡献。在负影响方面，寺庙成为了地主，它压榨底层人民，并且经营高利贷的业务，导致很多家庭卖妻卖子的惨剧。

佛家很多精思妙想影响了中国人的人生观，但在南北朝时，中国对印度的佛教精义以及古代印度哲学例如“吠檀多”（Vedanta）思想，有多么深刻或正确的认识，还是一个待考的问题。盛称无佛的范缜（450—510），对“轮回”的认识，比起信佛的竟陵王萧子良（460—494）来，可能更接近佛教原来的意思。《南史·范缜传》载：唯范缜盛称无佛。萧子良问难：“君不信因果，何得有富贵、贫贱?”范缜曰：“人生如树花同

---

① Albert E. Dien, *Six Dynasties Civilization*, New Haven & London: Yale University Press, 2007, pp. 387 - 423. Arthur F. Wright, *Buddhism in Chinese History*, Stanford University Press, 1959, pp. 42 - 64. John Kieschnick, *TheImpact of Buddhism on Chinese Material Culture*, Princeton University Press, 2003, pp. 83 - 156.

发，随风而散；或拂簾幌坠茵席之上，或关篱墙落粪溷之中。坠茵席者，殿下是也；落粪溷者，下官是也。贵贱虽复殊途，因果竟在何处？”子良无言以对。

四　佛典译经巨浪对中国文化的深远影响

佛典的翻译创造了人类史上第一个大规模有系统性的译经运动①，正如陈寅恪先生所指出的，它使我们认识到自己的口语有“平上去入”四声②，因而创造了中国最完美的诗律体裁。

由于南北朝时受印度中亚文化的影响，我们今天才可能以口语（白话文——近代“白话文运动”之所以能在短短三年间风行整个中国，那是因为1500年前《世说新语》的出现，那里已有白话语法的结构③）写文章。南北朝时，我们开始认识到自己的语言在传统认识中欠缺文法、声韵的观念，也认识到传统文化缺乏灵界第四空间的思维层面；我们虽然有反省的概念，但缺乏一套按部就班、井然有序的严谨性的方法来检查我们内在的精神生活；在石刻方面④，我们有浮雕，却缺乏雕刻技法，后来受了中亚印度希腊雕刻的影响，才有云冈石窟那种震撼千古的佛像造型。

佛经的贝叶启发了古纸的发明，弘扬佛法促进了印刷术的发明。有纸有笔有楷书才可能有中国独一无二的书法，以及它的孪生姐妹的写意画。佛教促使庙会⑤、说书、戏剧、小说与武术的产生。那个时候的中国人接

---

① 任继愈主编：《中国佛教史》第三卷，中国社会科学出版社1997年重印1988年版，第128—152页。

② 陈寅恪：《四声三问》，《陈寅恪先生文史论集》（上下卷）上卷，香港文文出版社1972年版，第205—218页。

③ 是张洪年先生告诉作者的。一次作者和他提起李煜词中话文的结构，他提到一个日本学者的研究。志村良治：《中国中世语法史研究》，江蓝生、白维国译，中华书局1995年版。

④ 我们很早以前，可能不晚于春秋年代，就有泥塑、木雕以及与之相关的漆雕，成绩辉煌璀璨。

⑤ Stephen F. Teiser, *The Ghost Festival in Medieval China*, Princeton University Press, 1996, pp. 43 - 112.

受并消化外来文化，再为自己创造新文化。自南北朝到明朝的一千年间，我们一气呵成地创建了我们的艺术文化：书法、绘画、雕刻、诗词、戏曲、小说、武术。

但南北朝时很多创新概念，我们到了今天还没有完成，例如，以虚字概念为基础而建立的文法体系（有别于从西洋语而来的文法体系）；界定赋比兴的近代意义与建立能精确地分析中国传统文学修辞技巧的术语；一个能排除囫囵吞枣弊病的有严谨性的逻辑系统性的文学批评理论架构。

第二部分
刘勰的生平与年代

一　刘勰生平年表的分析

对于刘勰（465？—537？）的生平，有几个年份我们是比较确定的，那就是，在494年他为当时圆寂的僧柔[①]（？—494）制文；在516年在剡山大佛完成时，他写碑文；在518年他为当时圆寂的一代名僧僧祐[②]（445—518）制文。但他那时是多少岁，则缺文献记载，没法确知，因此我们也没法推论出他的出生年份。近几十年来，不少学者的努力让我们有了一个“虽不中亦不远”的概念。又由于目前大家基本上同意清人刘毓崧（1818—1867）在《通义堂文集·书文心雕龙后》的论断：《文心雕龙》成书于齐世。证一，“自唐虞以至刘宋，皆但举其代名，而特于齐上加‘皇’字”；证二，“魏晋之主，称谥号而不称庙号，至齐之四主，惟文帝以身后追尊，止称为帝，余并称祖称宗”；证三，“历朝君臣之文，有褒有贬，独于齐则竭力颂美，绝无规过之词”。认为刘勰在502年或之前就已完成了他的著作。问题在于：如何去界定出这个概念的误差期限。我们认为大约是6年，理由如下：如果《时序》中的“中（或高）宗”是指齐明帝萧鸾[③]（494—498年在位）的话，则他一大堆对当今皇上歌功颂德的话，当写在齐明帝朝，也就是说，《时序》这一章应在494—498年这4年中的某一年写就的。虽然这并不能说刘勰是在齐明帝朝开始动笔写《文心雕龙》的，但《文心雕龙》的写作已进入状况，应是一个合理

---

① 僧柔，梁上定林寺高僧，生平见本书附录十五《南朝和北朝465—520年间的重要人物介绍》。

② 僧祐，梁上定林寺高僧，刘勰20岁后的雇主，达十余年。生平见本书附录十五《南朝和北朝465—520年间的重要人物介绍》。

③ 《时序·45.12》载：“中（高）宗以上哲兴运，并文明自天，缉熙景祚。今圣历方兴，文思光被，海岳降神，才英秀发，驭飞龙于天衢，驾骐骥于万里。”

的假设。在第三部分中讨论刘勰的文学研究史时，我们指出他对同时代，或对他来说相距百年的作家，都付之阙如。因此，由明帝建武元年（494）至和帝中兴元年（501），共有6年的时间，这是书稿完成的误差期，而不是他出生年份的误差期。后者可推演如下：

《序志·50.2》称："齿在逾立，则尝夜梦执丹漆之礼器，随仲尼而南行，旦而寤，乃怡然而喜……于是搦笔和墨，乃始论文（年龄在30岁出头的时候，[某一天夜梦中]，我梦见自己提着丹漆的礼器，跟随孔子向南走去。早上醒来，高兴得神采怡然……于是握笔调墨，才开始认真议论文章）。"这也就是说，他在30岁出头时，开始把平日的札记整理成文章，认真书写一本讨论文论的书。从我们自己的写作经验来看，像《文心雕龙》这样博大精深的书，所涉及的典籍如此广泛，他一定是在近10年间做了很多笔记与眉批，才能在30岁之后下决心要"论古今文体，引而次之"（《梁书·刘勰传》），然后在短短几年间，而能把这部巨著整理成书的。问题在于：辑写成书的开始年份是在哪一年？如果上限为齐明帝建武元年（494），农历虚岁与阳历实岁间有一年的差别，往上推29年，为公元465年；如果下限为齐明帝建武五年（498），往上推29年，为公元469年。这是我们年表中他的出生年份"虽不中亦不远"误差期限的由来。

另一问题乃是"逾立"一词的解读，30岁生日后的第二天是"逾立"，35岁也是"逾立"，那到底应该是几岁呢？这是中国文言文美妙的地方，也是它恼人的地方，它是那样地含糊不清，于是，我们有了另一个误差期，五个年岁的差别。我们只想指出存在着这样的误差期，也就是误差期有其伸缩性，但我们将不参考这个误差期来订立我们以下的年表。

关于刘勰的卒年，亦有误差期，近年来有了一个比较明确的共识。根据《隆兴佛教编年通论》（成书于1164年），刘勰在萧统死后启求出家。根据《梁书》，他在受到敕命编撰佛典之后，就"启求出家，先燔鬓发以自誓。敕许之，乃于寺变服，改为慧地，未期而卒"（《刘勰传》）。他在什么时候开始受敕命编撰佛典则没有明确的记载。另外，《佛祖统纪》（成书于1269年）、《释氏通鉴》（约成书于1265—1274年）、《佛祖历代通载》（成书应晚于1333年）、《释氏稽古略》（约成书于1367年）亦载，说法略有出入[①]。根据这五本佛学著作，我们可以建立起刘勰卒年的上限与下限；自然，这是假设这五本著作对刘勰的死的描述有一定的可靠性；若非，则这个期限也就无效了。《隆兴》的“三年四月，昭明太子薨”，若“三年”乃指“大同三年（杨明照先生按《隆兴》前文文义推论）”，则记载是错误的，若是指中大通三年，则是正确的，故应以中大通代替大同来解读这段文义。但《隆兴》没有记载刘勰的卒年。《佛祖统纪》则曰：“三年，昭明太子统薨……四年，通事舍人刘勰……是年，表求出家，赐名慧地。”如此，我们有同样问题，不知“三年”是指大同还是中大通。如果释志磐（该书作者，南宋高僧，约活跃于1269年间）是指中大通的话，则昭明太子的卒年是准确的，而刘勰则在532年出家，在532—533年死亡（《梁书》说他出家不到一年就死去）。《释氏通鉴》以农历甲子年来纪年，说昭明太子死在辛亥年（531），刘勰出家在丙辰年（536）。《佛祖历代通载》沿之，但无刘勰出家的年份。《释氏稽古略》则农历甲子年份与皇帝年号并用，所给的年份与《释氏通鉴》同。因此，刘勰卒年的下限为536—537年[②]。

---

① 见杨明照《增订文心雕龙校注拾遗》下册，中华书局2000年版，第26—27页。并见孙蓉蓉《刘勰与〈文心雕龙〉考论》，中华书局2008年版，第25页；见牟世金《刘勰年谱汇考》，巴蜀书社1988年版，第117—124页。张少康：《文心与书画乐论》，北京大学出版社2006年版，第23—35页。

② 我们原本只注意上限的年份，532年。孙蓉蓉女士看初稿后，提出杨明照先生另有看法，我们因此加上下限的年份，537年。

二　刘勰生平年表

465—469 年

刘勰约出生在这四年中的某一年，出生地为京口（今江苏镇江）[①]，祖籍山东莞莒，其先人在一百多年前跟随东晋皇室由北方移民侨居此地[②]。

472—476 年

这四年中的某一年，刘勰 7 岁，他自言自己在这一年得梦，“攀而采”天上的“彩云”，已有在文坛立异彩之感念（《序志·50.2》）。

① 东晋建都建邺（今南京，刘勰时人口已过百万，超过北方的洛阳，只有东罗马帝国的君士坦丁堡，今称伊斯坦布尔，或可与之比拟），为了安置南迁的北方家庭，沿长江南北侨立了许多郡县，郡县沿旧名，但在原地名前加“南”字，故刘勰生于南东莞郡的京口，离建邺约 65 公里，顺行的话，船行约半天的时间就可以到达。据本地人士胡红女士、贺亮先生与崔海柱先生说，在铁路未进入镇江前，长江阔度为现在的两倍，京口这个地方市况繁华，是长江东西航运的主要枢纽。《中国历史通览》称：“梁时建康有二十八万户，以每户五口计，居民至少约一百四十万人。”见周一良、邓广铭、唐长孺、李学勤等编《中国历史通览》，东方出版社 1994 年版，第 335 页。

② 因此刘勰家族南徙已有一百多年历史，南北口语不一样，经过百年的侨居，吴语可能已是刘勰的母语，当时的吴语或近似今天福建的口语。我们之所以提出这个问题，不过是想指出，如果刘勰真的像有些人猜想的那样，回了山东祖籍的莒县浮来山的定林寺，则连口语上也可能会感到不方便的。即在这一点上，刘勰晚年回祖籍，狐死首丘的可能性是很微小的。

485—489 年

这四年中的某一年，刘勰约 20 岁出头，那是古人冠礼与结婚的年纪，家贫，但因为“笃志好学”（《梁书·刘勰传》），想继续研究学问，不希望有家累，因此而没有结婚。

他依托当时的高僧僧祐门下过日子，住进了上定林寺，但没有皈依佛门，保持了他俗世人的身份与儒家信仰[①]。上定林寺儒佛两种典籍都是完备而充实的[②]，这个条件使刘勰经过十多年像现代研究生那样的求学生涯之后，博通儒佛两藏，成为这方面的精英人物。

刘勰的父亲刘尚（约活跃于 465 年间）曾做过越骑校尉，但早死，因此家里不是很富裕。不过，到 20 岁时，家中还有足够的书籍供刘勰阅读学习，并没有说他需要向别人借书才能有书可读。而与刘勰同列《梁书·列传·文学上下》的二十四个文人（不计附属于家族中的人）中就有袁峻（约活跃于 510 年间），因“家贫无书，每从人假借”。另外《梁书》提到任孝恭（？—548）“家贫无书，常崎岖从人假借”。又说刘峻[③]（463—522）“峻好学，家贫，寄人庑下……更求异书，闻京师有者，必往祈借”。又提到贫穷的还有臧严（？—541），他与刘勰同乡，《梁书》说他“孤贫勤学”。在寒门方面，《梁书》并没有说刘勰是寒门[④]，但明确地说吴均（469—520）“家世寒贱”。则刘勰是否出身寒门，是很可以怀疑的。另外《南史·68》也说，“刘师知（？—567）……家本素族（素族是否寒门，待考）”。又《南史·71》也记载说，“司马筠（活跃于 494—520）少孤贫好学”。所以，刘勰孤贫，在他当时并不是一件很特别的事；而且，这些人都不愁找不到工作而因此没饭吃，或者怕给政府抓去

---

① 因为刘勰也不是穿白衣服的笃信佛教的居士（upāsakas，传统音译为“优婆塞”，又俗称为“居士”）。

② 《文心雕龙》、《弘明集》与《出三藏记》中所涉及过万卷的儒佛二种书籍，应都能在上定林寺看得到。

③ 刘峻即以注释刘义庆等编撰的《世说新语》而著闻于世的刘孝标。生平见附录十五《南朝和北朝 465—520 年间的重要人物介绍》。

④ 王元化：《刘勰身世与士庶区别问题》，《读文心雕龙》，新星出版社 2007 年版，第 1—23 页。

服劳役，要去和尚庙逃赋役而必须入僧籍——刘勰没有入僧籍，正好说明逃役说是不通的。他如果像上面所提到的“孤贫”文人那样出仕为官，例如，上引史籍称：“峻为侍郎，从镇京口”；任孝恭“初为奉朝请……为司文侍郎”；臧严“初为安成王侍郎，转常侍”；吴均“柳恽为吴兴，召补主簿”；等等，他就可以不再贫穷了，也可以组织家庭了。但他放弃了一名穷文人正常的出路，跑到寺庙协助僧祐整理佛藏，那是因为他能在上定林寺完成他的终身的抱负与理想。

494 年

他 24—29 岁这六年中的某一岁，为上定林寺刚过世的名僧僧柔撰写纪念性的碑文（《高僧传·僧柔传》）。

495—501 年

他 30 岁后开始正式动笔写《文心雕龙》，十余年佛藏的整理并没有完全地感化他，使他成为一个可以把自己献身给佛教的人；他还是宗奉儒家经学，保持对文论有宗教性的热情，他为文论的创作，付出了他青壮年最好的十余年，过着青灯吃素的独身生涯，完成了他流传千古的巨著《文心雕龙》。在梁武帝（464—549 年，502—549 年在位）天监元年（502）之前完成了文稿。

刘勰在这段时期是非常多产的，他不仅完成了自己的伟作，也帮助僧祐完成了大部分的《出三藏记》（目录部分约完成于 496 年，传记部分约完成于 511 年）① 与整部《弘明集》（约完成于 502 年之前）②，后者收集

---

① 依姚名达先生、牟世金先生与苏晋仁先生说。姚提出：“或目录部分于建武中先成，记传部分至天监中犹陆续加入。”姚名达：《中国目录学史》，台湾商务印书馆 1967 年版，第 255 页。牟引姚说，见牟世金《刘勰年谱汇考》，巴蜀书社 1988 年版，第 35—40 页。又见苏晋仁的《序言》，于释僧祐：《出三藏记集》，中华书局 1995 年版，第 9—11 页。

② 牟世金：《刘勰年谱汇考》，巴蜀书社 1988 年版，第 43—50 页。《弘明集》所收录文章都应在梁世之前。又见杨明照《增订文心雕龙校注拾遗》下册，中华书局 2000 年版，第 1055—1056 页。王元化先生则认为该文写成于梁世，见王元化《文心雕龙创作论》，上海古籍出版社 1979 年版，第 25 页。杨明：《刘勰评传》，南京大学出版社 2001 年版，第 12 页。

了他唯一留存后世弘扬佛法批评道教的文章《灭惑论》[1]。

刘勰的《灭惑论》是一篇反驳道教攻击佛教的《三破论》(三破为破国、破家与破身,很响亮的口号),再伸张佛教教义的文章。作为一篇论争性的文章,它保持当时论辩的常规,先忠实地引述对方的论点,以示没有歪曲对方的论点,在这一点上,就与传统诸子论争不一样。例如孟子(前372—前289)就有歪曲墨子论点的嫌疑,庄子(前369?—前286?)就有以说故事(寓言)的方式"短化"孔子的嫌疑;这是佛教讨论教义论争中一个较开明的研讨方式。

彼此的争论主要有四点:佛道二教对生死的不同看法,对孝道(子女与父母的关系)与传宗接代("弃妻落发")不同的态度。佛是外来的东西而不是中原本土的产品,寺庙经济(佛徒不事生产,又不纳税)对国家经济的破坏与损害,有"国空民穷"的效果。刘勰主要是把当时佛徒标准化的论点重新叙说一遍,似乎没有很大的新意,更缺乏哲学上精思妙想的层面。

从现代的概念来说,他是僧祐的研究助理(research assistant),而且是助理中的第一把手(从后来上定林寺的典藏都需要他的帮助来看)。因此,僧祐两部名扬后世的著作:《出三藏记》与《弘明集》,刘勰是有很大的功劳的。僧祐提供了刘勰安身立命的场所,并且给予他一个典藏丰富的图书馆,任他浏览阅读,同时在刘勰儒佛的阅读上也可能给予"区别部类"(《梁书·刘勰传》)的指导。但僧祐在刘勰的成名与事业初始成功上却袖手旁观,完全没有给予帮助,下面我们将论及之。

503—505 年

这三年中的某一年[2],刘勰得了一个"奉朝请"的官职,那是一个过

---

① 《灭惑论》见于《弘明集·8》。收入杨明照《增订文心雕龙校注拾遗》下册,中华书局2000年版,第1049—1056页。

② 由于姚察(533—606)及姚思廉(557—637)父子的《梁书》(56卷的26卷由姚察在约606年完成,其余20卷约成书于635年)记载年份马虎,缺乏孔子《春秋》记年的认真或太史公记年表的精神,只说"天监初,起家奉朝请",弄得后来的人没法决定在哪一年刘勰得了奉朝请的官职。

渡性的闲职。但在那一年开始，刘勰《文心雕龙》应已面世，最初“未为时流所称”（《梁书·刘勰传》），那自然包括僧祐在内，僧祐作为一个信仰佛教的佛学学者对文论可能没有很大的兴趣，看不出《文心雕龙》这本书有什么特殊的地方，因此他没有看重刘勰这本书，也不大可能向外界推荐。于是，刘勰只好希望能得到当时的文坛祭酒沈约①（441—513）品评这本书。僧祐是一个能在社会地位上与沈约平起平坐的人物，而且在498年（建武末）当法献②（约423—498）卒亡时，他当了定林寺主持（《高僧传·法献》）。僧祐曾自己“造碑墓侧”，而请沈约“制文”，所以他二人是认识的。没有僧祐的推荐，刘勰“无由自达”贵盛的沈约，只好以近40岁的年纪，不怕耻辱，打扮成一个贩书的“货鬻”者，在沈约出行的路上等待沈约，献上自己的书。还好沈约是一个知音的人，又是一个肯提拔后进的长者，“大重之”。这就建立了刘勰在文坛上初始的地位。这一年，刘勰33—40岁。在《序志》中刘勰说自己过了30岁那一年，梦见了孔子，开始握笔“论文”。所以，两个人生最重要的阶段：正式开始整理《文心》成为一本书（30岁）至出仕为官，中间有三年至十年的经历。

严格来说，刘勰作为伟人的巅峰经验（peak experience）在这一年结束，转化为一个一般性的名士，争逐于名利场；同时也建功立业，完成儒家教育的士人责任。但他已不是一个继续创建千古文化事业的伟人；他燃烧生命的创造于此结束。

504？年

他35—39岁中的某一岁，任了临川王萧宏③（473—526）的记室，打理文书事务。

---

① 沈约是文坛上划时代的人物，诗文、史学、佛学俱精且佳。生平见附录十五《南朝和北朝465—520年间的重要人物介绍》。

② 生平见附录十五《南朝和北朝465—520年间的重要人物介绍》。

③ 萧宏，梁武帝的异母弟弟。

507—508 年

他 38—43 岁中的某一岁，在梁武帝敕命下，帮助僧宝唱[①]（活跃于 505—516 年间）与僧旻[②]（活跃于 492—508 年间）整理上定林寺佛藏。

508? 年

迁车骑仓曹参军，管理仓廪。

509? 年

任太末令（今浙江衢县，距南京约 300 公里），有“清绩”之誉。

511? 年

他除了任南康王萧绩[③]（525—529）的记室，还做了昭明太子萧统[④]（501—531）的东宫通事舍人（一个九品的官），有机会与这位对儒佛都极有悟性的太子打交道，据说太子对他“深爱接之”（《梁书·刘勰传》），但他不是《文选》编辑的核心性人物，由于《文选》的出版意味着把文学作为一种学问放在与传统经学同等的地位，有历史标志性的意义。刘勰不是这个运动的主导者，但他的《文心》对文学独树旗帜有积极的推动作用。

萧绩那时是南兖州的刺史，管理南徐州，因此刘勰这段时间穿梭在南徐州行政中心的京口（刘勰家乡）与南京之间。

---

① 生平见附录十五《南朝和北朝 465—520 年间的重要人物介绍》。

② 生平见附录十五《南朝和北朝 465—520 年间的重要人物介绍》。

③ 萧绩，梁武帝的第四子。生平见附录十五《南朝和北朝 465—520 年间的重要人物介绍》。

④ 萧统，梁武帝的东宫太子，因《文选》的编制而成为文化史中的划时代人物，生平见附录十五《南朝和北朝 465—520 年间的重要人物介绍》。

516 年

他写作了唯一被保留下来的碑文《剡山石像碑》①，因为剡山②大佛（自 503 年始，共 13 年）的完成，僧祐是该工程的主持人③。

518 年

刘勰上表建议二郊祭祀（南北郊祭祀天地）④ 应效法七庙祭祀（汉朝以来帝王设七庙供奉祖先）⑤，不用牲畜，改用蔬果。这一年，他拜为步兵校尉（一个六品的官），那是一种名誉性的头衔，是一种“殊遇”。

同年僧祐卒，他为祐写碑文。《高僧传·僧祐传》说，“弟子正度立碑颂德，东莞刘勰制文”。这句话非常明确地告诉我们，一直到僧祐死时，刘勰都不是他的弟子。

532—537 年

刘勰在这 6 年中的某一年过世。根据《梁书》，他在受到敕命而编撰佛典之后，就“启求出家，先燔鬓发以自誓。敕许之，乃于寺变服，改为慧地，未期而卒”（《刘勰传》）。他出家这事做的很急忙，来不及等到皇上同意就把头发剃去了，而且还把剃下来的头发烧去，以示决绝。由于

① 文章全名《梁建安王造剡山石城寺石像碑》，存载于《会稽掇英总集·16》。收入杨明照《增订文心雕龙校注拾遗》下册，中华书局 2000 年版，第 1056—1061 页。

② 剡山，在今浙江绍兴，距南京约 300 公里。

③ 收入杨明照《增订文心雕龙校注拾遗》下册，中华书局 2000 年版，第 1056—1061 页。刘勰文曰：“以定林上寺祐律师，德炽释门，名盖净众，虚心宏道，忘己济物，加以贞鉴特达，研虑精深。乃延请东行，凭委经始，爰至启敕，专任像事。”见杨明照《增订文心雕龙校注拾遗》下册，中华书局 2000 年版，第 1059 页。剡山石城寺佛像建成后，号称江南第一佛，佛像至今犹存。在《高僧传·僧祐》中也有记载：“祐为性巧思，能目准心计，及匠人依标，尺寸无爽。故光宅、摄山大像、剡县石佛等，并请祐经始，准画仪则。”

④ 见杨英《魏晋郊祀及祭祖礼考》，刊《北大史学》第 9 辑，第 200—215 页。

⑤ 见杨英《魏晋郊祀及祭祖礼考》，刊《北大史学》第 9 辑，第 200—215 页。关于汉朝的“天子七庙”，可参考徐兴无《刘向评传》，南京大学出版社 2005 年版，第 157—164 页。

我们一般只说“落发”，不说“燔发”，所以，刘勰这样做，是否另有深意，则不明确，待考。当他“自誓”时，可能已从普通人的衣服改穿白色的居士衣服。当皇命下来后，他才正式行具足戒，改穿黑色或缁色（黑中略带红）的僧衣。从此他放弃刘勰这个俗名而采用释名“慧地”。

释慧地寄生在这个尘世不到一年就圆寂而逝。

三　南朝和北朝465—520年间的时代年表

这个年表根据张习孔和田珏两位先生主编的《中国历史大事编年》[①]，“百度百科”的每年大事记，并参考翦伯赞先生主编的《中外历史年表》[②]、任继愈先生主编的《中国佛教史》之《中国佛教史大事年表（南北朝）》[③]，以及谢和耐（Jacques Gernet）先生的《中国社会中的佛教：一部从五世纪到十世纪的经济史》[④] 编写完成。着重点在于使这个年表清楚明白，即使是普通读者也能一看就明白，很多专家们认为平凡的专有名词，例如：“三老五更”、“耕藉田礼”、“常平仓”、“监福曹”、“僧祇粟”、“寺户制”、“佛图户”、“总明观”等，我们都加以解释。对寺庙职称，例如：维那和上座等，也予以注释。凡年表中所引的僧人例如昙摩伽陀耶舍，以及佛典例如《无量义经》，尽量介绍说明。年表中有不少于二十个境外政权，各自与南朝或北朝邦交或战争，例如：柔然、扶南、末久半等；又有不少于十个的境内少数民族部落，成为地方上的势力，受到朝廷的安抚或打击，例如：蛮、俚人、羌族等；也有些部族有官职（在境外则成为小方国，在境内则成为地方势力），例如：氐、邓至等。大部分少数民族的政权和部落，我们都能找到解释；但也有例外，例如末久半，究为哪个古民族，目前未有定说；其名记载出自《魏书·肃宗纪第九》、《册府元龟·外臣部》。

传统年表对一些名言认为是家喻户晓的，便不注出处；笔者的另一个工

---

① 张习孔、田珏主编：《中国历史大事编年》（全五册），北京出版社1986年版，第283—342页。

② 翦伯赞主编：《中外历史年表》，中华书局1958年版。

③ 任继愈主编：《中国佛教史》第3卷，中国社会科学出版社1988年版，第793—809页。

④ Jacques Gernet, *Buddhism in Chinese Society: An Economic History from the Fifth to the Tenth Centuries*, trans. Franciscus Verellen, New York: Columbia University Press, 1995.

作乃是为这些引文找出处。例如，齐高帝“每曰：‘使我治天下十年，当使黄金与土同价。’欲以身率天下，移变风俗”，出自《南齐书·高帝纪》；宋明帝作湘宫寺，通直散骑侍郎虞愿（426—479）在一旁曰：“此皆百姓卖儿贴妇钱所为，佛若有知，当慈悲嗟愍；罪高浮图，何功德之有”，出自《资治通鉴·133》；法门道登受帝优遇，载：“时沙门道登，雅有义业，为高祖眷賞，恒侍讲论”，出自《魏书·释老志》。又：所谓“魏制：凡立嗣子，辄先杀其生母”，实沿自北魏献文帝拓跋弘，是文成帝拓跋濬与梁国蒙县（今河南商丘南）人李氏所生之子。456 年（太安二年）二月，也就是冯氏被册为皇后的第二个月，不足两岁的拓跋弘被立为皇太子。按照道武帝拓跋珪当年所定的规矩，凡后妃所生之子被立为储君，生母皆要赐死，以防母以子贵，专擅朝政。李氏被赐死后，魏冯太后便担当起了养育之责，据说，她将拓跋弘视若己出。

465 年

南朝：宋前废帝永光元年/景和元年/宋明帝泰始元年

正月，去年登基后的前废帝刘子业（449—465），因国库空泛，州郡官吏田禄被减一半。民间通货膨胀，商货不行，自盗铸滥钱；政府遂更铸二铢钱。九月，政府进而允许民间铸钱，由是质量益劣，物价益贵，斗米万钱，民不聊生。私铸钱称“鹅眼钱”、“綖环钱”等。

八月，尚书令柳元景、颜师伯等密谋废帝，败。

宋改元景和。

帝为其姊山阴公主刘楚玉（446？—465），置面首左右三十人。

公室义阳王刘昶（435—498），据徐州①，起兵抗命，败亡投魏。

十一月，公室晋安王刘子勋（456—466）起兵于江州②。

但公室湘东王刘彧（439—472）谋杀宋帝于京都建业（今南京）。

十二月，刘彧称帝，刘子勋起兵抗新命。

登位后的宋明帝刘彧为了稳定经济，立即下令罢二铢钱，禁用鹅眼、

① 今山东东南部、江苏北部、安徽东北部。

② 今江西、湖北东部及浙江、福建北部。

缒环钱。

北朝：魏文成帝和平六年

五月，魏文成帝（440—465）死，子拓跋弘继位，是为献文皇帝（454—476 年，465—471 年在位）。年幼，由冯太后[①]（442—490）临朝称制，太后出身于名望之家，幼年人生颠沛，没入宫中为婢女。

466 年

南朝：宋明帝泰始二年

正月，公室刘子勋于今江西九江的寻阳称帝，得一部分郡官响应，成一股反抗势力。该年八月，宋明帝令沈攸之斩刘子勋于寻阳。

三月，宋明帝刘彧再进一步加强货币的控制，断绝再用 454 年以来所新铸的钱，专用古钱，以求稳定物价。

五月，宋弋阳[②]西山蛮[③]田益之出兵，以应建康朝廷。诏以益之为辅国将军，督弋阳西山蛮事。

七月，氐[④]帅杨僧嗣归附建康，宋帝诏拜北秦州刺史、武都王。

十月，宋明帝尽杀孝武帝二十八个儿子，并派兵北上去除地方上反对自己的官将。

宋将薛安都闻朝廷大兵北上，恐惧，向魏请降，以子为质，魏遣将尉元、孔伯恭等援救，命薛安都为徐州剿史、河东公。

鲍照死　是岁，李白所称道的诗人鲍照[⑤]（414—466）因参与临海王刘子顼谋反朝廷，为乱兵所杀，时任参军，故称鲍参军。

---

① 关于冯太后的介绍，见附录十五《南朝和北朝 465—520 年间的重要人物介绍》。

② 今河南东南部及湖北东北角。

③ 关于西山蛮的介绍，见附录十四《南朝和北朝 465—520 年间与境内少数民族部落间的战争与联盟》。

④ 关于氐的介绍，见附录十四《南朝和北朝 465—520 年间与境内少数民族部落间的战争与联盟》。

⑤ 关于鲍照的介绍，见附录十五《南朝和北朝 465—520 年间的重要人物介绍》。

是岁，宋勅普贤寺主比丘尼宝贤任都邑僧正①。

北朝：魏献文帝天安元年

二月，冯太后诛杀魏丞相乙浑（改自鲜卑“乙弗浑”，？—466），由是专政朝廷，颇多良政，冯太后可能是这段时期最优秀的统治者之一。

九月，魏第一次立郡学，置博士、助教、生员，以厉其风俗。

十二月，淮西②七郡民，多不愿属魏，连营南奔。魏遣使安抚，下令释放奴婢之民。

该年，魏造千佛塔，高约两米。遗物今存。又建永宁寺，构七级佛塔，高三百尺③。

467年

南朝：宋明帝泰始三年

正月，宋魏交战，宋败，失淮北四州④及豫州淮西⑤。

八月，宋将沈攸之攻魏，遭大败，由是，下邳⑥等郡为魏所陷。

十月，宋明帝遣员外郎李丰，用金千两向魏赎义阳王刘昶，魏帝不许。

---

① 出自《比丘尼传·宝贤尼传》。该书为僧宝唱（活跃于505年间）撰，收集了东晋穆帝升平（357—361）初至梁天监十一年（511）为止的150年间，东晋、刘宋、萧齐、萧梁四代尼僧65人之传记。其载：明帝即位赏接弥崇，以泰始元年敕为普贤寺主，二年又敕为都邑僧正。根据《大宋僧史略》、《佛祖统纪》等史料记载，自汉代至西晋之间，为中国佛教之初传期，寺院、僧尼不多，译事与法事尚属初创，当时来华传教的沙门都由朝廷安置在负责接待各国来宾的鸿胪寺，因此当时有关僧尼事务就由鸿胪寺直接掌管。两晋十六国时期佛教已发展成一股强大的社会势力，寺院和僧尼数量猛增，僧尼从事经济经营、参与社会事务的现象相当普遍，僧尼伪滥秽杂、违戒犯律的情况日益严重。针对这种状况，教团本身和封建官府都在积极寻求有效治理僧尼的办法，经过一段时间的探索尝试，略于公元四五世纪之交，中国南北两方分裂政权中的东晋、拓跋魏和姚秦先后正式设置了僧官。（“搜搜百科”）

② 今安徽北、河南东淮河北岸一带。

③ 出自《魏书·释老志十·第二十》，载：其岁，高祖诞载，於时起永宁寺，构七级佛图，高三百余尺，基架博敞，为天下第一。《释老志》为《魏书》最末一篇，内分述佛教与道教二家之略史。

④ 指青、徐、冀、兖。

⑤ 指汝南、新蔡、谯、梁、陈、南顿、颍川、汝南、汝阴诸郡。

⑥ 今江苏睢宁。

十一月，高丽[①]、百济[②]遣使向宋奉献特产。

是岁，顾欢[③]（422？—485？）撰《夷夏论》，谓佛、道同源，但有夷、夏之别，道教适宜内地教化。一方面认为二教同本共源，不主张彻底否定和排除佛教；另一方面又论证道教优于佛教，认为推行道教比扶持佛教对维持封建统治更有利。《夷夏论》在宋齐之际引起了巨大反响，遭到了佛教信徒的反对，纷纷著书批驳。居士明僧绍[④]也撰写了《正二教论》，意思要改正顾欢的二教之说。在这篇文章里，明僧绍阐述了二教的宗旨及其关系，他指出佛、道二教并非同本共源。道教唯以长生为宗，以不死为主，蔽于一生之形；而佛教则"圆应无穷"、"殊生共理"。且道教标榜《老》、《庄》，但所行却是炼丹服药、成仙不死之说，以及张陵、葛洪之徒的"符咒"怪诞之术，大乖《老》、《庄》之本，"诬乱已甚矣"。总之，他说，"佛明其宗，老全其生；守生者蔽，明宗者通"，佛教是究明终极之道的，不仅在于"全生"、"守生"，因而佛优于道（《弘明集·6》）。

周颙[⑤]（活跃于447—482年）撰《三宗论》发挥般若三论之义。后者所著《四声切韵》对音韵学和后来的诗律体例有划时代的意义。

北朝：魏献文帝天安二年/皇兴元年

正月，魏东平王道符据长安起兵，未几，败死。

二月，魏攻宋汝阴，未下，退。

三月，魏攻宋青州[⑥]，连下四城。

七月，魏薛安都子令伯聚众数千，在梁、雍二州间攻陷郡县，为宋将张敬儿等斩杀。

八月，魏改元皇兴。

---

① 关于高丽的介绍，见附录十一《南朝与北朝465—520年间各自与境外国家的外交往来》。

② 关于百济的介绍，见附录十一《南朝与北朝465—520年间各自与境外国家的外交往来》。

③ 关于顾欢的介绍，见附录十五《南朝和北朝465—520年间的重要人物介绍》。

④ 见本书中第二部分第三章年表489年"明僧绍"条。

⑤ 关于周颙的介绍，见附录十五《南朝和北朝465—520年间的重要人物介绍》。

⑥ 今山东东北部临淄、益都一带。

十二月，魏再攻宋汝阴，未克。

八月，在天宫寺铸大佛像，高四十三尺，用铜十万斤、黄金六百斤。

468年

南朝：宋明帝泰始四年

正月，宋东徐州[①]、东兖州[②]、兰陵[③]、历城[④]守将向魏归降。

三月，宋交州[⑤]人李长仁据州起兵，杀北来部曲，自称刺史。十一月，遣使向宋请降，宋许之。

三月，宋晋康太守刘思道攻俚人[⑥]失利，还兵斩杀广州刺史，未几，被杀。

四月，国库空乏，宋减禄，减郡县官吏田禄之半。

柔然[⑦]、吐谷浑[⑧]等遣使向宋奉献特产。

宋将刘勔在许[⑨]击败魏兵。

北朝：魏献文帝皇兴二年

正月，魏攻宋武津[⑩]、义阳[⑪]，败还。

十二月，魏攻陷宋不其域[⑫]。

---

① 今山东沂蒙山区莒南一带。

② 今山东兖州东北。

③ 今江苏常州西北。

④ 今山东济南。

⑤ 今越南北部及广西钦州地区。

⑥ 关于俚人的介绍，见附录十四《南朝和北朝465—520年间与境内少数民族部落间的战争与联盟》。

⑦ 关于柔然的介绍，见附录十一《南朝与北朝465—520年间各自与境外国家的外交往来》。

⑧ 关于吐谷浑的介绍，见附录十一《南朝与北朝465—520年间各自与境外国家的外交往来》。

⑨ 今河南许昌。

⑩ 今河南上蔡西南。

⑪ 今河南信阳。

⑫ 今山东崂山。

469 年

南朝：宋明帝泰始五年

正月，宋河东①柳欣慰等谋立庐江王刘祎，事泄，皆被杀。

三月，吐谷浑遣使向宋奉献。

十二月，宋在白帝②设三巴校尉。

宋临海③人田流起义，自称东海王，攻海盐④，杀鄞⑤令。

北朝：魏献文帝皇兴三年

正月，魏攻陷宋东阳⑥。青、冀二州之地为魏据有。

三月，魏攻宋汝阴，为宋击败。

五月，魏徙青、齐民于平城，立平齐郡⑦以居之，余皆为奴婢，分赐百官。

六月，魏立皇子宏为太子。

十一月，魏遣使访宋，修好和亲。自是，信使岁通，然两国攻战仍不辍。

是岁，高丽遣使向魏奉献。

五月，魏始有僧祇户⑧、佛图户⑨——魏帝依据僧官⑩昙曜（活跃于

---

① 今山西永济、临猗、解虞一带。

② 今四川奉节。

③ 今浙江临海。

④ 今江苏海盐。

⑤ 今浙江奉东。

⑥ 今山东益都北。

⑦ 今山西大同西北。

⑧ 大众佃户，为寺院提供谷食。僧祇户每年交谷60斛给寺院，数量和一般屯田农户一年向国家交的租差不多。如488年魏孝文帝采纳李彪建议，立农官，取州郡户十分之一为屯民进行屯田。（“佛教导航”）

⑨ 寺户制起源自北魏，僧祇户与佛图户合称为寺户。佛图户来源是罪囚与官奴；北魏沙门统昙曜在《奏置僧祇户粟》时说：“民犯重罪及官奴以为佛图户，以供诸寺扫洒，岁兼营田输粟。高宗并许之。”（《魏书·释老志》）

⑩ 在沙门统下，治理僧人的官。

446—469年)[①] 所奏，以平齐户及诸民有能岁输谷60斛入僧曹[②]者，即为僧祇户；民犯重罪者及官奴，以为佛图户，以供诸寺洒扫。

470年

南朝：宋明帝泰始六年

十一月，高丽遣使向宋奉献。

是岁，宋周山图在浃口[③]击败田流。

宋豫章[④]人张凤，在康乐山[⑤]聚众起义，败官兵。未几，被周山图用计杀害。

立总明观[⑥] 九月，宋立总明观，设祭酒一人；儒、玄、文、史学士各10人。

北朝：魏献文帝皇兴四年

四月，魏击败吐谷浑，其王拾寅（慕容拾寅，？—481）遣使向魏入贡，魏帝囚之。

九月，柔然部真可汗攻魏，于是魏分兵击败柔然，在女水[⑦]之滨，斩首5万级；归降者万余人，获戎马器械不可胜数。魏改女水为武川。

---

① 关于昙曜的介绍，见附录十五《南朝和北朝465—520年间的重要人物介绍》。

② 僧祇户每年输谷60斛作为“僧祇粟”人僧曹。僧曹是国家设立的管理僧务的机关。故僧祇粟原则上并不是由个别寺院所有，而是由国家控制。它的一个主要用途就是赈灾消困。据昙曜所奏，僧祇粟应“于俭岁，赈给饥民”。宣武帝永平四年（511）诏说：“僧祇之粟，本期济施，俭年出贷，丰则收入。山林僧尼，随以给施；民有窘弊，亦即赈之。”（《魏书·释老志》）尚书令高肇亦曾奏：“故沙门统昙曜，昔于承明元年，奏凉州军户赵苟子等二百家为僧祇户，立课积粟，拟济饥民，不限道俗，皆以拯施。”（《魏书·释老志》）从以上材料可看出，僧祇粟设立的用途类似于汉之“常平仓”。当时北方灾荒很严重，如公元473年，“魏州镇十一水旱，相州民饿死者两千八百余人。”（《资治通鉴·133》）在487年，“魏春夏大旱，代地尤甚，加以牛疫，民馁死者多。”（《资治通鉴·136》）如何应付荒年，这是摆在统治者面前的一大难题。（“佛教导航”）

③ 今浙江镇海东南。

④ 今江西南昌。

⑤ 今江西万载。

⑥ 因国学废止，宋明帝下令设立总明观，总明观不是纯粹的教学机构，而是藏书、研究和教学三位一体的机构。著名科学家祖冲之曾在总明观任职。

⑦ 今内蒙古武川西。

是岁，于阗[①]为柔然所攻，遣使向魏请援。魏帝因道远难救当时之急，未发兵，但劝慰于阗，并表示将为其除患。

471 年

南朝：宋明帝泰始七年

二月，宋合肥[②]人宋逸起义，攻占合肥，杀汝阴太守王穆之，后为当地郡县政府斩杀。

三月，柔然遣使向宋奉献特产。

六月，柔然遣使向宋奉献。

七月，宋王室自相残杀，宋明帝诸兄弟，皆为明帝先后所杀。诸弟俱尽，唯桂阳王刘休范（448—474）以人才凡劣，得以幸存。故民谣云："遥望建康城，小江逆流萦，前见子杀父，后见弟杀兄。"[③]

十月，宋遣将垣崇祖攻魏，入魏境七百里，据蒙山[④]而还。

十一月，百济遣使向宋奉献特产。

宋作湘宫寺　十一月，宋明帝作湘宫寺，极为壮丽。新安太守巢尚之罢郡入见，帝谓之曰："此是我大功德，用钱不少。"通直散骑侍郎虞愿（426—479）在一旁曰："此皆百姓卖儿贴妇钱所为，佛若有知，当慈悲嗟愍；罪高浮图，何功德之有！"明帝当即将虞愿逐出。（《资治通鉴·133》）

北朝：魏献文帝皇兴五年/孝文帝延兴元年

三月，魏遣邢祐访宋。

敕勒[⑤]诸部反魏，魏帝使殿中尚书胡莫寒选西部敕勒为殿中武士。莫寒遂大肆接纳贿赂，众怒杀之。四月，诸部皆起而反魏。

---

① 关于于阗国的介绍，见附录十一《南朝与北朝 465—520 年间各自与境外国家的外交往来》。

② 今安徽合肥。

③ 出处不明。

④ 今山东蒙阴西。

⑤ 关于敕勒的介绍，见附录十四《南朝和北朝 465—520 年间与境内少数民族部落间的战争与联盟》。

十月，魏沃野[①]、统万[②]二镇敕勒起兵。太尉贺源领兵击降敕勒二千余落，又追击余众至枹罕[③]、金城[④]，斩杀 8 千余人，俘男女万余口、杂畜 3 万余头。

八月，魏帝传位太子宏。魏献文帝好黄、老、浮图之学，有遗世之心，或谓受冯太后相迫，乃传位于年仅 5 岁太子宏，改元孝文帝延兴，是为高祖孝文皇帝（467—499）。

472 年

南朝：宋明帝泰豫元年

正月，宋明帝因久病未愈，改元泰豫。

宋大阳蛮帅桓诞以沔水[⑤]之北，滍[⑥]、叶[⑦]以南八万余落，向魏归降。魏命其为东荆州刺史、襄阳王，听其自选郡县吏。

三月，林邑[⑧]遣使向宋奉献方物。

四月，宋明帝死，太子苍梧王刘昱（463—477），年方 10 岁，即皇帝位，是为后废帝。

闰七月，宋荆州刺史沈攸之（？—478）待五溪蛮苛虐，禁鱼盐，诸蛮起义，后为宋兵击败。

十一月，柔然、高丽遣使向宋奉献特产。

北朝：魏孝文帝延兴二年

二月，柔然攻魏，东部敕勒归附之。魏遣将击柔然，并追至石碛[⑨]，不及而还。

---

① 今内蒙古河套西部五原北。

② 今内蒙古乌审旗白城子。

③ 今甘肃临夏。

④ 今甘肃兰州。

⑤ 今湖北沔水。

⑥ 今河南鲁山沙河。

⑦ 今河南叶县。

⑧ 关于林邑的介绍，见附录十一《南朝与北朝 465—520 年间各自与境外国家的外交往来》。

⑨ 今内蒙古锡拉木河以东广大地区。

七月，柔然部帅无虑真领兵三万攻魏敦煌①、晋昌②，皆败还。

十月，柔然再攻魏五原③，为魏兵击败，北走千里。

十二月，魏攻宋义阳，为宋击退。

魏禁用牲口祭祀　十二月，魏有司奏诸祠祀共有 1075 所，岁用牲口 75500 头。魏帝恶其多，诏曰："自今，非天地、宗庙、社稷，皆勿用牲，荐以酒脯而已。"

是年，孝文帝诏禁止无籍僧尼在民间游化，僧尼外出教化必须携带僧曹文书（文移、印牒）。禁止私建寺塔。诏书说："若为三宝巡民教化者，在外赍州镇维那文移，在台者赍都维那等印牒，然后听行。"（《魏书·释老志》）

473 年

南朝：宋后废帝元徽元年

正月，宋改元元徽。

三月，婆利国④遣使向宋奉献。

五月，吐谷浑向宋奉献特产。

九月，宋遣使访魏。

十二月，吐谷浑向宋献特产。

上《七志》　八月，宋秘书丞王俭（452—489）表上所撰《七志》30 卷。王俭，南朝文学家、目录学家。曾撰《宋元徽元年四部书目录》，已佚。

北朝：魏孝文帝延兴三年

正月，魏遣崔演访宋。

魏劝课农事　魏帝诏：守令劝课农事，同部之内，贫富相通，家有兼牛，通借无者，若不从诏，一门终身不仕。

---

① 今甘肃敦煌。

② 今山西定襄。

③ 今内蒙古包头一带。

④ 关于婆利国的介绍，见附录十一《南朝与北朝 465—520 年间各自与境外国家的外交往来》。

魏定守令升迁法　魏帝诏曰："县令能静一县劫盗者，兼治二县，即食其禄；能静二县者，兼治三县，三年迁为郡守。二千石能静二郡，上至三郡，亦如之，三年迁为刺史。"

七月，魏诏：河南六州[①]之民，户收绢一匹，绵一斤，租三十石。

八月，魏长孙观入吐谷浑境，其王拾寅请降，遣子斤入侍。自是每岁向魏献贡。

九月，魏检括户口，魏遣使者十人，循行州郡检括户口。其有隐不出者，州郡县户主并论如律。

十月，仇池国武都王杨僧嗣死，弟文度自立为武兴王，遣使降魏。魏命其为武兴镇将。

十二月，柔然攻魏柔玄镇[②]，二部敕勒皆响应。

魏州镇十一水、旱，相州[③]民饿死者二千八百余人。

是岁，魏齐州[④]人刘举聚众起义，自称天子，未几为魏击杀。

尊孔　四月，魏以孔子二十八世孙孔乘为崇圣大夫，给十户供洒扫。

十二月，沙门慧隐谋反，失败被杀。（《魏书·帝纪·高祖纪上》）

474年

南朝：宋后废帝元徽二年

五月，宋桂阳王休范于寻阳[⑤]起兵，声言清君侧，以谢冤魂。朝廷震惊，命萧道成（427—482）屯军新亭[⑥]。道成以越骑校尉张敬儿诈降，见机杀死休范，驰马回营，又破其余党。萧道成振旅还建康，百姓沿道聚观，曰："全国家者，此公也！"（《资治通鉴·133》）

柔然遣使访宋。

---

① 青、徐、兖、豫、齐、东徐州。

② 今内蒙古兴和西北。

③ 今河北邢台、广宗以南，河南林县、汤阴、清丰、范县以北，山东武城、莘县以西地区。

④ 今山东北部运河以东、济南以北、邹平以西地区。

⑤ 今江西九江。

⑥ 今江苏南京南。

六月，宋以萧道成为中领军、南兖州刺史，留卫建康，参决朝政。

北朝：魏孝文帝延兴四年

三月，魏遣许赤虎访宋。

魏罢门房同诛律 六月，魏诏：自今非谋反大逆外叛，罪止其身。遂罢门房同诛之律（门诛即诛其一门，房诛即诛其一房）。

七月，柔然攻魏敦煌[①]，为魏击败。

475 年

南朝：宋后废帝元徽三年

三月，吐谷浑遣使向宋奉献特产。

九月，宋加封吐谷浑王拾寅为车骑大将军。

十月，高丽遣使向宋奉献。

十二月，参军江淹（444—505）谏阻宋建平王刘景素起兵反朝廷。江淹，字文通，齐阳考城[②]人。家贫好学，很有才华，为建平王刘景素赏识，后来官至金紫光禄大夫，安于高官厚俸，才思衰退，人谓“江郎才尽”。今存《江文通集》十卷。其少有文才，曾在梁武帝时，认出古墓出土竹简之蝌蚪文；在梁时，官至光禄大夫，封醴陵侯。著名作品有《恨赋》和《别赋》。

是年，定林寺法献往天竺求法，至于阗得佛牙、舍利及《观世音灭罪咒》、《法华经·调达品》而归[③]。

北朝：魏孝文帝延兴五年

五月，魏遣许赤虎访宋。

六月，魏初禁杀牛马，是因牛马为农兵所需，故禁杀之。

---

① 今甘肃敦煌。

② 今河南兰考。

③ 《高僧传·法献》载：“于于阗而反。获佛牙一枚舍利十五身并观世音灭罪咒及调达品。又得龟兹国金锤鍱像。于是而还。”

476年

南朝：宋后废帝元徽四年

七月，宋建平王刘景素据京口[①]起兵，未几，败死。

北朝：魏孝文帝延兴六年/承明元年

六月，魏冯太后毒死太上皇献文帝[②]。是时，在位已六年的孝文帝年仅12岁，冯遂以太后身份再次临朝称制，改元承明。

477年

南朝：宋后废帝元徽五年/宋顺帝升明元年

四月，宋阮佃夫与直阁将军申伯宗等欲谋废帝，事泄被杀。

七月，宋帝刘昱忌萧道成威名，尝自磨铤曰："明日杀萧道成。"道成闻之，忧惧，密与袁粲、褚渊谋废立。越骑校尉王敬则为道成听察帝之动静，阴结帝左右杨玉夫等，见机杀帝，以太后令，数帝罪恶，迎安成王刘准（467—479）即帝位，是为顺帝，改元升明。以萧道成为录尚书事。

倭国[③]遣使向宋奉献。

十二月，宋荆州刺史沈攸之以道成名位素出己下，一旦专朝政，心不平，于是起兵反道成。

宋司徒袁粲（？—477）等据石头城[④]起兵反萧道成，兵败被杀。

陆修静死　陆修静（406—477）于宋明帝泰始三年（467）奉命至建康崇虚馆整理道经，撰写《三洞经书目录》（成书于467—477年间）道藏书目。他据封建宗法思想，吸收佛教仪式，编成新道教斋戒仪式，称

---

① 今江苏镇江。

② 关于北魏献文帝拓跋弘的介绍，见附录十五《南朝和北朝465—520年间的重要人物介绍》。

③ 关于倭国的介绍，见附录十一《南朝与北朝465—520年间各自与境外国家的外交往来》。

④ 今江苏南京清凉山。

“南天师道”。

北朝：魏孝文帝太和元年

正月，魏改元孝文帝太和。

魏略阳[①]民王元寿聚众五千余家起义，自称冲天王。二月，为尉洛侯击败。

八月，魏诏：工商皂隶，自今无勋劳者，叙官不得过本部丞。

九月，魏更定律令。

十月，氐[②]帅杨文度攻陷魏仇池[③]。

十一月，魏怀州[④]民伊祁苟初自称尧后，在重山[⑤]聚众起义，为魏官兵斩杀。

十二月，魏攻斩杨文度，以杨广香为阴平公、葭芦戍主；文度弟文弘奉表向魏谢罪，遣子杨苟奴入侍。后魏以文弘为南秦州刺史、武都王。

是年，平城内有寺约百所，僧尼二千余人；魏境内有寺 6478 所，僧尼 70258 人[⑥]。

478 年

南朝：宋顺帝升明二年

正月，宋沈攸之兵败自杀，沈攸之素失人情，但倚以威力。初发江陵[⑦]，已有逃者，及攻郢城[⑧]，三十余日不拔，逃著稍多，至鲁山[⑨]，军遂

---

① 今甘肃天水、静宁、清水等地。

② 关于氐的介绍，见附录十四《南朝和北朝 465—520 年间与境内少数民族部落间的战争与联盟》。

③ 今甘肃成县西洛谷镇。

④ 今河南沁阳。

⑤ 今河南沁阳。

⑥ 《魏书·释老志》载：“自兴光至此，京城内寺新旧且百所，僧尼二千余人，四方诸寺六千四百七十八，僧尼七万七千二百五十八人。”

⑦ 今湖北江陵。

⑧ 今湖北武汉。

⑨ 今湖北沔阳东。

大溃，诸将皆走。攸之收集散军还江陵，途中闻江陵已为张敬儿所占，士卒尽散。攸之与子文和走至华容[①]界，自缢于林中。后斩其首，送于建康。

二月，宋进封萧道成为太尉、都督十六州诸军事。

四月，萧道成恐南兖州刺史黄回反己，使人数其罪而杀之。

五月，倭国王武遣使向宋奉献特产，宋封为安东大将军。

六月，宋封氐帅杨文弘为北秦州刺史、武都王。

省禁奢侈　八月，萧道成因大明以来，公私奢侈，奏罢御府，省二尚方雕饰器玩；诏禁民间华伪杂物，凡十七条。其中有不得辄铸金铜为像，马乘具不得用金银等。

九月，宋加封萧道成假黄钺、都督中外诸军事、太傅、扬州牧，剑履上殿。

柔然遣使向宋奉献特产。

十二月，宋尚书令王僧虔（426—485）[②] 奏请整理朝廷礼乐。

高丽遣使向宋奉献特产。

北朝：魏孝文帝太和二年

三月，魏封弥机为梁、益二州牧、河南公、宕昌王[③]。

五月，魏禁皇族、贵戚及士民与普通百姓通婚，犯者以违诏论罪。

十月，魏遣郑羲访宋。

479 年

南朝：宋顺帝升明三年/齐高帝建元元年

三月，宋以萧道成为相国，总揽朝政，封齐公，加九锡。

四月，萧道成建齐，宋进萧道成为齐王，加殊礼。未几，萧道成废宋帝为汝阴王，不久杀之，萧自称皇帝，国号齐，改元建元，是为齐太祖高

---

① 今湖北潜江西南。

② 关于王僧虔的介绍，见附录十五《南朝和北朝 465—520 年间的重要人物介绍》。

③ 关于宕昌国的介绍，见附录十一《南朝与北朝 465—520 年间各自与境外国家的外交往来》。

皇帝，建都建康（今江苏南京），史称南齐。因皇室姓萧，亦称萧齐。至此，刘宋共历八帝六十年而亡。

齐帝诏：二宫[①]诸王，悉不得营立屯邸，封略山湖。

五月，齐高帝下诏，禁止将帅募部曲。

齐改《元嘉历》为《建元历》。

吐谷浑遣使向齐朝贡。

六月，齐立萧赜（440—493）为皇太子。时，太子已为尚书仆射。

七月，交州刺史李长仁死，其弟叔献自代领州事，拒新命刺史，齐帝从之，即以叔献为刺史，抚安南土。

魏葭芦镇[②]主杨广香向齐请降，齐命其为沙州刺史。

十月，晋寿[③]李乌奴引氐兵攻齐梁州[④]，被齐击败。乌奴复走入氐。

十一月，柔然应齐约请，以兵十余万攻魏，至塞上而还。

是岁，齐进封倭王武为镇东大将军。

北朝：魏孝文帝太和三年

四月，魏诏：废候官（侦察官[⑤]），更置“纠察员”[⑥]，谨直者数百人，使巡逻街巷，执喧斗者。自是吏民始得安业。

十一月，魏奉宋降王刘昶，分兵数道攻齐，许昶以克复旧业，称藩于魏。

是岁，魏诏中书监高允议定律令。

契丹[⑦]酋长莫贺弗勿干率部落万余口、车三千乘，向魏归附，住于白狼水东[⑧]。

---

① 即上富、东宫。

② 今甘肃武都南。

③ 今四川广元南。

④ 今陕西汉中。

⑤ 魏太祖置候官，以伺察内外。

⑥ 原官称不详。

⑦ 关于契丹的介绍，见附录十四《南朝和北朝465—520年间与境内少数民族部落间的战争与联盟》。

⑧ 今辽宁大凌河东。

480 年

南朝：齐高帝建元二年

正月，五州蛮攻齐。齐荆、湘、雍、郢、司五州①蛮，得知魏发兵攻齐，遂乘机出动。襄城蛮攻潼阳②，杀县令；黄蛮攻汶阳③，驱逐太守；司州蛮攻平昌④。未几皆为齐兵击败。

二月，齐置板籍官，检定民籍。

齐改三巴校尉为巴州刺史，以镇群蛮。

是时，齐之境内有二十三州三百九十郡一千四百八十五县。

齐攻破魏淮阳⑤等城戍。

三月，百济遣使向齐朝贡，齐封其王牟都为镇东大将军。

四月，齐封高丽王琏为乐浪公、骠骑大将军。

五月，氐李乌奴攻齐梁州⑥，败退至武兴⑦。

九月，柔然遣使访齐。

十一月，齐封氐王杨后起为北秦州刺史、武都王，镇武兴。

十二月，宋刘祥（活跃于 480 年间）讽褚渊（435—482）。褚渊入朝以腰扇⑧障日，刘祥讽之曰："作如此举止，羞面见人，扇障何益！"（《南齐书·刘祥传》）。褚渊字彦回，是宋文帝女婿，曾助萧道成建齐，时人讥其无节："可怜石头城，宁为袁粲死，不作彦回生。"（《资治通鉴·宋纪十六》）刘祥故讽之。刘祥好文学，性刚直不阿，撰有《宋书》，讥斥禅代。

---

① 今湖北、湖南、河南及广东、山西部分。

② 今湖北兴山东北。

③ 今湖北远安西北。

④ 今山东潍坊西南。

⑤ 今河南淮阳。

⑥ 今陕西南部，汉水上游。

⑦ 今陕西略阳。

⑧ 即折叠扇。

北朝：魏孝文帝太和四年

正月，魏攻陷齐马头戍①，继攻钟离②，为齐击败。

二月，魏刘昶等以步骑二十万攻齐寿阳③，豫州刺史垣崇祖于城西北堰肥水，待魏攻城，决堰下水，人马溺死者以千数。魏师退走。

三月，刘昶因雨，请魏还师，魏遣冯熙将兵迎之。

八月，魏发兵数路攻齐。

闰九月，魏攻齐朐山④，为玄元度击败。魏师见有援军至，遂还军。

淮北四州民起义反魏 十月，淮北四州⑤民不愿归魏，常思归江南。于是徐州民桓标之、兖州民徐孟子等聚众起义反魏，推司马朗之为主，未几，为魏击败。

481 年

南朝：齐高帝建元三年

二月，齐将垣崇祖渡淮攻魏，杀获千计。

七月，齐遣车僧朗访魏；为宋降人解奉君刺杀。

九月，柔然遣使访齐，奉送狮子皮袴褶⑥，约同攻魏。

十月，吐谷浑王拾寅死；其子度易侯继位，齐封其为河南王。

十二月，高丽遣使向齐朝贡。

是岁，高车王可至罗杀高昌王阚酋归，立张明为王，高昌人杀张明，立马儒为王。

是年，中印度僧昙摩伽陀耶舍⑦（梵文 Dharmagatayaśas）在广州朝亭

---

① 今安徽怀远东南。

② 今安徽凤阳一带。

③ 今安徽寿县。

④ 今江苏连云港西南锦屏山。

⑤ 指青、冀、徐、兖。

⑥ 即骑服。

⑦ 关于昙摩伽陀耶舍的介绍，见附录十五《南朝和北朝 465—520 年间的重要人物介绍》。

寺译出《无量义经（Amitartha-sūtra）》[1]。

北朝：魏孝文帝太和五年

正月，魏攻齐淮阳[2]，先胜后败，死伤以万计。

四月，魏击败淮北民桓标之等，遂掠三万余口归平城，南归者仅数千家。

五月，邓至[3]王像舒遣使向魏归附。

七月，柔然别部他稽率众降魏。

魏中书令高闾等制定新律，共八百三十二章。门房之诛十有六，大辟二百三十五，杂刑三百七十七。

二月，魏平城（今山西大同）沙门法秀假造符瑞，联结兰台御史张求等百余人，组织奴隶起义，失败被杀[4]。

482年

南朝：齐高帝建元四年

三月，齐高帝死，皇太子萧赜继位，是为世祖武皇帝。高帝博学能文，俭朴，每曰："使我治天下十年，当使黄金与土同价。"[5] 欲以身率天下，移变风俗。

齐置废国子学　正月，齐置国子学生二百人，以中书令张绪为国子祭

---

① 《无量义经》1卷。南朝萧齐，昙摩伽陀耶舍（梵文 Dharmagatayaśas，法生称）译于建元三年（481）。收在《大正藏》第9册，与《法华经》、《观普贤经》合称"法华三部经"。

② 今河南淮阳。

③ 羌族一支，关于邓至的介绍，见附录十四《南朝和北朝465—520年间与境内少数民族部落间的战争与联盟》。

④ 《文献通考·165·刑考4》载："太和五年，沙门法秀谋反诛。诏曰：'法秀妖诈乱常，妄说符瑞；兰台御史张求等一百馀人，招结奴隶，谋为大逆，有司科以族诛，诚合刑宪。'"亦见《魏书·孝文纪上》。

⑤ 《南齐书·高帝纪》："［高帝］即位后，身不御精细之物，敕中书舍人桓景真曰：'主衣中似有玉介导，此制始自大明末，后泰始尤增其丽。留此置主衣，政是兴长疾源，可即时打碎。凡复有可异物，皆宜随例也。'后宫器物栏槛以铜为饰者，皆改用铁，内殿施黄纱帐，宫人著紫皮履，华盖除金花瓜，用铁回钉。每曰：'使我治天下十年，当使黄金与土同价。'欲以身率天下，移变风俗。"

酒。九月，齐以国哀之故，废国子学。

是年，齐高帝诏沙门法颖[①]（416—482）为京邑僧主（僧籍最高行政官）[②]。

北朝：魏孝文帝太和六年

七月，魏发州郡五万人修治灵丘[③]道。此道为诸州路冲，故修治之。

九月，魏封氐王杨后起为武都王。

祭祠七庙　十一月，魏以古制祭祠七庙，按七庙之祭，依先朝旧事，多不亲谒。今魏帝孝诚，思亲祀事，稽合古王礼之常典，遂以古制祭祠。

483 年

南朝：齐武帝永明元年

正月，齐改元永明。

齐因边境宁晏，诏恢复郡县丞尉田禄（俸禄）。

二月，齐封氐帅杨灵为沙州刺史、阴平王；封宕昌王梁弥机为河、凉州刺史，封邓至羌王像舒为西凉州刺史。

三月，齐诏官吏任职统以三年为限，谓之“小满”，遂改宋末以来官吏任职过久之弊。

十月，齐使刘缵[④]（活跃于483年间）访魏，以答谢之。魏主令李安世出内藏珍宝，使商贾在市上买卖。刘缵见后曰：“魏金玉大贱，当由山川所出。”李安世曰：“圣朝不贵金玉，故贱同瓦砾。”缵欲多市，闻其言，内惭而止。(《资治通鉴·135》)

---

① 关于法颖的介绍，见附录十五《南朝和北朝465—520年间的重要人物介绍》。

② 《高僧传·法颖（齐京师多宝寺）》载：“元嘉末下都止新亭寺。孝武南下改治此寺。以颖学业兼明。敕为都邑僧正。”［僧主］僧官名，始于南齐高帝诏法颖为京邑之僧主。见《佛祖统纪》五十一。

③ 今山西灵丘。

④ 可能和冯太后发生情人关系。

是年，齐武帝勅长干寺玄畅[1]（416—484）与定林寺法献[2]为僧主，分任长江南、北两岸僧务，时号为“黑衣二杰”[3]。

北朝：魏孝文帝太和七年

正月，魏免除赋税，诏青、齐、光[4]、东徐[5]四州之民户运仓粟二十石送瑕丘[6]、琅琊[7]，复（免）租（田税）算一年[8]。

七月，魏使李彪访齐，以贺武帝继位。

禁同姓为婚　十二月，魏始禁同姓为婚。

是岁，王元寿起义。魏秦州[9]民王元寿等因州刺史于洛侯残暴，刑人必断腕拔舌，分悬四体，遂起而反抗。魏帝被迫斩刺史，以安州民。

484年

南朝：齐武帝永明二年

十月，高丽王琏遣使向齐奉献特产。

是年正月，范缜[10]（450—510）盛称无佛，竟陵王萧子良[11]（460—494）笃好讲论佛法，其道俗之盛，江左未有，唯范缜盛称无佛。萧子良问难：“君不信因果，何得有富贵、贫贱?”范缜曰：“人生如树花同发，随风而散；或拂簾幌坠茵席之上，或关篱墙落粪溷之中。坠茵席者，殿下是也；落粪溷者，下官是也。贵贱虽复殊途，因果竟在何处?”子良无

① 关于玄畅的介绍，见附录十五《南朝和北朝465—520年间的重要人物介绍》。

② 关于法显的介绍，见附录十五《南朝和北朝465—520年间的重要人物介绍》。

③ 《佛祖统纪·36》曰：“齐武帝永明元年，敕长干寺玄畅同法献为僧主，分任江南北事，时号黑衣二杰。”以彼等为著黑衣之僧人，故时人号称黑衣二杰。又据《梁高僧传·8》之记载，则称僧慧与玄畅号为黑衣二杰。

④ 今山东半岛。

⑤ 今山东临沂、沂水、莒南一带。

⑥ 今山东兖州东北。

⑦ 今山东临沂北。

⑧ 《魏书·太宗纪》：“丁卯，幸赤城，亲见长老，问民疾苦，复租一年。”

⑨ 今甘肃东部、渭水上游，天水、秦安一带。

⑩ 关于范缜的介绍，见附录十五《南朝和北朝465—520年间的重要人物介绍》。

⑪ 关于萧子良的介绍，见附录十五《南朝和北朝465—520年间的重要人物介绍》。

以对①。

北朝：魏孝文帝太和八年

五月，魏遣李彪访齐，以报齐聘。

六月，魏始置官班禄法。户增调帛三匹、谷二斛九斗，以为官之俸禄；增调外帛二匹。禄行之后，赃满一匹者死。

九月，外戚李洪之为政贪暴。班禄之后，首以赃败，魏帝命锁赴平城，集文武百官亲临数之。因其为朝廷大臣，听在家自裁。自余守宰坐赃死者四十余人。满朝官吏肃然，不敢贪赃枉法。

十月，高丽王琏亦遣使向魏奉献特产。

十一月，魏为答谢齐使九月访魏，遣李彪访齐。

公元485年

南朝：齐武帝永明三年

正月，齐因交州刺史李叔献断割外国贡献，命刘楷讨伐。李叔献恐惧，遂绕道湘州②还朝。

三月，齐使刘缵访魏。

六月，齐遣使诣吐谷浑，并送柔然使还。

十二月，齐唐寓之起义，齐帝设校籍官，检定黄籍（即黄纸写户口簿），限校籍官一人一日得数巧（巧：奸伪者），连年不已，民愁怨不安。外监（中领军）吕文度提出："却籍（假冒户籍）"者，全部充军戍边。民多逃亡避罪，富阳③唐寓之聚四百余人，攻富阳。三吴④却籍者皆归附之，众至三万。

是岁，柔然部真可汗死，子豆苍立，号伏名敦可汗，改元太平。

周颙死　周颙（？—485?），精通声律，于武帝永明年间发现汉字"平上去入"四声，著有《四声切韵》，已佚。

---

① 《南史·范缜传》。

② 今湖南长沙。

③ 今浙江富阳。

④ 吴郡、吴兴、会稽，今江苏、浙江一带。

祭奠孔子 正月，齐复立国子学，用上公礼仪祭奠孔子。

废总明观 五月，齐因立国学，废除总明观。诏王俭在家开学士馆。

北朝：魏孝文帝太和九年

正月，魏冯太后作《皇诰》18篇①，并向群臣颁布。

七月，魏封梁弥承为宕昌王。

魏实行均田 十月，魏帝接受李安世建议，下诏实行均田。诸男夫15岁以上受露田四十亩，妇人二十亩，奴婢依良丁；牛一头，受田三十亩，限止四牛。所授之田；率倍之；三易之田，再倍之，以供耕作及还受之盈缩。人年及课则受田，老免及身殁则还田。奴婢、牛随有无以还受。初受田者，男夫给二十亩，课种桑五十株，桑田皆为世业，身终不还。恒计见口，有盈者无受无还，不足者受种如法，盈者得卖其盈。诸宰民之官（地方官），各随近给公田有差（刺史十五顷，太守十顷，治中、别驾八顷，县令郡丞六顷），更代相付，卖者坐如律。

魏遣李彪访齐。

十二月，柔然攻魏边塞，为魏击败。

魏梁州氐羌起兵，为魏击败。

设学馆 三月，冯太后令设学馆，选师以教诸王。

正月，魏焚图谶、秘纬。魏诏：自今图谶、秘纬，一皆焚之，留者以大辟论。又严禁诸巫觋及街巷卜筮非经典所载者。

486年

南朝：齐武帝永明四年

正月，唐寓之攻陷钱塘②，自称皇帝，立太子，置百官。遣将攻东阳③，

---

① 《魏书》因《皇诰》文字过多而不加引录，所谓“文多不载”，使我们无以了解其具体内容。

② 今浙江杭州西。

③ 今浙江金华、东阳、义乌一带。

杀太守；又攻山阴[①]，至浦阳江[②]，为汤休武击败。时朝廷又发禁兵数千，马数百匹，擒斩唐寓之。

闰正月，齐、魏均封氐王杨集始为武都王。

二月，齐遣裴昭明访魏。

三月，柔然可汗伏名敦追敕勒至西漠[③]。

四月，齐湘州[④]蛮起事，被齐击败。

北朝：魏孝文帝太和十年

正月，魏帝朝会，始服衮冕（汉族皇帝礼服）。

柔然攻魏。

魏立三长法及租调制　二月，魏无乡党之法，唯立宗主督护（坞主），民多隐冒。三五十家始为一户。内秘书令李冲建议实行三长法。即五家立一邻长，五邻立一里长，五里立一党长。三长职责检查户口，征收租调，征发兵役徭役。时朝廷百官皆以为不可，冯太后认为："立三长则课调有常准，苞荫之户可出，侥倖之人可止，何为不可。"遂立三长制，定民户籍。其时民调一夫一妇帛一匹、粟二石。15岁以上未婚者男女四、奴婢八人、秽牛二十头，分别出一夫一妇租调。课调省费十余倍，上下安定。

三月，柔然遣使访魏。

四月，魏始制朱、紫、绯、绿、青五等公服。

九月，魏作明堂、辟雍。

十一月，魏议定民官依所领民户多少给俸禄。

是岁，魏分置州郡共三十八州，二十五州在河南，十三州在河北。

改中书学为国子学　是岁，魏改中书学为国子学，是从晋制。

是年，北魏有司以"愚民侥幸，假称入道，以避输课"[⑤] 的名义，命

---

① 今浙江绍兴。

② 今浙江曹娥江。

③ 今蒙古沙漠以西。

④ 今湖南大部及广东北部。

⑤ 《魏书·释老志》载："十年冬，有司又奏：'前被敕以勒籍之初，愚民侥倖，假称入道，以避输课，其无籍僧尼罢遣还俗。重被旨，所检僧尼，寺主、维那当寺隐审。其有道行精勤者，听仍在道；為行凡粗者，有籍无籍，悉罢罢归齐民。今依旨简遣，其诸州还俗者，僧尼合一千三百二十七人。'奏可。"

无籍僧尼还俗，诸州还俗者有一千三百二十七人。

487年

南朝：齐武帝永明五年

正月，齐桓天生引魏兵攻齐，自称桓玄宗族，与雍[①]、司[②]二州蛮联合，占据南阳[③]，请魏发兵，引至沘阳[④]，被齐击败，损兵以万计。五月，桓天生复结魏攻齐，败逃。次年四月，齐击败桓天生，桓天生又结魏兵据齐隔城[⑤]，齐将曹虎连败魏军，俘斩四千余人。桓天生败逃。

高车[⑥]帅阿伏至罗因柔然可汗不听劝谏，遂与从弟穷奇率部西走，至车师前部西北[⑦]，自立为王，号“候娄匐勒（大天子）”，封从弟穷奇为“候倍（太子）”，分部而立。

是年，竟陵郡王萧子良，齐武帝萧赜之次子，移居鸡笼山邸，集学士抄《五经》、《百家》，依《皇览》例撰《四部要略》千卷。招致名僧，将论佛法，又造经呗新声，撰《净住子》二十卷[⑧]。名主萧衍（464—549）、沈约（441—513）、谢朓（464—499）、王融（467—493）、萧琛（478—529）、范云（451—503）、任昉（460—508）、陆倕（470—526）并从之游，号为“八友”。范缜时亦为宾客，盛称无佛，著《神灭论》。萧子良集僧难之，范不为屈服。

---

① 今湖北襄樊一带。

② 今湖北随县、云梦及河南信阳一带。

③ 今河南南阳一带。

④ 今河南沁阳南。

⑤ 今河南桐柏两北。

⑥ 关于敕勒的介绍，见附录十四《南朝和北朝465—520年间与境内少数民族部落间的战争与联盟》。

⑦ 今新疆吐鲁番西北。

⑧ 萧子良撰，全称《净住子净行法门》。本书乃叙述佛道修行之要旨，基于我国儒家之伦理精神，释说佛教于日常生活中之实践，为佛教初学者之入门书。《净住子》之序，解释“净住子”一语，以沙门净身口七支，不起诸恶，长养增进菩提善根，如是修习成佛无差，则能绍续三世佛种，是佛之子，故称《净住子》。本书夙佚失不传，仅存斯坦因（M. A. Stein）收集之敦煌本断简，以及唐代道宣抄略之《统略净住子净行法门》。收于《大正藏》第52册、《广弘明集·27》。（“佛缘网站”）

北朝：魏孝文帝太和十一年

正月，魏定雅乐，诏定乐章，非雅者除之。

胡丘生[①]在悬瓠[②]起兵，附齐攻魏，兵败奔齐。

七月，魏春、夏大旱，诏有司开仓救济，听民出关就食。

八月，柔然攻魏，大败。

十月，魏诏：罢尚方锦绣、绫罗之工，允士、农、工、商制造。

修《国书》 十二月，魏帝诏李彪、崔光重修《国书》，改编年为纪、传、表、志。

488 年

南朝：齐武帝永明六年

齐将陈显达攻魏沘阳[③]，十余日未下，乃退。

臧荣绪死 是岁，齐臧荣绪（415—488）死。臧荣绪，史学家。删取王隐、何法盛等《两晋书》，著《晋书》一百一十卷。已佚，有辑本。

是年，西域僧译《善见律毗婆沙》十八卷[④]。其译律记载："众圣点记"，据此，佛的生卒年为公元前 565—485 年。

北朝：魏孝文帝太和十二年

三月，魏攻齐角城戍[⑤]，见援兵至乃退。

十二月，柔然伊吾戍主高羔子率众三千以城附魏。

---

① 齐"荒人"桓天生煽动雍、司二州蛮，据南阳故城，降魏，齐兵破之。魏"荒人"胡丘生在悬瓠起兵应齐，被魏兵所败。魏大旱，牛疫，民多饿死，代地尤甚。魏齐州刺史韩麒麟言时弊，谓京师民庶，不耕者多，游食之人占三分之二；工商之族，仆隶玉食，农民则缺衣食。（《全后魏文·31》）

② 今河南汝南。

③ 今河南泌阳南。

④ 《善见律毗婆沙》，萧齐僧伽跋陀罗译，十八卷。又称《善见毗婆沙律》、《善见律》、《善见论》、《毗婆沙律》。收在《大正藏》第 24 册，系注释锡兰所传律藏之典籍。依《历代三宝·11》所载，三藏法师（或说觉音）持律藏至广州，临离去时将之付与弟子僧伽跋陀罗，永明六年（488），僧伽跋陀罗与沙门僧猗（或僧祎）共译于广州竹林寺。此即该书传承之始末。

⑤ 今江苏清江西南。

魏攻百济，为百济击败。

489年

南朝：齐武帝永明七年

十二月，齐遣颜幼明访魏。

江敩[①]（452—495）移床远客　齐中书舍人纪僧真（活跃于489年间），向梁武帝乞作士大夫（即士族），武帝道："此由江敩、谢瀹，我不得措意，可自诣之。"纪僧真承旨诣敩，登榻坐定，江敩顾命左右道："移吾床远客！"（床即有靠背之椅，南朝称床）纪僧真丧气而退，告武帝道："士大夫故非天子所命！"

是年，居士明僧绍[②]（？—483）舍摄山之宅为栖霞寺。

北朝：魏孝文帝太和十三年

八月，魏遣邢产访齐。

十二月，柔然别帅叱吕勒领众降魏。

是岁，王伯恭在魏兖州[③]起义。

490年

南朝：齐武帝永明八年

正月，齐释放在488年隔城败退时为齐所俘魏俘，二千余名还魏。

八月，吐谷浑王度易侯死，其子伏连筹立。齐遣使吊丧，伏连筹杀齐使。

荆州刺史巴东王刘子响至镇，私与山蛮交易器仗，欲为乱，为长史刘宣等密告朝廷。齐帝先后遣人检校，直至以丹扬尹萧顺之将兵讨之。子响出降，赴建康途中被杀。

---

① 关于江敩的介绍，见附录十五《南朝和北朝465—520年间的重要人物介绍》。

② 关于明僧绍的介绍，见附录十五《南朝和北朝465—520年间的重要人物介绍》。

③ 今山东中部及西部东平、济宁、馆陶。

十二月，齐封百济王牟大为镇东大将军、百济王。

九月，中印度沙门求那毗地[①]（？—502）译出《百喻经》[②]，此后又译出《十二因缘经》《须达经》。

北朝：魏孝文帝太和十四年

四月，地豆干[③]攻魏，为魏击败。

魏遣邢产访齐。

五月，库莫奚[④]攻魏，败走。

九月，魏冯太后死。太后临朝称制二十五年，推行许多有益改革之措施，谥文明太皇太后。

十二月，高车阿伏至罗及穷奇遣使至魏，请击柔然。

沙门司马惠御自称圣王，谋破平原郡，失败被杀[⑤]。

491 年

南朝：齐武帝永明九年

正月，齐遣散骑常侍裴昭明、谢竣访魏吊冯太后之丧。

是岁，齐新律制成。

夷人范当根纯夺林邑国，自立为王，遣使向齐献金簟（金篮子）等物，齐诏其为林邑王。

---

① 关于求那毗地的介绍，见附录十五《南朝和北朝465—520年间的重要人物介绍》。

② 《百喻经》全称《百句譬喻经》，是古天竺高僧伽斯那撰，南朝萧齐天空三藏法师求那毗地译。《百喻经》称“百喻”，就是指有一百篇譬喻故事，但原经真正的譬喻故事只有九十八篇；之所以称之为“百”，有两种说法，一就整数而言，二是加上卷首引言和卷尾偈颂共为百则。《百喻经》全文两万余字，结构形式单一，每篇都采用两步式，第一步是讲故事，是引子；第二步是比喻，阐述一个佛学义理。为5世纪印度僧伽斯那所集。书末有作者的后记六颂。颂后记云：“尊者僧伽斯那造作《痴花鬘》竟。”《痴花鬘》当是本书的原名。宋元明藏本第一喻前有序品三百余字，说佛在王舍城鹊封竹园，为异学梵志五百人说此经，与僧伽斯那跋颂不符，显然是后人所加。本书的写成正是印度寓言文学的盛时，也是有名的《五卷书》（婆罗门学者所撰用来教授贵族子弟的一部梵文寓言集）流行的时代，可谓应时之作，但在印度，直到现在没有发现它的梵本。（“佛教导行”）

③ 关于地豆干的介绍，见附录十二《南朝和北朝465—520年间与各自与境外国家间的战争》。

④ 关于库莫奚的介绍，见附录十四《南朝和北朝465—520年间与境内少数民族部落间的战争与联盟》。

⑤ 出自《魏书·高祖纪》。

北朝：魏孝文帝太和十五年

三月，魏遣李彪报谢访齐。李彪六次奉使，齐武帝敬重之。李彪返魏，帝送至琅邪城[①]，命群臣赋诗以宠之。

五月，魏陷吐谷浑二戍，俘三千余人。

十一月，魏大定官品，考诸牧守。

魏遣李彪访齐。

十二月，高丽王琏死，其孙云继立。魏帝为高丽王举哀。

492年

南朝：齐武帝永明十年

正月，齐遣庾荜等访魏。

八月，柔然人杀伏名敦可汗，立盖那，号“候其伏代库者可汗”，改元太安。

九月，氐王杨集始攻齐汉中[②]，为齐击败，损失数千人。集始向魏请降，魏封其为汉中郡侯、武兴王。

十二月，齐遣萧琛、范云访魏。

是岁，林邑王范阳迈之孙范诸农，击败夺国者范当根纯，恢复其国，齐封其为林邑王。

沈约撰《宋书》　齐武帝命太子家令沈约撰《宋书》，沈约为南朝文坛巨擘，好学，昼夜不倦，博通群书，曾校四部图书，是“竟陵八友”之一。他的“四声八病”说，兴起于齐世；进入梁朝后，梁武帝并不认可此说。

北朝：魏孝文帝太和十六年

正月，魏罢租课。

三月，魏封高丽王云为辽东公、高句丽王。

四月，魏颁新《律令》。

---

① 今山东临沂东南。

② 今陕西南部、汉水流域。

七月，吐谷浑王伏连筹遣子贺虏头入朝于魏，魏帝封伏连筹为西海公、吐谷浑王。

魏遣宋弁访齐。及还，魏帝问弁："江南何如?"弁曰："朝无股肱之臣，野有愁怨之民。"(《资治通鉴·137》)

八月，魏发兵十万，大败柔然而还。

崇孔 二月，魏崇孔，改谥孔子为文圣尼父。

行三老五更礼 八月，魏行养三老五更礼[①]。

是岁，魏孝文帝诏："四月八日、七月十五日，听大州度一百人为僧尼，中州五十人，下州二十人，以为常准，著于令。"(《魏书·释老志》)

493 年

南朝：齐武帝永明十一年

四月，齐立南郡王刘昭业为皇太孙。

齐光城[②]蛮帅田益宗，领部落四千余户附魏。

七月，齐武帝死。孙萧昭业（473—494）继位，后被废，是为废帝郁林王。

六月，齐建康僧法智与徐州[③]民周盘龙等聚众起义，攻下徐州，未几，败死。

北朝：魏孝文帝太和十七年

正月，魏遣邢峦访齐。

---

① 相传古代统治者设三老五更，以尊养老人。据《孝经援神契》："天子尊事三老（乡官之名。战国时间里及县，均有三老，汉初乡、县也有三老，由年在50岁以上者担任），兄事五更（年老致仕而有经验之乡间耆老）。"又据《白虎通义·乡射》："王者父事三老，兄事五更者何？欲陈孝悌之德以示天下也。"所以天子也往往尊礼三老五更，往往以年老大臣为之。依照古礼，皇帝向三老五更示敬时，不仅要跪拜，还亲自割牲、执酱、执爵。据《周书·15·于谨传》，周武帝宇文邕在太学敬三老于谨，让于谨"南面凭几而坐，以师道自居"，皇帝反而西面"跪设酱豆，亲自袒割，三老食讫，皇帝又亲跪授爵以侑"，随后"皇帝北面立而访道"。于谨说了些"虚心纳谏"的话以教导皇帝，"皇帝再拜受之"。这反映历史早期的君尊臣卑，还不像后代那样严峻。("百度百科")

② 今河南光山。

③ 今江苏徐州。

行耕藉田礼　二月，魏帝在平城南始行耕藉田礼[①]。

五月，襄阳蛮帅雷婆思率户千余附魏，居于沔北[②]。

七月，魏立皇子拓跋恂为太子。

魏声称其欲攻齐，魏帝久慕中原，欲移风易俗，有迁都洛阳之意，又恐群臣不从，乃议大举伐齐，欲以胁众。上月，命作河桥，以济师。是月，中外戒严，发露布及移书，声欲攻齐，诏发扬、徐州民丁，广设招募以备之。

九月，魏遣高聪访齐。

魏支酉、王广起义。魏北地[③]民支酉聚众数千，在长安城北石山起义；秦州[④]民王广起兵响应，擒魏刺史刘藻，秦、雍[⑤]间七州民皆响应，众至十万，各守堡壁以待齐援。后为魏将击败，王广、支酉被杀。

邓至王像舒彭遣子朝魏。

魏迁都洛阳，魏帝军至洛阳，令诸军南进。众皆殷勤泣谏，魏帝乃谕群臣："苟不南伐，当迁都于此，王公以为何如，欲迁者左，不欲者右。"南安王桢曰："今陛下苟辍南伐之谋，迁都洛邑，此臣等之愿，苍生之幸也。"群臣皆呼万岁。魏帝遂命拓跋澄还平城，晓谕百官迁都洛阳。（《资治通鉴·138》）

十月，魏命李冲等经营洛阳。

十一月，魏遣使访齐。

是岁，魏孝文帝诏立《僧制》四十七条。（《魏书·释老志》）

---

① 亦作"耕籍"、"耕耤"。古时每年春耕前，天子、诸侯举行仪式，亲耕藉田，种植供祭祀用的谷物，以示劝农。历代皆有此制，称为耕藉礼或籍田礼。据《礼记·月令》，其礼为天子三推，三公五推，卿、诸侯九推。至清末始废。《礼记·祭义》："耕藉，所以教诸侯之养也。"《宋书·礼志一》："晋武帝末，有司奏：'古诸侯耕籍百亩，躬秉耒耜，以奉社稷宗庙，以劝率农功。今诸侯治国，宜修耕籍之义。'"《旧唐书·礼仪志四》："玄宗欲重劝耕藉，遂进耕五十馀步，尽壠乃止。"《清史稿·礼志二》："乾隆三年，帝初行耕藉礼，先期六日，幸丰泽园演耕，届日飨先农，行四推。"（"百度百科"）

② 今湖北沔水之北。

③ 今陕西富平一带。

④ 今甘肃渭水上游，天水、秦安一带。

⑤ 今甘肃、陕西一带。

494 年

南朝：齐废帝隆昌元年/海陵王延兴元年/齐明帝建武元年

正月，齐改元隆昌。

二月，齐使刘敩访魏。

七月，萧鸾（452—498）杀齐帝。萧鸾与帝不睦，相互谋之。是时，西昌侯萧鸾握有兵权，矫太后令废帝为郁林王，立新安王萧昭文，时年十五。萧鸾为录尚书事、宣城郡公，改元延兴。

九月，萧鸾大杀齐诸王。萧鸾权势益重，中外皆知其蓄不臣之志。或劝鄱阳王刘锵入宫发兵辅敛。事发，鸾遣兵杀之。晋安王刘子懋闻鄱阳王、随王被杀，欲起兵，为鸾得知，使人杀之。先后杀安陆王萧子敬、晋熙王萧銶、宜都王萧铿、桂阳王萧铄、衡阳王萧钧、江夏王萧锋、建安王萧子真、巴陵王萧子伦。萧鸾每杀诸王，常夜遣兵围其第，斩关踰垣，呼噪而入，家赀皆封籍之。

十月，萧鸾自称皇帝。萧鸾晋爵为宣城王，未几，废齐帝为海陵王，自立为皇帝，改元建武，是为高宗明皇帝。

十一月，立皇子萧宝卷为太子。

北朝：魏孝文帝太和十八年

六月，魏遣卢昶、王清石访齐。魏帝谓清石曰："凡使人以和为贵，勿迭相矜夸，见于辞色，失将命之体也。"①

九月，魏初行三载考绩法。三载一考，即行黜陟，欲令愚滞无妨于贤者，才能不拥于下位。魏帝亲临朝堂，黜陟百官。

十月，魏帝发平城，迁都洛阳。

魏禁荆②、郢③等州诸蛮攻齐 魏帝诏曰："比闻缘边之蛮，多窃掠南土，使父子乖离，室家分绝，朕方荡壹区宇，子育万姓，若苟如此，南人岂知朝

---

① 《资治通鉴·139》："凡使人以和为贵，勿迭相矜夸，见于辞色，失将命之体也。"胡三省注："奉命而行，谓之将命。"

② 今湖北西部。

③ 今湖北钟祥以下汉江流域。

德哉！可诏荆、郢、东荆三州，禁勒蛮民，勿有侵暴。”（《资治通鉴·139》）

十二月，魏诏，禁士民穿胡服，欲变鲜卑旧俗。

魏帝诏，代替他人迁洛阳者免租赋三年。

魏帝闻齐之变，萧鸾自立，遂谋举兵攻齐。

495年

南朝：齐明帝建武二年

正月，齐遣将拒魏。

七月，齐封氐帅杨馥之为北秦州刺史、仇池公。

北朝：魏孝文帝太和十九年

二月，魏攻齐义阳，久攻未下，士卒多死，乃退。

四月，魏攻齐南郑[①]，不克。

魏攻齐赭阳[②]，败退。

五月，魏诏减冗官之禄以助军国之用。

六月，魏禁鲜卑语。诏：“不得为北俗之语于朝廷，违者免所居官。”（《资治通鉴·140》）

魏诏求于时有益而秘书阁所无之书，献者厚赏。

魏诏代替他人迁洛阳者，皆为河南洛阳人。

魏改用长尺、大斗，其法依《汉志》为之。

八月，魏选武勇之士十五万人为羽林、虎贲，以充宿卫。

九月，魏六宫、文武百官皆迁洛阳。

是岁，魏始铸孝文帝太和五铢钱。其先，魏人未用钱。

魏封光城蛮帅田益光为南司州刺史，听其任选守令。

魏尊孔　四月，魏帝至鲁曲阜，亲祠孔子，封孔子后为崇圣侯，修孔子墓。

魏设汉学　八月，魏立国子、太学、四门、小学于洛阳。

---

① 今陕西南郑。

② 今河南方城。

四月，孝文帝游徐州白塔寺，谓此寺有《成实论》名师僧嵩[①]（活跃于413年间），后授法师，渊授登、纪二法师。法门道登受帝优遇[②]。

是岁，魏始建龙门石窟。魏孝文帝在今河南洛阳龙门山开凿龙门石窟。

魏始建少林寺　魏为安顿天竺（印度）僧人跋陀[③]传教，于今河南登封中岳嵩山建立少林寺[④]。为后世禅宗和少林武术发祥地。

496年

南朝：齐明帝建武三年

正月，齐封氐王杨崇祖为沙州刺史，封阴平王。

北朝：魏孝文帝太和二十年

正月，魏定族姓，改拓跋氏为元。魏以其祖先出于黄帝，以土德王。夫土者，黄中之色，万物之元也，故改姓元。拔拔氏为长孙，乙旃（?）氏为叔孙等；

四月，魏攻齐司州[⑤]，败走。

八月，魏太子元恂叛逃。魏太子元恂不乐南迁，乘魏帝游嵩山之机，与左右密谋，召牧马轻骑奔平城。尚书陆秀驰告魏帝，帝返洛阳，以杖痛击元恂，囚于城西。

十月，魏吐京胡起义，魏击之，俘杂畜数以万计。

魏废太子恂为庶人，囚于河阳无鼻城[⑥]。

---

① 关于僧嵩的介绍，见附录十五《南朝和北朝465—520年间的重要人物介绍》。

② 出自《魏书·释老志》："十九年四月，帝幸徐州白塔寺。顾谓诸王及侍官曰：'此寺近有名僧嵩法师，受成实论于罗什，在此流通。后授渊法师，渊法师授登、纪二法师。朕每玩成实论，可以释人染情，故至此寺焉。'时沙门道登，雅有义业，为高祖眷赏，恒侍讲论。"

③ 关于跋陀的介绍，见附录十五《南朝和北朝465—520年间的重要人物介绍》。

④ 北魏孝明帝孝昌三年（527），释迦牟尼佛第二十八代徒菩提达摩来到少林寺，他在"跋陀"开创的基础上，广集信徒，传授禅宗，寺院的规模也逐渐扩大，僧侣日益增多，少林寺在那时便成了禅宗祖庭。"达摩"在少林寺修行多年，于东魏孝静帝天平三年将法传于"慧可"，从此禅学在少林寺落迹流传。（"维基百科"）

⑤ 今河南南部及湖北一部。

⑥ 今河南孟县东。

魏置常平仓[①]，以平衡粮价。

魏恒州太守穆泰不乐南迁，怨帝亲任中州儒士，遂与原恒州刺史陆叡相谋作乱，败。

是岁，魏帝以初有罪徙边者多逋亡，乃制一人逋亡，合门充役。光州刺史崔挺谏曰："若一人有罪，延及合门，则司马牛受桓魋之罚，柳下惠婴盗跖之诛，岂不哀哉！"（《资治通鉴·140》）魏帝善之，遂除其制。

又清流品　正月，以卢、崔、郑、王为四大姓。凡此姓族，皆应审窍（根源），勿容伪冒。

是岁，道登[②]死，孝文帝施帛千匹，又设一切僧斋，命京城七日行道[③]。

497年

南朝：齐明帝建武四年

二月，齐帝疑尚书令王晏欲反，诛之。

十一月，齐减课，诏："所在结课屋宅田桑，可详减旧价。"（《南齐书·本纪第五·海陵王》）

十二月，齐分兵数道攻魏，损兵折将，均大败而还。

是岁，高昌王马儒为其部下所杀，立麴嘉为王，向柔然归附。

北朝：魏孝文帝太和二十一年

正月，魏立皇子元恪为太子。

---

① 中国古代政府为调节粮价，储粮备荒以供应官需民食而设置的粮仓。主要是运用价值规律来调剂粮食供应，以稳定粮价。在市场粮价低的时候，适当提高粮价进行大量收购，不仅使朝廷储藏粮食的大谷仓——太仓和甘泉仓——都充满了粮食，而且边郡地方也仓廪充盈。在市场粮价高的时候，适当降低价格进行出售。这一措施，既避免了"谷贱伤农"，又防止了"谷贵伤民"，对平抑粮食市场和巩固封建政权起到了积极作用，在一定程度上反映了人民群众的利益和愿望。（"百度百科"）

② 大和十九年（495），孝文帝拜徐州高僧道登为师。见《五台山杂志》。

③ 出自《魏书·释老志》："时沙门道登，雅有义业，为高祖眷赏，恒侍讲论。曾于禁内与帝夜谈，同见一鬼。二十年卒，高祖甚悼惜之，诏施帛一千匹。又设一切僧斋，并命京城七日行道。又有西域沙门名跋陀，有道业，深为高祖所敬信。诏于少室山阴，立少林寺而居之，公给衣供。"

二月，魏定州[①]王金钩起义，自称应王。

四月，魏帝废太子元恂太子复与左右谋逆，遂赐太子死。

八月，魏帝集兵二十万，诏中外戒严，军发洛阳攻齐。

汉中氐帅杨灵珍叛魏，举州降齐，并遣其弟婆罗阿卜珍将步骑万余袭魏武兴王杨集始，杀其弟。魏帝以河南尹李崇为都督陇右诸军事，将兵数万讨之。

九月，崇折木攀山，出氐不意，表里袭之。灵珍屡败，乃奔还汉中。

十一月，齐以杨灵珍为北秦州刺史、仇池公、武都王。

是岁，魏孝文帝诏：在鸠摩罗什[②]故寺建三级浮图，命访罗什后胤[③]。

魏原立监福曹，管理僧尼，又改昭玄曹，备有官属，以处理僧尼事务[④]。

498 年

南朝：齐明帝建武五年/永泰元年

正月，齐帝以近亲寡弱，忌高、武子孙。时高、武子孙犹有十王，帝欲尽杀除，遂遣萧遥光逐一杀之。

---

① 今河北定县、石家庄一带。

② 鸠摩罗什（梵文为 Kumārajīva，344—413），音译为鸠摩罗耆婆，又作鸠摩罗什婆，简称罗什。其父名鸠摩罗炎，母名耆婆，属父母名字的合称，汉语的意思为“童寿”。东晋时后秦高僧，著名的佛经翻译家。与真谛（499—569）、玄奘（602—664）并称为中国佛教三大翻译家。原籍天竺，生于西域龟兹国（今新疆库车县）。幼年出家，初学小乘，后遍习大乘，尤善般若，并精通汉语文，曾游学天竺诸国，遍访名师大德，深究妙义。他年少精进，又博闻强记，于是备受瞩目和赞叹。在东晋后秦弘始三年（401），姚兴派人迎至长安（今陕西西安石井阿福泉欢乐谷）从事译经，成为中国一大译经家。率弟子僧肇等八百余人，译出《摩诃般若》、《妙法莲华》、《维摩诘》、《阿弥陀》、《金刚》等经和《中》、《百》、《十二门》和《大智度》等论，共 74 部，384 卷。由于译文非常简洁晓畅，妙义自然诠显无碍，所以深受众人的喜爱，而广为流传，对于佛教的发展，有很大贡献。所介绍之中观宗学说，为后世三论宗之渊源。佛教成实宗、天台宗，均由其所译经论而创立。著名弟子有道生、僧肇、道融、僧叡，时称“四圣”。中国之佛教由鸠摩罗什而面目一新。有鸠摩罗什而有良好之译本，系统之教义，故其为佛典汉译之泰斗。

③ 出自《魏书·释老志》：“二十一年五月，诏曰：‘罗什法师可谓神出五才，志入四行者也。今常住寺，犹有遗地，钦悦修踪，情深遐远，可于旧堂所，为建三级浮图。又见逼昏虐，为道殄躯，既暂同俗礼，应有子胤，可推访以闻，当加叙接。’”

④ 出自《魏书·释老志》：“先是，立监福曹，又改为昭玄，备有官属，以断僧务。”

三月，齐在涡阳[①]屡败魏军。

四月，齐改元永泰。

齐大司马王敬则自以高、武二帝旧将，心自不安。闻帝置兵密防，遂于会稽[②]起兵。五月，兵败被杀，传首至建康。

七月，明帝病死，年 47 岁，第二子萧宝卷（483—501）继位，时年 16 岁，在位 4 年。后被废，称东昏侯。

十二月，林邑王范诸农向齐朝贡，因海风船沉淹死，齐封其子范文款为林邑王。

是岁，齐建德[③]令沈瑀（活跃于 498 年间），教民一丁种十五株桑、四株柿及梨、栗，女丁半之，人皆欢悦。

北朝：魏孝文帝太和二十二年

正月，魏攻陷齐沔北[④]诸郡。

七月，魏减皇亲俸禄。魏因攻齐需费，诏曰："割身存国，理为远矣"，遂减皇亲国戚及在军者俸禄三分之一，皇后私府、六宫嫔御、五服男女也减半，以供军需。

八月，魏攻高车，高车人奉袁纥树者为主北逃，魏兵追击，得胜而还。

九月，魏因齐新丧，遂撤攻齐之兵攻高车。

499 年

南朝：齐东昏侯永元元年

正月，齐改元永元。

八月，齐始安王遥光等起兵，败死。齐帝遂大杀萧坦之、曹虎等大臣。

---

① 今安徽蒙城。

② 今浙江绍兴。

③ 今浙江建德。

④ 今湖北沔水以北。

九月，蜀人赵续伯起兵，蜀中皆起而响应，益州[1]大乱。

十一月，齐太尉陈显达在寻阳[2]起兵，进军采石[3]。十二月，围今江苏南京新亭，与台军大战，兵败被杀。

策孝廉　正月，齐策孝廉、秀才。

谢朓死　是岁，受李白称赞的谢朓（464—499）死。谢是“齐武帝永明体”代表作家之一，有《谢宣城集》留世。

是岁，扶桑国僧深到达建康，谓其国在“大汉东三万里，宋大明五年罽宾国沙门无人至其国流通佛法”。（《佛祖统纪》）

北朝：魏孝文帝太和二十三年

三月，魏攻败齐兵。齐太尉陈显达发兵四万攻魏，欲复沔北诸郡。三月，魏王亲征，击败齐军，追至汉水，获齐军资以亿计，颁赐将士，斩杀齐士卒三万余人。

四月，魏孝文帝死。魏帝因病退兵北还，病死途中，太子元恪（483—515）继位，是为世宗宣武皇帝。

十一月，魏幽州[4]民王惠定起义，自称明法皇帝，未几，被杀。

十二月，六年前自南朝投魏的王肃[5]（464—501）为魏制官品百司，皆如南朝之制，凡九品，每品各正、从二品。

公元500年

南朝：齐东昏侯永元二年

正月，齐豫州刺史裴叔业闻帝数诛大臣，遂降魏，齐发兵击之。魏以叔业都督豫、雍五州诸军事。

二月，巴西[6]民雍道晞聚众万余起义，称镇西将军，号建义，围郡

---

① 今四川、陕西南部，云南、贵州之一部。
② 今江西九江。
③ 今安徽马鞍山长江东岸。
④ 今河北北部、北京一带。
⑤ 关于王肃的介绍，见附录十五《南朝和北朝465—520年间的重要人物介绍》。
⑥ 今四川阆中南充一带。

城，兵败被杀。

三月，齐发兵围攻魏寿阳，被魏击败。

齐平西将军崔景慧起兵围建康，四月，兵败被杀。

六月，齐大阳蛮田育丘等二万八千户，向魏归附。

齐大起宫殿　八月，齐后宫失火，烧三十余间。齐帝又大起芳乐、玉寿诸宫殿。以麝香涂壁，刻画装饰，穷极绮丽。后宫服御，极选珍奇，凿金为莲花以贴地，令潘妃行其上，曰："此步步生莲花也。"奸佞借机向州郡勒索，课一输十，百姓困尽，号泣道路。

九月，齐州①民柳世民起义。

十月，齐佞臣茹法珍等害死尚书萧懿。

十一月，萧衍起兵。齐雍州刺史萧衍知帝使人刺己，遂与吕僧珍等，以"昏主暴虐，恶踰于纣"（《资治通鉴·143》），领万余人在襄阳②起兵。

十二月，齐西中郎将长史萧颖胄在江陵③起兵，奉南求王萧宝融为主。

祖冲之死　祖冲之（429—500），宋齐间科学家。博学多才，尤擅长历数，首次把圆周率准确数值推算到小数点后七位数，比欧洲早一千多年。著有《缀术》、《大明历》等重要著作。

北朝：魏宣武帝景明元年

正月，魏改元景明。

八月，魏在肥口④大败齐兵，斩首九千余级，淮南郡县均为魏占有。

是岁，氐王杨集始向魏归附，魏帝还其爵位，使归守武兴。

魏弛盐池之禁。

是岁，魏于洛阳龙门山造佛龛。魏宣武帝诏：大长秋白整在洛阳南伊阙山为孝文帝、文昭皇太后造石窟二所，此后至正光四年（523）又为宣武帝造

① 今山东济南。

② 今湖北襄樊一带。

③ 今湖北江陵。

④ 今安徽寿县淝水与淮水会合处。

窟一所，凡用工八十万二千三百六十六。此为龙门石窟营造之始[①]。

501 年

南朝：齐东昏侯永元三年/齐和帝中兴元年

正月，齐南康王萧宝融称相国，以萧衍为征东将军。

三月，萧宝融（488—502）称皇帝。萧宝融在江陵[②]即皇帝位，改元中兴，是为和帝。以萧衍为左仆射。

六月，齐巴陵王萧昭胄谋自立，事泄败死。

七月，齐雍州刺史张欣泰等谋立建康王萧宝寅，事泄被杀。

九月，齐萧衍督军围建康。

十二月，萧衍入建康。齐雍州刺史王珍国与萧衍相约，令张齐等杀齐帝萧宝卷，迎萧衍入城。以宣德太后令，追帝为东昏侯。萧衍为中书监、大司马、录尚书事。

北朝：魏宣武帝景明二年

五月，魏咸阳王禧等密谋，趁魏帝至北邙山[③]打猎之机起兵，事泄被杀。

七月，柔然攻魏。

九月，魏诏发畿内民夫五万，筑洛阳城坊，四旬而罢。

十一月，魏东豫州刺史田益宗，乘萧齐内乱之机，领兵攻齐。在赤亭[④]大败齐兵。

502 年

南朝：齐和帝中兴二年/梁武帝天监元年

正月，齐大司马萧衍加殊礼，进位相国，封梁公。

---

① 出自《魏书·释老志》："景明初，世宗诏大长秋卿白整准代京灵巖寺石窟，于洛南伊阙山，为高祖、文昭皇太后营石窟二所……从景明元年至正光四年六月已前，用功八十万二千三百六十六。"

② 今湖北江陵。

③ 今河南洛阳北。

④ 今湖北麻城西南。

二月，齐诏萧衍进爵梁王。衍称齐诸王谋反，杀晋熙王萧宝嵩等三王。鄱阳王萧宝寅惧，潜逃奔魏。至寿阳，魏以车马侍卫迎之。

齐和帝萧宝融东归至姑孰[①]，下诏禅位于梁王。

四月，梁王萧衍在建康南郊称皇帝，是为梁高祖武皇帝，改元天监，国号梁，建都建康。因皇室姓萧，史称萧梁。废齐和帝为巴陵王，未几杀之，齐亡，共七帝，历二十四年。

梁武帝诏议赎刑条格，即以金赎罪。

梁置谤木、肺石　梁诏：于公车府置谤木、肺石（赤石），旁各置一函（即匣子）。布衣处士议论朝政，可投谤木函；功劳才器蒙受沉冤，可投肺石函。

四月，梁土断南徐州[②]诸侨郡县。

闰四月，梁封宕昌帅梁弥邕为宕昌王。

五月，梁江州刺史陈伯之起兵，败奔于魏。

六月，梁封氐帅杨绍先为武都王。

前益州刺史刘季连据成都[③]起兵反梁。

八月，梁删旧律为《梁律》。

林邑、千陀利[④]向梁奉献特产。

十一月，梁立皇子萧统为皇太子。

十二月，梁攻魏淮南[⑤]，为魏击败。

是岁，梁江东[⑥]大旱，米斗五千，民多饿死。

梁进封高丽、百济、宕昌、吐谷浑、倭国王官爵。

梁废等第收户调，改为按丁征收调布。

中天竺（今印度）王屈多遣竺罗达向梁奉献琉璃、唾壶、杂香、吉贝（即棉花）等物。

---

① 今安徽当涂。

② 今江苏镇江以南，太湖以北。

③ 今四川成都。

④ 关于千陀利的介绍，见附录十一《南朝与北朝 465—520 年间各自与境外国家的外交往来》。

⑤ 今安徽淮河以南。

⑥ 长江在安徽芜湖到江苏南京这一段基本上呈南北走向，隋唐以来，习惯称此段以下的长江南岸地区为“江东”。

北朝：魏宣武帝景明三年

四月，魏鲁阳蛮鲁北燕等起兵攻湖阳[①]，兵败被杀。魏迁万余户于幽、并诸州及六镇。诸蛮皆叛南走，魏追杀殆尽。

503 年

南朝：梁武帝天监二年

正月，刘季连（活跃于 480—502 年间）据成都起兵，为梁兵所围，城中食尽，升米三千，人相食，遂请降，送建康，废为庶人。

四月，梁颁新《梁律》二十卷，《令》三十卷，《科》四卷。

七月，扶南[②]、龟兹[③]、中天竺向梁奉献。

北朝：魏宣武帝景明四年

正月，魏梁州氐王杨会起兵。五月，魏大败杨会，斩首数千级。

三月，魏攻梁，夺取阴山[④]等二城戍。

七月，魏因弛盐禁之后，其利为富强所夺，复盐池之禁。

十月，魏分兵攻梁，先后攻占大岘[⑤]等三城，又围义阳。

十一月，氐王杨集始死，魏封其子绍先为武兴王。

魏治贪污　帝遣尚书左仆射源怀持节巡行北边六镇[⑥]，先后免去贪赃不法镇将数人，并建议削减边镇将官五分之二，魏主从之。

魏东荆州蛮樊素安等起兵。次年，正月，魏大破荆州蛮樊季安（素安之弟）。

---

① 今河南唐河西南湖阳镇。

② 关于扶南国的介绍，见附录十一《南朝与北朝 465—520 年间各自与境外国家的外交往来》。

③ 关于龟兹的介绍，见附录十一《南朝与北朝 465—520 年间各自与境外国家的外交往来》。

④ 今河南潢川西南。

⑤ 今安徽含山东北，一名赤焰山。

⑥ 沃野、怀朔、武川、抚冥、柔玄、怀荒。

504年

南朝：梁武帝天监三年

二月，梁攻魏寿阳，大败。

五月，梁封扶南王侨（?）陈如阇耶跋摩为安南将军。

九月，梁封吐谷浑王伏连筹为河南王。

北天竺国遣使向梁奉献。

十一月，梁废以金赎罪之法律条文。

十二月，魏诏殿中郎袁翻修律令，彭城王勰等监之。

四月，梁宣布佛教为国教。又敕门下，唯佛教是“正道”，其他皆为“邪道”，要求公卿百官、公侯宗族“宜反伪规正，舍邪入正”。

北朝：魏宣武帝正始元年

正月，魏改元正始。

三月，魏败梁援义阳之兵，俘斩四千余人。

七月，魏败荆州蛮，擒樊素安，诸蛮降魏。

八月，魏陷梁义阳。

九月，魏筑九城。柔然攻魏沃野①、怀朔镇②。魏将源怀遂在北边东西筑九城，以防柔然。

魏置国学　十一月，时魏平宁日久，学业大盛，诏置国学。弟子人数多达千余，少者犹数百。

505年

南朝：梁武帝天监四年

正月，梁汉中太守夏侯道迁惧归附之氐王杨灵珍势众，遂杀之，叛梁降魏。

二月，梁交州刺史据州起兵，为朝廷击败。

四月，梁封梁弥博为宕昌王。

---

① 今内蒙古五原东北。

② 今内蒙古固阳西南。

梁益州民焦僧护聚众数万人起义，被官兵击败。

六月，梁豫州刺史王超宗攻魏小岘①，大败之。

九月，梁与魏战于马头②，梁大败。

十月，梁诏王公上国租。梁大举攻魏，诏王公以下各上国租及田谷，以助军用。时，帝以临川王萧宏都督北讨诸军事。

十一月，梁境大有年，米一斛三十钱。

梁置五经博士　正月，梁置五经博士各一人，广开馆宇。弟子射策（即将试题放置案上，在试者投射取而答之，谓之射策），通明者，即可任命为吏。又分遣博士祭酒巡州郡立学。

立孔庙　六月，梁立孔子庙。

北朝：魏宣武帝正始二年

二月，魏封宕昌世子梁弥博为宕昌王。

魏将邢峦至汉中③，击诸城戍，所向无敌。氐帅杨集起帅群氐叛魏，断汉中粮道，峦遣军击破之。十月，氐帅杨集起、杨集义立杨绍先为皇帝，自皆称王。

四月，魏大败梁军，占有梁州④十四郡，东西七百里，南北千里。

七月，魏攻逼梁涪城⑤。

八月，魏攻梁雍州⑥，大败梁兵。梁雍州蛮沔东太守田青喜向魏归降。

十一月，魏师退离涪城，巴西⑦重归于梁。

506 年

南朝：梁武帝天监五年

二月，梁徐州刺史昌义之在梁城⑧攻魏，败退。

---

① 今安徽含山北。

② 今湖北公安北。

③ 今陕西汉中南郑、城固等地。

④ 今陕西南部、汉水上游。

⑤ 今四川三台西北。

⑥ 今湖北襄樊一带。

⑦ 今四川阆中、南充一带。

⑧ 今安徽寿县东北。

梁肖昞攻魏徐州[①]，进围淮阳[②]。

三月，梁刘思效在胶水[③]击败魏军。

五月，梁豫州刺史韦睿[④]（442—520）攻小岘，魏出数百人阵于门外。睿指其节曰："朝廷授此，非以为饰，韦睿法不可犯！"遂进击之，士卒皆殊死战，大败魏军，追杀魏兵万余人，占有合肥。

七月，邓至向梁奉献。

八月，武威[⑤]发生4.7级地震[⑥]。

梁军洛口大败　九月，梁临川王萧宏领军至洛口[⑦]，因魏军攻梁城，遂召诸将商议退师。吕僧珍曰："知难而退，不亦善乎！"昌义之（梁朝名将）须发尽磔（张开），大怒曰："吕僧珍可斩也！岂有百万之师出未逢敌，望风遽退，何面目得见圣主乎！"萧宏见此状况，遂停军不前。魏人知其不武，遗以巾帼，且歌之："不畏萧娘与吕姥（指萧宏、吕僧珍），但畏合肥有韦虎（指韦睿）。"（《资治通鉴·146》）适洛口暴雨，梁军大惊，萧宏与数骑逃去，将士无主，弃甲投戈，死者近五万人。

北朝：魏宣武帝正始三年

正月，魏将傅竖眼攻占武兴[⑧]，虏氐王杨绍先，杨集起等败走，仇池[⑨]杨氏遂亡。魏改武兴为东益州。

魏秦州屠各胡人[⑩]王法智（一作王智）聚众二千人起义，推秦州主簿吕苟儿为主，建元建明，置百官，攻州郡。泾州[⑪]民陈瞻亦聚众起义

---

① 今河南兰考一带。

② 今河南淮阳、太康等地。

③ 今山东平度东南。

④ 关于韦睿的介绍，见附录十五《南朝和北朝465—520年间的重要人物介绍》。

⑤ 今甘肃武威。

⑥ 张习孔、田珏主编：《中国历史大事编年》（全五册）第二册，北京出版社1986年版，第328页。

⑦ 今安徽洛涧入淮处。

⑧ 今陕西略阳。

⑨ 今甘肃成县西北洛谷镇。

⑩ 匈奴裔或泛指外国人。

⑪ 今甘肃泾川北。

称王，建元圣明。

三月，魏咸阳王元禧之子元翼因向魏帝求葬其父，不许，遂与其弟昌、晔奔梁。

四月，魏再罢盐池之禁。

魏以中山王英领兵十万拒梁。

六月，魏将元丽击败王法智，斩首六千级。

七月，吕苟儿因兵败，向魏归降；陈瞻为魏军斩杀。

魏大举攻梁 魏发定、冀、瀛、相、并、肆六州十万人，加强攻梁。时魏将邢峦挥军占孤山[①]，又拔固城[②]。

十月，魏军进围钟离[③]。

柔然库者可汗死，子伏图立，号佗汗可汗，改元始平，遣使向魏请和，魏帝不从。

十一月，獠[④]王赵清荆引梁兵攻魏，败还。

507 年

南朝：梁武帝天监六年

正月，魏以数十万之众围攻钟离，一日战数十合。守将昌义之全力抵抗。

二月，梁武帝派豫州刺史韦睿援救。韦睿自合肥至钟离，命士兵夜掘长堑为城，及晓营立。魏军见之惊惧，以杖击地曰："是何神也!"魏将杨大眼以万骑来战，韦睿结车为阵，以强弩二千，一时俱发，杀伤甚众，杨大眼右臂中箭败退。

三月，韦睿乘淮水暴涨，驾战舰击魏，又放火烧魏营，魏军大溃，弃甲投水及被梁军斩杀者计二十余万，擒五万余人。梁军收其资粮、器械、牛马驴骡不可胜计。

---

① 今山东滕县南。

② 今山东滕县北。

③ 今安徽中部凤阳一带。

④ 关于獠的介绍，见附录十四《南朝和北朝 465—520 年间与境内少数民族部落间的战争与联盟》。

六月，梁冯翊等七侨郡向魏归降。

是岁，范缜著《神灭论》，批驳佛教人死神不灭之主张，指出："形者神之质，神者形之用也。神之于形，犹利之于刃，未闻刃没而利存，岂容形亡而神在哉！"后萧子良使王融劝范缜放弃主张，诱惑曰："以卿才美，何患不至中书郎！"范缜笑曰："使范缜卖论取官，已至令、仆（即尚书令、仆射），何但中书郎邪！"

北朝：魏宣武帝正始四年

九月，魏开斜谷旧道[①]，以通梁、益二州[②]。

十二月，魏淮阳镇[③]都军主常邕和以城降梁。

508年

南朝：梁武帝天监七年

正月，梁定百官九品十八班之制，以班多者为贵。

梁增置官品　二月，梁增置镇、卫将军以下为十品，凡二十四班；不登十品，别有八班。又置施外国将军二十四班，凡一百零九号。

梁置州望、郡宗、乡豪各一人，负搜求与推荐人才之责。

梁封高丽王高云为抚东大将军。

梁置十二卿　五月，梁诏复置宗正、太仆、大匠、鸿胪，又增太府，太舟等，为十二卿。

巴陵[④]马营蛮，沿江攻打郡县，为梁击败。

是岁，高车王弥俄突在蒲类海[⑤]击杀柔然佗汗可汗。其子丑奴继立，是为豆罗伏跋豆伐可汗，改元建昌。

敕庄严寺僧旻[⑥]（467—527）等编《众经要抄》并目录七十八卷[⑦]，

---

① 今陕西眉县。
② 今甘肃、陕西、四川等地。
③ 今河南周家口一带。
④ 今湖南岳阳。
⑤ 今新疆东巴里坤湖北。
⑥ 关于僧旻的介绍，见附录十五《南朝和北朝465—520年间的重要人物介绍》。
⑦ 今佚。

翌年完成。敕建元寺僧朗[①]撰《大般涅槃子注经》[②]，书成，为七十二卷，此即今存《大般涅槃经集解》。

北朝：魏宣武帝正始五年/永平元年

正月，魏颍川太守王神念向梁归附。

魏元愉（488？—508）称帝 八月，魏京兆王元愉，因势位不及二弟，心怀不满，遂据冀州[③]，自称皇帝，改元建平。魏帝命尚书李平领兵击之。九月，愉与平大战，平奋击，大破之。未几，平擒愉。魏帝命锁送洛阳，途中为高肇[④]（？—513）使人杀之。

魏改元永平。

九月，魏尚书令高肇怨彭城王元勰阻魏帝立高后，至京兆王元愉反，肇诬勰北与愉通，南招蛮贼，令左卫元珍杀之。

魏徙柔然降户至济州[⑤]，降户不乐，起而反魏。

魏郢州司马彭珍等引梁兵攻义阳。

十月，魏悬瓠[⑥]军主白早生杀豫州刺史，自号平北将军，向梁归附。梁命其为司州刺史。郢、豫二州，自悬瓠以南至安陆[⑦]诸城皆归附于梁。唯义阳一城，为魏所守。魏遣尚书邢峦等将兵击之，峦引军斩白早生，郢、豫二州复归魏。

十二月，蛮帅田益宗向魏归附，魏置十六郡五十县，命东府长史郦道元案行置之。

---

① 关于僧朗的介绍，见附录十五《南朝和北朝465—520年间的重要人物介绍》。

② 建元寺沙门释法郎注《大般涅槃经》（梵文 Mahāparinirvāna-sūtra）。《大般涅槃经》全经分寿命、金刚身、名字功德、如来性、一切大众所问、现病、圣行、梵行、婴儿行、光明遍照高贵德王菩萨、师子吼菩萨、迦叶菩萨、憍陈如等十三品，主要阐述佛身常住不灭，涅槃常乐我净，一切众生悉有佛性，一阐提和声闻、辟支佛均得成佛等大乘佛教思想。其理论与部派佛教中的大众部义理颇有契合之处，与《般若经》、《妙法莲华经》的重要思想也有一致的地方。此经还常常引用《华严经》的某些义理，两者思想相通。经中还引用佛陀所说："我般涅槃七百岁后，是魔波旬渐当沮坏我之正法。"这反映了笈多王朝复兴婆罗门教、排斥佛教的历史背景。

③ 今河北中部冀县、南宫、枣强一带。（《佛光大辞典》）

④ 关于高肇的介绍，见附录十五《南朝和北朝465—520年间的重要人物介绍》。

⑤ 今山东茌平西南。

⑥ 今河南汝南。

⑦ 今湖北安陆。

是岁，柔然又向魏献貂裘请和，魏帝仍不许。

是岁，宣武帝诏：众僧犯杀人以上罪者依俗法处断，其他皆交昭玄曹以“内律僧制”治之。

中印度僧勒拿摩提[①]（？—约 515）到达洛阳，译出《法华经论》[②]、《究竟一乘宝性论》[③] 等三部九卷。

北印度僧菩提留支[④]到达洛阳，至东魏止译出《十地经论》[⑤]（与勒拿摩提合译）《深密解脱经》[⑥] 等三十部一百零一卷。

---

① 关于勒拿摩提的介绍，见附录十五《南朝和北朝 465—520 年间的重要人物介绍》。

② 《法华经论》（梵文 Saddharma-pundarīka-s/astra、Saddharma-pundarīka-upadeśa）两卷，乃《法华经》之注释书，印度大乘佛教论师婆薮槃豆（世亲）著，后魏菩提留支与昙林等合译。又称《妙法莲华经论》、《妙法莲华经优波提舍》或《法华论》。所注《妙法莲华经》，简称《法华经》（梵文 Saddharma Puṇḍarīka Sūtra），后秦鸠摩罗什译，七卷二十八品，六万九千余字，收录于《大正藏》第 9 册，经号 262。梵文 Saddharma，中文意为“妙法”，Pundarika 意译为“白莲花”，以莲花（莲华）为喻，比喻佛法之洁白、清净、完美。Sūtra 意为“经”，故此经之全名为《妙法莲华经》。《妙法莲华经》说一乘圆教，表清净了义，究竟圆满，微妙无上。《法华经》是佛陀释迦牟尼晚年所说教法，属于开权显实的圆融教法，大小无异，显密圆融，显示人人皆可成佛之一乘了义。在五时教判中，属于法华、涅槃之最后一时。因经中宣讲内容至高无上，明示不分贫富贵贱、人人皆可成佛，所以《法华经》也誉为“经中之王”。（“百度百科”、《佛光大辞典》）

③ 《究竟一乘宝性论》（梵文 Ratnagotra-vibhāgo Mahāyānottaratantra-ś/āstra），凡四卷，后魏勒那摩提译。又称《宝性分别一乘增上论》，略称《宝性论》。本书论述如来藏自性清净之教义。收于大正藏第三十一册，共分十一品。1950 年，乔思敦（H. Johnston）与却吐里（T. Chowdhury）共同出版此论之梵语原典。汉译传统上认为作者为坚慧（梵文 Sāramati），藏文系统则以本论为弥勒（梵文 Maitreya）所作。又经录中有说本论为菩提流支所译者，或说有二译，菩提流支译本为阙本。自本论所引用之丰富经典中，可知初期之如来藏思想，故为：了解印度如来藏说发展之宝贵资料。其成立年代、与佛性论之前后关系及作者等，迄今尚无定论。（《佛光大辞典》）

④ 关于菩提流支的（梵文 Bodhiruci）介绍，见附录十五《南朝和北朝 465—520 年间的重要人物介绍》。

⑤ 《十地经论》略称《十地论》。世亲造，内容是解释《华严经》“十地品”的经义。收在《大正藏》第 26 册。在中国有汉、藏两种文字译本。汉文译本作十二卷，由菩提流支、勒那摩提同译，佛陀扇多传语，于 508 年夏译出。该论作者世亲本来是小乘学者，后在阿瑜陀国听人读诵《十地经》而信仰大乘（《西域记·5》，多罗那他《印度佛教史·22》）。他所作的这一部论在中国佛教教义发展史上曾起过相当的作用。汉译者菩提流支和勒那摩提原来都是世亲一系的学者，世亲和安慧的著述最初由他们传到中国。《历代三宝纪》依《宝唱录》说此论原来是流支和摩提分别翻译，后人合为一本。（《中华佛教百科全书》）

⑥ 《解深密经》的异译本。《解深密经》（梵文 sandhi nirmocana-sūtra）提供给“唯识”一些理论根据，唯识属法相宗。我们所说的空，一切因缘所起的法，这是法相，我们常说法的生起过程，自性空相，平时无法，连自性亦不存在。（“百度百科”）

509 年

南朝：梁武帝天监八年

三月，潺沟蛮向梁归附。潺沟[①]蛮因魏将元志领七万之众攻击，渡汉水向梁归附。梁发兵击魏，斩首万余级。

五月，梁诏试通经之士，不限门第授官。

是岁，梁武帝敕宝亮[②]（444—509）撰《涅槃义疏》[③] 十余万言，为作序。

北朝：魏宣武帝永平二年

是岁，魏宗正卿元树向梁归附，梁封其为鄄王。

一月，泾州沙门刘惠汪聚众起义，诏华州刺史奚康生讨之。

魏佛教大盛　十一月，魏帝于式乾殿为诸僧及朝臣讲《维摩诘经》[④]。至是，魏佛教大盛，自西域来者三千余人。魏帝造永明寺供其居住，又命僧暹[⑤]于嵩山建造闲居寺。至宣武帝延昌元年（512），州郡共有一万三千余寺。

---

① 今湖北汉水之北。

② 关于宝亮的介绍，见附录十五《南朝和北朝 465—520 年间的重要人物介绍》。

③ 即《大般涅槃经》。

④ 此经的主人公为维摩诘居士，故而得名。维摩诘是梵文 Vimalakīrti 的音译，又译为维摩罗诘、毗摩罗诘，略称维摩或维摩诘。意译为净名、无垢称，意思是洁净的名字、没有染污的名称。维摩诘是一位在家的大乘佛教居士，是著名的在家菩萨。据《维摩诘经》所讲，维摩诘是古印度毗舍离地方的一位富翁，家有万贯，奴婢成群。但是，他勤于攻读，虔诚修行，能够处相而不住相，对境而不生境，得圣果成就，被称为大菩萨。这位大菩萨早已成佛，号金粟如来，他才智超群，享尽人间富贵，又善论佛法，深得佛祖尊重。也是诗人王维心中的楷模，故取字摩诘。在《维摩经》众多的不二法门中，语默不二、小大不二是对禅宗影响最大的两种。维摩不二禅机，对禅宗影响最大的，除了斩断葛藤的方法论，便是存在而超越的境界论。这主要表现在心净佛土净、在欲而行禅、处染而不染、无住而生心等方面。（“百度百科”）

⑤ 北魏僧官沙门统的事务机构初名监福曹，后又改为昭玄寺，如《大宋僧史略》所言“初立监福曹以统摄僧伍，寻更为昭玄寺也”，但改名的具体时间已难以考见。按现在可以考知的北魏中央沙门统，自昙曜以下有僧显、惠深、僧暹、僧敬等。（“佛教导航”）

是岁，沙门统惠深奏言，诸州、镇、郡的维那[①]、上座[②]、寺主应依戒律自修，限制自蓄财务、出贷等。诏从之。

510年

南朝：梁武帝天监九年

正月，梁作缘淮塘[③]。北起石头迄东冶，南岸起后渚篱门迄三桥。

三月，于阗向梁奉献特产。

四月，梁改用士流为尚书都令史。

六月，梁宣城郡吏吴承伯聚众起义，杀太守。闰六月，进攻吴兴[④]，兵败被杀，余部先后败死。

十月，梁颁行祖冲之所撰的《大明历》。

是岁，林邑天凯遣使向梁奉献白猴。

梁王室子弟入国子学受业　三月，梁武帝至国子学讲习，并令皇太子以下及王侯之子皆入学受业。

北朝：魏宣武帝永平三年

是岁，魏再铸五铢钱。

二月，秦州沙门刘光秀谋反，被镇压杀之。

511年

南朝：梁武帝天监十年

三月，梁琅邪民王万寿杀太守起义，据朐山降魏。梁发兵击之。

---

① 维那，（梵文 Karma—dāna，音译“羯磨陀那”，意译“授事”）。佛寺中僧职，管理僧众事务，位次于上座、寺主。我国僧官制中设维那，始于姚秦时中央僧官制中所设悦众。北魏亦设僧官以统理全国有关佛教之诸般事物，于中央设昭玄曹，以沙门统为最高僧官，维那为副官；在地方设僧曹，以僧统为长官，亦立维那为副官。（“百度百科”）

② 上座（梵文 sthavira，巴文 thera，藏文 gnas-brtan），又称长老、上腊、尚座、首座、上首。此词指僧众中之出家年数（法腊）较多者，或指年岁高者，有时亦为对僧人之尊称。（“百度百科”）

③ 南朝在今光华门至石头城以南一带筑“缘淮塘”，以防河水涨溢而伤害城区百姓。《梁书·本纪第一·武帝上》载：“庚寅，新作缘淮塘，北岸起石头迄东冶，南岸起后渚篱门迄三桥。”

④ 今浙江湖州。

十二月，梁大败魏兵，攻取朐山，斩杀十之八九，获粮畜器械，不可胜数。

是岁，梁州县数。梁有二十三州三百五十郡一千零二十二县。是后州名浸多，废置离合，不可胜记。

宕昌向梁奉献。

梁为法，急于庶民，缓于权贵。梁武帝郊祀，秣陵[①]老者挡驾于道，上言："陛下为法，急于庶民，缓于权贵，非长久之道；诚能反是，天下幸甚"（《资治通鉴·147》）。是时，梁法律严酷，一人逃亡，举家罚作苦役。帝思有以宽之。

婆利国向梁奉献金席。

梁武帝遣中寺僧怀[②]等十僧去摄山从僧朗学《三论》。

梁武帝撰《摩诃般若波罗蜜子注经》[③] 五十卷。

北朝：魏宣武帝永平四年

正月，魏汾州[④]山胡[⑤]刘龙驹聚众起义，攻夏州[⑥]。魏发四州兵攻之。四月，魏将薛和击败刘龙驹。

十二月，魏以品官为河南六部尉，里正可进爵为勋品。

禁天文学　五月，魏禁天文学。

是岁，魏宣武帝诏：自今以后，僧祇粟[⑦]不得专委维那、都尉，"可令刺史共加监括"，对赈出者，"若收利过本及翻改初卷。依律免之，勿

---

① 今南京报恩寺一带。

② 不详。

③ 不详。或为关于《摩诃般若波罗密多心经》的注疏集解。该经是阐述大乘佛教中空和般若思想的经典，《般若波罗蜜多心经》为《般若经》的总要，其中"般若波罗蜜多"（梵Prajāāpāramitā）直译为以佛法的智慧到达生死解脱的彼岸，代表由文字闻修而亲证般若智慧，超越生死苦海，到达不生不灭的究竟解脱境界。（"维基百科"）

④ 今山西隰县。

⑤ 关于山胡的介绍，见附录十四《南朝和北朝465—520年间与境内少数民族部落间的战争与联盟》。

⑥ 今内蒙古乌审旗白城子。

⑦ 僧祇户上交的谷物称为"僧祇粟"，拨归佛教教团管理使用；从南北朝开始，寺院内不但设僧祇粟，也设有其他的金融机构，称为"寺库"。它接受百姓作质押的典当品和众多布施财物，以充为寺院经济的基础，并贷放给贫困的百姓，往往有高利贷的现象。

复征责”。(《魏书·释老志》)

尚书令高肇奏言，维那僧暹违犯“内律”，逼迫已为僧祇户的凉州军户赵苟子等二百余家，致使自缢溺死五十余人，请放赵苟子等“还乡课输”，并治暹等之罪。诏赦暹等，余从之。

512 年

南朝：梁武帝天监十一年

三月，高丽向梁奉献。

四月，百济、扶南、林邑等国向梁奉献特产。

九月，宕昌遣使向梁奉献特产。

修五礼　十一月，梁修五礼（即吉、凶、军、宾、嘉）成，共有八千一十九条，诏有司颁行。

北朝：魏宣武帝永平五年/延昌元年

四月，魏改元延昌。

魏代[①]发生 7.5 级地震[②]。

十月，魏立嗣不杀母。魏制：凡立嗣子，辄先杀其生母[③]。至是立皇子元诩为太子，始不杀其母。一种人性化的表现。

513 年

南朝：梁武帝天监十二年

二月，梁郁州[④]民徐道角起义杀刺史，向魏归附，未几为梁击败。

---

① 今山西代县。

② 张习孔、田珏主编：《中国历史大事编年》（全五册）第二册，北京出版社 1986 年版，第 334 页。

③ 例如，北魏献文帝拓跋弘，是文成帝拓跋濬与梁国蒙县（今河南商丘南）人李氏所生之子。456 年（太安二年）二月，也就是冯氏被册为皇后的第二个月，不足两岁的拓跋弘被立为皇太子。按照道武帝拓跋珪当年所定的规矩，凡后妃所生之子被立为储君，生母皆要赐死，以防母以子贵，专擅朝政。李氏被赐死后，冯后便担当起了养育之责，据说，将拓跋弘视若己出。（“搜搜百科”）

④ 今江苏连云港东云台山一带。

沈约死 沈约，闰三月死，著名文学家、史学家，著有《四声谱》、《宋文章志》、《晋书》、《宋书》、《齐纪》、《高祖纪》等书。

北朝：魏宣武帝延昌二年

八月，魏恒①、肆②二州地震，民死伤甚众。

514 年

南朝：梁武帝天监十三年

梁作浮山堰③ 秋，魏降人王足向梁武帝献计，以淮水灌魏寿阳。武帝遂使水工陈承伯察地形，发徐、扬民及士兵二十万，作浮山堰，南起浮山，北抵浮山对岸的巉石。依岸筑土，合脊于中流。

是岁，扶南、林邑、于阗各遣使向梁奉献特产。

北朝：魏宣武帝延昌三年

春，魏有司奏长安骊山有银矿，二石得银七两。

二月，魏蛮帅田鲁生等反魏，向梁归附，攻取光城以南诸戍。三月，魏发兵击败田鲁生等，复置郡戍。

秋，魏恒州白登山④有银矿，八石得银七两、锡三百余斤，其色洁白，有逾上品。诏置银官，常令采铸。又汉中旧有金户千余家，常于汉水沙淘金，年终总输。

魏遣马义舒慰谕柔然。

魏发兵十五万攻梁益州，次年正月，魏宣武帝死，召还攻梁益州之师。

是岁，魏铸铁为农器、兵刃，以相州牵口冶为工，制刀送于武库。

十一月，幽州沙门刘僧绍聚众起义，自号“净居国明法王”，被州郡

---

① 今山西大同。

② 今山西忻定西。张习孔、田珏主编：《中国历史大事编年》（全五册）第二册，北京出版社1986年版，第335页。

③ 今安徽嘉山北，北临淮河。

④ 今山西大同东北。

官兵镇压杀之。

515 年

南朝：梁武帝天监十四年

梁再筑浮山堰　四月，梁浮山堰因堰基流沙倒塌。梁武帝命运建康东、西冶铁器数千万斤填之，铁器仍然随沙流动。又命伐木为井字形，填以巨石，加土其上，始筑成堰堤。役死者相枕，蝇虫昼夜声合。

十二月，狼牙脩国[①]遣使向梁奉献特产。

是岁，梁武帝敕安乐寺僧绍[②]（活跃于 515 年间）撰《华林佛殿众经目录》[③]，后又敕宝唱重撰，新编为经录四卷，世称《宝唱录》。

范缜死　范缜，字子真，南乡舞阴[④]人，性质真，盛称无佛。梁武帝因难其不倒，便借故加罪流放，致缜死于广州[⑤]。著有《神灭论》、《拟招隐士赋》等作品。

北朝：魏宣武帝延昌四年

正月，魏宣武帝死，年仅 7 岁之皇太子元诩（510—528 年间）继位，是为肃宗孝明皇帝。

二月，魏高阳王元雍谋杀司徒高肇，事后下诏暴肇罪恶，令肇自尽。

柔然遣使访魏。

三月，于忠专魏朝政。魏侍中领军于忠专朝政，令复百官所减之禄，废民税。旧制：民税绢一匹别输绵八两，布一匹别输麻十五斤。忠欲以此收众心。

四月，魏梁州氐人起义，为魏击败。

---

① 关于狼牙修的介绍，见附录十一《南朝与北朝 465—520 年间各自与境外国家的外交往来》。

② 关于僧绍的介绍，见附录十五《南朝和北朝 465—520 年间的重要人物介绍》。

③ 华林佛殿为南北朝时期南朝之宫苑，位于江苏江宁县，时有僧人在此为皇室讲佛法佛经，“众经”当指佛经。

④ 今河南泌阳。

⑤ 今广东广州。

九月，魏胡太后[①]（活跃于515—528年间）临朝称制。

十二月，魏葭萌[②]民任令宗杀太守起义，向梁归降。汉、獠皆起而响应。

是岁，魏境有僧尼寺一万三千七百二十七所。

沙门起义 六月，魏沙门法庆起义。魏冀州沙门法庆与李归伯聚众起义，推法庆为主，自号大乘，以归伯为十住菩萨、平魔军司、定汉王。所经之处，皆烧毁佛寺，斩杀僧尼，焚经烧像。云：“新佛出世，除去众魔。”[③] 九月，败死。

516年

南朝：梁武帝天监十五年

四月，梁浮山堰筑成。长九里，下阔一百四十丈，上广四十五丈，高二十丈，深十九丈五尺，树以杨柳，军垒列居其上。八月，浮山堰溃。淮水暴涨，浮山堰崩溃，响声如雷，三百里内皆闻之。淮水两岸城镇村落十余万口均漂流入海。

高丽遣使向梁奉献。

八月，柔然、吐谷浑等遣使向梁奉献。

十一月，梁交州阮宗孝起兵，为刺史斩杀。

是岁，柔然伏跋可汗大破高车，杀其王弥俄突，将其头骨油漆，作为

① 关于北魏宣武帝皇后的介绍，见附录十五《南朝和北朝465—520年间的重要人物介绍》。

② 今四川广元西南。

③ 中国南北朝时期，僧人法庆聚集人马在北魏冀州（今河北境内）以佛教名义起兵反抗北魏统治的一个宗教组织。法庆和尚自号大乘，故其领导的组织被称为大乘教。北魏的大乘教与后世明朝的大乘教并无直接联系。但北魏大乘教的末支形成了后世的弥勒教。而弥勒教在元末正式融入白莲教。明朝的大乘教最终也融入白莲教。这是两个大乘教的渊源。但大乘教对弥勒佛的崇拜和叛乱自南北朝起一直没有中断，因此，后世明朝的大乘教和鸡足山大乘教也可以说是北魏大乘教的延续。沙门法庆、惠晖在李归伯的支持下，率乡人起兵于武邑郡之阜城。法庆以归伯为十住菩萨、平魔军司、定汉王，自号大乘，自命为“新佛”，创“大乘佛”。所谓的“新佛”就是引用佛经中“弥勒下生成佛”之说，“弥勒佛取代释迦牟尼佛下凡救世”等思想出现，一反佛教五戒戒杀的原则，力倡“杀人作乱”，认为杀一人者为一住菩萨，杀十人者为十住菩萨，“屠灭寺舍，斩戮僧尼，焚烧经像”，“又合狂药令人服之，父子兄弟不相识，唯以杀害为事”《魏书·元遥传》。（“维基百科”）

饮器。

北朝：魏孝明帝熙平元年

正月，魏改元熙平。

二月，魏攻陷梁峡石①，并斩将俘众。

七月，魏攻陷梁东益州。

是岁，魏作永宁寺。魏胡太后崇佛，于宫侧作永宁寺。内有金像高一丈八尺一尊，一人高者十尊，玉像二尊。佛殿后面有僧房千间，供僧尼住宿。还筑有九层浮图，高九十丈，上有幡柱高十丈，挂有铃铎，夜静风吹铃响，声闻十里。

魏胡太后在伊阙②作石窟寺。

中印度僧瞿昙般若流支③（活跃于 516—543 年间）到达洛阳，至东魏时译佛经 18 部 92 卷。

517 年

南朝：梁武帝天监十六年

三月，吐谷浑向梁奉献，并遣使朝献于魏。

四月，梁诏宗庙祭品，以面食为之。

八月，扶南、婆利国向梁奉献。

是岁，梁武帝敕灵根寺沙门慧（活跃于 517 年间）令传《般若抄》12 卷。

北朝：魏孝明帝熙平二年

正月，魏诏禁鸡眼、镮凿诸小钱。河北之民用物交易，钱不入市。

十月，魏诏代都士民未南迁者，听留居为永业。

---

① 今安徽寿阳西北。

② 今河南洛阳伊阙山。

③ 关于般若流支的介绍，见附录十五《南朝和北朝 465—520 年间的重要人物介绍》。

勿吉[1]国向魏奉献楛矢。

十二月，柔然伏跋可汗遣大臣尉比建向魏请和。

是岁，魏据尚书崔亮奏请，令在王屋[2]等山采铜铸钱。

正月，魏大乘法法庆余部再次起义，攻入瀛州[3]。未几，为魏击败。

胡太后令曰：年度僧，州二百人，小州一百人；“奴婢悉不听出家”；禁止死度僧尼。

518 年

南朝：梁武帝天监十七年

五月，千陀利国向梁奉献。

八月，梁诏：兵驺奴婢，男年 66，女年 60，免为编户[4]（不用纳税役之意）。

是岁，扶南向梁贡献火齐珠、苏合等香。

钟嵘死　钟嵘（468—518），著名文学批评家。颍川长社[5]人，著有《诗品》三卷，品评汉魏以来一百二十多位诗人作品，为五言古诗作总结，是我国第一部论诗专著。

僧佑[6]死　僧佑（445—518），南朝律学大师，杰出的佛教文史学家。其经典巨著有《出三藏记集》十五卷，亦编有《弘明集》及其他著作。先后在建业城内建初寺和钟山上定林寺营建般若台造立经藏，后者给予刘

---

① 关于勿吉的介绍，见附录十一《南朝与北朝 465—520 年间各自与境外国家的外交往来》。

② 今河南济源西北。

③ 今河北高阳一带。

④ 指编入户口的平民。《史记·货殖列传·序》详细解释编入户籍的普通人家。《汉书·梅福传》：“今仲尼之庙不出阙里，孔氏子孙不免编户。”《北齐书·文宣帝纪》：“周曰成康，汉称文景，编户之多，古今为最。”唐玄奘《大唐西域记·至那仆底国》：“编户安业，国用丰赡。”宋王安石《敕榜交趾》：“比闻编户，极困诛求。”清唐甄《潜书·存言》：“富在编户，不在府库。若编户空虚，虽府库之财积如丘山，实为贫国。”梁启超《论君政民政相嬗之理》：“至于匹夫编户，岂直不能与闻国是，乃至视之若奴隶。”（“搜搜百科”）

⑤ 今河南长葛。

⑥ 关于僧佑的介绍，见附录十五《南朝和北朝 465—520 年间的重要人物介绍》。

緦栖身之所，并得以博览群书，写就《文心雕龙》。

北朝：魏孝明帝熙平三年/孝明帝神龟元年

正月，魏封氐帅杨定为阴平王。

魏秦州羌[①]起兵。

魏幽州大饥。民死者三千七百九十九人，诏刺史赵邕开仓赈恤。

二月，嚈哒[②]、高丽、勿吉、吐谷浑、宕昌、疏勒、久末陋[③]、末久半[④]诸国，遣使向魏朝贡。

魏改元神龟。

魏东益州氐人起兵。

三月，魏南秦州氐起兵。

魏复征民棉麻之税。

七月，魏诏开恒州银山之禁，与民共之。

魏河州羌却铁忽起兵，自称水池王。八月，向魏归降，首尾不及二旬。

是岁，魏复盐池之禁。

补刻熹平石经　八月，魏补刻熹平石经[⑤]。立于洛阳城南太学门外，并列相接，共刻《易经》、《论语》、《尚书》、《春秋》、《公羊》、《鲁诗》、《仪礼》七种儒家经典。

魏求佛经　十月，魏遣宋云[⑥]（活跃于518年间）与僧惠生[⑦]（活跃于518年间）去两域求佛经。（《洛阳伽蓝记·城北》）其时，都城洛阳之

---

① 关于羌的介绍，见附录十四《南朝和北朝465—520年间与境内少数民族部落间的战争与联盟》。

② 关于嚈哒的介绍，见附录十一《南朝与北朝465—520年间各自与境外国家的外交往来》。

③ 久末陋究为哪个古民族，目前未有定说。名出自《魏书·肃宗纪第九》、《册府元龟·外臣部》。

④ 末久半究为哪个古民族，目前未有定说。名出自《魏书·肃宗纪第九》、《册府元龟·外臣部》。

⑤ 熹平石经又称“一字石经”、“一体石经”、“今字石经”，是刻于东汉熹平四年（175）的石经，它是官方校定儒家“七经”的刻石，由蔡邕、颍川堂溪典、光禄大夫杨赐、谏议大夫马日磾等人书写，光和六年告成，立于洛阳城南太学门外，并列相接，共刻《易经》、《论语》、《尚书》、《春秋》、《公羊》、《鲁诗》、《仪礼》七种儒家经典。（“维基百科”）

⑥ 关于宋云的介绍，见附录十五《南朝和北朝465—520年间的重要人物介绍》。

⑦ 见上“宋云”注，以及《洛阳伽蓝记·城北》所载西行记。

中寺逾500，占夺民居三分之一。

519年

南朝：梁武帝天监十八年

是岁，高丽王云死，世子安立。

慧皎[①]（497—554）撰《高僧传》[②] 十三卷，叙目一卷。

北朝：魏孝明帝神龟二年

魏京都虎贲羽林鼓噪　二月，魏征西将军张彝之子仲瑀上封事，求铨削选格，排抑武人，不使豫清品。于是，羽林、虎贲近千人，以不乐选格新法，至尚书省诟骂，并以瓦石击省门，又焚烧张彝府第。远近震骇。胡太后收羽林、虎贲凶强者八人，斩之，令武官得依资入选，乃平。

魏行《停年格》　魏吏部尚书崔亮奏立选举《停年格》，不问士之贤愚，唯取年劳，专以停解日月为断，沈滞者皆称其能。魏之选举失人，从此开始。

魏元雍[③]（？—528）、元琛[④]（活跃于519—526年间）争富　五月，魏高阳王元雍富贵冠一国，河间王元琛欲与争富，陈列家中珍宝名马等物，邀请诸王参观其府库金钱、缯布。元琛谓章武王元雍道："不恨我不见石崇，恨石崇不见我！"（《洛阳伽蓝记·开善寺》，该书元雍作融）一贯以富贵自负之元雍，见之惋叹，不觉生疾，还家卧三日不起。京兆王元继劝慰："卿之货财计不减于彼，何为愧羡乃尔？"元雍乃转忧为喜。

---

① 关于慧皎的介绍，见附录十五《南朝和北朝465—520年间的重要人物介绍》。

② 《高僧传》，简称《梁传》、《皎传》，梁慧皎撰。十四卷（内《序录》一卷）。本书在前人资料的基础上，弥纶群言，分科布局，采各家之长写成。体裁为类传体。分为译经、义解、神异、习禅、明律、遗身、诵经、兴福、经师、唱导10科。记录汉、魏、吴、晋、北魏、后秦、宋、齐、梁僧人二百五十七人，附见二百七十四人。前八科之末均有论有赞，末两科有论无赞。（《中国大百科全书》）

③ 魏元雍（？—528），北魏献文帝子，孝文帝弟。

④ 元琛（活跃于519—526年间），北魏宗室，孝文帝族弟。

是岁，魏沙汰郎官[①]，仅留朱元旭、辛雄等八人。胡太后有架空孝明帝的意向。

520年

南朝：梁武帝普通元年

正月，梁改元普通。

高丽、扶南等遣使向梁奉献　二月，梁封高丽世子为高丽王，并遣使送衣冠佩剑，途中为魏兵劫至洛阳。

三月，滑国[②]遣使向梁奉献。

四月，吐谷浑向梁奉献。

是岁，刘勰可能死于该年。

吴均死　因吴均（469—520）私撰《齐春秋》，梁武帝恶其实录，焚稿免职，后奉诏撰《通史》，起三皇至齐代，未成而死。

是岁，梁武帝为其亡父于钟山造大爱敬寺，极为豪华，置千僧。又为其亡母在青溪两岸造智度寺，置比丘尼五百人。

南天竺僧菩提达摩[③]到广州[④]，武帝迎入建康，同年至北魏入嵩山少林寺“面壁而坐，终日默然”，提出“理入”，“行入”修行学说。

北朝：魏孝明帝神龟三年/正光元年

七月，魏侍中元义杀清河王怿，禁胡太后，权倾内外，百僚重迹（不敢迈步）。

魏改元正光。

魏中山王元熙以讨元义为名，在邺[⑤]起兵，未几兵败，斩于邺街。

九月，柔然内讧。柔然伏跋可汗为侯吕陵氏所杀，其弟阿那瓌立。族兄示发率众击之，阿那瓌兵败，向魏归附。魏封其为朔方公、蠕蠕王。阿

① 古代盖为议郎、中郎、侍郎、郎中等官员的统称。战国始有。本为君主侍从之官。

② 滑国，似非是春秋时的滑国，究为何国，待考。

③ 关于达摩的介绍，见附录十五《南朝和北朝465—520年间的重要人物介绍》。

④ 或谓大通元年（529）。

⑤ 今河北磁县东南。

那瓌从父兄婆罗门自立，号弥偶可社句可汗。十二月，魏派精兵两千护送阿那瓌回柔然。

十二月，魏遣刘善明访梁，始复通好。

是岁，魏孝明帝宣佛、道二教代表上殿论议。清通观道士姜斌（活跃于520年间）引《老子开天经》，言佛为老子侍者。昙无最[①]（活跃于520年间）引《周书异记》[②]谓佛生于老子之前。帝令众臣评议，以姜斌“惑众”配徙马邑。

① 关于北魏僧的介绍，见附录十五《南朝和北朝465—520年间的重要人物介绍》。

② 今佚。

第三部分
刘勰的文论

一　刘勰关于"纯文学"史的论述

这里所说的"纯文学"包括：诗、骚、赋、乐府诗。刘勰自己自然是不会有纯文学这个概念的，但是，如果我们有机会给他解释什么是纯文学的话，他也许会同意上面四种文体属于纯文学的范畴，比起应用文体例如铭箴来，要纯美而有味得多，因为它们缺乏对功利的关怀。《韦氏字典》就是这样替纯文学下定义的："［其目的］不指向对现实的解读或去解决现实性的问题。"[①] 可以一提的是：这只是一个平常生活的普通定义，不是一个专业性的定义，因此这个定义有点含糊，缺乏严谨性。文学讨论中的一些常用词例如风格，到目前为止，我们还没有想到一个方法，可以给这种日常生活中的词汇下一个精确的定义。关于这方面的讨论，见本书第三部分第三章《"文心"与"雕龙"两个层次的风格论》。不过，即便我们没法下绝对精确的定义，我们还是可以作出相对精确的形容，缩小不精确的范围。其中的一个方法就是从反面来界定意义的范围，例如，上面《韦氏字典》的定义，指出纯文学有不尚功利"为文学而文学"的特性，就是一个反面界定的例子。另一个方法是举例子，以例子说明什么是纯文学，什么不是纯文学。这也是我们上面采用的方法，这样一来，我们就从完全空泛笼统（那是农业社会的特征）转向精确严谨（那是科学社会的特性）。

不过，论说要比实践容易得多。且以《诗经》为例，如果我们把它从历史的枷锁中释放出来，以诗论诗，很少人会反对它是纯文学，是不尚功利的诗作的。事实上，在近代，这样解读《诗经》已成为一种运动。但是，它是历史产品，充满了历史的包袱，谈文学史，必需扛起这个包袱。我们现代人可能并不乐意扛这个包袱，但刘勰对这个包袱充满崇敬之

---

① 原文："［N］ot directed toward exposition of reality or solution of practical problems."

心，他是极乐意去扛这个包袱的，去宣扬《诗经》在功用或修养方面的大利益，事实上，《诗经》是一个最讲求功利作用的文学产品。由于《诗经》对人有修养教化的好处是孔子提出来的，他老人家认为诗可以“群”，可以“怨”，可以“多识”（《17.9》），也可以启发对道德修养的领悟（《1.15 &3.8》），但他偏偏没有指出诗的文字之美，没有指出诵诗可以像弹琴那样，是可以当作一件美的事物来欣赏的。孔子对音乐美的敏感性奇高，对文字美的敏感性可能醉翁之意不在酒，没有明确地感应到或说出来；因此，他从来没有提到诗的文字之美[①]。写文论的刘勰对《诗经》文采的美，是深切地感觉到的，他要怎样才能把文采美放进荀子（约前 313—前 238）以来[②]，《毛诗序》（可能完成于前 188—前 141，依《四库全书总目》说）主导领唱[③]的，儒家“言志、教化、讽喻”的文学观中来呢？这是刘勰所要面对的问题。

刘勰其实是写过一章文学史的总论的，但写得很笼统，都是泛泛之论，那就是《时序》篇章，我们在此对该章不作专论，只在适当处引用。

刘勰巧妙地利用孔子写《易·十翼》的传说，为自己的论说建立正统性和权威性。在讨论这个问题之前，且看他的“征圣”与传统儒家文学观的异同，以及他“征圣”的特殊目的。他从小就对孔子有特殊的景仰和有志追随他的道路，他在《序志·50.2》中称：“予生七龄，乃梦彩云若锦，则攀而采之。齿在逾立，则尝夜梦执丹漆之礼器，随仲尼而南行。旦而寤，乃怡然而喜，大哉！圣人之难见哉！乃小子之垂梦欤！（我 7 岁时［有一天］，梦见像锦绣那样的彩云，便攀登去采彩云。年龄在 30 岁出头的时候，［某一天夜梦中］，我曾梦见自己提着丹漆的礼器，跟随孔子向南走去。早上醒来，高兴得神采怡然。那真是一件大得不能再大的事啊！圣人可不容易见得到的啊！竟降临在我这个小子的

① 邵耀成：《孔子这个人与他所面对的问题》，中国社会科学出版社 2009 年版，第 156 页。

② 郭绍虞先生说：“荀子言诗重在尽其用。”又说：“传统的文学观本来是把明道、征圣、宗经三种意义合而为一的，所以我以为传统的文学观，其根基即确定于荀子。”郭绍虞：《中国文学批评史》，宏智书店版（年份不详），第 18 页。在商务印书馆 2012 年出版的《中国文学批评史》（第 35—38 页）不见该讨论。

③ 郭绍虞：《中国文学批评史》，商务印书馆 2012 年版，第 61—64 页。

梦中呢！）"他以孔子为榜样，走在孔子教"文"的道路上，但他对孔子对文的看法，与荀子不完全相同。他引《左传·襄公二十五年（548）》[①] 和《礼记·表记》[②] 来说明：孔子既重志重情，也重文重巧，并不是像传统所说那样，一面倒的言志言情，而不尚文辞的和顺美巧。他是这样说的：

> ［孔子］褒美子产，则云"言以足志，文以足言"；泛论君子，则云"情欲信，辞欲巧"；此修身贵文之征也。然则志足而言文，情信而辞巧，乃含章之玉牒，秉文之金科矣。
>
> （［孔子］赞美子产，就说："以言语充分表达心志，以文采充分美化文辞"；当他一般性地讨论君子［的修养］，则说："感情要信实，文辞要美好"；这是修身看重文采的凭证。内在充实而言语有文采，情感真实而文辞美好，实在是文章中像玉牒那样的精品，也是写作的金科玉律。）
>
> （《征圣·2.1》）

所以，他之所以要征圣，并不是要强调传统儒家"顺礼义"、"合雅颂"的文学观，而是为自己重文采的文学观找一个靠山，这个靠山就是孔子。单单看"言以足志，文以足言"引文，孔子看重文辞的观点并不明确。古人引文习惯和我们不一样，他们从小就把古籍念得滚瓜烂熟，古籍已是他们语言中的第二天性，说了上句，就会知道下句的，孔子在上面所引的《左传》中是存在着以下这样的话语的："言之无文，行而不远。晋为伯，郑入陈，非文辞不为功。慎辞也！"这话明确地支持了孔子尚文采的观点，也可以说，是刘勰写《征圣》最主要的目的。

古代读书人从识字开始，就泡在经文之中，经文已是他们的第二天性，又怎样可能不宗经的呢？不过《经》有派别，不同的派别对《经》有不同的解读，还好，刘勰似乎很包容，没有今古文派别中人的狭窄胸

① 《左传·襄公二十五年（548）》载："仲尼曰：'《志》有之："言以足志，文以足言。"不言，谁知其志？言之无文，行而不远。晋为伯，郑入陈，非文辞不为功。慎辞也！'"

② 《礼记·表记》载："子曰：'情欲信，辞欲巧。'"

怀。从范文澜先生替《宗经》所作的注释来看[①]，刘勰既引《古文尚书》孔安国（活跃于前156—前74年间）的《尚书序》（范书注5），也引伏生（活跃于前180年间）所传，今存清辑本的《尚书大传》（范书注8）。在论礼方面，刘勰则不分论三《礼》，而综述“五礼（吉、凶、宾、军、嘉）”，照许道勋、徐洪兴两位先生看，这是南北两朝通常的做法，他们说：“郑玄（127—200）注三《礼》采用了历史比较的方法，拿汉朝的礼仪典章制度与三《礼》中的礼仪典章制度相对比，又将每项礼典制度的不同经说加以归纳，显其异同。这样，不仅注释清楚，有助于三《礼》本身的研究，而且还为朝廷礼仪典章的编纂提供了系统性与完整性的理论根据。因此，郑玄三《礼》之学长期的流传于南方和北方，从未中断过，而王肃的三《礼》注仅传一时便消失了。”[②]刘勰谈《春秋》，似乎只谈《春秋经》和《左氏传》，忽视《公羊》与《穀梁》两经，正如许、徐两位先生所说：“总之，南北朝时期，对于《春秋》三传，特重《左氏传》而轻视其他二传。及至隋朝，《左传》独自盛行，《公羊》《穀梁》则渐衰而无师说。”[③]刘勰对《左传》的注释，则重杜预（220—284）而轻服虔（活跃于184年间），在《宗经》中独特地列举杜注的“五例”[④]，这也是南朝的风尚[⑤]。关于《诗》学的解读，许、徐两位先生是这样说的：“《齐诗》亡于曹魏，《鲁诗》亡于西晋，《韩诗》虽存而无人传之。唯独郑玄《毛诗笺》盛行于魏晋和南北朝，遍及江左和河洛地区。”[⑥]刘勰也因此以《毛诗序》为唯一讨论对象，这从范文澜先生对《宗经》和《明诗》两章的注就可以看出。从这个讨论，我们可以看出，刘勰对汉以来的经学，

---

① 范文澜：《文心雕龙注》（上下册）上册，人民文学出版社2008年重印1958年版，第24—25页。牟世金：《文心雕龙研究》，人民文学出版社1995年版，第166—185页。罗宗强：《读文心雕龙手记》，三联书店2007年版，第31—50页。Kang-I Sun Chang, “Liu Xie’s Idea of Canonicity,” in *A Chinese Literary Mind Culture*, *Creativity and Rhetoric in* Wenxin Diaolong, edited Zong-qi Cai, Stanford University Press, 2001, pp. 17 - 20. Wai-Yee Li, “Between ‘Literary Mind’ and ‘Carving Dragons’: Order and Excess in *Wenxin diaolong*,” in *A Chinese Literary Mind*, *Culture*, *Creativity and Rhetoric in Wenxin Diaolong*, ed. Zong-qi Cai, Stanford University Press, 2001, pp. 199 - 205.

② 许道勋、徐洪兴：《中国经学史》，上海人民出版社2006年版，第153页。

③ 同上书，第151页。

④ 范文澜：《文心雕龙注》上册，人民文学出版社2008年重印1958年版，第25页。

⑤ 许道勋、徐洪兴：《中国经学史》，上海人民出版社2006年版，第156页。

⑥ 同上书，第157页。

没有什么明确的立场，也没有什么深刻的见解，他与世推移，重述他所生活那个时代的习惯性的言论。他宗经，不是因为他有什么独特的见解要发挥，而是强调他没有离经叛道，虽然他在论文方面有极不同寻常的看法。

上面我们没有论及在那时已是众经之首的《易》，由于刘勰对《易》的解读是他文学理论最核心的地方，我们将留待在本书第三部分第二章《“文心”与“雕龙”两个层次的“神思”创作论》来讨论这个问题。

宗经基本上有两个意义，其一是探源溯本，其二是给予一个最高的标准。前者是所有文体的来源，例如，他说（《宗经·3.4》）：

> 故论、说、辞、序，则《易》统其首；诏、策、章、奏，则《书》发其源；赋、颂、歌、赞，则《诗》立其本；铭、诔、箴、祝，则《礼》总其端；纪、传、盟、檄，则《春秋》为根。
>
> （所以，论体、说体、辞体、序体，开头自《易经》；诏体、策体、章体、奏体，发源自《书经》；赋体、颂体、歌体、赞体，是以《诗经》作为根本的；铭体、诔体、箴体、祝体，是由《礼经》开其端的；纪体、传体、盟体、檄体，根源自《春秋》。）

可以注意的是，《诗》的“赋”，是指一种平铺直叙的写作方法，虽然这也是汉赋的一个写作特征，却不是汉赋文体的由来，汉赋来自骚体，而骚体不源自《诗》，故《诗》是不能立其本的，虽然《骚》受到过《诗》的影响。后者“最高标准”的定位乃（《宗经·3.5》）：

> 故文能宗经，体有六义：一则情深而不诡，二则风清而不杂，三则事信而不诞，四则义贞而不回，五则体约而不芜，六则文丽而不淫。
>
> （所以，文章若能效法经典，各种文体有六个特性：一是感情深厚而不诡异，二是风格清纯而不含杂质，三是引典故真实而不虚假，四是义理贞直而不闪缩迂回，五是文体精炼而不烦冗，六是文辞清丽而不过度奢靡。）

关于这两方面，在往后《“文心”与“雕龙”两个层次的风格论》和《“雕龙”层次的文章作法论与各类文体的论述》两章，有极详细的论述，不在此赘言。

在他那个年代，包括他自己在内，好写四六骈文，追求侈丽浮夸，根源在哪里呢？照说，大家从小泡浸在经书之中，上面所说的经的六义应该渗透进了每一个人的骨髓之中，怎会在“建言（行文）修辞”上，“鲜克宗经（很少能够效法经典）”，离六义而求侈丽呢？罪魁祸首是《楚辞》与汉赋，所谓“楚艳汉侈（《楚辞》艳丽，汉赋侈靡）”，它们的美丽和放纵迷惑了从小读经书的文人，因此，这些迷了途的文人必须重回宗经的正道。所谓“正末归本，不其懿欤！（把末流纠正，重回正路，不就美好了吗！）”，刘勰其实并不认为《楚辞》与汉赋是末流，那些徒然追逐骚赋辞藻的文人，才是真正的末流。特别是骚，对他来说，正统得很，这将是他纯文学史的开始。不过，有一样东西，对他来说，确实是不折不扣的末流，那就是谶纬，一种不真不实的东西，“正”了谶纬，才能把骚“归本”。因为，骚中的事（典故）和灵界（神话）与谶纬中的虚妄怪异的事件有本质上的不同，刘勰以《正纬》来说明他的观点。

纬书之学在西汉中叶（约前100）之后，到东汉初年（公元25）大盛。吕宗力和栾保群两位先生在安居香山和中村璋八两位先生所辑的《纬书集成》的《前言》中说：“纬书在东汉为显学，不懂纬就是没有学问，大臣奏折，皇帝诏令，都是动辄称引纬书，所以不懂纬就会仕途艰涩。”① 纬有广义、狭义之分。广义的纬，指两汉时的术数占验的预言文字，与谶、图、候合而称为“谶纬”、“图纬”、“纬候”。狭义的纬，则专指与《易》《书》《诗》《礼》《春秋》《论语》《孝经》等儒经相配合的纬书。纬之得名，亦来自“经”；“经”的本义就是织物上的纵线，而“纬”则是指织物上的横线，纬书之依附于经书，正如织物上的纬线与经线相配合。汉代有“五经”、“七经”之说，因此纬书也有“五纬”、“七纬”之称②。许道勋、徐洪兴两位先生指出：“［汉光武帝（25—57年在位）时］，谶纬成了‘天宪’，而谶纬之学被称作‘内学’，其地位还在时称‘外学’的经学之上。”这是有点可怕的，等于说，神化关公的宗教著作，在朝廷上比正统的学术经学还要有地位。纬书所载的都是虚妄造假

① 安居香山和中村璋八：《纬书集成》，河北人民出版社1994年版，第9页。

② 许道勋、徐洪兴：《中国经学史》，上海人民出版社2006年版，第109—110页。

的话，也就是说，东汉的社会价值取向，在上层社会，假话比真话吃香。自然，汉朝人要神化的，不是关公，而是孔子，以下是撷取自纬书关于孔子的一些记载，由读者自己决定那是真话还是假话：

《纬书集成·论语撰考谶》载：“叔梁纥舆徵在祷尼丘山，感黑龙之精以生仲尼。”

《纬书集成·春秋演孔图》载：“孔子母征在，梦感黑帝而生，故曰玄圣。”

又载：“孔子母徵在，游大泽之陂，睡梦黑帝使，请已。已往，梦交。语曰：‘女乳必于空桑之中。’觉则若感，生丘于空桑之中，故曰玄圣。”

又载：“得麟之後，天下血书鲁端门，曰：‘趋作法，孔圣没。周姬亡，彗东出。秦政起，胡破术。书纪散，孔不绝。’子夏明日往视之，血书飞为赤烏，化为白书，署曰《演孔图》，中有作图法之状。”

《纬书集成·春秋纬》载：“丘，水精，治法，为赤制功。”

又载：“黑龙生，为赤，必告示象，使知命。”

《纬书集成·易纬乾凿度》曰：“孔子曰：‘天之将降祥瑞，应河水清三日，青四日，青变为赤，赤变为黑，黑变为黄，各各三日。河中水安，天乃清明，图乃见，见必南向，仰天言。’”

如果读者也认为这是虚妄怪诞造假之言，则会同意刘勰以下这段话（《正纬·4.4》）：

至于光武之世，笃信斯术。风化所靡，学者比肩。沛献集纬以通经，曹褒选谶以定礼，乖道谬典，亦已甚矣。是以桓谭疾其虚伪，尹敏戏其浮假，张衡发其僻谬，荀悦明其诡诞：四贤博练，论之精矣。

（到了东汉光武年代，皇帝深信谶纬之术，对时代潮流有压倒性的影响，当时的读书人肩挨肩学习谶纬。沛献王刘辅[①]（43—84 年在

① 光武帝的次子，好经书，作《五经论》，用纬书来解经，号称《沛王通论》。当时刘辅在沛国谨节，终始如一，称为贤王。汉明帝敬重，数加赏赐。

位）收集纬书来解说经书，曹褒[①]（？—102）编选符谶来制定礼仪，那种违反正道、背离经典的作风，也真过分了一点。因此，桓谭[②]（前23—56）痛恨它的虚妄；尹敏[③]（活跃于57年间）戏弄它的虚假；张衡[④]（78—139）揭发它的乖僻谬误；荀悦[⑤]（148—209）说明它的虚妄怪诞。这四位高超学者博学而精通人情世故，评论得精辟极了。）

从我们对刘辅、曹褒两人生平的注解来看，他俩都是贤良有仁心的人，虽然他们以纬论经的做法受到后世的批评。我们或许可以从两个角度来看这个问题：从认知的角度，是不应该有造假现象存在的，例如，讨论历史上真实的孔子，也就是孔子这个人，是没有谶纬存在的空间的；从文学创作的角度，想象的空间比较大，孔子确实是一个被人神化了的一个人，也就是孔子这个神，要研究汉朝人怎样神化孔子，谶纬是很珍贵的历

① 章和元年（87）正月，汉章帝诏曹褒诣嘉德门，由小黄门将班固所上的叔孙通制订的《汉仪》十二篇交给曹褒，敕令曹褒修订《汉仪》。曹褒依据经典，撰写了从天子到庶民各种冠礼、婚礼、吉凶、生祭等事宜的制度，共计一百五十篇，以二尺四寸简书写，于同年十二月完成上奏。章帝考虑到可能会有众多争议，直接接纳而不再令相关官吏奏审。两个月后章帝驾崩，汉和帝即位，曹褒为其作章句，和帝更增加两篇《新礼》。曹褒因而擢升羽林左监。永元四年（92年），曹褒出任射声校尉。但是此后太尉张酺、尚书张敏等上书指责曹褒擅作《汉礼》，破坏圣术，应当处刑罚。汉和帝虽然没有同意这些奏章，不过曹褒的汉礼也从此不被奉行。（“维基百科”）

② 东汉光武帝时，任议郎给事中，曾进谏皇帝不应以谶纬来决断事情，因而被降为六安郡丞，病死于途中，终年七十余岁。王充在其《论衡》中给予高度评价。著作有《新论》，原书早佚。

③ 帝以敏博通经记，令校图谶，使蠲去崔发所为王莽著录次比。敏对曰：“谶书非圣人所作，其中多近鄙别字，颇类世俗之辞，恐疑误后生。”帝不纳。敏因其阙文增之曰：“君无口，为汉辅。”帝见而怪之，召敏问其故。敏对曰：“臣见前人增损图书，敢不自量，窃幸万一。”帝深非之，虽竟不罪，而亦以此沈滞。

④ 张衡，字平子，南阳西鄂（今河南南阳市石桥镇）人，东汉时期的天文学家、数学家、发明家、地理学家、制图学家、文学家、学者，在汉朝官至尚书，为我国天文学、机械技术、地震学的发展作出了不可磨灭的贡献。由于他的贡献突出，联合国天文组织曾将太阳系中的编号为1802号小行星命名为“张衡星”。（“百度百科”）

⑤ 荀悦，字仲豫，颍川颍阳（今河南许昌）人，东汉末史学家，儒学思想家。士族出身，荀子的十三世孙。少丧父，家贫，聪慧好学，博闻强记，过目成诵。汉灵帝时，宦官专权，托病隐居。后曹操荐举供职于其府，迁黄门侍郎、秘书监、侍中等职。汉献帝以班固《汉书》难读，命悦仿《左传》之体，对《汉书》删繁存要，编撰《汉纪》。建安五年（200年），《汉纪》三十卷成书，体例严整，文字简洁。（“维基百科”）

史文献。作为文学家的荀悦看到这一点，因此，作为科学家的张衡要禁绝谶纬时，刘勰是这样说的：“平子（张衡）恐其迷学，奏令禁绝；仲豫（荀悦）惜其杂真，未许煨燔。（张衡怕谶纬这东西迷惑学者，奏请禁绝它；荀悦可惜其中夹杂有真实资料，不充许把它烧掉。）”（《正纬·4.5》）刘勰作为文人，也看到谶纬论作在文学创作上的优点，因此他说：“事丰奇伟，辞富膏腴，无益经典而有助文章。是以后来辞人，采摭英华。（事件的描述丰富而又奇特，辞藻丰美富腴，虽然对经书没有什么好处，但可以帮助写作。因此后来作家，［从谶纬文字中］撷取出色的辞藻。）”（《正纬·4.5》）

对刘勰来说，骚与谶纬完全不一样，骚不单辞藻出色，还是经的延续，是经学主流中的奇葩。刘勰《辨骚·5.1》开章第一句是这样写的：“自《风》《雅》寝声，莫或抽绪，奇文郁起，其《离骚》哉！（自从《国风》和大小《雅》的歌声终止之后，也真没有谁来抽理头绪，继承下去，却有奇文郁郁乎，文采美盛地挺生出来，那就是《离骚》啊！）”这句话还只把骚放在诗的同等地位。在第三段《辨骚·5.3》介绍了屈原主要的作品之后，刘勰对他的评价如下：“故能气往轹古，辞来切今，惊采绝艳，难与并能矣。（所以他的才气能压倒古人，辞采会超越今人，惊人的文采，无可比拟的艳丽，很难与他媲美的啊！）”这可是把屈原放在诗家中的第一人，因此，对刘勰来说，屈原作品的特色乃是文学创作最高的标准，它们是：第一，“朗丽以哀志（以明朗的丽词表达哀怨情怀）”；第二，“绮靡以伤情（以绮丽漫笔抒写伤痛情感）”；第三，“瑰诡而慧巧（瑰丽奇特而又慧心巧思）”；第四，“耀艳而深华（光耀彩艳而又蕴深藏华）”；第五，“标放言之致（标榜说话不羁的意旨）”；第六，“寄独往之才（寄托［天地间］独自往来的才情）”。从《诗经》到南北朝，实在没有一个诗人合这个标准，后来的诗人，也可能只有李白（701—762）合乎这个形容。因此，周振甫先生解读《时序》所谓《楚辞》“笼罩雅颂”，认为刘勰是在说《楚辞》超过《诗经》[①]，应是确切的解读。这是

① 周振甫：《〈文心雕龙〉今译》，中华书局2005年重印1986年版，第39页。Kang-I Sun Chang, “Liu Xie's Idea of Canonicity”, in *A Chinese Literary Mind*, culture, creativity and rhetoric in *wenxin diaolong*, edited Zong-qi Cai, Stanford University Press, 2001, pp. 20–24.

从文学艺术的立场看屈原，那是无比的赞赏；从名教道德立场看，刘勰就有微词了！

在《辨骚·5.2》中，刘勰先指出屈原在引史用事、规讽比兴、忠诚朝廷上是宗经的，合经传统的主流意识的，“同于《风》《雅》者也（与《风》《雅》篇章的志趣是一致的）”。但在四点上，是有瑕疵的。他所说的第四种瑕疵，在屈原作品《招魂》中有“士女杂坐（男女混杂而坐）”以及“娱酒不废（以酒相娱没有节制）”，那是刘勰道貌岸然的批评，与文艺创作无关，姑且不论。

第一种瑕疵，所谓“诡异之辞也（［与行为有关的］荒谬的记载文辞）”，那是由于《离骚》中屈原说自己“驾八龙”，又派云神丰隆去寻找洛水女神宓妃，失败后，又遣令鸩为媒求婚于有娀之佚女，刘勰是如此形容的：

> 至于托云龙，说迂怪，丰隆求宓妃，鸩鸟媒娀女，诡异之辞也！
>
> （至于［《离骚》］假托自己驾龙云，讲说怪诞的东西，使云神丰隆访求宓妃，托鸩鸟去向有娀之佚女求婚，是荒谬的记载文辞！）
>
> （《辨骚·5.2》）

第二种瑕疵，所谓“谲怪之谈也（［纯属空谈的］荒诞不经的言谈）”，那是由于《天问》中屈原诘问共工与颛顼战，共工撞倒作为天柱的不周山，因此天崩地塌，以及尧时十个太阳一同出，羿射下了九个；《招魂》中的大力士，一个人有九个头，土地神有三只眼睛。刘勰是如此形容的：

> 康回倾地，夷羿彃日，木夫九首，土伯三目，谲怪之谈也。
>
> （［《天问》说］共工撞倒天柱使大地倒塌，后羿射下九个太阳，［《招魂》说］拔树的巨人有九个头，土地神有三只眼，是荒诞不经的言谈。）
>
> （《辨骚·5.2》）

表面上虽然都是指奇异荒诞的神话故事，但实际上刘勰用“辞”和

“谈”分别指：与屈原自身行为有关的辞语，以及与屈原自身无关的故事谈论；这是一个很精细的辨别，前一种不是神话，而是个人以礼的程序或行为（求婚是一种礼的行为），与神灵交往；后一种才是神话故事。我们大家都知道《诗经》中是很少引用关于神灵的东西的，只有在周人和殷人追述他们祖先时引用了一些。现在，屈原在他的作品中应用了相对多的关于神灵的东西，自然是与《诗经》的传统相悖的，受到刘勰的批评。但是，这是一种好的还是坏的作风？刘勰没有明确表态，虽然他在《正纬》中讨论纬的诡异谲怪时说：“无益经典而有助文章。”（见上面关于谶纬的讨论）那似乎是在说：纬中荒诞的神话是“有助文章”的。

刘勰对“辞”之“诡异”和“谈”之“谲怪”细致的区分是有道理的，因为，神话必须有一个故事，“辞”所写的事，不是在引用一个神话故事；而“谈”则是。上面更指出，“辞”乃与屈原自身行为有关的辞语，屈原用灵界的事物形象来说他想做的事。更有甚者，在人类发展史上，礼是和神话相对的一种行为和记录，屈原托鸩向娀女求婚（“鸩乌媒娀女”，出自《离骚》，原文：“见有娀之佚女。吾令鸩为媒兮。”），那是一种礼的行为。在《九歌》中，人神的互动或恋爱，其实是一种巫宗教的祭祀性质的礼的行为，虽然本身或构成一个故事，但并不是在引用述说一个神话故事。如果我们把这些与神灵沟通的礼的行为排除在神话以外，则屈原作品中是没有多少神话故事的，从这个角度看，《离骚》是不存在很多神话故事的。上面已提到《诗经》中是很少神话的，如此一来，我们套用希腊神话文学的发展观，说中国诗歌文学也始自神话，是一个非常可以质疑的说法。还有一点，可以带笔一提的是，近代人或许有很好的理由说“大禹治水”是神话，这是近代人主观地对古籍的一种解读，并没有客观科学考古的根据。即使未来经客观科学考古论证后，确认“大禹治水”是神话，我们还是不能说：屈原在《离骚》中引用“大禹治水”的神话，因为在他的心目中，他是在述说史实。否则，我们就像强暴民意的独裁者，在“强暴”古人的意识。

第三种瑕疵，那就是屈原的心胸太狭窄，所谓“狷狭之志也（心胸太狭窄了啊）”。对此，刘勰引《离骚》王逸注中的殷商贤大夫彭咸（前1600—前1046），因谏君不从，而投水自杀；以及伍子胥（？—前484）谏吴王夫差（前495—前473在位），夫差逼他自杀，把他的尸体装进革囊，投在江里等故事。刘勰是如此形容的：

> 依彭咸之遗则，从子胥以自适，狷狭之志也！
>
> （［《离骚》说］依照殷代大夫彭咸投水的做法，［《九章》说］跟着伍子胥在江水里来求得快意，那是急躁褊狭的胸襟啊！）
>
> （《辨骚·5.2》）

刘勰这样批评屈原，一方面屈原确实有点耿直，另一方面他认为屈原自沉是一种抗议行为，缺乏温柔敦厚。我们且不从伦理的角度看这件事，仅以文学的观点论述之。《离骚》中“香草—美人—流放—自沉”乃贯穿中国文学史的一个原型主题（archetypal theme），我们将在本章末尾重新讨论这个重要的课题，给予本章一个串连整章的线索。

在我们继续讨论骚体的特征之前，让我们岔开来先讨论一下《辨骚》中的“辨”义。罗根泽先生认为“辨”是一个墨家的专有名词[①]，出自晚出的谈“辨”墨家之手，共六篇[②]，题为：《经上》、《经下》、《经说上》、《经说下》、《大取》、《小取》。关于论辩的方法，《小取》称：“以名举实，以辞抒意，以说出故，以类取，以类予。”其中“以说出故”即《经上》所载：“说所以明故。”明故的具体方法有九种，列举如下：

> “或”：就是论理学上所谓“特称命题”。
>
> “假”：就是论理学上所谓“假言命题”。
>
> “辟”：其作用是借彼物以说明此物。
>
> “效”：立论目的，其一是寻求事物之“法”。法的获得由于“效”。
>
> “侔”：其作用是借彼辞以证成此辞。
>
> “援”：就是援例。
>
> “推”：就是推理。

---

① 罗根泽：《中国文学批评史》第一集，古典文学出版社1958年重印1957年版，第56—59页。

② 关于该六篇的校释、分析和论述，见谭戒甫《墨辩发微》，武汉大学出版社2006年版。此“辩”为繁体字“辯”，与罗根泽作“辨”，有异。

"同"：就是求同。彼一说，此犹一说，二说相同，叫"同"。

"异"：就是辨异。彼一说，此亦一说，二说相异，叫"异"。

从上面所论及刘勰对"辞"和"谈"细致的分别可以看出，他的分辨头脑是精细的。孙蓉蓉女士提出：佛教研究逻辑思维的因明学，"对《文心雕龙》的推理论证和组织结构，起了重要的作用"。[①] 如此的话，刘勰在接触到佛教因明学的同时，也可能研究传统墨家的论辩之学。是否如此，有待专家学者对《辨骚》篇作严格的逻辑思维分析来审定刘勰思维的严谨性。

同时，也有繁体版不作"辨"，作"辯"，标题变成《辯骚》[②]，有待专家核定。我们目前跟从简体版与大多数繁体版作《辨骚》，并且把"辨"当作普通词，作"分辨明白"解。也就是说，刘勰要从与《诗经》的比较中，把骚体的特质分辨出来，这和《时序·50.4》所说"变乎骚（[韵文传统] 从骚开始产生变化）"的意见是互为一致的。由于刘勰被关在"宗经"的笼子中看问题，从我们现在比较宽松的学术环境来看，他的有些解说有点勉强而且不必要；但总的来说，他的见解还是立得住脚的。因为从文化传承的角度来看，楚文化有其独立源流和特性，但从总体的架构来看，则传承自中原文化，包括礼乐文化、雅言文化，以及书写文字。

《史记·屈原贾生列传》称："[屈原早期] 出则接遇宾客，应对诸侯。"他自然是以中原编钟编磬的礼乐来接待往来宾客的，也会以琴瑟、以雅言唱和《诗经》的篇章来酬宾言志，甚至，跳上一段增加宴会气氛的礼舞也说不定。中原礼舞造型凝重，而楚礼舞则造型飘逸流畅。从秦国

① 孙蓉蓉：《刘勰与〈文心雕龙〉考论》，中华书局 2008 年版，第 39 页。她说："刘勰的《文心雕龙》之所以能构成一个较完整、系统的理论体系，这得力于佛教的因明学……如北魏孝文帝延兴二年（472）吉迦夜与昙曜合译了《方便心论》……这种情况说明，在刘勰著述《文心雕龙》的前后就有因明学的翻译著作。其中《方便心论》的译出时间是公元 472 年，早于刘勰的《文心雕龙》。" Victor H. Mair, "Buddhism in *The Literary Mind and Ornate Rhetoric*," in *A Chinese Literary Mind*, culture, creativity and rhetoric in *wenxin diaolong*, ed. Zong-qi Cai, Stanford University Press, 2001, pp. 64 – 75.

② 杜天縻注，黄叔琳序：《文心雕龙》（繁体版），香港文光书局 1955 年版。张严：《文心雕龙通识》（繁体版），台湾商务印书馆 1975 年重印 1969 年版。刘大杰：《中国文学发展史》（繁体版）亦作《辯骚》，香港古文书局出版社 1973 年版，第 109 页。

石鼓文[①]的出土，证明春秋战国时人是有按照《诗经》体例创制诗作的。当孔子被批评，说他没有把所有的逸诗都收集进《诗经》之中，孔子认为三百篇已经足够，只要读出成绩来就好，如果读了三百篇，还不能施政或"专对"，则再多读了，也不会有什么帮助的。他是这样说的："诵诗三百；授之以政，不达；使于四方，不能专对；虽多，亦奚以为?"(《13.5》)。太史公（司马迁，前145或前135—前86?）说那时诗有三千（非实数，乃众多之意）之众，是有点根据的。这给予我们一个有趣而又重要的问题：在流放之前，屈原有诗的创作吗？若有，是用《诗经》体例写的还是用《楚辞》体例写的呢？一个文采超凡的作家，不可能一直没有创作，到了晚年遇难时才发辞人之声的。以李后主（937—978，961—975在位）为例，不会在亡国后，才有伟作，在早期的爱情或艳情诗作中就一定已文采靡丽，无与伦比。我们很幸运，现存有两首屈原早期的作品，接近《诗经》体系的《九章》的第八篇《橘颂》[②]，以及接近骚体的《九歌》[③]。前者不很有名，但在诗的源流上，有很重要的意义。

刘大杰先生在《中国文学发展史》中指出："《橘颂》的形体近于《诗经》，而又无'乱辞（指骚体章尾的"乱曰"）'，在形式和思想内容上，与《离骚》和《九章》中［其他篇章］的作品有些不同。"[④] 楚国的诗教来自中原，中原诗的架构帮助了屈原创造楚国自己本土的诗，最初，有模仿的痕迹。取材自楚国民间的祭神巫歌而写成的《九歌》则已脱离《诗经》的架构，而有《楚辞》创新性的雏形。而且，屈原可能是以中原的雅言来诵

---

① 石鼓文，秦刻石文字，因其刻石外形似鼓而得名。发现于唐初，共十枚，高约二尺，径约三尺，分别刻有大篆四言诗一首，共十首，计七百一十八字。该文年代未有定论，当代学者书法家、古文字学家王美盛《石鼓文解读》认为石鼓文作于公元前525年，为东周王作。主要根据是石鼓文中有"吾获允异"句，与《左传》记载吻合。著名历史学家、古文字学家李学勤肯定此说。（"维基百科"）

② 《橘颂》是屈原早年的一篇作品。按王逸《楚辞章句》为《九章》第八篇。"橘"与诗人屈原的形象之间有着紧密的联系，体现了诗人屈原忠于楚国，至死不渝的精神，体现了诗人高洁的人格形象等。作者借橘树赞美坚贞不移的品格。作者认为橘树是天地间最美好的树，因为它不仅外形漂亮，"精色内白"、"文章烂兮"，而且它有着非常珍贵的内涵，比如它天生不可移植，只肯生长在南国，这是一种一心一意的坚贞和忠诚，再如它"深固难徙，廓其无求"、"苏世独立，横而不流"，这使得它能坚定自己的操守，保持公正无私的品格。最后作者表达了自己愿意以橘树为师，与之生死相交的愿望，这也是作者志向的表达。（"百度百科"）

③ 刘大杰：《中国文学发展史》（繁体版），香港古文书局出版社1973年版，第95—96页。

④ 同上。

读和用韵的，虽然中间插进楚人用语和某些虚字（此说待考）。在王力先生《汉语语音史》的研究中，他认为《楚辞》的韵与《诗经》的分别不大。他说："我曾经把《诗经》的十五国风分别研究过，没有发现方言的痕迹。我曾经把《楚辞》和《诗经》对比，想找出华北方言和荆楚方音的异同。我虽然发现《楚辞》用韵的一些特点，但是也难断定那是方言的特点，还是时代的特别。"① 这表明楚国上层社会还是沿用中原雅言的，虽然彼此的通俗文化和语言是不一样的。中原人自己没法从《诗经》中蜕化出新的诗歌体系，而异国的屈原却做到了。除了屈原的文学天赋和际遇之外，楚国独特的文化和山川景物也是一个重要的因素②。刘勰注意到这一点，他说："若乃山林皋壤，实文思之奥府……然则屈平所以能洞监《风骚》（指《九歌》③）之情者，抑亦江山之助乎（至于自然界的山林和原野，那实在是文思的宝库……那么屈原之所以能够洞察《九歌》的真情或本质，也还是依赖江山风景的帮助吧）？"（《物色 46.4》）

在文学史的研究中，《九歌》作为文献的重要性，已超过诗的范围。王国维（1877—1927）先生在《宋元戏曲史》中认为它可看作是古代戏剧的雏形，他说："盖后世戏剧之萌芽，已有存焉者矣"④。刘大杰先生同意这个说法⑤。而且，在文学范围之外，对文言文法来说，《九歌》也是极珍贵的资料，讨论见附录一《"文言语"这个概念与章句中虚字字符的产生》。同时，在附录三《不赞成以神话的眼球看中国文学史》中，我们指出作为中国文学代表的《诗经》失去了原始的野性与个人的声音，塑造一种高度被礼乐驯化了的诗歌形式。《国风》虽然采集自各地民间，我们今天已很难分辨出《周南》和《郑风》或其他任何《风》，在语言音韵、节奏、作者个人的呼声（voice）中应有的差异。个人在文学中失去了独特的个性。个性鲜明的屈原把自己带进文学作品之中成为作品人物（persona），《楚辞》的文学光辉浸然盖过《诗经》，汉朝时成为所有文人模仿的对象。

---

① 王力：《汉语语音史》，中国社会科学出版社 1997 年重印 1985 年版，第 11 页。王力先生此说待考。

② 杨义：《文学地理学会通》，中国社会科学出版社 2013 年版，第 209—244 页。

③ 周振甫：《〈文心雕龙〉今译》，中华书局 2005 年重印 1986 年版。第 418 页。

④ 王国维：《宋元戏曲史》，上海古籍出版社 1986 年初版、2006 年再版，第 2 页。

⑤ 刘大杰：《中国文学发展史》（繁体版），香港古文书局出版社 1973 年版，第 96 页。

一方面，《楚辞》把“自我”还给汉代的文人，他们可以随自己的个性搬弄丽词，堆砌艳语，上天下地在大自然和灵界（可能是想象出来的）中遨游，有一种被释放出来的适意感①。另一方面，为语言形式另造格式或牢笼，开骈体文之先河，那其实是文言文作为拥有大量单音词的一个特质。朱光潜先生在《诗论》中就指出：“中文字尽单音，词句易于整齐划一。‘我去君来’，‘桃红柳绿’，稍有比较，即成排偶。西文单音字与复音字相错杂，意象尽管对称而词句却参差不齐，不易对称。”② 在文学的意境上，汉赋作家对后世文学的影响不大，但在语言的试验和探讨上，功绩良多，导致南北朝骈体文的出现，其中骈偶和对仗概念是构成唐代律诗的主要文学零件。汉赋最大的缺点是缺乏真实浓厚的感情，刘勰看到这一点，他说：“自《九怀》以下，遽蹑其迹，而屈宋逸步，莫之能追。故其叙情怨，则郁伊而易感；述离居，则怆怏而难怀；论山水，则循声而得貌；言节侯，则披文而见时（从［《楚辞》中王褒③（活跃于前73—前49年间）］《九怀》以下各篇章，急遽地跟随屈原的脚步；可是，屈原、宋玉（约前298—约前222），两人步调超卓，［后起各篇章］没有谁能追得上。所以，屈宋对情怨的抒写，能很容易感动人而使人产生抑郁；叙述离别，能使人悲从中来而难以控制情怀；描绘山水，能使人跟随诵读就能体会［山水的］形貌；叙述季节，能使人披阅文辞就看到时令［的景象］）。”（《辨骚·5.4》）刘勰接着这样说：有了这样的榜样，枚乘④

① Nanxiu Qian, *Spirit and Self in Medieval China*, Honolulu: University of Hawai' I Press, 2001, pp. 1–16. 詹福瑞：《东汉士风与个体意识的初萌》，《汉魏六朝文学论集》，河北大学出版社2001年版，第230—272页。

② 朱光潜：《诗论》，上海世纪出版集团2005年版，第159页。朱先生举雪莱（Percy B. Shelley, 1792—1822）的诗句为例。

③ 王褒所写之赋，《汉书·艺文志》记载有十六篇。如《圣主得贤臣赋》、《甘泉赋》大多为歌颂皇帝之作。但其中《洞箫赋》一篇不同，这是较早描写乐器和音乐的赋，此赋无大赋的堆砌夸张的毛病，描写精巧细微，形象鲜明，当时就很受赞赏。汉元帝（当时为太子）就非常喜欢。该赋对后世文风文体也颇有影响，因赋中除了骚体句子之外杂以骈偶的句子，为魏晋六朝骈文开了先河。

④ 枚乘曾做过吴王刘濞、梁王刘武的文学侍从。七国之乱前，曾上书谏阻吴王起兵；七国叛乱中，又上书劝谏吴王罢兵。吴王均不听。七国之乱平定后，枚乘因此而显名。景帝时，拜为弘农都尉，因非其所好，以病去官。武帝即位后，以“安车蒲轮”征之，因年老，死于途中。枚乘文学上的主要成就是辞赋。《汉书·艺文志》著录“枚乘赋九篇”。今仅存《七发》、《柳赋》、《菟园赋》三篇。后两篇疑为伪托之作。（“百度百科”）

(？—前140)、贾谊①（前200—前168)，追随屈宋的风采而达到华彩丽词，司马相如②（约前179—前118)、扬雄③（前53—18）沿着他们的波浪而获得奇文，为屈宋衣泽裙带的辞赋家，又岂止一个朝代啊！所以，文才高者可则从他们的创作中取得鸿篇巨制，心思灵巧的则从中体会他们的艳辞文采，吟诵的则捕捉到他们山水形貌的描绘，学童亦能熟悉其中所写的香草④。

由于刘勰对自西汉以来的赋家和诗家有所偏重，我们以列表的方式来显示，在《明诗》、《乐府》、《诠赋》三章中，哪些作家或作品他提及了，哪些他忽略了，并将2012年出版的，由郭英德、过常宝两位先生著作的《中国古代文学史》与《明诗》、《诠赋》两章比较如表3－1至表3－4。

---

① 贾谊从小才学过人，文笔十分漂亮。18岁即闻名于郡里，被河南郡守吴公招致门下，做了郡守的门客。贾谊22岁时，汉文帝登基，擢升河南郡守吴公为廷尉，贾谊也因吴公推荐当了博士。西汉初年，博士掌管政府文献典籍，同时也是皇帝的高级顾问。尽管在博士中年岁最小，但是贾谊每每有精辟见解，文帝很欣赏他，一年后被提升为太中大夫。贾谊设计了一整套汉代礼仪制度，以代替秦制。汉文帝打算擢升贾谊并采用他的方案，遭到官僚与宗室阶层反对，只得作罢。并于公元前177年贬贾谊为长沙王太傅。贾谊对贬谪不满，又听闻长沙气候潮湿多雨，以为自己会早死。他心情悲观失望，在渡湘江时作了《吊屈原赋》。任长沙王太傅三年时，有象征不祥的鹏鸟飞入房屋，贾谊有感而作《鹏鸟赋》。《吊屈原赋》和《鹏鸟赋》是他的骚体赋代表作。长沙因为他和屈原的影响而被称为“屈贾之乡”，贾谊在长沙的故居也一直被保留下来，相传南北朝时还遗留他挖的井、他的石坐床和亲手栽种的柑树。到了宋代他的故居被改建成贾谊祠。明清时更在祠中增祀屈原，改为屈贾祠，至今仍是供人凭吊的古迹。(“维基百科”)

② 司马相如《子虚赋》被汉武帝读到，非常惊叹，犬监官杨得意刚好是相如的同乡，于是报出了相如的名号，皇上召相如问之。相如作《上林赋》。《子虚赋》和《上林赋》是汉赋的顶峰作品，其铺陈的描写达到了极致，显示出高度的修辞技巧，但是这也正是缺点所在，使得文章呆板凝重。另外在该赋的用意上尽管有些人认为作者是为了劝谏汉武帝，这两篇赋的结尾也有讽喻之辞，但是赋中的描写渲染了奢侈的帝王生活，极大地满足了汉武帝的虚荣心。（“维基百科”)

③ 扬雄为人口吃，不能剧谈，专心于潜心思考，早年倾慕司马相如，模仿司马相如的《子虚》、《上林》等赋，常作辞赋，名声远播，如《蜀都赋》，此赋开启了京都一派题材，班固《两都赋》、张衡《二京赋》以及晋代左思《三都赋》皆受其影响。他提出以“玄”作为宇宙万物根源的学说，强调如实的认识自然现象，并认为“有生者必有死，有始者必有终”，驳斥了方士的学说。在社会伦理上，认定“人之性也善恶混，修其善则为善人，修其恶则为恶人”。(“维基百科”)

④ 《辨骚·5.4》原文：“是以枚贾追风以入丽，马扬沿波而得奇，其衣被词人，非一代也。故才高者菀其鸿裁，中巧者猎其艳辞，吟讽者衔其山川，童蒙者拾其香草。”

表 3－1 《明诗·6.2》与《中国古代文学史》的比较表

作家或作品①	在《明诗》中有无出现过	在郭英德、过常宝《中国古代文学史》中有无出现过
葛天②《玄鸟》	出现。《玄鸟》今不传，《吕氏春秋·古乐篇》有形容。	出现（第 23 页）。引《吕氏春秋·古乐篇》。
黄帝《云门》	出现。《云门》今不传，《周礼·春官·大司乐》郑玄注有形容。	缺。
尧《大唐》	出现。《大唐》见《尚书大传》③；《礼记·乐记》郑玄注有形容。	缺。
舜《南风》	出现。《南风》见《孔子家语》；《礼记·乐记》郑玄注有形容。	缺。
大禹《九序》	出现。《九序》今不可考。	缺。
《五子之歌》	出现。《五子之歌》见《尚书·虞夏书·五子之歌》。	缺。
《风、雅、颂》	出现。文本解读。	出现（第 46—57 页）。
《离骚》	出现。文本解读。	出现（第 108—110 页）。
《仙真人诗》	出现。《仙真人诗》今不传；《史记·秦始皇本纪》有著作记载。	缺。

由上面刘勰的文学史观与今人的差异，可以看出疑古史派对今日文学史的影响。由文本中对古代文言语的论述，笔者认为，在人类进化史中，两三万年前就可能有口语诗歌的存在，中国人在发明文言语后，在 4000 年前有文言诗歌《大唐》、《南风》、《五子之歌》，不会是一件奇怪的事。自然，我们不能强说今天看到的版本是文言语版本的实录，但把它们和《诗经》，在句子结构、诗体、韵律上，对比一下异同，又有什么害处呢？

① 刘永济：《文心雕龙校释》，附徵引文录（上下册），中华书局 2007 年版。

② 葛天氏，《吕氏春秋·古乐·索隐》张揖训解："葛天氏三皇时君号也。"《帝王世纪》称："有巢氏之后有葛天氏等，皆袭伏羲之号。"是中国上古传说中一位贤能的首领，近代有一种说法，认为他的部落发明以葛织布，传统传说中他被尊为乐神，在位时人民安居乐业。其部落驻地在今河南省宁陵县，是葛国和葛姓的祖先。后世将他的统治视为理想社会，陶渊明之《五柳先生传》称："其言兹若人之俦乎？酬觞赋诗，以乐其志。无怀氏之民欤？葛天氏之民欤？"（"维基百科"）

③ 《尚书大传》是对《尚书》的解释性著作，作者和成书时间均无法完全确定。目前只有后人辑本传世，以皮锡瑞本最佳。书中内容很多只是以《尚书》为引子阐发各种奇谈怪论，所以也有学者认为此书为汉代纬书之滥觞。《四库全书》也归之为纬书之属，附诸经解之末。（"维基百科"）

表 3－2　　《明诗·6.3》与《中国古代文学史》的比较表

作家或作品	在《明诗》中有无出现过	在郭英德、过常宝《中国古代文学史》中有无出现过
韦孟①（活跃于前201—前155年间）	出现。今存诗两首，这两首诗典雅古奥，从思想到语言都学习《诗·大雅》，所以刘勰说：“汉初四言，韦孟首唱，匡谏之义，继轨周人（汉朝初年的四言诗，韦孟是最先的诗人创作，以救正谏诤的大义，继承周人的典范）。”也就是说，在公元前155年，西汉没有什么四言诗作，或任何有分量的诗作，是《诗》的冬季。	缺。
汉武帝（前141—前87在位）与群臣柏梁联韵	出现。诗存《古文苑》②，每句七字，句句用韵。顾炎武认为诗出后人拟作③。	汉成帝，出现（第116—118页）。但没有提及他与群臣柏梁联韵。
东方朔④（前154—前93）	缺。	出现（第117页）。称其为最有代表性的作家之一。
严忌（约前188—前105）⑤	缺。	出现（第119页）。该书并未论及汉初50年诗歌的创作，认为汉初像战国，汉文人像战国游说之士。但有提到汉朝皇帝爱楚声，有《大风歌》、《秋风辞》等创作（第124页）。

① 西汉初诗人，彭城（今江苏徐州）人。汉高帝六年（前201），为楚元王傅，历辅其子楚夷王刘郢客及孙刘戊。刘戊荒淫无道，在汉景帝二年（前155）被削王，与吴王刘濞通谋作乱，次年事败自杀。韦孟在刘戊乱前，作诗讽谏，然后辞官迁家至邹（今山东邹城），有诗咏其事。后逝于邹。《讽谏诗》108句，先叙韦氏家族历史，次述楚元王三代变化，始责刘戊荒淫，末抒忧愤，期望刘戊觉悟。《在邹诗》第52句，写年老辞官迁邹，抒发思恋楚王之情，赞美邹鲁尊孔崇礼的风气。这两首诗典雅古奥，从思想到语言都学习《诗·大雅》，所以刘勰说：“汉初四言，韦孟首唱，匡谏之义，继轨周人。”（《文心雕龙·明诗》）韦孟诗对汉初诗歌创作的影响甚微，似乎当时并不流传。因而班固撰《汉书》时还听说，韦孟这两首诗，可能是“其子孙好事，述先人之志，而作是诗也”（《汉书·韦贤传》）。（“百度百科”）

② 《古文苑》是周到南朝齐诗文总集，凡二十一卷，诗两卷，著作不详，北宋孙洙得自佛寺经龛之中。有诗、赋、杂文共二百六十篇。《隋书·经籍志》、《新唐书·经籍志》、《旧唐书·经籍志》均未著录《古文苑》，故清人钱熙祚刻《守山阁丛书》将《古文苑》收入。（“维基百科”）

③ 见《日知录·21》。

④ 东方朔一生著述甚丰，写有《答客难》、《非有先生论》、《封泰山》、《责和氏璧》、《试子诗》等，后人汇为《东方太中集》，收入《汉魏六朝百三家集》中。司马迁在《史记》中称他为“滑稽之雄”。（“维基百科”）

⑤ 严忌（约前188—前105）乃著名辞赋家。他是梁孝王门客，有辞赋二十四篇，现仅存《哀时命》一篇。

续表

作家或作品	在《明诗》中有无出现过	在郭英德、过常宝《中国古代文学史》中有无出现过
邹阳(？—前120)①	缺。	出现（第119页）。同上。
严助（？—前122）、司马相如	出现。刘勰认为这两人“属辞无方（缀文没有规格）”，也就是说不太会写诗。	严助，出现（第125页）。司马相如出现多处，是否有讨论严助和相如诗作，待考，论相如赋则众。该书无索引，司马相如出现处无法一一列举。认为司马氏有游士之风。
汉成帝（前33—前7在位）编集当时诗作	出现。《汉书·艺文志·诗赋略》说三百一十四篇，包括朝廷的篇章和各地的民歌。	汉成帝，出现（第116—118页）。但没有提及编集314篇当时诗作。
李陵（？—前74）、班婕妤（前48—2）	出现。刘勰认为：可惜，诗人留下的篇章，没有五言诗，所以李陵、班婕妤[的五言诗]遭到后代人的怀疑（“而辞人遗翰，莫见五言，所以李陵、班婕妤见疑于后代也”）。	缺。
孺子《沧浪》	出现。《孟子·离娄上》载：“有孺子歌曰：‘沧浪之水清兮，可以濯我缨；沧浪之水浊兮，可以濯我足。’”刘勰以为兮字乃语助词，可不算，而当作为五言诗。此说有点牵强，不为后人认可。	缺。
《暇豫》优歌	出现。见《国语·晋语·1》，这歌有3句是五言②。传说这歌写于晋献公（？—前651）朝。	缺。
《邪径》童谣	出现。见《汉书·五行志》，记汉成帝时童谣③，歌谣当流行于公元前33—前7年间。若属实，则确为五言诗。	缺。

① 邹阳(？—前120)，西汉散文家。主要以排比铺张为手段，语意层见复出，滔滔不绝，以此造成盛大的气势，是典型的战国文章的辩士风格。

② 歌曰：“暇豫（从容悦乐）之吾吾，不如鸟乌；人家集于菀（茂树），已独集于枯（枯树）。”

③ 歌曰：“邪径败良田，谗口乱善人。桂树华不实（结果），黄爵（雀）巢其颠。昔为人所羡，今为人所怜。”

续表

作家或作品	在《明诗》中有无出现过	在郭英德、过常宝《中国古代文学史》中有无出现过
枚乘（见文本）	出现。《玉台新咏》① 以《古诗十九首》中的《西北有高楼》等九首为枚乘作品。不为后世认可。	出现（第116—143页）。专论他的议政文章，似乎未有讨论他的诗作。
傅毅（？—90）《孤竹》	出现。《冉冉孤生竹》，《文选》里列入《古诗十九首》，是无名氏作。	出现（第166页）。专论他的赋，似乎未有讨论他的诗作。
张衡《怨》篇	出现。《怨诗》是四言诗。在文本提到张衡是大科学家，亦是文学家。	出现（第159—167页）。专论他的赋，似乎未有讨论他的诗作。
《仙诗缓歌》	出现。该诗已不可考，刘勰认为它不是四言诗。	缺。

刘勰似乎关心两个问题：第一，汉初，似乎大家只写赋，不怎样写诗，没有什么佳作，勉强举了作例子，一直要到汉武帝鼓励大家写诗，才有好诗的出现；第二，代替《诗经》、《楚辞》异军而起的，就是五言诗，他和钟嵘（468—518）、萧统（501—531）一样，认为李陵、班婕妤写了五言诗，这可能是南北朝一个流行的说法，但刘勰也诚实地指出，后人对这个说法有怀疑。文本中指出汉赋最大的缺点是缺乏真实浓厚的感情，五言诗一扫此风，把真实浓厚的感情重新带回到诗歌中，因此，我们可以这样解读李、班五言诗作的传说，这是一个象征式的说法，我们必须拥有李、班那样的委屈悲愤，才配写五言诗。即算他们的作品是后人拟作，拟作者也必定深深体会他们的悲痛，而五言是一个最适合表达悲痛感情的体裁。为什么五言一字之增，比四言更能表达感情呢？

---

① 《玉台新咏》，作者不详，一说是南朝徐陵所编集，凡10卷，收诗769篇，主要收录男女闺情之作。《玉台新咏》以“选录艳歌”为宗旨，选录东周至梁时的诗歌，有五言诗8卷，歌行1卷，五言四句诗1卷。目前一般认为：只有《越人歌》一首为东周作品，其余皆汉朝以后的著作，是今日研究汉到梁之诗歌的重要参考资料，中国最长篇叙事诗《孔雀东南飞》首见于此书。除艳歌外，《上山采蘼芜》写女性遭遇婚变，《娇女诗》写活泼可爱的少女，《王昭君辞》写王昭君远嫁异邦的辛苦。其他还有班婕妤、鲍令晖、刘令娴等女作家的作品。2004年章培恒考证出《玉台新咏》为陈后主妃子张丽华所撰录，并认为《隋书·经籍志》的著录《玉台新咏》为“徐陵撰”乃是“徐媛撰”之误。（“维基百科”）

表 3－3　《明诗·6.4—6》与《中国古代文学史》的比较表

作家或作品	在《明诗》中有无出现过	在郭英德、过常宝《中国古代文学史》中有无出现过
魏武帝曹操（155—220 在相位）	缺。魏武以四言胜，但五言亦有佳作，例如《蒿里行》、《却东西门行》等，为乐府诗。刘勰三曹举其二，可能受四六体的限制。	出现（第 191、207—209 页）。表现了现代人对曹操很高的评价。
魏文帝曹丕（220—226 在位）	出现。文名不及父亲曹操兄弟曹植，但为文论的开创者。曹丕诗歌形式多样，而以五、七言为长，语言通俗，具有民歌精神，古诗和乐府诗约各占一半。	出现（第 198—199、209—211 页）。建安风骨与文学自觉的崛起。
陈思王曹植（192—232）	出现。《贞一斋诗话》称："五言自汉迄魏，得思王始称大成。"乃千古定论。现存诗作约九十余首，五言约占三分之二。刘勰称他"兼善"，那是百般武艺皆能之意。	出现（第 191、198—199、215—218 页）。盛赞，但并不像王士祯（1634—1711）那样，把他放在与李白、苏轼同一档次。对现代人来说，曹植有点陌生。
王粲（177—217）	出现。建安①（196—220）七子之冠冕，五言能手。刘勰亦称他"兼善"。钟嵘称他："其源出于李陵。发愀怆之词，文秀而质羸。在曹、刘间，别构一体。"	出现（第 212—213 页）。以《七哀诗》最为代表作。认为建安七子应酬之作较多，作品价值不大，却促进文学技巧发展。
徐干（170—218）	出现。建安七子之一，五言能手。刘勰认为王、徐、应、刘四人"造怀指事，不求纤密之巧，驱辞逐貌，唯取昭晰之能，此其所同也"。②	出现（第 212—213 页）。认为除王粲、陈琳之外，其他七子传世诗作不多，对后世影响有限。
应玚（？—217）	出现。建安七子之一，五言能手。同上。	出现（第 212—213 页）。见上。
刘桢（？—217）	出现。建安七子之一，五言能手。刘勰称他"偏美"，即具一技之长。钟嵘称他："其源出于《古诗》。……但气过其文，雕润恨少。然自陈思以下，桢称独步。"	出现（第 212—213 页）。见上。
左思（约 250—305）	出现。左思的诗歌，其代表作《咏史》，借咏史抒发感慨，情调高亢，笔力矫健，气势昂扬，是对建安风骨的继承与发扬，后世称之为"左思风力"。刘勰亦称他"偏美"。	出现（第 224 页）。认为左思抒发真情实感，从个人处境出发，发泄对社会不公的牢骚。
何晏（190—249）	出现。以清谈玄学入诗，不为刘勰欣赏，讥该类作品浮泛浅薄。正始③（240—249）诗作的开始。	出现（第 199—200 页）。认为玄学的自然观念，培养了任性率真的文学表达。

① 东汉末年汉献帝的年号。

② 语译："写怀陈事，不求纤密细巧；用辞摹貌，唯求显著鲜明之能事；在这些事上，四人［可能包括建安七子］是相同的。"四六文的限制，逼使作者以偏概全，举四人以概括七子。

③ 曹魏的魏齐王曹芳的第一个年号。

续表

作家或作品	在《明诗》中有无出现过	在郭英德、过常宝《中国古代文学史》中有无出现过
张衡（见文本）	重出现。刘勰重述张衡，认为他的四言诗写得雅正。	见上。
嵇康（223—262）	出现。竹林七贤之首，所作五言诗不多。刘勰认为他的四言诗写得清润。	出现（第220—222页）。认为诗歌意境自然脱俗，人格内涵“清峻”（刘勰语）。
阮籍（210—263）	出现。竹林七贤之一，以《咏怀》八十二首最为著名。	出现（第219—220页）。认为诗歌完全没有模仿乐府民歌的痕迹。
张华（232—300）	出现。张华诗今存32首。有《情诗》5首，描写夫妇离别思念的心情。刘勰认为他的诗凝聚清新。	缺。
张协（活跃于307—313年间）	出现。张协的诗作现存仅十三首。他的诗多采用由描绘景象，进而抒情述志的手法。刘勰认为他的诗振发美丽。	出现（第222页）。指其才华主要表现在诗歌外在形式上。
应璩（190—252）	出现。当时大将军曹爽擅权，举措失当，应璩曾作《百一诗》讽劝。为刘勰所欣赏，认为有曹魏之遗风。	缺。

刘勰与钟嵘在五言诗的品位上基本相同①，上面十五人，曹植、刘桢、王粲、阮籍、左思、张协在《诗品》中是上品，曹丕、嵇康、张华、何晏、应璩为中品，曹操、应玚、徐干、张衡为下品。刘勰可能把何晏贬为下品，把应玚、徐干、张衡升为中品。对五言诗的祖于古诗十九首，盛于建安，两人大概也不会有分歧的。现代人和他们最大的争议，乃十九首的产生时期，认为不在西汉末，而在东汉末，梁任公详尽的论证非常有说服力（《中国之美文及其历史》），但不能当作是定论。任公先生最主要的论点，乃指出十九首诗体太成熟，不可能在西汉末年完成。但他没有提供文献证据去一步步证明，从班固《咏史》到东汉末年十九首的出现是怎样“成熟”起来的。例如，他说：“十九首虽不讲究声律，然而格律音节，略有定程。大率四句为一解，每一解转一意……其用字平仄相间……殆十有九不可移易。”在缺乏文献佐证的情况下，则其即使是在东汉才出现，亦是“突然间”纯熟谐美起来，非按步渐进而来。如此的话，则十九首为什么不可以在西汉末年突然间成熟起来呢？

---

① 现代西方看这时代的诗，Stephen Owen，“A ‘Grammar’ of Early Poetry，” in *The Making of Early Chinese Classical Poetry*, published by the Harvard University Asia Center for the Harvard-Yenching Institute and distributed by Cambridge（Mass.）and London：Harvard University Press，2006，pp. 73－138. Kang-i Sun Chang，*Six Dynasties Poetry*，Princeton University Press，1986，pp. 3－78. Xiaofei Tian，*Beacon Fire and Shooting Star*：*The Literary Culture of the Liang*（502－557），published by the Harvard University Asia Center for the Harvard-Yenching Institute and distributed by Cambridge（Mass.）and London：Harvard University Press，2007，pp. 162－259. Anne Birrell，*New Songs from a Jade Terrace*：*An Anthology of Early Chinese Love Poetry*，Penguin Books，1986，pp. 1－28. 叶嘉莹：《叶嘉莹说汉魏六朝诗》，中华书局2007年版。

表 3 – 4　　　　**《明诗·6.5》与《中国古代文学史》的比较表**

作家或作品	在《明诗》中有无出现过	在郭英德、过常宝《中国古代文学史》中有无出现过
刘勰对三张、二潘、一左、二陆没有分别讨论，只合论为晋世诗风如下："晋世群才，稍入轻绮。张潘左陆，比肩诗衢，采缛于正始，力柔于建安；或析文以为妙，或流靡以自妍；此其大略也。江左篇制，溺乎玄风，嗤笑徇务之志，崇盛忘机之谈（晋代一大群有才的作家，稍为流于轻浮绮丽。张潘左陆并肩驰骋诗坛大道，文采繁缛，富盛于正始时代作品，风力则柔弱于建安时代作品；有的把辞藻拆散重组以求妙语，有的把音节拉长曼声以求独特的文字美；这是那时大概的［创作］情况。东晋的创作，溺沈在清谈的风气里，取笑有政务实干的志向，极力推崇忘却世俗机要的空谈）。"		
张载（见上）		见上。
张协（见上）		见上。
张亢（活跃于 304 年间）	出现。张亢是张载、张协之弟，"三张"之一。钟嵘虽然在总论中提到三张，张亢未被他列入品流。徐公持先生《魏晋文学史》似亦未论及①。	出现（第 222 页）。缺评论。
潘岳（247—300）	出现。其诗今存五十二首，其中《悼亡诗》三首为代表作。钟嵘称他："［李充］《翰林》笃论，故叹陆为深。余常言陆才如海，潘才如江。"	出现（第 236、242—243 页）。只论及潘岳赋文，似未谈论其诗。
潘尼（约 250—约 311）	出现。潘岳之侄，少有才，并称"两潘"。今存诗二十余首，有残，多是应制赠答之作。钟嵘称他："虽不具美，而文彩高丽，并得虬龙片甲，凤凰一毛。"	缺。
左思（见上）		见上。
陆机（261—303）	出现。流传下来的诗，共一百零四首，大多为乐府诗和拟古诗。代表作有《君子行》、《长安有狭邪行》、《赴洛道中作》等。钟嵘称他："其源出于陈思。才高词赡，举体华美。"	出现（第 236、242—243、254 页）。只论及陆机赋文，似未谈论其诗。
陆云（262—303）	出现。所作诗颇重藻饰，以短篇见长。钟嵘称他："清河之方平原，殆如陈思之匹白马。于其哲昆，故称二陆。"	缺。
对刘宋初年的玄言诗，刘勰说："袁孙以下，虽各有雕采，而辞趣一揆，莫与争雄（袁宏、孙绰以后的作家，虽然各人都有自己各自雕琢出来的文采风格，可是［对玄理的］志趣一致，没有谁能够跟玄理争雄）。"		
袁宏(约 328—约 376)	出现。以史名。诗今存止得六首，且不存备。钟嵘称他："彦伯《咏史》，虽文体未遒，而鲜明紧健，去凡俗远矣。"②	缺。

---

① 徐公持：《魏晋文学史》，人民文学出版社 1999 年版。葛晓音：《汉唐文学的嬗变》，北京大学出版社 1990 年版，第 3—15 页。

② 徐公持先生认为，"鲜明"指藻采，"紧健"言骨力，咏史诗二首为上乘佳作。见徐公持《魏晋文学史》，人民文学出版社 1999 年版，第 514 页。

续表

作家或作品	在《明诗》中有无出现过	在郭英德、过常宝《中国古代文学史》中有无出现过
孙绰（314—371）	出现。以玄理入诗，拓宽诗歌表现领域，增加诗歌的含蓄性，开启对自然的描写，促进山水诗的发展。	出现（第248、262—264页）。与左论述同。
郭璞（276—324）《游仙》诗	出现。以《游仙诗》为主要代表，现仅存14首，借游仙以咏怀，写想象中的神仙居处和生活情态，形象鲜明而生动。刘勰认为郭璞仙篇“挺拔而为俊矣（风力挺拔而为杰出之作了）”。	出现（第248、262—264页）。郭璞爱好道教经典方术，以道士自居，其诗意象壮观峻拔，语言清丽。
宋初（420+）文咏	出现。刘勰认为那时诗作“在风格上有因袭也有革新；老庄思想退出文坛，描写山水的繁滋起来，对偶俪采在全篇百字中处处纷呈，争相获取警奇之句；在情景上尽力刻画形貌；在用辞上尽力要求新颖，这是近代所竞逐追求的风尚”。①	出现（第248—253页）。与左论述同。
谢灵运②（385—433）	缺。在《时序·45.11》中列举了他的名字，见下。	出现（第249、271—274页）。与左论述同。认为士族在山明水秀处建别墅，优游山水，对山水感受能力提高而获得美感。此说待考。
鲍照（？—466）	缺。	出现（第249、274—276页）。以乐府诗成就最高，内容具现实性，文字自然而又华美，长于七言。
齐永明③（483—493）体	缺。	出现（第249—250页）。佛经翻译启发声律学，永明诗体讲究对偶和押韵，为唐代律诗做好了准备，乃南方士人文学的巅峰。
沈约④（441—513）	缺。在《时序·45.11》中列举了他的名字，见下。	出现（第278—281页）。认为沈约为求得音韵的和谐优美，提出了诗歌的声律搭配原则。认为他的《秋白纻》宫体诗已缺乏社会意义。

① 原文：“宋初文咏，体有因革，庄老告退，而山水方滋；俪采百字之偶，争价一句之奇，情必极貌以写物，辞必穷力而追新，此近世之所竞也。”

② 谢灵运开山水诗派，诗歌极貌写物，刻画入微，客观写实，讲究字句，雕琢工丽，铺陈典故，把玄言诗中概括化、概念化的自然山水景物具体化、生活化。对唐诗有很大的影响。

③ 南朝齐武帝萧赜的年号。

④ 在“永明体”诗人中，沈约占有重要地位。钟嵘以“长于清怨”概括沈约诗歌的风格。这种特征主要表现在他的山水诗和离别哀伤诗之中。与同时代的“二谢”等人相比，沈约的山水诗并不算多，但也同样具有清新之气，不过其中又往往透露出一种哀怨感伤的情调。

续表

作家或作品	在《明诗》中有无出现过	在郭英德、过常宝《中国古代文学史》中有无出现过
周颙①（? —约485）	缺。	出现（第278页）。认为周颙受佛经转读影响，发现了四声。
谢朓②（464—499）	缺。	出现（第249—250、278—280页）。认为谢朓山水诗风格清丽，胜于谢灵运两分。
梁初（502—）宫体诗	缺。	出现（第250—251、280—282页）。一种风格绮艳柔靡诗体，描绘女性为主，流行宫中。
郦道元（约466—527）	缺。	出现（第251页）。认为北朝文学“重实用，语言简洁，风格粗豪”，无专门讨论郦语言。
以上最突出的一点，不是刘勰列举了哪些诗人，而是哪些同时代的诗人或诗体他没有列举，他虽然提到山水诗的出现，却不提谢灵运——一个比他早约80年的人，而且在他那个年代就被公认为山水诗的开宗人物。他也不提齐永明诗体，与其创造者，而他对四声极有研究，不可能不受周颙等人的影响，《文心雕龙》完成后，他更求助于沈约的褒扬。刘勰似乎为自己划了一条界线，不讨论和他相距六七十年与同时代的作家。最少在文人性质的诗作领域，他是那样的。可能，他家贫，又寄居在公门以外的佛寺，为了免除不必要的文人意气之争，而保持沉默。这有待进一步的论定。他也没有提到北朝的诗人，例如郦道元。这点，钟嵘与他相同，但对同时代的人，钟氏畅所欲言，竟陵八友中的沈约、谢朓、任昉（460—508）、范云（451—503）、王融（467—493）都被他评论。钟嵘对谢灵运推崇备至，刘勰是否会这样推崇，则待考。孙蓉蓉女士认为“刘勰对谢灵运山水诗的评价，褒贬兼有”③，亦待进一步论证。在《时序》中，对南齐的文风有所论述，基本上是歌功颂德的泛评，没有提及任何作家的议论。对其后的刘宋时期，在《时序·45.11》中，泛论说：“王、袁联宗以龙章，颜、谢重叶以凤采，何、范、张、沈之徒，亦不可胜数也。盖闻之于世，故略举大较。（王僧达、袁淑两家联宗而产生有文采的人，颜延之、谢灵运两家也都好几代以文章著名，何逊、范云、张邵、沈约这些人，已众多得不可能全部列举；这里只就著名于当世的，约略列举个大概。）”		

上面的论述是跳过《明诗》第一章而作的分析，之所以这样做，乃是因为《明诗·6.1》以讨论《毛诗序》为主，该序在中国文论中有超乎寻常的地位，但却又问题百出，弄不懂的地方要比弄得懂的地方多得多。

---

① 竟陵八友之一，精通声律，于武帝永明年间发现汉字平上去入四声，著有《四声切韵》，已佚。

② 受李白称赞，“永明体”代表作家之一，有《谢宣城集》留世。

③ 孙蓉蓉：《刘勰与〈文心雕龙〉考论》，中华书局2008年版，第165页。孙蓉蓉女士提出：“如沈约的《宋书·谢灵运传论》，就是一篇比较集中反映他文学思想的重要文章，文章中所提出的一些见解多与刘勰在《文心雕龙》中提出的观点接近。在某些问题上，或许刘勰还受到过沈约的启发。”沈约接受撰写宋史的任务，虽然是在南齐永明五年（487）的春天。从《宋书》志避梁武帝父亲和梁武帝本人的讳来看，它的撰成，很可能是在梁武帝时期。一般大家同意《文心雕龙》在503—505年间面世，他在完成《文心雕龙》之前，是否有机会看到沈约《宋书》是待考的。

我们一般认为《毛诗序》是在形容上古之人是怎样创造《诗经》中的诗章的，因此很多东西不好解释。如果我们换一个角度，认为它是在讲解应该怎样去应用《诗经》这个集子，也就是解释周朝人是怎样应用《诗经》来过朝廷官式生活的，则很多问题就比较容易解释。因此，“言志”不是创造诗歌来表达自己的意向，而是“引用”诗的篇章来表达自己的意向，包括诗的语言、音乐和舞蹈。

从这个角度，我们可以这样来解读大序中的名句“情动于中而形于言，言之不足，故嗟叹之，嗟叹之不足，故咏歌之，咏歌之不足，不知手之舞之足之蹈之也”。当故人来访或去吊问家有丧事的好友，心中充满喜乐或哀伤，老友见面，就以言语表达哀乐之情，言语远远不能表达内心的感情，继而或乐或哀地嗟叹起来；嗟叹还是不能倾诉尽情怀，以伴随着音乐咏唱诗的篇章来舒解心情；诗歌还有所不足，就禁不住手动脚动以舞蹈的形式表达一个痛快。上面这句话有的时候用来解读为上古文明进化时，又唱又跳又舞。不过，这样的解读可能是错误的，因为我们必定是先有宗教聚会、音乐、跳舞、呓语、呼号的出现之后，很晚才有诗歌语言的①。所以，大序的名句是不符合进化史的。我们的解读更符合周朝的礼仪制度。在这个解读下，诗的六义“风、赋、比、兴、雅、颂”可作如下的诠释：在某适当场合，“风”是“应用人”使用周原（今陕西西安一带）以外各地的民间音乐与相关诗歌（风义从大小序而来）；“赋”是“应用人”使用某诗章时直白不改写“原作”地表达他的意思（诗序本身没有讨论赋义，其《疏》则有解说，取此解说而释出此义）；“比”是“应用人”用某诗章比喻性地表达他的意思（诗序本身没有讨论“比”义，其《疏》则有解说，取此解说而释出此义）；“兴”是“应用人”以乐章起头的几个乐音旋律来兴发他的意向，但可能之后即兴地略改音乐的节奏与语言的句子（诗序本身没有讨论“兴”义，笔者扬弃《疏》解说之义，自定此义）；“雅”是“应用人”使用周原的民间音乐而用诗的篇章“言王政之所由废兴也”（由上之“风”义和诗序“雅”的定义而来）；“颂”是“应用人”使用纯粹朝廷编钟编磬音乐而用诗的篇章“美盛德之形容，以其成功告于神明者也”。这是从上而下，行使“诗义（诗的礼制）”的程序，“义”

---

① Nicholas Wade, *The Faith Instinct: How Religion Evolved and Why It Endures*, New York: The Penguin Press, 2009, pp. 78—97.

指在应用诗乐上，礼制的行使规则，包括迎宾、丧葬、祭祀等。这里，乐为主导，诗为辅助。另外，有由下而上礼制关系的诗义，称为"变风变雅"。

在从上而下的礼制关系上，"风"指从上而下的感化，感化不从文字而来，从音乐舞蹈而来；把从民间采风回来的民乐，经宫廷"美化"或礼制化之后，再传回民间去提升民众文化素质。因此，"风"是把与《诗经》联系在一起的炮制过的民乐传播开去。但在从由下而上礼制关系上，"风"指"讽刺"，这是"变风"之义。"变雅"其实是变风的延伸，风局限在一人一国，雅广张至天下四方之风。这里，诗为主导，乐为辅助。

从人类进化史来看，远在文字写作或记录的诗歌的数千年之前，就必有口语记录的诗歌，这些诗歌与自然口语、民间音乐浑然天成。当中央官僚制度成立，产生出礼制化的音乐，以及标准化的文言语之后，从民间采风而来的民歌民乐，被宫廷正规化，就好像自然野生的树木被剪裁成园艺树木。可能有一千多年的时间，被剪裁过的诗歌语言是以口语记录的形式而存在，因此，这些语言必定是以质朴的直白和比喻来表达人们的思想和感情的。刘勰在《明诗·6.1》开章明义地引《尚书·虞书·舜典》之"诗言志，歌咏言，声依咏，律和声（诗用作表达意向，歌咏唱出所要表达的意思，声音跟随咏唱，与音律和谐而又合拍）"。那是正确的做法，因为这句话完全合乎人类进化史的实情。在先民创造出口语诗歌之后，应在同时期就有《舜典》那样的论说，这是先民智慧的结晶。我们应该因为《舜典》记载了先民智慧的结晶而倍加看重它的文献价值，而不能因为《尚书》今文学派近乎政治抹黑的伪书论，而抛弃先民智慧的结晶。但刘勰在《明诗·6.1&2》中因为宗经而坚持的一些道德议论，这里放弃不论。

刘勰对"乐府"的认识和我们不一样，在《乐府》一章中，他只讨论文人的乐府体诗作，而且往往是先有文字再配音乐的乐府诗体的作品。他对现存人们视为瑰宝的汉朝来自民间的叙事诗《步出夏门行》、《陌上桑》、《孔雀东南飞》（或称《为焦仲卿妻作》——夏野先生认为此诗不入乐府①，待考）

① 夏野：《中国古代音乐史简编》，上海音乐出版社2010年再版1989年版，第47页。他说："另外一些当时留下的长诗如《孔雀东南飞》之类，虽然未入，但就其形式来看，也很可能是长期流传于民间的叙事歌曲。"傅汉思先生以现代西方眼光对汉的解读，见 Hans H. Frankel, *The Flowering Plum and the Palace Lady: Interpretations of Chinese Poetry*, Yale University Press, 1976, pp. 62－73。

等作品—— 一字不提。正如刘大杰先生所指出：在中国诗歌史上，数量多而成绩好的是抒情诗，作品少而其发达又较迟的是叙事诗；《诗经》大多数是抒情诗，唯有数篇例外；《楚辞》亦主抒情，汉赋以咏物胜；到了东汉，五言成熟以后，纯粹的叙事诗才被发展起来[①]。汉代也有非叙事诗的乐府诗体，例如《上邪》、《战城南》、《有所思》等，刘勰也没有提及。一言蔽之，刘勰只欣赏士大夫的雅作，而鄙视民间文学；不独在文学上如此，在音乐上更甚。与高雅品位相联系的，是名教道德的坚持，排斥郑卫音乐，认为靡靡之音不好，而且，有一种现代人可能会认为是荒唐的逻辑，那就是，伴随不好音乐所写成的诗作，一定不是好诗。这等于说，李白伴随胡姬胡乐写成的诗，一定是坏诗。从以下的表，我们更会看到，刘勰对乐府音乐舞蹈的关怀远远超过诗，此章注释多采用周明先生校释译评的《文心雕龙》[②]：

表 3 – 5　　**关于《乐府·7.1》的讨论表**

作家、作品或事件	所论是音乐还是文学	刘勰的评论
钧天九奏	音乐。	“即其上帝[③]（传说天上九支奏曲，就是那个上帝的音乐）。”
葛天（见上）八阕	音乐。	“爰及皇时（葛天氏的八种歌曲，乃是三皇时代的乐歌）。”
咸英[④]以降	音乐。	“亦无得而论矣（黄帝的《咸池》、帝喾的《五英》以来的歌曲，也已无从考察了）。”
涂山歌于“候人”[⑤]	音乐与文学各半。	“始为南音（涂山氏唱的《候人歌》，是南方音乐的开始）。”

① 在中国的诗歌史上，数量多而成绩又好的是抒情诗，作品少而发达又较迟的是叙事诗。《诗经》的篇数虽说不少，除了那些祀神飨宴的歌辞以外，大多数是抒情诗。唯有《生民》、《公刘》、《绵绵瓜瓞》、《皇矣》、《大明》诸篇，其体裁稍有不同，是记载民族英雄的传说与历史，略具叙事诗的规模。到了《楚辞》、汉赋，篇章扩大了，内容丰富了，想象力表现力也加强了；然《楚辞》主抒情，汉赋主咏物。到了东汉，五言体成熟以后，纯粹的叙事诗才发展起来。刘大杰：《中国文学发展史》（繁体版），香港古文书局出版社 1973 年版，第 213 页。

② 周明：《文心雕龙校释译评》，南京大学出版社 2007 年版，第 64—70 页。

③ 《史记·赵世家》载：赵简子（？—前 475）病中梦见自己到了上帝处，听到动人的音乐。

④ 黄帝的《咸池》乐、帝喾的《五英》乐。

⑤ 涂山氏女在涂山（在今安徽）派侍女等候夏禹回来，侍女唱了“候人兮猗（等候着你呀！）”的歌，是南音之始。

续表

作家、作品或事件	所论是音乐还是文学	刘勰的评论
有娀谣于“飞燕”①	音乐与文学各半。	“始为北声（有娀氏唱的《飞燕歌》，是北方音乐的开端）。”
夏甲叹于东阳②	音乐与文学各半。	“东音以发（夏王孔甲在东阳感叹，作《破斧之歌》，东方音乐由此发生）。”
殷整思于西河③	音乐与文学各半。	“西音以兴（殷王整甲移居到西河后，思念故居而作歌，西方音乐因而兴起）。”
“音声推移，亦不一概矣。及匹夫庶妇，讴吟土风，诗官采言，乐胥被律，志感丝篁，气变金石（各地音乐的兴起转变，也是不一致的。及至乡下男女，歌唱着当地的民歌，采诗官采集了歌词，乐师再给它们配上乐曲。它的情志影响了弦管乐器的声调，它的辞气改变了钟和磬的韵律）。”（音乐与文学各半）		
师旷④（活跃于前559年间）	音乐。	“觇风于盛衰（师旷能从楚歌音调的强弱，预测其军力的盛衰）。”
季札⑤（活跃于前544—前514年间）	音乐。	“鉴微于兴废，精之至也（吴国大贤季札能从演奏《诗经》的各地民歌中鉴别各国孰兴孰亡，他们对音律的审察，真精妙得到了极点）。”
以上刘勰对乐府音乐的关怀超过诗作语言，他承认各地民歌的歌辞影响了乐府的音乐，但是好的还是坏的影响他没说。		

表3－6　　关于《乐府·7.2》的讨论表

作家、作品或事件	所论是音乐还是文学	刘勰的评论
制氏⑥（活跃于前202年间）	音乐。	“制氏纪其铿锵（制氏记录下古乐铿锵的音调）。”

---

① 《吕氏春秋·音初》载：有娀氏二女唱过“燕燕往飞”的歌，是北音之始。

② 《吕氏春秋·音初》载：夏后氏孔甲在东阳收养的一个孩子，长大后脚为斧所伤，成了残废，孔甲叹息而作《破斧》之歌，是东音之始。

③ 《吕氏春秋·音初》载：殷王整甲迁居西河，思念故地而作歌，是西音之始。

④ 晋平公曾铸有大钟，乐工都以为音律和谐协调，只有师旷说“不［协］调”，后来齐国乐师师涓证实师旷所言不假。师旷具民为贵思想，见《左传·鲁襄公十四年（前559)》。

⑤ 吴国王族贤臣季札之所以在春秋时享大名，乃是因为他是四个兄弟（诸樊、余祭、夷末、季札）中最小的一个，但他最是贤能，先是他开国称王的爸爸寿梦要把王位传给他，他不肯接受，说：“奈何废前王之礼，而行父子之私乎?”（《吴越春秋·吴太伯传》）后来他哥哥吴王夷末将死时，也要把王位传给他，他不肯接受，因此僚（夷末长子，引起诸樊长子光的不服）得立，造就了他不爱权位、礼让谦退的贤名，那时孔子24岁。12年之后，当孔子36岁时，由于专诸刺王僚事件，更使季札戴上洞察先机、未卜先知的光环，具有退让君位而保全生命的先知先觉性。因此当《左传》的作者在公元前544年记述他访问列国的时候，把他形容成一个先知式的人物，大大神化了他。但他无疑是一个智商与修养都得到同时代人所称赞的人。所以孔子第一个遇到的国际级的贤人，不是老子（如果周藏室史是老子的话），而是季札，他比孔子年长15—25岁。

⑥ 汉初太乐官，他记下了雅乐的铿锵节奏。夏野：《乐史曲论》之《西汉音乐历史纪要》没有记载此事，上海音乐学院出版社2006年版，第91—96页。

续表

作家、作品或事件	所论是音乐还是文学	刘勰的评论
叔孙通①（？—约前194）	音乐。	"叔孙定其容典（叔孙通拟定宗庙礼仪法则）。"
《武德》乐舞②	音乐。	"《武德》兴于高祖（《武德舞》在汉高祖时创制）。"
《四时》乐舞③	音乐。	"《四时》广于孝文，虽摹《韶》《夏》，而颇袭秦旧，中和之响，阒其不还（《四时舞》在汉文帝时得以扩充，虽说模仿舜的《韶》乐、禹的《夏》乐，但由于多因袭秦代的旧乐，因此中正温和的音响寂灭而未能重现人间）。"
"乐府"④	音乐与文学各半。	"暨武帝崇礼，始立乐府，总赵代之音，撮齐楚之气（到了汉武帝时尊崇礼乐，开始创立乐府政府机构，汇总赵地、代地的音乐，采录齐地、楚地的声调）。"
李延年⑤（？—前87）	音乐与文学各半。	"以曼声协律（李延年善于曼声讴歌来给歌辞配乐）。"

① 汉初大臣，他为汉高祖刘邦（前202—前195在位）制定了各种礼乐。前202年，刘邦打败项羽，被拥立为皇帝，是为汉高祖。他把秦朝的礼仪废除，力求简易。当时大臣们在朝堂上经常做出失礼的行为，如饮酒争论、醉后喧哗，甚至拔剑击打宫殿的支柱。汉高祖对这种情况渐渐感到不满，叔孙通向汉高祖建议制订宫廷礼仪，得到汉高祖的同意。叔孙通到鲁国故地征召约30名儒生到长安，协助制订及演习宫廷礼仪。一个多月后，叔孙通邀请汉高祖观礼。汉高祖认为该礼仪可行，于是命令大臣进行彩排。汉高祖对此次朝会非常满意，认为自己终于知道做皇帝的尊贵之处。他委任叔孙通为太常，并赏赐黄金500斤。随叔孙通入京的儒生获汉高祖封为郎，另外叔孙通把赏赐所得全数分赠随行的儒生。（"维基百科"）同上，夏野先生把这事放在公元202年（高帝五年）。

② 乐舞名，汉高祖时作。同上，夏野先生把这事放在公元前203年（高帝四年），并称："作《武德舞》，向天下乐高帝行武以除乱。"

③ 乐舞名，汉文帝时作。同上，夏野书未载此事。

④ 到汉武帝时，规模始大。一般都说，从汉武帝元鼎五年（前112）开始设立的政府音乐机关，但夏野先生指出："［在］1977年出土的一枚秦代编钟上有秦篆'乐府'二字，可见秦时已有。又秦少府中有令、丞，见《汉书·百官公卿表》。"此说甚是，夏野：《中国古代音乐史简编》，上海音乐出版社2010年再版1989年版，第41页注1。这个机关搜集各地的民歌，配上音乐，称诗，也称。因此诗都配有音乐，《诗经》就是诗的前驱，汉代时中国人大概还不知道怎样用音谱记录音乐，因此采风只记录文字，没有把音乐也同时记录下来。因此民乐对宫廷乐的冲击不大，但被记录成文字的民歌则对文人诗作影响深远。

⑤ 李延年原本因犯法而受到腐刑，负责饲养宫中的狗，是宦官中地位最低的一种，后因妹妹李夫人的关系，李延年被封"协律都尉"，负责管理皇宫的乐器。元鼎六年（前111），李延年因擅长音乐得到武帝的接见。一日为武帝献歌："北方有佳人，绝世而独立，一顾倾人城，再顾倾人国。宁不知倾城与倾国，佳人难再得。"武帝问：果真有如此绝代佳人乎？武帝的姐姐平阳公主说：李的妹妹就是。遂入宫，称李夫人。（"维基百科"）

续表

作家、作品或事件	所论是音乐还是文学	刘勰的评论
朱买臣①（？—前115）、司马相如（见上）	音乐与文学各半。	“以骚体制歌（司马相如用骚体制作歌曲）。”
《桂华》杂曲②	音乐与文学各半。	“丽而不经（《桂华》等杂曲，虽然华丽却不合雅乐）。”
《赤雁》群篇③	音乐与文学各半。	“靡而非典（《赤雁》等篇，音调浮靡而不雅正）。”
河间献王④（？—前129）	音乐。	“荐雅而罕御（河间献王虽呈献了古乐，武帝却很少使用）。”
汲黯⑤（？—前112）	音乐与文学各半。	“致讥于《天马》也（汲黯对武帝作的《天马歌》给予讥讽）。”
汉宣帝（前74—前49在位）	音乐与文学各半。	“至宣帝雅颂，诗效《鹿鸣》（到了汉宣帝以雅作颂，诗作效法《诗经·小雅》中的《鹿鸣》乐章）。”
汉元帝（前49—前33在位）、汉成帝（前33—前7在位）	音乐与文学各半。	“逮及元、成，稍广淫乐，正音乖俗，其难也如此！暨后汉郊庙，惟杂雅章，辞虽典文，而律非夔旷（到了汉元帝、汉成帝，淫靡音乐渐渐扩大。雅乐不合世俗的口味，振兴正音竟是如此之难！到了后汉时，祭天祭祖的乐曲，杂用了一些雅正的乐章，文辞虽然典正，而音律却不再是夔、旷的古调了）。”

刘勰对乐府的关心，是乐非诗，在这里是非常明确的了。他的说法：“《四时》广于孝文，虽摹《韶》《夏》，而颇袭秦旧，中和之响，阒其不还（《四时舞》在汉文帝时得以扩充，虽说模仿舜的《韶》乐、禹的《夏》乐，但由于多因袭秦代的旧乐，因此中正温和的音响寂灭而未能重现人间）。”可能是正确的。中国传统古典音乐，在孔子时，发展到高峰。在此后2100年间，风光不再，在音乐的精密深奥和美学的品质上都在走下坡路，只有在唐朝时，因为丝路胡乐的传入，曾得到有限度的复兴。那是因为在孔子死后约250年间，制造编钟的秘密失

① 汉武帝时大臣。夏野先生把这事放在公元前104年（武帝太初元年）。夏野：《乐史曲论》之《西汉音乐历史纪要》，上海音乐学院出版社2006年版，第91—96页。

② 《桂花》是汉高祖唐山夫人所作《安世房中歌》中的一章。同上，夏野先生把这事放在公元前195年（高帝十二年），称：“令夏侯宽为房中祠乐配置箫管伴奏，更名曰‘安世乐房中歌’。现存歌词17章。”在此之前7年，高祖唐山夫人作《房中祠乐》，高帝乐楚声，房中乐皆楚声。

③ 指《郊祀歌》中的《象载瑜》，为汉武帝行幸东海获赤雁而作。同上，夏野先生把这事放在公元前94年（武帝太始三年）。

④ 《汉书·礼乐志》载：河间献王刘德曾向武帝进献雅乐，但朝廷却很少使用。同上，夏野先生把这事放在公元前112年（武帝元鼎五年）。

⑤ 汉武帝得到天马，作《天马歌》，大臣汲黯进谏，认为此歌没有承传祖宗德教，起化育万民的作用。同上，夏野先生把这事放在公元前113年（武帝元鼎四年）。

续表

作家、作品或事件	所论是音乐还是文学	刘勰的评论
传了，而那是中国音乐的巅峰。同时，在音调所能达到的区域上也是最广的，那就是十二律的存在①，可惜，在公元前221年左右消失殆尽，中国音乐的音域广阔度变狭变小。究其原因乃是因为我们失去了铸造编钟的技术，也失去了记载编钟计算的数学原理，这大约就是我们的《乐经》主要的一部分（至于该书是否还有乐谱以及音乐感化论说的内容，待考），《乐经》是一部从未被发现的典籍。不过，在1978年，曾侯乙墓编钟的发现使我们重新认识到那个时代超凡的乐器设计（因而所能创造的音乐水平）和铸造技术。没有《乐经》中的编钟计算的数学原理，是根本没法制造编钟的。		

表3－7　　关于《乐府·7.3》的讨论表

作家、作品或事件	所论是音乐还是文学	刘勰的评论
魏之三祖：曹操（见上）、曹丕（见上）、曹睿②（226—239在位）	音乐与文学各半。	“气爽才丽，宰割辞调，音靡节平（意气俊爽，才华富丽，他们分割古调，制作新曲，音调浮靡，节奏平庸）。”
“北上”③、“秋风”④	音乐与文学各半。	“观其‘北上’众引，‘秋风’列篇，或述酣宴，或伤羁戍，志不出于慆荡，辞不离于哀思，虽三调之正声，实韶、夏之郑曲也（看看他们的《苦寒行》众曲，《燕歌行》等篇，有的叙述盛宴，有的感伤漂泊征战，前者情志不越出喜悦欢荡，后者文辞不脱离哀伤悲思。它们的曲调虽然属于周、汉三调的正声，但与《韶》《夏》古乐相比，实在相当于《诗经》中的‘郑声’）。”
傅玄⑤（217—278）	音乐与文学各半。	“傅玄晓音，创定雅歌，以咏祖宗（傅玄通晓音乐，创作了雅正的歌词，来歌颂晋朝的祖宗）。”
张华（见上）	音乐与文学各半。	“张华新篇，亦充庭万（张华创作的新歌，也用作宫廷舞曲）。”
杜夔⑥（活跃于184年间）	音乐。	“然杜夔调律，音奏舒雅（然而［魏国的］杜夔调整声律，音调舒缓温雅）。”

① 明人朱载堉（1536—约1610）提出了十二平均律的理论及其算法，从而解决了两千年来乐律学上存在的黄钟不能回归本律和不能完满旋宫的问题。他重新发现了《乐经》中编钟制造的数学原理和计算法。夏野：《中国古代音乐史简编》，上海音乐学院出版社2010年再版1989年版，第202—215页。

② 曹叡（睿）能诗文，善，与其祖父曹操、父曹丕并称魏之“三祖”。

③ 曹操《苦寒行》首句“北上太行山”。

④ 曹丕《燕歌行》首句“秋风萧瑟天气凉”。

⑤ 能诗，善用比兴，以诗见长，代表作品有《秦女休行》、《秋胡行》、《九曲歌》。

⑥ 杜夔擅长音律，除歌舞外，丝竹八音皆能，其时他集各家之所长，教授讲集，制作乐器，对恢复古乐有莫大贡献。

续表

作家、作品或事件	所论是音乐还是文学	刘勰的评论
荀勖①（？—289）	音乐。	“荀勖改悬，声节哀急（［晋初］荀勖改变了杜夔所定钟磬的尺寸和悬挂的距离，声音节奏显得悲哀急促）。”
阮咸②（活跃于266—280年间）	音乐。	“故阮咸讥其离声，后人验其铜尺，和乐之精妙，固表里而相资矣（所以阮成讥笑他拉远了钟磬的距离，后人检验他的铜尺［发现确实有差误］。可见中和之乐要达到精妙，确实要乐器与乐曲互相配合）。”
刘勰是在写乐府的音乐史，不是在写乐府的文学史，至此，应无疑矣。他认为曹魏的三调（《调平》、《调清》、《调瑟》）看似是正声，实质上是郑声，附在这种音乐上的诗作，不会是太好的东西。他不从三曹诗作本身的分析评价去否定，而从诗作依附的音乐去否定，也算是一种奇特的逻辑。他是不是真的听过曹魏的三调，感到那不是雅正之音，还是想象出来的呢？		

表3－8　　**关于《乐府·7.4》和《乐府·7.5》的讨论表**

作家、作品或事件	所论是音乐还是文学	刘勰的评论
刘勰可能并没有机会听过曹魏的三调，但也可能有人问过他上面这个问题，聪明的他编出一套“诗为乐心，声为乐体（诗歌是音乐的心灵，声调是音乐的形体）”的理论，因此，他不是听实质的音乐声音，而是“听”诗（＝乐心）。我们怎样能从“听”诗而知道它所附属的音乐是否雅正，则只好求助于这方面的专家，似乎，这是不可能的。刘勰可能犯了循环论证乞题的谬误。《乐府·7.4》全文如下：“故知诗为乐心，声为乐体；乐体在声，瞽师务调其器；乐心在诗，君子宜正其文。‘好乐无荒’，晋风所以称远；‘伊其相谑’，郑国所以云亡，故知季札观乐，不直听声而已（所以知道诗歌是音乐的心灵，声调是音乐的形体；音乐的形体在于声调，乐师一定要调整他的乐器；音乐的心灵在于诗歌，作者应该订正它的歌辞。‘爱好音乐但不要荒废职务’，晋国的民歌所以称用心深远；‘互相调笑’，郑国所以被说为要灭亡。因此知道吴国大贤季札观看奏乐，不只是听声调罢了）。”（《乐府·7.4》）		
陈思（曹植，见上）、左延年③（活跃于220—226）	音乐与文学各半。	“故陈思称左延年闲于增损古辞，多者则宜减之；明贵约也（所以曹植称赞左延年擅长增减古代歌辞，繁多的就应该删去些，说明歌辞贵在简练）。”

① 荀勖通晓音乐，曾带领著作郎刘恭依《周礼》仿制古尺，然后依古尺铸造铜律吕，用于校正音律。亦曾依照典制，按十二律制造了十二支笛，音调相应，以正音律。

② 竹林七贤之一。汉、魏之际，宫廷音律典章亡佚殆尽。晋初，武帝命中书监荀勖依古法调奏律吕，以正雅乐。事成后，阮咸认为荀勖所制乐器声高而悲，不合典制，应是当时的尺与古代的尺长度不同所致。荀勖不悦，借故迁阮咸为始平（在今陕西咸阳一带）太守，远离洛阳。后来有古代玉尺出土，果然比荀勖制造乐器所用的尺长四分。

③ 三国时期魏国音乐家、诗人，精通音律，善为郑声。多改旧曲，以能创新曲而得宠。

续表

作家、作品或事件	所论是音乐还是文学	刘勰的评论
汉高祖（见上）《大风》①、汉武帝（见上）《李夫人歌》②	音乐与文学各半。	“观高祖之咏‘大风’，孝武之叹‘来迟’，歌童被声，莫敢不协（看到汉高祖的唱《大风歌》，汉武帝的唱《李夫人歌》，歌童配乐曲歌唱它们，没有不合乐的）。”
子建（曹植，见上）、士衡（陆机，见上）	文学。	“咸有佳篇，并无诏伶人，故事谢丝管，俗称乖调，盖未思也（曹植、陆机都有写得很好的乐府诗，两人都没有请乐师配乐，所以不能用乐器伴奏，世俗称它们为不合曲调，大概是没有经过仔细考虑的话）。”
刘勰指出，也有没有音乐的乐府诗，最终独立成为一种文学体裁，曹植、陆机开其端。似乎他已预见，到唐朝时，这种无乐的乐府诗体会大盛。不过，他写乐府诗只写到离他150年的陆机就戛然而止；从文体史的角度看，是不周全的，也成为他文学史中的一个缺陷。		
在《乐府·7.6》中，刘勰谈论到乐府有军乐和哀乐的分别，范文澜先生在《文心雕龙注》中列举了乐府的分类，大大地超越了刘勰的描述，故略。		

刘勰宗经徵圣，导致他有两种偏见。一种是以道德论文学价值，另一种是重文人雅言，轻视地方口语文学。对雅文学，他有很好的品位，因此，在论骚时，当他的文学品味与他的道德价值起冲突时，他是明护礼教暗标品味，这在讨论《辨骚》一章时就已指出。但对俗文学，他取蔑视的态度，导致他完全忽略从民间口语而来的乐府诗；这不可谓不是他的一个盲点，也因此他的文学史有很大的失误。刘勰对音乐似乎情有独钟，正如上面所指出，《乐府》一章重心在音乐而不在诗作。他的音乐论述是否对音乐诗有帮助，有待这方面的专家论定。但他从音乐的雅俗来否定诗作，恐怕是犯了乞讨答案的逻辑谬误。

在《乐府·7.1》中，他指出，“诗官采言，乐胥被律（采诗官采集了歌词，乐师再给它们配上乐曲）”，那表示采诗官员只记录文字，不记录音乐，一个很大的可能乃是汉朝时中国人还未发明乐谱去记录音乐。也就是，中国人在那时没有记录音乐的能力。是否这样，还有待专家学者进一步的论定。夏野先生指出：“原始民歌一般是不用伴奏的。”③ 但从少数民族的纪录片中，

① 汉高祖称帝以后回乡，作《大风歌》，令儿童合着曲子唱。

② 汉武帝的李夫人早死，有方士说能招魂，使武帝在帐中，老远看见一个女子的影子。武帝因作《李夫人歌》，有“偏何姗姗其来迟”句。

③ 夏野：《中国古代音乐史简编》，上海音乐学院出版社2010年再版1989年版，第42页。

也有民歌是配乐的，对这些配乐的民歌，采诗官是否记录乐曲呢？这个问题对《诗经》尤其重要，如果采诗官不记录音乐，则所谓“齐风、魏风、秦风”等，其地方上的音乐特色不会有太明显的征象；而在文字上，齐风诗、魏风诗、秦风诗并没有反映齐、魏、秦三地的口语。如果在音乐和文字上都不反映某地的风采，则这个“风”也有点和稀泥的味道。因此待考。

与以上问题相关联的另一问题是：汉、南北朝来自民间的乐府诗，其民歌原本的口语特色被保留了多少？胡适先生《白话文学史》把那时来自民间的乐府诗看成白话诗，可能有点夸大；他为白话下的定义“‘白话’有三个意思：一是戏台上说白的‘白’，就是说得出，听得懂的话；二是清白的‘白’，就是不加粉饰的话；三是明白的‘白’，就是明白晓畅的话”[①]，恐怕不会为现代人所接受。白话应是接近和反映自然口语的文字。汉、南北朝来自民间的乐府诗自然要比《诗经》来得口语化，后者几乎是“粗暴”地把来自民间口语的歌谣截头截尾，刚性地使之文言语化，因而看不到齐、魏、秦三地口语的特征。这与《楚辞》柔性的文言语化不一样，从它可以看到楚语的一些特征。汉、南北朝乐府诗的白话特征，还有待当今学者像闻一多先生研究《楚辞》那样分析出来（见附录一《文言语这个概念与章句中虚字字符的产生》）。适之先生这个话——“这一千多年中国文学史是古文文学的末路史，是白话文学的发达史”[②]，固然是有其真知灼见之处，但仍需要进一步的澄清和解释。中国人大约要到了宋朝才有能力把自然口语记录下来，显示在朱熹（1130—1200）的语录之中，白话文学从那时开始渐渐发展而趋成熟。《红楼梦》是传统白话文学的巅峰，其中人物的对话，“白”得传神，但是它的故事叙述（narrative）还是半文不白的，而且间杂大量的诗词来提升突显（heighten）对景或事的文字效果。或许，我们不应以对立的眼光看文言语和白话语之间的关系，而应以阴阳互补的关系看它们之间的互动。在胡适和陈独秀两位先生白话文运动大功业之前，虽然文言文学在宋以后开始衰退，但文言文无疑仍占主导的地位；近代，则为白话文。但文言文是不可能完全退出中国文学创作的舞台的，朱生豪先生较“文”的莎士比亚翻译，比起梁实秋先生较“白”而无味的译文，是有其存在价值的。文言对白话来说，应像调味剂，

---

① 胡适：《白话文学史》，团结出版社 2005 年版，第 8 页。

② 同上书，第 4 页。

增加白话味道的鲜美滋味——正如适之先生所说，有的文言也“白（明白晓畅意）”得可爱。

在近代白话文运动之前，文言语占主导的地位，口语占辅助的地位。在《诗经》时期，口语文学基本上只是素材；但在《楚辞》时期，口语已开始影响文言文的结构；到汉朝时，口语文学已是一种力量，能对文言诗起革新性的作用，把生命力灌注进五言诗和乐府诗之中，汉、南北朝乐府对唐乐府有至深至远的影响。这是从文字形式上说，在感情内涵上，不能说《诗经》的《风》和《雅》没有真感情。但在表达上是不直接的，那是因为讽喻，不直接批评上位的意思，在其前身的口语诗歌，原本的表达可能不是那样的，但经过宗庙官员改写后，就“温柔敦厚”起来。《离骚》绝不是一篇温柔敦厚的诗作，感情像长江大河那样地倾注出来，屈原的死亡是必然的结果。汉朝诗作在感情表达上介乎《诗经》和《楚辞》之间，个别诗章例如《孔雀东南飞》比较接近《楚辞》，感情表达坚定直接，除了死亡，还能有别的结局吗？汉朝最流行的文字体裁“赋”，那是缺乏感情内涵的，但对中国文字形式的发展，有至深至远的影响。以下是刘勰对赋体的诠释论述。

表 3－9　　**《诠赋·8.1—2》与《中国古代文学史》的比较表**

作家或作品	在《诠赋》中有无出现过	在郭英德、过常宝《中国古代文学史》中有无出现过
（释“赋”义）	刘勰指出“赋”作为动词，有两个意思，其一，平铺直叙之意，从《毛诗序》而来（其实那是注诗序的《疏》的解说，诗序本身对赋字没有下定义）；其二，为念诵之意，从《国语·周语上》之“师箴瞍赋（乐官讽谏，盲人念诵）”而来。作为名词则指一种文体，也就是我们今天所说的赋体。由于宗经，刘勰把赋体与《诗经》拉关系，称之为诗之“异体”，引《毛诗传·鄘风·定之方中》之“登高能赋，可为大夫”为证。又引班固《两都赋序》所说为证，称：“古诗之流也（赋是从《诗经》中发展出来的一个支派）。”这个说法是牵强的，赋从骚体而来，虽然骚的形成受《诗经》的影响。刘勰引刘向（约前77—前6）称念赋时，“不歌而诵”①，因此赋独立于音乐之外。	对赋起源的说法，与刘勰不同，引班固说，认为：先秦有“赋诗”之说，赋的意思是咏诵，所吟咏的对象是《诗经》。由于汉儒对《诗经》政治讽喻功用的高度重视，所以，他们将“赋”与讽喻观念联系在一起，并由此来推断辞赋这种文体的起源。

① 刘向此语见《汉书·艺文志》。

续表

<table>
<tr><th>作家或作品</th><th>在《诠赋》中有无出现过</th><th>在郭英德、过常宝《中国古代文学史》中有无出现过</th></tr>
<tr><td>郑庄公①“大隧”②、士蒍③“狐裘”④</td><td>结言梪韵，词自己作；虽合赋体，明而未融（至于像郑庄公的诵“大隧”，士蒍的诵“狐裘”，用少数韵语组成句子，文辞是自作的，虽然合乎不歌而诵的赋体，只是还没有成熟）。</td><td>缺。</td></tr>
<tr><td>屈原（见文本）《骚》</td><td>及灵均唱《骚》，始广声貌。然则赋也者，受命于诗人，而拓宇于《楚辞》也（到屈原创作《离骚》，开始扩大对声貌的描绘。那么，赋这种体裁起源于《诗经》的作者，在《楚辞》里才扩大了疆界）。</td><td rowspan="2">出现（第99—111、155—160页）。引班固语，认为：班固将荀子和屈原的创作确定为赋体的直接源头，并肯定它的讽喻特征。又引刘勰《诠赋》认为刘氏同意班氏的见解。刘勰的确认为屈骚有讽喻之义，但他是否也认为赋有讽喻特征，则待考。《诠赋》一篇中，无讽字，也无同义文字。所引章学诚关于古赋家“出入战国诸子”说，似非指“汉赋的源头”。而是诸子学说和书写形式是后来赋家用来发展赋体的素材。
似无关于宋玉的讨论，只在第100页称：“却被王逸归在宋玉（生卒年不详）名下。”亦乏荀子《礼》、《智》赋的讨论，虽在第97页谈到他的说理文字。</td></tr>
<tr><td>荀况（约前313—前238），《礼》、《智》赋，宋玉（见文本）《风》、《钓》赋</td><td>于是荀况《礼》、《智》，宋玉《风》、《钓》，爰锡名号，与诗画境，六义附庸，蔚成大国。述客主以首引，极声貌以穷文，斯盖别诗之原始，命赋之厥初也（荀子的《礼》、《智》赋，宋玉的《风》、《钓》赋，这才给与赋的称号，跟诗划清了界限，它们从诗中“六义”的附庸，扩展成为大国。叙述客人、主人间的对话来开头，极力描叙声貌来耗尽文字形容的能力，这是跟诗分离开来的源头，被称为赋体的初始）。《诠赋·8.5》称：“观夫荀结隐语，事数自环；宋发夸谈，实始淫丽，（观察荀子《赋篇》，用隐藏语构成，对事物作回环描绘；宋玉夸夸其不经之谈，淫靡由始显得艳丽）。”</td></tr>
</table>

表3-10　　**《诠赋·8.3》与《中国古代文学史》的比较表**

作家或作品	在《诠赋》中有无出现过	在郭英德、过常宝《中国古代文学史》中有无出现过
秦世（前221—207）杂赋	秦世不文，颇有杂赋（秦代缺乏文辞创作，只有不多的杂赋）。	缺。
陆贾⑤（约前240—前170）	陆贾扣其端（陆贾开了头）。《诠赋·8.5》不载陆贾。	缺。

---

① 郑庄公（前743—前701在位）。

② 《左传·隐公元年（前722）》载：郑庄公恨母亲帮助弟弟作乱，发誓说：“不到黄泉（指死后），不要再见面！”后来反悔，但又不好收回誓言，因此掘地，在隧道中与母亲相见。庄公朗诵：“大隧之中，其乐也融融。”

③ 士蒍（活跃于前655—前676）。

④ 《左传·僖公五年（前655）》载：晋士蒍看到晋献公爱宠骊姬，骊姬和诸公子将发生内争，因此朗诵道：“狐裘龙茸（庞荣，杂乱貌），一国三公，吾谁适从。”

⑤ 陆贾，楚人。西汉初期的政治家、文学家、思想家，对早期儒学的发展有重要作用。哲学上提出宇宙万物都是“天地相承，气感相应而成者”，反对神仙迷信思想，但也有圣人“承天诛恶”和天人感应的神秘思想。后人称《新语》开启贾谊、董仲舒的思想，成为汉代确立儒家思想统治地位的先声。（“维基百科”）

续表

作家或作品	在《诠赋》中有无出现过	在郭英德、过常宝《中国古代文学史》中有无出现过
贾谊（见文本）	贾谊振其绪（贾谊加以展开）。《诠赋·8.5》称："贾谊《鹏鸟》，致辨于情理（贾谊《鹏鸟赋》，辨别怎样以理遣情）。"	出现（第157—158页）。认为贾谊作品直抒胸臆，情感浓郁，间杂思考和议论。
严忌（见上）《哀时命》	缺。	出现（第158页）。指出：此篇在内容体式上都模仿"离骚"，以退隐求仙为出路。
枚乘（见文本）、司马相如（见文本）	枚、马播其风（枚乘、司马相如播放他们的影响）。《诠赋·8.5》称："枚乘《菟园》，举要以会新；相如《上林》，繁类以成艳（枚乘《菟园赋》，写得扼要而有新意；司马相如《上林赋》，描写众多物类，构成艳丽）。"	出现（第158—164页）。特别强调枚乘《七发》是一篇标志着散体大赋形成的典范之作，主人公太子的疾病起因于宫中逸豫的生活。 指出汉赋创作成就最高，最具有代表性的作家是司马相如。
王褒（见文本）、扬雄（见文本）	王、扬骋其势（王褒、扬雄把这种趋势扩展起来）。《诠赋·8.5》称："子渊《洞箫》，穷变于声貌……子云《甘泉》，构深玮之风（王褒《洞萧赋》，在描绘声貌上极尽变化……扬雄《甘泉赋》构成深沉瑰奇的风格）。"	王褒出现（第164页），无讨论。扬雄出现（第165页），认为他以相如辞赋为范本，但往往因事而作，以劝谏帝王为目的，用词含蓄委婉，隐而不显。
枚皋①（前153—?）、东方朔（见上）	皋、朔已下，品物毕图（枚皋、东方朔开始，各种事物都用赋体来描绘）。《诠赋·8.5》不载。	扬雄出现（第164页）。对枚皋无讨论。认为东方朔虽诙谐滑稽，却有建功立业的心志，因失败而有怀才不遇的苦闷。
董仲舒②（前179—前104）《士不遇赋》		出现（第158—159页）。见下文。
繁积于宣时，校阅于成世，进御之赋，千有余首，讨其源流，信兴楚而盛汉矣（在汉宣帝时，积累了大量的赋；到成帝时，校订审阅，送请皇帝看的赋有一千多篇，追寻它的源流，确实是在楚国兴起而到汉朝达到了鼎盛）。		出现（第158页）。不讨论其盛，而讨论其时代主题，认为：西汉中后期的骚体作品有董仲舒的《士不遇赋》、司马迁的《悲士不遇赋》等，都以不遇为主题，抒发了困顿无路的愁思。这一主题反映了大一统政治条件下，士人在认识自己的价值和作用时有所疑虑和彷徨。

① 枚皋自幼受父熏陶，爱好文学，善于辞赋。17岁上书梁王，被召为郎。西汉后元三年（前141），遭谗害获罪，只身逃往长安。汉武帝得知枚皋是枚乘之子后，便召见他，让他作《平乐馆赋》，见他得到枚乘赋学真传，便拜他为郎中，随侍左右，与司马相如、东方朔等平列。汉武帝每行幸、巡守、游历，必诏枚皋侍从，如有所感，即令其作赋。枚皋在长期奉制的过程中，练就了一腔急才，速度快得惊人，远远超过了司马相如，他才思敏捷，一挥而就，人以"马上文"称赞他。（"百度百科"）

② 董仲舒，西汉思想家、儒学家、今文经学大师。汉景帝时任博士，讲授《公羊春秋》。他把儒家的伦理思想概括为"三纲五常"，汉武帝采纳了董仲舒的建议，从此儒学开始成为官方哲学。其教育思想和"大一统"、"天人感应"理论，为后世封建统治者提供了统治的理论基础。时至今日，仍有学者在研究他的思想体系及故里等方面的文化，他的著作汇集于《春秋繁露》一书。

表 3－11 **《诠赋·8.4》与《中国古代文学史》的比较表**

在《诠赋》中有无出现过	在郭英德、过常宝《中国古代文学史》中有无出现过
刘勰认为“鸿裁（大制作）”的赋，都有序和“乱（总结）”，他称之为“枢辖（关键）”。称：“序以建言，首引情本；乱以理篇，写送文势（序言作为发端，开始引出作赋的情事根由；结论用来总结全篇，加强文章的力量）。”他把乱的起源追溯到《诗·商颂·那》，楚人沿之。序的应用，可能是汉赋家所发明的。至于赋的短篇，他是这样说的：“草区禽旅，庶品杂类，则触兴致情，因变取会，拟诸形容，则言务纤密；象其物宜，则理贵侧附；斯又小制之区畛，奇巧之机要也（分别草木，描绘禽兽，刻画各类物品，那是接触景物，起兴抒情，注意情景变化，要求适合，所以比拟形容，语言务求细密；描状物象，道理重在从旁比附；这又是小赋的范围，争取奇巧的关键）。”	出现（第 157 页）。认为：按照形式和内容的不同，可以将赋体作品分为“骚体赋”和“大赋”。骚体采用楚辞的句式，以抒发不遇之感为主。如贾谊的《吊屈原赋》、董仲舒的《士不遇赋》等；大赋用散句铺排夸饰而摹写事物，所以又称为散体赋。代表作品有枚乘的《七发》、司马相如的《子虚赋》等。东汉中叶出现了句法类于大赋但篇幅短小、抒情成分增多的赋作，这是一般所说的“抒情小赋”。

表 3－12 **《诠赋·8.5》与《中国古代文学史》的比较表**

作家或作品	在《诠赋》中有无出现过	在郭英德、过常宝《中国古代文学史》中有无出现过
班固《两都》	孟坚《两都》，明绚以雅赡（班固《两都赋》，文辞鲜明绚烂，内容典雅丰富）。	出现（第 166 页）。认为：与西汉大赋大肆夸饰、词句奇崛有所不同，班固此赋相对严谨细密，表现出刘勰所谓“明绚以雅赡”。
张衡《二京》	张衡《二京》，迅发以宏富（张衡《二京赋》，议论快利，内容则宏大丰富）。	出现（第 166—167 页）。认为：京都赋中成就最高、影响最大的是张衡的《二京赋》，其谋篇布局与《两都赋》相似。表现出刘勰所谓“迅发以宏富”。
王延寿《灵光》	延寿《灵光》，含飞动之势（王延寿《鲁灵光殿赋》，写出飞动的形势）。	缺。
凡此十家，并辞赋之英杰也（所有这十家，都是辞赋的杰出者）。这十家包括《诠赋·8.2》中的七人：荀子、宋玉（战国）；《诠赋·8.3》中的 5 人：贾谊、枚乘、司马相如、王褒、扬雄（西汉）；以及《诠赋·8.5》中以上三人（东汉）。《诠赋·8.3》中的陆贾、枚皋、东方朔并没有被包括在内，有评选之意，大约他们不如这十人。同时，这十人也超越以下魏晋南北朝诸赋家。		出现（第 155—167 页）。郭、过两位先生对汉赋的品位与刘勰有同有不同，他们引刘勰的话评班固、张衡，但对刘勰认为是“辞赋之英杰”的 10 家，其中 4 人（荀子、宋玉、王褒、王延寿），他们似乎是付之阙如。
刘勰和郭英德、过常宝两位先生对汉赋发展的介绍评论，都有其选择性，可谓各有专注。对魏晋南北朝的论述，在详备上，刘氏远远不如郭过两氏。这恐怕和刘勰看重汉赋轻视后期创作有关，特别对南北朝作家几乎忽略乏评。这恐怕也和他不愿意评论同时代人有关。却因此造成一个现象，他没有论述从汉赋的平行句演变成平仄相对的骈偶或对仗造句的发展过程，这其实是律句的滥觞。从文学史的立场来说，这是一个缺失。		

续表

作家或作品	在《诠赋》中有无出现过	在郭英德、过常宝《中国古代文学史》中有无出现过
蔡邕	缺。	出现（第238页）。认为：蔡邕放怀写情，敢大胆表露个人感情，扩大赋的题材。
王粲（见上）	及仲宣靡密，发篇必遒（到了王粲文辞细密，篇章遒劲）。	出现（第240页）。认为：王粲《登楼赋》为那个时代的代表作，具极大的感染力。
曹植（见上）	缺。	出现（第241页）。认为：曹植《洛神赋》创造了一个神奇瑰丽和缥缈迷离的艺术境界。
徐干（见上）	伟长博通，时逢壮采（徐干学识渊博通达，辞赋常常显得壮丽）。	缺。
左思（见上）、潘安（见上）	太冲、安仁，策勋于鸿规（左思、潘安，在宏大规模上建立功绩）。	出现（第243页）。认为：左思《三都赋》文辞富赡，但创意不足。
陆机（见上）、成公绥①（231—274）	士衡、子安，底绩于流制（陆机、成公绥，在讨论流品和体制上显示功效）。	陆机出现（第242—243页）。认为：陆机《文赋》文辞华美，对仗精巧，总结文学经验，促进文学自觉。 成公绥，缺。
郭璞（见上）	景纯绮巧，缛理有余（郭璞文辞绮丽巧妙，富有文采和条理）。	出现（第297页）。认为：郭璞《登百尺楼赋》记南渡动乱，山川社会图景，发忧国之思。
袁宏（见上）	彦伯梗概，情韵不匮（袁宏概括地评论人物，情韵无穷）。	缺。
鲍照	缺。	出现（第302页）。认为：鲍照《芜城赋》绘影绘形，生动鲜明；有很高的艺术成就。
亦魏晋之赋首也（这些也是魏晋时第一流辞赋家）。		出现（第304页）。南朝的赋作对仗更加精美，更讲究音韵的谐调。以咏物小赋为主，情感趋于纤弱缠绵，在精巧形式背后，显示精神的靡弱。

① 成公绥幼而聪敏，博涉经传，有俊才，辞赋甚丽。为张华所重，叹为绝伦；荐之太常，征为博士。后为秘书郎、秘书丞、中书郎。尝与贾充等参订法律。代表作有《乐歌王公上寿酒歌》、《中宫诗》、《仙诗》等。

民国以后，除了专家和一些特殊读者之外，一般读者已很少有读赋的习惯，虽然他们可能是汉五言诗和乐府诗的爱好者。究其原因，一方面是文字的障碍，虽然浅白可爱的赋还是不少的；另一方面，大家认为汉赋缺乏真感情，以铺排渲染为务。汉赋无疑缺乏屈骚那种像长江洪流、势不可挡的感情，让人感到屈骚铺排渲染是必须的。感情虽然不强烈，但汉赋的感情不虚假，因此读起来不会使人有厌恶的感觉。而它的铺排渲染的写作方法，刘勰称为“为文而造情（从文字的搬弄而创造情境）”（《情采·31.5》），在中国诗境的创造上，有划时代的意义。以下试言之：

这个见解的提出，看似平凡。实际上是打破了《诗经》以来近千年的枷锁，乃是以辞人的实际经验来推翻“情动于中”乃唯一的创作经验。我们今天并不看重赋的文学遗产价值，还是偏向《诗经》以及《毛诗序》有浓厚的罗曼蒂克味道的“诗志”论。但是我们若回头看看唐宋以来的诗作的创造，我们会拜服刘勰“为文而造情”的见解，赋体创作的一大特点是“堆砌”，把文字东堆堆西砌砌，类书处拿一点，韵书里抄一点，像堆积木那样，在前人的诗句里，东改一字，西窜一词，一下子也真能拼出一篇“强说愁”的诗作。中国有许多诗作，都是这样产生的。或许有人说，这样产生出来的诗作，一定是劣品，没有诗味。但是，恐怕不一定。让笔者给大家举一个例子，例如，王维的名句“大漠孤烟直，长河落日圆”，或许大家都能同意这两句诗不是“情动于中”而来的感情文字，而是“为文而造情”所创造出来的境界或情境。“情”在这句话中，不作感情解，而解读为“情况/情形/情境”。这个话题与王维的名句会在第三部分第三章《“文心”与“雕龙”两个层次的风格论》有更详细的分析和论说。

下面我们重拾话题，讨论《离骚》中香草—美人—流放—自沉乃贯穿中国文学史的一个原型主题。过常宝先生在《楚辞与原始宗教》中有相当详细的论述，他从宋玉的《高唐》、《神女》二赋，到曹植的《洛神赋》、杨炯（65—692）的《幽兰赋》、李贺（790—816）的《金铜仙人辞汉歌》，一直推演到蒲松龄（1640—1715）的《聊斋志异》、曹雪芹（1715？—1763？）的《红楼梦》。笔者个人会强调永无休止的追索（quest）主题，而不像过先生那样强调人神之恋。屈原作为《离骚》诗中的主人公，他追求伴侣、知己、政治梦想，但他固执地怀抱着他孤高的心志或价值观，不愿与世推移。《红楼梦》主人公贾宝玉同样追求伴侣、知己与一种童真世界，同样固执地怀抱着他痴僻的个性，以不愿参加科举考试为象征。透过《红楼梦》看《离骚》，会给后者一个有血有肉的解读，屈原毕竟是从顺心遂意的大富大贵的乐园，跌落到民间；他的孤单落魄，不能完全从忠魂爱国的抽象层面去理解。他需要的关怀和同情是一种本能的向往，得到历代文人的共鸣。他以无比的想象力遨游苍梧和春宫，引发历代文人的遐想。这是他的追索独特的地方，但在本质上，他和孔子周游14年的追索是一样的；都是希望自己的才能会被重用，能实现自己建设社会的理想，当其不被社会接受时，产生了毁灭性的失落感。这是中国传统士人永恒性的社会心理，也因此是文学中一个永恒性的原型主题。屈原以死来殉葬自己香草般的清高性格，受到刘勰的批评，认为是抗议社会的行为，他的观点正确与否姑且不论，刘勰是认识到抗议行为的原型性的。追月坠河的李白和投江自尽的屈原在结束自己的生命上是有相似处的，“飞扬跋扈”[①] 的李白较间接，厌世自沉的屈原很直接。

刘勰的纯文学史并不完美，遗弃了很多重要的作家，例如陶渊明（约376—427）、谢灵运（385—433）等，以及重要的体裁，例如汉乐府。另一个遗憾，乃是他对同时代，或对他来说相距百年的作家，都付之阙如。究其原因，一个可能，因为他家贫，居住在庙宇里，置身于官场文坛之外，故为避嫌而不愿臧否时作。另一个可能，由于他所居住的上定林寺，缺乏当代与近代的文学著作的收藏，他因而对他当代和近代的创作缺乏全面性的了解，因此而不愿致评。如果是后者的话，那他是一个谨慎小心的学者。也可能因为这个原因，他没有积极参与《文选》的编辑，当然，这还有待专家学者进一步的研究。

不过，在文学源流主要的脉络上，除了乐府诗的失误，他把握得枝条分明，并没有因为他的宗经征圣而忽略了屈骚的重要性。他的品位战胜了他的宗经价值观，把屈骚的艺术成就放在《诗经》之上，也认识到《楚辞》是中国文学发展的最重要转折点。《诗经》的发展使文言语和口语的距离越行越远，从《楚辞》开始，文言语渐渐向口语靠拢。虽然同样采

---

① 语出杜甫（712—770）《赠李白》：“秋来相顾尚飘蓬，未就丹砂愧葛洪。痛饮狂歌空度日，飞扬跋扈为谁雄？”

风自民间，汉乐府的口语化远远超过《诗经》，孕育五言诗的诞生。虽然只增加一个字，五言比起四言来，在口语的吻合上，是跨出了大大的一步。由于屈原出现在佛教传入之前，中国文化中有一股内在的力量向口语回归。上面指出，刘勰在五言的品位上与钟嵘相近，但他在五言诗的接触面上没有钟氏广。他在诗味上没有钟嵘来得细致，但他比钟氏更懂诗的韵律，这一点在下面会论及。他在诗的格律认识上会不如周颙和沈约，但他对音乐有特殊的偏爱，在这方面有他一些特殊的见解。他对文法结构的惊觉，则超越同时代的任何一个人。他“为文而造情”（《情采·31.5》）的论说，在诗言志外，另起炉灶，树立新的旗帜，为王国维先生《人间词话》的境界说立下了理论性的基础。

二 “文心”与“雕龙”两个层次的“神思”创作论

本章尝试从近代文学批评与心理学的角度来分析《文心雕龙》中关于创作的理论。首先，我们应该把“文艺创作论”与“文章作法论”区分开来。《文心雕龙》中诚然有很多关于文章作法的讨论，这些讨论都集中在文辞的修饰、文章的布局与体式选择方面着眼，而“创作论”实应着眼在创作一刹那间灵感特性的研究，灵感赋予文艺作品独特的生命气息，艺术上的修养与敏感性使一个作家的作品能成为艺术作品；换言之，“作法论”只谈机械式的文章构成现象，“创作论”则以艺术的基本创作特征为研究对象。所以，本章讨论的对象以《神思》与《原道》两篇为主，刘勰的“文章作法论”不在本节的讨论范围之内。

如果我们说一首诗作美，而且是超凡脱俗地美，作为一个评论家，一个很自然的问题是：什么“东西”在这首诗中使它有这种不平凡的美？世界著名男高音帕瓦罗蒂（Pavarotti，1935—2007）可能会说：因为上帝的一个吻。他是这样解说他天籁那样美的嗓子的：因为在他童年的某一天，上帝轻轻地吻了一下他的声带，自此，他有神一样的嗓子。英国大诗人华兹华斯（Wordsworth，1770—1850）持相同的见解，认为最伟大的诗章来自上帝在自然景象中的显示。华兹华斯是诗人，不是文学批评家，但他的伙伴柯尔律治（Coleridge，1772—1834）则两者兼具，而且优秀杰出，提出“创造性的想象力（creative imagination）”理论，认为一个作家必须用创造性的想象力创作，像神创造世界那样，才会创造出神一样的作品来。从我们对《原道》的解读，两种说法有极相似的地方，笔者将以这个现代观念去解读“心生而言立，言立而文明，自然之道也”（《原道·1.1》）的“天地之心”，笔者认为这是刘勰“文心”的本意，那是一种有原创性的想象力；缺乏这种力量的构思，那是工匠一样的“雕龙”。这是本书题目“二层次”的由来：原创性的“文心”是一个层次；工匠般的“雕龙”是另一个层次。

一 文艺想象力与“神思”的基本特点

本节首先介绍，从近代文学批评看，“创造性的想象力”（creative imagination）有哪些基本特征，然后指出刘勰“神思”的概念在基本上是与上述特征相符合的。人类都有想象的能力，任何人都能在脑中构想出虚幻的形象与事件来，幻觉与做梦就是想象的一种，但并不是任何人都有“创造性的想象力”[①]，使后者超然脱群的特殊质素有二：其一是“独创性”（originality）；其二是独创性的“灵感”要受专门学科“训练”或“琢磨”（discipline）的局限，那就是说，独创性的“灵感”不能毫无凭借地就变成一件艺术性的科学作品，它们一定要经过艺术家或科学家严谨地“琢磨”之后，才能蜕变成材，任何学科都有它自己内在的规律，“灵感”的成长必须循照这些内在规律的发展方能成形，在任何艺术家或科学家成功的背后都有寒窗十年的训练，不如此，他们不可能拥有化“灵感”为成形作品的功力[②]。“文艺想象力”（artistic imagination）是“创造性的想象力”的一种。下面笔者将针对上述二要素更进一步来讨论“文艺想象力”。

在“想象力的独创性”这个概念上，科尔里奇（Coleridge，1772—1834）的理论在英美文学理论中有划时代的意义。科尔里奇把想象力分

---

① 关于“创造性的想象力”与“非创造性”的比较区分，见 Edward S. Casey，*Imaging：A Phenomenological study*，Bloomington and London：Indiana University Press，1976，pp. 187－197。

② 19 世纪的大雕塑家罗丹（1840—1917）曾说：“一个忽略技术修养的艺术家永远无法达到他的艺术目标……如果构图松散，颜色虚假，那么，最强烈的艺术感觉也不能被表达出来，这是很明显的一个道理。”见 Auguste Rodin，*Art*，trans. Mrs. Romilly Fedden，Boston：Small，Maynard & Co.，1912，p. 99。他同时又说：“如果要求我用文字来表达某种我想表达的艺术感觉，那是一件完全无意义的事，因为我不是诗人，而是一位雕塑家，人们应该很容易就从我的塑像中看到我所想表达的艺术感觉。”见同书，第 184—185 页。那就是说，任何一门艺术都有它自己的“艺术媒介”（artistic medium），该“媒介”的运用有赖于专门技术的训练，没有这种训练，就算有灵感，也无法创作。另外，罗丹也注重“艺术的独创性”，他曾经说过下面这句话：“无疑，一个只知道模仿自然的平庸者是永远不会产生出艺术作品来的，因为他视而不见，他虽然注意到每一个细微的地方，但他的作品还将是平板而无特色的。”见同书，第 33 页。

成两大类，第一种他称为“无生命力的想象力”（fancy）[1]，这种想象力源自记忆，将平常观感中的经验重新安排复制一次，毫无创新可言，因此所产生的产品也是无生命的“无机体”或“机械体”（mechanical being）[2]。第二种他称为“有生命力的想象力”（imagination）；这种想象力又分成两类：“原始性的”（primary）与“辅助性的”（secondary）[3]。前者与“灵感”有关，当作家对外界产生感应的一刹那间，凭着“原始性的有生命力的想象力”的力量，这个作家突然之间变成一个（象征性地来说）开创天地的神祇[4]，也就是说，“灵感”的“独创性”使人变成神，艺术家只手开辟艺术天地的神秘力量与《圣经》中上帝创造宇宙的能力等量齐观。这个说法之所以重要的原因有二：在科尔里奇之前，文学创作往往被当作是一种工艺性的技术来看待，文学只模仿自然而不创作。对文学作品的讨论，也往往停留在“修辞学”或“文章作法论”的范围之内，完全忽略文学作品之所以成为文学作品的因素。科尔里奇强调文学作品的独创性的生命力，非文学作品在他看来只是无生命的“机械体”，只有文学作品才是真正有生命的“有机体”（oranic being）[5]。简言之，有无独创性的品质决定着作品的文学性。另一个原因乃是：给摆脱传统一个理论上的基础，既然作家像上帝一样，上帝可以凭空创造宇宙，作家自然也可以摆脱传统凭空创造艺术上的新境界、新文字。科尔里奇是英国“浪漫主义”（Romanticism）运动的鼻祖，“浪漫派”诗人能一洗前人的窠臼，专以创新为务，正是因为受到这种理论的影响。

第二种想象力——“辅助性的有生命力的想象力”——负责把“灵

---

① “fancy”一字的普通意思只是“幻想”或“空想”罢了，这里当作专有名词看待，故译为“无生命力的想象力”。见 Samuel T. Coleridge, *Biographia Literaria*, ed. by George Watson, XIII, London and New York: Dent & Dutton, 1965; rpt., 1975, p. 167. Shuen-fu Lin, “Liu Xie on Imagination,” in *A Chinese Literary Mind, Culture, Creativity and Rhetoric in Wenxin Diaolong*, ed. Zong-qi Cai, Stanford University Press, 2001, pp. 128 – 133。

② 关于这方面的讨论，见 M. H. Abrams, *The Mirror and the Lamp*, New York: Oxford University Press, 1953, pp. 124, 168 – 177。

③ 同上。

④ 关于这方面的讨论，见 Murray Krieger, *Theory of Criticism: A Tradition and Its System*, Johns Hopkins University Press, 1976, pp. 51, 78。

⑤ M. H. Abrams, *The Mirror and the Lamp*, New York: Oxford University Press, 1953, pp. 64 – 5, 60, 169 – 170.

感”变成诗篇。如果“灵感”是种子的话，则诗篇是长成了的树，而“辅助想象力”是使种子化成树的生长动力[①]。换言之，该想象力把各式各样的文学材料组织交融成作品，所以，该想象力基本上是一种在文学创作上的“组织统一性的推动力”（unifying force）；由于科尔里奇用象征性的语言来解释想象力，所以意义有时并不明确。目前有两种最被人接受的解说，一是亚伯罕（M. H. Abhams）的，二是克赖格（Murray Krieger）的。前者侧重“原始性的想象力”的创新特性，而认为“辅助性的想象力”中“种子变成树”的隐喻有“宿命论”（determinism）的意味，也就是说，有选择安排文学材料功能的“意志力”（the will）居于从属地位[②]。后者则侧重“辅助性的想象力”组织统一的特性，认为科尔里奇是注重“意志力”的，他强调“组织统一性的推动力”在创作上的形成是由于“意志力”对想象力“驾驭”的后果[③]；后者对“意志力”与“想象力”间矛盾统一关系的讨论，会在后文再提到。简言之，文艺创作上的想象力有两个层次：其一为“独创性的灵感”；其二为完成篇章的“组织统一性的推动力”。这样产生出来的文学作品才会含有生命力的“独创性”与“统一性”；这两个特性决定文学作品之所以成为文学作品。

“文学想象力”是“创造性的想象力”的一种，“科学想象力”也是想象力，二者的不同在于：前者与“官感经验”（sense experience）有密切的关系，后者则超“官感”而自成一体系。且以一张台子为例吧。我们的感官告诉我们：台面是一个又平又滑的硬面。感官不能触觉到台面里亿万个恒常流动的微粒子，这个现象要经物理学概念的推想之后才能认识得到，任何科学上的概念的理解，包括“几何学”上的图形，“代数”上的运算符号，“物理学”上的定律，都需要想象力。这种想象力往往是背我们日常的“官感经验”而行的，因此与“艺术想象力”不同。后者与日常经验连在一起，比如说，没有对“白雪红梅”景象的日常认识，就很难了解到“白雪红梅”在艺术上的意境；这不是独指视听两个感官而

---

① Samuel T. Coleridge, “Shakespeare's Judgment Equal to His Genius,” in *Critical Theory Since Plato*, ed. Hazard Adams, p. 462b.

② M. H. Abrams, *The Mirror and the Lamp*, New York: Oxford University Press, 1953, p. 224.

③ Murray Krieger, *Theory of Criticism*, Johns Hopkins University Press, 1976, p. 123.

言，而是总括身体上任何一个感官来说，正如克罗齐（Croce，1866—1952）[①] 所说：刀锋逼人的尖锐感是一种透过视觉传达的触觉感，也就是所谓“联感”（synesthesia）。在想象上，我们从红梅联想到梅香，从白雪联想到清冽的空气。可是，尽管“艺术想象力”是从“官感经验”而来，二者却是完全不同的东西，不能混为一谈。“官感经验”的自身谈不上“艺术性”，“艺术性”由“艺术想象力”而来，丰子恺先生有下面这段经验：

> [我] 觉得自然景物的特点，画笔所不能表达出的，诗词往往能强明地说出。我冒雨跑到苏堤，写了一幅垂柳图归来。偶然翻开诗集，看到白居易的《杨柳枝》词：“可怜雨歇东风定，万树千条各自垂。”刚才所见的景色的特点，被这十四个字强明地写出了。我辛辛苦苦地跑到苏堤去写这幅画，远不如读这首诗的快意！[②]

丰先生这个时期的画太受“官感经验”的束缚，因此还在“写形”的阶段，而未能凭着“艺术想象力”写出景物的“神”。但是，他已经了解到“写神”的重要，于是通过读诗词来培养他的“艺术想象力”[③]。在表达感情方面，也是一样，赤裸的感情要经过“艺术想象力”的锤炼之后才能艺术化起来。一种无论怎样真诚的感情，它的本身绝对不是一种艺术，一定要通过某种“艺术媒介”洗练表达之后，才能被赋予艺术上的生命。

撮要来说，“艺术想象力”有以下的特色：它依赖“官感经验”提供它所需要的生活养料，但它并不是将“官感经验”仿制一番就算了，它必须将从感官而来的养料消化吸收以后，在“独创性的灵感”的引导下，将新的艺术生命力灌注到这些养料之中，构成新的生命体；在这个新生命体成长的过程之中，“灵感”必须受到“艺术训练”的千锤百炼，才能与“艺术媒介”结为一体，构成一件有“统一性的艺术作品”。以下笔者将指出：上列的特色

---

① Croce, *Aesthetic*, trans. Douglas Ainslie, New York: Macmillan, 1909; The Noonday Press; rpt., 1968, p. 18. 对克罗齐的“美学”，朱光潜先生曾作过非常深刻的讨论。见朱光潜《文艺心理学》，《朱光潜全集》第1卷，安徽教育出版社1987年版。

② 丰子恺：《绘画与文学》，香港开明书店1949年版，第17页。

③ 同上书，第16—51页。

都可以在“神思”这个概念里找到。《神思·26.7》云：

> 神用象通，情变所孕。
> 物以貌求，心以理应。
> 刻镂声律，萌芽比兴。
> 结虑司契，垂帷制胜。
> (当运用“神思”与外象交通时，
> 各式“发言为诗的感情”因此变化衍生。
> 景物可以在形态上追求捕捉，
> 心灵的“感应”则要在“思理”的引导下进行。
> 在声律上，从细刻慢镂中寻声和韵，
> 在修辞上，以“比兴”的传统来萌发表达感受。
> 当联结起来的思虑能达到契合统一时，
> 人虽然在帐帷之中，却能决胜浮游到千里之外的文思。)

这首赞所描写的“神思”的功用，大致上与上述“艺术想象力”相仿佛。“神思”要经过与外界接触交通——“官感经验”——之后，才会激发诗情。情与景的“感应”要受到“思理”的驾驭，“思理”是“神思”运行的一定法则①。刘勰自己没有仔细说明这个法则是什么，我们或许可以将“联感”作为这个法则运行的一种。无论如何，当诗情要通过文字媒介表达出来时，就要受到诗学内在规律的局限。也就是要经过声律与修辞方面的“琢磨”才能成形。同时，刘勰也注意到“统一契合性”在组织文思成为篇章上的重要性。他“结虑司契，垂帷制胜”，隐喻“神思”有“思接千载”与“视通万里”的特征。换言之，“神思”跟想象

① “思理”一词见《神思·26.1》篇第一段：“文之思也，其神远矣。故寂然凝虑，思接千载；悄焉动容，视通万里；吟咏之间，吐纳珠玉之声；眉睫之前，卷舒风云之色；其思理之致乎！故思理为妙；神与物游。”Shuen-fu Lin,“Liu Xie on Imagination,” in *A Chinese Literary Mind, Culture, Creativity and Rhetoric in Wenxin Diaolong*, ed. Zong-qi Cai, Stanford University Press, 2001, pp. 133 – 149。

Ronald Egan,“Poet, Mind, and World: A Reconsideration of the ‘Shensi’ Chapter of*Wenxin diaolong*,” in *A Chinese Literary Mind, Culture, Creativity and Rhetoric in Wenxin Diaolong*, ed. Zong-qi Cai, Stanford University Press, 2001, pp. 104 – 109。

力一样，有超越时空的能力。尽管如此，科尔里奇所强调的两大特点："独创性的灵感"与"组织统一性的推动力"，在这首赞中，未有明确的说明。以下我们将详细讨论《神思》篇中"虚静"概念跟"灵感"的关系，"气"与"志"二概念跟"推动力"的关系。同时，刘若愚先生曾指出科尔里奇与刘勰最主要的一个不同观念是："科尔里奇认为想象力是有生命力的，而外物是死的；刘勰则不以为外物是死的，他跟大部分中国文学理论家一样，认为外物是拥有它自己的'神'的。"[①] 我们就以物的"神"与"神思"的"神"的比较作为我们讨论的开始。

任何物件都拥有它自己的"道"，也就是原生性的"神"，这个概念是从道家哲学提炼而来的，道家认为任何物件都拥有它自己的"道"，庄子曾经以开玩笑的方式对东郭子说明这个道理：

> 东郭子问于庄子曰："所谓道，恶乎在？"庄子曰："无所不在。"东郭子曰："期而后可！"庄子曰："在蝼蚁。"曰："何其下邪？"曰："在稊稗。"曰："何其愈下邪？"曰："在瓦甓。"曰："何其愈甚邪？"曰："在屎溺。"
>
> （《庄子·知北游》）

虽然凡物皆有其"道"，可是物毁"道"去；物的"道"好像一滴水，当物的形质被毁灭的时候，该"道"像一滴水一样消失在代表"大道"的大海里，再无踪迹。也就是说，物的原生性的"神"是由于物的形体的存在而存在，它不能毫无凭依地独自存在；因此，它不是导致一件艺术品之所以成为艺术的那种"神"。下面我们将指出："神思"的"神"则有它客观的存在性，它跟当时佛教的"神不灭"这个观念的"神"有密切的关系。

在南北朝时（386—580），"形与神"这个宗教问题曾经引起热烈的辩论[②]。例如，非难佛教徒的范缜（450—507?）提出：

---

① James J. Y. Liu, *Chinese Theories of Literature*, Chicago and London: University of Chicago Press, 1975, p. 34.

② 汤用彤：《汉魏两晋南北朝佛教史》下册，上海1938年版，第3页。

形者神之质，神者形之用，是则形称其质，神言其用；形与神不得相异[①]。

那就是说，形体与精神是不能割裂的，形体是本质，精神是形体的作用。所以，“神”或“灵魂”是不可能有它独立性的存在的，人死了，“神”也就散了。因此，没有所谓“投胎转世”这回事，也没有所谓“因果报应”那回事。另外，佛教信仰者如萧琛（478—529）和曹思文（活跃于498年间）他们就出来替僧慧远（334—416）“神不灭”的理论作辩护，认为范缜说得不合理[②]——虽然，在佛祖释迦牟尼的宗教思想中，人是没有一个永恒性的“自我”的，也就是说，人是没有“灵魂”的[③]。所以，慧远“神不灭”的理论是违背正宗佛教教义的——可是，他这个理论受到当时佛教徒广泛的支持[④]。从小在佛教在熏陶下长大的刘勰，像很多佛教徒一样，也是一个“神不灭”的信仰者，这一点，可以从他的反道教的佛教著作《灭惑论》中看出来：

夫佛法练神，道教练形，形器必终，碍于一垣之里。神识无穷，再抚六合之外……闇者恋其必终，诳以仙术，极于饵药。[⑤]

（佛教所修炼的是“神”，而道教所修炼的是“形体”，“形体”是一定有消灭的时候的；同时，“形体”被囚禁在一座有形质的围墙里，而“神”的知觉是不受形质的限制的，因此是无穷的，更可以一直伸

① 任继愈：《汉唐佛教思想论集》，人民出版社1973年再版1963年版，第303—325页。Kenneth K. S. Ch'en, *Buddhism in China: A Historical Survey*, New Jersey: Princeton University. Press, 1964, rpt., 1973, pp. 138 -142. 汤用彤书见上注。

② Kenneth K. S. Ch'en, *Buddhism in China: A Historical Survey*, New Jersey: Princeton University. Press, 1964, rpt., 1973, pp. 141 -142.

③ Ibid., p. 7.

④ 李景濚：《文心雕龙新解》，翰林出版社1968年版，第235页。以研究六朝文献与译注《世说新语》著名的马瑟（Mather）先生在一篇尚未发表的论文中也曾讨论过这个问题。见Richard Mather, "The Spiritual Quest of the Poet Shen Yüeh" manuscript, p. 6. Richard John Lynn, "Wang Bi and Liu Xie's *Wenxin diaolong*: Terms and Concepts, Influence and Affiliations," in *A Chinese Literary Mind, Culture, Creativity and Rhetoric in Wenxin Diaolong*, ed. Zong-qi Cai, Stanford University Press, 2001, pp. 83 -98.

⑤ 《灭惑论》收在僧祐的《弘明集》内，卷8；目下所据的版本乃台湾中华书局所翻印的《守山阁本》。

延到宇宙六方的外面去；只有笨到好像道教徒那样的人，才会恋栈着一定会消减的“形体”，他们以各种仙术来自欺欺人，他们这种恋栈“形体”的倾向，在炼仙丹这件事情上，真是做到绝顶的了。)

对抱着这样观念的刘勰来说，“神思”的“神”自然一定是可以“识无穷，再抚六合之外”的了，他岂不是告诉我们说：“神思”有“思接千载”与“视通万里”的能力呢？“神思”的“神”自然也是不灭的，换言之，该“神”是人类之所以成为人类的一个特征，并不为其他万物所拥有的；所以，此“神思之神”不是彼“万物之神”是很显然的了。我们在上面曾说道：后者是依赖“道”而得其神的；而前者的“神”则是遗“道”而独立的，是从《易》的天地而来，不是从《道德经》的道而来。在这一点上，刘勰在《原道·1.1》篇里开宗明义地作过一个声明：

文之为德也，大矣，与天地并生者何哉？夫玄黄色杂，方圆体分，日月叠璧，以垂丽天之象；山川焕绮，以铺理地之形；此盖道之文也。仰观吐曜，俯察含章，高卑定位，故两仪既生矣；惟人参之，性灵所钟是谓三才，为五行之秀，实天地之心，心生而言立，言立而文明，自然之道也。

(郭晋稀先生的语译①：文章的德业，真是伟大呀；但为什么说它是与天地同时产生的呢？因为天玄地黄各有不同的颜色，天圆地方各成不同的形体，太阳和月亮有如重叠的璧玉，悬照于太空，显示出宏伟的景象；青山绿水发出旖旎的光彩，分布于大地，装成秀丽的河山；这就是宇宙本身的文采呀。仰望上空，光芒耀射，俯视地下，文采纷披，由于“高”“下”位置的确定，天和地便形成了。人以第三者出现于天地之间，那是天地的灵气凝聚而成的，所以，天、地、人叫做“三才”。人是五行中的英秀，天地的心脏，人出现了便有了语言，语言发展了所写成的文章，更将文采鲜明，这是很自然的道理呵。)

也就是说，“天地之心”与天地间的“道”是相对立的，前者有它

① 郭晋稀：《文心雕龙译注十八篇》，香港开明书局1964年版，第8页。

“本体上”（ontological）自我独立性的存在[①]，根源自《易》“三才”的观念。尽管如此，二者之间在“文”的创作或创造上是有密切的关系的。那就是，“文明”或文艺的创作应该和“道之文”或自然界的创造一样。“道”怎样创造宇宙，“天地之心”也应该怎样创作文艺，换言之，文艺的“文”本身并不模仿“道之文”，但它的创作过程则以“道”开创宇宙的过程为师。因此，王更生先生以西方“文艺模仿自然”这个观念来解说这段文字[②]，恐怕是不合适的。事实上，横行西方千余年的“模仿性创作论”（imitative theory）在中国从来未曾生过根。下面笔者将讨论：“道”创造天地与“神思”创作文艺两个观念的关系。这里首先牵涉“虚静”与创作的关系。

是以陶钧文思，贵在虚静；疏瀹五藏，澡雪精神。

（李景濚先生的语译[③]：因此，冶炼运思，主要须求其内心的空灵恬静；疏通心胸，洗濯净化了思理。）

（《神思·26.2》）

天地是由“道”所创造成功的这个说法是由道家哲学而来的，“虚静”这个概念，在道家思想上，是与创造或创作密切地连在一起的，老子曾说［《16》］：

致虚极，守静笃；
万物并作，吾以观“复”。

“复”乃指：返回到生命的发源所在处。领悟到生命泉源的所在，也就是领悟到创造源头的所在。唯有当人们回到“虚静”的心灵境界时，创作才能萌发；换言之，人类创作的源头和宇宙的创造是一模一样的，要从“虚空”中来，受道家思想影响的汉朝典籍《淮南子·卷3》在这一

① 苏宏斌：《文学本体论引论》，上海三联书店2006年版，第56—111页。
② 王更生：《文心雕龙研究》，台湾文史哲出版社1976年版，第200页。
③ 李景濚：《文心雕龙新解》，翰林出版社1968年版，第235页。

点上有以下的说法：

> 道始于虚霩，虚霩生宇宙，宇宙生气。

从现代的眼光来看，这种说法是有点玄妙的，因为我们没有人知道宇宙是怎样来的，可是，创作一刹那间的“灵感”的经验是我们大家所共有的。若从这个角度来看“虚静”这个问题，是非常有意义的，因为，“虚静”所代表的特色与近代“心理学”对“灵感”所描写的特征是互相吻合的。

莱保（Ribot）在他的经典之作《论创作性的想象力》中认为“灵感”有以下三个基本特征：“不由自主性”（independent of the individual will）、“突发性”（suddenness）与“非人格性”（impersonality）[①]。第一个特征就是说，我们想命令“灵感”来，它是绝不会听我们的话的，它要来就来，要不来就不来，甚至当它来了之后，我们要它多留一会儿也是办不到的，它要去就去，我们的意志力是毫无办法的。莱保所用来解释第二个特征“突发性”的例子都是很不生动的，我们且用另一个心理学家克里斯（Ernst Kris）引尼采（Nietzsche）对这个特色所作生动鲜明的描写来作为我们的例子：

> 像电闪一样，一个思潮突然涌出来，它给人的感觉是：它不得不来。我自己连一点选择的余地都没有……完全不由自己，只明确地感到：无数使人颤动的电波由顶上一直传到脚踵下去。[②]

“灵感”之来，事前了无迹象，往往好像突由天外，雷轰电闪地将人俘虏过去。中国文学评论家往往以“虚无”这个概念来形容“灵感”的“突发性”，在刘勰之前，陆机（261—303）就已在《文赋·第31联》中对创作有这样的描写：

---

① Th. Ribot, *Essay on the Creative Imagination*, trans. from the French by Albert H. N. Baron, Chicago and London: Open Court Co., 1906, p. 51 ff.

② Ernst Kris, "Psychoanalysis and the Study of Creative Imagination," in *The Creative Imagination*, ed. Hendrik M. Ruitenbeek, Chicago: Quadrangle Books, 1965, p. 35.

课虚无以责有，叩寂寞而求音。

清代的叶燮（1627—1703）对从虚空中突然涌现的“灵感”有极传神的刻画，他说：“当其有所触而兴起也，其意、其辞、其句劈空而起，皆自无而有，随在取之于心，出而为情，为景，为事。”（《原诗》）

第三个特征“非人格性”乃是指：有一种超人的力量与“灵感”同时而来，该力量是“非人格性”的，那就是说，使人感到该力量不是人们自身所拥有的，而是从外头来的；一个发明家往往会感到自己在发明中并不算得什么，而另有一种超人的力量在那里，使他有所发明。这种感觉往往使人们把“灵感”的由来归因于神祇，西方的希腊与基督教传统都有这样一个说法①，这就是为什么科尔里奇把作家，在出现“灵感”的一刹那间，比喻作开创天地的上帝。道家哲学思想里，只有“道”，没有人格化了的神，天地的开创由“道”而来，不是由神祇而来，“道”是非人格化的，它开创天地的方法自然是与被人格化的神有所不同，老子告诉我们天地是这样来的［《25》］：

有物混成，先天地生。
寂兮寥兮，独立不改。
周行而不殆，可以为天下母。
吾不知其名，故强字之曰“道”。

老子自己很了解，所谓“道”只是一个随意加在“天下母”身上的名字，没有什么特别的意义，所以他说：“我实在并不知道‘天下母’的名字，没有办法，就强加一个名字在它身上，称为‘道’吧!”既然“道”在创造时是“寂兮寥兮”的，我们的“神思”在创作的一刹那间不能不“虚兮静兮”一番，因为有了这个“虚静”，所以从无而有的“灵

① Th. Ribot, *Essay on the Creative Imagination*, trans. from the French by Albert H. N. Baron, Chicago and London: Open Court Co., 1906, p. 51 ff. Ernst Kris, “Psychoanalysis and the Study of Creative Imagination,” in *The Creative Imagination*, ed. Hendrik M. Ruitenbeek, Chicago: Quadrangle Books, 1965, p. 35.

感”才能产生，也因此，“虚静”所指乃是“灵感”的几个特点：突发性、不由自主性、独创性。

还有一点可以说说的，那就是，无意无识是“道”的一个最大的特色；对基督徒来说，是因为上帝的旨意所以创造了宇宙，因此信徒要观察并且服从上帝的旨意；对道教徒来说，刚刚相反，是“道”的无意无识，他们应该学习，道教徒所追求的乃是一个无意无识与“道”齐一的境界；一个无意无识的境界自然是“寂兮寥兮”的。“虚静”含有“无我”的意思，因为，“无我”，所以能与“道”相契合；因为契合，所以有创作力。这恐怕是为什么刘勰说“陶钧文思，贵在虚静”。说得具体一点，也不外是培养文思的创造力的意思。同时，刘勰并不是在提倡：我们应该关起门来，用打坐的方式来创作文艺。上面我们已经指出：刘勰绝对了解到“官感经验”的重要性。因此，从“虚静”中来的“灵感”，要建筑在有感有受的“官感经验”上，才能萌发成有生命力的“文艺想象力”的。

二 “感应”的概念

在李约瑟（Joseph Needham）划时代的巨著《中国之科学与文明》中，他认为“有机体论”贯彻中国的“世界观”（worldview），对科学思想亦有不可磨灭的影响[1]。这个“世界观”的一个特色，乃是物与物之间的关系，不以“分析性的因果”（cause and effect）[2] 概念来探讨，而是以有“玄学”味道的“感应”概念来解释。一物之所以能够影响另一物，不是因为机械性的推动力所导致，而是因为“同类相动”的原理。他引用汉朝受阴阳五行思想影响的儒家学者董仲舒（前 179—前 104）的学说来说明这个概念。董仲舒在《春秋繁露》（卷 57）中认为百物之所以会互相有“感应”，乃是由于“同类相动”这个原理，那就是，同一性质的物体有互相激动的能力。他的理由是：

---

① Joseph Needham, *Science and Civilisation in China*, Vol. II, with the research assistance of Wang Ling, Cambridge University Press, 1956, pp. 232 – 293. 郭鹏：《〈文心雕龙〉的文学理论和历史渊源》，齐鲁书社 2004 年版，第 53—61 页。

② 科学上的“因果”关系与佛教上“种花得花，种果得果”的“因果”关系乃是不同的概念，因此，译作“分析性的因果”关系。

> 百物其去所与异而从其所与同，故气同则会，声比则应，其验皦然也，试调琴瑟而错之，鼓其宫则他宫应之，鼓其商而他商应之，五音比而自鸣，非有神，其数然也。①

正如李约瑟先生所指出的，任何对近代"音波理论"有所认识的人，都会感到以这种方式来解释声学上的"共鸣现象"是相当幼稚的；可是，对没有音波知识的人来说，这个说法是言之成理的，是有相当说服力的。刘勰下面这段话，就是以这个概念为基础来说明：为什么春秋四季会摇动万物，万物会振荡人心。他说：

> 春秋代序，阴阳惨舒，物色之动，心亦摇焉，盖阳气萌而玄驹步，阴律凝而丹鸟羞，微虫犹或入感；四时之动物深矣，若夫珪璋挺其惠心，英华秀其清气，物色相召，人谁获安？是以献岁发春，悦豫之情畅；滔滔孟夏，郁陶之心凝；天高气清，阴沉之志远；霰雪无垠，矜肃之虑深，岁有其物，物有其容；情以物迁，辞以情发。
>
> （陆侃如、牟世金两位先生的语译②：春秋四季不断更代，寒冷的天气使人觉得沉闷，温暖的日子使人感到舒畅。四时景物的不断变化，人的心情也会受到感染。春气发动了，蚂蚁就开始活跃；到秋天降临，螳螂便要吃东西。这些微小的虫蚁尚且受到外物的感召，可见四季变化对万物影响的深刻。至于人类，灵慧的心思宛如美玉，清秀的气质有似奇花，在一切景物的感召之下，谁又能安然不动呢？所以，春色景物明媚，人便感到愉悦舒畅；夏天炎热沉闷，人就常常烦躁不安；秋日天高气清，引起人们阴沉的遥远之思；冬天霰雪无边，往往使人有苦思深虑出现。因此，一年四季有不同的景物，这些不同的景物表现出不同的形貌；人的感情跟随景物而变化，文章便是这些感情的抒发。）
>
> （《物色·46.1》）

---

① 宇宙万物的构成都有它一定的位置，每个位置有一定数目，数目相同，也就是位置相同，性质相类。

② 陆侃如、牟世金：《文心雕龙译注》上册，齐鲁书社 1981 年版。

如果把“献岁发春”与“天高气清”拿来比作自然界的宫商之音，则“悦豫之情”与“阴沈沉之志”可以比作人类的宫商之音。当自然界的宫弦振发时，人心的宫弦也相应地振动；自然界的商音清发时，人心的商音也随之而起。因为有这种“感应”作用，所以心与物能结合成为一体。《神思》中“神与物游”一词也可以用这个概念来解释。严格来说，应该是“神思”的神与“物”的神[①]，因为“感应”作用而起共鸣，因此打成一片。刘勰更进一步地发挥这个平行例子，他认为“神思”的“显示现象”（manifestative phenomenon）跟“道之文”的“显示现象”是一致的。在《原道·1.1&2》中，有这样一段文字：

> 心生而言之，言立而文明，自然之道也。傍及万品，动植皆文；龙凤以藻绘呈瑞，虎豹以炳蔚凝姿；云霞雕色，有逾画工之妙；草木贲华，无待锦匠之奇。夫岂外饰，盖自然耳。至于林籁结响，调如竽瑟；泉石激韵，和若球锽。故形立则章成矣，声发则文生矣。夫以无识之物，郁然有彩；有心之器，其无文欤？
>
> （陆侃如、牟世金两位先生的语译[②]：人都具有精神活力，从而产生出语言来；有了语言，就会有文章；这是自然的道理。人以外的其他东西，不管是动物或植物，也都有文采。龙与凤以美观的麟羽而被认为是瑞祥的征兆；虎和豹以动人的皮毛而构成特殊的姿容。云霞的彩色，比画师的点染还美妙；草木的花朵，也并不依靠匠人来加工。这些都不是人为的装饰，而是自然的道理。还有风过林中，发出声音，好像竽瑟和鸣；泉流石上，构成音节，好像声钟齐奏。所以只要有形体就会有文采，有声音就会有节奏。这些无知的东西都还美得这样动人，那么富有智慧的人，怎能没有文章呢？）

换言之，神思“显示”为文章的现象应该与自然界万物的“显示现象”相类似，两种“显示现象”都是“道”的自然现象，所不同者在：

① 孙蓉蓉：《“神与物游”——形象思维方法》，《古代中国文学批评思维方式研究》，台湾暨南出版社 2001 年版，第 173—187 页。

② 同上。

前者有“心”的因素在内，后者则无。使“显示现象”实体化的“玄学”上的概念乃是“气”，“自然之道”必须凭借使物质实体化起来的“气”才能“形立则章成矣，声发则文生矣”，同时，摇动万物与人心的原始动力也是“气”。在下一节里，我们将详细地分析“气”这个“玄学”上的概念和文学创作的关系。

三 “气”与文学创作

“气”这个概念有两种基本的特性，它是“原始物质”（primal substance），它也是“原始动力”（primal force），凡有形质的万物都是由它变化而来的，使宇宙万物运行不息的原动力也是它；作为前者，它可以从“质”的概念来分析，作为“原始动力”，它可以从“动态发展”的概念来分析。我们先从后者的角度来讨论“气”与“感应”概念的关系。

首先，从上面引自《物色·46.1》篇的文字中，我们可以注意到：人与自然界的“感应”关系是透过“气”的摇动而发生的。与刘勰同时代的钟嵘（483—518），对“气”与“感”二概念的关系也抱有同样的看法；他说：

> 气之动物，物之感人，故摇荡性情，形诸舞咏。
>
> （《诗品序》）

在传统的观念里，人的感情是与“气血”相连的，这可以从“喜气”“怒气”等日常词汇中看出来。由于自然的“气”与人的“气”发生“感应”作用，因此“性情”就会被万物所摇动，当人的气血受到鼓荡时，就自然而然地会有一种内在的冲动要表达自己。这个说法始自《礼记·乐记》①。在《明诗·6.2》篇中，刘勰承受了这个传统的说法，他也表达了同样的意见：

---

① 见范文澜《文心雕龙注》，人民文学出版社 1958 年版，第 69 页。《礼记·乐记》载：“凡音之起，由人心生也。人心之动，物使之然也。感于物而动，故形于声。”又载：“夫民有血气心知之性，而无哀乐喜怒之常，应感起物而动，然后心术形焉。”

人禀七情，应物斯感，感物吟志，莫非自然。

（人生而具有喜、怒、哀、惧、爱、恶、欲七种感情，受到外物的刺激就会产生感应，有了感应就会把情志唱出来，那是自然不过的事。）

受鼓动的“气”因此与“抒情的冲动”（expressive impulse）联结在一起；这是在动态发展上“气”和创作的关系。在质素上，“气”也直接影响创作；也就是说，“气”的质素反映在文学作品上。

在中国文学批评史上，曹丕（187—226）大约是第一个明确地指出“气”的质素与文学创作之间有血肉不可分的关系的人。下面是他的一段大家耳熟能详的话：

文以气为主，气之清浊有体，不可力强而致；譬诸音乐，曲度虽均，节奏同检，至于引气不齐，巧拙有素，虽在父兄，不能以移子弟。

（写文章最重要的是［人的］元气，元气的本质有清有浊，是不能以用功的方法去达到目的的。以［演奏］音乐为比喻，调子虽然相同，节拍的控制也无差异，但在一呼一吸间的控制就显现出不一样，是巧是拙完全根源自［一个人的］质素，即使父兄有［这样的质素］，也不能把它传递给子弟。）

（《典论·论文》）

在这一段话里，曹丕以比喻的方式来说明才气与创作的关系，他所用的例子乃是：在吹奏管乐器时，“空气”在乐器的气管内产生的音质，跟吹奏的人的一呼一吸的“气”有关，这个“气”又与他的“气质”和“才气”有关。曹丕巧妙地探索“气”字不同的用法来说明一个创见①，那就是，人的气质才性，正如他天生的气息一样，是独特的，不受后天努力所影响的；同时，该气质反映在他的艺术作品上。我们如果接受这个说

① 对《典论．论文》中“气”字的不同用法，郭绍虞有很详细的说明，见郭绍虞《中国文学批评史》（繁体版），香港宏智书店1956年版，第39页。

法的话，对刘勰“感应”理论可以作如下的引申。

禀赋一定要有一种特殊的质素，一个艺术家才能对自然界中该特有的质素起“感应”作用；若以乐音为比喻，自然界中独特性的商音，如果要在一个艺术家的心头引起共鸣的话，该作家自身一定要拥有该特殊商音的质素；否则，他作为一个乐器，就不能同音相和了。也就是说，一个艺术家之所以能够对一件物体的艺术上的特质或“神”起感应，是由于他拥有某一种特殊的“艺术敏感性”（artistic sensitivity）。这个理论可以用来解释一个常见的现象：有些画家精于人物，有些画家精于山水；对山水有感性的艺术家未必对人物有感性。同时，由于每一个作家的气质不同，敏感性也不一样，所以，他们所看到或“感应”到的外物的“神”也互异。每一个艺术家，作为一个艺术上的乐器，对同一外物的“神”，由于自身质素的不同，所引起的“感应”也不一样。当米芾（1051—1107）突然看到某一块石头的“神”而对它跪拜起来的时候，其他画家可能会莫明其妙，因为他们自身的感性不同，对同一石头的艺术感应也就会与米芾不同。正因为这样，我们不能说：艺术创作不外是模仿外物的“神”罢了。

物的“神”在中国传统思想里跟希腊“柏拉图式的形”（Platonic form）是两种完全不同的概念，后者是一个永恒性的“外在”（transcendent）概念。前者则不然，是一种有时间性的“内在”（immanent）概念。正如上面所指出，物一旦毁去，“神”也就散了；“神”的存在有赖于物的存在，物的存在受时间的限制，“神”也因此不能例外。同时，由于“神”没有独立“外在”的存在，因此我们不能从纯粹精神的境界来认识物的“神”；换言之，我们不能直接对“神”本身起“感应”作用，必须通过物的形质才能感应到物的“神”，艺术家只能透过形体的媒介才能慧眼认识物的“神”。“感应”经验的顶点，发生在灵感触发的一刹那间，当其时，人与物交融，或如刘勰所说“神与物游”，唯有这样，才能“得其神矣”。所以，由“感应”作用而来的写神，是创作，不是模仿，王更生先生以西方自柏拉图以来的“模仿论”来解释刘勰的“自然之道”的“创作论”[①] 恐怕是不太合适的。

曹丕的“才气论”应用在刘勰“自然之道”的“创作”上，可以有

① 王更生：《文心雕龙研究》，台湾文史哲出版社 1976 年版，第 200 页。

以下一个结论，那就是，“天地之心”所“显示”在作品中的“文”，主要是一个作家的才华与艺术气质——刘勰对这个说法有进一步的补充，在本章的下半部会有详细的讨论。原则上，他是接受曹丕的“才气论”的，他在《风骨》篇中引述曹文，在《体性·27.1》篇中，开宗明义地指出：

> 夫情动而言形，理发而文见，盖沿隐以至显，因内而符外者也，然才有庸俊，气有刚柔；……故辞理庸俊，莫能翻其才，风趣刚柔，宁或改其气。
>
> （情有所动时就会在言语上表达出来，理有所发时就会在文字上显现出来；总之，感情与思想的表达都是由暧昧到明确，将内在的感觉与外在的媒介互相结合成一体之后，才能完成的。可是，人的才华，有的平庸，有的杰出；人的气质，有的阳刚，有的阴柔，（中略）所以，文辞与思理的平庸或杰出往往与作者的才华成正比；文艺的风力与旨趣也有刚有柔，又岂会与作者的气质相背而行呢！）

所以，只有那些有“秀气”的人，他们的文字才会“成采”（“秀气成采”句见《徵圣·2.4》篇）。对于那些没有“秀气”的人来说，刘勰的“显示”理论就不能应用在他们的身上。因为，在他们身上，没有任何可以“显示”的才气；所以“沿隐以至显，因内而符外”的“显示”原理只可以应用在一小部分艺术家的身上；对普通人来说，应该是“情虽动而言不形，理虽发而文不见”。自然，在这里的“言”与“文”乃是指有艺术性的“言”与“文”，并不是指普通一般的“言”与“文”。

“气”的概念，在刘勰的理论中，要比曹丕的复杂得多；曹丕只注重“气”的质素方面的特性，而刘勰更注意到“气”的动态发展方面的特性。所以，在才华气质这个问题上，刘勰是同意曹丕的说法的，“气”是不受后天努力所影响的。在动态发展上，他持相反的意见，他认为“气”是可以培养训练的，这个见解从《养气·42.5》篇的题目就可以看得到。对于应该怎样培养我们的“气”，他说：

> 若销铄精胆，蹙迫和气，秉牍以驱龄，洒翰以伐性，岂圣贤之素心，会文之直理哉！……是以吐纳文艺，务在节宣，清和其心，调畅

其气，烦而即舍，勿使壅滞，意得则舒怀以命笔，理伏则投笔以卷怀，逍遥以针劳，谈笑以药倦。

（郭晋稀先生的语译①：假若摧残自己的精神，挫伤自己的志气，拿着纸属文有如消耗年寿，挥着笔述志有如摧残生命，这难道是圣贤著述的本心，后人进行创作的正确道路吗……所以，吟哦文辞，必须节制思考，疏通情感，使心地清明和豫，气志条达流畅。感觉到烦恼就休息，不让心情气志有所壅塞和阻滞，等心情高兴时再放开怀抱纵笔挥洒；思路郁塞便丢下纸笔静坐养心，用逍遥自在来解劳累，以谈笑自如来医疲倦。）

换言之，我们不应该太过劳神费力去搜索字句与命意，而应该让字句命意自然而然地到来，那么，我们就不会“白头搔更短”（杜甫《春望》句）了。在刘勰看来，卖命地费尽精力去寻诗摘句是一件得不偿失的事，也就是说，有意识地、苦心地追求文字上的创作，倒不如无意识地让“创作”慢慢地在我们的潜意识中开花结果，这个见解跟灵感由“虚静”中而来的理论相符合。创作上的养气，和道德上的养气，有类似的地方，都是要慢慢地来，急功近利是行不通的，若不这样，就会像“拔苗助长”的宋人一样，会发觉“苗则槁矣”；结果，正如孟子所说：“非徒无益，而又害之。”（《孟子·公孙丑上》）刘勰认为，以上的养气方法会有下列的功能：

常弄闲于才锋，贾余于文勇，使刃发如新；腠理无滞。

（郭晋稀先生的语译②：这样，反会在安闲里显出才华，余暇中表现出锐气，使笔锋像新磨的刀口一样锋利，文气一点也没有阻滞。）

（《养气·42.6》）

有了新锐的“气”，才能有“才力”，刘勰对“才力”有以下的一个比喻：

① 郭晋稀：《文心雕龙译注十八篇》，香港开明书局1964年版，第253页。

② 同上。

夫翚翟备色，而翾翥百步，肌丰而力沉也；鹰隼乏采而翰飞戾天，骨劲而气猛也；文章才力，有似于此。

（山鸡具备斑斓色彩，却只能翾飞百步，乃是由于肌肉丰满而力气不足，鹰隼没有华丽的外表，但能高飞于天上，乃是由于骨力强劲而力气勇猛；文章的才力，也和这相似。）

（《风骨·28.3》）

不独气质会反映在文艺作品上，气劲也会；养气可以助长才锋与文勇，这样做有使才力“刃发如新”的功效，这大概是刘勰提倡养气的一个主要原因。

四 “志”与文艺创作

刘若愚先生曾经指出：“神思”的运行受到两种力量所控制，一是“气”，二是“志”①。下面笔者将讨论“志”与“神思”的关系，刘勰讨论这个关系的文字，见下：

故思理为妙，神与物游，神居胸臆，而志气统其关键；物沿耳目，而辞令管其枢机，枢机方通，则物无隐貌；关键将塞，则神有遁心。

（因此想象力的妙用在于：人的精神能与外物融合成一体。当“神思”还处在胸臆中构想的阶段，控制它的乃是人的“意志力”与“生命力”，当外物透过官感经验要被形容出来时，支配它枢轴开头的乃是语言文字，语言文字一通畅，则外物的体貌就显现无遗，“意志力”与“生命力”一开始闭塞，则“神思”就有裹足不前的倾向。）

（《神思·26.1》）

---

① James J. Y. Liu, *Chinese Theories of Literature*, Chicago and London: University of Chicago Press, 1975, p. 34.

文艺创作要在两个层面上进行：要在“有意识”（consciousness）的层面上进行，也要在“非意识”（unconsciousness）的层面上进行。当灵感从“非意识”层面进入“有意识”的层面时，它的发展就要受到“意志力”与“生命力”的驾驭。“意志力”是一种“有意识”的驾驭力量，“生命力”是一种“非意识”的驾驭力量。在文学作品的组织统一过程中，两者都是不可或缺的推动力量。在下面这段文字里，刘勰指出：在文学创作上，为什么“志”拥有这样重要的地位：

若夫八体屡迁，功以学成，才力居中，肇自血气；气以实志，志以定言，吐纳英华，莫非情性。

（如果要把握八种不同文章风格的变化，要有成果，就一定要下功夫去学；才力是一个居中的关键，那是从先天的血气来的。以血气的“生命力”来充实“意志力”，以“意志力”来驾驭语言；文字上的奇花异彩，没有不是从人的“情性”而来的。）

（《体性·27.3》）

“意志力”之所以重要的原因乃在：“志以定言”。“意志力”乃是按照文艺传统来操纵文字的一股塑造力，它决定文艺作品在语言上最终的形式；它是“情性”的主要构成分子，而“情性”是滋养文字上的奇花异彩的根源地。对“情性”一词，刘勰有以下的形容：

然才有庸俊，气有刚柔，学有浅深，习有雅郑，并情性所铄，陶染所凝。

（可是，人的才华，有的平庸，有的杰出；人的气质，有的阳刚，有的阴柔；人的学识，有的浅陋，有的高深；人的训练，有的正统，有的偏门；这些都是由人的“情性”，以及熏陶所铸塑而成的。）

（《体性·27.1》）

“情性”中的才华与气质是不受“意志力”所主宰的，“意志力”所能操纵的乃是人的学识与训练；在创作时，“意志力”要受个别文化传统与文艺常规所控制。因此，“意志力”一定要经过训练与培养，才能在创作上有所成就。在《神思·26.2》里，刘勰对"神思"的训练与培养提出这样的一个意见：

积学以储宝，酌理以富才，研阅以穷照，驯致以怿辞。

（陆侃如、牟世金两位先生的语译[①]：为了做好构思工作，首先要通过认真学习来积累自己的知识，其次要通过辩明事理来丰富自己的才华，再次要参考自己的生活经验来获得对事物的深刻理解，最后要训练自己的情致来恰当地运用文辞。）

这是使文艺传统"内在化"（internalize）而变成人的"第二本性"（second nature）所必须经过的过程，最终的目的乃希望达到庄子所说的伊尹烹饪的奥妙与轮扁斫轮的技巧[②]，他们已自然到不着痕迹的境界。对什么是人的"第二本性"，刘勰在《原道·1.5》篇里就有很明确的说明：

爰自风姓，暨于孔氏，玄圣创典，素王述训，莫不原道心以敷章，研神理而设教，取象乎河洛，问数乎蓍龟，观六文以极变，察人文以成化，然后能经纬区宇，弥纶彝宪，发辉事业，彪炳辞义，故知道沿圣以垂文，圣因文而明道，旁通而无滞，日用而不匮，易曰：鼓天下之动者存乎辞，辞之所以能鼓天下者，乃道之文也。

（陆侃如、牟世金两位先生的语译[③]：从伏羲到孔子，前者开创，后者将以发挥，都是根据自然之道的基本精神来进行著作，钻研精妙的道理来教育人类。他们效法河图和洛书，用蓍草和龟甲来占卜请教，观察天文来穷究各种变化，学习过去的著作来完成教育。这样就可以合理地治理世界，制出恒久的根本大法，发展各种事业，宣扬古书里的文辞和义理。由此可知：自然之道依靠圣人来表达在文章里边，圣人通过文章来阐明自然之道；到处都行得通而没有阻碍，天天可以运用而不觉得不够。《易经·系辞》说："能够鼓动天下的，主要在于文辞。"文辞之所

① 陆侃如、牟世金：《文心雕龙译注》上册，齐鲁书社1981年版。

② 二典分别见《吕氏春秋》的《本味》篇，以及《庄子》的《天道》篇。该二典俱为刘勰在《神思》篇所引用。

③ 陆侃如、牟世金：《文心雕龙译注》上册，齐鲁书社1981年版。

以能够鼓动天下，就是因为它是由于自然之道而产生的缘故。）

换言之，人的“第二天性”乃是“内在化”了的圣人的“典”与“训”，这是为什么接着《原道》篇的第二章、第三章乃是《徵圣》篇与《宗经》篇。该二章告诉我们应如何“师乎圣”，如何“体乎经”[①]。刘勰引用了一个传闻中关于《易经》怎样由来的故事来说明一个“玄学”上的见解，那就是“沿圣以垂文，圣因文而明道”。这里这个“道”跟道家的“道”有严格的区别。在老庄哲学里，“心”与“道”是两种水火不相容的东西，“道”之所以为“道”，乃是由于“道”是没有“心”或“意识”的，人若要与“道”为一，就先要化去有识之“心”。在上面这段话里，刘勰以“圣人之心”作中间人，将“道”与“有识之心”联结在一起。我们大家都知道，孔、孟是不谈“道”的，这种将“道”与“识”联结成宗亲关系的手法，大概以汉人最出名[②]，《原道》篇中主要的“玄学”思想大概是因袭汉儒而来的。可是，在“灵感”由来的概念上，正如上面所指出，他是完全承受道家“虚静”的说法。所以，我们不能用“一竹竿”的方式来概括刘勰的“玄学”思想，而说他一定是儒家、道家或是释家，我们只能说刘勰某种思想是受到某家哲学思想的影响。无疑，他的思想是同时受到儒家、道家、阴阳家与释家的影响的，在研究他的文艺思想时，我们所希望做到的乃是：指出他某一文艺思想可能受到某一“玄学”思想的影响；同时，希望在讨论二者的关系时，能加深我们对他文艺思想的认识。

说“道”“沿圣以垂文，圣因文而明道”，等于说，圣人表达在文章里的“道”，其重要性，仅次于“自然之道”的本身；这被刘勰称为“道之文”。同时，普通人的智慧不足以去了解“道”本身；他要依赖圣人的“道之文”才能对“道”有所认识。这个“道之文”，经过“内在化”之后，也就是我们的“第二天性”——严格来说，“道之文”有两种，一是直接的，二是间接的。直接的“道之文”乃是“道”所显示的“自然界”，间接的“道之文”乃是通过“天地之心”或“圣

① 该两句出自《序志·50.4》篇。

② 冯友兰：《中国哲学史》（繁体版），香港太平洋图书公司1968年版，第457—573页。

人之心"而来的"人文"或"典训"——这个"第二天性"由学习熏陶而来。"意志力"因为寒窗十年的锤炼，它才能够胜任将艺术媒介组织统一起来成为一个完整的艺术作品。所以，一件文艺作品完成，单靠有生命活力的"想象力"是不够的，还要有能够切磋琢磨的"意志力"才可以。下面，笔者将从近代"心理学"的角度来看"气"与"志"相辅相成的关系。

刘勰的二层次"创作论"有两个最终的根源，其一是天地间的"道"，以及"道"所"显示"的自然界；其二是儒家圣人所参悟的"道"以及记载该"道"的经典。一个作家要成功地运用他的"文心"，就必须汲取灵感于这两个源头，再借助"神思"的风力，将灵感"显示"为文。在"显示"过程中，它要受到两种塑造力的影响，一是无意识的"生命力"，二是有意识的"意志力"。作为"生命力"的"气"，在"感应"作用之下，引起灵感的产生，产生之后，更富于成长的生命力，使灵感抽枝发叶，欣欣向荣。作为有抉择能力的"意志力"，则按照文艺的传统与常规，驾驭控制无意识的创作生命力，征服文字上的困难，将灵感塑造成一件有形有式的作品。

刘勰这个二层次的"创作论"，基本上与现代"心理学"对创作经验的描写是一致的。心理学家克理斯（Ernst Kris）曾经从"精神分析"（psychoanalysis）的角度来分析人类的创作行为，他形容创作行为是一种"二元性的发展过程"（dichronous process）①，就是说，创作行为有两个层次，而两个层次在各种不同的方式下互相影响。在第一个层次时，创作者为一种不可名状的力量所驱策，崭新的思潮或意象突然在他心目中浮现；在第二层次时，精神集中与竭尽努力的心理状态最显著不过；同时，后者不独受个人的本性所限制，更受到文化上与社会上各种因素的束缚。他更指出：当思想或意象在我们的"意识"之中出现之前，一定有一段很长的时间，让这些思想或意象在我们的潜意识中酝酿，将零碎的感受组织起来，成为一个较明确的形体，如此之后，我们才能意识到它们。也就是说，有一种无名的塑造力在我们的潜意识中将零碎的感受变成可以让我们

① Ernst Kris, "Psychoanalysis and the Study of Creative Imagination," *The Creative Imagination*, ed. Henrik M. Ruitenbeek, pp. 35 – 36.

意识得到的已具雏形的思想或意象；刘勰“创作论”中的“气”可以用来比较该无名的在“非意识心理层面”的塑造力。

对灵感为什么要在“非意识心理层面”中进行，克理斯有如下的一个解释，他说：

> 在灵感产生的时候，人的心理构成处于一种极不正常的状态；那个时候，“原始性的自我”（id）和“意识性的自我”（ego）之间的鸿沟，暂时消失不存在，两种平常不相混的“自我”因此可以暂时沟通交流起来。比起其他心理状态来，这个时候，创作的冲动更容易达到“意识之前”（preconscionsness）的境地，也因此，创作的冲动，由“未成雏形”到“已成雏形”的进行过程中，对我们来说，不会产生痛苦的感觉。①

“精神分析”学派将人的“精神”或“心灵”（psyche）分成三个构成部分，其一是“原始性的自我”，该“自我”是一种完全无意识的生命推动力，推动力的产生来自原始性的需求，如求生的欲望，食色的需求等，而它本身也是“心灵”生命力的泉源。其二是“意识性的自我”，该“自我”是一个有组织性的意识体，它的功用是人与外界之间的中间人，使人知觉与适应外面的世界，刘勰“志”的概念与它很相像。上文提出，创作的冲动跟两种“自我”间的鸿沟的消失有关，也就是说，创作跟心灵上“意识”与“非意识”之间的分野暂时不存在有关，这和道家对创作的看法很相似。道家认为：心灵的“虚静”是创作的必需条件，而将自我消失在“大道”之中，则是“虚静”的一个必需条件。当“自我”跟“道”之间的鸿沟消失时，也是人最有创作力的时候，这个见解跟克理斯从“精神分析”上得来的结论很相似。我们可以更进一步来比较这两种说法，在“精神分析”学说中，心灵的第三构成分子，乃是“社会文化性的自我”（superego），该“自我”包括意识与非意识两方面，它主要的功用在“内在化”文化传统与社

① Ernst Kris, “Psychoanalysis and the Study of Creative Imagination,” *The Creative Imagination*, ed. Henrik M. Ruitenbeek, p. 36.

会常规。这个概念跟刘勰“情性”的概念很相似，“情性”是人的“气”与“志”经过陶染后的最终产品，“情性”一定要经过经典的浸淫，才能奔驰于创作的原野。

或许可以一提的乃是：尽管在创作的理论上，道家与“精神分析”学派有极相似的见解，“精神分析”的整套理论却不能生吞活剥地应用在道家思想上。该学派主要的概念，好像“原始性的欲望”（libido），“欲望从有意识埋葬到非意识的过程”（repression），以及“美化原始欲望的过程”（sublimation）等，都不能在道家思想里找到相应的概念。芬格莱（Herbert Fingarette）在《在蜕变中的自我》一书中，用东方道、佛、儒的概念来解释“精神分析”中的“忧感”（anxiety）、“罪感”（guilt）、“责任感”（responsibility）那些重要的概念，有非常精到的见解[①]。他也指出：道家思想与“精神分析”二者对人类的创作能力的见解可以互相启发[②]。尽管如此，该书未有全面性地对两家思想作系统性的比较，在这方面，还有待未来学者的努力。还有一点，应该强调一下，“精神分析”学派的始祖弗洛依德（Freud）对20世纪的文学批评有至巨的影响，可是，我们在这里并没有拿他对创作的见解来作比较，原因在：他将文学作品与梦等量齐观起来，因此，梦的产生与文学作品的创作并无二致[③]。克里斯则不同，虽然他的“心理学”理论一脉相承自弗洛伊德，他对创作行为的分析则不一样，他先突出一些创作经验中的客观心理现象，然后，再用“精神分析”的方法来分析这些心理现象，所以他的做法比较科学性一点，也更能使我们对刘勰的“创作论”有一个较踏实的认识。

20世纪的另一大心理学家荣格（C. G. Jung）也讨论过中国“道”这个概念和“非意识心理层面”的关系，他甚至说：他的方法，在无意中，与东方谈“道”的“玄学”相吻合[④]。他主要是指《易经》的《十翼》

---

① Herbert Fingarette, *The Self in Transformation*, Basic Books, 1963; New York: Harper Torchbooks, 1965, pp. 93 – 108.

② Ibid., p. 108.

③ Sigmund Freud, "Creative Writers and Daydreaming," in *Critical Theory Since Plato*, ed. Hazard Adams, pp. 750b – 751a. 对他的批评，见 Edward S. Casey, *Imagining: A Phenomenological Study*, Indiana University Press, 1976, pp. 12 – 13。

④ Richard Wilhelm, *The Secret of the Golden Flower*, with a commentary by C. G. Jung, and translated from German by Cary F. Baynes, New York: Harvest, 1931; revised, 1962, pp. 88 – 99.

对“道”的讨论，可惜，他所关心的主要是“意识”与“非意识”从“道”的观点怎样结合成一个和谐个体的问题，并没有讨论它们跟创作的关系。不过，这个事实至少说明一点，那就是，用“非意识”与“意识”的概念来分析“道”与“心”的关系不是我们虚妄的创造。

前面，笔者讨论了人与物之间的“感应”关系，以及“气”与“志”这两个概念在文艺创作中所扮演的角色；下面笔者将讨论“文心雕龙”中的“一元论”是构成一个整体性的“创作论”所必需的理论架构；笔者先从介绍西方“一元论”与“创作论”的关系，来作为我们讨论的起点。

五　从历史关系看西方“一元论”与“创作论”

柏拉图（Plato，前427？—前347）虽然观察到：诗人在创作的一刹那间，会受到“神性的狂乱”（divine frenzy）所困扰①；但他始终坚持，诗人的创作是对“柏拉图式的形”的一种二重性的模仿——就是说，形体世界模仿“柏拉图式的形”，而艺术作品则模仿这个形体的世界，因此，艺术作品与“柏拉图式的形”的相似程度，比起形体世界来还有所不如——也因此，他认为这种“神性的狂乱”只不过是一种在不正常状态下所发生的疯狂；正因为诗人有这种疯狂，所以诗人在柏拉图的心目中，应该被排斥在他的“理想王国”（republic）之外。

“新柏拉图主义”（neoplatonism）的大师普坦那士（Plotinus，205？—270），从“一元论”的角度，提出以下的见解：艺术家的心灵与“柏拉图式的形”来自同一个神性的源头，这个神性源头就是万物之母的“一”（one），因此，艺术家对“柏拉图式的形”有第一手的认识，这个认识也被表达在他的作品里。这个新颖的看法一直到18世纪“浪漫运动”（romantic movement）兴起才受到重视②。雷尼（Kathleen Raine）女士指出：“新柏拉图主义”虽然在西方思想史中往往只是一股暗流，但是，它是一股不会消

① Edward S. Casey, *Imagining: A Phenomenological Study*, Indiana University Press, 1976, p. 183.

② Milton C. Nahm, *Genius and Creativity: An Essay in the History of Ideas*, New York and Evanston: Harper & Row, 1956; rpt. 1965, pp. 8 – 9.

逝的暗流，它成为"浪漫主义"兴起的一个重要因素[①]。亚伯拉罕（M. H. Abrams）在他的经典之作《镜与灯：浪漫主义的理论与传统》（镜象征"模仿论"，灯象征"创作论"）中持同样的见解，也认为普坦那士的理论为西方"创作论"铺了路[②]，将作家心灵在创作中所起的作用放在超然的地位上，作家的心灵不单只是一面反映时代的镜子，同时也是一盏拥有自己的光和热的灯，每一个作家的光和热在自己的作品中透射出来，正如，作为万物之母的"一"在万物的创造与生长之中隐隐地显示出它的生命力来。在下面两小节里，我们将比较刘勰、普坦那士与科尔里奇三家对创作有什么类似的见解，以及他们的思想体系方面有什么相异的地方。

六　几点"创作论"特色上的异同

刘勰、普坦那士与科尔里奇三家都是从艺术家创作的心灵活动上来为艺术作品下定义的，他们都赋予艺术家一种常人所没有的观察力与想象力，他们一致否定"美"纯粹是一种形式上的特征；在这几点"创作论"的特色上，他们很相似，可是，我们若更进一步去分析他们，也会发现它们在思想体系上是大异其趣的。

对普坦那士来说，仍然是"柏拉图式的形"，使一个艺术家可以将艺术材料塑造成一件艺术作品；对刘勰与科尔里奇来说，则是因为"神思"或"想象力"创作能力，将"官感经验"蜕化成为一件文艺作品，"柏拉图式的形"在刘勰"气"的概念与科尔里奇"有机体"的概念都是与"官感"有关的概念，因此，他们两人都注重"官感经验"，认为"官感经验"是艺术创作上的重要的一环；普坦那士则不同，他继承柏拉图对"官感经验"轻蔑的传统，而认为"官感"所能接触到的，只是物质世界罢了，该世界每时每刻在变；对柏拉图与普坦那士来说，只有永恒不变的东西才能算是"真理"，变化越频繁的东西距离"真理"越远，因此，物

① Kathleen Raine and George Mills Harper ed., *Thomas Taylor the Platonist*, with introductions by Raine and Mills, Princeton University Press, 1969, pp. 3 - 12, 29 - 39.

② M. H. Abrams, *The Mirror and the Lamp: Romantic Theory and the Critical Tradition*, London, Oxford, and New York: Oxford University Press, 1953; rpt., 1977, p. 43.

质世界只是永恒不变"柏拉图式的形"的一个幻影而已；这个观念使普坦那士可以着重窥悟到"柏拉图式的形"的"智力"（intelligence），而轻视只能接触到物质世界的"官感经验"，后者在普坦那士的"美学"中，只不过是通往抽象性的"美"的一个阶梯罢了，那就是说，当我们接触到"智力"上的"美"的时候，也就不妨将"官感"上的"美"抛在脑后，在这一点上，普坦那士的见解有"过桥抽板"的味道。另一方面，普坦那士赋予本来是静态的"柏拉图的形"以动态的塑造能力，他能够这样做的原因乃得力于他的"一元论"的观点，因为，作为万物之母的"一"是恒常地在"放射"（emanating）状态之中，"柏拉图式的形"发源于"一"，因为"放射作用"而投射入物体之中，起塑造统一的作用，而塑造统一则是一种动态的过程。在下一节里，我们将介绍普坦那士的"一元论"，以及比较"一"与"道"两观念的异同处。

七 普坦那士的"一"与道家的"道"

在普坦那士的"形而上学"架构中，"现实"（reality）包括三个"位体"（hypostasis），或者"阶层"（stage），最高的"位体"称为"一"，超越时空，以及人类知识的极限；就是说"一"并不是人类的智慧所能了解的一样东西，它的本身无形无状，无色无味，也没有被人格化起来，因此，没有所谓人性或知识，虽然如此，它却同时也是一切生命的源头，一切知识的源头，一切感情的源头，事实上，它是世上一切精神与物体之所以能形成的根源所在；第二"位体"乃是人的"心灵"（mind），以及为"心灵"所能了解的"柏拉图式的形"，后者是塑造宇宙万物的"原始典形"（archetype）；第三"位体"称为"生命与创造原理"（principle of creativity and life），也就是按着"柏拉图式的形"，将物质塑造成万物的一股力量。由于这个创造上的"放射"理论，普坦那士巧妙地避免了柏拉图二重模仿性的"创作论"，人的"心灵"与"柏拉图式的形"被放在同一个天平之上，因此，艺术作品对"柏拉图式的形"的反映比起自然界来，要真切得多。

"一"与"道"有很多相同的特征，二者都不是人类智慧所能真正了解的东西，因此，它们都不能够被语言下一个明确的定义，因为这样，它们的存在是超越人类智慧的极限的，换言之，它们都是“超越性”（transcendent）的；同时，它们虽然是一切万物的源头，但是，它们的自身不能说是拥有任何“存有”（being）的，所以，它们的存在归于“非存有”（non-being）的范围，这是为什么老子振振有词地说：“有”是从“无”而来的；在另一方面，既然“道”或“一”是天地万物的源头，我们也就可以说：万物都含“道”或“一”，换言之，它们“内在”（immanent）在一切物体之中，正如庄子所指出的：“道”也在“屎溺”之中。

以上乃是“道”和“一”两个概念相同的地方，但是，若从整个“玄学”架构来看，二者是有“仁者智者”的分别的：普坦那士层次分明地将哲学架构系统性地组织起他的“一元论”来，他的书是一本大部头的著作；道家哲学则不然，文字往往从天外而来，略留可觅鸿迹，因此，“道德经”有五千言就已经足够了；西方哲学家或会以此而诟病道家哲学为散漫无章，但是，从道家哲学的立场来说，他们则相信“真理”不可能从有系统性的推理探讨得来，富启示性的一言二语更能诱惑人自己去悟道，这是两家哲学在体系上基本不同的地方。两个不同传统“南辕北辙”的趋向，在“智”这个问题上，尤其可以看得到：在道家哲学中，“道”与“智”的原始性的关系并不明确，可是，“智”无疑是与“道”相悖而不相和的一个概念，正如上面所指出，“道”之所以为“道”，乃是由于“道”是没有“智”的，人若要与“道”为一，就先要化去有识的“智”，“智”使人与“道”分隔开来，成为人类一切罪恶与痛苦的泉源；在普坦那士的“一元论”中，“智”的力量来自“一”，因为这个力量，“智”是一切人类文化的来源，包括道德上与美学上的各种价值观，同时，“智”有带领人回归返“一”的功能。所以，普坦那士“智”的概念和刘勰“天地之心”的概念有相类似的地方，下面笔者试着更进一步地指出：儒家的“道”与道家的“道”相异的地方。

八 儒家的“道”与道家的“道”

第一个不同是，儒家的“道”可以用文字来表达，道家的“道”则不能。

老子在《道德经》中开宗明义地指出：可以说得出来的“道”，也就不是永恒的“道”。庄子也以“轮扁”那个故事来说明，真正的智慧是不能用语言去表达出来的，“圣人之言”只不过是圣人的“糟粕”罢了。孔孟自己很少谈“天道”这件东西，孟子曾经从“诚”或“伦理”的观念来谈“道”，但他们都没有从天地开创的角度来谈“道”，孔孟之后的儒家则认为，圣人有番察发扬“天地之道”的能力，同时，圣人通过文字来阐述“自然之道”，传说是圣人所记述的《易经》就被认为有揭示天地之“道”的能力。《易经·系辞上》这样说：“易与天地准，故能弥纶天地之道，仰以观于天文，俯以察于地理，是故知幽明之故（《易经》与天地是平起平坐的，所以它能够有条理地概括天地的‘道’，《易经》可以用来仰观天文，也可以用来俯察地理，就是因为有了《易经》的关系，人们所以能够对天象的有形与无形有所了解）。”

因袭这个传统，刘勰也引用了一个关于《易经》由来的传说，来说明圣人与“道”的关系；在“第二天性”这个问题上，刘勰所承受的就是这个传统。

第二个不同是，区别儒家的“道”与道家的“道”之差异的乃是：有意识地去追求“道”乃是明“儒道”的一个必需条件；人们必须通过对圣人经典的认识，才能对“天地之道”有所体会，要认识圣人的经典，就必须经过多年的浸淫才会有进展；由于人的有意识的心灵有这样大的作用，“人心”在儒家这个“玄学”体系里被认为是“五行之秀”。“阴阳五行”是形成宇宙的一种“原始性的推动创造力”（primordial force），“人心”也因此是这样的一股原动力，刘勰告诉我们说：“心生而言立，言立而文明。”

从“心”而来的“言与文”可以增益我们对“道”的认识，这个见解与普坦那士“智力”这个概念相仿佛，如果巴希亚（Emile Brehier）对普坦那士“善”的概念的解释是正确的话，则“儒道”与“一”二者之间的并行相似处更可以被推进一步，巴希亚认为：“善”是一个比“智”更具有概括性的观念，她说：“‘善’与‘智’互相交通融合，在‘善’中，‘智’失去它特有的征象。”① 换言之，道德的修养凌驾在“智”的

① Emile Brehier, *The Philosophy of Plotinus*, trans. Joseph Thomas, University of Chicago Press, 1958, pp. 45 – 48. 王毓红：《形而上的追问：第一原因（主动理性）与道》，《在〈文心雕龙〉与诗学之向》，学苑出版社 2002 年版，第 3—24 页。

训练之上，这是一个非常儒家的概念，恐怕是一个与希腊重"智"传统不相符的解释。

九 "道"或"一"与创作的关系

在创作的第一层次上，刘勰接受道家对"道"的看法，强调"道"的"虚静"的特性，因此，"神思"也要在"虚静"中才会有灵感；而普坦那士则强调"一"的"放射"性的特征，认为"柏拉图的形"才是从艺术家的"心灵"放射到艺术原料中，而将之塑造成为一件有统一性的艺术作品。在创作的第二层次上，刘勰接受"儒家"对"道"的看法，强调认知与修养的重要性，只有当艺术常规成为人的"第二天性"时，一个人才能有创作的能力，普坦那士大致上持相同的见解，但二者的焦点有所不同，普坦那士受柏拉图的影响，过分强调抽象性的"柏拉图式的形"在创作上的地位，而忽视艺术原料不可或缺的重要性；刘勰受"物毁道逝"观念的影响，极重视艺术原料与"官感经验"在创作中的重要地位，因此，语言的"文"跟天地的"文"都是形成"文心"的两大因子。

还有一点可以带笔一提的乃是：道家的"道"与儒家的"道"无疑是互为冲突的两个概念，刘勰把两个互为矛盾的观念放在一起应用，表面上看来，好像是在"自打嘴巴"；问题是：创作本来就是一个有矛盾有对立的行为，要真确地形容这个行为，不能不应用两种有矛盾性的"玄学"概念；刘勰这个做法，从实际的创作心理状态来说，是无懈可击的。

十 作为创作者的艺术家

普坦那士认为，音乐不能来自非音乐性的源头；同样，艺术作品的美不能从艺术材料而来，因为材料只是物质，本身谈不上所谓美，所以，艺术美与其他万物一样是从"一"而来的，作为创作者的人对"一"有直接的认知，因此，作品的美从创作者对"一"的认知而来；普坦那士这个理论缩短了"形而上学"上的"现实"和"人心"的距离，使艺术家能够第一手地认识“柏拉图式的形”，突出了作家心智在创作中超卓的地位；科尔里奇则更进一步提出这样的见解：作家拥有一种为普通人所没有的“想象力”，当作家与外界起感应的一刹那间，凭借着“原始性的，有生命力的想象力”（primary imagination）的力量，这个作家突然之间变成一个开创天地的神祇。对英国“浪漫运动”的两个创始人华兹华斯（Wordsworth，1770—1850）与科尔里奇来说，“想象力”比理性与认知更重要，“想象力”能使人冲破“感官经验”的极限，而浮游于无穷的精神世界之中，因此看到或体会到一些平常所看不到的东西，同时，能够从一个崭新的角度来看一些平凡的东西，使平凡的东西在“想象力”的感染之下，也能透出神妙的光芒来；刘勰对“神思”的描绘没有华兹华斯与科尔里奇来得那样明确详尽，但是，下面这段话明确地指出“神思”有创造与感染的能力：

> 夫神思方运，万涂竞萌，规矩虚位，刻镂无形，登山则情满于山，观海则意溢于海，我才之多少，将与风云而并驱矣。
>
> （陆侃如、牟世金两位先生的语译①：在作家开始构思时，无数的意念都涌上心头；作家要对这些抽象的意念给予具体的形态，把尚未定型的事物都精雕细刻起来，作家一想到登山，脑中便充满着山的秀色；一想到观海，心里便洋溢着海的奇景，不管作者有多少才华，他的构思都可以随着流风浮云而任意驰骋。）
>
> （《神思·26.3》）

正因为有能够“与风云并驱”的“神思”，所以“有心之器”才能“郁然有采”。

十一 “一元论”与“有机论”—结论

克赖格（Murray Krieger）指出，从理论的角度来说，科尔里奇的一件文学作品是“有机体”的说法，应有一个“形而上学”的架构，那就

① 陆侃如、牟世金：《文心雕龙译注》上册，齐鲁书社1981年版。

是说，从作品的部分就可以看到整体的“精粹”（essence）[①]。这个说法，应有一个理论上的解释，而普坦那士的“一元论”正好有这个作用；普坦那士像道家一样，假设“一”或者“道”的神圣元素内在于任何一个部分之中，如果我们领悟了任何一件物体的“道”，我们也就同时领悟了宇宙的“大道”；同样地，如果“道”内在于一件物体的任何一部分之中，了解了其中一部分，也就可以推论到该物体的整体，因为该部分所含的“道”与整体所含的“道”是同样的一个“道”，内在于一粒种子内的生命力，跟内在于一棵树中的生命力是毫无二致的；这个说法，听起来是有点玄玄妙妙的味道。但是，这个说法并不与近代“生物学”相左，我们大家都知道，复杂得像人的“有机体”也是始自一个单一的“细胞”，那就是，受了精的卵子，从这个“细胞”，亿万个各式各样的“细胞”分化出来，负责维持不同的生命的工作。一个成年人约有上百亿个“细胞”，但是，每一个“细胞”的“基因”（gene）都是相同的，那就是说，像游丝一样三尺长的“神经细胞”和圆形山楂饼一样开头的“红血球细胞”有同样的“基因”。而“基因”是遗传种质的携带者，所以，知道一个“细胞”的遗传种质，也就知道拥有该“细胞”的那个人的所有遗传种质；这种“以偏概全”的研究方法，在文学批评里，是很普通的一种方法，那就是我们抽取一件作品的一部分作样本加以分析研究，然后根据这个被抽选出来的部分推论及整个作品。流行中国千多年的“画龙点睛”式的文学批评方法，也可以包括在内，王国维在《人间词话》就是常常用这种批评方法，如他指出：一个“闹”字使“红杏枝头春意闹”整句境界全出。

从科学观点来看，一方面，我们自然可以怀疑一件作品部分的“精粹”，是否就是它整体的“精粹”，我们甚至可以怀疑一件作品是否有“精粹”或“神”这样的东西存在；另一方面，我们应该警觉到，我们目前所用的“以偏概全”的文学批评方法，是有这样的一个假设的；我们应该怎样去解释这个假设，那是一个理论上的问题，从“玄学”的立场来说，普坦那士的“一元论”的确给予科尔里奇“有机体”一个理论上

---

① Murray Krieger, *Theory of Criticism: A Tradition and Its System*, Johns Hopkins University Press, 1976, pp. 67 – 148.

的架构，结合道家和儒家的《易》哲学的“一元论”也同样地给予了刘勰“因内而符外”的创作过程一个理论上的架构；对21世纪有科学知识的我们来说，这样性质的解释未必令人满意；可是，作为一个1500年前的文学创作理论来说，那确是一个“体大思精”的理论体系，我们因此可以说：《文心雕龙》中的“玄学”思想，并不是一些随意附加进去的调味品，而是构成一个整体性文学理论所必需的基层架构。

三 “文心”与“雕龙”两个层次的风格论

——从“显示关系”与“目的与工具关系”二概念试图把刘勰有关风格的理论系统化

我们若要以现代化的眼光来审察刘勰的“风格论”，建立起一个称得上现代化的理论架构，那就必须要有一把尺子，可以用它来衡量刘勰在“风格论”方面的观点。也就是说，我们需要一个理论上严谨的关于风格的定义。可是，我们有没有这么样的一个定义呢？目前来说，恐怕还没有[①]。在“后现代主义”与“女权主义”兴旺的20世纪末，对“风格”（style）或“实证风格学”（stylistics）[②]的研究，在美国文学批评界，已有三十来年乏人问津，形成一个门前冷落车马稀的场面。如此凄清，固然一方面是大家喜欢赶新潮；另一方面，也因为在风格定义的界定上，我们没法有所突破。然而，“风格”一词已成为我们日常生活中的口头语，大如建筑、小如姿态服饰，都是开口风格这、闭口风格那的。论文学因为定义不明确而不谈风格，就有一点鸵鸟政策的味道。笔者且大着胆子，论一下风格，抱着“知之‘谓’知之，不知‘谓’

---

① 关于什么是风格，20世纪60年代时讨论较多，目前好像没有，至少在英文语言方面是这样；一些关于这方面的论作如下：Bennison Gray, *Style: The Problem and Its Solution*, The Hague: Mouton, 1969.

R. A. Sayce, “The Definition of the Term ‘Style’”, in *Proceedings of the Third Congress of the International Comparative Literature Association*, The Hague, 1962.

Seymour Chatman, “On the Theory of Literary Style”, in *Linguistics*, 27, November, 1966.

David Birch and Michael O' Toole, ed., *Functions of Style*, London & N. Y.: Printer, 1988.

② 这词“stylistics”往往译作“风格学”，未能真实反映出英文原意，该学科来自英美“实证主义”的传统，专研究文字形式上的特征，以示自己与传统的意义不明确的风格论说有别。

不知”（《2.17》）的态度，对不能界定的领域，作出旁踏一步的认知和说明。

笔者先来看一下美国批评界在过去几十年间在这方面的努力。

在1958年，曾经开过一个专题研究风格的大会，当时也可以算是一个一时的盛会，那个时候最负盛名的几位批评大家，如雅各布森（Roman Jakobson，著名语言学家）、理查兹（I. A. Richards）、韦勒克（Rene Wellek）、威姆萨特（William K. Wimsatt）、比尔兹利（Monroe C. Beardsley，Jr.），以及米勒（George A. Miller，著名心理学家）都有参加，他们希望借着这个大会，达到如下的目的：“……寻找一个共通的平台，一个特别为语言学家、心理学家，以及文学批评家建立的场所，让他们可以互相交流，以期达到对文字风格的特征有一个共通的认识。希望在这场讨论中，大家对‘文学是什么’与‘风格最基本的构成份子是什么’有一个更明确的了解。”① 换言之，他们企图为风格这个概念，下一个客观的、可以准确地量度的定义，而且，这个定义也可为不同学科的人所认同。这个伟愿，随着大会的结束而破灭；正如韦勒克（Wellek）所说：“如果大会的目标是建立起一种共通语言与对所宣扬的题目——那就是关于风格的问题——有一个更清晰的概念，特别是文学上的风格以及它的分析方法……这个讨论大会是不成功的。”②

十年以后，在1969年8月，他们再接再厉，重开讨论风格的大会，不过，这一次重心已完全改变，已放弃有“形而上学”味道的传统风格的讨论，一门心思放在可以触得到、摸得到的体现在文字形式上的风格，也就是“实证风格学”的研究，就是那些在客观上可衡量的文字特征，包括句子结构（syntax）与用字（diction）等，因为有征可寻，就可以计算，可以做出统计数字来。把大会论文编辑成书的查特曼（Seymour Chat-

① “‘The goal of exploring’ the possibility of finding a common basis for discussing and, hopefully, understanding, particularly among linguists, psychologists, and literary critics, the characteristic of style in language. Out of such discussions, it was hoped, might come a clearer perception of what literature is and what the constituent elements of style are”, stated in *Style in Language*, ed. Thomas Sebeok, New York, 1960, pp. v – vi.

② “‘The conference’ has not been a success [...] if its purpose was to establish a common language and to throw light on its professed central topic, the problem of style and particularly of style in literature and methods of analyzing style”, *Loc. cit.*, p. 408.

man)，曾有如下的壮语：“近代文字的‘实证风格学’建立在几种不同的学科上，包括语言学、文学评论、文学史与文学理论，已渐有雏形，成为一门综合性的学科……在近几年间，建立起分析的方法，可用来形容文学语言与形式，这种形容方法是受过高度学术训练的，并且是可以实证重复的。”① “实证风格学”一时成为显学，此后十年间，盛极一时，慢慢再为别的新兴的流派所取代，近三十多年来，几乎无人问津风格研究，也乏人探索“实证风格学”这门学问。故此，没有什么大型的讨论风格的学术会议，风格学著作的发表也是凄风苦雨，看不到艳阳晴天。早在1970年，埃利斯（Ellis）就宣布要把“风格”一词从批评术语中剔除掉；可是，即使我们有这个心，恐怕也未必有能力做得到。容我在下面举一例以明之。

在日常生活中，我们大家都知道什么是一张桌子。可是，你如果想让计算器知道桌子是什么，你就会徒劳无功。心理学专家米勒（George A. Miller）和计算器专家约翰逊-莱尔德（Philip N. Johnson-Laird），在经过无数次的尝试之后，终于不得不承认，他们没法让计算器识别出什么是一张桌子②。究其原因乃是因为他们没法以分析的方法，替桌子下一个定义。换言之，能精确地把桌子的定义界定下来，因而让计算器辨认出：何者是桌子，何者不是。如果我们因此而把桌子从日常生活中除名，那岂非因噎废食吗？埃利斯的谬误，由此可见。埃利斯是“纯情派”，非黑即白。用在科学上，给“点线加减”下定义，那是很理想化的。用在日常生活中，非黑不一定就是白，往往有灰扑扑属于中间的朦胧③。朦胧的迷糊是程度上的问题，不是“非加即减”的绝对性问题；作为一个学术的研究者，对朦胧的迷糊，不能停留在日常口语的水平上，必

① “[A] growing sense of a coherent field, of the acceptance of a body of principles and terminology; [...] Modern literary stylistics, drawing upon several disciplines-linguistics, literary criticism, literary history, theory of literature-has in recent years developed methods of analyzing texts and characterizing literary language and forms that is disciplined and replicable [...]”, stated in *Literary Style: A Symposium*, ed. Seymour Chatman, London: Oxford University Press, 1971, p. ix.

② George A. Miller and Philip N. Johnson-Laird, *Language and Perception*, Harvard University Press, 1976; rpt., 1977, pp. 222－235.

③ 近十余年来，有“模糊逻辑”（fuzzy logic）的盛行，与传统逻辑不同处，即在“零”和“一”之外，还有朦胧迷糊的中间，以反映真实的人的认知世界，在“人造的智力”（artificial intelligence）和“自动机械人”（robot）的应用上，有极大的贡献。

须作进一步的厘清，使之有一定程度的明确性，自然是越明确越好。但是，没有必要假装这是一个达到科学水平的术语，有科学的精确性。我们大家都知道：文学批评不是科学。为了达不到科学的水平，而不谈文学批评，就像没有纯情就不谈恋爱的小儿女，那是象牙塔中未长大的儿女态，不是一个文学研究工作人员应有的态度。我们应该尽量使我们的术语在模糊不清的口语之上，但不能因为没有达到科学标准而放弃。自然，我们应该时时警觉自己术语的不完美，有它模糊朦胧的一面，日日求精求进。

在亚伯拉罕（M. H. Abrams）畅销美国大学三四十年的手册《文学术语汇编》中①，关于风格的概念，他有一个广泛而中肯的定义，笔者且以这个定义为起点，进而勾勒出刘勰“风格论”的概念，总结成一个在逻辑上更严格的定义。

亚伯拉罕给风格下了一个如下的定义：“散文或韵文语言措辞的表达形式，就是一个说者或作者是以怎样的方式来说出任何他想说的东西。”② 在这里，笔者认为它有三个方面：“说话者”、“他所说的”、“他如何地表达”。随之而来的，乃是这三个方面的含义彼此间的相互关系，这种相互关系有两种，其一是“显示关系”，其二是“目的与工具关系”（这两个关系的定义，在下面应用时，会给予界定）。前者是“说话者”和“他如何地表达”之间的关系，后者是“他所说的”和“他如何地表达”之间的关系，后者又可以细分为“字面上”和“譬喻式”两类。“字面上之目的与工具关系”乃指以下两种情况：其一，“他如何地表达”乃是为了满足外在的作用，如为了说服；其二，“他如何地表达”乃是为了美化或装饰语言。这属于“文章作法论”的范围，将另文讨论，由于“作法论”乃风格的“下层建筑”，亦会在文中顺笔讨论。至于“譬喻式”者乃指以下两种情况：其一，乃是“他所说的”和“他如何地表达”之间的“相衬关系”；其二，乃是文字式样和它所表达的意义（或默示的特性）之间的“共鸣关系”。最终，

---

① M. H. Abrams（亚伯拉罕），*A Glossary of Literary Terms*，New York：Holt Rinehart and Winston，1957；3rd ed.，1971.

② “The manner of linguistic expression in prose or verse — it is how a speaker or writer says whatever he says.” *Loc. cit.*，p. 165.

笔者会得到一个如下的结论：“风格”乃是“一个说者或作者，在一个特定的说话对象下，或因某一特定目的（若适用的话），应用标准或惯性的文学工具，如修辞象征等，通过最完美的‘相衬关系’与‘共鸣关系’，说出任何他想说出来的东西，但必须达到最低程度的‘富于表达性’以及‘结构良好性’。而且说者或作者气质的流露是不受他意识的控制的。”

笔者试图把刘勰“风格论”中主要的名词，例如，“体”（身体/本体/体裁/文体风格的分类）、“势”（气势/从文体布局而来的气势/从形而上的气而来的势）、“风”（实质会影响人的风/神情的风采/言谈举止的风度/感染力/感化力/“富于表达性”）、“骨”（起支撑作用的骨/起内在架构作用的骨架/结构/“结构良好性”）；以刘勰“文心”与“雕龙”二层次的创作论（“文心”包括意识与非意识两方面，为一层次；“雕龙”也包括意识与非意识两方面，为另一层次）为理论基础①，通过对风格最中心问题，如“风格即个性”与“时代风格”等，作有系统性的精细分析，试图层层剥落包围在这些既是玄学上的，也是譬喻性的专有名词上带有神秘意味的外衣，直指概念的本身，希望在分析的层面上，能有一个更明确的了解。

一　风格与个人性格——“显示关系”之一

才力居中，肇自血气，气以实志，志以定言，吐纳英华，莫非情性，是以贾生俊发，故文洁而体清；长卿傲诞，故理侈而辞溢，子云沈寂，故志隐而味深；子政简易，故趣昭而事博；孟坚雅懿，故裁密而思靡；平子淹通，故虑周而藻密；仲宣躁锐，故颖出而才果；公干气褊，故言壮而情骇；嗣宗俶傥，故响逸而调远；叔夜俊侠，故兴高而采烈；安仁轻敏，故锋发而韵流；士衡矜重，故情繁而辞隐；触类以推，表里必符，岂非自然之恒资，才气之大略哉。

① 邵耀成：《试论刘勰二层次的“创作论”》，载《古代文学理论研究》丛刊第五辑，上海古籍出版社1981年版，第256—280页。

（各人的才力是蕴藏在内的，源自一个人的血气；形而上的气用来充实情志，情志确定语言文辞，发言而来的情采，没有不是与一个人的性情相关的。因此，贾谊这个人才俊气扬，所以文辞洁净而风格清新；司马相如这个人高傲狂放，所以文理夸张而辞采横溢；扬雄这个人性情沉静，所以他的辞赋情志内隐而意味深沉；刘向这个人随和平易，所以文辞的志趣明白而事例广博；班固这个人文雅美好，所以文章结构绵密而思想细致；张衡这个人学识广博贯通，所以思虑周到而文辞细致；王粲这个人躁进勇锐，所以文辞锋芒而果敢有力；刘桢这个人气质偏颇，所以言辞壮丽而情思惊骇；阮籍这个人行为豁达，所以他的辞节高超而风调卓越；嵇康这个人豪侠，所以志趣高超而辞采骏烈；潘岳这个人轻灵而机敏，所以锋芒毕露而情韵流畅；陆机这个人矜持庄重，所以情事繁富而词义含蓄。由此类推，表露在外的文辞风格和蕴藏在内的性情气质，必定是相符合的，从这里难道不是可以看出：来自天赋的资质是不能改变的，那就是一个人才气的大概情况吧！）

（《体性·27.3》）

以上这段话阐明"说话者"和"他如何地表达"两者之间的关系，出自《体性》那一章，"体"字在他处可作"体裁"解，此处，笔者跟从郭绍虞[①]，作"文体风格"解（也就是有名的"八体"——八种有代表性的风格分类），刘勰认为两者关系是"表里必符"，他一共举了十二个人作例子，我们且以长卿为例，说明"表里必符"这个概念，他认为司马相如这个人个性高傲，所以他的文章条理过多，并且文辞横溢（有"太盈"的意思）；他这种说法基本上是一种"文如其人"的说法，在中外都有这种说法，而且其来已久，刘勰之前的曹丕就已有同样的见解；从"知识论"的立场来说，问题可真不少，因为：

第一，一个人"傲诞"，是否他的文章就一定会"理侈而辞溢"的

① 郭绍虞：《中国文学批评史》（上下册）上册，商务印书馆2012年修订1956年版，第140页。徐复观《中国文学论集》，台北环宇出版社1966年版，第34页。张少康：《文心雕龙新探》，齐鲁书社1987年版，第104—121页。

了！反过来说，文章“理侈而辞溢”的话，是否一个人的个性就肯定是“傲诞”的呢？除非我们有大量统计数字作后盾，这种说法就像苏轼“想当然”那样的论断，在直觉的层面上，或许可以得到大家的同意，但在分析的层面上，是站不住脚的。

第二，刘勰对司马相如“傲诞”的判断，是从历史知识而来的呢，还是读其书想见其为人而来的呢？历史上的相如并不一定与他在作品中所显现的相如彼此相符合，且以一个例子来说明之。一个在戏台上八面威风的老演员，在台下可能是一个毫不起眼的糟老头子，“真人”和“艺人”是两码子两回事，不能二而一、一而二地混为一谈，所以，是历史上的相如（作为“真人”）和他的文字“表里必符”呢，还是以文字展示自己的相如（作为“艺人”）和他的文字“表里必符”呢？我们的结论是后者，不是前者。

第三，又是定义问题，对“傲诞”、“理侈”、“辞溢”这些词汇的了解，基本上我们还是停留在直觉的层面上，最多亦只能达到字典解释的层面，离开有客观性能界尺地量度的境地，真可谓可望而不可即也。

第四，“表里必符”是一个什么样的关系呢？我们在上面曾经提到过三种：一是“显示关系”，一是“相衬关系”，一是“共鸣关系”；我们的答案是“显示关系”。以下将加以说明。

在进一步讨论以上各问题之前，笔者想特别强调一点，刘勰有“文如其人”这个观念，正如上面所说，并不特别，他的独特处是他把这个观念放进一个理论架构之中，从一个理论层次来讨论它，这不独是创举，直到近代为止，在中国传统中，也真是后无来者的。为什么会这样是有点费思量的。史的体裁与理论，自太史公开创以来，我们民族一部接一部地写下去，没有一个朝代间断过，类书、韵书、偶得、笔记也一本接一本地出个不停，独独在系统性的文学理论的体裁上，后继无人。原因在哪里？一个原因可能是中国人不喜欢以系统化的方式讨论问题，特别是文学问题。如果是这样的话，为什么单单刘勰会这样做？能超越他的时代和他的传统去独特地做这件事？接着而来的问题乃是他为什么有这种能力。如果说，因为他有佛教经典的熏陶和翻译佛藏的训练，相信很多人会同意笔者这个说法的。这是容易的一面，难的一面乃在：确确切切地指出他在哪一方面受到影响，特别在思维的辩证和组织方面。在思想本身方面，我们似乎还有某种程度的涉猎①，在思维方法上头，我们很缺乏这方面的研究。

刘勰“文如其人”的“风格论”，是与他的“显示关系”的理论整体一致的，他如此形容“显示关系”：“夫情动而言形，理发而文见，盖沿隐以至显，因内而符外者也（当感情风动而形成语言，当思想激发而体现文字；这是一种由看不见［发展到］看得见的运作，根源自内在的而显示到外在的［成长过程］）。”（《体性·27.1》）因此，“表里必符”的“必”，是“必然也”的“必”，有宿命论的味道，是“显示关系”现象的一个招牌性特征。从批评家的立场来说，“显示”在外的迹象或符征乃是实质的线索（风格的“工具”），人们可以因之而得悉作者的性格（风格的“目的”）。这种内在性格与外在形式之间必然关系的概念，存在着两个问题：第一，即便我们接受这个说法，它也只能应用在极少数人的身上，那些天赋有才华的作者身上，而不能应用在一般的作者身上。第二，“显示”概念有它真真假假的一面，有些是不怕炉火的真相，而有些却是看来蛮真的假象。如何去识别何者为真、何者为假，那可不是一件容易的事啊！不是每一个批评家都像孟子那样，一看别人的眼珠子，就知道别人的心是怎么一回事的啊！

第一个问题跟风格是一个内在就有评价意味的名词有关，我们说一个人有风格，就已有称赞的意味。下面我将提出一些看法，认为刘勰所有关于风格的名词，如“体”、“骨”、“风”等，都是评价性的名词，同时在他的“二层次的创作论”中，可找到理论的根据。第二个问题又是一个直觉与分析之间的问题。直觉上，说一个人的衣着能反映他的个性，那是一个合情合理的看法。可是，若想在分析层面上证实这个看法，那可是还没有人能办得到的大难事。这个批评也可应用在菠房（Buffon）大大有名的格言上：“风格就是一个人的本身。”我们必须超越直觉的层面，作进一步的分析与界定，才能算是一个有意义的

---

① 郭绍虞：《中国文学批评史》（上下册）上册，商务印书馆 2012 年修订 1956 年版，第 135 页。郭氏认为《文心雕龙》每章以及章和章之间的结构似佛典。

批评论说①。以下我们将先讨论第二个问题。

在韦勒克（Rene Wellek）与沃伦（Austin Warren）两人合作，所写成的经典之作《文学的理论》中，可找到典型的批评。关于认为在某一种风格特性的文字工具和某一种精神状况之间，有着一定的联系，他们举出这样的一个例子：德国学者，在讨论17世纪巴洛克文学时②，往往有这样的假设，认为在又浓又难解、扭缠参差的文字，以及分离汹涌、饱受折磨的

① 克卢特（Cluett）认为：“个人特质风格理论，那就是‘风格就是一个人的个性特质’的理论，主要只是作家们在主张，而不是批评家们。虽然‘风格即个性是目下最流行的看法’，但时下今日对‘实证风格学’的理论探讨中，却不为大家所看重。对我来说，是很感惊奇的事。（中略）任何对一个作家风格的研究，按我看来，必须假定该作家的风格是他所拥有任何特征的一部分，因此也是他个性的一个延伸。”（“The individualist theory, style as personality, seems to be confined in its expression largely to writers rather than to critics. Even though it is probably ‘the predominant popular view,’ it is not a view that figures predominantly in current theoretical discussions of stylistics, and this to me is a surprising [...]. Any study of the style of an individual writer would seem to me to presume that the writer's style is an aspect of whatever distinctiveness he possesses and therefore an extension of his personality.” Robert Cluett, *Prose Style and Critical Reading*, N. Y.: Teachers College Press, 1976, pp. 5–6.）默里（Murry）对风格与个人的特殊气质间的关系有如下的说法：“很自然地，风格与个人的特殊气质连接在一起，那是因为风格乃是个人独立经验形式的一种直接的表达；同时，不难发现，即算这个相连关系受到打断，相连的生命脉络已衰竭，一个作家有可能或终将继续显示他的特殊气质。”（“Style naturally comes to be applied to a writer's idiosyncrasy, because style is the direct expression of an individual mode of experience; and it is not difficult to see that even when this has been interrupted, and the vital connecting fibers have decayed, a writer may [and probably will] continue to manifest his idiosyncrasy.” J. Middleton Murry, *The Problem of Style*, London: Oxford University Press, 1922, p. 19.）

② “巴洛克文学作品，结构复杂、形象奇特、意义模糊。”（Rene Wellek and Austin Warren, *Theory of Literature*, N. Y.: Harcour, Brace & World, 1942; rpt., 1956, p. 184.）相应理论最有名的信仰者与捍卫者乃是斯皮策（Leo Spitzer）。他相信一个作家在他作品中经常出现的风格特征是他精神面貌征状的显示。他有名的“文字研究周而复始”的三个阶段，可作如下的描述：在第一阶段，批评家重复阅读作品直至他为某些顽强地重复特殊风格分子留下深刻的印象；在第二阶段，他会尝试发掘作家心理上的某些可用来解释特殊风格的特质；在第三阶段，他重读作品，去寻找更多显示该心理特质的风格特征。（Leo Spitzer, *Linguistics and Literary History*, Princeton University Press, 1948; rpt., N. Y.: Russell & Russell, 1962, pp. 25–29. 对这论说的批评请看：Wellek and Warren, pp. 182–183.）

米利克（Millic）作统计数字量性的测验，测试以下的假设：“风格（中略）包含思想上与个性上一贯的与重复不住的流露，这种流露由某些可以客观地量测的文法范畴所传达。”（“The style [...] contains a uniform and constant diffusion of his mind and personality, expressed through certain grammatical categories which may be measured objectively.” Louis Millic, *A Quantitative Approach to the Style of Jonathan Swift*, The Hague, 1967, p. 4.）

道非（Mikel Dufrenne）以一种相当深奥精妙的论说来发挥风格即个性的说法，包括艺术家的“世界观”（*Weltanschauung*）。他把文字形式与文字风格分开，前者指风格的技术形式，而后者指艺术家所显示个性特征再加上文字形式的总和。这种风格概念是有价值判断性的，认为风格乃艺术家艺术个性的签名标志。他以这个概念为核心来讨论流派风格、时代风格与文体风格。（Mikel Dufrenne, *The Phenomenology of Aesthetic Experience*, trans. Edward S. Casey and others, Northwestern University Press, 1973, pp. 103–114.）

灵魂间，有必然的联系。但是，韦勒克（Wellek）和沃伦（Warren）辩论说：扭缠难解的文字，非常容易为一个高技巧的文学工作者所仿冒，所以他们认为："心理与文字间的整体关系，要比大家通常有必然性的假设，来得松散和不明确。"[①] 夏皮罗（Meyer Schapiro）在他著名的论文《风格》中指出：一个艺术工作者，可以在相当短的时间中，同时产生两种不同风格的产品，一个有名的例子乃是，大画家毕加索（Picasso）同一时期有着两种作画风格，一为"立体派"（cubism），二为某种性质的"古典化的自然主义"（classicizing naturalism）。夏皮罗同时指出："在两种风格细致的特色中，我们或许能找到一些共通的特征，比如说：画笔笔触的质素啊！色彩明暗强度和广度啊！留间隔和色光调的一些不变的细致处啊！可是，这些都不是我们通常用来描绘这两种风格的特征。"[②] 我们或许可以这样解说，在同一时期运作两种不同风格的绘画，正好说明毕加索性格的复杂性。可是，要像别针那样把那些共通的细致的风格特色别起来，精确地用来代表他的性格，那就有无从下手的感觉。在讨论刘勰"风格论"，解释他风格和个性的理论时，我们也必须强调其内在的困难。

尽管刘勰有崇孔、独尊儒家的文学价值观，但他不是一个道学先生，认为一个作者的风格"显示"他的道德品格，这在中国"文以载道"的传统中是特出的。在《程器·49.2》一章中，他明确地指出：历来很少文人，他们的道德品格是无可訾议的。因此，风格所反映的不是一个人的道德品格，而是一种"文学性的个性"，这种个性的"显示"，总共有四个方面，他在《体性》一章中有如下的说明：

> 故辞理庸俊，莫能翻其才，风趣刚柔，宁或改其气，时义浅深，未闻乖其学，体式雅郑，鲜有反其习，各师其心，其异如面，若总其归涂，则数穷体。
>
> （所以文辞和思理无论是平庸还是俊逸，都是无法超越他的才气

---

① Rene Wellek and Austin Warren, *Theory of Literature* , N. Y. : Harcour, Brace & World, 1942; rpt. , 1956, p. 184.

② Meyer Schapiro, " Style ", in *Aesthetics Today*, ed. Morris Philipson , Cleveland: Meridian Books, 1961; rpt. , 1968; rpt. from *Anthropology Today*, ed. A. L. Kroeber, University of Chicago Press, 1953, p. 90.

的；风格和品味无论是刚还是柔，难道就能不同于他的气质吗？用事和寓意无论是浅还是深，没听人说是能够背离他的学识的；体式无论是雅还是俗，很少是能跟他的习染相反的。人们各自听从自己心灵［的驱使来创作］，［彼此间作品的］相异就像面孔的不同一样。）

（《体性·27.1》）

一个作者文字风格所“显示”的不单单是我们平常所谓的“性格”，而是包括四点：一是“才”（从天赋而来的才情），二是“气”（从生命元气而来的气质），三是“学”（从博闻强识而来的学识），四是“习”（从模仿琢磨而来的学习训练）。前两者属“第一天性”（first nature），后两者属“第二天性”（second nature），这四个特性，往往（虽然并不完全一定）要从一个人的作品上才能看出来。在上面的第二点的讨论中，我们曾经把作家作为“历史上的真人”和“创作时的艺人”有所区分。由此可见，刘勰所注重的是后者，不是前者。刘勰自然不知道“知识论”为何物，但他这个论证方法，巧妙地回避了“真人”在作品中“显示”性格的大难题。“真人”与“艺人”之间的矛盾，刘勰本人就是一个大好例子，作为“真人”，他信佛，他写让人看不懂的骈骊文章；作为“艺人”，他崇孔，他反对雕琢，主张质朴。一个有趣的问题是，我们如果也从“才气学习”四方面来看刘勰，我们会怎样评价他呢？

“形而上学的气”在刘勰的“创作论”中，是一个很关键性的概念，“自然之道”必须凭借使物质实体化起来的“气”，才能“故形立则章成矣，声发则文生矣”（《原道·1.2》）。为了论述的连贯性，我们在此重复上一章创造论中的例证。对于春秋四季为什么会动摇万物，万物为什么会震荡人心，刘勰说：

春秋代序，阴阳惨舒，物色之动，心亦摇焉。盖阳气萌而玄驹步，阴律凝而丹鸟羞，微虫犹或入感，四时之动物深矣。若夫珪璋挺其惠心，英华秀其清气，物色相召，人谁获安。

（春秋四季依次交替，灰阴天令人感到凄凉，艳阳天使人舒畅，景观的变动，导致人的心情也随之而摇荡。春天里阳气萌生，蚂蚁开始走动；秋天里阴气凝聚，引发螳螂吃蚊子，微小的昆虫尚且能感受到气候的变化，可见四季的变化深深地影响着万物。人的智慧心灵像美玉一般出众，清新的气质如花朵一样优雅，面对景观的感召，又有谁能无动于衷呢？)

(《物色·46.1》)

从上面的文字中，我们可以领会到：人和自然界的“感应关系”是透过“气”的动摇而发生的。与刘勰同时代的钟嵘（483—518）对“气”和“感”两概念的关系，也抱有同样的看法，他说：

气之动物，物之感人，故摇荡性情，形诸舞咏。

([宇宙]元气的催动[自然界的]东西，[这些]东西的对人产生感应，因而摇荡了人的内在世界，表现在诗歌舞蹈之中。)

(《诗品序》)

在传统的观念里，人的感情是与“血气”相连的，这可以从“喜气”、“怒气”等日常词汇中看出来。由于自然的“元气”与人的“元气”发生“感应”作用，因此“性情”就会被万物所动摇；当人的血气受到鼓荡时，就自然而然地会有一种内在的冲动要表达自己。这个说法始自《礼记》，在《明诗·6.2》篇中，刘勰继承了这个传统的说法，他也表达了同样的意见：

人禀七情，应物斯感，感物吟志，莫非自然。

(人生而具有喜、怒、哀、惧、爱、恶、欲七种感情，受到外物的刺激就会产生感应，有了感应就会把情志唱出来，那是自然不过的事。)

受鼓动的“气”因而与“抒情的冲动”（expressive impulse）连接在一起；这是在动态发展上的“气”和创作的关系。在质素上，“气”也直接影响创作；也就是说，“气”的质素反映在文学作品上。

在中国文学批评史上，曹丕（187—226）大约是第一个人明确地指出“气”的质素与文学创作之间有血肉不可分割的关系，下面是他在《典论·论文》中的一段大家耳熟能详的话：

文以气为主，气之清浊有体，不可力强而致；譬诸音乐，曲度虽均，节奏同检，至于引气不齐，巧拙有素，虽在父兄，不能以移子弟。

（写文章最重要的是［人的］元气，元气的本质有清有浊，是不能以用功的方法去达到目的的。以［演奏］音乐为比喻，调子虽然相同，节拍的控制也无差异，但在一呼一吸间的控制就显现出不一样，是巧是拙完全根源自［一个人的］质素，即使父兄有［这样的质素］，也不能把它传递给子弟。）

在这一段话里，曹丕以比喻的方式来说明才气与创作的关系，他所用的例子乃是：吹奏管乐器时，“空气”在乐器气管内产生的音质，跟吹奏者的一呼一吸的“气”有关，这个“气”又与他的“气质”和“才气”有关。曹丕巧妙地探索“气”字不同的用法来说明一个创见[①]，那就是，人的气质才性，正如他天生的气息一样，是独特的，不受后天努力所影响的；同时，他的气质会反映在他的艺术作品上。我们如果接受这个说法的话，对刘勰的“感应”理论可以作如下的引申。

禀赋一定要有一种特殊的质素，一个艺术家才能对自然界中某些特有的质素起“感应作用”；若以音乐为比喻，自然界中独特的“商音”，如果要在一个艺术家的心头引起共鸣的话，那个艺术家自身一定要拥有该特殊“商音”的质素；否则，他作为一个乐器，就不能同音相和了。也就是说，一个艺术家之所以能够对一件物体的艺术上的特质或“神”起感应，是由于他拥有某一种特殊的“艺术敏感性”（artistic sensitivity）。这个理论可以用来解释一个常见的现象：有些画家长于人物，有些画家精于山水；对山水有感性的画家未必对人物有感性。同时，由于每一个艺术家的气质不同，敏感性也不一样，所以，他们所看到或所“感应”到的外物的“神”也互异。每一个艺术家，作为一个艺术上的乐器，对同一外物的“神”，由于自身质素的不同，所引起的“感应”也不一样。当米芾（1050—1107）突然看到某一块石头的“神”而对它跪拜起来的时候，其

① 对《典论·论文》中关于“气”字的不同用法，郭绍虞先生有很详细的说明。郭绍虞：《中国文学批评史》（上下册）上册，商务印书馆2012年修订1956年版，第93—98页。

他的画家可能会莫名其妙，因为他们自身的感性不同，所以对同一块石头的艺术感应也就会与米芾不同。正因为如此，我们不能说：艺术创作不外是模仿外物的“神”罢了[①]。

由此可见，刘勰所讨论的乃是艺术性的气质，不是一般个性上的气质，当刘勰说：“子云（扬雄）沉寂，故志隐而味深。”他指的是扬雄作为“艺人（表演者）”是“沉寂”的，至于他作为“真人”是否“沉寂”，不是我们所关心的问题。这是从“二层次创作论”的无意识的层面上来看这个问题，也就是“才”与“气”这个层面。

同时，我们也可以从有意识的层面来看这个问题，也就是“学”与“习”那个层面。刘勰说：“平子（张衡）淹通，故虑用而藻密。”在这个层面上，“艺人”张衡“淹通”，也就是张衡“真人”、“淹通”，因此“艺人”和“真人”的界限是不存在的。当然，我们还可以把问题弄得更复杂一点，一个本来写出来的文章都是“淹通”的作家，一天突然要“纯真”一下，写出既不“淹”又不“通”的作品来，那也是有可能的。在这件事上，他是一个表演的“艺人”，这在小说家、剧作家来说，那是很普通的一件事。笔者之所以要提出这一点，乃是因为想说明：诗的“味外之味”或“韵味”跟“学”与“习”无“显示性”的关系。也就是说，无论一个人怎样用功，如果没有那一点天赋的神韵，他的风格是不可能有“韵味”的。反过来说，一个人才华横溢，如果没有“学”与“习”，就没有产生作品的能力，也就无所谓作品风格这个问题了。所以，刘勰在《体性·27.4》中说：

> 夫才由天资，学慎始习，斲梓染丝，功在初化，器受彩定，难可翻移。故童子雕琢，必先雅制，沿根讨叶，思转自圆，八体虽殊，会通合数，得其环中，则辐辏相成。故宜摹体以定习，因性以练才，文之司南，用此道也。
>
> (才气由于天资，学习要注重在开头的时候；正像制车轮、制木器、染丝绸，效果都在开头时显现，等到器物制成，色彩染就，就难

① 邵耀成：《试论刘勰二层次的“创作论”》，载《古代文学理论研究》丛刊第五辑，上海古籍出版社1981年版，第256—280页。

以改变。所以孩子学习写作，一定要先端正体制；从根本探究到枝叶，思路运转自然圆通。八种风格虽然不一样，彼此融会贯通而统一，就如同确定了车轮的轴心，车辐就会向中心凑合。所以应该先模拟某一风格以确定自己学习的方向，顺着自己的个性来训练才能。作为写作的指南，就指出了这个方法。）

如此艰苦琢磨而来的风格，自然不是一般人的风格，是一种“艺术性的风格”。我们之所以要在风格之前冠以“艺术性”的界定，乃是为了画清一条界限，因为我们也可以研究：一个普通人的文字风格是否反映一个“真人”日常生活的性格。霍格本（George L. Hogben）就作过这方面的研究，认为两者之间是有关联的①；但我们必须认清这两个研究是在两个不同层面上进行的，刘勰的风格是在充满评估性的价值观下进行的，霍格本是企图完全剥脱风格评估性的价值观来研究这个问题的②，虽然两者都认为作者和作品之间存在着“显示关系”。由于刘勰的风格是有“艺术性”的评估，也因此他关于和风格有关的概念如“风”、“骨”，都是有“艺术性”的评估的。我们在下面特别要指出“风”与“骨”是“八体”和“六势”的“共有分母”（common denominator），也是风格之作为风格所必须有的条件或元素。

二 风格与朝代——“显示关系”之二

时运交移，质文代变，古今情理，如可言乎！

（时代的风气相互交替，或［崇尚］质朴，或［崇尚］文采，随着

① George L. Hogbe, “Linguistic Style and Personality,” in *Language and Style*, 10 (Fall, 1977): 170 – 184, p. 178.

② 在批评界曾经有一场相当激烈的辩论，一方坚持没有价值观的风格概念，一方则持否定观念。关于这场辩论的主要争论点，请参考下列数书目：Erwin R. Steinberg, “Stylistics As a Humanistic Discipline,” in *Style* X. 1 (Winter, 1976): 67 – 79, pp. 67 – 78; and the first chapter of Gray's（格雷）book. Bennison Gray, *Style: The Problem and Its Solution*, The Hague: Mouton, 1969. See also Seymour Chatman, *Literary Style: A Symposium*, London: Oxford University Press, 1971. Peter Barry, “The Limitations of Stylistics,” in *Essays in Criticism: A Quarterly Journal of Literary Criticism* (1988 July v38. 3), pp. 175 – 189。

时代产生变化；古今［文学演变］的道理，似乎是可以论说一下的啊！）

（《时序·45.1》）

这是标题为《时序》一章的开头话，刘勰同意《毛诗序》的说法，认为文学形式和内容跟随社会的变化而变化，刘勰持有这种看法，即每一时期和朝代都有其特定的一种或有限的几种风格，这些特定风格成为该时期的特征。他说：

推而论之，则黄唐淳而质，虞夏质而辩，商周丽而雅，楚汉侈而艳，魏晋浅而绮，宋初讹而新。

（约略说来，黄帝、唐尧时代的作品淳厚而质朴，虞舜夏禹时代的作品质朴而明晰，商周时代的作品华丽而典雅，楚汉时代的作品夸饰而艳丽，魏晋时代的作品浅易而绮丽，刘宋初年的作品离传统正道而新奇。）

（《通变·29.2》）

刘勰解释为什么在一个特定时期的作品风格不会出现在另一个时期，乃基于两个因素：一个内因，一个外因。这是出自以下的认识：文学形式和内容的发展是从质朴趋向繁复绮丽。他在《通变·29.2》中继续说：

从质及讹，弥近弥澹，何则？竞今疏古，风味气衰也！

（从质朴到背离正统，时代越接近滋味就越淡。这是为什么呢？乃是因为人们争着模仿近代风格而疏远古代的，所以风味也就变得有气无力了！）

刘勰崇尚孔子的文学价值观，因而他批评绮靡繁复的文学形式。在他那时用这种绮靡手法创作文学的事实，促使他形成一种看法，即文学的发展目前正处于一个衰落的过程当中[①]。外因是由于朝代的兴替而引起文学

---

① Stephen Owen, "Liu Xie and the Discourse Machine," in *A Chinese Literary Mind, Culture, Creativity, and Rhetoric in Wenxin Diaolong*, ed. Zong-qi Cai, Stanford University Press, 2001, pp. 184 – 191.

形式和内容的变化，这来自刘勰的认识，即文学作品是一个时代本身特殊政治现实和道德风气的反映和显示。强调某一时期的道德风气，特别是该时期统治者或统治集团的品德，这使刘勰的文学和朝代的说法，大异于德国的“时代精神风格论”（geisteschichte）理论；后者认为，风格是时代精神的表现（包括这个时代的语言、哲学、科学、绘画、音乐等），作者本身就是这种精神的典范风格代表。对这个理论来说，重要的并非是某一种艺术的独特风格，而是一个特定时代的整体不同艺术间所共有的风格品质与形式的表现。然而，刘勰则认为，一个特定时期政治领导者的品德和在他领导下的政治情况，无可避免地反映于文学作品之中，这种观点很清楚地表达在《时序·45.1》以下的引文中：

> 逮姬文之德盛，《周南》勤而不怨，大王之化淳，《邠风》乐而不淫，幽厉昏而《板》《荡》怒，平王微而《黍离》哀，故知歌谣文理，与世推移。风动于上，而波震于下者。
>
> （到了周文王，他道德高尚，《诗经·周南》里的歌曲表达出勤劳而不埋怨的精神；在周太王的教化之下，民风淳厚，《诗经·邠风》里的歌曲表达出欢乐而不过分的心情。周幽王、周厉王昏乱，《诗经·板》和《诗经·荡》两首诗表达了愤怒的感情。周平王时，朝廷衰弱，《诗经·黍离》诗表达出哀怨的感情。因此知道歌谣的文采和情理，跟着时世转变，政治教化像风那样在上面吹动，歌谣便像水波那样在下面震荡起来。）

《时序》这一章的其余部分也是这同一理论的延续①。伟大的作者由于他们不同凡响的敏锐的触觉，而成为时代精神的最真切的“共鸣者”，这样的论说在刘勰的“共鸣论”中是言之成理的。但是，他没有在《才

① 可以一提的，这基本上是孔子德政理念的一个延伸。一个国家的礼仪井然有条理，人民的生活就安适有秩序，也反映了领导者德行的风化。自然，这是孔子理想下的一种政治理论，与实际政治是有很大的距离的，这只要看孔子的一生，累累若丧家之狗，得不到安身立命之所，就可以知道；同时他所说的道德，恐怕也不是我们今天狭义的道德，它是指一个人的品行操守之外，再加王者德政的道德，大约是指一个统治者履行他责任与义务所应遵守的王者之礼。至于什么是王者之礼，两千年来，还是莫衷一是的。

略》一章中发挥这个看法，施友忠（Vincent Y. Shih）先生曾经以德国的“时代精神风格论”来解释刘勰《时序》一章中风格与时代的观念，施氏说：“每一代文学形式和内容总是跟那个时代精神面貌相一致，因而一旦一代的时代精神被取代，则文学的形式和内容相应起变化。”① 这样的解说是有保留余地的，正如上面所指出，两种学说间有很大的不同，比较时，必须有一定的限制和补充（qualification）；同时，刘勰这种文学产品与时代间的相互关系是有宿命论味道的，文学风格和内容变成明确而且方便的工具，大家以之即可推断出某时期统治者的品德和政治情况。

三 “相衬”关系——“目的与工具”的关系

“他所说的”和“他如何地表达”之间不是一种“显示关系”，因为后者不一定是前者必然的表达，而是一种互相配衬的关系。陆机（263—303）对这种关系有以下的说法：“恒患意不称物，文不逮意（经常害怕意思和对物体［的感受］不相称，文字不能完全表达［心里的］意思）。”（《文赋》）好的风格往往意味着“他所说的”和“他如何地表达”之间有一种恰当的相衬关系。正如英国大诗人蒲柏（Pope，1688—1744）精简地指出的：“脑里常常这样想，但是从未这样适切地被表达出来。”（《批评论》第 297 行）也就是说，有最高风格的文字，乃是那些能以最适切的词句表达出一直在脑海里缠绕不去的意念。在这个层面上，“目的”与“工具”的界限完全消失，合而为“比喻式”的“相衬关系”。因此，风格不单是要表达，而且要以最完美的方式来表达；在这个概念后面，有一个假设，那就是，我们可以用不同的方式来表达同样的内容，不仅形式与内容可以二分法地一分为二，而且分出来的任何一项（形式或内容）都可以被单独地作孤立分析。可是，在语言学上和风格学上，这

① Vincent Y. Shih（施友忠），*The Literary Mind and the Carving of Dragons*，New York：Columbia University Press，1959，p. 223. 施友忠先生在上书翻译了整部《文心雕龙》，欧文先生对 18 篇，作了选择性的翻译，Stephen Owen，*Readings in Chinese Literary Thought*，published by the Council on East Asian Studies，Harvard University anddistributed by Cambridge（Mass.）and London：Harvard University Press，1992，pp. 183 – 298. 周勋初：《中国文学批评小史》，长江文艺出版社 1981 年版，第 56—57 页。

种分析有一大不同，亨德里克斯（Willam O. Hendricks）指出：在前者，乃是一种二分法，可把“南辕北辙”孤立起来作研究；在后者，乃是一种“阴阳两极”互补性的分析法，研究“南辕”的时候，要考虑到“北辙”，反之亦然，也就是在内容与形式二分法之后，还要走上另一阶段，研究两者相配相衬的关系①。我们在断定用某种独特表达方式也许比其他方式能更好地表达同一种意思之前，我们头脑里必须有一个明确的内容，形式是用来作为内容的外貌，内容是形式的实质；在对各种不同表达的评估中，一个批评家必须在内容和形式（风格）之间建立一种恰当的联系准则，并且存在着许多因素（有些是客观的，有些纯粹是主观的）影响到评定选用某种独特表达方式而不用其他的。下文中笔者想就刘勰所论述过的，文学惯例和文化传统已经确立的，有关“相衬关系”作一探讨。

刘勰引用曹植关于帝王的作品指出，由于曹植违反了内容与形式风格间的相衬关系，因此可以作为不良风格的例证。刘勰在《指瑕·41.1》中说：

> 陈思之文，群才之俊也，而《武帝诔》云：尊灵永蛰，《明帝颂云》：圣体轻浮。浮轻有似于胡蝶，永蛰颇疑于昆虫，施之极尊，岂其当乎。
>
> （陈思王曹植的文章，是众多作家之中的杰出者，可是他的《武帝诔》却说：“让尊贵的灵魂永远蛰伏。”《明帝颂》说：“圣王的身体浮轻”，“浮轻”似在说蝴蝶，“永蛰”很像说昆虫，用在最尊贵的人身上，难道是恰当的吗?）

换言之，附在主体形象上的品质和附在文字形象上的品质互不相衬，对一个高贵的主题要有相应的高贵风格，曹植的这两个例子是违背了刘勰的主张的；因而，按刘勰的理论，这个主题应该用典雅的风格来表达，即在《体性》一章列举的八类风格中的第一种。“典雅”的风格摹拟古典的形式和采用儒家的原则，或者反过来说，像《颂（颂歌）》、《赞（公告）》等属庄重一类的风格，不可以用来描写卑琐的普通的事物；因而

① William O. Hendricks, *Grammars of Style and Styles of Grammar*, New York: North-Holland, 1976, pp. 1 –15.

“降及品物，炫辞作翫（直到后来咏物的颂，炫耀辞藻以为游戏）”（《颂赞·9.6》）受到刘勰的批评。下面笔者将更详细地探讨刘勰的八类风格。

在《体性》一章中所列举的八类有代表性的文体风格，可溯源不同的内在心思，因为正如刘勰所说的，“各师其心，其异如面（人们各自听从自己心灵［的驱使来创作］，［彼此间作品的］相异就像面孔的不同一样）”（《体性·27.1》）。“心”在这里作为表现在语言风格中的思想和感情的源泉，语言面貌固然人人不一样，“心”作为泉源也各异其趣。刘勰主要从形式和内容两方面的观点来论述八类（其中只有一二类除外）风格：

典雅者，镕式经诰，方轨儒门者也。

（典雅的，是从经书中熔化而得来的，同儒家著作是并行的。）

远奥者，馥采典文，经理玄宗者也。

（深隐的，是文采不显，文意深曲，研究玄学学说的。）

精约者，核字省句，剖析毫厘者也。

（精简的，是节省字句，用字准确，剖析入微的。）

显附者，辞直义畅，切理厌心者也。

（显附的，是语言爽直，文理畅达，话说得合情合理而使人满意的。）

繁缛者，博喻酿采，炜烨枝派者也。

（繁缛的，是比喻众多，辞采丰富，像添枝加叶的繁密而色彩绚烂的。）

壮丽者，高论宏裁，卓烁异采者也。

（壮丽的，是议论卓越，体制宏伟，辞采光鲜特异的。）

新奇者，摈古竞今，危侧趣诡者也。

（新奇的，是抛弃古旧的，追求新颖的，文辞趣味诡异怪僻的。）

轻靡者，浮文弱植，缥缈附俗者也。

（浮靡的，是文辞浮华，柔弱乏力，既虚空缥缈而又显得趋附世俗的。）

（《体性·27.2》）

除了最后两体是例外之外，其余六体在风格与内容之间都有明显的关联作用，这关联作用因文化传统与文学惯例而形成，刘氏说：“是以模经为式者，自入典雅之懿；效骚命篇者，必归艳逸之华（因此模仿经书来写作的，自然进入典雅之美；仿效《离骚》来创作的，必然进入华丽卓越的一类）。”（《定势·30.2》）以现代的标准来说，这样的定义是略显粗糙的，可是对古人来说，大约是足够的了，因为他们念同样的书，而且都背得烂熟，已成了第二天性中的一部分，对什么是“典雅”，什么是“庄丽”，都有不言而喻的了解，后来唐人模仿刘勰的八体谈散文与韵文的六类，也是语焉不详的[①]。同时，八体中的“典雅”“精约”“显附”的主要对象，乃散文的写作，他说：

章表奏议，则准的乎典雅。
（章表奏议，便依典雅做标准。）
史论序注，则师范于核要。
（史论序注，便以真实精要为师范。）

（《定势·30.4》）

对韵文诗歌，刘勰特别提到两种风格上的品质，“清丽”和“巧艳”；

赋颂歌诗，则羽仪乎清丽。
（赋颂歌诗，便以清丽为规范。）
连珠七辞，则从事于巧艳。
（连珠七辞，便要求做到巧妙华艳。）

（《定势·30.4》）

“八体”与“清丽”和“巧艳”的关系并不明确，也就是说，“八体”与韵文诗歌的关系并不清楚，哲学家与杂文作者徐复观先生虽然不是“龙学”家，然而他曾经一时兴会，提出一个非常有趣的问题[②]，触发

① 见遍照金刚著，周维德校点《文镜秘府论》，人民出版社1980年版。Richard W. Bodman（博德曼），“Poetics and Prosody in Early Medieval China: A Study and Translation of Kukai's *Bunkyo Hifuron*”（Ph. D. dissertation, Cornell University, 1978），pp. 425－437。

② 徐复观：《中国文学论集》，台北环宇出版社1966年版，第34—38页。

他兴会而为长文的是刘勰以下的两段话：

> 是以囊括杂体，功在铨别，宫商朱紫，随势各配。
>
> （因此总括各种体裁风格时，功夫要用在衡量鉴别上，如同音乐中有宫商，色彩中有朱紫，要随着体势来加以调配。）
>
> 虽复契会相参，节文互杂，譬各色之锦，各以本采为地矣。
>
> （虽然各种风格可以互相融会渗透，节奏和文采可以交互地杂用，但是如同织五彩的锦缎那样，还需要用各种本色的缎子作为底子。）
>
> （《定势·30.4》）

徐复观先生认为“八体”就好像基本“三原色”或“五原音”那样，是元素性的文体，由其穿梭交织而建成各种不同的古典文体，如“铭”这个文体可以包含“典雅”、“精约”与“显附”这三个文体；这是一个言之成理的说法，问题在于，徐先生所引的以上两段话是从《定势》那一章来的，不是从包含“八体”的《体性》那一章来的；更大的问题在于，刘勰同时在《定势·30.4》那一章提到六种“势”，现分述如下：

> 章表奏议，则准的乎典雅。
>
> （章表奏议，便依典雅作标准。）
>
> 赋颂歌诗，则羽仪乎清丽。
>
> （赋颂歌诗，便以清丽为规范。）
>
> 符檄书移，则楷式于明断。
>
> （符檄书移，便依明快决断作模楷。）
>
> 史论序注，则师范于核要。
>
> （史论序注，便以真实精要为师范。）
>
> 箴铭碑诔，则体制于弘深。
>
> （箴铭碑诔，体裁要求宏大而深刻。）
>
> 连珠七辞，则从事于巧艳。
>
> （连珠七辞，便要求做到巧妙华艳。）

所以，刘勰的“五色五音”所指，应该是“六势”，不是“八体”，因此徐先生的论述是有问题的。不过它接触到一个很重要的问题，那就是“八体”和“六势”的关系是什么？它们有一个共有的名词，那就是“典雅”，其他如“核要”可能和“精约”有关，八体中的最后两体，“新奇”与“轻靡”，或许与“巧艳”有某种程度的关系，关系在哪里呢？刘勰没有明言。从两者的关系来看，可以这样说，“八体”与文字结构和用语有关，而“六势”和文章体裁结构有关。我们在上面已指出，“八体”似乎更适用在散文与韵文写作上，而“六势”的“清丽”和“巧艳”则与韵文有关。其中“典雅”、“清丽”与“巧艳”更可能是后来司空图（837—908）《诗品》24品的滥觞。有一点可以特别一提的，仍是“六势”还是囿于传统文体的体裁的，而“八体”则已独门独户自成一个风格分类体系。

刘勰把某一风格的品质和某一文体连在一起，同时提出“势”（气势/从文体布局而来的气势/从形而上的气而来的势），对这个与文体有关的风格概念，讨论如下。

四 “势”——“味外之味”的滥觞乎

夫情致异区，文变殊术，莫不因情立体，即体成势也。势者，乘利而为制也；如机发矢直，涧曲湍回，自然之趣也。圆者规体，其势也自转；方者矩形，其势也自安；文章体势，如斯而已。

（由于［文章］情趣各有不同，因而创作手法也各自变化，但没有不是依照情思来确定体制，就着体制来形成一种文势的。这种文势，就是趁有利的条件而创造形势的。好像弩机一发，箭就笔直射出去；溪流曲折，急流因而回旋，都是自然的趋势。以圆规规范体形，它的体势自然环转，以方矩界定形体，它的体势自然平稳。文章体裁的文势，就是这样罢了。）

（《定势·30.1》）

刘勰通常所说的“体”，含义与“八体”的“体”不同，乃是普通“文体”或一种特殊的“文体”，在习惯性的约定下，用来表达某一种独特的感情。我们且以“哀”这个文体为例，刘勰认为：“奢体为辞，则虽丽不哀（浮奢的文体写出来的文辞，即使华丽却不哀痛）。”（《哀吊·13.3》）因此，他欣赏潘岳（247—300）在“哀”体中“促节四言，鲜有缓句（四字句音节急促，少有和缓的句子）”（《哀吊·13.2》）的文体结构。也就是说，短而直接的句法反映深沉的哀伤在感情上的强烈性；反过来说，文字铺陈曼延的句子结构，往往给人有点缀感情的感觉。刘勰自己就这样说，“观文而属心，则体奢（为了文辞而文辞，文体便浮奢）”（《哀吊·13.3》），也就是说，我们若观察文句来适应我们的“心”，我们的文句就奢华了。他这个观点不仅适用于“哀”这个文体，而且可应用在任何深刻悲哀的表达上。一个有趣的问题乃是，他在第五章到第二十五章所讨论的文体，除了体裁和风格不同之外，是否还代表一种更有普遍性的独特的表达方式。例如，要表达深沉的哀伤，就要用简短直达的言辞。于是，简短直达的言辞就造成“气势”，透示了深沉悲哀的“力量”。问题在：在刘勰所讨论的三十来个文体中，有哪些文体是有这样的独特性的呢？像“诗”、“乐府”、“赋”那样广泛的文体是没法得出像表达“哀”那样的结论来的；同时，像“宜雅”的“奏”恐怕也不容易得出一个表达人类原始感情的一个独特表达方式来的。但是，我们相信必定有其他“小”文体有这样的独特性的，这些特性就组成“势”的基本元素了，像五色五音那样，交织而塑造成“势”。正如刘勰所说：“然渊乎文者，并总群势；奇正虽反，必兼解以俱通；刚柔虽殊，必随时而适用（然而深于创作的人，都善长于综合各种风格体势，奇与正虽然相反，必须都加以掌握并融会而贯通之；刚与柔虽然殊异，也一定要随时机之需要而使之更适用）。”（《定势·30.3》）自然还得配合某一文体独特体裁所构成的“势”而形成一个总体力量。还有一个问题是笔者还未弄清楚的，即对“哀”体的见解，是刘勰的创见呢，还是他俯拾前人之说，总结出来的论说呢？例如，像“奏”体，曹丕在《典论·论文》中就说：“奏议宜雅。”陆机在《文赋》中也说：“奏平彻以闲雅，说炜晔而谲诳。”笔者自己的猜想，刘勰部分的意见可能是当时的公论，其间他也掺杂了自己的意见，这还有待进一步的研究。

我们还可以从另一个角度来看这些文体，大部分的文体都有一个外在的目的。例如，想说服啊，想表示同情啊，想批评啊。同时，也往往有一个说话的对象，如“奏平彻以闲雅”的“奏”体，说话对象是皇帝，但是，每个皇帝的品性不同，对曹丕的“雅”恐怕跟刘备（161—223）的“雅”是有所不同的，孔明（181—234）《出师表》的对象恐怕不单是他的主上刘备，还包括天下芸芸众生，则问题就更复杂了。笔者之所以要提出说话对象这一点，乃是因为“造势”就是为了影响人，而这个“人”就是说话的对象。在这个层面上，乃“目的与工具”最字面化的形容。

以上笔者讨论的乃是可以用意识或“心”来制造的“势”，以下笔者将讨论不受意识影响，纯然从天赋品性而来的“势”。从文学创作的“本体论”角度，刘勰引刘桢（？—217）的一段话来解释“势”的特性。刘桢说：

> 文之体势实有强弱，使其辞已尽而势有余，天下一人耳，不可得也。
>
> （文章的体势确实是有强有弱的，要是文字已经完结了，而文势还是很有力，那是天下独一无二的作家了，是不容易得到的。）
>
> （《定势·30.5》）

刘勰对这段话的解释如下：

> 公干所谈，颇亦兼气。然文之任势，势有刚柔，不必壮言慷慨，乃称势也。
>
> （刘桢讲的文势，也兼及文气。不过文章任着体势，体势确有刚有柔；不一定要豪言壮语，意气慷慨，才算有文势。）
>
> （《定势·30.5》）

此处刘勰表达了两个论点：第一，“势”这个概念与“气”（形而上的原始物质/原始动力）有关的。第二，也因此，“势”有阴阳的分别。在《定势》这一章里，刘勰有一个基本的理论，那就是“形生势成（形体的产生构成一种文势）”（《定势·30.8》），以之来表示影响读者的气势乃是从文学形式而来的。可是刘勰文章写到一半时，却突然转向，引刘桢的话作出发点，大谈起“形而上”实质形成的元素和元动力的“气”来，“形”是可以触摸得到的东西，是可以受意识控制的事物，他刚刚说完“即体成势”，“圆者归体，其势也自转”，突然间，却引刘桢的话而认为“使其辞已尽而势有余”。那就是说，单单是文章的“形”是不足够的，还要有一种力量使“势”有余力。表面上来看，刘勰在自相矛盾，实质上这是符合他的“创作论”的，不独从作者立场来说，是有“有意识”与“无意识”的两个层面，再从读者的立场来说，也就是从感受者的立场来说，也是如此，单单说有形有识的那个层面是不够的，还得谈无形无识的那个层面，因此才可以解释“辞已尽而势有余”的境界，这是中国诗学中最主要的题目：为什么短短的几个字，可以引发出无穷无尽的韵味来呢？从司空图、严羽（活跃于1180—1235年间）、叶燮（1627—1703），到现代的王国维（1877—1927），都是在这个问题上打转，但是都没有建立起一个美学或玄学上的架构来解释这个事实。刘勰虽然建立起了一个文论上的，有一点杂乱的玄学架构，也粗略地接触到这个问题，但他没有深入地把这个问题挖出来或系统化起来。一个原因可能是，中国诗的发展在他那个时代还未达成高峰，诗的“味外味”有绕梁三日的魔力这一说法，还未达成共识。因此，姑且不谈分析层面的理论架构，即以玄学式的架构来解释诗的这种魔力，这也还有待现代人的努力。

或应一提的是，诗学上的“意有余”的韵味，与哲学上的“言为糟粕”不足以传达真理，是两码事。最大的分别在，言与韵味是不可分割的，没有言的存在就没有韵味的存在；而在哲学上，言与真理是泾渭分明的，不独言虽毁而真理依然存在，而且言语往往还是通向真理的一个障碍。这个看法在《庄子》的寓言《斲轮》故事中说得很清楚，《老子》也开章明义地断言：可以说得很清楚的“道”就不是“真道”。当然、这是道家哲学，先秦的孔子与孟子是不讨论这个问题的。至汉代杂糅阴阳五行的论说所建立的儒术，其中最大的一个转折点是，把不可知的“道”变成可知的“道”，也就是把老子的“德”（或作“得”——人类智慧所能“得”自“道”的认识）变成圣人的“德”，于是，不可知、不可言传的“道”，通过圣人为桥梁，变成可知可言的“道”。圣人知“道”，圣人垂“道”，圣人说的话成了真理，圣人成了真理的代言人，这也是中国“教条主义”的开始。虽然汉代把先秦的诸子百家庸俗化了，可是，从结构组织的立场来说，汉代倒是建立起一个玄学系统来，也是刘勰玄学理论一脉相承的根据。如果不从宗教智慧立场来看这个问题，从人文科学的立场来论，语言的产生和文字的发明乃是人类文明智慧的开始，所以，汉代重视语言文字的说法是更近乎科学的。

如果我们接受“势”的原动力是“气”的话，那么“气”有刚柔，自然“势”也有刚有柔的了，这是容易理解的一面；困难的一面则是：

什么是“刚的势”？什么是“柔的势”？在直觉上，我们大家很容易同意：石涛（活跃于1641—1717年间）的作品有“刚势”，唐伯虎（1470—1523）的作品有“柔势”。但是，“刚势”的特征是什么？“柔势”的特征是什么？那就很不容易界定，刘勰自己也体会到了这一点，所以他说：“不必壮言慷慨，乃称势也。”不过，这是一句相当笼统的话，没有说明不是“壮言慷慨”的“柔势”是一些什么样的东西，同时，刚柔就是阴阳的代名词，阴阳互动万物生焉，那么，什么是胚胎性的“刚势”、“柔势”呢？刘勰没有明言，他基本上只是重复汉儒“阴阳五行奇正相克”的说法。

同时，从诗人的“气”到作品的“势”，来解释诗作的余味，对有些作家来说，是很容易被大家接受的。例如李白（701—762），我们一读他的“我本楚狂人”，就会立刻感应到他的“气”，因为李白作为一个“艺人（表演者）”他是活灵活现地跃显在他的作品中的。王维（约701—761）就不一样，他不是一个生龙活虎的“艺人”，缺乏一种傲视群伦的气概，他的千古名句：“大漠孤烟直，长河落日圆”的气魄是何等的恢宏，但这个气势不是直接从他个人的“气”而来，而是从诗句的形象和文字的结构而来，王维作为一个“艺人”根本没有在诗句中出现，因此应属于王国维所谓“无人之境”的例子，所以用诗人的“气”（有别于诗人作为“气”的源泉）来解释这一类诗句气魄的原动力是不足够的。那么，这一类诗句的气魄是从哪里来的呢？若单从文字结构的“造势”来看，那是“形容词+名词，形容词+名词，‘直’字从形容词转变成半动词”的文法结构，这也是平凡到不能再平凡的文法结构，成千上万的五言诗都是用这个结构的，所以“势”一定不是（最少不单单是）由文法结构所造成的。那么，是不是由文字形象而来呢？什么大漠啊、孤烟啊、长河啊、落日啊，都是古诗中用得滥到不能再滥的词汇，词汇本身也是平凡到无可再平凡，那么是什么东西使这十个字这样放在一起，就有如此的力量呢？这十个字造成的“势”，是铁铸的“势”，是撼不动压不垮的“势”，这个“气势”的力量是从哪里来的呢？“气势”背后的力量无疑来自“气”，但是，如果不是作家的“气”，“气”是从哪里来的呢？这是建立一个“玄学”诗论的一个核心性问题。如果我们从刘勰“玄学”的观点来探讨中国诗学中“无人之境”的这个重要课题，他所提出的“势”这个概念是非常重要的，尽管在“龙学”中这个概念讨论得比较少。

下面笔者将讨论文学批评中最常应用的“共鸣”关系。

五 声音“回响”文义的“共鸣”关系——譬喻式的“目的与工具”关系之一

除了“相衬”关系之外，在“他（一个作者）所说的”和“他如何的表达”之间另有一种“共鸣”关系，两者间有着一种相互呼应的关系，引发出语言在意思以外的味道，主要是声和义之间的相呼相应，正如英国的大诗人蒲柏所说：“声音必须像文义的回响一样。”（《批评论》第365行）[①] 这是风格所追求的其中一个目标，而其中一个有名的例子，乃李清照（1094—约1152）的名句：“寻寻觅觅，冷冷清清，凄凄惨惨戚戚。”（中古音的罗马拼音乃：ziæm - ziæm ，miek-miek ，lɒng - lɒng，ts'iäng - ts'iäng，ts'iei-ts'iei，ts'âm - ts'âm，ts'iek - ts'iek ）刘若愚（James J. Y. Liu）先生在《北宋主要词人》一书中，曾有以下的说法：“这几对重叠字，既是双声又是叠韵，由于用重复短促的声韵，以及以气发音的塞擦音（affricates），浓缩了发冷和激动的感情，并且暗示身体颤抖牙齿紧咬的状况。”[②] 用这种观点来分析语音方面的声响，可以媲美西方文学批评中的“音调颜色”的概念。那就是，关于元音（vowels）与辅音（consonants）特色的研究。例如，辅音“p、t、k”有尖锐的感觉，辅音“b、d、g”有坚实的感觉，辅音“l、m、n、r”有流动的感觉。刘勰虽然注重双声叠韵的形音形义的双语词，例如“灼灼，依依，参差，沃若”等，但他并没有从语音学的角度来讨论这些问题，这是由于中国在汉末以前基本上是没有拼音这回事的，只有以同音字来注音，称为“读若”或“直音”；一直要到东汉佛教东渐，佛教徒开始大量翻译佛经，往往数百僧人聚于一个大殿堂内，一句经文一唱一和，传诵百遍才成，梵文中又拥有大量只能音译不能意译的文字，使译经者对汉文本身的发音念读，起了在庐山面目以外的反省；更加上印度传统上精于审音[③]，在这个外来传统的借

---

① 特劳戈特和普拉特（Elizabeth C. Traugott and Mary L. Pratt）对 Pope 关于“共鸣”的概念，有很精到的讨论，见 Elizabeth C. Traugott and Mary L. Pratt, *Linguistics for Students of Literature*, N. Y.: Harcourt Brace Jovanovich, 1980, pp. 69 – 71。

② James J. Y. Liu, *Major Lyrcists of the Northern Sung*, Princeton University Press, 1974, p. 198.

③ 罗常培：《汉语音韵学导论》（繁体版），香港广智书局 1970 年版，第 10 页。罗说：“惟象教东来，始自后汉，释子移梵策，兼理‘声明’（Sabdavidya），影响所及，遂启反切之法。”

鉴下，遂引发起中国音韵学上的三大革命，一是反切的发明[①]，二是四声的发现[②]，三是韵书的开创[③]（经历了约300年的时间），后两者下面再讨论。前者的出现，意味着中国开始有了研讨音韵的工具，它虽然不是迎刃而解的宝刀，却也勉强算是一个工具。罗常培如此评论传统的反切方法：“徒以单音汉字，音素不明，韵既包声，声也含韵，以之作切，则非心知其意者，殊病扞格。”[④] 他感慨地说：“可知反切原则本与西方拼音同，然在彼则童而习之，数日可通；在此则皓首钻研，仍难尽喻。”[⑤] 一直要到近代才有纯粹的元音和辅音概念的出现，由于罗马字母和国际音标的引进，中国才有了可以把元音和辅音确切地分离开来的分析利器，进行现代语音的研究。所以刘勰虽然直觉地感到双声叠韵的双语词对诗味的重要性，也只能点到为止，没法提出更深一层的分析。

有一点必须要特别说明的乃是，形声的“声音”本身是没有什么意义的，

---

① 罗常培：《汉语音韵学导论》（繁体版），香港广智书局1970年版，第10页。认为孙叔然（生卒年不详）乃反切的先导者。王力则认为东汉应劭（活跃于194—220年间）时已有反切。见王力《汉语史稿》，人民文学出版社1958年版，第10页。

② 同上书（《汉语音韵学导论》），第54页。《南史·陆厥（472—499）传》云：“永明末，盛为文章；吴兴沈约，陈郡谢朓，琅琊王融，以气类相毂，汝南周颙善识声韵。约等文皆用宫商，以平上去入为四声，以此制韵，‘平头’‘上尾’‘蜂腰’‘鹤膝’。五字之中，音韵悉异，两句之内，角征不同，不可增减，世呼为‘永明体’……时有王斌（生卒年不详）者，不知何许人，著《四声论》，行于时。斌初为道人，博涉经籍，雅有才辩，善属文，能唱导。”（《南史·18》《南齐书·57》同）又《梁书·沈约（441—513）传》云：“约撰《四声谱》，以为在昔词人累千载而不悟，而独得胸衿，穷其妙旨，自谓入神之作。”（《梁书·13》《南史·57》同）罗常培引陈寅恪三点意见：①中国士人摹拟转读佛经之声，分别定为“平、上、去”三声，合“入声”共四声；②南齐武帝永明七年（489）二月二十日，竟陵王子良（生卒年不详）大集善声沙门于京邸，造经呗新声，而竟陵八友的沈约、谢朓、王融等与善声沙门交互影响，遂创声调说；③谓“宫、商、角、征、羽”五声关乎声之本体理论，“平、上、去、入”四声之实用，理论则以本体立说，因五声而言，属文则以实用而遣词，依四声而撰谱，盖犹同光（1862—1909）朝士所谓“中学为体，西学为用”之意也。罗由衷地赞同说：“其持论之精辟，实是发千年未睹之秘，释文化史上久蓄之疑。”（同上书，第55—56页。）

③ 现存最完整的韵书，最古的要算是《广韵》（约1008）了，它的系统源自《唐韵》（751），该书则因袭《切韵》（601），是隋·陆法言（562—?）所撰著的，可能是中国最早的一本韵书，可惜目下只存残章断篇。见王力《汉语音韵》，香港中华书局1973年版，第51页。王力又说：“韵书实际上是反切的总汇；以韵部为纲，方使诗人们依韵吟诗；然后在每一同音字下注明反切，以便矫正人们的方音，韵书也有词义的解释，能起到字典的作用，但是主要的作用是在音韵方面。”

④ 罗常培：《汉语音韵学导论》（繁体版），香港广智书局1970年版，第11页。

⑤ 同上书，第85页。

所引起的乃是一种感觉，一种味道。就好比音乐是没有特定的意义的，因为联想的关系，会形成一种气氛的感觉；某种音乐使我们想到家乡，某种音乐使我们想到春花秋月，这是由联想带来的感觉，不是一种明确的意义。所以“灼灼、依依、参差”到底有什么意义，我们是说不清的，但这几个词语都是充满了丰富的联想的感情与意象的，怪不得刘勰有如下的说法：

> 写气图貌，既随物以宛转，属采附声，亦与心而徘徊。故灼灼状桃花之鲜，依依尽杨柳之貌，（中略）喈喈逐黄鸟之声，喓喓学草虫之韵。（中略）参差沃若，两字穷形，并以少总多，情貌无遗矣！
>
> （描绘气氛和事物的形貌，既然要跟着景物而婉转变化；敷用辞藻和摹状声音，又要联系着自己的心灵上的感受而来回斟酌。所以［《诗经》］用“灼灼”来描写桃花的鲜艳，“依依”来写尽杨柳的形态，［中略］“喈喈”来摹仿黄鹂的声音，“喓喓”来仿照草虫的叫声，［中略］用“参差”来形容不整齐的状态，用“沃若”来形容润泽的状态，是用两个字把形态形容得一个透彻，那都是用少数字把多样［丰富的情状］概括起来，把神情和形态没有遗漏地［描绘出来］了！）
>
> （《物色·46.2》）

其中“喈喈、喓喓”都是最基本的“象声字”或“拟声字”（onomatopoeia），两者都出自《诗经》，“喈喈”出自《诗经》的《周南·葛覃》，这首诗形容女子思念远征未归丈夫的心情，草虫“喓喓”的鸣声回应了女子心中恻恻的愁肠忧思；其他四个双声语词“灼灼、依依、参差、沃若”则是“引申而来的拟声字”，也都是出自《诗经》的用语，其中“依依”与“参差”到目下还是日常生活中的口头语，前者与杨柳、与离情是浓得化不开的一而二、二而一的一个词汇，它在《诗经》时已建立起关系，再经过大约上千年（指从《诗经》到刘勰时代）无数诗歌的引用吟咏，“依依”不再是一个空洞的形容词，而是一个有实际形象的“拟声字”，念到“依依”，脑海里就浮现出杨柳的形和影来，心中就涌起离思别绪来。“参差”一词没有某一特定的景物做比喻，某一特定的感情为象征，但对形状不齐的表达有极传神的透明度，我们会毫不犹豫地同意刘勰“情貌无遗”的说法。“沃若”两字，对我们来说，是“隔”了一两千年的古人的词汇，没有很直接的感受，对刘勰那个时代来说，可能还是有新鲜感的。“灼灼”一词已不会使现代人（深于诗者除外）想到桃花，不过，它在我们日常生活中还是一个有用的词汇。例如，“目光灼灼”。我们无法知道刘勰时“沃若”或“灼灼”的常用性，也没有必要去猜想，最重要的乃是，他指出了“拟声”这类词汇的重要性，这是他比前人卓越的地方。另外，在前面讨论汉乐府中，笔者指出，刘勰偏爱雅文学，鄙视俗文学。在这里，正如他对《楚辞》的评价，他的文学品位战胜了他“宗经征圣”的价值观或偏见。他认识到从口语通俗诗歌而来的拟声字给予《诗经》的生动活力，禁不住赞叹地说：“情貌无遗矣！”

另一方面，刘勰并没有像英国大诗人蒲柏那样明确地指出：“声响必须像文义的回响一样。”在上面所引的那段话中，他用了“附声”这个词来形容声音的作用，也就是说，声音乃是意义的附属品，他是否真的有这种看法呢？我们或可以在《声律》那一章找到依据，他在赞中说：“声得盐梅，响滑榆槿（声响使文字有咸酸像盐梅的味道，润滑似榆槿的口感）。”（《声律·33.5》）盐梅榆槿在《礼记》时就已经是煮食的调味和脂润品，所以他的“回响”关系是一种“调味品”的关系。蒲柏的话变成“声响必须像文义的‘调味品’一样”。没有了盐，任何食品都会食之无味，所以刘勰绝对没有小觑字的声音在文字整体上的效应。

在笔者讨论另一个回响作用——文法回响文义——之前，容笔者再进一步谈论一下刘勰对文字声律的一些独到的见解，要了解他在这方面的见解，我们必须回到他所生活的时代去，那是一个在中国声律学方面有划时代意义的一个世纪，中国人开始明确地知道自己的语言有“平、上、去、入”四个声的存在。在此之前，我们从《诗经》以来到乐府都是先有音乐，后有诗，诗是伴着音乐来唱的。所以就以“宫、商、角、征、羽”比喻式地来形容语言的抑扬顿挫或甚而加上一点阴阳五行的色彩——算是那一个时代系统化的理论，这在《礼记》中就如此。直到刘勰的前辈沈约（441—513）“四声八病论”的提倡，才确定了四声的地位[①]。对中国

---

① 见上注所引罗常培书。王力书中对沈约的“四声”亦有解说。另外周振甫《文心雕龙选择》（中华书局 1980 年版，第 185—86 页）也有详细的解说。一些关于这方面的文献，虽在中国散佚，但犹保存在日本的《文镜秘府论》里。见遍照金刚著，周维德校点《文镜秘府论》，人民出版社 1980 年版。

语言中有四声存在的警觉，未必是沈约一个人独立的倡导，据《南史》与《南齐书》的记载，他同时代的王斌（生卒年不详）所著的《四声论》在当时也很流行，诗人周颙（？—约485）也是四声的倡导者①。不过，这无碍沈约“四声”运动盟主的地位。沈约除了名望高之外，还有一个优点，就是长寿，有足够的时间让他推广他的新发现。因此，当他登高而呼，一批年轻有朝气也同时有才气（但短命）的诗人像谢朓（464—499）、王融（467—493）、周颙（？—485?）共创“永明（483—493）”诗体，蔚然成风。虽然我们对刘勰的生卒年知道得不很确切，但是，我们确切知道他是在502年中之后完成他的作品《文心雕龙》的，且在成书后不久，曾负书在沈约车前，希望得到沈的赏识。当时“永明体”的一批支柱人物好像谢朓、王融已弃世，沈约也进入已过60岁的暮年；所以，刘勰是一定知道“永明体”与“四声八病”的论说的。可是他不是一个诗人，同时寄居在佛门，所以没有参加“永明体”的集团，可是由《声律》一章中这段话来看：

> 夫宫商响高，征羽声下，抗喉矫舌之差，攒唇激齿之异，廉肉相准，皎然可分。今操琴不调，必知改张，摛文乖张，而不识所调。响在彼弦，乃得克谐，声萌我心，更失和律，其故何哉？良由外听易为察，内听难为聪也。故外听之易，弦以手定，内听之难，声与心纷，可以数求，难以辞逐。
>
> （宫商的音强，征羽的音弱；［由于发音时口腔］有张喉转舌的差别，又有撮唇抵齿的不同；［声音的］尖锐或宽厂一经比较，就可以很明白地分辨出来。现在弹琴［如果发现琴音］不协调，就一定要知道重新调整琴弦，写出的文章［音调］不和谐，却不懂得如何［使它在音响效果上］协调。乐音发自弦上，却知道使它和谐，语音从我心中产生，反而失于和律，这是什么缘故呢？实在是因为聆听［在外的乐音］容易辨别，听内在的［文字声音］则难以聪敏。［所

① 该二书似乎说周颙是带头倡四声的，云：“宋末以来，始有四声之目，沈氏乃著其谱论，云起自周颙。”不过，即算是事实，亦无碍沈约“四声”运动盟主的地位。周颙是南朝宋齐人，曾随萧惠开（423—471）到四川作他府邸的主簿。见袁行霈、孟二冬、丁放《中国诗学通论》，安徽教育出版社1994年版，第269—286页。

以听外在的乐音容易识别]，用手拨弄琴弦就能调定音节；内听是困难的，当[口中发出的]声音和内在的[审判]纷扰不调时，可以用乐律或诗律来考求，难于根据文辞本身[的念诵]来考订。)

(《声律·33.1》)

说明刘勰在审音方面是下过大功夫的，曾经“抗喉娇舌，攒唇激齿”的刘勰才能知道“内听难为聪也”。“内听”指自己听自己发出的声音而判断平仄，“外听”是指外在东西，包括别人所产生的声响。周振甫先生在用白话翻译该段文字时，曾说①：

刘勰那时，平仄调配问题还没有解决，因此在这方面他也有些不正确的看法。他说：“外听之易，弦以手定；内听之难，声与心纷。”认为音乐容易，声律难定，这是不正确的。当时平仄调配问题没有解决，所以感到比音乐难。到唐朝，格律诗完成了，声律就比音乐要简单得多。

这是周振甫把“审音”与“查韵书”两件事弄乱了，有声调与韵脚分类的韵书《切韵》要到601年才出现，律诗的格律是依照《切韵》的分类来立律的。刘勰成书在《切韵》100年之前，所以，他要凭自己的口舌与耳膜来辨识（“审音”或“知音”）每一个字的声调是项不容易的事②。中国唐以来的读书人，你只要说一个字，他就会知道那个字是什么韵什么调，那不是因为他有“审音”的本领，而是他从小就把一本《广韵》背得滚瓜烂熟；所以他“知音”。同理，一个学习过普通话“拼音”的人，你说一个字，他就能给你该字的声调，这也不是因为他有“审音”的本领，而是因为他有“拼音”的本领。一个很简单的例子，一位受过普通话教育的广东人，你拿一个字问他，他能很容易就告诉你这个字在普通话的声调，但你

① 周振甫：《〈文心雕龙〉选择》，中华书局1980年版，第186页。

② 对于审声调是一件难事，刘勰自己就这样说：“异音相从谓之和，同声相应谓之韵……和体抑扬，故遗响难契；属笔易巧，选和至难（不同的声调配合得当叫做和谐，使收声相同的音前后呼应叫做押韵。押韵是有一定的，所以收声相同的音容易安排；声调和谐要注意抑扬，所以音响难于配合恰当。措辞工巧还容易，要使音调和谐顶困难，作文难工，押韵极易）。”《声律·33.2》所谓“和”就是找下句相应声调的字，对刘勰来说那是“至难”的事。

若请他告诉你那个字在他母语广东话中的声调与韵类，他会瞠目结舌，不知所措，那是因为他既没有受过语言学“审音”的训练，也没有学习过广东话的拼音，前者是耳听而来，后者是一半耳听一半记忆而来，而旧文人对韵书的辨识有很多乃是凭记忆而来的。我们这一代更不用说了，那是靠像查字典一样地翻查韵书一个字一个字地查出来的。

明白刘勰不是在背韵书而是在“审音”，而且所审的乃是当时的新发现、颇受大家争论的声调，所以“内听之难，声与心纷，可以数求，难以辞逐”，这话就显得合情合理了。据笔者的猜想，“数”乃指“以推算的方法去求解答”，“辞逐”乃是一字一字地做谐音试验，像找韵脚那样以耳听来决定音调。也就是说我们要定一个字的声调，只能以推算的方法来定位，不能像找协韵那样，以一个一个不同的字去测试。例如，我们知道某字是“入声”，不能以之为标准去试验其他字是否是入声。从《声律》一章看来，刘勰审音的本领是有一定水平的，最少他省悟到调与调之间有差异的存在。当时另一个大批评家钟嵘（468—518）就不成了，他对于“四声”这东西的意见有如下的说法：“但使清浊同流，口吻调和，斯为足矣，至于平上去入；余病未能。”[①] 就是说，钟嵘审不出有“平、上、去、入”四个声调来，因为他审不出这样的东西来，所以就不看重它，“清音浊音”他钟嵘倒是知道是存在的，认为它们有调和口吻的作用，已足够有余，而“四声”这个概念实在是一种时兴的无聊玩意儿。笔者认为，大约诗人中十个有八个是不能审出“四声”来的，所以沈约很幸运地有一群像谢眺等有一对敏锐的耳朵的年轻诗人，以实际创作来帮他推广“四声”，又有一个批评新生力军刘勰为他鼓吹，相当有助于他的成功。

不过，沈约创“四声”是受到一点压力的，不独钟嵘如此批评他，连博识如梁武帝萧衍（464—549，502—549 在位）也不看重这个新发现[②]，梁武帝是他的国君，在文坛上则同列“西邸八友”，是文坛的领导人，也抱有与钟嵘同样的见解。另外当时的名人如甄思伯（？—524），

---

①　遍照金刚著，周维德校点：《文镜秘府论》，人民出版社 1980 年版，第 29 页。《诗品》下之论谢朓。

②　《梁书》十三、《南史》五十七同。

按照《文镜秘府论》就有以下的记载：“魏定州刺史甄思伯，一代伟人，以为沈氏《四声谱》不依古典妄自穿凿，乃取沈君少时文咏犯声处以诘难之。”① 沈约的覆文也真可以媲美我们近代维新时的文章，先说什么“平、上、去、入”与“春、夏、秋、冬”相暗合，圣人不知而不“标出”来，再引《中庸》说：“圣人有所以不知，匹夫匹妇犹有所知焉。”② 刘勰在《声律》中所用的什么“夫宫商响高，征羽声下”（同上），“声有飞沈，响有双叠（声音中有飞扬的和下沈的，回响有双声和迭韵）”（《声律·33.2》），“沉则响发而断，飞则声飏不还（沈声在发音后会中断，飞声则发音后转不回来）”（《声律·33.2》）等，都是在重复沈约在他的文章如《宋书·谢灵运传》《答陆厥书》的主要术语；但是刘勰并没有明确打出“平、上、去、入”的旗帜，可能就是为了堵住守旧人的口，而用古已有之的“宫、商、角、征、羽”来论声调。钟嵘反对他们这群人妄用“宫商五音”谈四声，他说③：

> 昔曹刘殆文章之圣，陆谢为体贰之才，锐精研思千百年中，而不闻宫商之辩，四声之论；或谓前达偶然不见，岂其然乎！尝试言之曰，古诗颂皆被之金竹，故非调五音，无以谐会，若“置酒高堂上，明月照高楼”，为韵之首，故三祖之词，文或不工，而韵入歌唱，此重音韵之义也，与世之言宫商者异矣，今既不被管弦，亦何取于声。

钟嵘的论点大约是，中国的诗与音乐在古时是分不开的，诗的韵调要按丝竹的音乐声调来抑扬，所以三祖（曹魏之武帝、文帝、明帝）的诗，文字不怎样，但因为用韵与主导的音乐合节合拍，听起来是相当悦耳的；但是目下的那些诗，与音乐毫不相关，又不是配着管弦而作的，那么这种诗的声韵和音乐的宫商有什么相干呢？却打着“宫商五音”的旗号。我们如果以这段话作背景，来看刘勰《声律》头一段话，那就有意思得多了，这段话如下：

---

① 遍照金刚著，周维德校点：《文镜秘府论》，人民出版社 1980 年版，第 30—31 页。

② 同上。

③ 见《诗品》下之论谢朓。

夫音律所始，本于人声者也。声含宫商，启自血气，先王因之，以制乐歌。故知器写人声，声非学器者也。故言语者，文章关键，神明枢机，吐纳律吕，唇吻而已。

（音律开始形成的时候，是根据人的发音而来的。人的发音符合五音，乃是根据人的生理机能。从前的圣王（文化创造者）就是依循着［这自然的生理发展］，来创作音乐歌曲的。所以知道乐器的音是模仿人的发音，人的发音不是模仿乐器的音的。所以，言语是构成文章的关键，精神灵性的中心枢纽；吐辞发音符合音律，全是由于唇吻的调控罢了。）

（《声律·33.1》）

以上这段话如果单独来看，是令人有点摸不着头脑的，因为《诗经》一定是先有乐曲才有诗文的，若说《诗经》的作者按照人声来制造乐曲，那是不能令人信服的。同时，直到今日为止，任何歌词都是配着乐曲的旋律来定声韵的，那就是声“学”器，不会是“器写人声”的，但是有了上面钟嵘的说话，刘勰这话就有了道理了，他并不是说填写乐曲时，乐曲要随从人声，而是人声本身就是一种乐器，它有自我独立的条件，它本身就能制造抑扬顿挫的“宫商五音”，有它自我的音乐性。“宫商”的节奏是从每个人自身生命力的血气而来的，不是从外在的音乐器材而来的，语言是人类文明能变成文章的门户枢纽，一个人能发出音乐节奏的声音，那是因为人的嘴巴也是一种乐器。目前来说，我们未能明确地知道诗是从什么时候开始脱离音乐而有自己独立的存在的——以韵文来说，“赋”大约从一开始就脱离音乐而有自己独立的存在，《汉书》曾记载李夫人能创制乐曲，曾经把司马相如的赋配上乐曲来演唱；这倒正合上刘勰所谓“器写人声”的描写。照钟嵘《诗品序》的说法，在李陵（？—前74）时，已有不附在音乐上的诗的存在①；而刘勰则为诗脱离音乐的事实建立了一个玄学上的论点，也为“四声”的独立音乐性创下同样的立足点。

我们还可以从另一个角度看以上这段话，也就是音乐是怎样开始被发

① 现代人大都会不同意李陵是五言诗的发明者，但钟嵘认为李陵是五言诗的发明者，而从五言诗体开始，诗章独立于音乐之外。

明的。所谓：“夫音律所始，本与人声者也。”骤听，似乎是一种很荒诞的说法，因为我们相信音乐起始于乐器的发明。在附录二《商末周初因记录的需要而创造字符的“形声造字法”》中，笔者介绍了迈克尔·伍德（Michael Wood），他是英国著名的文化普及者，也是历史学家，2007年为英国广播公司（BBC）做了一集关于印度的纪录片，也以它的内容写了一本书，题为《印度》，内中采访了印度承传口语文献的僧侣种姓（Brahmin）家族，拍摄了他们怎样在孩提时就开始学习准确地把祷文（mantra）以一种神妙方程式的礼仪形式梵唱出来，一代接一代毫无错误地承传下来。在1975年被录音下来时，学者们都手足无措，不知如何去解读这个被录音下来的梵唱内涵。30年后，有了电脑分析时，发现这种梵唱的一系列声序只可以以鸟类的鸣唱来相类[①]。那岂不是说在人类有语言之前，就有梵唱的传统了吗？这是有点令人不可致信的。一般目前大家把智人（homo sapiens）的开始有语言放在5万年前，会不会在5万年前印度已有口耳相传的梵唱（等于中国献唱）传统呢[②]？而这是不是音乐的起源呢？若然，刘勰这个洞察性的认知（insight）可是不得了的。直到今天，我们对咿咿呀呀没有意义的歌词有一种眷恋，称之为“天籁”，现代歌手萨顶顶女士的出现与成名就是一个很好的例子。刘勰洞察性的解悟来自没有字面意义的梵唱本身，还是得自文献记载，则待考。

关于刘勰与声律“八病”有关的文字，笔者在这里略过不讨论了，校点《文镜秘府论》的周维德先生在该书的第二版中[③]，收了他一篇“四声”到律诗格律的文章，足资大家对这方面的了解。自然，我们最要感谢的乃是该书的作者遍照金刚（又称空海，688—763），没有他把这些重要的史料保存下来，我们对这段至为重要的声律史就有一片空白的遗憾。

同时我们要提到的乃是刘勰对“吟咏滋味”的见解，我们在这个章节的开始的时候，已提到“他所说的”和“他如何表达”之间的“共鸣”关系，会引起语言在意思以外的味道。刘勰是这样说的：

---

① Michael Wood（伍德），*India*，New York：Basic Books（Perseus Book），2007，pp. 17－20.

② 同上。

③ 见遍照金刚著，周维德校点《文镜秘府论》，人民出版社1980年版，第4—24页。

则声转于吻，玲玲如振玉，辞靡于耳，累累如贯珠矣。是以声画妍蚩，寄在吟咏，滋味流于字句，气力穷于和韵。

（那么声调在嘴上流转，清脆得像玉玦相激［发出的声音］，咏辞曼声于耳际，圆转得像一串珠子［在流转］啊！因此文章声韵的好坏，寄托在吟咏上；滋味从字句流传［在吟咏之中］，气力全用在和谐押韵上。）

（《声律·33.2》）

“滋味”一词在刘勰时代就已成为文论中的术语[①]，这里大约是说，诗能够一读再读，听在耳里好听，吟在口中能朗朗上口而不拗口，如此才能判断声音是否美好，是否可以吟咏再三，这是判定声响美好的一方面。但要滋味流露，还得有另外一方面，那就是“字句”实质含义与声音是否能起“回响”或调味品的相应作用，使吟咏的“滋味”从“字句”中“流露”出来，“字句”是核心，“声音”是协助。笔者在上面已说过，刘勰用“附声”这个词来形容声音的作用——“声响必须像文义的‘调味品’一样”，如此，刘勰提出一个非常重要的看法，那就是，“字句”要朗朗地读出来，才会“活”起来，才会有“滋味”流露出来，没有“吟咏”也就没有“滋味”，“吟咏”是“滋味”的“充足条件”（sufficient condition）。这与我们日常读诗的经验是相符合的，刘勰这个看法大约是正确的，不过，若要用来作一个科学性的学术论据，那么，还需要我们的文艺心理学专家们用大量的统计数字来佐证才行得通。

没有“四声”的发现与“韵书”的出现，就不会有后来中国最完美的诗体“律诗”的开花结实；没有“韵书”，中国的科举制度与官僚制度就会跛了一条腿，不良于行，直接影响大统一的可行性。这话怎样说呢？很简单，因为“韵书”统一了文人阅读时的发音，也就是我们有了一个统一性的阅读语言。先秦的贵族礼乐社会，有雅言，就是朝廷上用的唱诵语言，一般认为是夏音。秦始皇消灭了各国的贵族，也因此铲除了一大群

① 与刘勰同时代的批评家钟嵘就常常以“味”或“滋味”来评述诗句或诗人的作品。无疑“滋味”在当时已成为实际诗评上的一个术语，到唐司空图（837—908）的《诗品》提出“味外味”的概念后，“滋味”成为玄学诗论中的一个“形而上”的概念。

能说雅言的团体，他庞大的官僚机构是否能吸收到足够的雅言人才，是一个很大的问题。同时秦的疆域倍增，直达岭南，官僚机构中已是南腔北调。秦始皇统一了文字，但他是否统一了文字的发音，乃是一个待考的问题。文字发音的统一需要一段漫长的时日，而他大一统的统治只维持了11年。我们暂时假定他没有统一阅读文字的发音，所以中国不同方言的文人没法用统一性的阅读口语来沟通，也就是没法有统一的“官话”，也因此汉武帝没法建立起一个全国性的选拔人才的考试制度。唐太宗就幸运得多了，隋代“韵书”的编就，给了他一个统一性的阅读语言，这个语言的存在导致一个统一性的科举制度实现的可行性，他要天下人才“尽入吾彀中矣”，就必须让他们有一个可以相互交流的“口头语言或诵读语言”（一种在官场上可以用“之乎者也”的官话，性质上是人工语言）来打交道，来处理公文。文人在社交场合上可以用发音相同（但略带方言口音）的吟诗作对来联络感情。文人因此，像先秦雅言那样，有人工阅读语言的统一性，虽然他们各有发音极度差异的自然方言母语，也就是官僚的中坚分子有语言的统一性，而统一的阅读发音语言确保大统一在官僚交流与选拔上的可行性。

有一点是要特别强调的，“韵书”并不代表某一特定方言的发音，是一种综合性全国性的统一发音，我们目前不知道“韵书”是怎么编就的，很难明确地知道古人“审音”的方法与准则；一个合理的猜想，乃是以统治层的方言（大约是北方中原方言吧）为主导，广收地方性的方言发音为参考，编就一部涵盖全国统一性发音的“韵书”。在“审音”方面，可能采用僧人群体一唱一和的译佛经的方法来审核也说不定。即便在“四声”发现的初期，沈约是浙江人，谢眺是河南人，王融是山东人，周颙是河南人，他们已能对一个字的“平、上、去、入”有所共识，不为个人家乡方言所妨碍，中国的“官话”有可能已具雏形。不过，“切韵”的统一发音，必有其对全国方言上发音差异的包含性与妥协性。同时，观乎清儒能对《诗经》的和韵，重新构建古音，则古韵三千年来是一直被保留在韵书中的。因此，中国的韵书并不反映某特定地区的口语，而是像中国的龙一样，包含各种动物的特征，也就是综合上下古今雅言和方言的特征而产生。

从沈约的“四声八病”转型到“律诗”格调的出现，其中有一个很大的关键，就是所谓“四声二元化”的问题，把“上、去、入”三调归为“仄”声的做法，笔者个人的猜想乃是，这是建立一个统一阅读发音语言中的一个妥协性的问题，那就是说，一个字在甲方言是“去”声，在乙方言是“入”声，为了兼容并蓄起见，就以“仄”声来综合成一类，甲方言与乙方言者不用因此而为押韵起纷争——这自然是笔者个人大胆的假想，还有待专家学者们来求证出真相。

关于《声律》这一章，笔者还想提出两点，第一点在上面已提到过，没有“韵书”的分类，我们凭自己天生的耳朵去审音，那是顶难的事，刘勰表达了相同的见解。即便有了韵书，而且被我们用了一千多年，已被我们的旧文人用得滚瓜烂熟，但是我们对声调本质的认识，还是不清楚的，罗常培就有这样的评论①：

> 关于四声之性质，旧来说者每以“长短、轻重、缓急、疾徐”为言，笼统模糊，迄无的解。（中略）近人能确指四声之性质者，当首推刘复赵元任两氏。刘氏以为：声音之断定，不外“高低”“强弱”“长短”“音质”四端。四声与强弱绝不相干；与长短、音质间有关系，亦不重要。其重要原素唯高低一项而已。然此种高低是复合的而非简单的；且复合音中两音彼此之移动，是滑的，而非跳的；此即构成四声之基本条件也。赵氏以为：一字声调之构成，可以此字之音高与时间之函数关系为完全适度之准确定义；如画成曲线，即为此字调之准确代表。自此两说出，而后千年来之积疑，乃得一旦豁然，诚审音之大快事也。

所以要经过一千五百年之后，有了近代的语音学之后，我们才真正地对声调的审音有明确的把握与认识。刘勰审音难之说，应算是跑在时代前头的卓见。同时，他诚诚实实地说出来，没有我们传统文人的陋习，不懂的事，硬要迷迷糊糊地混过去，甚至胡说八道一番，刘勰这种实话实说的精神，实在让我们现代人敬服。第二点，在刘勰时代，《楚辞》的韵与声调跟《诗经》是断然不同的，他在《声律·33.4》中说：

---

① 罗常培：《汉语音韵学导论》（繁体版），香港广智书局1970年版，第59—60页。

又诗人综韵，率多清切，《楚辞》辞楚，故讹韵实繁。及张华论韵，谓士衡多楚，《文赋》亦称，知楚不易，可谓衔灵均之声余，失黄钟之正响也！

（又《诗经》作者所用的韵，大都明白清楚，《楚辞》夹杂楚音，所以不够明白清楚的韵实在繁多。到张华论韵，说陆机用很多楚音，[陆机的]《文赋》也说，要了解楚音不是一件容易的事，可以说，[陆机]继承屈原的用韵，而失去《诗经》正确的音响了！）

到了近代，在王力先生的研究中，他认为《楚辞》的韵与《诗经》的韵分别不大①，这个说法是和刘勰上面的说法相异的。有可能我们目前存在的《楚辞》版本已经为前人所修改过，变成了有《诗经》韵脚的面貌；或者，更准确一点，两者都入了《广韵》的范畴。自然，刘勰认为楚音“讹韵”，《诗经》正韵，那是他宗经征圣的偏见。

总结来说，从刘勰文论的观点来看，英国大诗人蒲柏的名句应变成：“声响必须像文义的‘调味品’一样。”他同时又强调，文字如果不用声音吟咏出来，文字的滋味也就没法流露出来，声响虽然是因为“附”着文义而变得不空洞。但像盐一样，没有声响，字句就会变得淡而没有味道。

六 文法“回响”文义的“共鸣”关系——譬喻式的“目的与工具”关系之一

除了声音回响文义的“共鸣”关系之外，还有一种“引申的共鸣”关系，那就是文法回响文义的“共鸣”。这种文学批评的方法，在近代美国“新批评论”（new criticism）中是常用的，Kao Yu-kung（高友工）与 Mei Tsu-lin（梅祖麟）两位先生在他们有名的论文《关于唐诗的句法、措

① 王力：《汉语语音史》，中国社会科学出版社 1985 年版，第 11 页。王氏说：“我曾经把《诗经》的十五国风分别研究过，没有发现方言的痕迹。我曾经把《楚辞》和《诗经》对比，想找出华北方言和荆楚方音的异同。我虽然发现《楚辞》用韵的一些特点，但是也难断定那是方言的特点，还是时代的特别。”

词风格、意象》中讨论这个问题，其中的一个例子乃王安石（1021—1086）的名句："春风又绿江南岸"，他们指出"绿"字按正常文法范畴分类应该是"形容词"，在这里变成了"使役动词"（causative verb），这个新奇的文句用法使整句诗生动起来，产生特殊的效果①。

要讨论文法回响文义，就必须知道中国传统上有哪些文法概念，特别在刘勰那时，我们的文法观念是什么呢？答案是空白的，可以说在那个时候我们没有什么文法概念，刘勰可能是中国文法概念的指引者。讨论见附录四《一个梦想：打造从中文句子自然生态而来的文法结构》。

因此，刘勰虽然缺乏可以分析文法结构的工具或概念，而因此未能提出像近代那样的文法"共鸣"文义的理论，但在他独特的文论结构中，他以伯乐的智慧，赏识到"兮"啊、"故"啊、"以"啊，那些"语助词"在文句中所具千里马的作用，"将令数句之外，得一学之助矣"（《章句·34.6》），捕捉到"言外"的"滋味"。

七　"风"与"骨"——最低程度的"富于表达性"以及"结构良好性"

在刘勰一大堆专有名词中，讨论得最多的，跑不了"风"和"骨"这两个名词，对它们的解释，真是众说纷纭，莫衷一是。汪涌豪先生在他1994年收在《〈文心雕龙〉资料汇编》中②，综论"风骨"的介绍文章，总结了五十多位学者的意见，分类出十二种看法，不少是直接互相冲突的，例如，一派（包括著名学者黄侃、范文澜等先生）认为"风即文意，

---

① Kao-Yu-kung（高友工）and Mei Tsu-lin（梅祖麟），"Syntax，Diction，and Imagery in T'ang Poetry，" *Harvard Jounal og Asistic Studies*，31（1971）：49－136，p. 54. 这个论述是依据 Fenollosa"句法必须摹拟大自然"的论据而来，Fenollosa 特别认为：中文与英文都有这个优点（德文则否），那就是有"及物动词"（transitive verb）的句子的句法反映大自然能量由主语（subject）转移到宾语（object）的正确次序。作为一个理论，这是一个无中生有的谬论，由于 Fenollosa 是美国近代大诗人 Ezra Pound 的代言人，所以学说曾经炽热过一阵子。但是若从实际批评来说，像高梅二氏那样，由于是通过近代语法的分析来论诗，往往有崭新的发现。（Ernest Fenollosa，*The Chinese Written Character as a Medium for Poetry*，San Francisco：CityLights，1936；rpt. 1969，pp. 12－13. ）

② 汪涌豪：《风骨》，收入杨明照等编《〈文心雕龙〉资料汇编》，中华书局1995年版，第160—166页。

骨即文辞”；另一派（包括朱恕之、舒直两位先生）则认为“风即文辞，骨即文意”。在这场“风骨”讨论的万花筒中，可以说，大家有一个共识，那就是“风骨”是一对和风格有关的专有名词。建立在这个共识上，笔者把一些大家所认同的关于“风骨”的见解，以“气”和“志”两层次“创作论”的架构组织起来，建立起一个对“风骨”两字系统性的诠释。

在笔者进行诠释之前，有一点或许可以一提，大家之所以会为“风”与“骨”的解释错综纷纭，像入了迷宫那样，那是因为大家没有把讨论的层面明确起来。由于层面不明确，所以分析起来就混淆了，比如说：水嘛!有固体的层面，也有液体的层面，以及有气体的层面。大家首先要弄清楚，我们是讨论哪一个层面的风格：固体的,液体的，还是气体的?固体的风格就好比“文章作法论”，文意是文意，文辞是文辞，两者是泾渭分明的；液体的风格就好比“风格论”，开始时，文意文辞还可以分开来讨论，但最终乃是两者间的统一，要分析这个统一，就不能不“阴中有阳，阳中有阴，阴极必阳，阳极必阴”了，它完全超越“文章作法论”中关于文意文辞两者壁垒分明的局面；而气体的风格好比“境界论”，而境界的升华则完全摆脱文意文辞的束缚，也就是文意和文辞的区分与“境界”没有很大的血缘关系，例如，正如我们上面所提王维的“大漠孤烟直”的境界不能在文意或文辞中求证出来。明乎此，我们必须先界定，我们是在哪一个层面上讨论问题，笔者相信黄侃先生是在“文章作法论”的层面上讨论他的见解，大家若从“风格论”的层面去批评他在“文章作法论”的见解，那是“风马牛不相及”的事；但是反过来说，大家可以质疑他从“文章作法论”这个层面来讨论“风”和“骨”这两个名词是否明智，可能他讨论的是“风骨”的皮毛，不是“风骨”的精髓。我们可以从“文意”的角度来讨论“风骨”，也可以从“文辞”的角度来讨论“风骨”，但是，不能硬生生地把“风”或“骨”削足适履地塞到“文意”或“文辞”的框框里；可以这样说，“风骨”是“风格论”范围内的一个名词，不是“文章作法论”范围中的一个名词。

大家都喜欢戴上有色眼镜，先对“风骨”一词有一定的成见，再来看《风骨》这一章，去寻找肯定自己的一言半语作为一家之说的依据。现在且让大家抛开成见，以“无邪”的眼光，看看刘勰在这一章里究竟说了些什么。

刘勰在文章一开始就引说诗六义，这与他自认为是一个虔诚的儒者，必须开宗明义地打着儒家旗号的立场是相符合的。他虽然打出《毛诗序》的旗号，但并没有引经据典地论说《毛诗序》的教义，他只不过借《毛诗》的名义，点出"风"这个概念的重要性。"风"重要在哪里呢？刘勰认为"风""乃化感之本源，志气之符契也（乃是感化力量的源头，也是意志与元气的符标征象）"（《风骨·28.1》）。他的头一个说法与《毛诗序》不相悖，不过，《毛诗序》的立旨在"风"的感化作用，而刘勰则言化感的本源所在，是相干，也有点不相干。《毛诗序》是这样下定义的："'风'，风也，教也；风以动之，教以化之。"所以六义的"风"有两个层面，先是心动（内心受到影响），再而接受道德的教育而生出潜移默化的作用，所以，"心动"是一个层面，"教化"又是一个层面。刘勰强调"化感之本源"，也就是强调"心动"这一个层面，大家如果细心把《风骨》一章读一遍，就会发觉刘勰根本没有谈论"教化"这个层面；事实上，整章《风骨》看不到一丝谈论道德的岸然作态的儒生味，而《毛诗序》的道德酸味是"闻之者足以"使现代人不习惯的。笔者姑且不谈做学问是否应该戴上道德的眼镜，但是，刘勰既然明明已在"风骨"的讨论上抛弃了道德的包袱，那么，我们不少近代学者还要他从《毛诗序》的道德立场吹道德风，那也真是一件令人不明白的事。

刘勰的巧妙还不仅在这里，而在跟着的一句："'风'乃志气之符契也"。这才是点睛之句，因为，刘勰的"风"着眼点在"心动"这个层面，而《毛诗序》的"心动"是从感受者（也就是读者）的立场作出发点的，而"志气之符契"的"心动"是从创作人（作者）的立场来看问题，所以《毛诗序》的作者要从作者的立场来看问题的时候，再不能从"风"的诠释上继续演绎下去，而要跳到另一个题目上，突然给"诗"下起定义来：他说"诗者，志之所之也；在心为志，发言为诗"。以这个为立足点，他提出一个创见，解释创作是由于人类有自我表达的必须而产生的行为与结果（或者，它引用了《尧典》的创见，讨论见第三部分第一章《刘勰关于"纯文学"史的论述》），这个创见有它的局限性，它只关心感情方面的流露与表达，因此讨论的对象只包括诗歌、音乐和舞蹈，并不包括思想方面的自我表达，因此不能推广成为一般性的自我表达理论。

幸亏《毛诗序》要谈的只是诗作，因而还不至于毛病百出，但《文心雕龙》则各色文体无所不包，自然不能抱着古人的余唾，硬套古人的公式，以文化二世祖的姿态来解决他所面对的问题。如果他也以“情动于中而形于言”来解释赋体或论说，那真是“风马牛不相及”，所以，以“诗六义”的帽子戴在赋体论说上，那真是张冠李戴，不伦不类了。

刘勰在《明诗》一章重复《毛诗序》“在心为志，发言为诗”的看法，这个看法是一个“本体论”的假设，也就是说，诗这样东西在文字存在之前，已在脑海里有实质的存在，这个实质的存在的性质是什么，中国历来是没有论说的，但是已点出它有独立的存在性，可能始自《毛诗序》。同时又指出，没有脑海中“诗志”的存在，就不会有文字上“诗作”的存在，《毛诗序》关心的不是“诗作”（在文字上的诗句）的讨论，絮絮不断的乃是“作者”和“读者”的心思要“发乎情，止乎礼”，对“作者”的要求乃是“正得失，动天地，感鬼神”，对“读者”的要求乃是“经夫妇，成孝敬，厚人伦，美教化，移风俗”。从近代的眼光来看，这些讨论可能只有历史性的价值，也就是说，我们现代的诗人不会为了“正得失”，或者“经夫妇”而写起诗来，不过这也很难说，我们中华民族是一个非常喜欢复古的民族，说不定过了三五年，大家又复起古来，大谈思想正确性、教化良好性，重新打起教化的旗帜来，也未可逆料的。不过，在我们来说，只想说明一点，刘勰在《明诗》一章中确实是演绎了《毛诗序》的传统，谈“诗志”为主，在《风骨》一章中，以谈“诗作”或“作品”为主。

在笔者返回对刘勰的“风骨”的讨论之前，关于《毛诗序》，还有一点是可以提一下的，那就是，它最重要的一个创见乃是人类有原始性的自我表达的创作冲动，这个意见表达在它的名句“情动于中而形于言，（中略），不知手之舞之足之蹈之也”。这句话如果从人类文明发展史来看，那是相当有问题的，就是说，因为文字表达不足，而有歌咏的表达，声音的表达不足，而有舞蹈的表达；也就是说，先有文字，再有歌咏，再有舞蹈，这恐怕是与文化发展恰恰相反的一个事实。如果说，诗的表达力比不上歌咏，歌咏又比不上舞蹈，这恐怕也是一个不正确的看法。从现代的眼光来看，歌咏舞蹈文字的表达方式，各有各的特色，不能说谁比谁更优越，不过这恐怕不是《毛诗序》作者着意所在，它主要在强调一个创见，就是人类有与生俱来的原始的要表达自己的冲动性，犹如大家碰上一件特别兴奋的快活事，会又叫又跳又放声高歌，又要拿笔写下来一样；这并不是描写创作的过程，而是强调创作的冲动是人性中的一个基本性能，这无疑是一个非常重要的创见（我们还可以作另一角度的诠释，请见第三部分第一章《刘勰关于“纯文学”史的论述》）。可是，单单这个创见，还不足以描绘自我表达创作论的整体，我们还需要什么呢？我们还需要宇宙，还需要外物，还需要钟嵘在《诗品》中的创见，即“气之动物，物之感人，故摇荡性情，形诸舞咏”。我们在上面已经谈过钟嵘这方面的见解，以及他对刘勰的影响，刘勰在《明诗》中也重申这个说法，他说：“人禀七情，应物斯感，感物吟志，莫非自然（人生而具有喜、怒、哀、惧、爱、恶、欲七种感情，受到外物的刺激就会产生感应，有了感应就会把情志唱出来，那是自然不过的事）。”（《明诗·6.2》）所以，与钟嵘同时代的刘勰也看到《毛诗序》的缺点而把宇宙外物加进自我表达的创作论中，使之更完备。不过，这还不够。因为，正如上面所说，这个理论只适用于一种文体——诗体——身上，我们还需要加以扩充，使之能应用在较广泛的文体方面。太史公在他的《自序》中提到的“发愤”与“郁结”的理论或许可以帮助我们进一步发展《毛诗序》中的自我表达的创作论[①]。自然，这还有待我们现代人进一步地努力，使之成为合乎现代标准的理论架构。不过总的来说，自先秦及至刘勰，中国自我表达的创作论的基本元素或概念已经形成；这个论说的着眼点在未形成文字的“文思”或“诗志”；刘勰关心的是完成的作品或“诗作”；所以他必须另起炉灶，创他的宏言伟论，成就他作为文论中的第一人。

刘勰在《情采》一章，提出他的创见，认为“诗人什篇，为情而造文；辞人赋颂，为文而造情（《诗经》诗人的诗作，乃是为了抒情而创造文辞的；赋家写赋，乃是为了构建文辞而产生情境的）”（《情采·31.5》）。这个见解的提出，看似平凡，实际上是打破了《诗经》以来千余年的枷锁，乃是以辞人创作的实际经验来推翻“情动于中”乃唯一的创作渠道。我们今天并不看重赋的文学遗产价值，还是偏向《诗经》以

① 《情采·31.5》中已有“愤”这个概念，见“盖风雅之兴，志思蓄愤，而吟咏情性，以讽其上，为情而造文（《诗经》中之国风和大小雅的创作，作者有情志，怀忧愤，于是把感情唱出来，用来讽刺在上位的人，乃是为了抒情而创造文辞的）”。

及《毛诗序》有浓厚的罗曼蒂克味道的“诗志”论。但是，我们若回头看看唐宋以来的诗作的创作，我们会拜服刘勰“为文而造情”的见解，赋体创作的一大特点是“堆砌”，把文字东堆堆西砌砌，类书处抄一点，韵书里拿一点，像堆积木那样，在前人的诗句里，东改一字，西窜一词，一下子也真能拼出一篇“强说愁”的诗作。中国有许多诗作，都是这样产生的。古人的笔记和小说《红楼梦》中就有生动的描写，或许有人说，这样产生出来的诗作，一定没有诗味，但是，恐怕不一定。让笔者给大家举一个例子，还是上面讨论过的王维的名句“大漠孤烟直，长河落日圆”，或许大家都能同意这两句诗不是“情动于中”而来的感情文字。但是，会不会是王维在看了实景之后“感物吟志”呢？有可能，但可能性不大，为什么这样说呢？“大漠”是一景，“长河”是一景，要在中国大地上找到一个这两个景同时同地发生的地方，恐怕还不容易。如果这两个景不是同时同地发生，那么，一个是实景实写，另一个就是“虚景虚写”。“虚写”者，乃生安白造堆砌而来之描述也，可能是为了对联成双，而挖空心思找天衣无缝的对句。这个论点还只在问题的门坎上，问题的核心乃是，作为一个读者，像大多数读者一样，既没有看到“大漠孤烟直”，也没有见过“长河落日圆”的恢宏景象，可是还是觉得这两句诗美极了，气魄大极了！曹雪芹（1715？—1763）笔下的香菱姑娘，在与黛玉谈诗的创作时，就提到王维这两句诗，以下是她的看法：①

黛玉笑道：“正要讲究讨论，方能长进。你且讲来我听听。”

香菱笑道：“据我看来，诗的好处，有口里说不出的意思，想去却是逼真的；又似乎无理的，想去竟是有情有理的。”

黛玉笑道：“这话有了些意思，但不知你从何处见得？”

香菱笑道：“我看他（指王维）《塞上》一首，内一联云：‘大漠孤烟直，长河落日圆。’想来烟如何直？日自然是圆的。这‘直’字是无理，‘圆’字似太俗。合上书一想，倒像是见到这景的。要说再找两个字换这两个，竟也找不出两个字来。”

① 见《红楼梦》第四十八回“滥情人情误思游艺，慕雅女雅集苦吟诗”。

香菱姑娘大概是没有去过沙漠的，没有见过“大漠孤烟直”这个实景的，而且从实际经验上，也没有见过笔直的孤烟的。可是，她“合上书一想，倒像是见到这景的”。她到底在脑海里所见到的是什么景象，这还有待我们的文艺心理学家在未来的一百年里给我们一个解释，目前说来，我们只好说不知道，无以名之，只好学老子的榜样，名之为“虚幻境”。这个“虚幻境”对一个像香菱姑娘那样的读者来说，“似乎无理的，想去竟是有情有理的”。所以“虚幻境”自成真理，与实景是没有多大关系的，可是我们却有一班专家学者们孜孜矻矻要考据这个实景，说什么狼烟是虽经风吹而不斜的，甚至有人拉扯上什么龙卷风上来①，真也可算是一件“吹皱一池春水”之事，因为，是狼烟也好，是龙卷风也好，对读者来说，既不增益也不减少他们对这一联名句的欣赏。王维写这首诗的时候是一个作者；等写好之后，他读这首诗的时候已是读者，他也会像别的读者那样为这两句诗句倾倒。所以，作为读者来说，实景是否被亲身经历过是无关紧要的一回事；对作者王维来说，是否会因为没有亲历其境，就写不出这句诗句来呢？我看也不见得，中国艺术传统（包括绘画）是写意不写实的，写实的风是从西方吹过来的，戴上西方写实的眼镜来考证传统写意诗人的作品，当作饭后消遣是可以的，如认真当作一门学问来研究，那真是“入歧路而不知返”，呜呼哀哉的事情了！

从词句文字而来的“虚幻境”，就是诗句的文字境界，任何句子都有它的“虚幻境”，只有极少数的句子能升华而有所谓“境界”，有“境界”的“虚幻境”文字，是增一分太多，减一分太少，不独像上面香菱姑娘所说的，想另找一个字来换“直”字，这是换不得的，就算同样五个字，字的次序也是不能改变的，如果变成“孤烟大漠直”，那味道就不同了，如再变成“大漠直孤烟”那更不像话了。所以，这五个字像铁铸的一样，动不得它的，我们相信这是“骨”。这里达到的是这个概念最高的目标。这是从结构上看这个问题。如果从感受上看这个问题，香菱姑娘说得最好：“倒像是见到这景的。”也就是从文字而来的“虚幻境”有栩栩如生的生动感，这个生动感就是“风”了。能够达到“如在目前”，也就是“风”，这里达到的也是这个概念最高的目标。这是笔者认为“风

---

① 来自朋友剪报上的文章，作者不详，见《华盛顿新闻》1998年10月16日。

骨”两字应有的意义，笔者这个诠释是否符合刘勰的本意呢？我们不得不回到《风骨》一章找佐证了。在这样做之前，让我们重回王维与“实境”这个问题。且让我们作一个大胆的假设吧，王维真的见过这样的实境，可是，写出来的句子都是什么“大漠直孤烟”啊，“漠大孤烟直”啊，那真是差矣、拙矣、不登大雅之堂矣！所以嘛，“实境”亲历与否跟诗句的艺术性搭不上什么血缘的关系。

刘勰在该章第一段的前半部分，还是从“诗志”这个角度看问题，也就是“作者”的立场，所以他说：“是以怊怅述情，必始乎风；沈吟铺辞，莫先于骨（因此，要深切动人地表达感情，必定从着力于‘风’的风格开始；推敲思索铺陈文辞，没有比注重‘骨’的风格更重要的了）。”（《风骨·28.1》）历来很多学者都在“情”与“辞”上做文章，这只是看到鹄的外围，没有看到它的核心，这两句话的核心在创作的思考过程上，也就是作者的“怊怅”和“沈吟”两个心态情况。“怊怅”者也就是太史公所说的“郁结”，要“通其道”，必须有表达能力，这种表达能力也就是“风”，也就是“富于表达性”，凭借着“风”的能力，把感情的“怊怅”诉说出来。“沈吟”者，思考也，咬文嚼字也，“铺辞”构思也。如果我们把“骨”当作结构的代表，那么，行文遣词，莫先于“结构”，那是合理得无可再合理的一个说法。我们每一个人写作时，都需要“沈吟”（构思），先在脑海里定出一个结构来，如此，行文遣词时，才有一个理路，“骨”也就是“结构良好性”。明乎此，下面这句话也就明白得不能再明白了，“故辞之待骨，如体之树骸（文辞依附于结构，犹如身体之依附于骨架）”（《风骨·28.1》）。在“风”方面，他接着说：“情之含风，犹形之包气（感情的表达需要有‘风’，就好像形体里含有生命之气那样）。”一个形体失去了“气”，也就是失去了生命力。所以，形体的生命力来自“气”，这是玄学上由来已久的说法。刘勰以之做比喻，认为“情”也有它的生命力，那就是“风”，因为“含风”所以情才有强大的表达能力。这个看法已经深入到我们的日常生活口语之中，如果我们说一个人有“风情”，那就是说这个人很会表达自己，是一个眼睛都会说话的人。然后，刘勰文笔一转，从“诗志”（作者）的立场，一转而为“诗作”（读者）的立场来谈问题，“结言端直，则文骨成焉；意气骏爽，则文风清焉（措辞端庄正直，文骨就形成了；意气奔放爽快，清爽的文风就产生了）”（《风骨·28.1》）。说一个人“结言端直”，也就是说他的文字有规有格，结构端正明快直达，这样的人，他文字的组织能力已有一定的成就，文字的组织风格也自成一体，所以，刘勰说这个人的“文骨（文字组织的风格）成焉”。至于“风”，刘勰又加进了两个玄学上的概念：一是“意”，意者志也，乃指主观上可以控制的意念；另一是“气”，“气”乃指主观上不可以控制的潜意识与生命力，立“意”的“骏爽”从修养而来，才气的“骏爽”从先天而来。先天的“骏爽”加后天的“骏爽”所产生的文字效果就会有“文风清（清爽、清朗、清丽、清新等）焉”的味道。主要大概是说这个人的文字不落俗套，没有庸俗平凡的味儿，问题在：我们怎样看“才气”这个问题。

上面笔者曾提到：曹丕大约是提出“气”与文学创作间关系的第一人，他认为，人的气质才性，正如他的天生的气息一样，是独特的，不受后天努力所影响的；同时，他的气质会反映在他的艺术作品上。刘勰在《风骨·28.3》里就引了曹丕谈“气”的话和例子作为论据；可是，他不单单停留在“气”的素质上就算了，他还更进一步，注意到“气”的量的一面，也就是“气”的力的一面。我们大家都知道，在形而上的玄学中，“气”这个概念有两种基本的特性，它是“原始物质”，它也是“原始动力”，凡有形质的万物都是由它而来的，使宇宙万物运行不息的原动力也是它；作为前者，它可以从“质”的概念来分析，作为“原始动力”，它可以从“量”与“力”的概念来分析，关于这方面，刘勰有两段很精彩的话，兹引于下：

其一，是以缀虑裁篇，务盈守气，刚健既实，辉光乃新，其为文用，譬征鸟之使翼也。

（因此运思谋篇，务必要充分地保住元气，使元气刚健充实，[表达出来的] 光辉才能像刚刚诞生那样。风骨对于文章的作用，好比飞鸟的使用两个翅膀。）

（《风骨·28.1》）

其二，夫翚翟备色而翾翥百步，肌丰而力沉也；鹰隼乏采，而翰飞戾天，骨劲而气猛也；文章才力，有似于此。若风骨乏采，则鸷集翰林，采乏风骨，则雉窜文囿，唯藻耀而高翔，固文笔之鸣凤也。

（山鸡具备斑斓色彩，却只能翾飞百步，乃是由于肌肉丰满而力气不足；鹰隼没有彩丽的外表，但能高飞到天上，乃是由于骨力强劲而力气勇猛；文章的才力，也和这相似。倘使有风骨而缺乏文采，便如猛禽聚集在文苑中；有文采而缺乏风骨，就像是山鸡在文苑中乱窜，只有当文采亮耀而又能高飞冲天，才是文笔中的高歌的凤凰。）

（《风骨·28.3》）

上面所引的第一段，头一句是关于思考做文章，下面一句却谈起“守气”的重要性来。初读，使人有突兀的感觉，但是，明白了“气”这个概念在刘勰创作论中的重要性，大家就不会奇怪，因为他独立成章地写了一篇“养气”的文章来谈这个问题。在他那时，道家方士养气炼丹之术已经很发达、很普遍了。作为从小在寺庙里长大的他，看重养气这个修养训练是不奇怪的事，也可能他受了孟子“养气”论说的影响，突出“养气”这个概念的重要性，硬生生地把它放进他的创作论之中。有一点是大家必须认识清楚的，孟子的“养气”与培养道德勇气有关，佛家道家的“养气”与身体的强健和精神的修养有关，刘勰的“养气”与灵感的培养和“才力”的锻炼有关（《养气·42.6》）。三者间各有各的目的和方向，不能混为一谈，有了宗教上精神的清明，并不一定才思敏捷，有“浩然之气”的人不一定能写文章，所以，“养气”和艺术创作是没有什么直接联系的。也就是，不会因为“养气”而产生大文豪；不过反过来说，大文豪或会因为创作而“丧命”、“困神”，好像白居易那样，抱怨自己不满 50 岁，因为创作，已经弄得筋衰体残，成了一个衰败的老人。那么，去跟刘勰学学“养气”，把身与心调理得强健些，生活得快活些，未尝不是一件好事[①]。所以，刘勰在《文心雕龙》中不仅对创作论进行了讨论，对艺术工作者如何保养身心也提出他的意见，他甚至认为“养气”对才力有直接的影响，这个看法可能是不正确的。中国历来的大作家，好像没有哪一个因为“养气”而才思滔滔不绝的。以太史公为例，他是在游遍天下名山大川之后，下笔有如神助，所以是游历而不是“养气”使

① 近代的钱穆就以修习气功打坐、操练与散步来维持他 90 年生命中近 80 年的学术写作生涯。见印永清《百年家族——钱穆》，台北立绪文化事业公司 2002 年版，第 368—381 页。

他才力大增，刘勰的偏差，由此可见。但是，他的“养气”和“才情”之间的讨论，是否也有他正确的一面呢？我们认为是有的，以下讨论之。

刘勰同意曹丕的论点，认为在“才气”的“质”的方面，是先天决定的，后天无法有所改变的。但是，在“量”和“力”方面，虽有先天的成分，但是都可以受后天影响的，可以栽培的；这一点是跳出曹丕论说外的一个创见，也是符合创作事实的见解。可以这样说，刘勰在“才力”可以培养的诊断上是正确的，下的药却是错的，使“才力”茁壮强大的不是“养气”而是生活的经验，读书的修养，以及写作的训练。如果我们从这个基础上来看所引的下面的话语：“刚健既实，辉光乃新，其为文用，譬征鸟之使翼也（使气刚健充实，文采才有新鲜的光辉。风骨对于文章的作用，好比候鸟的翅膀啊）”（《风骨·28.1》），就显得很容易理解了，一个人学问知识笔锋“刚健”了，思想识见气度“辉光”了，那时“文用”下笔起来，虽然未必有如神助，也最少能举重若轻，不会是“戛戛乎其难哉”（韩愈《答李翊书》语）的。因此，他以千里征鸟的“使翼”翱翔万里长空来比喻文人这种雄健的“才力”。所以，一个作者要有“才力”，才能有“凌云”“高翔”的“风骨”；否则“风骨不飞”，结果就会“瘠义肥辞，繁杂失统，则无骨之征也。思不环周，索莫（或牵课）乏气，则无风之验也（要是涵意贫乏而辞藻过多，繁杂没有条理，那是缺乏骨的征状啊！如果思潮滞塞不环周，［给人］气喘力衰［的感觉］，那是没有风的证明啊！）”（《风骨·28.2》）。说一个人“繁杂失统”，若以一个人的体态来做比喻，那就是，这个人骨肉比例不匀称，该丰满处无肉，该瘦削处多肉，甚至痴肥臃肿，完全没有一种从骨挺人立而来的英姿风发的挺拔劲气。说一个人“思不环周”，也就是说一个人“气”不环周，气势不流通的意思。因此，不独不会有“凌云”的气魄，而且，像一个泄了气的皮球，给人有“索莫乏气”的感觉。没有“气”，哪来“风”呢？没有“风”，哪来感动人心的影响力呢？所以，刘勰说：“深乎风者，述情必显（对风有深厚造诣的，表达感情一定显透）。”（《风骨·28.2》）在“风”方面有深厚功力的作者，他表达感情方面必定能跃现纸上，显露在人的眼前。在“骨”方面，他说：“故练于骨者，析辞必精（对骨有深厚锻炼的，析辞用辞一定精确）。”（《风骨·28.2》）精练于“骨”的作者，在用字遣词方面一定非常精确，不独采用词汇恰到好处，连字句长短的控制也规矩合度，我们若把这个说法和讨论“文章作法”的《熔裁·32.3》篇作一比较，就会进一步了解刘勰的用心所在，该篇有如下的说法：

故三准既定，次讨字句。句有可削，足见其疏；字不得减，乃知其密。精论要语，极略之体；游心窜句，极繁之体。谓繁与略，随分所好。（中略）思赡者善敷，才核者善删。善删者字去而意留，善敷者辞殊而意显。字删而意缺，则短乏而非核；辞敷而言重，则芜秽而非赡。

（所以当三个准则已经确定，下一步就得斟酌字句。若句子有可删略的，可见文辞有粗疏的地方；文字若不能再增减，才知道文辞是严密的。议论精当而语言扼要，那是极简练的风格；思想奔放而字句铺张，那是极繁富的风格；或繁或简，各适应不同的个性和爱好。（中略）文思丰富的善于铺陈，才思简练的善于删节。善于删节的，他会减少了文字而不减少意思；善于铺陈的，他会多样化文辞而用意更显著。要是删节了而意思不全，那是短缺而不是简练；要是铺陈了而语言重复，那是芜杂而不是丰富。）

属于形而上的“风格论”必有它的下层结构，这个下层结构就是“文章作法论”，与形而上的“骨”相应的乃是“略”与“删”这两个文章作法概念，与“风”相应者，乃“繁”与“敷”也；徐复观先生谈《文心雕龙》，对“骨”这个概念确有精心独到之得[①]，他认为它的含义和英国论文大家斯宾塞（Herbert Spencer）的“费最少的力量的公理”相通，该公理的定义乃是，“作者表达思想意见的方式应做到以下的程度，乃就是读者能以最少的脑力就能明了作者的意思”[②]。20世纪80年代初，赫什（E. D. Hirsh, Jr.）重新打出研究“文章作法论”的旗帜，认为“费最少的力量的公理”只看到一面，就是意见表达的一面，而忽略了文学作品其他方面的影响力，包括例如风格啊、情绪啊、节奏啊等。有时候

① 徐复观：《中国文学论集》，台北环宇出版社1966年版，第30—38页。
② 同上。

最理想的效果乃是从华丽的装饰和雕琢而来，也就是他所提出来的“费最多的力量的公理”[①]。他认为两个公理应像阴阳两极那样，互相推动，互相参补，不能持一端而论。他的说法，笔者会在讨论刘勰“文章作法论”时再作专题研究，今略。

刘勰的“风骨论”之所以难处理，乃是因为他在“风骨”之外，又加进了一个概念，那就是“采”，是一个与“风骨”鼎足而立的另一概念，刘勰认为有了“风”与“骨”，还是不足的，必须要有“采”，作品才能成为“鸣凤”，他是这样说的：

> 若风骨乏采，则鸷集翰林，采乏风骨，则雉窜文囿；唯藻耀而高翔，固文章之鸣凤也。
>
> （倘使有风骨而缺乏文采，便如猛禽聚集在文苑中；有文采而缺乏风骨，就像是山鸡在文苑中乱窜，只有当文采亮耀而又能高飞冲天，才是文笔中的高歌的凤凰。）
>
> （《风骨·28.3》）

这个说法是把“风骨”当作内在的力量，把“采”当作外在的装饰，有强健匀称的身体还不够，必须有相应的美服华饰，才能艳光四射；“采”指的主要是“丰藻”、“奇辞”，这看起来有点肤浅，有点表面化。刘勰到底要说什么呢？他写了一章叫《情采》的篇章，这里的“采”和《风骨》篇的“采”有什么关系呢？“采”自然是花朵的意思，他在《情采》一章中（该章原文残佚，多有后人伪托篇什）就比喻式地说：“夫水性虚而沦漪结，木体实而花萼振，文附质也（由于水性虚灵浮动，所以波纹可以形成；树干坚实，就能开出花卉，文采要依附质体）。”（《情采·31.1》）这里“木体”代表“情”，花代表“采”，“实”与“振”代表“力”。也就是说，木体结实强健时，所开出来的花朵也有精神，这是一种由内而外的生长过程，要有能开花的植物种子才有鲜花，野草的种子不会长出鲜花，有才情自然而然有文采的涌现。这有“命定论”的味道，在《体性》一章内，他

---

① E. D. Hirsch（赫希），Jr.，*The Philosophy of Composition*，University of Chicago Press，1977，p. 9.

的确表达过这种意见，不过，这可能不是他在《情采》中意之所在，该章"情内"和"采外"的关系，是一种互动的关系，"情"是"经"，"辞"是"纬"，"经纬"二者本来是平行的两样东西，没有说谁比谁重要一些。不过刘勰还是把"经"（也就是"情"）放在领导性的位子，他说："经正而后纬成，理定而后辞畅（经线正了纬线才能纺织上去，情理确定了文辞才能畅通）。"（《情采·31.4》）如果我们把这句话改成"纬成而后经正，辞畅而后理定"，也是通的，没有什么不妥当的地方。所以，"情"和"采"是处在对等互动的关系之中，到了下一段，当他讨论中国创作的传统时，他就把两者平等看待，他说："昔诗人什篇，为情而造文；辞人赋颂，为文而造情。"（《情采·31.5》）这里，对于"辞""文"和"采"，笔者将它们归划为同一类东西——"文"就是"辞"，"文"就是"采"，而且，笔者上面所引的"木体实而花萼振"是一个有机体的例子。刘勰并没有强调有机体生长的过程而提出这样的说法"因质内而形文于外也"。他却是说："文附质也。"也就是，文附加在本质之上而结为一体也。所以，"文"是"文"，"质"是"质"，乃是两个不同的存在体。后面他的"质待文也"也有同样的假设。有一点值得特别提一下的，那就是，刘勰虽然因循《毛诗》的传统，他所用的"情"字，有时是专指狭义的《毛诗》上的感情，但一般来说，他的"情"往往是指"性情"或"情性"，指人内在的本性，内在的世界，以及内在的特质，感情是其中的一部分，也包括思想方面与潜意识各层面。要把这个内在的世界展现到外在世界中去，需要通过一种媒介，这个媒介就是文字，这个媒介"显示"内在的气质，"表达"内在的世界，刘勰的惊人之语乃是这个媒介也虚构（有时像真的一样的）内心世界。在有小说的时代，这话并不突出，而在《毛诗》的传统牢笼里，这是了不起的话，它一针见血地道破了"赋"创作的传统，也预见未来一千多年中国诗词创作的流向。或许可以这样说，刘勰也有从"赋"而来的偏见，他说："虎豹无文，则鞟同犬羊。"也等于说，黑豹白豹比不上斑斓夺目的有花纹的虎豹。这是他对艳丽外表有特殊的爱好，特别看重所谓"采"。所以，他认为一个作品有"骨"（也就是"结构良好性"）和"风"（也就是"富于表达性"）还是不够的，必须有"符采（文采）"，才能因此"克炳（显耀）"（《风骨·28.5》），那才是作品的最高峰。不过，他若有机会读到王维的"大漠孤烟直，长河落日圆"，他也许会同意我们的说法，这两句诗没有什么"采"，也不需要任何"采"来美化它们。

刘勰在《风骨》一章中对"采"的看重，自然是受了"赋"传统的影响，从今天的眼光来看，大家着重实质的说理文字，即算宣传性的文字，也不重浮华，对他如此看重"采"这个层面，恐怕引不起大家的共鸣。但是，大家如果从"采"是"人工"，"情"是"自然"这个层面来看这个问题，一切艺术都是"人工"所造，文字的本身就是"人工"的创造品。且以花样溜冰为例，一个表演者必须有强健的体力，表达音乐的舞姿，那是"风骨"，服装设计和舞蹈排练包装，那就是"采"了。所以刘勰"采"的理论应用在花样溜冰表演上，那是很合适的，应用在文学上，他特别着重所谓"丰藻奇辞"，那不是大家现在的价值观。在文学上，什么是大家所认同的"采"呢？还有待我们这一代的文论家进一步的界定。①

八 结论

在本章的开始，笔者就指出：在过去50年间，英美最好的文论头脑，包括对文论有兴趣的语言学家与心理学家，都想给"风格"这个用语一个严谨的分析定义，结果徒劳无功。在承认失败后，"风格论"已是不为英美学者所愿意研究的一门学问。笔者认识到他们的困难与放弃的理由，但笔者采取在"直觉"与"纯分析"中间的一条路子：有系统地以分析方法（但缺乏科学的界定或定义）来探讨"风格的基本构成分子与它们的关系"，以及刘勰"风格论"中的饲汇，例如"体、势、风、骨、采"等。由于这些用语都是些既有比喻意味，又有玄学意义的名词，更需要用现代人的方法来分析。希望因此对他的"风格论"有一个现代人的认识：概念的明确性与推理的逻辑性。笔者尽量把问题放在现代有科学性的学科上，例如，语言学、人类学、计算机学等，来研讨问题②。

① 《风骨》的最后一段基本上是教人怎样学习而能有"风"有"骨"，劝人不务新奇，先从经典入手，知道通变以后，再求新意，同时各人要按自己的个性，找合乎自己的"风骨"，这是刘勰一贯的老生常谈，我们不多赘述。

② 石家宜：《为什么要对〈文心雕龙〉进行系统研究》，《〈文心雕龙〉系统观》，江苏古籍出版社2001年版，第40—74页。

作为起点，笔者采用了亚伯拉罕（M. H. Abrams）的风格定义：“散文或韵文语言措词的表达形式——就是一个说者或作者是以怎样的方式来说出任何他想说的东西。”在这里，笔者认为有三方面：“说话者”、“他所说的”、“他如何地表达”。随之而来的，乃是三方面彼此间的相互关系，这种相互关系有两种，其一是“显示关系”，其二是“目的与工具关系”。从这两种关系的讨论与界定中，笔者认为讨论了下列的题目：

第一，在刘勰的“文如其人”中，反映在作品中的四种作家特征：一是“才”（从天赋而来的才情）；二是“气”（从生命元气而来的气质）；三是“学”（从博闻强识而来的学识）；四是“习”（从模仿琢磨而来的学习训练）。前两者属“第一天性”，后两者属“第二天性”，这四个特性，往往（虽然并不完全一定）要从一个人的作品上才能看出来，我们可以把作家作出“历史上的真人”和“创作时的艺人”的分区。由此可见，刘勰所注重的是后者，不是前者。刘勰自然不知道“知识论”为何物，但他这个论证方法，巧妙地回避了“真人”在作品中“显示”性格的大难题：“真人”与“艺人”之间的矛盾。从他的“二层次的创作论”架构中，系统性地介绍了曹丕气质上“父不移子弟”的创见，也介绍了对“势”、“才力”的见解。

第二，刘勰对每一代都有自己独特文风的看法，有如下的观点：有内因，那是文的形式由简到繁；也有外因，那是统治者每朝每代德政在文章上有必然性的显示。文化总体的发展，很少人会不同意是由简到繁的。但文作形式上的繁简大约是摇摆循环性的吧！统治者的“治”可从民间文化中看出来，那是儒家哲学一贯的看法，刘氏以此说为旗帜，有这种见解是必然之事。大异于德国的“时代精神风格论”（geisteschichte）论说。

第三，笔者谈到“目的与工具关系”的“相衬关系”，那就是陆机所谓的“恒患意不称物，文不逮意”。在传统长远的中国，文义与文字形式间有数之不清，成文的或不成文的“相衬”关系，那是不待多言之事。笔者又提到：风格不单是要表达，而且要以最完美的方式来表达；在这个概念后面，有一个假设，那就是，笔者可以用不同的方式来表达同样的内容，不仅形式与内容可以用二分法，一分为二，而且分出来的任何一项（形式或内容）都可以被单独地作孤立分析。如果作品有对象的话，那其实是一个三角关系，内容必须“对衬”作品对象，形式也必须作相应的

“对衬”。被刘氏用来作这个观点的批评样品。

第四，在讨论到刘勰有名的“八体”时，笔者指出，“八体”与文字结构和用语有关，与文章体裁没有明确的关系。“八体”似乎只适用在“非诗歌”（但包括有韵的赋体）的写作上，“八体”与韵文诗歌的关系并不清楚。徐复观先生提出一个有趣的问题，认为“八体”就好像基本“三原色”或“五原音”那样，是元素性的文体，由其穿梭交织而建成各种不同的古典文体。由于徐氏论证的引文来自《定势》一章，而该章又有本质相类的“六势”。因此，笔者认为“三色五音”应指“六势”，不是“八体”。

第五，口感上的“滋味”与美感上的“滋味”拉上关系，孔子开其端，使他不知肉味的是音乐（孔子对文学美感没有任何评论）。文学的“滋味”也有这种威力，司空图提出“味外之味”这个玄学概念，这是从读者的立场来体会这种威力。刘勰从作品的本身出发，他引用刘桢的名言“使其辞已尽而势有余”来形容这种威力，他称之为作品的“势”，用他“本体论上的创作论”中的“形而上的气”的概念来解释它的力量。因为作品有“形而上的势”，所以读者有“味上味”的感受。因此才可以解释“辞已尽而势有余”的境界。这是中国诗学中最主要的题目：为什么短短的几个字，可以引发出无穷无尽的韵味来呢？从司空图、严羽、叶燮，到现代的王国维，都是在这个问题上打转，但是都没有建立起一个美学或玄学上的架构来解释这个事实。笔者相信刘勰所建立起的文论上的玄学架构可以用来解释这个美学问题。

第六，美好的文字，一定要经过不断的吟咏，文字的“滋味”才能淋漓地流露出来，刘勰坚持这个意见，因为他深信声响对文义有“调味品”的作用。他对文字的读音有“抗喉娇舌，攒唇激齿”的苦学经验。但他缺乏研究音韵、音调的利器。他生活在中国历史上一个文化交流波澜壮阔的时期，佛教文化经过三四百年的流传，已席卷中国大地。佛教徒在未来的五百年间所建的佛窟佛像佛塔，其规模之大，浸浸然或可能与万里长城媲美。佛藏典籍的总量在刘勰时可能已超过儒家一千五百多年来传播的经典。所以，译经工程之宏伟是史无前例的。例如，深入人心的“观音菩萨”，他或她就有几十种译名，意义与读音都是考虑的因素。译经大会往往数百僧人共聚一堂，一唱一和，以之审中华译文之音，以期吻合梵语之声。当大家在这样的场合听自己语言的声响时，有耳目一新的奇妙感觉。大家因此对自己语言的发音，有一个崭新的认识，遂引发起中国音韵学上的三大革命，一是“反切”的发明，二是“四声”的发现，三是“韵书”的开创。四声导致中国最完美诗体“律诗”的发明，韵书导致中国文人间有一个共通的读书语言，成为彼此沟通的渠道，对中国大一统有至深至巨的帮助。反切作为一种审音工具，正如罗常培先生所说的那样，虽然不是迎刃而解的宝刀，却也是差强人意的一种工具。刘勰虽然不是译经家，但生活在佛寺僧侣间，对中国音韵的警觉性与敏感性是不待言的。他明言审音（包括韵和调）是顶难的一件事，但也是一件必不可缺的事。他提出：声响使文字有咸酸的味道，润滑的口感。所以他的“回响”关系是一种“调味品”的关系。英国大诗人蒲柏的名言变成“声响必须像文义的‘调味品’一样”。

第七，同样，文法对文义也有“回响”的作用。问题在于：中国在传统上是没有什么文法观念的。不要说文法结构了，即便“句”的定义，中国也是没有的。即便到了今天，在白话文中，应把句点“。”放在什么地方，大家还是含混不清的，也就是说，大家是依赖“语义”而不是按照“语法”的规定来安放句号的；而梵文文法严谨，句句分明，句点置放的位置是一清二楚的。刘氏是有所感应的，他曾经试为“句”下定义，但是不很成功。他也尝试在文句中找文法结构，找到句子中有一些字，例如“兮、夫、故、矣”等，是没有“文义（没有反映实质世界的意义，但有反映思维运作的意义）”的，但对语气是有帮助的，他称之为“语助词”，这是中国传统（可能是唯一）文法概念“虚字”的滥觞。这些“语助词”在句子开端或在转折或结尾处把句子“回运弥缝”（《章句》）起来，加强作者的表达能力，使语气更有“句外”的味道。在文论上，笔者可以这样解释刘勰的“将令数句之外，得一字之助矣”，他所列举的“一字之助”好像上面所讨论的“回响文义”的声音一样对文句有着“调味品”的作用，增益了文句的“滋味”。

第八，笔者探讨了被大家讨论得最多的两个风格概念“风”、“骨”。笔者提出：这两个名词可以从三个层面来讨论：从“冰”的层面来看，是“内容”与“形式”两极的研究，属“文章作法论”；从“水”的层面来看，是“你中有我，我中有你”的研究方法，乃是一种“阴阳二极”

互补性的分析法。在研究“南辕”的时候，要考虑到“北辙”，反之亦然；在对各种不同表达的评估中，一个批评家必须在内容和形式（风格）之间建立一种恰当的联系准则，并且存在着许多因素（有些是客观的，有些纯粹是主观的）影响到评定选用某种独特表达方式而不用其他的。作者个人气质的流露（显示关系），以及说话的对象——例如，太史公《自序》说话的对象是谁呢？（会不会是上天呢？或者，形而上的历史呢?）——都在笔者考虑之内。从“蒸汽”的层面来看，那是“味外之味”的境界，进入“玄学”的领域。笔者的着重点在“水”的那个层面。正如笔者所说，说一个人有“风格”，乃是赞美的说话。同样，说一个人有“风骨”，也是欣赏的话语，表示这个人的文字有最低程度的“富于表达性”（“风”）和“结构良好性”（“骨”）。

笔者对“风格”最后下了这样的定义：“风格”乃是一个说者或作者，在一个特定的说话对象下，或因某一特定目的（若适用的话），应用标准或惯性的文学工具（目的和工具关系），例如，修辞、象征等，通过最完美的“相衬关系”（内涵和形式的统一）与“共鸣关系”（声音或文法结构与内涵意义的回响），说出任何他想说出来的东西，但必须达到最低程度的“富于表达性”以及“结构良好性”；最终的产品可能有“文如其人”和“文如其时代”的显示征象，这种作者和时代气质的流露的“显示关系”是不受作者个人意识所控制的。在下一章，笔者将以这个定义来分析刘勰对各式文体的论述。

四　“雕龙”层次的文章作法论与各类文体的论述

徐复观先生谈《文心雕龙》，对“骨”这个概念有精心独到之得[①]，他认为它的含义和英国论文大家斯宾塞（Herbert Spencer，1820—1903）的“费最少的力量的公理”相通，该公理的定义乃是：“作者表达思想意见的方式应做到以下的程度，乃就是读者能以最少的脑力就能明了作者的意思。”[②] 20世纪80年代初，赫什（E. D. Hirsh，Jr.）重新打出研究“文章作法论”的旗帜，认为“费最少的力量的公理”只看到一面，就是意见表达的一面，而忽略了文学作品其他方面的影响力，包括例如风格啊、情绪啊、节奏啊等。有时候最理想的效果乃是从华丽的装饰和雕琢而来，也就是赫什所提出来的“费最多的力量的公理”[③]。赫什认为两个公理应像阴阳两极那样，互相推动，互相参补，不能持一端而论。

赫什指出任何文章作法的准则都不是绝对的，而是相对的，随时愿意接受例外的。一个更恰切的定义应是：“应做X，除非你有很好的理由拒绝做X。”[④] 目前大学学院，中外一致，对学生学术报告最高的要求是“可读性”（readability），因此要求学生用简短的句子，不用生僻的字，避免用否定词语与被动语态等。但是，一个学生照着这样做，得到的结果可能不是可读性，而是令人昏昏欲睡的单调性。如果学生因而加进另一准则：“避免文句的单调性。”如此的话，学生就会引进不常用字、复杂句子、被动语句等；后者的准则又违反了前者的准则。结论是，没有放之四

① 徐复观《中国文学论集》，台北环宇出版社1966年版，第30—38页。

② 同上。

③ E. D. Hirsch, Jr., *The Philosophy of Composition*, The University of Chicago Press, 1977, p. 9.

④ Ibid., p. 150.

海而皆准的准则。赫什认为他能建立一套理论，寻找出文章作法准则背后的原理（principle）[1]，其中一个主要的原理乃是所谓“相对性的可读性”（relative readability），“可读性”乃指“一个读者明白一段文字的容易程度”，“相对性”则指“容易程度是相对性的，因为‘语义意向’（semantic intention）的不同，而有不同的标准”。他其中的一个例子乃福克纳（William Faulkner，1897—1962），认为：从绝对表达清晰角度来看，福克纳的文字并不具有“可读性”；但是若从“相对性的可读性”言，由于福克纳能高效地表达他复杂的“语义意向”，该意向是存心要典雅和隐晦的；则具高品质的可读性[2]。由于赫什没有很明确地界定什么是“语义意向”，也就是，没有客观的标准，因此，赫什的立论是循环论据（circular argument），赫什的“相对性的可读性”是一种“通吃”（catchall）的原理，缺乏逻辑的严谨性。因此，赫什的原理是否可以被称作原理，是待考的。赫什批评斯宾塞关于英文中由撒克逊（Saxon）语而来的字（例如，grand）优胜于由拉丁文而来的字（例如，magnificent），认为（赫什也指出其实斯宾塞自己就承认）：“雄伟壮丽的”（magnificent）比起“宏大的”（grand）来，更有华丽的效益[3]。他和斯宾塞都认识到文章作法论中一个内在的困难，那就是，文章作法准则存在着无可避免的矛盾性，没有一个准则是放之四海而皆准的，“应该X，但允许例外”是常规。赫什“相对”什么的，只能说赫什警觉到文章作法论存在着准则的矛盾性，他的理论是否解决了这个矛盾性，则待考。在理论构建上，赫什优胜于刘勰的地方，在于他警觉到这个矛盾，而刘勰则没有。

文章作法的准则只能应用在特定的文体、特定的场合，以及特定的说话对象。这一点我们在上一章讨论风格时已论及，以下我们将就《熔裁》、《声律》、《章句》、《丽辞》、《比兴》、《夸饰》、《事类》、《练字》、《通变》、《附会》、《总术》各章，其中《隐秀》一章，多为后人所补作[4]，弃而不论。重点地提炼出他的文章作法准则。赫什之所以认为他的

① E. D. Hirsch, Jr., *The Philosophy of Composition*, The University of Chicago Press, 1977, p. 145, p. 148 and pp. 150 – 57.

② Ibid., p. 75.

③ Ibid., p. 78.

④ 周振甫：《〈文心雕龙〉今译》，中华书局2005年重印1986年版，第355页。

原理是原理，乃是因为他给予文章作法准则心理学上的依据①。文化的差异是巨大的，但生物性的心理学是普遍性（universal）的。因此，现代英语的文章作法准则和一千五百年前刘勰时代的文言文的文章作法准则是有共通的地方的，笔者尽量在比较两种文化中的文章作法准则时，给予心理学上的解读。目前，这种研究还未成熟，但应该是一个极有前途的方向。

一 文章作法的三个标准——"三准"

凡思绪初发，辞采苦杂，心非权衡，势必轻重。是以草创鸿笔，先标三准：履端于始，则设情以位体；举正于中，则酌事以取类；归馀于终，则撮辞以举要。然后舒华布实，献替节文，（中略）故三准既定，次讨字句。句有可削，足见其疏；字不得减，乃知其密。

（大凡在开始构思的时候，苦于辞采繁杂，内心［的衡量］不像天平［那样的准确］，势必出现轻重不均［的毛病］。因此在草创鸿大著作时，应先定出三个准则：行走第一步时，应该根据情志来决定文体；正确的第二步，则根据主题来选择资料事例；放进最后的第三步，则选择最能显示出重点要义的文句。然后让花开果结地增添华采，再把材料去芜存精使文字得以调节。［中略］所以当三个准则已经确定，下一步就得斟酌字句。若句子有可删略的，可见文辞有粗疏的地方；文字若不能再增减，才知道文辞是严密的。）

《熔裁·32.2&3》

对于什么是"三准"，有很多不同的意见，这里采用郭味农先生的解读，认为它是建立一篇文章主题的三个步骤，如下②：第一步，选择一个设计，包括主题与文体；第二步，收集与主题有关的资料；第三步，以精辟的语言来总结要说的观点。他甚至认为刘勰是以同样的方法构写他在《文心雕龙》中的文章的。每篇文章对有关题目以解释或定义为其开端，再详列案例来支持

① E. D. Hirsch, Jr., *The Philosophy of Composition*, The University of Chicago Press, 1977, p. 58, pp. 65 - 71, p. 94 and p. 171.

② 郭味农：《关于〈文心雕龙〉的三准论》，《〈文心雕龙〉研究专号》，香港大学出版社 1962 年版，第 13—19 页。

他的见解，最后以一首诗的形式结尾，诗句文字精简扼要[①]。这与学院作业报告差不多，先有设计和主题，次有议论和证明，后有简明的总结。刘勰以令人难懂的四六骈骊文书写，而近代则要求以简单明白的文字来表达。与西方旧式作文三位一体标准有相类似的地方，它们是[②]：统一性（unity）、相干性（coherence）与重点性（emphasis）。没有一个合适的设计，统一性与相干性几乎是不可能的[③]。在《附会》章，刘勰表达同样的见解：

> 何谓附会？谓总文理，统首尾，定与夺，合涯际，弥纶一篇，使杂而不越者也。若筑室之须基构，裁衣之待缝缉矣！
>
> （什么叫“附会”呢？是说总揽文章的条理，联筹首尾段落，决定去取，组合章节，包举全篇，使它内容丰富而不散漫。好像盖房子必须要建基础结构，剪裁成衣服的布料有待缝纫啊！）
>
> （《附会·43.1》）

也就是说，无论是起房子、造衣服、写文章，都需要蓝图。这是常识，日常生活中的常识性的智慧；把任何事情做得有条理，都必需要有计划。美国学院书写的教父斯特伦克（W. Strunk）和怀特（E. B. White）两位先生说过同样的话，认为这是写文章的第一条原理[④]。蓝图可以帮助作者构思要发展的主题，并在论述中不失落主体讨论脉的络，以及主体论述与开始和结尾的呼应。导致文章各部分与主题有序地挂在一起，而成为一个统一性的个体。否则，散漫地随意乱写，结果将会是刘勰所说的：“而委心逐辞，异端丛至，骈赘必多（若放任心意去追逐辞采，不正确的念头纷纷涌现，多余的说话一定众多）。”《熔裁·32.2》由于是常识，这个说法可应用在任何文化的写作行为上，说是原理，应是可接受的。

蓝图与统一性、相干性的关系密切些，与重点性较疏远些；从蓝图大

---

① 郭味农：《关于〈文心雕龙〉的三准论》，《〈文心雕龙〉研究专号》，香港大学出版社 1962 年版，第 13—19 页。

② Cleanth Brooks and Robert Penn Warren, *Modern Rhetoric*, New York: Harcourt, 1949; 2nd ed., 1958, pp. 23 – 36.

③ W. Strunk and E. B. White, *The Elements of Style*, New York: MacMillan, 1942; revised edition, 1972, p. 10.

④ Ibid., p. 63.

家可以设计在什么位置需要强调。但怎样才能起强调的效益，则需要别的论说。强调的其中一个手法，就是以精辟的语言来总结要说的观点。这种做法的好处，可以用心理学来解释；吉布森（E. J. Gibson）和莱文（H. Levin）在《阅读心理学》（*The Psychology of Reading*）一书中称：一个成年人的最高阅读速率是每分钟 300 字，其中每个字的平均音节是两个音节[①]。这自然是指英文，中文单音字众多，是否因此而能有超过每分钟 300 字的阅读速率，则待考。另一位心理学家克里斯托弗森（A. B. Kristofferson）研究人的注意力广度和物体心理时段（psychophysical time），他的实验显示：人的大脑的操作速度的上限为 50 毫秒（milli-seconds）每最低单位事项。后者的研究对象并不特别针对语言单位事项；若和前者研究相结合，则可结论：人的大脑处理语言单位事项的最高阅读速率乃每秒 20 个单位。由于这个限制，赫什指出：“在处理论述单位，注意力只能去有限的几个地方，因而不会被过度力尽。”[②]

要进一步以心理学来说明为什么用精辟的语言来总结要说的观点是最能产生强调效益的，笔者必须介绍美国本土第一位哲学家和心理学家詹姆斯（William James，1842—1910）对“短期记忆”（short-term memory/primary）和“长期记忆”（long-term memory/recollection）的分别[③]。“短期记忆”指刚刚过去的过去事情，是与现在连接在一起的另一端；还未从大家的意识中消失去而断绝了联系，因此不属于已被放进记忆中的过去。而“长期记忆”则是从大家的意识中消失去而且断绝了联系的过去事情，与现在完全被分隔开，与一生中无数的其他记忆一起被贮放进，可以这么说，一个“贮备库”中；在需要这个过去事情的记忆时，再像图书馆找书那样，被重新搜索回想出来。在詹姆斯之前，语言学家往往把语言记忆放进“长期记忆”之中。而事实上却不是这样，语言结构被残留在脑海的记忆中，只在“短期记忆”时期，因此，语言结构在脑海中停留的时

---

① E. J. Gibson and H. Levin, *The Psychology of Reading*, Cambridge, (Mass.): M. I. T. Press, 1975, pp. 539 – 549.

② 原文：“[A] ttention has to go to fewer addresses per unit of discourse, and therefore gets less tired out.” E. D. Hirsch, Jr., *The Philosophy of Composition*, The University of Chicago Press, 1977, p. 106.

③ William James, *Principles of Psychology*, Vol. I, New York: H. Holt & Co., 1890, p. 647. Cited in Hirsch, pp. 110 – 111.

间是非常短暂的。也只有在这阶段去了解语文是最容易的，最不费力的，是可读性最高的时候。

在“短期记忆”有多短的研究上，著名语言学家约翰逊·莱尔德（P. N. Johnson Laird）在《语言句子的感知和记忆》（*The Perception and Memory of Sentences*）一文中称：“在几秒钟以内文化结构的形式大致会在记忆中消失，（中略）没有人知道意思在记忆中是怎样被代表的，但没有任何证据显示文法结构的形式与意思的记忆是直接相关的。”① 因此，在时间上不超过几秒钟。在语言字节的量化上，应该是多少呢？米勒（G. A. Miller）有一篇广为传播的文章，题为《神奇的数目“七”，可加或减二》（*The Magic Number Seven, Plus or Minus Two*），“短期记忆”以七个音节为基准，在不同的情况下，可加或减两个音节②。这自然是针对英文而言，中文或许要应用“修正主义”也说不定，最终还得自己去做相应的实验。中国人用五言或七言写诗，实在是在直觉上“体会”到，在音节的可读性上，存在着神奇的数目“七”。怪不得中国的旧文人，在宴会上听到新的创作时，回家就能把自己喜欢的诗句抄录下来。相反来说，如果一句“子句”（clause）太长，超过了上限，就会失去可读性。这就是在篇章末用精辟的语言来总结要说的观点是最能产生强调效益的；是一个可取的作为或原则的原因。从以上英文“子句”的讨论，使我们想到中文句子的界定。正如我们在上一章所提出那样，中文直到今天，没法以内在文法界定一个句子，也就是，没法因为文法结构的必须而决定标点逗号的一定位置。不过，刘勰是有“句”的观念的，而且也有段，也就是“章”的观念的。

二　章与句的概念

> 夫设情有宅，置言有位；宅情曰章，位言曰句。故章者，明也；句者，局也。局言者，联字以分疆；明情者，总义以包体。区畛相

① P. N. Johnson-Laird, *The Perception and Memory of Sentences*, in New Horizons in Linguistics, ed. J. Lyons, Penguin Books, 1970, p. 268.

② G. A. Miller, “The Magic Number Seven, Plus or Minus Two: Some Limits on Our Capacity for Processing Information,” in *The Psychology of Communication*, New York: Harmondsworth, 1970, pp. 14–44.

异，而衢路交通矣。

（创作要把内涵安顿在合适的处所，语言摆在适当的位子；把内涵安顿好就是分章节，把语言安排好就是造句子。所以章是使人明白的意思，句是分界的意思。把语言分界，就是把一个一个字联起来构成各自分别的单位；把内涵叙述明白，就是总括所要叙述的意思，再把它含蕴在选定的体裁里，这两者的范围大小不同，却像有道路连接那样，是彼此相通的。）

（《章句·34.1》）

在英文中，段和句最大的分别在于：句有文法组织把句子的组成部分联结成一个单位；段则缺乏形式上的结构组织，把一个段落统一起来。也就是说，段落中的句子和句子之间没有文法组织，把句子统一起来成为一个段落。统一段落的是在语义（semantic）层次的主意（idea）：一个主意一个段落。在这一点上，刘勰持相同的见解，他说：“句司数字，待相接以为用；章总一义，须意穷而成体（一个句子司管几个字，需要连接起来发挥作用；一章里有一个意思，需要把意思说完整了，才构成一个段落）。”（《章句·34.2》）刘勰“句”的观念只能和英文“子句”的观念作比较，而且只能在语义层次上作比较，没法在文法层次上作比较，那是因为传统上中国是没有文法观念的，关于这方面的讨论，见附录四《一个梦想：打造从中文句子自然生态而来的文法结构》。那么，在语义层次上，是怎样讨论英语“子句”的呢？在语言心理学的实验中，有这样的观察，一个读者对“子句”直接的察觉超过他/她对形成句子的各个字汇的察觉；在领悟意思中，他/她会暂停对构成句子的各个字汇的解读，直到决定了句子整体的意义之后，才去决定形成句子的各个字汇的文法和语义功用。也就是说，一个读者要先感到一个“结束”，才会去解读在这个“结束”规范内的组成部分的意义。这个阅读的心理事实大大地帮助我们了解刘勰所下的定义：“句者，局也（句是分界的意思）。”从“同音异义相关语”（pun）而来，“句”字中古音为“giuo”而“局”字中古音为“giuok”①，后者为入声字

① Chou Fa-kao, A *Pronouncing Dictionary of Chinese Characters*, Chinese University of Hong Kong Press, 1973.

而前者非是，但发音相近，故被刘勰用来作为句字的定义，该定义进一步说：“局言者，联字以分疆（把语言分界，就是把一个一个字联起来构成各自分别的单位）。”因此，“局（分界）”的观念与语言心理学上子句“结束”的观念是相类似的。中国人喜欢用“同音异义”来解释事情，往往是一种文字游戏。在这里，由于有语言心理学的根据，刘勰这个“同音异义”定义可能反映了埋藏在文化深层意识中的智慧。

赫什指出“一个主意一个段落”是有健全的心理学理论为依据的①，他认为这个说法根植于注意力运作的普适性，那就是，在同一特定时刻，人的注意力只能做一件事（one - thing - at - a - time）。这个说法是否能以严谨的科学方法得到证明，是待考的；在物理世界，这是公理，例如，一个轮子在同一时刻，或接受摩擦而滚动，或战胜摩擦而滑行，但不能在同一时刻既滚动又滑行，两个动作同时发生。思维世界可能也遵循同样的原理，但是否能以科学实验证明，笔者不确定。但在常识上，这个说法是合情合理的。赫什以定理视之，因此应用到文章作法中时，视“每一次只有一个主题（one - theme - at - a - time）”为推论（corollary）。由于大脑是按照次序运作的，有效的思维或书写应在第一个主题次序“结束”之后，才开始第二个，他称之为“结束原理（the principle of closure）”。他宣称：“如果段落观念不存在，那我们就必须发明它。”② 他并没有指出，在印欧语写作史中，是谁发明文章段落的。在中文写作史中，大约在子思（前 483—前 402）时，还未有明确的段落观念，传说是子思撰写的《中庸》，段落不分明，可以说是乱七八糟的，虽然在混乱的下面埋藏着伦理概念的珠玉珍宝，也只有像朱熹（1130—1200）或王阳明（1472—1529）那样的大儒才能梳理出一个头绪来，像笔者那样的一般读者，往往会头脑昏花，弄不出一个头绪来。段落观念慢慢从《墨子》、《孟子》、《庄子》发展出来，到《荀子》才条理明确起来。荀子（前 313—前 238）是否能做到“一个主题一个段落”，还有待专家学者进一步的考证。段落观念在《荀子》一书中趋于成熟，大概很少人会反对的。赫什进而提出“对组成

---

① E. D. Hirsch, Jr., *The Philosophy of Composition*, The University of Chicago Press, 1977, p. 151.

② Ibid..

部分有利的东西对整体也是有利的(what - is - good - for - the - part - is - good - for - the - whole)”的见解[①]，也就是说，段落写得有条理，文章整体自然会有条理。刘勰也有如下相同的看法：

夫人之立言，因字而生句，积句而为章，积章而成篇。篇之彪炳，章无疵也；章之明靡，句无玷也；句之清英，字不妄也。振本而末从，知一而万毕矣。

(人们的写作，用字来造句，积句成章，积章成篇。全篇写得有光彩，也由于章节没有毛病；每章写得明白而细致，也由于句子没有毛病；句子写得清新挺拔，也由于每个字都不乱用；这好比摇动根干，枝叶也就跟着动摇，懂得基本的道理，各种各样的事例就都可以被概括进去啊!)

(《章句·34.1》)

有了很好的组成部分，要变成一个好的整体，还需要有东西把组成部分连接起来，编织成一个整体。赫什提出“语义层次的集成整合(semantic integration)”的见解，在实际应用上，那就是以联结性的语言词汇，例如，副词的“同样地(similarly)”、连词的“尽管如此(nonetheless)”等，把组成部分连接成一个整体。现代语言感知实验显示：人们把当前文义整合集成到整个对话的语义记忆中去，其交汇点就是子句和子句之间。也只有在这个交汇点时，人们还清晰地记得上一句子句的语文特征，而且只有大约12秒钟的时间去连接已完成的上一子句和还在构造的下一子句，超过了12秒钟人们对上一句的语言形式就会衰退[②]。赫什认为连接性的语言词汇在整合集成上至关重要。刘勰也可能出于对整合集成部分为整体的关心，对虚字连接词例如“之、而、于、以”产生兴趣，他说：“‘之、而、于、以’者，乃札句之旧体(之、而、于、以这些虚字是传统上把句结扎成形的例子)。”(《章句·34.6》)又说：这些字“据事似闲，在用

① E. D. Hirsch, Jr., *The Philosophy of Composition*, The University of Chicago Press, 1977, p. 151.

② J. S. Sachs, “Recognition Memory for Syntactic and Semantic Aspects of Connected Discourse,” in *Perception and Psychophysics*, 2 (1967), pp. 437 - 42.

实切（照事理看，它们好像很多余，就作用看，却是很实用的）。”（《章句·34.6》）由于刘勰这份关怀，他第一个提出“语助词”这个概念[①]，那就是一个句子中，有些字是没有实质的文义的，只有帮助性的作用——此乃传统文法概念“虚字”的滥觞。讨论见附录四《一个梦想：打造从中文句子自然生态而来的文法结构》。以下笔者讨论刘勰对口语和书写语之间关系的看法。

三 吟咏滋味，流于字句

> 是以声画妍蚩，寄在吟咏，滋味流于字句，风力穷于和韵。异音相从谓之和，同声相应谓之韵。韵气一定，则馀声易遣；和体抑扬，故遗响难契。属笔易巧，选和至难，缀文难精，而作韵甚易。
>
> （因此文章声韵的好坏，寄托在吟咏上；滋味从字句流传［在吟咏之中］，气力全用在和谐押韵上。不同的声调配合得当叫做和谐，使尾声相同的音前后呼应叫做押韵。押韵是有一定的，所以收声相同的音容易安排；声调和谐要注意抑扬，所以音响难于配合恰当。措辞工巧还容易，要使音调和谐顶困难，作文难工，押韵极易。）
>
> （《声律·33.2》）

对什么是“和”，罗根泽先生认为那是自然的声律，非四声八病的格律[②]。所谓“声律”，乃指口语的自然韵律。罗氏认为刘勰持这样的意见：书写语的节奏应以口语的节奏为标准。这个解读对应风格论中所讨论的，人声本身就是一种乐器，它有自我独立的条件，它本身就能制造抑扬顿挫的“宫商五音”，有它自我的音乐性。“宫商”的节奏是从每个人自身生命力的血气而来的，不是从外在的音乐器材而来的，语言是人类文明能变成文章的门户枢纽，一个人能发出音乐节奏的声音，那是因为人的嘴巴也是一种乐器。（《声律·33.1》）这个看法得到近代心理学家的支持，他们

---

① 郑奠、麦梅翘编：《古汉语法法学资料案编》，香港中华书店1972年版，第1—5页。

② 罗根泽：《中国文学批评史》第一集，古典文学出版社1958年重印1957年版，第232—233页。

观察后结论：节奏始自人身体上的感官，例如，心的活动、脉搏的跳动、呼吸的一起一落、走路的步幅以及跳舞动作。因此，从基本上说，口语的节奏必定会影响书写语的节奏；但是，要明确地指出是在哪方面或是怎样受到影响，则有困难。这是研究人员目前无法做得到的事。目前，语言心理学家仍在争论，书写语言和阅读与口语关系是否一种寄生关系——书写只不过是一种无声的口语而阅读只不过是一种视觉上的听闻。由于大多数识字的人，学习听闻远远早于学习阅读，通常大部分人相信阅读是寄生在听闻之上的一种技巧。也就是，阅读所需要做的事不外是把书写文字翻译成相对的口语内容，然后去听口语所传递的信息。鲁宾斯坦（H. Rubenstein）等学者认为：视觉上的刺激符号必须被转化为音位信号，然后才能被分析出意义①。而霍罗斯得（M. E. Wrolstad）则反对口语占原始性的地位，认为：阅读和听闻应被视作各自独立但又相类似的处理过程，这个处理过程的目标乃是为了得到信息的意思②。刘若愚先生在阅读本文之后，对笔者提出：至少在中文阅读上，我们极可能对某些字不会发音，而能默默地了解文义，可作为霍罗斯得论据的支持例子。赫什则认为阅读和听闻之间，有一种脐带关系，对一个课文的可读性和可听性是二而一、一而二的事。他以我们每一个人写作的习惯来支持他的论点。也就是，我们每一个人在修改自己的文章时，会把句子大声念出来，看看是否拗口。歌·弗里思（Uta Frith）指出：虽然在无声阅读，对和韵的赏识，声音还是很重要的。因此，刘勰的观点，发音的器官，包括嘴唇、舌头、声门决定韵文和散文的声音韵律和格局，以及吟咏滋味、流于字句，是与现代语言心理学的观点相吻合的。以下介绍刘勰关于练字的讨论。

四 如何选择正确的字

赫什认为：能写出好句子，其中一个最大的本领就是能对互相冲突的准则，作出聪明的妥协③。一个准则是“避免重复使用一个字”，但当人们找不

---

① H. Ruberstein, S. S. Lewis and M. A. Ruberstein, "Evidence for phonemic recording in visual word recognition," in *Journal of Verbal Learning and Verbal Behavior*, 10, (1971): 645 - 657.

② M. E. Wrolstad, "A Manifesto for Visible Language," in *Visible Language*, 10 (1976): 4 - 40.

③ E. D. Hirsch, Jr., *The Philosophy of Composition*, The University of Chicago Press, 1977, p. 130.

到其他合适的字，才能把意思准确地表达出来，人们必须放弃不重复字的准则。刘勰也有这种灵活性，一方面，他说："重出者，同字相犯者也（重出乃是同一个字在句子中被重复使用）。"（《练字·39.5》）另一方面，他又说：

> 若两字俱要，则宁在相犯。故善为文者，富于万篇，贫于一字，一字非少，相避为难也。
>
> （假使两个相同的字都是必要的，那么宁可重复。所以会写文章的，才华丰富到可以写上万篇文章，有时要换一个重复的字，却感到字汇贫乏；一个［合适的］字不是缺少了，而是要避免重复就会产生困难。）
>
> （《练字·39.5》）

刘勰又提出两个准则：其一是，必须用适当的字汇；其二是，必须把两个相关字放在一起。他是这样说的："若辞失其朋，则羁旅而无友（要是句子没有配合好的话，便像在外做客，孤独无友）。"（《章句·34.3》）当作者把相关的字放在一起，则会经济化读者的注意力，而不浪费他的"短期记忆"能量①。以上两个准则会导致一个推论准则："删去多余不必要的字。"对于这个经验法则，刘勰是这样描述的："字不得减，乃知其密（一个字都不能减略，才知道文句是紧密的）。"（《熔裁·32.3》）进而解说道："同辞重句，文之肬赘也（把同一句话说两次，那是文句上的多余）。"（《熔裁·32.1》）

笔者在讨论刘勰的文学史史观时，曾经指出：刘勰偏重文人的雅文学，轻视民间的俗文学；但他却能欣赏民间的谚语，在措辞用语的选择上，刘勰不避谚语，他是这样说的：

> 并上古遗谚，《诗》《书》所引者也。（中略）夫文辞鄙俚，莫过于谚，而圣贤《诗》《书》，采以为谈，况逾于此，岂可忽哉！
>
> （这些都是上古流传下来的谚语，曾为《诗经》和《书经》所引用。（中略）在文辞鄙陋浅俗上，是没有超过谚语的，可是在圣人和

---

① E. D. Hirsch, Jr., *The Philosophy of Composition*, The University of Chicago Press, 1977, p. 154.

贤人所作的《诗经》和《书经》里，采来作为谈论的资料，何况胜过这些的话语，又怎么可以忽略呢！）

（《书记·25.10》）

那是因为刘勰从《尚书》中认识到：“辞尚体要，弗惟好异（文辞应著重在体察要义，不单是对奇异的爱好）”（《征圣·2.3》、《风骨·28.4》）。他的准则是：“若依义弃奇，则可与正文字矣（偿使依照文义的合理，而放弃奇意，可以跟［那样的人］订正文字）。”《练字·39.6》。

可能由于刘勰生活在中国书法发展的高峰时期，他选字还要看字的外形。他说：“临文则能归字形矣（看起来美观在于字形的匀称）。”（《练字·39.4》）他列举了四个因字的外貌来选字的准则，其中一条称：

单复者，字形肥瘠者也。瘠字累句，则纤疏而行劣；肥字积文，则黯黕而篇暗。

（单或复是指笔画的多或少。笔画少的字被连接起来，就字貌稀疏而笔行单薄；笔画多的字被连接起来，就字貌繁密而篇章［看起来］暗暗黑黑的。）

（《练字·39.5》）

这个说法可能有心理学上的根据，近代的研究显示：句子中的字，长短保持一致性，会比较容易评估。自然，这是对英语而言。笔者必须以中文来做心理阅读实验，看看字形的和谐是否有助于可读性。放弃可读性不谈，只论美观，则刘勰是很有道理说下面这番话的：“善酌字者，参伍单复，磊落如珠矣（善于调节字形的，笔画的多少能相互搭配，就会像珠子那样圆转磊落）。”（《练字·39.5》）他也从美的角度看骈偶。

五 骈偶——造化赋形，支体必双

对赫什来说，平行性的造句最大的功用乃是增强可读性；刘勰完全不关心平行句的可读性，他唯一关心的是骈偶形式的本身就是美。他在

《丽辞·35.5》是这样说的：

> 炳烁联华，镜静含态；玉润双流，如彼珩珮。
> (那样地光彩耀烁，当花开并蒂，
> 那样地明静含姿，当镜照成双，
> 那样地温润成双，有如悬挂在衣摆的珩珮。)

刘勰和赫什另一个不同在：赫什只以平行句来表达相同的意思，而刘勰则以之表达相同或相对立的意思。他们不同的关怀引发他们以不同的理据来解释，为什么要用平行句。赫什依凭他的理据于心理学，而刘勰则为形而上的玄学。他说：

> 造化赋形，支体必双，神理为用，事不孤立。夫心生文辞，运裁百虑，高下相须，自然成对。
>
> (自然所赋予的形体，肢体一定成双成对，［这是造化的］神理作用，显得事物不是孤零零的。由心而来的文辞，运思谋篇时，有百样考虑，高低上下要互相配合，自然会构成对偶。)
>
> (《丽辞·35.1》)

这个说法与刘勰形而上“创作举动”(the creative act)的理论是合节合拍的，作者的神思回响宇宙中“道”的韵律，创造出文字性质的文采图案，犹如自然创造了大地上的像文章那样的景观形态。相应地文学作品作为一个有机体(organism)，在“支体必双”的有机比喻下，也应赋予文字骈偶[①]。以下笔者讨论几个在文章作法中所需要的修辞手法。

六 修辞手法——比、事、夸饰

刘勰在《比兴》一章中对“兴”的讨论远远超过“比”，但“兴”

---

① Andrew H. Plaks, "The Bones of Parallel Rhetoric in *Wenxindiaolong*," in *A Chinese Literary Mind, Culture, Creativity, and Rhetoric in Wenxin Diaolong*, ed. Zong-qi Cai, Stanford University Press, 2001, pp. 165–77.

是否是一种修辞方法，那是一个讨论极多而结论又缺乏共识的一个问题。在第三部分第一章关于“纯文学”史的论述中，笔者认为“兴”的原始意义乃是，周朝人在主客酬唱的宴会上，拿起琴或瑟来，叮咚出头几个音符，以表明他想奏唱《诗经》中哪一首诗作，来表达或引兴他的意向或情怀。杨牧（C. H. Wang）① 先生把《诗经》中的“老套辞句”（stock phrase）以西方帕里（Parry）与罗得（Lord）公式化口语创作理论来解读分析，是很精辟的见解，也就是，《诗经·周南·关雎》中的“关关雎鸠，在河之洲”是“公式诗句”（formulaic language），代表“典型化的景象”（type-scene），点出诗的主题②，这自然是一种“兴”。但是，这个理论只适用在口语文学上，不适合用在书写文学中，故“兴”不能当作书写文学中的修辞手法。迄今为止，没法为“兴”下一个严谨的文学批评定义，可以用来分析传统的诗词③。

“比”则完全不一样，刘若愚先生成功地建立一个严谨的文学批评定义④，包括明喻和暗喻。刘先生借助理查兹（I. A. Richards）在比喻中有载体（vehicle）和主旨（tenor）分别，作了以下四个合乎逻辑的分类：一是，载体和主旨并列，没有明确把两者比较的字汇，称为“并排性复合形象”（compound images of juxtaposition）；二是，载体和主旨间有明确的比较字汇，称为“比较性复合形象”（compound images of comparison）；三是，以载体代表主旨而主旨没有被写出来，称为“替代性复合形象”（compound images of substitution）；四是，暗示载体的存在而只有主旨被写出来，称为“转移性复合形象”（compound images oftransference）。头两个形象中，载体和主旨间的关系是比较；在后两个形象中，载体和主旨间的关系远远不止比较，正如刘若愚先生所指出⑤，传统上，第三类我们称

---

① 王靖献，笔者杨牧。

② C. H. Wang, *The Bell and the Drum: Shih Ching as Formulaic Poetry in Anoral Tradition*, University of California Press, 1974, pp. 14 – 34.

③ 徐中玉、陈谦豫：《意境·典型·比兴编》，中国社会科学出版社 1994 年版，第 211—406 页。

④ James J. Y. Liu, *The Art of Chinese Poetry*, University of Chicago Press, 1962, pp. 101 – 09. James J. Y. Liu, *The Poetry of Li Shang-yin*, University of Chicago Press, 1969, pp. 236 – 40.

⑤ James J. Y. Liu, *Major Lyricists of the Northern Sung*, Princeton University Press, 1974, pp. 3 – 7.

之为“代字”，例如，以“红”代“花”（以颜色之名代替物种之名，因为红是花最主要的颜色，西方称“转借喻”［metonymy］）；以“帆”代“船”（以部分代替整体，西方称“举隅喻”［synecdoche］）。那已不是比较关系，而是转借与举隅关系。或许我们还可以加进中国文学最常用的替代关系“同音异义相关语”（pun），例如，以“莲”代“怜”，则为第三类复合形象；反之，以“怜”代“莲”，则为第四类复合形象。刘勰自然不会有这样的分类的，他对“比”提出一个要求，那就是：“且何谓为比？盖写物以附意，飏言以切事者也（再说什么叫比喻呢？那就是用事物来打比方，把用意明白而确切地说出来）。”（《比兴·36.2》）他又说：“故比类虽繁，以切至为贵（所以比喻的运用虽然种类繁杂，但以用得切合的为贵）。”（《比兴·36.3》）

刘勰用“事”这个名词，大概包含三个意思：“引文”（quotations）、“典故”（allusions）、“衍生文”（derivations）。从西方论文的角度看，引文和衍生文都不会被当作修辞手法看待。只有典故，才会被当作修辞手法看待，而《文心雕龙》中没有典故一辞。虽然有时也会用一下典故的，例如，《夸饰·37.1》称：“荼味之苦，宁以周原而成饴（苦菜的味道是苦的，哪会因为生长在［周朝发祥地的福地］周原而变成甜的呢）？”那是用了“周原”作为典故的。总的来说，刘勰用典不多，也缺乏讨论的兴趣。他的专注在引文上，他认为引文最重要的事乃是：“取事贵约（引文重在精简）。”（《事类·38.4》）在文论第一章关于文化史的论述时，我们已指出：四六文体由于四六句的限制，引文必须截头断尾，才能融入文句。对古人来说，解读上，这不会成为问题，因为他们已经内化了经典，读了半句，就知整句；读了上句，就知下句；读了下句，就知上句。征引得巧妙自然地嵌入文章，才是关心之所在。刘勰是这样形容的：“譬寸辖制轮，尺枢运关也（好比在车轴上，寸把长的键就能够管制车轮，跟尺把长的门臼能够转动大门［的道理是一样的］）。”（《事类·38.4》）

“夸饰”可以看作是一种表达形式，这种形式以存心的夸张来达到强调的自的。所创造出来的代表性形象是既夸张而又扭曲的，因此而能激发人的想象力，刘勰有以下的观察，他说：

至如气貌山海，体势宫殿，嵯峨揭业，熠耀焜煌之状，光采炜炜而欲然，声貌岌岌其将动矣。莫不因夸以成状，沿饰而得奇也。

（至于描摹山海的气势形状，宫殿的格局，或突兀高耸，或富丽辉煌，光彩照耀得好像要燃烧似的，形势巍峨得好像要飞动似的。没有不凭着夸张来构成形状的，顺着增饰来获得奇突的效果。）

（《夸饰·37.3》）

刘勰再一次用形而上的玄学来解释为什么在语言的应用上我们需要“夸饰”。他说：

夫形而上者谓之道，形而下者谓之器。神道难摹，精言不能追其极；形器易写，壮辞可得喻其真。

（超乎物质形象的叫做“道”，有物质形象的叫做“器”。神奇的“道”难以描摹，用精美的语言也不能写出它的极妙处；具体的器物容易描绘，壮丽的文辞可以显喻它的真貌。）

（《夸饰·37.1》）

刘勰进而注意到，当一件物品的“道”或“神”被描述时，“文辞所被，夸饰恒存（用文辞来表现［神貌］，夸张的手法永远会被运用）”。（《夸饰·37.1》）大家如果从绘画的角度来解读这句话，那就更清楚了，因为这是寄意画精义之所在。写貌不在“似”，而在夸饰和扭曲中得其神。

以上笔者大致勾画了刘勰文章作法主要的准则，正如上面所说，文章作法准则不能脱离文体而存在。笔者以前面第三部分第三章关于风格论中对风格的定义来分析各类文体，进而论述其准则。“风格”的定义如下：“风格”乃是“一个说者或作者，在一个特定的工具关系，例如，修辞、象征等，通过最完美的‘相衬’关系（内涵和形式的统一）与‘共鸣’关系说话对象下，或因某一特定目的（若适用的话），应用标准或惯性的文学工具［目的和工系（声音或文法结构与内涵意义的回响）］，说出任何他想说出来的东西，但必须达到最低程度的‘富于表达性’以及‘结构良好性’；最终的产品可能有‘文如其人’和‘文如其时代’的显示征象，这种作者和时代气质的流露的‘显示关系’是不受作者个人意识所控制的。”正如英国大诗人蒲柏精简地指出：“脑里常常这样想，但是从未这样适切地被表达出来”（《批评论》第297行）。也就是说，有最高风格的文字，乃是那些能以最适切的词句表达出一直在脑海里缠绕不去的意念。除了“相衬”关系之外，在“他（一个作者）所说的”和“他如何地表达”之间另有一种“共鸣”关系，二者间起着一种相互呼应的关系，引发出语言在意思以外的味道，主要是声和义之间的相呼相应，正如英国的大诗人蒲柏所说：“声音必须像文义的回响一样。”（《批评论》第365行）除了声音回响文义的“共鸣”关系之外，还有一种“引申的共鸣”关系，那就是文法回响文义的“共鸣”。这种文学批评的方法，在近代美国“新批评论”（new criticism）中是常用的，高友工（Kao Yu-kung）与梅祖麟（Mei Tsu-lin）在他们有名的论文《关于唐诗的句法、措词风格、意象》中讨论这个问题。以下，笔者将以这个定义来分析刘勰对各式文体的论述，由于笔者认为《杂文》、《诸子》两章不是文体式的论文，笔者因此弃而不论：

表3－13 **关于“颂”体的分析**

分析对象	有关文体在《文心雕龙》中的论述
作者	集体。
对象	神界/祖宗。
目的	歌颂。
时代的演变	先民的舞歌/《诗经》的宗庙正歌/民间诵歌（《颂赞·9.1》）及列代颂的变体发展。（《颂赞·9.2》）
内涵和形式的分论	“辞必清铄，敷写似赋，而不入华侈之区”①（《颂赞·9.3》）。
相衬关系的讨论	缺。
声音回响文义的讨论	缺。
文法回响文义的讨论	缺。
文如其人的讨论	缺。
文如其时代的讨论	缺。

① 语译：“文辞一定要清丽而采耀，铺张的描写像赋，但不进入华丽浮夸的境地。”

续表

分析对象	有关文体在《文心雕龙》中的论述
从“文势”而来的品味	“羽仪乎清丽”。①
从“宗经”而来的源流②	“《诗》立其本”③（《宗经·3.4》）。颂体的发生可能在文字记录之前，甚至在口语记录之前，应发生在自然口语的礼仪时代；但文体形式的出现当发生在文言语时期。

表 3－14　　关于“赞”体的分析

分析对象	有关文体在《文心雕龙》中的论述
作者	统治者或其助理。
对象	神界/祖宗。
目的	说明事理（《颂赞·9.4》）。
时代的演变	列代赞的变体发展（《颂赞·9.4》）。
内涵和形式的分论	“托赞褒贬，约文以总录，颂体以论辞”④（《颂赞·9.4》）。
相衬关系的讨论	“约举以尽情，昭灼以送文”⑤（《颂赞·9.5》）。
声音回响文义的讨论	“并扬言以明事，嗟叹以助辞也”⑥（《颂赞·9.4》）。这里可能指诵读形式，非语言形式，不过诵读的特殊性可能影响用语的特殊性。
文法回响文义的讨论	“所以古来篇体，促而不广，必结言于四字之句，盘桓乎数韵之词”⑦（《颂赞·9.5》）。
文如其人的讨论	缺。
文如其时代的讨论	缺。
从“文势”而来的品味	缺。
从“宗经”而来的源流	“《诗》立其本”（《宗经·3.4》）赞体的形成可能发生在文言语时期。

① 语译：“便以清丽为规范。”

② 贾奋然：《六朝文体批评研究》，北京大学出版社 2005 年版，第 148—174 页。褚斌杰：《中国古代文体概论》，北京大学出版社 1999 年重印 1990 年版，第 346—474 页。

③ 语译：“发源自《书经》。”

④ 语译：“借赞词来褒贬人物事件，用简约的文辞来总结，用颂的文体来发议论。”

⑤ 语译：“简约地叙尽情事，明白清楚地结束文辞。”

⑥ 语译：“都是以高声来言明事理，并用感叹来加重语气的。”

⑦ 语译：“所以篇幅从古以来，都是短而不长，一定用四字句，回绕在几个韵脚上。”

表 3 - 15 **关于“祝”体的分析**

分析对象	有关文体在《文心雕龙》中的论述
作者	统治者代表整体民众。
对象	神界/祖宗。
目的	祈求（《祝盟·10.1》）。
时代的演变	列代祝的变体发展（《祝盟·10.2&3&4&5》）。
内涵和形式的分论	“而降神务实，修辞立诚，在于无愧。祈祷之式，必诚以敬；祭奠之楷，宜恭且哀”①（《祝盟·10.6》）。
相衬关系的讨论	缺。
声音回响文义的讨论	缺。
文法回响文义的讨论	缺。
文如其人的讨论	缺。
文如其时代的讨论	缺。
从“文势”而来的品味	缺。
从“宗经”而来的源流	“《礼》总其端”②（《宗经·3.4》）。祝体的形成可能在文字记录之前，甚至在口语记录之前，应发生在自然口语的礼仪时代；但文体形式的出现当发生在文言语时期。

表 3 - 16 **关于“盟”体的分析**

分析对象	有关文体在《文心雕龙》中的论述
作者	统治者。
对象	另一统治者或層，而以神界/祖宗为见证者。
目的	互结盟约（《祝盟·10.1》）。
时代的演变	列代盟的变体发展（《祝盟·10.2&3&4&5》）。
内涵和形式的分论	缺。纪昀（1724—1805）评：“此篇崇实而不论文，是其识高于文士处。非不论文，论文之本也。”③
相衬关系的讨论	缺。
声音回响文义的讨论	缺。
文法回响文义的讨论	缺。
文如其人的讨论	缺。

① 语译：“可是请神的说话要力求朴实，修辞确立在真诚之上，在于问心无愧。祈祷的仪式，一定要诚心恭敬；祭祀文的模楷，应该恭敬而又悲哀。”

② 语译：“是由《礼经》开其端的。”

③ 周振甫：《〈文心雕龙〉今译》，中华书局 2005 年重印 1986 年版，第 39 页。

续表

分析对象	有关文体在《文心雕龙》中的论述
文如其时代的讨论	缺。
从“文势”而来的品味	缺。
从“宗经”而来的源流	“《春秋》为根”①(《宗经·3.4》)。盟体的形成可能在文字记录之前，甚至在口语记录之前，应发生在自然口语的礼仪时代；但文体形式的出现当发生在文言语时期。

表 3－17　　**关于“铭”体的分析**

分析对象	有关文体在《文心雕龙》中的论述
作者	统治者或其助理。
对象	统治者自己或其后代。
目的	警戒或记功德(《铭箴·11.1》)。
时代的演变	列代铭的变体发展(《铭箴·11.1&2》)。
内涵和形式的分论	“铭兼褒赞，故体贵弘润”(《铭箴·11.4》)。
相衬关系的讨论	缺。
声音回响文义的讨论	缺。
文法回响文义的讨论	缺。
文如其人的讨论	缺。
文如其时代的讨论	缺。
从“文势”而来的品味	缺。
从“宗经”而来的源流	“《礼》总其端”②(《宗经·3.4》)。铭体的出现当发生在文言语时期。有文字记录后，才被刻制在器皿上。

表 3－18　　**关于“箴”体的分析**

分析对象	有关文体在《文心雕龙》中的论述
作者	统治者之助理。
对象	统治者或作者之外的其他人。
目的	警戒(《铭箴·11.3》)。
时代的演变	列代箴的变体发展(《铭箴·11.3&4》)。

① 语译：“是由《春秋》开其根本的。”
② 语译：“是由《礼经》开其端的。”

续表

分析对象	有关文体在《文心雕龙》中的论述
内涵和形式的分论	“夫箴诵于官，铭题于器，名目虽异，而警戒实同。箴全御过，故文资确切；（中略）其取事也必核以辨，其摛文也必简而深”①（《铭箴·11.4》）。
相衬关系的讨论	其取事也必核以辨，其摛文也必简而深。(见上)
声音回响文义的讨论	缺。
文法回响文义的讨论	缺。
文如其人的讨论	缺。
文如其时代的讨论	缺。
从“文势”而来的品味	缺。
从“宗经”而来的源流	“《礼》总其端”②（《宗经·3.4》）。箴体的出现当发生在文言语时期。

表 3－19　**关于“诔”体的分析**

分析对象	有关文体在《文心雕龙》中的论述
作者	统治者或任何有地位的人。
对象	已过世的有地位的人。
目的	哀悼或荣始，或兼之（《诔碑·12.1》）。
时代的演变	列代诔的变体发展（《诔碑·12.1&2&3》）。
内涵和形式的分论	“盖选言录行，传体而颂文，荣始而哀终。论其人也，暧乎若可觌，道其哀也，凄焉如可伤，此其旨也”③（《诔碑·12.4》）。
相衬关系的讨论	论其人也，暧乎若可觌，道其哀也，凄焉如可伤，此其旨也。（同上）
声音回响文义的讨论	缺。
文法回响文义的讨论	缺。
文如其人的讨论	缺。

① 语译：“箴是官员对着君主朗诵的，铭是题刻在器物上的，名称虽然不相同，但所引起警戒实是一样的。箴纯粹是用来防范过失的，故文词依靠准确切实；［中略］它所引用的事例一定核实和辨明，它的文字一定要简练而深刻。”

② 语译：“是由《礼经》开其端的。”

③ 语译：“大概是选择死者的言行，记录下来事，体裁像传记，文辞像颂，开始写他的光荣，结尾表达悲哀。讲到他的为人，仿佛可以看得到；讲到对他的悲哀，悽怆得可以伤痛，这是写诔文的要旨。”

续表

分析对象	有关文体在《文心雕龙》中的论述
文如其时代的讨论	缺。
从“文势”而来的品味	“体制于宏深”①（《定势·30.4》）。
从“宗经”而来的源流	“《礼》总其端”②（《宗经·3.4》）。诔体的出现当发生在文字记录的文言文成熟时期。

表 3－20　　关于“碑”体的分析

分析对象	有关文体在《文心雕龙》中的论述
作者	统治者或任何有地位的人。
对象	已过世的有地位的人。
目的	哀悼或荣始，或兼之（《诔碑·12.1》）。
时代的演变	列代碑的变体发展（《诔碑·12.5&6》）。
内涵和形式的分论	“其（蔡邕）叙事也该而要，其缀采也雅而泽；清词转而不穷，巧义出而卓立；察其为才，自然至矣”③（《诔碑·12.5》）。
相衬关系的讨论	同上。
声音回响文义的讨论	缺。
文法回响文义的讨论	缺。
文如其人的讨论	缺。
文如其时代的讨论	缺。
从“文势”而来的品味	“体制于宏深”④（《定势·30.4》）。
从“宗经”而来的源流	“《礼》总其端”⑤（《宗经·3.4》）。碑体的出现当发生在文字记录的文言文成熟时期。

① 语译：“体制要广大深刻。”

② 语译：“是由《礼经》开其端的。”

③ 语译：“他［蔡邕］的叙事既全面而又扼要，他的文采雅正润泽；清雅的文词婉转而不穷尽，巧思层出而卓立；考察他的为文之才，是自自然然地达到的。”

④ 语译：“体制要广大深刻。”

⑤ 语译：“是由《礼经》开其端的。”

表 3－21 **关于“哀”体的分析**

分析对象	有关文体在《文心雕龙》中的论述
作者	受感动的人。
对象	未享年寿的人，夭折早逝之人，往往是贤德之人。
目的	哀悼贤德之人，以寄托自身情怀（《哀吊·13.1》）。
时代的演变	列代表的变体发展（《哀吊·13.1&2》）。
内涵和形式的分论	“奢体为辞，则虽丽不哀；必使情往会悲，文来引泣，乃其贵耳!”①（《哀吊·13.3》）
相衬关系的讨论	“观其虑赡辞变，情洞悲苦，叙事如传，结言摹诗，促节四言，鲜有缓句；故能义直而文婉，体旧而趣新”②（《哀吊·13.2》）。
声音回响文义的讨论	缺。
文法回响文义的讨论	“促节四言，鲜有缓句；故能义直而文婉，体旧而趣新”。（见上“相衬关系的讨论”）
文如其人的讨论	缺。
文如其时代的讨论	缺。
从“文势”而来的品味	缺。
从“宗经”而来的源流	缺。哀体的出现当发生在文字记录的文言文成熟时期。

表 3－22 **关于“吊”体的分析**

分析对象	有关文体在《文心雕龙》中的论述
作者	受感动的人。
对象	成年人，往往是贤德之人。
目的	哀悼贤德之人，以寄托自身情怀（《哀吊·13.4》）。

① 语译：“奢华的文体写出来的文辞，即使华丽却不哀痛；必定要使感情融合在悲痛里，文辞才能够使人下泪，这才是可贵的啊!”

② 语译：“看他［潘岳］的哀文考虑周到，文辞多变化，感情充满悲苦，叙事像史传，组织语言摹仿了《诗经》，四字句音节急促，少有和缓的句子；所以能够做到思义正直，文辞委婉，体裁虽是旧的，情趣却是新的。”在第三章我们指出，刘勰认为：“奢体为辞，则虽丽不哀（浮奢的文体写出来的文辞，即使华丽却不哀痛）”（《哀吊·13.3》）。因此，他欣赏潘岳（247—300）在“哀”体中“促节四言，鲜有缓句（四字句音节急促，少有和缓的句子）”（《哀吊·13.2》）的文体结构。也就是说，短而直接的句法反映深沉的哀伤在感情上的强烈性；反过来说，文字铺陈曼延的句子结构，往往给人有点缀感情的感觉。刘勰自己就这样说；“观文而属心，则体奢（为了文辞而关怀心情，文体便浮奢）”（《哀吊·13.3》），也就是，我们若观察文句来适应我们的“心”，我们的文句就奢华了。他这个观点不仅适合用于“哀”这个文体，而且可应用在任何深刻悲哀的表达上。

续表

分析对象	有关文体在《文心雕龙》中的论述
时代的演变	列代吊的变体发展（《哀吊·13.4&5》）。
内涵和形式的分论	“夫吊虽古义，而华辞末造；华过韵缓，则化而为赋。固宜正义以绳理，昭德而塞违，剖析褒贬，哀而有正，则无夺伦矣！”①（《哀吊·13.6》）
相衬关系的讨论	缺。
声音回响文义的讨论	缺。
文法回响文义的讨论	缺。
文如其人的讨论	缺。
文如其时代的讨论	缺。
从“文势”而来的品味	缺。
从“宗经”而来的源流	缺。吊体的出现当发生在文字记录的文言文成熟时期。

表 3-23　**关于“谐”体的分析**

分析对象	有关文体在《文心雕龙》中的论述
作者	在下位者。
对象	在上位者。
目的	以玩笑的方式来劝解（《谐隐·15.1》）。
时代的演变	列代谐体的文体发展（《谐隐·15.1&2》）。
内涵和形式的分论	缺。
相衬关系的讨论	缺。
声音回响文义的讨论	缺。
文法回响文义的讨论	缺。
文如其人的讨论	缺。
文如其时代的讨论	缺。
从“文势”而来的品味	缺。
从“宗经”而来的源流	缺。谐体的出现当发生在文字记录的文言文成熟时期。

① 语译：“吊的本义虽然很远古，华丽的辞藻却是在后世才出现的；华丽过分，导致节奏缓慢，就转化而成赋了。的确是应该端正本义，以之来衡量事理，宣美德而防堵错误，分析是非才作褒贬，情感哀痛而不失其正，就不会失去吊之常情了！”

表 3－24 **关于“隐”体的分析**

分析对象	有关文体在《文心雕龙》中的论述
作者	在下位者。
对象	在上位者。
目的	以不直接的方式来劝解（《谐隐·15.1》）。
时代的演变	列代隐体的文体发展（《谐隐·15.1&2》）。
内涵和形式的分论	缺。
相衬关系的讨论	缺。
声音回响文义的讨论	缺。
文法回响文义的讨论	缺。
文如其人的讨论	缺。
文如其时代的讨论	缺。
从“文势”而来的品味	缺。
从“宗经”而来的源流	缺。隐体的出现当发生在文字记录的文言文成熟时期。

刘勰论“史”，很乱，受到周振甫先生的批评[①]。我们取史最狭义的定义乃是记录朝廷上政令对话的文件（《尚书》）和发生的事情（《左传》）。

表 3－25 **关于“史”体的分析**

分析对象	有关文体在《文心雕龙》中的论述
作者	专业官员。
对象	无。
目的	记录（《史传·16.1》）。
时代的演变	列代史体的文体发展（《史传·16.2&3》）。理论上，《尚书》应是当时典谟诰誓的直接记录，而且是以口语记录下来的。我们目前已无法知道，当被古人从“献”（口语记录）转化为“文”（文字记录），是否是忠实的记录，之后，是否被忠实地保存。《左传》已是间接的记录。《史记》以来，乃述史、论史，非记录也！
内涵和形式的分论	缺。
相衬关系的讨论	缺。
声音回响文义的讨论	缺。
文法回响文义的讨论	缺。
文如其人的讨论	缺。
文如其时代的讨论	缺。

① 周振甫：《〈文心雕龙〉今译》，中华书局 2005 年重印 1986 年版第 139—141 页。

续表

分析对象	有关文体在《文心雕龙》中的论述
从“文势”而来的品味	缺。
从“宗经”而来的源流	缺。史体的出现当发生在口语记录的文言语较成熟的时期。

刘勰论“传”，亦乱，受到周振甫先生的批评[①]。纪传体开创自《史记》，周氏认为刘勰过多地论述历史与纪史体例，对史籍的散文文字论述不足，是文论的一大缺点。当为确论。

表 3－26　　关于“传”体的分析

分析对象	有关文体在《文心雕龙》中的论述
作者	专业官员。
对象	后世。
目的	述史、论史，从前人的经验取得教训，所谓“以史为鉴”；至于历史的批判，已有宗教或形而上的味道（《史传·16.1》）。
时代的演变	列代传体的文体发展（《史传·16.4&5&6&7&8&9》）。
内涵和形式的分论	缺。
相衬关系的讨论	缺。
声音回响文义的讨论	缺。
文法回响文义的讨论	缺。
文如其人的讨论	缺。
文如其时代的讨论	缺。
从“文势”而来的品味	缺。
从“宗经”而来的源流	“《春秋》为根”②（《宗经·3.4》）。传体的出现当发生在文字记录的文言文成熟时期。

表 3－27　　关于“论”体的分析

分析对象	有关文体在《文心雕龙》中的论述
作者	一般人。
对象	一般人。
目的	提出自己的见解（《论说·18.1》）。

① 周振甫：《〈文心雕龙〉今译》，中华书局 2005 年重印 1986 年版，第 139—141 页。
② 语译：“根源自《春秋》。”

续表

分析对象	有关文体在《文心雕龙》中的论述
时代的演变	列代论体的文体发展（《论说·18.2&3&4&5&6》）。
内涵和形式的分论	“论也者，弥纶群言，而研精一理者也”①（《论说·18.2》）；“并师心独见，锋颖精密，盖论之英也”②（《论说·18.3》）。
相衬关系的讨论	“故其义贵圆通，辞忌枝碎，必使心与理合，弥缝莫见其隙；辞共心密，敌人不知所乘”③（《论说·18.5》）。
声音回响文义的讨论	缺。
文法回响文义的讨论	缺。
文如其人的讨论	缺。
文如其时代的讨论	缺。
从“文势”而来的品味	“师范于核要”④（《定势·30.4》）。
从“宗经”而来的源流	“《易》统其首”⑤（《宗经·3.4》）。论体的出现当发生在文言文的成熟时期。

表 3－28　　**关于“说”体的分析**

分析对象	有关文体在《文心雕龙》中的论述
作者	一般人。
对象	一般人。
目的	提出自己的见解，以动听的言词打动别人，使他们同意自己的说法（《论说·18.7》）。
时代的演变	列代说体的文体发展（《论说·18.8&9》）。
内涵和形式的分论	“凡说之枢要，必使时利而义贞，进有契于成务，退无阻于荣身。自非谲敌，则唯忠与信。披肝胆以献主，飞文敏以济辞，此说之本也。而陆氏直称“说炜晔以谲诳”，何哉？”⑥（《论说·18.10》）刘勰是道学家，说迂腐的话；陆机是现实主义者，对世情说了真话。
相衬关系的讨论	缺。

① 语译：“论这个文体，就是综合概括各家的说法，精深地研究出一个道理来。”

② 语译：“都是师事自己的思考而有创见，以犀利的笔锋来表达精密的持论，是论这个文体的杰作。”

③ 语译：“所以它论说出来的道理要周全通达，话语忌烦琐，一定要使心里想的与外在的事理相符合，吻合得看不到一点空隙，使文辞同思维完全一致，论敌因此无隙可乘。”

④ 语译：“便以真实精要为师范。”

⑤ 语译：“开头自《易经》。”

⑥ 语译：一切游说的话最主要的，一定要使它对现实有利而立义正确；在大的方面有助于完成当前的工作，在小的方面不会妨碍自身的荣辱。要不打算欺骗敌人，那么只能讲究忠诚和信实。打开心里的话来献给主上，运用巧妙的文采来加强语言的说服力：这是劝说的根本。可是陆机竟然说：“说辞要以鬼诈谎言来使外表光鲜艳丽，这是为什么呢？”

续表

分析对象	有关文体在《文心雕龙》中的论述
声音回响文义的讨论	缺。
文法回响文义的讨论	缺。
文如其人的讨论	缺。
文如其时代的讨论	缺。
从“文势”而来的品味	缺。
从“宗经”而来的源流	“《易》统其首”①（《宗经·3.4》）。论体的出现当发生在文言文的成熟时期。

此章包括诏/敕/策/制/誓/戒/教等各式不同目的的体裁。

表 3－29 **关于“诏策”体的分析**

分析对象	有关文体在《文心雕龙》中的论述
作者	天子。
对象	臣民。
目的	命令/封赏/赦令/告谕/警戒/誓师/教化（《诏策·19.1》）。
时代的演变	列代诏策体的文体发展（《诏策·19.2&3&4&5&6&7&8》）。
内涵和形式的分论	“故授官选贤，则义炳重离之辉；优文封策，则气含风雨之润；敕戒恒诰，则笔吐星汉之华；治戎燮伐，则声有洊雷之威；眚灾肆赦，则文有春露之滋；明罚敕法，则辞有秋霜之烈：此诏策之大略也”②（《诏策·19.4》）。
相衬关系的讨论	缺。
声音回响文义的讨论	缺。
文法回响文义的讨论	缺。
文如其人的讨论	缺。
文如其时代的讨论	缺。
从“文势”而来的品味	缺。
从“宗经”而来的源流	“《书》发其源”③（《宗经·3.4》）。论体的出现当发生在文言文的成熟时期。

① 语译：“开头自《易经》。”

② 语译：“因此选拔贤才给予官职，那诏书的义理就像日月耀照的光辉；褒奖的文告，封官的策书，那恩惠就像和风细雨的滋润；教戒作为谕诏永恒的主题，那笔端吐出星河的斑斓光辉；誓师伐敌，那霹雳声势一波又一波的威猛慑人；因灾害加以宽赦，那文辞有若春天露水的滋润；公开惩罚来整饬法纪，那文辞就像秋天霜冻那样的严酷；这就是诏策的大概标准。”

③ 语译：“发源自《书经》。”

表 3－30 **关于“檄”体的分析**

分析对象	有关文体在《文心雕龙》中的论述
作者	天子。
对象	军队或敌人，或兼之。
目的	激励军队或揭讵敌人罪状（《檄移·20.1》）。
时代的演变	列代檄体的文体发展（《檄移·20.1&2&3》）。
内涵和形式的分论	“故其植义扬辞，务在刚健。插羽以示迅，不可使辞缓；露板以宣众，不可使义隐。必事昭而理辨，气盛而辞断，此其要也。若曲趣密巧，无所取才矣”①（《檄移·20.3》）。
相衬关系的讨论	缺。
声音回响文义的讨论	缺。
文法回响文义的讨论	缺。
文如其人的讨论	缺。
文如其时代的讨论	缺。
从“文势”而来的品味	“楷式于明断”②（《定势·30.4》）。
从“宗经”而来的源流	“《春秋》为根”③（《宗经·3.4》）。檄体的出现当发生在文言文的成熟时期。

表 3－31 **关于“移”体的分析**

分析对象	有关文体在《文心雕龙》中的论述
作者	官员。
对象	百姓或归顺军队。
目的	移风易俗（《檄移·20.1》）。
时代的演变	列代移体的文体发展（《檄移·20.1&2&3》）。
内涵和形式的分论	“及刘歆之《移太常》，辞刚而义辨，文移之首也；陆机之《移百官》，言约而事显，武移之要者也”④（《檄移·20.4》）。

---

① 语译：“所以，檄文的立意扬辞，务必刚强有力。插上羽毛表示紧急，不可以把文辞写得迂缓；显露在木板上向大众宣示，不可使文义隐晦，一定要让事情清楚明白，道理明确，气势强而话语决断；这是檄文的主要点。倘是旨趣曲折，文辞细致密纤巧，这种文才就不合用了。”

② 语译：“便依明白决断为模范。”

③ 语译：“根源自《春秋》。”

④ 语译：“及至刘歆的《移太常博士书》，文辞刚健而意义清楚，是文教方面最好的一篇移文；陆机的《移百官》，语言简练而叙事明确，是军事方面最重要的移文。”

续表

分析对象	有关文体在《文心雕龙》中的论述
相衬关系的讨论	缺。
声音回响文义的讨论	缺。
文法回响文义的讨论	缺。
文如其人的讨论	缺。
文如其时代的讨论	缺。
从“文势”而来的品味	“楷式于明断”①（《定势·30.4》）。
从“宗经”而来的源流	缺。移体的出现当发生在文言文的成熟时期。

表 3－32　　关于“封禅”体的分析

分析对象	有关文体在《文心雕龙》中的论述
作者	天子。
对象	天地。
目的	向天地报告功德（《封禅·21.1》）。
时代的演变	列代封禅体的文体发展（《封禅·21.&2&3&4》）。
内涵和形式的分论	“兹文为用，盖一代之典章也！构位之始，宜明大体，树骨于训典之区，选言于宏富之路；使意古而不晦于深，文今而不坠于浅；义吐光芒，辞成廉锷，则为伟矣”②（《封禅·21.5》）。
相衬关系的讨论	缺。
声音回响文义的讨论	缺。
文法回响文义的讨论	缺。
文如其人的讨论	缺。
文如其时代的讨论	缺。
从“文势”而来的品味	缺。
从“宗经”而来的源流	缺。封禅体的出现当发生在文言文的成熟时期。

① 语译：“便依明白决断为模范。”

② 语译：“这种文体的应用，是应用在一代的大典礼上啊！在布局的开始，应该明确建构总的体制，从《尚书》的训典里［找样品来］建立骨干，从宏大富丽的作品中选择词藻，使得意味古雅而不因辞有来头而隐晦，文辞流行于今日而不落入浅薄，意义喷发光芒，文辞凌厉有力，便是大作品了。”

表 3－33 关于“章表”体的分析

分析对象	有关文体在《文心雕龙》中的论述
作者	人臣。
对象	君主。
目的	表达心愿（《章表·22.1》）。
时代的演变	列代章表体的文体发展（《章表·22.2&3》）。
内涵和形式的分论	“章以造阙，风矩应明，表以致策，骨采宜耀：循名课实，以文为本者也。是以章式炳贲，志在典谟；使要而非略，明而不浅。表体多包，情伪屡迁。必雅义以扇其风，清文以驰其丽”①（《章表·22.1》）。
相衬关系的讨论	缺。
声音回响文义的讨论	“必使繁约得正，华实相胜，唇吻不滞，则中律矣”②（《章表·22.1》）。
文法回响文义的讨论	缺。
文如其人的讨论	缺。
文如其时代的讨论	缺。
从“文势”而来的品味	“准的乎典雅”③（《定势·30.4》）。
从“宗经”而来的源流	“《书》发其源”④（《宗经·3.4》）。章体的出现当发生在文言文的成熟时期。

表 3－34 关于“奏”体的分析

分析对象	有关文体在《文心雕龙》中的论述
作者	人臣。
对象	君主。
目的	上书议政事，论礼仪，报告事变，弹劾过失（《奏启·23.1》）。
时代的演变	列代奏体的文体发展（《奏启·23.2》）。

① 语译：“章体是用来送到宫门谢恩的，风范应该明朗；表体用来陈述策略，骨力词采应该显著；按照章表的名称寻求它的原始含义，乃是以文采做根本的。因此章的体制炳耀光彩，意在仿效《尚书》中的典谟，使它扼要而不显简略，清楚而不浮浅；表的体制包括多个层次，真实和假设层层迭替，一定要用雅义来鼓动它的风力，用清新的文辞来显示它的华丽。”

② 语译：“务求文辞繁简得当，华实都被突出，读来唇吻流畅，那才合乎音调法则啊。”

③ 语译：“便依典雅做标准。”

④ 语译：“发源自《书经》。”

续表

分析对象	有关文体在《文心雕龙》中的论述
内涵和形式的分论	“夫奏之为笔，固以明允笃诚为本，辨析疏通为首。强志足以成务，博见足以穷理，酌古御今，治繁总要，此其体也”①（《奏启·23.3》）。
相衬关系的讨论	缺。
声音回响文义的讨论	缺。
文法回响文义的讨论	缺。
文如其人的讨论	缺。
文如其时代的讨论	缺。
从“文势”而来的品味	“准的乎典雅”②（《定势·30.4》）。
从“宗经”而来的源流	“《书》发其源”③（《宗经·3.4》）。奏体的出现当发生在文言文的成熟时期。

表 3－35　　**关于“启”体的分析**

分析对象	有关文体在《文心雕龙》中的论述
作者	人臣。
对象	君主。
目的	上书议政事，让爵谢恩（《奏启·23.4》）。
时代的演变	列代启体的文体发展（《奏启·23.4》）。
内涵和形式的分论	缺。
相衬关系的讨论	缺。
声音回响文义的讨论	“必敛饬入规，促其音节，辨要轻清，文而不侈，亦启之大略也”④（《奏启·23.4》）。
文法回响文义的讨论	缺。
文如其人的讨论	缺。
文如其时代的讨论	缺。
从“文势”而来的品味	缺。
从“宗经”而来的源流	缺。启体的出现当发生在文言文的成熟时期。

① 语译：“奏这种体裁，确实是以清楚明白、诚信忠实为根本，明辨、细析、流畅为首要。有足够坚强的意志去完成任务，有足够渊博的见识能够参透道理，斟酌古代经验来处理当今的事务，能抓住繁多头绪的要害，这是总体吧。”

② 语译：“便依典雅做标准。”

③ 语译：“发源自《书经》。”

④ 语译：“一定要收敛铺饬合乎启的格式，追求音节短促，认识扼要而文笔轻快清新，文有采而不过分，这是启的体要吧。”

表 3－36 **关于“议对”体的分析**

分析对象	有关文体在《文心雕龙》中的论述
作者	人臣。
对象	君主。
目的	议论政事，应对皇帝的提问（《议对·24.1》）。
时代的演变	列代议对体的文体发展（《议对·24.2&3&4》）。
内涵和形式的分论	“然后标以显义，约以正辞，文以辨洁为能，不以繁缛为巧；事以明核为美，不以环隐为奇；此纲领之大要也。若不达政体，而舞笔弄文，支离构辞，穿凿会巧，空骋其华，固为事实所摈，设得其理，亦为游辞所埋矣”①（《议对·24.1》）。
相衬关系的讨论	缺。
声音回响文义的讨论	缺。
文法回响文义的讨论	缺。
文如其人的讨论	缺。
文如其时代的讨论	缺。
从“文势”而来的品味	“准的乎典雅”②（《定势·30.4》）。
从“宗经”而来的源流	缺。议对体的出现当发生在文言文的成熟时期。

此章包括书信/笔记/谱/籍/簿/录/方/术/占/式/律/令/法/制/符/契/券/疏/关/刺/解/牒/签/状/列/辞/谚等 27 种各式不同目的的体裁。

表 3－37 **关于“书记”体的分析**

分析对象	有关文体在《文心雕龙》中的论述
作者	各类人士，“战国以前，君臣同书（战国以前，君和臣的信件都称做书）”（《书记·25.3》）。
对象	各类人士。
目的	传递信息或感受（《书记·25.1》）。
时代的演变	列代书记体的文体发展（《书记·25.2&3&4》）。

① 语译：“然后突出明确的论点，用正确的文字来概括，文辞以明辨简洁为能，不以繁多丽藻为巧妙；叙事以明白核实为美好，不以曲折隐晦为奇特；这是大概的纲要。要是不懂得政治体制的运作，却舞文弄墨，文辞构建支离破碎，内容穿凿以打造巧妙，徒然卖弄才华，固然会为事实所抛弃；即使讲出一个道理来，也会被浮辞所掩埋啊。”

② 语译：“便依典雅作标准。”

续表

分析对象	有关文体在《文心雕龙》中的论述
内涵和形式的分论	“详总书体，本在尽言，言所以散郁陶，托风采，故宜条畅以任气，优柔以怿怀；文明从容，亦心声之献酬也”①（《书记·25.3》）。
相衬关系的讨论	缺。
声音回响文义的讨论	缺。
文法回响文义的讨论	缺。
文如其人的讨论	缺。
文如其时代的讨论	缺。
从“文势”而来的品味	“楷式于明断”②（《定势·30.4》）。
从“宗经”而来的源流	“《春秋》为根”③（《宗经·3.4》）。书记体的出现当发生在文言文的成熟时期。

① 语译：“详细总结书信的体例，那就是把话说个透彻，说出来就是为了纾解心头的郁闷，寄托在抒情的词采中。所以，条理应该明畅而让才气一往直前，蕴藉柔和地把心里的感觉说出来。文字透明而从容，亦可算是心与心之间的应酬和交流。”

② 语译：“便依明白决断为模范。”

③ 语译：“根源自《春秋》。”

第四部分
附　　录

一 “文言语”这个概念与章句中虚字字符的产生

大家一般都说“文言文”这个词，那为什么笔者要创一个新名词“文言语”呢？理由很简单，中国文学进化史是先有文言语，之后才有文言文的，后者是对前者的一种记录。目前一般的共识是：人类约在5万年前有语言，那是自然的口语，流传至今有六七千种之多，每种口语都能发展成现代文字，传播一切现代的知识。但书写文字只有二三百种。世界上最早的文字出现在五六千年前，那是两河流域的楔形文字，以拼音的方式记录自然口语；中国则以象形和偏旁标音构成文字（虚字为纯标音文字）记录“人工口语”，这个人工口语就是文言语。从目前考古实物的甲骨文来判断，中国人能够记录文言语，大约不早于3500年前。也就是说，文言语出现在此时之前。但在什么时候人们开始意识到要创建文言语，目前很难判定，但应该在婚姻制度之后，父系制度成立之时，与礼乐文化的萌芽与发展是同时进行的。

中国之所以要发明文言语，乃是因为中国人没法用象形字作为音标符号去记录中国人的口语，我们最少有1350个音标，再加上声调，那是需要好几千个符号去记录我们的语言声音，这是一个几乎没法做得到的事。但随着社会的发展，中国人需要档案记录去进行统治，于是，中国人先以结绳和刻木来记账目，进而以口语记录（即“献”）来记录公众记忆或事件，也就是朝廷的事情。这种记录制度是高度礼制化或体制化的，有别于在人类进化史中流传应该有好几万年的民间口语相传的传统。例如，《礼记·礼运》这段话：“未有火化，食草木之食，鸟兽之肉，饮其血，茹其毛，未有麻丝，衣其羽皮。”这种人类进化史的史实是没法虚构的，其中的消息是先民以口耳相传（民间口语）的形式留传下来的，到制度化的口语记录建立后，才被文言化，因为在制度化的口语记录那个时代的时候，人们已经不知茹毛饮血为何物，不靠先民的传递，他们根本不知道有“未有火化”的时代，但却能以文言语的雅言在宗庙中代代相传。一直要到孔子弟子们把宗庙雅言以文言文记录下来，收在《礼记》中，才有文字记录。一般相信雅言是用夏音来诵读的，而且是随伴着音乐来唱诵的；夏音文言语必然开始自夏代。至于唐虞夏之前是否有不是夏音的文言语，有待专家学者进一步的考订。到了这里，还是有一个关键性的问题，屈原是战国后期的人，他的《九歌》怎会和尧舜禹拉扯上关系呢？又是怎样帮助中国人了解雅言的文言语的虚字是怎样产生的呢？

关于《九歌》和楚人的巫术宗教的近代论述，浩如烟海，过常宝先生认为《九歌》有一个早期夏帝后的版本①，而且与舜有关，考订舜为“东皇太一”，娥皇女英为湘夫人②，读来趣味盎然，不过，此乃论文家充满想象之言，恐不能作正史而论述之。笔者采取另一途径，从文字结构而论证之：《九歌》所反映的是远古当文言语还在初创未成熟时的阶段。也就是，那时候人们还未能创制各种意义精确的虚字来表达意思不同的句子，而用一个有万能功用但意义不明确的“啊（兮）”字。这个论证笔者从闻一多先生的分析而来，也导致闻先生这一发现是（如果笔者的论说能成立的话）惊天动地的，它告诉大家古人是怎样在口语的基础上发明文言语的。

闻一多先生以严谨的方法推演虚字“其、之、夫、而”是如何从“兮”产生的。他以两种方法推论而来，其一，他在其他篇章中找相同的句子，以介定“兮”字的意思③，例子如下：

《九歌·湘夫人》：“九嶷缤兮并迎。”　《离骚》：“九嶷缤其并迎。”
《九歌·东君》：“载云旗兮委蛇。”　《离骚》：“载云旗之委蛇。”

---

① 过常宝：《楚辞与原始宗教》，东方出版社 1997 年版，第 42—90 页。

② 同上书，第 55—69 页。

③ 闻一多：《楚辞校补》、《大司命》，李定凯编校，巴蜀书社 2002 年版，第 28—30 页。根据现代版本略作更正：《九歌·湘君》：“邅吾道兮洞庭”；《离骚》：“邅吾道夫昆仑”；《九歌·东君》：“杳冥冥兮以东行”；《哀郢》：“瞭冥冥而薄天”。

《九歌·湘君》:“邅吾道兮洞庭。” 《离骚》:“邅吾道夫昆仑。”

《九歌·东君》:“杳冥冥兮以东行。” 《哀郢》:“瞭冥冥而薄天。”

《九歌·大司命》:“结桂枝兮延伫。” 《离骚》:“结桂兰而延伫。”

如此,“兮”字在不同句子环境或文法环境中有不同的意思,包括“其、之、夫、而”四义。其二,乃是利用不同版本的异文,而引申出“兮”字可能的意义,因此给予解读一定程度上的客观性,排除了闻先生个人主观解读的嫌疑。例如,前面笔者解读《辨骚》的“辨”可能是“辩(辯)”义,因为存在《辯骚》版本;因此能够以“墨辩(亦作墨辨)”来解读《辨骚》。闻先生认为:“凡此诸‘兮’字,作者本皆用以代替各虚字,故读者意之所会,临文改写,有不期然而然者焉。”廖序东在《楚辞语法研究》中如此解读闻先生这句话,他说:“这也就是说‘兮’字本有各虚字之用,可以临文改写为各虚字,因而出现了异文。”[①]并指出闻先生在《九歌兮字代释略说》[②]一文里,他将《九歌》11篇逐句以虚字代释“兮”,用来代释“兮”字的虚字有“之、以、而、於、乎、夫”等[③]。兹列举其二说法例子如下:

《九歌·湘君》:“搴芙蓉兮木末。” 《艺文类聚·88》、《太平御览·953》,“兮”作“於”。

又:“夕弭节兮北渚。” 《文选·叹逝赋》,“兮”作“于”。

《九歌·少司命》:“罗生兮堂下。” 慧琳《一切经音义·21》,“兮”作“乎”。

《九歌·大司命》:“将以遗兮离居。” 《文选·思玄赋》注引,“兮”作“夫”。

《九歌·湘夫人》:“葺之兮荷盖。” 《太平御览·174》,“兮”作“以”。

又:“罔薜荔兮为帷。” 《太平御览·700》,“兮”作“而”。

---

① 廖序东:《楚辞语法研究》,商务印书馆2006年版,第39页。

② 该文被编进闻一多:《诗经讲义》、《九歌兮字代释略说》,天津古籍出版社2005年版,第154—188页。

③ 廖序东:《楚辞语法研究》,商务印书馆2006年版,第39页。

《九歌·湘君》:“横流涕兮潺湲。” 《白氏六帖·64》,“兮”作“之”。

如此,除了其一之“其、之、夫、而”四义之外,更有“於、于、乎、夫、以”之义。闻先生以此方法,经过对十一章《九歌》的分析,把当时通行的虚字一网打尽。他在《怎样读九歌》一文中说:这“兮”字总是放在一个天然的文法段落后,是受着文法规律支配的,兼有文法作用,并说《九歌》中“兮”字都可以按它们在各句中应具有的作用拿当时通行的虚字代写出来,“兮”竟可说是一切虚字的总替身。这个说法含糊而又有点“荒唐”,受到廖序东先生的批评,他认为:“兮”字“仍是语气助词的性质,作用在延长声音,表示停顿与情感。”① 因为在现在的语文中,不存在一个万能虚词或文法功用表象符号;文法符号就是要特定一个作用,这是从一个非历史性的特定的时间去研究语言学现象(synchronic linguistic)的观点。但是大家若从语言历史发展的角度研究语言学这个现象(diachronic linguistic),闻先生这个发现可能是惊天动地的,可以帮助大家了解章句是怎样形成的,也就是,虚字在文言文的句子中是怎样产生的。笔者先从刘勰对“兮”字的解读作论述的开始。

刘勰为中国传统文法概念的开创者,那是因为在现在的文献中,他第一个提出“语助词”这个概念②,那就是一个句子中,有些字是没有实质的文义的,只有帮助性的作用,这些语助词在句子开端或在句中转折处或结尾处把句子“回运,弥缝”起来(《章句 34.6》),加强作者的表达能力,使语气更有“句外”的味道——此乃传统文法概念虚字的滥觞。在《章句 34.6》一节中他是这样表述的:

又诗人以“兮”字入于句限,《楚辞》用之,字出句外,寻“兮”字成句,乃语助余声。舜咏《南风》,用之久矣。而魏武弗好,岂不以无益文义耶!至于“夫、惟、盖、故”者,发端之首唱;

---

① 廖序东:《楚辞语法研究》,商务印书馆 2006 年版,第 40—41 页。

② 郑奠、麦梅翘编:《古汉语语法学资料案编》(繁体版),香港中华书店 1972 年版,第 1—5 页。

“之、而、于、以”者，乃札句之旧体；“乎、哉、矣、也”者，亦送末之常料。据事似闲，在用实切，切者回运，弥缝文体，将令数句之外，得一字之助矣。

（又《诗经》的作者在句子内用“兮”字，《楚辞》的作者在句子外用“兮”字。用“兮”字来构成句子，是用语助词来延长舒缓语气。从舜时咏唱的《南风》歌开始，早已用了很久了，曹操却不喜欢用“兮”字，难道不是因为认为它无助于表达文义吗？至于“夫、惟、盖、故”是句子开头的语助词；“之、而、于、以”是插入句中的常用语助字；“乎、哉、矣、也”是句末的常用语助词。照事义看它们好像是多余的，就作用说却是很切用的。会用的作者加以往来运用，使文辞更加弥缝在一起，将会让几个句子之外，更得到一个语助字的帮助啊！）

前面“无益文义”与“据事似闲”两句话乃指，所列举的字“夫、惟、盖、故、之、而、于、以、乎、哉、矣、也”都是没有实义的虚字。“兮”字乃放在词中或词尾的语气助词，“夫、惟、盖”乃开端的语气助词，“故、之、而、于、以”或为连词或为介词，都有组织句子的文法作用，刘勰能独具慧眼地把这些字挑出来做例子，并指出这些字没有实质的意义，只有反映语气或联结字句的作用，实开中国传统文法的滥觞。也就是，他只是迷糊地感到它们文法性质上的存在，给予“首唱”、“札句”、“送末”三种分类，未能明确地知其然地解释出来，能在结构上给予一个正确的名称与用途。虚字这个名词，最先见于宋代，到了清代才有比较明确的文法解释[①]。到近代《马氏文通》的出现，把拉丁—英文文法强制地套用在中文上，各种文言文虚字才有一个明确的文法功用与定义，王力先生是这一研究中的佼佼者。刘勰一千五百年前敏锐的观察，近代语法学家借助他山之石的印欧语文法架构，才把中国的虚字分类解释明白。其先知的地位是应该被肯定的。

在上引文中，刘勰说：“又诗人以‘兮’字入于句限。”历来《文心

① 郑奠、麦梅翘编：《古汉语语法学资料案编》（繁体版），香港中华书店 1972 年版，第 91—104 页。

雕龙》注家有不同解读，廖先生同意陆侃如、牟世金两位先生的意见，乃指“兮”字用在一句之内。他对《楚辞》“兮”字的用法，作了详尽的分析与分类，分成三类，而只有《九歌》和《惜诵》六句是“兮”字用在一句之内的。他认为刘勰说得不清楚，这个判断是正确的，刘勰大约应该这样写：“又诗人以‘兮’字入于句限，《九歌》用之，字出句外，[亦见于《楚辞》他章]。”如此，后来的注家就不会误会了。廖先生进而介绍兮字的古音是什么，又是怎样推演而来的，一直从清代孔广森把兮字附在古韵歌部，到近代大家如高本汉、董同龢、王力等，以罗马拼音“a”构拟歌部音值。结论是：兮字古音近似“a”，与近代字“啊”的用法和发音都类似。笔者将以“啊（兮）”和现代口语来论说它与“文言语”虚字产生的关系。

由于大家并不知道古人的口语是怎样的，且以自己的现代口语做例子，想象大家如果要创建一个摩登文言语，会怎样做呢？要创造出一种浓缩性的、撮要性的文言语，先要剔除一些看起来不实用的字，那就是介词、连词、助词等虚字，而保留名词（包括专有名词）、动词、形容词（包括副词）等实字。实字之所以实实在在乃是因为它代表我们生活中的实在的东西，没有了它们，大家就不能说出生活中的物件、行动、品质状态。而虚字之所以虚幻不实在，因为它是抽象的，它所描述的是抽象的思维，不是可见、可触摸的实物。因此，虚字也是有意义的，不过它所反映的是抽象思维的运作。且让笔者以闻一多先生《九歌》例子的五个语译进一步说明之：

九嶷缤兮并迎。
（九嶷山上一大群［神灵］［这样地］一起迎接［你］。）
载云旗兮委蛇。
（载戴云［所形成］旗帜［的］委延不断。）
邅吾道兮洞庭。
（转变我的路，［向着］洞庭湖。）
杳冥冥兮以东行。
（［在］幽幽暗暗中，［而］向东走去。）
结桂枝兮延伫。

（折持［着］桂枝，［而］久立。）

浓缩撮要的第一步，乃是去除虚字，如下：

九嶷缤兮并迎。
（九嶷山一大群［神灵］，一起迎接［你］。）
载云旗兮委蛇。
（载戴云旗帜，委延不断。）
邅吾道兮洞庭。
（转变我的路，洞庭湖。）
杳冥冥兮以东行。
（幽幽暗暗中，向东走去。）
结桂枝兮延伫。
（折持桂枝，久立。）

浓缩撮要的第二步，乃是去除实字中多余的字，例如，双音字汇“一起、迎接、载戴、旗帜”，变为单音字“并、迎、载、旗”；精简专有地理名词，例如，“九嶷、洞庭”，把“山”字、“湖”字删去，如下：

九嶷缤兮并迎。
（九嶷一大群［神灵］，并迎［你］。）
载云旗兮委蛇。
（载云旗，委延不断。）
邅吾道兮洞庭。
（转变我的路，洞庭。）
杳冥冥兮以东行。
（幽幽暗暗中，向东走去。）
结桂枝兮延伫。
（折持桂枝，久立。）

笔者摩登文言语，到此应算初步完成。接下来的第三步乃是去掉摩登化，把通俗的口语改妆成典雅的古语，例如，以“缤、委蛇、邅、杳冥冥、以东行、结、延伫”取代“一大群、委延不断、转变、我的路、杳冥冥、向东走去、折持、久立”，如下：

九嶷缤兮并迎。
（九嶷缤［神灵］，并迎［你］。）
载云旗兮委蛇。
（载云旗，委蛇。）
邅吾道兮洞庭。
（邅吾道，洞庭。）
杳冥冥兮以东行。
（杳冥冥，以东行。）
结桂枝兮延伫。
（结桂枝，延伫。）

以上的句子已浓缩得不能再浓缩，应该是成功了，可是，问题又来了。文言语必须在朝会上伴着音乐诵唱出来，前半句与后半句之间必须补一个字或一个音才能跟得上音乐。即在今天，大家还是用咿咿呀呀的谐音字来补充歌辞上的空白。古人用“啊（兮）”填补，如下：

九嶷缤兮并迎。
（九嶷缤［神灵］—［啊（兮）］—并迎［你］。）
载云旗兮委蛇。
（载云旗—［啊（兮）］—委蛇。）
邅吾道兮洞庭。
（邅吾道—［啊（兮）］—洞庭。）
杳冥冥兮以东行。
（杳冥冥—［啊（兮）］—以东行。）
结桂枝兮延伫。
（结桂枝—［啊（兮）］—延伫。）

在经过长时间一遍又一遍地诵唱之后，就会感到句子没有把意思很明确地表达出来。因为，在人工语言背后有一个完全能运作的口语，所有能表达思维的虚字或文法功能字（functional word）都已存在，自然有一种内在冲动，要把句子的文义完美化，能准确表达意思的虚字应运而生，人功语言因而开始接近自然口语的表达能力。屈原在写《九歌》时，所有能精确地表达思维意识的虚字他都知道，他用“兮”字，可能是为了好玩，是一种试验性的创作，也可能的确有一个很原始的版本，他修改了其他描写，却把“兮”字留了下来；在后期的作品中他放弃了这种方式，也因此，笔者同意刘大杰先生的意见：这是他早期的作品①。虽然王逸和朱熹都说《九歌》是屈原放逐以后的作品②，可能他们没有注意到《九歌》与屈原后期作品在文法结构上的不同。

① 刘大杰：《中国文学发展史》（繁体版），香港古文书局出版社1973年版，第95—96页。

② 见王逸《楚辞章句序》之《九歌序》以及朱熹《楚辞集注》之《楚辞辨证》。

二　商末周初因记录的需要而创造字符的“形声造字法”

有了前面所勾画出的文言语概念，口语记录（即“献”）就有了基础。可惜的是，我们中国人对上古口语的保存和献唱的传承是茫无头绪的。还好，有印度文化，他们倒是在偏僻的村落庙宇保留了他们口语相传的形式和方法。虽然与中国的不会相同，但足资启发。迈克尔·伍德（Michael Wood）为英国著名的文化普及者，也是历史学家。2007 年他为英国广播公司（BBC）做了一集关于印度的纪录片，也以它的内容写了一本书，题为《印度》，内中采访了印度承传口语文献的僧侣种姓（Brahmin）家族，拍摄了他们怎样在孩提时就开始学习准确地把祷文（mantra）以一种神妙方程式的礼仪形式梵唱出来，一代接一代地毫无错误地传承下来①。能把文化信息以这种方式薪传几千年，那就必须有一个公共机构（institution）严谨地把口语记录一代一代地传下来。在上古时期，那就是公众聚会的大型建筑物，通常是宗教中心，那时的宗教大约是萨满教或巫教。那时可能已有较系统性的口语记录，但其实际情况，目前缺乏可考订的资料。在中国考古方面，城头山遗址（今湖南澧县县城西北约 10 公里处）是目前已知年代最早的城址，它的绝对年代超过 6000 年②，可能是一个经济交换中心。李鑫先生在《商周城市形态的演变》一书中认为还未出现大型宗教祭祀中心，他说：“当历史进入到龙山时代，城堡遍地的局面已经形成。这一时期出现的城址在遗迹和遗物上已经很难

---

① Michael Wood, *India*, New York: Basic Books (Perseus Book), 2007, pp. 17 – 20.

② 湖南省文物考古研究所：《澧县城头山屈家岭文化城址调查与试掘》，《文物》1993 年第 12 期；湖南省文物考古研究所：《澧县城头山古城址 1997—1998 年度发掘简报》，《文物》1999 年第 6 期。引用自李鑫《商周城市形态的演变》，中国社会科学出版社 2012 年版，第 40 页。

反映其经济交换的功能了，更多的则是体现了较强的政治功能和宗教祭祀功能。"①龙山文化泛指中国黄河中、下游地区，距今4000—4600年。以文言语作口语记录可能发轫在这个时期，但要到政治中心的产生，才进入成熟时期。

在中国考古学方面，河南偃师二里头遗址明确显示高度的政治中心的存在，口语记录制度应在这个阶段趋于成熟，也就是说，大家应看到口语记录在行政运作上的功效。二里头文化可分为四期，第一期的绝对年代测定为公元前1620±95年，树轮校正年代为公元前2080—前1690年（以平底夹砂黑陶和泥质黑陶为典型陶器，另有少量灰陶，纹饰以蓝纹为主。第一期的盆罐物品造型类似河南龙山晚期遗址出土物品）。第二期树轮校正年代为公元前1069—前1590年（陶器以灰陶为主黑陶为次，细绳纹居多，蓝纹减少）。第三、四期树轮校正年代为公元前1590—前1300年（以夹砂灰陶、泥质灰陶为多，罕见黑陶，粗绳纹首次出现，绳纹几乎全面代替蓝纹），与早商相当。这些文物显示出第一、二期与第三、四期差异显著，故第一、二期可能是夏文化，而第三、四期则为商文化；但目前来说，没法在考古上有明确的证明，也就是说，没有找到考古文物，上有文字，显示其为夏代或商代文物。从出土文物的特征看，第一、二期近似河南龙山文化晚期煤山遗址类型，第三、四期更接近早商二里岗文化洛达庙期。但是，如果假设第一、二期是夏文化，而第三、四期为商文化，则有深远的文化发展含义；青铜不是夏人发明或技术引进中国的而是商人的成果。自然，也有可能，在商人征服或取代夏人之后，把夏人铸造的青铜器都熔毁再铸。因为第一、二期连红铜渣都没有发现，而在二里头文化之前的龙山文化就已有铜的存在。另一文化发展含义，乃是商人在公元前1300年之前，还未能有效地记录文言语。这与殷墟甲骨文发现的考古年代是互相吻合的。同时，在四千多个被整理出来的不同形体的文字符号，目前能识别的一千多个字②，它们与后世文字有一定的联系，也就是，它们与后世的文言文属同一体系。那么，其余三分之二不能解读的文字符号，是不是在后世文言文体系以外的文字符号呢？如果文言文是文言语的一种记录，则这种不能识

---

① 李鑫：《商周城市形态的演变》，中国社会科学出版社2012年版，第48页。

② 徐中舒主编：《甲骨文字典》，四川辞书出版社2003年重印1989年版，第1页。

别的记录符号会不会是记录文言语以外的一种口语呢？由于记录这种口语的人是殷人，会不会是他们的土语，被他们以特殊的标音或象形符号给记录下来呢？一般认为这种符号不能被识别，是因为它们代表人名或地名[①]。但文言语体系内的“武丁”、“妇好”、“殷”等名称是可以被识别出来的，那么，不能被识别出来的人名地名就可能不是用夏音的文言语来诵读的，而可能是用殷方言来称谓的，再音标或象形成文字符号，我们因此也就不能识别了！这有待文字学家进一步替我们解密。

按《古代汉语》计算，用来记录《四书》的字符，总共四千四百六十六个[②]。如果甲骨文四千多个符号都是常用字，则已足够把《四书》记录下来。由于其中的两千多字是文言文系统外的字，而一千多个文言文系统内的字符中，也有大量人名、地名、数目字和干支。所以，常用字可能不足一千字，未足以记录像“虞书、商书、商颂”那样的口语文献而成典籍。甲骨文中已有“册”字，《甲骨文字典》认为：“殷代除甲骨外，亦应有简策以纪事。”[③] 并引《尚书·周书·多士》“惟殷先人，有册有典”，谨慎地称：“殷代简策尚无出土可作佐证者。”[④] 而能以考古实物为根据，目前只能认为“虞书、商书、商颂”在殷商时代是以口语记录的形式被保存下来的，到周代才被用文字记录下来。同时，比甲骨文略早的还有铭文（金文），但商代在青铜器上的铭文只有寥寥几字，到周始盛，根据容庚《金文编》的记载，铭文字符共计三千零五个，可识别的有一千八百零四个[⑤]。这是横跨商周到秦汉 1000 年间的统计，虽可引证中国文字的发展，却未能反映西周时期文字记录的实况，那会是中国文字创造的高速成长时期。由于手头上无《尚书》、《诗经》和不包括“十翼”的《周易》字符的统计数字，只好瞎猜，有五六千个。那么，周人是用什么方法把字符狂增四倍，因此而能把中国最早的典籍记录下来呢？答案是六书中的“形声造字法”。

---

① 徐中舒主编：《甲骨文字典》，四川辞书出版社 2003 年重印 1989 年版，第 1 页。

② 王力主编：《古代汉语》，中华书局 2000 年重印 1962 年版，第 170 页。

③ 徐中舒主编：《甲骨文字典》，四川辞书出版社 2003 年重印 1989 年版，第 200—201 页。

④ 同上。

⑤ 容庚：《金文编》，中华书局 1985 年版，第 22—23 页。《百度百科》则称根据新版容庚《金文编》，共收三千七百二十二个字，而其中可识别字两千四百二十字。

“形声造字法”有两个最大的组成部分，一个是表音符号，另一个是有归类作用的偏旁。笔者且以表音符“可”、“方”来做例子，以说明之。让笔者先来假设有这样一个造字童子，他从小就因为父母口传，把《尚书》、《诗经》背得一个滚瓜烂熟，而且对每句句子都明白了解，笔者又让他记熟几十个偏旁，百来个音标，告诉他形声造字的法则；他就能把这两本典籍85%的字准确地以“形声造字法”记录下来。他会把“关关雎鸠，在河（黄河）之洲”（《诗经·周南·关雎》）的“河”字，以音标“可”和“水”偏旁构造出来；“伐柯（斧柄）如何?”（《诗经·豳风·伐柯》）的“柯”字，以音标“可”和“木”偏旁构造出来；“菁菁者莪，在彼中阿（丘陵）”（《诗经·小雅·菁菁者莪》）的“阿”字，以音标“可”和“阜（土堆）”偏旁构造出来。《尚书》中河字出现29次，例如，“盘庚作，惟涉河（黄河）以民迁”（《尚书·商书·盘庚中》）；无柯字；但有阿字，出现在“惟嗣王不惠于‘阿衡（伊尹号）’，伊尹作书曰”，此非形声字，为六书“本无其字，依声讬事”的假借法，因而创造了一个新的标音字“阿”。我们如果更进一步探讨这个问题，就会发现甲骨文中虽然有木和水偏旁，但无阜偏旁。更有甚者，在甲骨文中，河字已是一个形声字了。甲骨文四个期段的字体都说明这个事实，《甲骨文字典》指出：这字从“水”从“丂”或“何”，“丂”和“何”皆为声符。“丂”“为斧柯之柯本字”，“何”“为儋荷之荷本字”，“柯、荷、河”古音皆在歌部①。也就是说，在象形、指事（乃象意字，将抽象意思用形象表达出来）、会意（乃合成字，把不同象形或指事放在一起而产生的衍生义）三种字体外，甲骨文中还存在着相当数量的标音的声符本字，这是一个被忽略的现象。

对象形字的构建，《古代汉语》这样说：“直到图画表示的概念固定了，线条简略了，成为形象化的符号，而且和语言里的词发生了联系，有了一定的读音（这一点很重要），才成为文字。”这是对先造字，再和口语结合程序的形容。如果我们把中国符号概念的发轫放在八卦发明时期，又假设伏羲是八卦的发明者（六七千年前），则从水的象形符号脱胎自坎

① 徐中舒主编：《甲骨文字典》，四川辞书出版社2003年重印1989年版，第1184—1185页。

卦☵符号，到甲骨文六书造字法具备雏形（约3300年前），中间经历了3000年的时间。这3000年间最主要的造字法乃象形、指事、会意，独立于这三种造字法之外的还有纯粹符号记录文字，例如，纪时的干支，记数的数目字。所以，古人的文字创造建立在象形、象意、纯记录符号上，直到他们认识到标音符号的重要性，发明了与标音符号有关的造字法，也就是六书的形声、转注、假借造字法。从此，古人造字进入了高速公路，在几百年间，制造出数倍于3000年以来所创造的字数（一千余字），目前我们没法确定《尚书》、《诗经》和没有“十翼”的《周易》是在什么时候被文字记录成典籍的，应该不会晚于周共和年份（前841）。我们也不排除在殷商晚期，他们已把《虞书》、《商书》、《商颂》记录成文字典册，这有待考古实物的出现，在理论上，他们是有能力这样做的。以下用“方”音标来显示他们造字的能力。

“方”字在甲骨文中乃“起土”之义，据《甲骨文字典》称：“方”字在甲骨文中字形“象耒之形”，又借用为四方之方[①]。故“方”象形本义为耒，用会意为起土，借用为四方之方，后者是否就是六书的转注，待考。由于许慎（58？—147？）给转注下的定义“建类一首，同意相受，考老是也（意思大约是，在同一个部首下，建立一类字，这些字因为字意相近而能互相授受转注，考和老两字就是例子；老字在《说文》是部首，考字归入此部，孝字亦然，但在现代字典中，考入此部，孝则入子部首）”，大家都不很明白转注是怎样一回事，因为同一部首下字义往往是不同的，而字义相同，或互相衍生的字，往往不在同一部首下。《古代汉语》似乎在鼓励大家学朱骏声先生那样，自下定义，朱先生定义如下：当古人从某一本义引申出另一意义时，不另造一字，那就是转注[②]。如此的话，方字有两个转注义。也就是只有新义，没有新字被创造出来，因此，《古代汉语》认为：转注和假借是用字之法，因为根据转注和假借的原则并不能产生新的字[③]。笔者认为这个说法是可以商榷的，转注和假借在直接的效应上，可能没有产生新的字；但在间接的效应上，则会

---

① 徐中舒主编：《甲骨文字典》，四川辞书出版社2003年重印1989年版，第953—955页。

② 王力主编：《古代汉语》，中华书局2000年重印1962年版，第161—162页。

③ 同上书，第162页。

催生新字的产生，当“方”字不再用来代表“耒”，则会促使耒字的产生。笔者进一步以方字为音标（那其实已是一种假借），试图说明这个见解。

笔者还是从记录文言语的角度来看方字作为音标的创字能力：当上面所提到的造字童子念到：“鲂鱼赪尾”（《诗经·周南·汝坟》）的“鲂”字时，就会以音标“方”和“鱼”偏旁来构造形声字“鲂”；念到“右招我由房”（《诗经·王风·君子阳阳》）的“房”字时，就会以音标“方”和“户”偏旁来构造形声字“房”；念到“访予落止”（《诗经·周颂·访落》）的“访”字时，就会以音标“方”和“言”偏旁来构造形声字“访”；念到“成汤放桀于南巢”（《尚书·商书·仲虺之诰》）的“放”字时，就会以音标“方”和“攵”偏旁来构造形声字“放”。形声字其实是假借“方”的字音与有文义分类的偏旁作为转注符号而构建成的，因此，形声包含假借和转注，假借和转注因此成为造字的一种方法，而不纯粹是一种用字法。当大家要把口中在念的句子中的一个字（已知读音）记录成书写字，则必须在可能存在的几百个音符中，选一个音符假借到新字之中，这是第一步；第二步就是选一个和新字意义相类似的偏旁，这往往需要转注。

“鱼”本身是一个独立的字，转注变为偏旁，如果有一百种鱼，就可以制造一百个字，孔子说：“多识于鸟、兽、草、木之名。”（《17.9》）恐怕也包括鱼的名字吧！“户”字也是象形字，像单扉之形①，被转注为偏旁；“言”为会意字，从木铎倒置之形、从铎舌，在甲骨文中，它只有祭名或职官名的意思，完全没有言语说话的意思②，这里作为“访（谋议）”的偏旁，那必定是言语说话的分类，那么，这个意思是怎样来的呢？大家可能在无意之中，找到了转注的原义。由于古人在象形木铎之舌时，有三种不同构形，因此产生了三个异构同义字：“言”、“舌”、“告”③。同时，《甲骨文字典》指出：古代部落领袖聚会之前，必摇动木铎以聚众，然后把木铎倒置后，始发言④。“言”虽无言语之义，“告”

① 徐中舒主编：《甲骨文字典》，四川辞书出版社2003年重印1989年版，第1280—1281页。

② 同上书，第221—222页。

③ 同上。

④ 徐中舒主编：《甲骨文字典》，四川辞书出版社2003年重印1989年版，第85—86页。

却有，意“语也”，后来人造字时，不用告字做偏旁，但转注它“语也”之义到“言”偏旁之中，亦可谓转注例子中之精思妙想矣！同时，笔者还可以举一个转注延伸性的例子，“访（谋议）”也出现在“惟十有三祀，王访于箕子（周武王十三年［周灭殷后第二年］，武王谋议于［殷贤臣］箕子）”（《尚书·周书·洪范》），人们今天会把这个访字作“访问”解，那是因为受了太史公的影响，他在《史记·宋微子世家》载：“武王既克殷，访问箕子。”并引《洪范》全文。自此访字失其“谋议”原义，而为新义“访问”所取代。人们于是创造“谋、议”两个字来代替访字的原义——这是笔者想当然的说法，“谋、议”的由来，待考——但所要表达的意思则很明确，一个字可能因为转注而失去它的本义，往往却会另造字去代替它所失去的本义。假借也是那样，一个字变成标音字后，往往会失其本义，但也可能有新字来表达已失去的旧义。因此，不能说转注和假借不产生新的字。“攵”不是一个独立的字，甲骨文中无放字，但有“启（繁体作啟）”字，因此，我们必须转注到“启”字上来寻求偏旁“攵”的意思，《甲骨文字典》认为“启”字“象以手启户之形”①，因此大家可以解读“攵”有“推开”的意思。引文“成汤放桀于南巢”中的“放”，作“流放”解，与推开之义相类，所以“攵”作偏旁是合适的，造字童子就是这样全方位地把所需要的文字创造出来，而完成《尚书》《诗经》的文字记录工作，在中国的文化发展史中，必定有一个或一群造字英雄完成这个伟业，使中国文化进入有典有册的时代。上面所用甲骨文的资料，列述如下：

表附录二－1　　**现代字与甲骨文对照表**

现代字	甲骨文	解字（取材自徐中舒主编《甲骨文字典》）
可	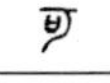	按：实为曲柄斧之柯柄，有考古实物可证，与《说文》篆文形同。
丂		所象形不明，与《说文》丂字篆文略同。
何		像人荷戈之形，为荷儋字初文。
方		像耒之形，古者秉耒而耕，刺土曰推，起土曰方，典籍中方或借伐、发、墢等字为之而多用于四方之方。

① 同上书，第331页。

续表

现代字	甲骨文	解字（取材自徐中舒主编《甲骨文字典》）
水		甲骨文水字繁省不一，作者与《说文》篆文略同。
木		甲骨文木字上象枝，中象干，下象根；卜辞中无用作本义之例。
阜		象形字，古代穴居，于竖穴侧壁挖有图示，形之脚窝以便出入登降。
人		像人侧立之形，人侧立则仅见其躯干及一臂。
户		像单扉之形，与《说文》户字篆文略同。
鱼		像鱼形。
言		字形与《说文》言字篆文略同，但实与告字、舌字为一字之异构；三字初义相同，后世乃分化为三字。
舌		
告		
启		甲骨文启、敀、啓为一字。
偏旁攵	缺	
敀		
河		从水从丂，或从水從何，丂、何皆为声符，丂为斧柯之柯本字，何为儋荷之荷本字，柯、荷古音皆在歌部，故甲骨文河字并以丂、何为声符。

更可系统性地列表如下：

表附录二－2　　**偏旁与表音符对照表**

偏旁＼表音符	“可”表音符 甲骨文：	《诗》	《书》	“方”表音符 甲骨文：	《诗》	《书》
“水”偏旁 甲骨文：	河 甲骨文：	有	有	汸 甲骨文：缺	缺	缺
“木”偏旁 甲骨文：	柯 甲骨文：缺	有	缺	枋 甲骨文：缺	缺	缺
“阜”偏旁 甲骨文：	阿 甲骨文：缺	有	有	防 甲骨文：缺	有	缺
“人”偏旁 甲骨文：	何 甲骨文：	有	有	仿 甲骨文：缺	缺	缺
“鱼”偏旁 甲骨文：	魺 甲骨文：缺	缺	缺	鲂 甲骨文：缺	有	缺
“言”偏旁 甲骨文：	诃 甲骨文：缺	缺	缺	访 甲骨文：缺	有	有
“攵”偏旁 甲骨文：缺	缺现代字 甲骨文：缺	X	X	放 甲骨文：缺	缺	有
“户”偏旁 甲骨文：	缺现代字 甲骨文：缺	X	X	房 甲骨文：缺	有	有

文言语和因记录的需要而造字这两个概念能帮助我们了解一些古籍问题。郭店楚简和马王堆帛书中有大量的白字，我们美其名曰那是“通假字”，清代考据大家王念孙父子更提出“经典古字声近而通”的概念，王念孙说：“字之声同声近者，经传往往假借。学者以声求义，破其假借之字而读以本字，则涣然冰释；如其假借之字而强为之解，则诘鞫为病矣。”① 李学勤先生以传统传抄的概念解读这个现象，他又指出：马王堆三号墓墓主请来一个抄手，为墓主抄写了不少书籍，“这个抄手书法很好，可是责任心不强，他所写帛书错讹颇多，有的匪夷所思，如《周易》经传的‘象’字多误为‘马’，甚至整章的文字都抄脱了”。② 抄都会抄出这样多讹错来，确是匪夷所思的。如果我们换一个角度，以背抄（背诵抄录）来看这个问题，就可能没有这样匪夷所思的了。这位抄录手背到某一字时，不会写，假借一个他会写的白字或通假字来顶替。如果所有象字都写成马字，可能是避亲讳；如果不是，则需另外找解释。整章的文字都抄脱了，那一定是书没背好，背漏了一段。用贵重的帛不用普通的简，有保留做纪念品的意思；书写人字写得漂亮，抄录水平却缺乏专业性，背诵抄写者会不会是墓主的一个亲人呢？这是假借的用字法，到了今天大家还在私人通信中广为应用，与上述六书造字法的假借不一样。

李学勤先生进一步指出：“还有些时候，简帛书籍是使用同义字。例如今本《系辞上》第六章‘或出或处’，帛书‘处’作‘居’；第九章‘其孰能与于此’，帛书‘孰’作‘谁’，类似的情形不少。”这是转注的用字法，与上述六书造字法的转注不一样。他在《简帛佚籍与学术史》另一节《对古书的反思》中，语重心长地说：“直到近代，当我们的传统文化不得不变革的时候，才出现对信息的怀疑，要求对传世古籍重行系统估价，于是涌现了疑古的思潮。大家都记得，这一思潮怎样从根本上改变了人们心目中中国古代的形象，有着深远的影响。这可说是对古书的一次大反思。”进而认为目前是进行第二次反思的时候了，他说：“对古书形成和流传的新认识，使我们知道，我国古代大多数典籍是很难用‘真’‘伪’二字来判断的。在辨伪方面，清代学者做出了很大贡献，但是也有

---

① 李学勤：《简帛佚籍与学术史》，江西教育出版社 2001 年版，第 6 页。

② 同上书，第 5—6 页。

不足之处，其一些局限性延续到现在还有影响。今天要进一步探究中国古代文化，应当从这些局限中超脱出来。从这个角度看，对古书的第二次反思，在文化史研究上也有方法论的意义。”笔者完全同意这个说法，人们必须打破疑古的牢笼，把自己释放出来，以独立的思维，客观科学的方法来评估古史和古籍，如此，人们才能对刘勰对《商颂》和《古文尚书》的“言志”说，有一个公平的解读。这一点是受疑古史家影响的刘大杰先生，以及他后来的追随者所无法做到的。

三　不赞成以神话的眼球看中国文学史并论大禹治水非神话

如果大家把大禹回归到信史中去，大禹治水不再是神话，则《诗经》之中几乎没有什么神话的引用，例外的仅有两处，一处是关于殷商祖先契的由来的述说，《诗经·商颂·玄鸟》载："天命玄鸟，降而生商（上天派遣黑燕，投下［燕卵，为有娀氏之女简狄吞咽而怀契，是为］建商祖先）。"另一处是关于姜嫄生后稷的故事，《诗经·大雅·生民》称："履帝武敏歆（踏在上天脚印的大拇指上，歆歆然感孕）。"如果这个观察是事实的话，则《诗经》和神话的关系几乎等于零，很少有人会反对《诗经》是中国纯文学之母，也就是说，中国纯文学之母的《诗经》跟神话拉不上什么关系。或许有人会说：《楚辞》之中不是有很多神话人物的引用吗？程千帆和程章灿两位先生在《程氏汉语文学通史》中头脑清醒地指出①："《诗经》只是在客观上保留了少量神话。《楚辞》中留存的神话较多，但其本意主要是随机的引用而非忠实的记录。"也就是说，作品中只有一些神界名词的引用作为堆砌或点缀，完全缺乏神话故事的记录，或者把传说的故事转化为作品中的一个神话故事情节。严格来说，《九歌》和《离骚》中神灵称谓与仙境名词乃礼祀程序的灵界，而不是神话中的神界。一个中国文化的基本特色是以"礼"的眼睛看世界。

相对于以"礼"的眼睛看世界的是以"神话（myth）"的眼睛看世界，神话这个词汇由希腊文而来，近代对这个字的定义大约是，"一个有象征意义的叙述性故事，其来源往往不明确，但通常有传统的根源，包括神界人物的描述，以貌似真实的形式，叙述一个历史性的事件，常常代表

① 程千帆、程章灿：《程氏汉语文学通史》，辽海出版社1999年版，第2页。

一个民族的世界观或宗教观"[①]。理性的柏拉图（约前429—前347）对公元前5世纪的希腊神话非常不以为然，认为神话都是没法以逻辑的方法来验证所叙述的真假的，因此是没有意义的[②]。近代学者一般相信：神话与人类存在的本质是有相关的，是代表精神上深一层的意义，不能因为故事表面上的神奇怪诞，而否定其内在的"真理"。由于神话在西方文化史上的重要性，导致我们的学者，例如顾颉刚先生，在中国的文献中找寻神话故事[③]，其中最有名的是《山海经》（成书年代不详，最早编本在前6—前5年），至今还是中国神话研究中的一个权威性的原始资料。该书有神话性的题材，但该书没有故事，只有三言两语的描写。神话一般性来说是有一段很长的叙述性的故事的[④]。也就是说，《山海经》只有神话性质的内容，并没有神话的形式，[⑤] 而神话的形式是自希腊以来，西方文学的灵魂所在，在我们进一步分析叙述性故事的特性之前，且让我们看看"礼"[⑥] 在与神话特性对比下的特性。

西方对古文化中"仪礼"作一个广泛性文化现象的研究，只是近百年间的事。仪礼作为高度重复有象征性的人类行为，由于人类学家对原始人的观察与古典学者对古文献的研究而易为大家所重视。有一部分学者甚至认为仪礼与神话，在古史中是有"同步而行的（paripassu）"的源头[⑦]，与互为印证的结构与气氛。也就是说，两者是一个铜钱的两面，以不同的特性来刻画象征性的传说时期的历史事件。礼是一般性（general）的，神话是个体性（individual）的；礼是一节一节（episodic）按时间顺序

---

① Fritz Graf, " Myth, " in *Religions of the Ancient World*, ed. Sarah I. Johnston, Cambridge, Mass: The Belknap Press of Harvard University Press, 2004, pp. 45 - 58.

② Ibid..

③ 见顾颉刚《中国上古史研究讲义》，中华书局2002年版，第27—30页。又请参考叶舒宪《老子与神话》，陕西人民出版社2004年版，关于"中国神话学百年回眸"的讨论，第268—291页。

④ Sarah I. Johnston, ed. , "Myth and Sacred Narratives," in *Religions of the Ancient World*, Cambridge, Mass: The Belknap Press of Harvard University Press, 2004, pp. 578 - 597.

⑤ 叙述性的故事（narrative）。

⑥ 这里单指仪礼（ritual）。

⑦ Jan Bremmer, "Ritual," in *Religions of the Ancient World*, ed. Sarah I. Johnston, Cambridge, Mass: The Belknap Press of Harvard University Press, 2004, pp. 32 - 44. 另请参考克洛德·列维—斯特劳斯［法］（Claude Levi - Strauss）著，张毅声、张祖建、杨珊译：《人类学讲演集》，中国人民大学出版社2007年版，关于"神话与礼仪的关系"的讨论，第243—246页。

的，神话是有情节结构（plot structure）的；礼的节与节之间的关联是节奏呼应性（echoing）的，神话的事与事之间的关联是因果呼应性（causal）的；礼的重点在外观的行为（external behavior），而神话的重点在内在的冲突与和解（internal conflict and resolution）。希腊人用“神话的眼球”看世界，中国人用“礼的眼球”看世界。正如猫头鹰与我们的眼球结构不一样，希腊人的文化眼球也和我们不一样，我们是否有必要用神话的眼球来看中国远古传说时期的历史呢？

由于中国神话的贫乏，中国没有荷马（Homer，前 9—前 8 世纪）所创作的那样雄壮的史诗，欧里庇得斯（Euripides，约前 485—前 406，古希腊三大悲剧家之一）那样人与人冲突所引起心灵深邃的对话的话剧，也没有希罗多德（Herodtus，约前 482—前 425，古希腊历史之父）那样富于“人类学”观点故事性的历史著作。这些著作都有神话故事叙述的特征：人物衣饰容貌描写的特殊化与个人化，情节上有因果呼应的结构性，并着重内心经历的描写。中国的文学作品自《诗经》到《儒林外史》都没有上述的三种“叙述”特点，也就是人物的衣饰容貌描写缺乏特殊性与个人性，情节方面缺乏因果呼应的结构，也缺乏内心经历的描写。

中国近代六部文学史著作——刘大杰《中国文学发展史》①、二程《程氏汉语文学通史》②、郭预衡《中国古代文学史》③、叶君远《中国古代文学史》④、马积高和黄钧《中国古代文学史》⑤、郭英德和过常宝《中国古代文学史》⑥ ——都套用西方文学史的公式，认为中国文学来自中国神话。只有二程两位先生，虽然也套用了这个公式，却审慎地提出疑问，他们说：“这和希腊神话早在奴隶时代就以史诗的形式到处流传有很大不同。其次，中国神话的体制一般都相当短小，不像希腊罗马神话那样篇幅

---

① 刘大杰：《中国文学发展史》繁体版（全三册）第一册，香港古文书局 1973 年版，第 13—21 页。

② 程千帆、程章灿：《程氏汉语文学通史》，辽海出版社 1999 年版，第 1—10 页。

③ 郭预衡：《中国古代文学史》（简编），上海古籍出版社 2003 年版，第 9—13 页。

④ 叶君远《中国古代文学史》（全三册）第一册，中国人民大学出版社 2003 年版，第 10—19 页。

⑤ 马积高、黄钧：《中国古代文学史》（全三册）上册，人民文学出版社 2009 年版，第 19—28 页。

⑥ 郭英德、过常宝：《中国古代文学史》（上下册）上册，中国人民大学出版社 2012 年版，第 30—44 页。

巨大，如荷马史诗《伊利亚特》和《奥德赛》之类长达上万行的鸿篇巨制，那是我们所没有的。”他们进而指出：“还有，中国神话亡佚得相当之早。现存的神话看起来有时简直像一份目录或一个提纲。即使保存着一些片断，也仅仅是些片断而已，很难整理出始末周详、头绪井然的故事来。这和希腊罗马神话详尽得连神的家族都可以制成宗谱相比，也大异其趣。”也就是说，中国先民原始性的神话很少被保留下来。照说，在人类进化的萨满筮术宗教时期，大家鼓乐唱歌跳舞，应有大量的神话故事流传在人民中间[①]。这些原始（可能很血腥的）神话故事在中国文化中几乎丧失殆尽，导致这后果的发生被称为中国文化的“理性化”，或者更准确一点地形容为“礼制程序化”。

这个“理性化”是怎样发生的，目前缺乏历史性的真实记载，只有一个象征性的描述，称为“绝地天通（断‘绝地’上的事宜，向‘天通’消息与关系）”。主导这事的主人翁是传说中的颛顼帝[②]。也就是说，在他之前，天地是相通的，一个人可以直接与天地的神灵交通，政府没有限制人民的原始宗教的信仰；制造这个限制的统治者就是颛顼[③]。颛顼不让九黎氏族保存“通天”的萨满筮术宗教，而要他们向中原氏族理性化的礼仪制度看齐。从此，中国人用“礼的眼球”看世界。

前面建议，大家必须打破疑古的牢笼，把自己释放出来，以独立的思维，客观科学的方法，来评估古史和古籍，如此，大家才能对刘勰对《商颂》和《古文尚书》的“言志”说，有一个公平的解读。这一点是

---

① Nicholas Wade, "Music, Dance and Trance," in *The Faith Instinct: How Religion Evolved and Why It Endures*, New York: The Penguin Press, 2009, pp. 78 – 97. Wade is a follower of Edward O. Wilson.

② 传说时期的人物，可能存在于4700—4170年前的时段，为论说方便，按夏商周断代工程年份和传统黄帝年历（纪元元年前2697）为年段计算的依据。

③ 颛顼命令手下官员“南正重”司天以属神，“火正黎”司地以属民；不让人民有“天通”的权利。或者应该这样说，颛顼不让九黎氏族保存“通天”的萨满筮术宗教，而要他们向中原氏族理性化的礼仪制度看齐。见《国语·楚语下》：“［楚］昭王（前515—489在位）问于观射父，曰：‘《周书》所谓重、黎寔使天地不通者，何也若无然，民将能登天乎?’对曰：‘……及少皞之衰也，九黎乱德，民神杂糅，不可方物。夫人作享，家为巫史，无有要质。民匮于祀，而不知其福。烝享无度，民神同位。民渎齐盟，无有严威。神狎民则，不蠲其为。嘉生不降，无物以享。祸灾荐臻，莫尽其气。颛顼受之，乃命南正重司天以属神，命火正黎司地以属民，使复旧常，无相侵渎，是谓绝地天通。’”

受疑古史家影响的刘大杰先生，以及他后来的追随者所无法做到的。

要破疑古这个牢笼，不能不讨论顾颉刚先生的古史观，这个古史观的立足点在于有没有大禹这个人。以下试论述顾先生对大禹的定论是他自己主观性的对古籍的解读，而不是客观地以科学考古研究和实物作为论证根据的。

北京保利艺术博物馆内的"遂公盨（按李学勤先生估计，约在公元前900年）"[①]，有这样的铭文："天命禹敷土，随山浚川……"那表示传统文献之外，在考古文献中，也是有大禹治水的记载的[②]。为了论说方便，我们且以夏商周断代工程的公元前2070年为论说据点，大禹治水应是在公元前2120年至前2070年之间的五十年中发生的。《诗经》有六处提到大禹，它们是：《小雅·信南山》、《大雅·文王有声》、《大雅·韩奕》、《鲁颂·閟宫》、《商颂·长发》、《商颂·殷武》。地理位置从陕西的终南山、丰水渭水入黄河处、至河北固安县的梁山，这是黄土高原上有很多河流、山岭、平地的地方，即在近两千年来，洪灾也是经常发生的，那么，在公元前的2000年之前有一场大洪水是一点都不奇怪的事。

那时，如果有一个人改良了传统围堵的方法而代之以疏通的方法来治洪水，这会是治洪水的一个革命性的发明，是人类进化史上一个合情合理的进展过程。李冰都江堰（约建于前256—前251年）的伟大水利工程，必有所传承，不会是从天上跌下来的。这样合情合理的事怎可能是神话的呢？神话往往有超乎常情的奇异事情的发生，但洪水和治水是中国历史上必然会发生的事情，也因此必然会出现一个能像大禹那样治水的人，正如大帝国的形成必会出现一个像秦始皇那样的人物一样，因此，大禹的出现，是历史发展必然的结果，完全没有神话的奇异味道。

说大禹是一个历史人物，那是公元前1000年以来所有读书人的一个共识，包括孔子在内，而且他们是有根据的，那就是《尚书》的前身：《虞书》和《夏书》的记载。《虞书》或《虞箴》或《虞人之箴》见载于《左传》，《夏书》则见载于《左传》和《国语》。《孟子》则有提到《尧

① 李学勤：《〈史记·五帝本纪〉讲稿》，三联书店2012年版，第43页。

② 关于遂公盨较详细介绍，见詹子庆《夏史与夏代文明》，李学勤、孟世凯编，上海科学技术文献出版社2012年版，第77—78页。

典》这本书，因此，孔子关于尧、舜、禹的评论应该是有根有据的。《论语·21.1》关于尧舜的引文“尧曰：‘咨！尔舜！天之历数在尔躬，允执其中！四海困穷，天禄永终。’”是有可能引自《虞书》或《尧典》的。李零先生就曾指出：“允执其中”这句话也出现在“战国鸟书箴铭带钩”[①]中，该铭文是否引自《论语》，则待考；若然，则战国时的《论语》就已有这段话。

孔子时，礼和乐可能还是以“献（口语）”的形式存在的，而诗和书则以文字的形式而存在，这从“书”和“典”两字在《夏书》和《尧典》书名的应用上就可以知道。问题在于：它们是在什么时候开始以文字形式存在的呢？从甲骨文的发现时期来看，中国文字的记录不可能早于殷商中晚期。同时，现存的《古文尚书》有明确的记载，表明文字是从口语记录而来的，《尧典》、《舜典》、《大禹谟》、《皋陶谟》四文开宗明义地说：“曰若稽古（追述考古）。”也就是，以文字记载古代所传下来的在“献”中的话。顾颉刚先生则认为“它并没有冒称尧、舜时的记载”[②]，进而认为《古文尚书》的记述者利用古材料编写故事，这是他的一种说法。笔者则认为：在被记录成文字之前，《虞书》或《尧典》以献（文言语）的形式已广为流传，为同时代的读书人所记诵熟习，文字记录者如果随意窜改的话，必定不会被同时代的读书人所接受的。

笔者这个说法有两大假设：其一，夏代没有以文字记录口语的能力，也就是说，文字符号可能已大量存在，但把文字符号连接起来的章句还未被发明，因此未能记录口语；其二，夏代已建立高度礼制化、中央体制化的献（文言语）记录制度（有别于在人类进化史中流传应该有好几万年的民间口语相传的传统），这又必须建筑在宗庙和殿堂大型建筑物的基础上，也就是说，中央行政机构和记录制度的构建是相辅相成的，行政机构要发展，必须有记录档案，例如议政决定或盟约。由于中国象形文字没法记录自然的口语，中国人必须另辟蹊径，创造出一种浓缩性的、撮要性的人工语言（文言语），以机械化、礼制化的诵读（雅言），通过公众体制

---

① 李零：《丧家狗》，山西人民出版社2007年版，第332页。

② 顾颉刚：《中国上古史研究讲义》，中华书局2002年版，第11页。亦见顾颉刚《顾颉刚古史论文集》（全12集）第3集，中华书局2011年版，第103页。

的机构例如宗庙，把献（文言语）记录保存下来。这一点，在今天的《古文尚书》还是有迹可循的，其内容大部分都是对白或宣言，极少叙事；自然，在文句方面，可能为后人改动过，非原汁原味，不过，最关键的还是内容，它们是否被更改过，这固然待考。西方的《圣经》，从巴比伦文到希伯来文，到拉丁文，到德文，到英文，都不失其权威性；《古文尚书》的权威性不在文字的改动而在乎内容是否被改动了。在整体内容的评论上，有待专家的论证，但在大禹治水上，《古文尚书》的记述是平实可信的，是依循古时的《虞书》《夏书》而来的。上面所提到2900年前的遂公盨的铭文是这样记载的："天命禹敷土，随山浚川……""禹敷土"一词乃《禹贡》的第一句，"敷土"与"平水土"意义相同，后者出现在《舜典》："帝曰：'俞，咨！禹，汝平水土，惟时懋哉！'"以及《周书·吕刑》："禹平水土"。把这些引文再结合以上《诗经》的六处引文，我们可以下一个这样的结论：周朝800年间的读书人都认为大禹治水是历史事实。那么，生活在周朝之后两千多年的现代人凭什么说周人你们错了，历史上并没有大禹这个人呢！我们的证据在哪里呢？

是不是中国人进行了气象考古，证明了3500年至4500年前那段时期，没有发生过可以造成洪水的倾盆大雨呢？又是不是我们进行了地质考古，证明了地理位置从陕西的终南山、丰水渭水入黄河处，至河北固安县的梁山，在那个时段并没有发生过漫延二三十年的洪水呢？没有，这个结论是在没有任何科学实证的基础上而得出来的，倒是地质学家丁文江先生有惊人之语，在没有对该段黄河水域做过考古发掘，就不负责任地说："禹治水之说绝不可信。［长］江［黄］河都是天然水道，没有丝毫人工疏导的痕迹。"① 那又是不是我们发现了一件殷商或周朝考古文献，上面的文字记载说：大禹是一个神话人物，三头六臂，还拖着蛇一样的尾巴呢？也没有。但顾先生却根据《左传·宣公三年（前

① 顾颉刚：《顾颉刚古史论文集》，中华书局2011年版，第8集，《附丁文江：论禹治水说不可信书》，第8页。丁先生说这话在1924年2月11日，离新学堂成立19年，"五四"5年，丁先生作为第一代中国科学家喜欢谈人文学科虚幻的问题。《顾颉刚古史论文集》第4集，第110—111页，顾先生谈到"禹凿龙门"，亦引丁文江先生认为不可能之事。不过，他没有请丁先生作一个实地考古发掘，而丁先生亦满意于无科学实践的空论。在该书第4集，有《茫昧的夏民族》一文，顾先生谈到他那时的考古发现和夏代的关系，见该书第112—120页。

606）》中关于九鼎的论说和《说文》的训义认为禹是“颇似蜥蜴”的动物，更认为禹从神兽而为神[①]，这两个结论也是在没有任何新考古文献的基础上而得出来的。那么，这个说法是怎样结论出来的呢？这个结论其实是把传统故纸堆重新解读一番而来的。开创这个新解读的是疑古派大师顾颉刚先生。

顾颉刚先生否定所有传统典籍关于大禹的记载，这些记载把大禹的存在放在公元前2070年左右。顾先生认为大禹的存在要早得多，早到什么程度呢？是比殷商与姬周第一个先祖还要早的一个人物。他是这样说的[②]：“他们［商周后裔］以为祖先都是天生的；上帝特意要生出一个人来，繁衍他的种族在这世上。各个种族的祖先不同，他们以为有的是上帝派一个天使带下来的（如商），有的是上帝自己挑选一个女子，叫她传种的（如周）。这便是‘天子’一名的来源。”[③] 他的根据是《诗经》，认为《诗经》是“我们信得过的最古的书”[④]。但是，《诗经》并没有白纸黑字明确地说“商、周两族都以禹为远古之人（笔者认可），比他们自己种族祖先还要远古的人（纯属顾先生自己的解读）”。且以殷商为例，顾先生引《商颂·长发》“濬哲维商，长发其祥。洪水芒芒，禹敷下土方。外大国是疆，幅陨既长。有娀方将，帝立子生商[⑤]”为证据。顾先生认为，“可见商人承认禹的时代在上帝‘立子生商’之前”[⑥]，他把“帝立子生商”的“帝”解读为“上帝”，把“禹敷下土方”的“下”解读为“禹

① 在《讨论古史答刘胡二先生》之“禹的来源在何处？”中，顾先生引《说文》训“禹”为“虫”，认为禹是“颇似蜥蜴”的动物，从神兽而为神。见顾颉刚《顾颉刚古史论文集》第1集，第228—236页。

② 以下引文出自《中国上古史研究讲义》，第1—3页。“（）”为原著按语，“［］”为笔者按语。

③ 顾颉刚：《中国上古史研究讲义》，中华书局2002年版，第2页。顾颉刚：《顾颉刚古史论文集》第3集，中华书局2011年版，第93页。

④ 顾颉刚：《中国上古史研究讲义》，中华书局2002年版，第1页。顾颉刚：《顾颉刚古史论文集》第3集，中华书局2011年版，第92页。

⑤ 睿哲的是我殷商，长时期受到吉祥。洪水白茫茫一遍，大禹敷洪下水起土（“土方”作“方土”解，按上说，甲骨文“方”本意作“起土”解）。扩充了国家的疆土，幅员因此增长。开始把有娀氏立为方国，帝（舜）立有娀氏子嗣（契于商）而产生商方国。

⑥ 顾颉刚：《中国上古史研究讲义》，中华书局2002年版，第2页；顾颉刚：《顾颉刚古史论文集》第3集，中华书局2011年版，第94页。

从天上降下地来敷土”①。这段话是否能够这样解读，还有待《诗经》专家进一步的认证。笔者个人则认为这是一种为了达到目的的牵强之解。顾先生的目的就是要把大禹放在上天造人的洪荒时期，那个时期的人物无疑必为神话人物。如此，顾先生就顺理成章地说大禹是一个神话人物。但是，契作为商的祖先，到底是公元前2100年前的一位历史人物，如太史公所说；还是一个洪荒时代人物，如顾先生所说，待考。

即算顾先生对《商颂·长发》引文的解读能够成立，也还存在着两个极严重的问题，其一，清儒考证有一条铁律，那就是，孤证不能成定论。顾先生并没有列举出另一个载商、周人认为大禹是“比他们自己种族还古的人”的文献，而却把他对《诗经》的解读当作定论。那可违犯了考证的铁律。其二，《诗经》是一本创作性的作品，想象的空间很大，作为历史素材那自然是可以的，但那是辅助性的材料，不是主导性的材料。特别在年代学上，《诗经》本身缺乏年代的架构。因此，顾先生必须先说明《诗经》有界定一个历史人物的价值。否则，顾先生不是在治史，而是像《山海经》的作者那样，在编写神话。

顾先生其实做了两件事，一是编写神话把大禹放到远古洪荒时期，二是用他著名的“层累地造成的中国古史”观来否定公元前2070年时期历史人物大禹的存在。按他晚年的助手王煦华先生在《顾颉刚古史论文集》中的介绍，“层累式造史论”假设古史是不同时代的古人一层一层地累积地虚构创造而来的，历史时代越往后，虚构的古史时期越久远。他说：“周代人心目中最古的人是禹，到孔子时有尧舜，到战国时有黄帝、神农，到秦有三皇，到汉以后有盘古。时代愈后，传说中的中心人物愈放愈大。如舜，在孔子时只是一个‘无为而治’的圣君，到《尧典》就成了一个‘家齐而后国治’的圣人。”② 顾先生凭什么根据说周人“心目中最古的人是禹”呢！周人就真的没有比禹更早古史的记忆了吗？

顾先生先否定现存的《古文尚书》，那只能说今存的《古文尚书》关

---

① 顾颉刚：《顾颉刚古史论文集》第1集，中华书局2011年版，第506页。在《讨论古史答刘胡二先生》之“禹是否有天神性？”中，顾先生对“下”义有进一步的论说。见第1集，第217—218页。

② 顾颉刚：《顾颉刚古史论文集》第1集《前言》，中华书局2011年版，第4页。

于尧舜的描述可能不真实，但周代明明是有《夏书》的[①]，顾先生又怎知道周《夏书》没有提到尧舜呢！今本《诗经》确实是没有尧舜的记载的，但周代有很多逸诗没有被收进今本《诗经》中，顾先生没有看过这些逸诗，怎可以武断地判决周人“心目中最古的人是禹”呢？更有甚者，周时宗庙的献（口语记录）他一丁点儿都没有接触过，就仅仅凭今本《诗经》那样一点资料而要为一代人下结论，那真是难以想象的。他说孔子把神话性质的尧舜当作信史看，但他并没有拿出任何证据证明尧舜不是信史而是神话，而是套用他自己发明的“层累式造史论”来论断的。姑且不论该理论观点是否站得住脚，但以理论观来界定或否定一个历史事实，那是不足取的，例如我们必须从历史事实来确定中国历史上是否有奴隶社会的存在等等。孔子本身是完全有机会接触周代口语记录的人，照历史记载，他确实这样做了；而且，他熟习当时的《夏书》和逸诗。因此，在那时原始资料的认识上，他的广度和深度是顾先生所不能企及的。孔子对资料真伪的辨识，说话要有根据的那种科学精神，是要让我们后世人都要惭愧的。太史公就注意到这一点。孔子一个惊天动地的史学大成就，那就是给予中国历史一个确切的纪年。我们一般都说，中国历史第一个有记载的年份是周朝的共和元年（前841），这最先出现在太史公的《十二诸侯年表》。其实这个年份是从春秋纪年推演而来的。《史记集解》记载了“尤精数术”的徐广（351—425）的推演，那是根据《春秋经》的始年（前722）与终年（习惯上是前481年，而徐广则以周敬王43年，前477/476来计算）。因此，公元前722年是中国历史上第一个被确切记载的年份[②]。也就是说，孔子把某个甲子年的“己未”年从历法的计算中和隐公元年联结上，中国历史因此有了一个确切的纪年。孔子的伟大还不止于此，有了这个历史立足点，他是能很容易把60年为一周期的甲子年向上推，直到尧舜禹夏商周各代，然后为他们虚构年月谱系。孔子拒绝这样做，因为，没有文献佐证他不愿做假年份，这是他“疑则存疑”的治史精神（太史公《三代世家》语），最少在治史上，孔子做到了他所说的

---

① 《左传·僖公二十四年（前636）》；《左传·襄公二十三年（前550）》；《左传·哀公六年（前489）》。

② 一般把春秋时代的开始定在公元前770年，那是周平王元年；因为鲁隐公（前722—前712在位）元年是周平王四十九年，公元前722年向上推48年，就是公元前770年，那是尊周的意思。

“知之为知之，不知为不知”［《2.17》］的科学精神。这样的一个人物说尧舜是信史，大家要翻案，必须有很好很扎实的证据，也就是在科学上能站得住脚的证据，不能凭单薄的一本《诗经》，与自我创制的“层累式造史论”理论来翻案的。

古人并不像顾先生所说的那样，对信史和历史传说（或历史神话）是不区分的。且以太史公为例，太史公作为汉朝朝廷史官，不能不因为朝廷意识形态的需要，构造自黄帝以来的世系；但他还是继承了孔子的这种“疑则存疑”精神，不敢为五帝三代虚构年份。太史公遵循孔子的榜样，不为三代及殷商纪年，虽然在他那个年代盛行五德终始的政治意识形态，黄帝以来至三代已有虚构了的族谱纪年。他同意并效法孔子序尧舜三代而“略无年月”（《三代世家》），但却不得不为黄帝谱世系，对根据《大戴礼记》的《五帝德》和《帝系》谱写《五帝本纪》和《三代世表》恐怕不是太史公乐意做的事，作为一个极具技巧的作家，他借用汉赋写作的手法塑造了两个寓言式人物“张夫子和褚先生（传统认为后者乃褚少孙［活跃于前33年间］，汉元、成间博士，多处补缺《史记》，待考）”，以下是这两个寓言人物的对话：

> 张夫子问褚先生曰：“《诗》言契、后稷皆无父而生。今案诸传记咸言有父，父皆黄帝子也，得无与《诗》谬乎？”
>
> 褚先生曰：“……一言有父，一言无父，信以传信，疑以传疑，故两言之……”

太史公一方面把两种说法的矛盾性指出来，另一方面以“信以传信，疑以传疑”的说法替御用史官脱卸责任，可谓巧妙至极；不过，在《三代世表》开章明义地说：“自殷以前诸侯不可得而谱。”既然明说“不可得而谱”，他谱，那是他当朝廷史官的责任，可能有些无奈。顾先生其实也是看到这一点的，说太史公能“信信疑疑”，那“是何等的精神”①啊！顾先生想要试验他“层累式造史论”，应以核心性的正史为对象，看

---

① 顾颉刚：《中国上古史研究讲义》，中华书局2002年版，第121页。顾颉刚：《顾颉刚古史论文集》第3集，中华书局2011年版，第218—219页。

看太史公、班固（32—92）、刘知几（661—721）、司马光（1019—1086）、马端临（1254—1323）、章学诚（1738—1801）等史家是否也在层累式地虚构信史，或者把虚假的神话古史硬塞进信史之中，这有待专家进一步论证。太史公则是头脑清醒，把什么是信史什么是神话古史分得一清二楚。那为什么顾先生要把两个泾渭分明的系统混淆在一起论说呢？

笔者个人认为：如果顾先生只根据正史论说，他“层累式造史论”[①]是不能成立的。以《史记》为例，它就没有我们祖先是起源自盘古、伏羲的说法，对它自己所记载的黄帝的族谱，太史公也表达了怀疑的态度（见前）。顾先生是警觉到这一点的，顾颉刚说：“《史记》起于黄帝，黄帝以前略而不言。这不是他（太史公）不知道黄帝以前还有伏羲、神农一班有名的古王，他（太史公）曾说：‘神农氏世衰，诸侯相便伐。’（《五帝本纪》）［以及］‘伏羲至纯厚，作《易》《八卦》。’（《自序》）他（太史公）又在《封禅书》中详列了巫者、阴阳家、方士们的上古史说，远到无怀氏和泰帝。但是他（太史公）毅然地以黄帝为断限，黄帝以前付之不闻不问。”[②] 顾先生要把尧舜禹从正史中剔除，他就必须把尧舜禹妖魔化，这个妖魔化就要借助荒诞不经的志怪作品像《山海经》、《五帝德》、《谶纬》等，把尧舜禹放到里面拌匀着涂染上妖魔的颜色，那他们岂不就是妖魔了！既然他们在这种荒诞不经的志怪作品中是妖魔，再放回正史中也就变成妖魔，失去了做正史人物的资格。顾先生对为什么讨论正史时，要把荒诞不经的《山海经》拿进来讨论解释说：“因为我们对于从前人的说话，信仰是一种态度，研究又是一种态度。前代学者所以不能把历史学建设得好，就因为他们的学问的基础建筑在信仰上，必须好的才肯信，不好的便不肯信。至于我们现在的学问的基础则建筑在研究上，好的要研究，不好的也要研究，在研究的时候无论什么材料都是平等的。”[③] 这样冠冕堂皇的话，谁能反对。于是，真话要研究，假话也要研究，真话

① 越到时代的后期我们越把我们的祖先向上古推，越说越早，顾颉刚指出：周代人心目中最古的人是禹，到孔子时有尧舜，到战国时有黄帝、神农，到秦有三皇，到汉以后有盘古。

② 顾颉刚：《中国上古史研究讲义》，中华书局 2002 年版，第 120 页。顾颉刚：《顾颉刚古史论文集》第 3 集，中华书局 2011 年版，第 218 页。

③ 顾颉刚：《中国上古史研究讲义》，中华书局 2002 年版，第 30 页。顾颉刚：《顾颉刚古史论文集》第 3 集，中华书局 2011 年版，第 123 页。

假话是对等的，不能有判断，判断了就是信仰，一个史家“必须好的（是真材料）才肯信，不好的（不真实的材料）不肯信”，那是把“学问的基础建筑在信仰上”，因此这些相信资料有真假分别的“前代学者所以不能把历史学建设得好”。而在研究上能真假平等看待的顾先生，判断正史中的尧舜禹是假的，《谶纬》中有妖魔味道的尧舜禹才是真的，顾先生的判断不是信仰而是研究，于是，80 年来，顾先生的判断称霸古史学界，研究变成了盲目的信仰。

孔子时一定有非常多的所谓神话古史的，孔子不认可，因为他认为很多传说古史缺乏佐证，不能当信史来看待。他的信史从尧舜开始，因为孔子看到他那时的《虞夏书》，以及能接触到当时宗庙的口语记录，他认为那些都是可靠的文献。顾先生可能有很充足的道理认为今存《古文尚书》中的《虞夏书》充满虚假，但他又没有看到过孔子时的《虞夏书》，没有接触过当时宗庙的口语记录，又怎可以说孔子虚创古史呢？在孔子心目中，只有一个文化开创者，那就是尧，认为他是中国文明大爆发的开创人，孔子以一组五个高规格的形容词“大哉！巍巍乎！荡荡乎！巍巍乎！焕乎！”［《8.19》］[①] 来盛赞尧“则之（则天）”而创造“文章（文化）”。对什么是“则天”，有很多不同的解释，简言之，指尧能观察和描述天地运行的常则，又再进一步把这种“常则”应用到人间，使人类社会有一个经常性的结构和运作秩序，正好像宇宙有一恒常结构和运作秩序那样。在尧手里，人类社会由杂乱无章一变而为井然有序。孔子用来衡量圣人的界尺，只有一个标准，那就是“修己以安百姓”［《14.42》］[②] 或“博施于民而能济众”［《6.30》］[③]，合这个标准的只有一个人，那就是大禹［《8.21》］[④]。孔子认为仁义是构成圣人主要的成分，在孔子的心目中，只有三位圣人，那就是尧舜禹，前二者还是有瑕疵的圣人［《6.30》］，只有大禹是孔子心目中最到位的圣人，后来儒家所推崇的文王周

---

① 《8.19》载：“子曰：‘大哉尧之为君也！巍巍乎！唯天为大，唯尧则之。荡荡乎，民无能名焉。巍巍乎其有成功也，焕乎其有文章！’”

② 《14.42》载：“子路问君子。子曰：‘修己以敬。’曰：‘如斯而已乎？’曰：‘修己以安人。’曰：‘如斯而已乎？’曰：‘修己以安百姓。修己以安百姓，尧舜其犹病诸。’”

③ 《6.30》载：“子贡曰：‘如有博施于民而能济众，何如？可谓仁乎？’子曰：‘何事于仁，必也圣乎！尧、舜其犹病诸！夫仁者，己欲立而立人，己欲达而达人。能近取譬，可谓仁之方也已。’”

④ 《8.21》载：“子曰：‘禹，吾无间然矣。菲饮食而致孝乎鬼神，恶衣服而致美乎黻冕，卑宫室，而尽力乎沟洫。禹，吾无间然矣。’”

公，在孔子的心目中，都不是圣人，连仁人都算不上。而顾先生却以荀子以后的儒家道德价值观来看孔子，认为孔子要虚构历史乃是为了要塑造后来的儒家名教道统。且以禅让为例，顾先生以极大的热情要推翻这个说法①。孔子不一定认为禅让是一种制度，孔子也没有像后来的儒家那样，认为尧传位给舜是一种伟大的行为，那其实是岳父传女婿的家天下的行为。孔子称赞的是舜和禹，认为此两人以天下为公，他说："巍巍乎，舜禹之有天下也，而不与（占有）焉。"［《8.18》］顾先生以墨家、道家、孟荀诸说来推翻此说②，其实是说孔子在说谎话。认为孔子因为要称赞舜禹而妄造事实，那么，孔子的动机是什么呢？笔者个人只看到孔子盛赞古人伟大行为的意图，而看不到他有任何建造禅让上层意识形态的动机？但笔者也可以问：顾先生的动机是什么呢？

作为今文《尚书》最后的一个大学者，顾颉刚先生必须从根本上否定《论语·20.1》中孔子引他那时的《虞夏书》中的那段话是真实的引文的，兹列举如下（下表格左列以底部间线凸显文字与《尚书》文句同）：

表附录三　　**《论语》与《尚书》引文比较表**

《论语》	《尚书》
尧曰："咨！尔舜！天之历数在尔躬，允执其中。四海困穷，天禄永终。"	《虞夏书·大禹谟》句子相同："天之历数在汝躬……允执厥中……四海困穷，天禄永终。"
舜亦以命禹。曰："予小子履，敢用玄牡，敢昭告于皇皇后帝：有罪不敢赦。帝臣不蔽，简在帝心。朕躬有罪，无以万方；万方有罪，罪在朕躬。"	《商书·汤诰》句子不同，含义相同："肆台小子……敢用玄牡……敢昭告于上天神后，朕弗敢蔽；罪当朕躬，弗敢自赦，惟简在上帝之心。其尔万方有罪，在予一人；予一人有罪，无以尔万方。"
"周有大赉，善人是富。虽有周亲，不如仁人。百姓有过，在予一人。"	《周书·泰誓中》句子相同："虽有周亲，不如仁人……百姓有过，在予一人。"
谨权量，审法度，修废官，四方之政行焉。兴灭国，继绝世，举逸民，天下之民归心焉。 所重：民、食、丧、祭。宽则得众，信则民任焉。敏则有功，公则说。	《周书·武成》句子不同，含义相同："大赉于四海，而万姓悦服……重民五教，惟食、丧、祭。"

① 顾颉刚：《顾颉刚古史论文集》第1集，中华书局2011年版，第423—498页；第8集，第322—330页。

② 同上。

《论语》这段话出现在古文《尚书》的四个篇章中，而这四个篇章却又是今文《尚书》所无，那自然是顾先生所不能接受之事。他先引清崔述（1740—1816）之说，崔氏认为《论语》这段话“不得概信为实然也”（《唐虞考信录卷2》）。顾先生接着指出崔述是一个信经的清儒，不配疑古。既然他不同意，却又引崔述，可能表示他是一个公允的人。他指出文中“历数”一词把整章放在可疑的位置，认为历数这个概念出自战国阴阳家邹衍（活跃于前305—前250年间）五行之说，但顾先生并没有引文证实邹衍有历数一词的说法，只泛泛推论历数与五行有关，因此邹衍有历数的概念。结果是，第一，我们不知道邹衍是不是真的有历数这个概念；第二，顾先生怎知道孔子没有这个概念，孔子岂不是也是相信天命的吗；第三，顾先生怎知道春秋时没有阴阳五行的论说，有证明吗？但顾先生一口咬定：“《论语》中这一章是阴阳家的说话”，而阴阳五行只起始于邹衍①。这样的考据是非常不令人信服的。任何文献（包括《论语》）都可能在传递抄写之中，被无意中错失或有意地窜改，人们不能否认有这个可能性，存疑是应该的，否认则必须有根据。既然到目前为止，除了今文学家含沙射影的指控（那是不折不扣的小人行为），并没有任何有力的证据否定这章话，人们必须尊重它，直到有一天，当大家找到一个《论语》战国版本，上头没有这段话，那时才放弃。因为这段话，最少目前来说，古文《尚书》中的四章的一部分并不是虚构的，是有参考价值的。并且，散落在各古籍中，有很多所谓《逸书》片言只语的引文，那些片断说话或来自早期《尚书》（传说是孔子删定的），或来自比孔子还早的《虞夏书》、《商书》、《周书》，如果现存古文《尚书》与《逸书》有冲突，则取《逸书》为准。也因为《论语》，那是堂堂正正五星级的古文献，没有任何一个古籍在可信度上可以超越它，除非大家有铁打的证据，是不能也不应该更改它关于尧舜禹的说法的。笔者之所以花这样大的力气要打破疑古学派的牢笼，因为该学派不独正如李学勤先生所说影响了史学的写作，也把文学史的写作关进疑古的笼子之中，从刘大杰先生开始，到2009年马积高、黄钧两位先生主编的《中国古代文学史》就是以疑古史的角度来写文

---

① 顾颉刚：《顾颉刚古史论文集》第1集，中华书局2011年版，第452页。

学史的[①]，认为大禹治水是神话。

用“层累地造成的中国古史”公式去否定大禹历史性的存在，是以个人主观的理论来损害客观的历史事实。大禹治水，不是宫闱秘史，而是历经十三年，千万人目睹的一场功业，不独被记入了朝廷档案之中（如果你相信古文《尚书》的话），也被身历其事的人们口耳相传地传留给了后世。除《书经》外，《诗经》、《论语》、《墨子》、《庄子》、《孟子》、《春秋左氏传》、《国语》等，外加上面所提到的从考古文物而来的铭文记载，都是记载得清清楚楚的，那是周朝八百年集体记忆的文字记载，而这个文字记录又是把夏、商两代一千年口耳相传的集体记忆记入书册铭文之中。如果笔者这个论说能够成立的话，我们不禁要说：疑古史家对大禹作了一件很不公道的历史论述，导致今人开口闭口都说大禹是一个神话中的人物，抹杀了大禹作为一个历史伟人的巨大功绩。汗青生惑，伟人蒙尘，后世能不罪过乎！能不罪过乎！

---

① 马积高、黄钧：《中国古代文学史》（全三册）上册，人民文学出版社2009年版，第19—23页，认为大禹治水是神话。

四　一个梦想：打造从中文句子自然生态而来的文法结构

笔者大胆地推举刘勰为中国传统文法概念的开创者，那是因为在现在的文献中，他第一个提出“语助词”这个概念①，那就是在一个句子中，有些字是没有实质的文义的，只有帮助性的作用——乃传统文法概念“虚字”的滥觞——这些“语助词”在句子开端或在转折或结尾处把句子“回运弥缝”（《章句·34.6》）起来，加强作者的表达能力，使语气更有“句外”的味道。在《章句·34.6》一章中刘勰是这样写述的：

> 又诗人以“兮”字入于句限，《楚辞》用之，字出句外，寻“兮”字成句，乃语助余声。舜咏《南风》，用之久矣。而魏武弗好，岂不以无益文义耶！至于“夫、惟、盖、故”者，发端之首唱；“之、而、于、以”者，乃札句之旧体；“乎、哉、矣、也”者，亦送末之常料。据事似闲，在用实切，切者回运，弥缝文体，将令数句之外，得一字之助矣。
>
> （又《诗经》的作者在句子内用“兮”字，《楚辞》的作者在句子外用“兮”字。用“兮”字来构成句子，是用语助词来延长舒缓语气。从舜时咏唱的《南风》歌开始，早已用了很久了，曹操却不喜欢用［“兮”字］，难道不是因为认为它无助于表达文义吗？至于“夫、惟、盖、故”是句子开头的语助词；“之、而、于、以”是插入句中的常用语助字；“乎、哉、矣、也”是句末的常用语助词。照

① 郑奠、麦梅翘编：《古汉语法法学资料案编》，香港中华书店1972年版，第1—5页。

事义看［它们］好像是多余的，就作用说却是很切用的。会用的作者加以往来运用，使文辞更加弥缝在一起，将会让几个句子之外，更得到一个语助字的帮助啊！）

前面"无益文义"与"据事似闲"两句话，乃指所列举的字"夫、惟、盖、故、之、而、于、以、乎、哉、矣、也"都是没有实义的虚字。"兮"字乃放在词尾的语气助词，"夫、惟、盖"乃开端的语气助词，"故、之、而、于、以"或为连词，或为介词，都有组织句子的文法作用，刘勰能独具慧眼地把这些字挑出来做例子，并指出这些字没有实质的意义，只有反映语气或连接字句的作用，实开中国传统文法的滥觞。直到《马氏文通》的出现，才跑出了刘勰所开创的中国传统文法研究的胡同。在文论上，笔者可以这样解释他的"将令数句之外，得一字之助矣"，他所列举的"一字之助"好像前面所讨论的"回响文义"的声音一样对文句有着"调味品"的作用，增益了文句的"滋味"。

同时，他虽然没有提出章句因为结构不同而其类型不同的论说，但他四六文的创作，在骈偶的对仗构建上，是警觉到这一点的①。对仗的基本条件是，句法的结构要彼此相互对称：①主语谓语文法结构对主语谓语文法结构；②动词宾语对动词宾语；③复句对复句；④状语对状语；⑤动词宾语结构作主语对动词宾语结构②。刘勰在《文心雕龙》中的例子：

①主语谓语对主语谓语："故情者文之经，辞者理之纬。"（《情采·31.4》）

②动词宾语对动词宾语："若择源于泾渭之流，按辔于邪正之路。"（《情采·31.4》）

③复句对复句："夫水性虚而沦漪结，木体实而花萼振。"（《情采·31.1》）

---

① 冈村繁：《论骈文》，《汉魏六朝的思想和文学》，《冈村繁全集》，第3卷，陆晓光译，上海古籍出版社2002年版，第513—533页。

② 王力主编：《古代汉语》，第三册，中华书局2000年重印1962年版，第1232—1237页。

④状语对状语："若乃综述性灵，敷写器象。"（《情采·31.1》）"综""敷"两字用作状语，一般都被看成为副词。

⑤动词宾语结构作主语对动词宾语结构："规范本体谓之熔，剪截浮词谓之裁。"（《熔裁·32.1》）

这自然是因为中国人用了现代文法观念来看骈文的结构，发现对仗句子的语法结构原来是文法相同的句子。刘勰迷迷糊糊地感到对仗的句子类型相同，因此把它俩骈偶起来，但却没法在概念或文法的层次把结构说出来。可以这样说：古人隐隐约约感到章句中有一个结构，却无法明确地把它勾画出来。

大家或许会奇怪：为什么刘勰有了文法的观念（就是句子应该有一个结构），但没法把这个结构形容出来呢？也就是说，他虽然认识到虚字的特殊性，却没法把它从句子结构上来界定它的特性。即在1500年后的今天，郭绍虞（1893—1984）先生曾经对中文没有文法的说法很气愤，写了厚厚的上下两册书来辩解这个说法的错误，对"中国以前没有语法学的原因"这个问题，他是这样解说的[①]：

可进一步谈汉语有没有语法和为什么没有语法的问题。

说汉语没有语法，这个问题已经过去了。说中国人在以前没有语法知识，没有语法理论，这个问题也已经过去了。但是汉语有语法不等于汉语有语法学，中国人以前有语法理论也不等于中国以前就有语法学。因此，为什么中国人几千年中经常使用汉语作交际工具却始终不大注意到语句组织规律问题的研究，从而建立全面的系统的语法学，这就成为值得讨论的问题。

有人以为："我国的语言文字向来没有比较参证的材料，故虽有王念孙、王引之父子那样高深的学问，那样精密的方法终不能创造文法学。到了马建忠便不同了。马建忠得力之处，全在他懂得西洋的古今文学，用西洋的文法作比较参证的材料。"此处所谓"没有比较参证的材料"，正是指西语的语法讲的。指西语的语法格局讲，那就不

① 郭绍虞：《汉语语法修辞新探》上册，商务印书馆1979年版，第207页。

> 免带些崇洋轻中的意思。难道中国人的聪明才智就不如西洋人，一定要如马建忠这样“懂得西洋的古今文学”的人才会建立中国的语法学吗？马氏说：“各国（指泰西）皆有本国之葛郎玛（即文法 Grammar 的音译）。”难道泰西各国的人都比中国人聪明，都有这样的创造力，而中国人独见不及此吗？

但郭绍虞先生只能让大家相信中文应该是有结构的；可是这个结构是什么，他并没有成功地勾画出来。郭先生是文论家，不是文法家，有这个现象还可能因绍虞先生缺乏文法分析的训练。高名凯（1911—1965）先生是有名的语言学家，能从理论的角度讨论汉语语法，也写了一本厚厚的书，名为《汉语语法论》，有意从中国语言结构的特性（虚字的特殊性），写一本能反映这个特性的中国文法书籍。他是这样说的：“虽然汉语语法的研究已由马建忠等人的努力而有了一定的成绩。一般人都异口同声地说，认为马建忠以及后来的语法学家对于汉语语法的研究都有一个共同的缺点，就是太西洋化了。”① 但高先生并没有成功，并没有“拿汉语语法的本身来作研究的对象”而建立起一个有中国语法特色的汉语文法系统。他这本书的出版是在 1948 年，到了再版的 1957 年，中国基本上是放弃了以汉语语法的特点来构建中国文法系统，反而是以马建忠（1845—1900）先生西洋性的文法分析方法为基础，建立了今天大家通用的现代标准文法。要建立一个有中国语法特色的汉语文法系统，看来还得期诸未来，要等中国人有一个崭新的研究文法方法，才能在有中国特色的文法构建上有划时代性的突破。在这个意义上，刘勰 1500 年前革命性的警悟，还未被后人所完成；虽然王力（1900—1986）先生对古代汉语虚字的用法作了开创性的详细研究，但是他的大架构还是从西洋语而来的。

“文法”乃是研究一个句子中各式字类的功用与结构上的相互作用，与因此而来的字类所发生的词态曲折变形（inflection）；后者乃指“名词”、“代词”、“形容词”等的“变格词尾变形”（declension）。以英语为例，如名词变格词尾变形：“man，men”；代词变格词尾变形：“he，she，

① 高名凯：《汉语语法论》，科学出版社 1957 年版，第 48 页。

they”；形容词变格词尾变形：“high，height”。与“动词变形”（conjugation），例如：“do，does，did，done”。我们大家都知道中文的字与词是没有“变格词尾变化”与“动词的变形”的。所以，“人”就是“人”，一个人是这个“人”字，两个人也是这个“人”字；那个人是“他”，也是“她”（他她之分是近代模仿西方而创造出来的字）。“其山甚高”的“高”是“形容词”，“彼山之高”的“高”是“名词”；“做”可以是现在式，可以是过去式，也可以是未来式；自然为了明确起见，“做”字加上助词“了”，变成“做了”，这就明确表示这件事已完成了；或加助词“着”，“做着”就表示正在进行；在“做”之前加助词“要”，“要做”就表示将来式。所以中文中也是有“语法标记”（syntactic marker）的，不过不是“变格词尾变形”（例如：“－ly”，“－tion”，“－ness”等）与“动词的变形”（例如：“－s”，“－ed”等），而是一个个独立的字，加“了”字、“着”字、“地”字等语法标记。如果大家承认“了、着、地”是语法标记的话，也就是中文是有语法的。那为什么会产生“中文没有语法”这个问题呢？原因乃在中文句子结构中的语法标记有模棱两可的“不确定性”的存在。

笔者且以一个例子来说明这个“不确定性”，在英文里，大家都知道“－ly”是“副词”的标记，“I am quietly listening to him.”（我静静地听他说话）（句A），不能写作“I am quiet listening to him.”（句B）。但在中文中，静静的“地”是可有可无的，“我静静听他说话”（句B）是一句和（句A）同样合文法的句子；那么“静静”作为副词在（句B）中是没有“语法标记”的；这么一来，岂不是说语法标记是可有可无的吗？如果大家接受西方的定义：文法是必须有“硬性的法则”的话，那么这种“可有可无”的情况岂不就是承认中文是没有硬性的文法法则的吗？如此的话，中文没有文法的论说就变得蛮有道理了。

问题的症结在：文法是否必须有“硬性的法则”？中文有没有“硬性的法则”呢？若有的话，又是些什么呢？若没有的话，大家就必须放弃从西方而来的文法定义？但目下成果辉煌的文法研究却是建筑在这个西方定义上的，如果大家只着意在实用分析上，则问题不太大；如果大家想在定义上有一个扎实的理论根基与界定，则有理论上的危机。这些都是语言学家需要解答的问题。

用什么方法去探究这些症结性的问题是另一个困境，在文法分析的方法与架构上，大家是以西方的钢笔来画中国的毛笔画。吕叔湘、王力、高名凯、赵元任四位先生都在中国文法的研究方面有极大的成就，可是都未能找到一条路径，可以引导大家打破《马氏文通》的门槛，开创一个马氏以外文法研究的新天地。中国系统性地研究中文文法始自马建忠（1845—1900）先生，而且成就辉煌；吕叔湘先生在一篇短文《重印〈马氏文通〉序》中和一篇长文《〈马氏文通〉评述》中都有恳切的评论和深刻的见解[①]，吕氏这样说："可要是想到在《文通》问世八十多年之后的今天，我们在这方面也还没有比它前进多少，那么，我们就更应该多要求自己而少责备《文通》的作者了。"[②] 这是吕先生平实谦和的论断，有反省的意思，也有鼓励的味道，他这样推崇马建忠先生，不全是谦虚，是指出一个事实：马氏以来语言学家一百年的努力，虽然成绩惊人的丰富，但是在分析的架构上，还是未能走出马氏的窠臼或胡同；马氏这个"胡同"也不是他发明的，而是借来的，那就是印欧文法的分析架构，所以是一个洋胡同。对这个洋胡同，除了赵元任先生没有明确的批评之外，吕叔湘、王力、高名凯三位先生都有微言，特别是高氏，在《汉语语法论》一书中旗帜分明地指出要建立一个有中国特色的语法架构，但他没有成功。以下笔者提出一两点来讨论一下，因为这个可以帮助大家对中国语言特性的认识。

高名凯在《构词论》一章中化了二十五页的篇幅来说明："总之汉语的实词尽管没有词类的分别，汉语的实词都具有不同的词类功能。"[③] 这个总结的前一句话是这样的，"把同一个'红'说成三个词，一个名词，一个动词，一个形容词，这就是取消了一个词的'统一性'"。把这两句话合在一起看，那就是说"红"这个字虽然有高氏所谓"词类功能"（即可以分别用作名词、动词、形容词），但在本质上它是没有这个分别的，是"中性"的，他称之为"统一性"。他不是在无的放矢，他是有所指

① 长文见吕叔湘、王海棻编《马氏文通读本》，上海教育出版社 1986 年版，第 1—47 页。该文亦收录在《吕叔湘文集》第 3 卷，商务印书馆 1975 年版，第 415—465 页。短文放在《文集》第 2 卷。

② 《重印〈马氏文通〉序》，载《吕叔湘文集》第 2 卷，商务印书馆 1975 年版，第 436 页。

③ 高名凯：《汉语语法论》，科学出版社 1957 年版，第 84 页。

的，而且是中国语法上的一个特点，那就是笔者在上面所说的，中文的字与词没有“词态的屈析变形”，以英文字“red”来说，“redness”是名词，redly是“副词”，中文的红字就没有这个方便了，必须看句子的结构而定，“花的红”的“红”是“名词”，“红花”的“红”是“形容词”，“春风又红桃杏岸”的“红”是“导致动词”，或者简单一句“花红”（花变得红起来）的“红”就是“动词”了。是什么使中国人有这个概念呢？笔者下面再讨论。且容大家先回头来看英文“red”这个字，“red”可以是“形容词”，例如“Eyes turn red from crying”（眼睛因为哭泣而变得红起来）或“red eyes”（红红的眼睛），也可以是“名词”，例如“A tint of red”（淡淡的红）。照高名凯的理论，英文的“red”没有“形容词”与“名词”的分别，因此英文实字也不是都必须有它的“词态的屈析变形”来辨认它的文法范畴的，偶然，有些实字的用法保留着“统一性”或“中性”的。

在文法的层面上，单看一个独立于句子外的中文字，大家没法判断这个字是“名词”、“动词”或“形容词”的。不过，在文义的层面上，只有很少数的实字是这样的，大部分的实字是大家一看就会归纳为“名词”、“动词”、“形容词”的。例如“花”字，大家真的会认为“花”字不是“名词”吗？像“跑”字大家会认为不是“动词”吗？像“高”字大家会认为不是“形容词”吗？各位之所以会把实字分类，那是跟各位存在在这个世界上的“认知系统”（cognitive system）有关，大家有主观与客观的对立，因此有客观物件的代词，那是“名词”的由来；大家有时间变迁的感受，因此有动作过程的形容，那是“动词”的由来；每个物件都有质和量的属性（attribute），那是“形容词”的由来——在人类的发展史上，1万年前左右才有书写文字，直到印度、希腊文化的崛起，才开始有文法的概念。从学者对美洲、非洲与新西兰原住民的研究中，大家认识到人类在几万年前有口语之后，对自然界与自身的活动有深切的认知，口语反映了人类对自身与外界的认知，书写是对口语的一种记录，以及使人们的思想“客观化”，文法是对书写的一种规范与统一。似乎，字母拼音文字（包括希腊文、拉丁文、阿拉伯文、梵文等）都需要复杂严谨的文法来帮助它们发展成一种成熟的书写文字，而象形借音文字（例如中文）则在没有文法的规范下发展成一种成熟的书写文字，不独文言文如此，连传统白话文也是在这种情况下成长成熟的①。

中国人对实字有“名词、动词、形容词”明确的认知与分类，可能是在明清时期拉丁文字母传入中国之后。而真正用这种文法概念来分析文句的，则实始自马氏。所以说马建忠是中国现代文法研究的鼻祖，很少有人会不同意。

刘勰虽然缺乏可以分析文法结构的工具或概念，而因此未能提出像在讨论他二层次风格论时，近代那样的文法“共鸣”文义的理论，但在他独特的文论结构中，他以伯乐的智慧，赏识到“兮”啊、“故”啊、“以”啊，那些“语助词”在文句中所具千里马的作用，“将令数句之外，得一学之助矣”（《章句·34.6》），捕捉到“言外”的“滋味”。他这个梦想还有待现代语言学家能创建一个有中国特色的文法架构。希望在不久的将来，中国文法学家能冲破《马氏文通》的高度，创建出从中文句子自然生态而来的文法结构。

新文化运动从“五四”到今天也快要一百岁了！

① 日文从中国借假名象形字发展它传统音节（syllable）书写语言，这种“音节”语言介乎字母拼音与象形借音文字之间，故日文有比中文更规范更严谨的传统文法。

五　南朝和北朝465—520年间的佛经译作[①]

在南朝一百七十年中，译经五百五十七部总共九百七十七卷。北朝自鸠摩罗什逝世，几十年间几无译经记载。398年北魏定都平城后，四征不庭，文教未暇，且有太武灭佛（446年）之举，佛教自身危在旦夕，更遑论译经之事。至文成帝即位（452年），复法兴佛，以国家之力开窟建寺，广度僧尼，自此佛教始繁荣于北魏，但译经始终未见大盛，后期虽有菩提流支（508年至洛阳）等高僧开译场于洛阳及邺城，整体数量仍不敌南朝。北魏（含东、西魏）共译经八十三部二百七十四卷，其中三十部一百零一卷为菩提流支所出。在466—520年这一时期，北朝译经业已衰落，南朝虽在延续，也已度过高峰期。这一阶段是前期大规模译经活动之后的消化期，南北两方都要对急剧涌入的大量新典籍、新思想进行一番理解吸收，因此译经数量虽有所减少，却并未影响佛教中国化的进程，而南北方对新译经典的深刻解读，又为隋唐之际佛教大盛，各家争鸣的局面打下了坚固的思想基础，佛教思想与我国文化的并蒂连枝也正是从此时开始。

---

① 本文由中国艺术研究院美术研究所张南南博士提供，原稿中关于佛典的介绍被简单化，其中关于译作者的介绍则被迁移至附录十五《南朝和北朝465—520年间的重要人物介绍》。

表附录五　　　　**南朝和北朝465—520年间的佛经译作表**

经名	译作者	译经地	成书年份
《无尽意经》① 十卷	天竺沙门竺法眷⑥。	广州。⑦	宋明帝泰始年中（465—471）。
《海意经》② 七卷			
《如来恩智不思议经》 五卷			
《宝顶经》③ 五卷			
《阿述达菩萨经》④ 一卷			
《三密底耶经》⑤ 一卷			
《杂宝藏经》⑧ 十三卷	西域沙门吉迦夜⑬。 北魏沙门统释昙曜⑭。 刘孝标⑮笔受。	北魏平城北台石窟寺（山西大同云冈石窟）。	北魏孝文帝延兴二年（472）。
《付法藏因缘传》⑨ 六卷			
《佛说称扬诸佛功德经》⑩ 三卷			
《佛说大方广菩萨十地经》⑪ 一卷			
《方便心论》⑫ 二卷			
齐《无量义经》⑯ 一卷	天竺沙门昙摩伽陀耶舍⑰。	广州朝亭寺⑱。	齐高帝建元三年⑲（481）。

① 梵名：Akṣayamati（nirdeśa）-sūtra。

② 梵名：Sāgaramati-sūtra。

③ 梵名：Ratnakūṭa-sūtra。

④ 梵名：Aśokadattavyākaraṇa-sūtra。

⑤ 梵名无考，又名《贤人用律经》。

⑥ 关于竺法眷（活跃于465—471年间）的介绍，见附录十五《南朝和北朝465—520年间的重要人物介绍》。

⑦ 《开元录·5》载："沙门竺法眷，印度人也，志性弘简，开利为务。以明帝彧太（泰）始年中，于广州译《无尽意》等经六部。"

⑧ 梵名：Sajyuktaratnapitaka-sūtra。

⑨ 梵名无考，又称《付法藏因缘经》、《付法藏传》、《付法藏经》、《付法传》等（《开元录·13》）。

⑩ 梵名：kusumasaṃ caya-sūtra（《开元录·12》）。

⑪ 梵名：Daśabhūmika-sūtra（《开元录·11》）。

⑫ 梵名：Upāyahṛdaya（《开元录·12》）。

⑬ 关于吉迦夜（活跃于472年）的介绍，见附录十五《南朝和北朝465—520年间的重要人物介绍》。

⑭ 关于释昙曜（活跃于462—472年间）的介绍，见附录十五《南朝和北朝465—520年间的重要人物介绍》。

⑮ 关于刘孝标（462—521）的介绍，见附录十五《南朝和北朝465—520年间的重要人物介绍》。

⑯ 梵名无考，收于《大正藏》第九册（法华部）（《开元录·14》）。

⑰ 关于昙摩伽陀耶舍（活跃于481年）的介绍，见附录十五《南朝和北朝465—520年间的重要人物介绍》。

⑱ 《开元录·6》载："以高帝道成建元三年辛酉，于广州朝亭寺译《无量义经》一部。"余书同。

⑲ 《内典录·4》谓："高帝世，建元二年……于广州朝亭寺手自译出。"所记时间与余书相差一年。

续表

经名	译作者	译经地	成书年份
《五百本生经》① 一卷	外国沙门摩诃乘③。	广州④。	齐武帝世（483—493）。
《他毘利律》② 一卷			
《善见律毘婆娑》⑤ 十八卷	外国沙门僧伽跋陀罗⑥。 沙门僧猗⑦。	广州竹林寺⑧。	齐武帝永明六年（488）。
《观世音忏悔除罪呪经》⑨ 一卷	外国三藏法师达摩摩提⑪。 沙门法献⑫。	南京瓦官寺⑬。	齐武帝永明八年（490）十二月⑭。
《妙法莲华经提婆达多品第十二》⑩ 一卷			齐武帝永明年中（483—493）。

① 梵名无考，宣说佛陀本生故事。

② 梵名无考，律部经典。

③ 关于摩诃乘（活跃于483—493年间）的介绍，见附录十五《南朝和北朝465—520年间的重要人物介绍》。

④ 《开元录·6》载："沙门摩诃乘，西域人也。栖心妙道，结志弘通，以武帝赜永明年中，于广州译《五百本生经》等二部。"

⑤ 梵名：Vibhāṣāvinaya、巴利语：Samantapāsādikā，又写作《善见律毘婆沙》，现收于《大正藏》第二十四册（律部），南传佛教广律（内容详备之律仪）之一。

⑥ 关于伽跋陀罗（活跃于488年）的介绍，见附录十五《南朝和北朝465—520年间的重要人物介绍》。

⑦ 沙门僧猗（活跃于488年）。

⑧ 《开元录·6》载："跋陀以武帝永明六年戊辰（《房》云'己巳'）共沙门僧禕，于广州竹林寺译出，名为《善见律毘婆沙》。"

⑨ 梵名无考，按《祐录》，原典应为"胡本"，而非"梵本"，由法献从于阗带回。《开元录·6》载："《提婆达多品》见在，《观世音呪经》阙本。"可知此经汉译本至少在开元年间（713—741）既已散逸。

⑩ 梵名：Saddharmapuṇḍarīka-sūtra。《祐录·2》载："齐武皇帝时，先师献（法献）正游西域。于于阗国得《观世音忏悔呪》胡本，还京都请瓦官禅房三藏法师法意（达摩摩提）共译出。自流沙以西，《妙法莲华经》并有'提婆达多品'，而中夏所传阙此一品，先师至高昌郡，于彼获本，仍写还京都，今别为一卷。"僧祐为法献弟子，所记当无误，据此则"提婆达多品"原本应在高昌而非于阗。

⑪ 关于达摩摩提（活跃于483—493年间）的介绍，见附录十五《南朝和北朝465—520年间的重要人物介绍》。

⑫ 关于法献（334—422）的介绍，见附录十五《南朝和北朝465—520年间的重要人物介绍》。

⑬ 《开元录·6》载："以武帝永明八年庚午，为沙门法献于杨都瓦官寺译《提婆达多品》等二部。"

⑭ 《图纪·4》谓："以齐武帝永明八年岁次辛未……"与《开元录》所记干支不同，按永明八年应为庚午。

续表

<table>
<tr><th>经名</th><th>译作者</th><th>译经地</th><th>成书年份</th></tr>
<tr><td>《百句譬喻集经》① 十卷（不定）</td><td rowspan="3">天竺三藏法师求那毘地④。</td><td rowspan="3">南京毘耶离寺⑤。</td><td>齐武帝永明十年（492）。</td></tr>
<tr><td>《十二因缘经》② 一卷</td><td rowspan="2">齐武帝永明年中。</td></tr>
<tr><td>《须达长者经》③ 一卷</td></tr>
<tr><td>《灰河经》⑥ 一卷</td><td rowspan="2">扬州沙门释法度⑧。</td><td rowspan="2">—</td><td rowspan="2">齐武帝世（482—493）。</td></tr>
<tr><td>《毘跋律》⑦ 一卷</td></tr>
<tr><td>《未曾有因缘经》⑨ 二卷</td><td rowspan="2">沙门释昙景⑪。</td><td rowspan="2">—</td><td rowspan="2">齐世（480—502）。</td></tr>
<tr><td>《摩诃摩耶经》⑩ 二卷</td></tr>
<tr><td>《腹中女听经》⑫ 一卷</td><td>沙门释法化“诵出”⑬。</td><td>—</td><td>齐废帝永元年中（500—501）⑭。</td></tr>
</table>

① 又名《百喻经》，天竺大乘法师僧伽斯那（梵名：Saṅghasena，又译“僧加先”、“僧伽斯”）撰。佛教寓言集，共收录九十八篇寓言故事。

② 梵名：Nidāna-sūtra。

③ 又称《须达经》。

④ 关于求那毘地（活跃于492年）的介绍，见附录十五《南朝和北朝465—520年间的重要人物介绍》。

⑤ 《房录·11》载：“武帝世，天竺三藏法师求那毘地……永明年于扬州毘耶离寺译出。”余书同。

⑥ 疑伪经。但《开元录·6》载：“今以《灰河经》出《杂阿含》（梵名：Saṁyukatāgama-sūtra）。”

⑦ 疑为伪经。《法经录·5》：“此律乃南齐永明年沙门法度于杨州作，以滥律名……”

⑧ 关于释法度（活跃于482—493年间）的介绍，见附录十五《南朝和北朝465—520年间的重要人物介绍》。

⑨ 又称《未曾有经》，佛教因缘故事集，宣说修造佛塔、佛像功德广大。

⑩ 梵名：Mahāmāyā-sūtra，又称《佛临涅槃母子相见经》。

⑪ 关于释昙景（活跃于480—502年间）的介绍，见附录十五《南朝和北朝465—520年间的重要人物介绍》。

⑫ 梵名：Strīvivartavyākaraṇa-sūtra，又称《腹中听经》、《不庄校女经》、《阿罗呵公女腹中听经》。

⑬ 关于释法化（活跃于500—501年间）的介绍，见附录十五《南朝和北朝465—520年间的重要人物介绍》。

⑭ 《房录·11》载：“永明元年中，沙门释法化诵出。”

续表

经名	译作者	译经地	成书年份
《如来庄严智慧光明人一切佛境界经》① 二卷	南天竺国三藏法师昙摩流支④。沙门道宝笔受。	洛阳白马寺⑤。	北魏宣武帝景明二年（501）。
《信力入印法门经》② 五卷		洛阳。	北魏宣武帝正始元年（504）始译，二年讫⑥。
《金色王经》③ 一卷			北魏宣武帝正始四年（507）⑦。
《宝云经》⑧ 七卷	扶南国沙门曼陀罗仙⑪。僧伽婆罗⑫。	南京。	梁武帝天监（503—519）初年。
《法界体性无分别经》⑨ 二卷			
《文殊师利般若波罗蜜经》⑩ 二卷			
《阿育王经》⑬ 十卷	扶南沙门僧伽婆罗。敕令沙门宝唱、慧超、僧智、法云及袁昙允等笔受。	南京寿光殿⑯。	梁武帝天监十一年六月二十六日。
《解脱道论》⑭ 十三卷		南京正观寺占云馆⑰。	梁武帝天监十四年（515）。
《文殊师利问经》⑮ 二卷		同上⑱。	梁武帝天监十七年。

---

① 梵名：Sarvabuddhaviṣayāvatārajñānalokālaṃkāra-sūtra。

② 梵名：Śraddhābāladhānāavatāramudrā-sūtra。

③ 梵名：Kanakavarṇapūrvayoga-sūtra。

④ 关于昙摩流支（活跃于501年）的介绍，见附录十五《南朝和北朝465—520年间的重要人物介绍》。

⑤ 《开元录·6》载："景明二年于白马寺出。"

⑥ 《房录·3》载："昙摩流支，出《信力入印法门经》5卷，至二年方讫。"

⑦ 《开元录·6》载："正始四年出"。

⑧ 梵名：Ratnamegha-sūtra。

⑨ 《大宝积经》部分内容别译。

⑩ 梵名：Saptaśatikāprajñāpāramitā-sūtra，简称《文殊般若波罗蜜经》，又名《文殊说摩诃般若经》。

⑪ 关于曼陀罗仙（活跃于503—519年间）的介绍，见附录十五《南朝和北朝465—520年间的重要人物介绍》。

⑫ 关于僧伽婆罗（活跃于503—519年间）的介绍，见附录十五《南朝和北朝465—520年间的重要人物介绍》。

⑬ 梵名：Aśokarāja-sūtra，又称《大阿育王经》、《阿育王传》、《大阿育王传》等。

⑭ 梵名：vimuktimārgadhutaguṇa-nirdeśa。

⑮ 梵名：Mañjuśrīparipṛcchā-sūtra，简称《文殊问经》，佛陀回答文殊菩萨（梵名：Mañjuśrī妙吉祥）所提种种疑问。

⑯ 《房录·13》载："天监十一年六月二十六日，于扬都寿光殿译。初翻日，帝躬自笔受。"

⑰ 《房录·11》载："天监十四年于馆（占云馆）译。"

⑱ 《房录·11》载："天监十七年，敕僧伽婆罗，于占云馆译，袁昙允笔受，光宅寺沙门法云详定。"

续表

经名	译作者	译经地	成书年份
《阿育王传》① 五卷	—	—	梁武帝天监年中⑨。
《佛说大乘十法经》② 一卷			梁武帝普通元年(520)⑩。
《文殊师利所说般若波罗蜜经》③ 一卷			—
《舍利弗陀罗尼经》④ 一卷			
《八吉祥经》⑤ 一卷			
《孔雀王咒经》⑥ 二卷			
《度一切诸佛境界智严经》⑦ 一卷			
《菩萨藏经》⑧ 一卷			
《辩意长者子经》⑪ 一卷	沙门释法场。	洛阳。	（梁武帝天监中）北魏宣武帝景明四年（504）至孝明帝神龟二年（519）。
《金刚般若波罗蜜经》⑫ 一卷	北天竺国三藏法师菩提流支⑮北魏宣武帝、侍中崔光、沙门僧朗、僧辩、道湛、觉意、昙林等分别担任笔受。	洛阳胡相国宅邸	北魏宣武帝永平二年（509）。
《金刚般若波罗蜜经论》⑬ 三卷		同上。	同上。
《入楞伽经》⑭ 十卷		—	北魏宣武帝延昌二年（513）。

① 梵名：Aśokarājāvadāna，又称《大阿育王传》、《大阿育王经》。

② 梵名：Daśadharma（ka）-sūtra。叙述成就大乘菩萨所需十种法门。

③ 梵名：Saptaśatikāprajñāpāramitā-sūtra。

④ 梵名：Anantamukhasādhakadhāraṇī-sūtra，此经重译十一次之多，此为第九译（《开元录·12》）。

⑤ 梵名：Aṣṭabuddhaka-sūtra，重译五次（《开元录·12》）。

⑥ 梵名：Mahāmāyūrīvidyārājñī-sūtra，新旧共八译（《开元录·12》）。

⑦ 梵名：Sarvabuddhaviṣayāvatārajñānalokālaṃkāra-sūtra，前后两译（《开元录·12》）。

⑧ 梵名：Bodhisattva-piṭaka-sūtra。

⑨ 《房录·11》载："以天监五年（506年）被勅征召，于扬都寿光殿及正观寺、占云馆三处译上件经。其本并是曼陀罗从扶南国赍来献上。"

⑩ 《房录·11》载："普通元年译"。

⑪ 梵名：Pratibhānamatiparipṛcchā-sūtra，又称《辩意长者子所问经》、《长者辩意经》、《辩意经》等，佛陀应辩意长者子所问而说五十事。据传此经东晋（316—420）时便已行世，早期译本不存（《开元录·13》）。

⑫ 梵名：Vajracchedikapraj-āpāramitā-sūtra，又称《能断金刚般若波罗蜜多经》。《金刚经》共五译，此为第二译（《开元录·11》）。

⑬ 梵名：Vajracchedikā-prajäāpāramitopadesa。

⑭ 梵名：Lankāvatāra-sūtra，又称《大乘入楞伽经》、《楞伽阿跋多罗宝经》等。前后共五译（《开元录·11》）。

⑮ 菩提流支（活跃于509年），北天竺国三藏法师，梵名：Bodhiruci（道希、觉希）。

续表

经名	译作者	译经地	成书年份
《深密解脱经》① 五卷		洛阳。	延昌三年（514）。
《佛说法集经》② 八卷		同上。	延昌四年（515）。
《十地经论》③ 十二卷		洛阳皇宫⑮。	北魏宣武帝永平元年（508）至永平四年（512）。
《胜思惟梵天所问经》④ 六卷		洛阳。	北魏孝明帝神龟元年（518）。
《大萨遮尼干子所说经》⑤ 十卷		同上。	北魏孝明帝正光元年（520）。
《佛说佛名经》⑥ 十二卷		同上。	正光年间（520—525）。
《不增不减经》⑦ 二卷	—	同上。	同上。
《差摩婆帝授记经》⑧ 一卷		同上。	同上。
《佛语经》⑨ 一卷		—	北魏宣武帝永平二年（509）至东魏孝静帝天平年间（534—537）。
《无字宝箧经》⑩ 一卷			同上。
《佛说大方等修多罗王经》⑪ 一卷			同上。
《弥勒菩萨所问经》⑫ 一卷		洛阳赵欣宅邸。	同上。
《弥勒菩萨所问经论》⑬ 十卷		洛阳赵欣宅邸。	同上。
《伽耶山顶经》⑭ 一卷			同上。

① 梵名：Sandhinirmocana-Sūtra，共两译（《开元录·11》）。

② 梵名：Dharmasangiti-sūtra，诸菩萨于佛前所说圣妙之法。

③ 梵名：Daśabhūmi-vyākhyāna，为《十地经》即《大方广佛华严经》（梵名：Buddhaavatamsaka-sūtra）“十地品”所作注释。

④ 梵名：Brahmaviśeṣacintīparipṛcchā-sūtra，宣扬大乘实象第一义。

⑤ 梵名：Mahāsatya-nirgrantha-sūtra。

⑥ 梵名无考，简称《佛名经》。

⑦ 梵名：Anūnatvâpūrṇatva-nirdeśa-parivarta，简称《不增不减经》，明众生念念成佛，而生、佛二界皆无增减。

⑧ 梵名：Kṣemavatīvyākaraṇa-sūtra。

⑨ 梵名无考。

⑩ 梵名：Anakṣarakaraṇḍakavairocanagarbha-sūtra。

⑪ 梵名：Bhavasaṅkrānti-sūtra，又名《大方等修多罗经》。

⑫ 梵名：Maitreyaparipṛcchā-sūtra，又名《弥勒菩萨所问会》。

⑬ 梵名：Maitreyaparipṛcchopadeśa。

⑭ 梵名：Gayāśīrṣa-sūtra，又名《伽耶顶经》。

⑮ 《十地经论·序》载：“以永平元年岁次玄枵四月上日，命三藏法师北天竺菩提留支、魏云道希，中天竺勒那摩提（梵名：Ratnamati 宝意）、魏云宝意，及传译沙门北天竺伏陀扇多，并义学缁儒一十余人，在太极紫庭，译出斯论十有余卷……四年首夏，翻译周讫。”

续表

经名	译作者	译经地	成书年份
《佛说文殊师利巡行经》① 一卷	—	—	同上。
《佛说护诸童子陀罗尼经》② 一卷	—	—	同上。
《大宝积经论》③ 四卷	—	—	同上。
《谤佛经》④ 一卷	—	—	同上。
《究竟一乘宝性论》⑤ 四卷	—	—	同上。
《妙法莲华经优波提舍》⑥ 二卷	—	—	同上。
《十二因缘论》⑦ 一卷	—	—	同上。
《百字论》⑧ 一卷	—	—	同上。
《提婆菩萨破楞伽经中外道小乘四宗论》⑨ 一卷	—	—	同上。
《提婆菩萨释楞伽经中外道小乘涅槃论》⑩ 一卷	—	—	同上。

① 梵名：Mañjúsrīvihāra-sūtra，简称《文殊师利巡行经》，觉意笔受。

② 梵名无考。又名《护诸童子陀罗尼呪经》。

③ 梵名：Ratnakūṭasūtrásāstra，又名《大乘宝积经论》，简称《宝积经论》。

④ 梵名：Buddakṣepana。

⑤ 梵名：（Ratnagotravibhāga） Mahāyānottaŕatantrasāstra，简称《宝性论》。

⑥ 梵名：Saddharmapuṇḍarīkopad́esa，简称《妙法莲华经论》，又称《法华经论》。

⑦ 梵名：Pratītyasamútpādasāstra，净意菩萨造。

⑧ 梵名：Akṣaraśatakavṛtti，提婆菩萨造。

⑨ 梵名无考，简称《破外道四宗论》、《破外道小乘四宗论》，提婆菩萨造。

⑩ 同上。

六　南朝和北朝 465—520 年间所发生的民间起义

民间起义，一般来说，因为生活困难，苛捐杂税，吏治严酷；自然，也可能因为自然灾难。从 467 年至 483 年间的十六年，从以下列表来看，北朝（七件）的情况比南朝（三件）糟糕。从 485 年至 499 年间的十五年，北朝（四件）也比南朝（两件）糟糕。从 500 年至 515 年间的十六年，情况有所改变，北朝（两件）比南朝（六件）好多了，这或许和梁武帝统治不良有关。这个附录可与附录七《南朝与北朝 465—520 年间僧人的起义》和附录十四《南朝和北朝 465—520 年间与境内少数民族部落间的战争与安抚以及镇压起义》一起比对则会有一个更全面的图像。

表附录六　　**南朝和北朝 465—520 年间所发生的民间起义表**

序号	年份	国别	建元	月份	事件内容
北朝 1	467	魏	魏献文帝天安二年/皇兴元年。	七月	魏薛安都子令伯聚众数千，在梁、雍二州间攻陷郡县，为宋将张敬儿等斩杀。
南朝 1	469	宋	宋泰始五年。	十二月	宋临海（今浙江临海）人田流起义，自称东海王，攻海盐（今江苏海盐），杀鄞（今浙江奉东）令。次岁，宋周山图在浃口①击败田流。
南朝 2	470	宋	宋泰始六年。	是岁	宋豫章（今江西南昌）人张凤，在康乐山（今江西万载）聚众起义，败官兵。未几，为周山图用计杀害。
南朝 3	471	宋	宋泰始七年。	二月	宋合肥（今安徽合肥）人宋逸起义，攻占合肥，杀汝阴太守王穆之，后为郡县斩杀。
北朝 2	473	魏	魏延兴三年。	是岁	魏齐州（今山东北部运河以东、济南以北、邹平以西地区）人刘举聚众起义，自称天子，未几，为魏杀害。

① 今浙江镇海东南。

续表

序号	年份	国别	建元	月份	事件内容
北朝3	477	魏	魏孝文帝元年。	正月	魏略阳（今甘肃天水、静宁、清水等地）民王元寿聚众五千余家起义，自称冲天王。二月，为尉洛侯击败。
北朝4	—	—	—	十一月	魏怀州（今河南沁阳）民伊祁苟初自称尧后，在重山（今河南沁阳）聚众起义，为魏官兵斩杀。
北朝5	480	魏	魏太和四年。	十月	淮北四州民起义反魏。淮北四州①民不愿归魏，常思归江南。于是徐州民桓标之、兖州民徐孟子等聚众起义反魏，推司马朗之为主，未几，为魏击败。
北朝6	481	魏	魏孝文帝太和五年。	四月	魏击败淮北民桓标之等，遂掠三万余口归平城，南归者仅数千家。
北朝7	483	魏	魏太和七年。		是岁，王元寿起义。魏秦州②民王元寿等因州刺史于洛侯残暴，刑人必断腕拔舌，分悬四体，遂起而反抗。魏帝被迫斩刺吏，以安州民。
南朝4	485	齐	齐永明三年。	十二月	十二月，齐唐寓之起义，齐帝设校籍官，检定黄籍（即黄纸写户口簿），限校籍官一人一日得数巧（巧：奸伪者），连年不已，民愁怨不安。外监（中领军）吕文度提出："却籍（假冒户籍）"者，全部充军戍边。民多逃亡避罪，富阳③唐寓之聚四百余人，攻富阳。三吴④却籍者皆归附之，众至3万。
南朝5	486	齐	齐永明四年。	正月	唐寓之攻陷钱塘⑤，自称皇帝，立太子，置百官。遣将攻东阳⑥，杀太守；又攻山阴⑦，至浦阳江⑧，为汤休武击败。时朝廷又发禁兵数千，马数百匹，擒斩唐寓之，起义失败。
北朝8	489	魏	魏孝文帝太和十三年。		是岁，王伯恭在魏兖州⑨起义。

① 指青、冀、徐、兖。
② 今甘肃东部、渭水上游，天水、秦安一带。
③ 今浙江富阳。
④ 吴郡、吴兴、会稽，今江苏、浙江一带。
⑤ 今浙江杭州西。
⑥ 今浙江金华、东阳、义乌一带。
⑦ 今浙江绍兴。
⑧ 今浙江曹娥江。
⑨ 今山东中部及西部东平、济宁、馆陶。

续表

序号	年份	国别	建元	月份	事件内容
北朝9	493	魏	魏太和十七年。	九月	魏支酉、王广起义。魏北地①民支酉聚众数千，在长安城北石山起义；秦州②民王广起兵响应，擒魏刺史刘藻，秦、雍③间七州民皆响应，众至10万，各守堡壁以待齐援。后为魏将击败，王广、支酉被杀。
北朝10	497	魏	魏孝文帝太和二十一年。	二月	魏定州④王金钩起义，自称应王。
北朝11	499	魏	魏孝文帝太和二十三年。	十一月	幽州（今河北北部、北京一带）民王惠定起义，自称明法皇帝，未几被杀。
南朝6	500	齐	齐东昏侯永元二年。	二月	巴西⑤民雍道晞聚众万余起义，称镇西将军，号建义，围郡城，兵败被杀。
南朝7	—	—	—	九月	齐州⑥民柳世民起义。
南朝8	505	梁	天监四年。	四月	梁益州（今四川、陕西南部，云南、贵州之一部）民焦僧护聚众数万人起义，为官兵击败。
南朝9	510	梁	梁武帝天监九年。	六月	梁宣城郡吏吴承伯聚众起义，杀太守。闰六月，进攻吴兴⑦，兵败被杀，余部先后败死。
南朝10	511	梁	梁武帝天监十年。	三月	梁琅邪民王万寿杀太守起义，据朐山降魏。梁发兵击之。
南朝11	513	梁	梁武帝天监十二年。	二月	梁郁州⑧民徐道角起义杀刺史，向魏归附，未几为梁击败。
北朝12	515	魏	魏宣武帝延昌四年。	四月	魏梁州氐人起义，为魏击败。
北朝13	—	—	—	十二月	魏葭萌⑨民任令宗杀太守起义，向梁归降。汉、獠皆起而响应。

① 今陕西富平一带。
② 今甘肃渭水上游，天水、秦安一带。
③ 今甘肃、陕西一带。
④ 今河北定县、石家庄一带。
⑤ 今四川阆中南充一带。
⑥ 今山东济南。
⑦ 今浙江湖州。
⑧ 今江苏连云港东云台山一带。
⑨ 今四川广元西南。

七　南朝与北朝465—520年间僧人的起义

以下列表充分地显示北朝对下层民众，在佛教统治政策上的失败，北朝共有7宗僧人起义事件而南朝只有一宗。北朝在469年推行的僧祇户制度，把寺庙变成地主，百姓变成佃农，罪人变成农奴，是一个缺乏人性的制度。北朝的庙宇石窟可能有一大部分建筑在百姓的卖妻当儿的血泪斑斑之上。南朝在佛教统治政策上对下层民众要比较优胜些。或许北朝缺乏言官，南朝有这样一个故事：宋明帝作湘宫寺，极为壮丽。新安太守巢尚之罢郡入见，帝谓之曰："此是我大功德，用钱不少。"通直散骑侍郎虞愿（426—479）在一旁曰："此皆百姓卖儿贴妇钱所为，佛若有知，当慈悲嗟愍；罪高浮图，何功德之有！"明帝当即将虞愿逐出。（《资治通鉴·133》）可能，宋明帝因为这席话，怕佛怪罪，而有所收敛，不敢太压榨百姓。还得有人把这个道理说给北朝统治者听。由于僧人起义频繁，在485年禁图谶，在511年禁天文学（见第二部分第三章）。

表附录七　　**南朝与北朝465—520年间僧人的起义表**

序号	年份	国别	建元	月份	事件内容
北朝1	473	魏	魏孝文帝延兴三年。	十二月	沙门慧隐谋反，失败被杀（《魏书·帝纪·高祖纪上》）。
北朝2	481	魏	魏太和五年。	二月	魏平城（今山西大同）沙门法秀假造符瑞，联结兰台御史张求等百余人，组织奴隶起义，失败被杀①。

① 《文献通考·卷165·刑考4》载："太和五年，沙门法秀谋反诛。诏曰：'法秀妖诈乱常，妄说符瑞；兰台御史张求等一百馀人，招结奴隶，谋为大逆，有司科以族诛，诚合刑宪。'"亦见《魏书·孝文纪上》。

续表

序号	年份	国别	建元	月份	事件内容
南朝 1	493	齐	齐永明十一年。	六月	齐建康僧法智与徐州①民周盘龙等聚众起义，攻下徐州，未几，败死。
北朝 3	509	魏	魏宣武帝永平二年。	一月	泾州沙门刘惠汪聚众起义，诏华州刺史奚康生讨之。
北朝 4	510	魏	魏宣武帝永平三年。	二月	秦州沙门刘光秀谋反，被镇压杀之。
北朝 5	514	魏	魏宣武帝延昌三年。	十一月	幽州沙门刘僧绍聚众起义，自号“净居国明法王”，被州郡官兵镇压杀之。
北朝 6	515	魏	魏宣武帝延昌四年。	六月	魏沙门法庆起义。魏冀州沙门法庆与李归伯聚众起义，推法庆为主，自号大乘，以归伯为十住菩萨、平魔军司、定汉王。所经之处，皆烧毁佛寺，斩杀僧尼，焚经烧像。云：“新佛出世，除去众魔。”② 九月，败死。
北朝 7	517	魏	魏孝明帝熙平二年。	正月	大乘法再次起义。正月，魏大乘法法庆余部再次起义，攻入瀛州③。未几，为魏击败。

---

① 今江苏徐州。

② 中国南北朝时期僧人法庆聚集人马在北魏冀州（今河北境内）以佛教名义起兵反抗北魏统治的一个宗教民变组织。法庆和尚自号大乘，故其领导的民变组织被称为大乘教。北魏的大乘教与后世明朝的大乘教并无直接联系。但北魏大乘教的末支形成了后世的弥勒教。而弥勒教在元末正式融入白莲教。明朝的大乘教最终也融入白莲教。这是两个大乘教的渊源。但大乘教对弥勒佛的崇拜和叛乱自南北朝起一直没有中断，因此，后世明朝的大乘教和鸡足山大乘教也可以说是北魏大乘教的延续。沙门法庆、惠晖在李归伯的支持下，率乡人起兵于武邑郡之阜城。法庆以归伯为十住菩萨、平魔军司、定汉王，自号大乘，自命为“新佛”，创“大乘佛”。所谓的“新佛”就是引用佛经中“弥勒下生成佛”之说，“弥勒佛取代释迦牟尼佛下凡救世”等思想出现，一反佛教五戒戒杀的原则，力倡“杀人作乱”，认为杀一人者为一住菩萨，杀十人者为十住菩萨，“屠灭寺舍，斩戮僧尼，焚烧经像”，“又合狂药令人服之，父子兄弟不相识，唯以杀害为事”（《魏书·元遥传》）。（“维基百科”）

③ 今河北高阳、河间一带。

八 南朝与北朝465—520年间地方官或宗族起兵造反或谋乱

这个列表显示地方官或宗族起兵造反或谋乱一面倒地发生在南朝，共三十二宗；北朝仅有两宗。后者比起有七王之乱的汉朝来，成绩更好。我们一般都喜欢说，南北朝政治不安定，这是不正确的。应说南朝如此，平均每两年有一宗造反或谋乱，而北朝在官僚统治上是相对稳定的。这自然反映了南朝在55年间，共换了两个朝代，共三个统治政权，而北朝只有一个统治政权。

表附录八 **南朝与北朝465—520年间地方官或宗族起兵造反或谋乱表**

序号	年份	国别	建元	月份	事件内容
南朝1	465	宋	宋前废帝永光元年/景和元年。	八月	尚书令柳元景、颜师伯等密谋废帝，败。
南朝2				九月	公室义阳王刘昶（435—498），据徐州①，起兵抗命，败亡投魏。
南朝3				十一月	公室晋安王刘子勋（456—466）起兵于江州②。但公室湘东王刘彧（439—472）谋杀宋帝于京都建业（今南京）。
南朝4	465		宋明帝泰始元年。	十二月	刘彧称帝，刘子勋起兵抗新命。
南朝5	466		宋明帝泰始二年。	正月	公室刘子勋于今江西九江的寻阳称帝，得一部分郡官响应，成一股反抗势力。八月，宋明帝令沈攸之斩刘子勋于寻阳。

① 今山东东南部、江苏北部、安徽东北部。

② 今江西、湖北东部及浙江、福建北部。

续表

序号	年份	国别	建元	月份	事件内容
南朝 6		宋		十月	宋将薛安都闻朝廷大兵北上，恐惧，向魏请降，以子为质，魏遣将尉元、孔伯恭等援救，命薛安都为徐州剿史、河东公。
南朝 7				是岁	临海王刘子顼谋反朝廷，为乱兵所杀。
北朝 1	467	魏	魏天安二年。	正月	魏东平王道符据长安起兵，未几，败死。
南朝 8	468	宋	宋泰始四年。	三月	宋交州①人李长仁据州起兵，杀北来部曲，自称刺史。十一月，遣使向宋请降，许之。
南朝 9	469	宋	宋泰始五年。	正月	宋河东（今山西永济、解虞一带）柳欣慰等谋立庐江王刘祎，事泄，皆被杀。
南朝 10	474	宋	宋元徽二年。	五月	刘休范起兵：宋桂阳王休范于寻阳（今江西九江）起兵，声言清君侧，以谢冤魂。朝廷震惊，命肖道成屯军新亭（今江苏南京南）。道成以越骑校尉张敬儿诈降，见机杀死休范，驰马回营，又破其余党。肖道成振旅还建康，百姓沿道聚观，曰："全国家者，此公也!"（《资治通鉴·133》）。
南朝 11	475	宋	宋元徽三年。	十二月	参军江淹谏阻宋建平王刘景素起兵反朝廷。
南朝 12	476	宋	宋元徽四年。	七月	宋建平王刘景素据京口（今江苏镇江）起兵，未几败死。
南朝 13	477	宋	宋元徽五年。	四月	宋阮佃夫与直阁将军申伯宗等预谋废帝，事泄被杀。
南朝 14				十二月	宋荆州刺史沈攸之以肃道成名位素出己下，一旦专朝政，心不平，于是起兵反道成。
南朝 15					宋司徒袁粲（？—477）等据石头城②起兵反萧道成，兵败被杀。
南朝 16	478 年	宋	升明二年。	正月	正月，宋沈攸之兵败自杀，沈攸之素失人情，但倚以威力。初发江陵③，已有逃者，及攻郢城④，三十余日不拔，逃著稍多，至鲁山⑤，军遂大溃，诸将皆走。攸之收集散军还江陵，途中闻江陵已为张敬儿所占，士卒尽散。攸之与子文和走至华容⑥界，自缢于林中。后斩其首，送于建康。
南朝 17	479 年	宋	升明三年。	四月	萧道成建齐，宋进萧道成为齐王，加殊礼。未几，萧道成废宋帝为汝阴王（不久被杀），自称皇帝，国号齐，改元建元，是为齐太祖高皇帝，建都建康（今江苏南京），史称南齐。因皇室姓萧，亦称萧齐。至此，刘宋共历八帝六十年而亡。

① 今越南北部及广西钦州地区。

② 今江苏南京清凉山。

③ 今湖北江陵。

④ 今湖北武汉。

⑤ 今湖北沔阳东。

⑥ 今湖北潜江西南。

续表

序号	年份	国别	建元	月份	事件内容
南朝18	490	齐	齐武帝永明八年。	八月	荆州刺史巴东王刘子响至镇，私与山蛮交易器仗，欲为乱，为长史刘宣等密告朝廷。齐帝先后遣人检校，直至以丹扬尹萧顺之将兵讨之。子响出降，赴建康途中被杀。
北朝2	496	魏	魏孝文帝太和二十年。	十月	魏恒州太守穆泰不乐南迁，怨帝亲任中州儒士，遂与原恒州刺史陆叡相谋作乱，败。
南朝19	498	齐	齐明帝建武五年/永泰元年。	四月	齐大司马王敬则自以高、武二帝旧将，心自不安。闻帝置兵密防，遂于会稽①起兵。五月，兵败被杀，传首建康。
南朝20	499	齐	齐东昏侯永元元年。	八月	齐始安王遥光等起兵，败死。齐帝遂大杀萧坦之、曹虎等大臣。
南朝21				十一月	齐太尉陈显达在寻阳②起兵，进军采石③。十二月，围今江苏南京新亭，与台军大战，兵败被杀。
南朝22	500	齐	齐东昏侯永元二年。	三月	齐平西将军崔景慧起兵围建康，四月，兵败被杀。
南朝23				十一月	十一月，萧衍（464—549）起兵。齐雍州刺史萧衍知帝使人刺己，遂与吕僧珍等，以“昏主暴虐，恶逾于纣”（《资治通鉴·143》），领万余人在襄阳④起兵。
南朝24				十二月	齐西中郎将长史萧颖胄在江陵⑤起兵，奉南求王萧宝融为主。
南朝25	501	齐	齐东昏侯永元三年/齐和帝中兴元年。	六月	齐巴陵王肖昭胄谋自立，事泄败死。
南朝26				七月	齐雍州刺史张欣泰等谋立建康王肖宝寅，事泄被杀。
南朝27				九月	齐萧衍督军围建康。
南朝28				十二月	萧衍入建康。齐雍州刺史王珍国与萧衍相约，令张齐等杀齐帝萧宝卷，迎萧衍入城。以宣德太后令，追帝为东昏侯。萧衍为中书监、大司马、录尚书事。
北朝3	501	魏	魏景明二年。	五月	魏咸阳王禧等密谋，趁魏帝至北邙山⑥打猎之机起兵，事泄被杀。
南朝29	502	齐	齐和帝中兴二年/武帝天监元年。	五月	梁江州刺史陈伯之起兵，败奔于魏。

① 今浙江绍兴。
② 今江西九江。
③ 今安徽马鞍山长江东岸。
④ 今湖北襄樊一带。
⑤ 今湖北江陵。
⑥ 今河南洛阳北。

续表

序号	年份	国别	建元	月份	事件内容
南朝 30				六月	前益州刺史刘季连据成都①起兵反梁。
南朝 31	503	梁	梁武帝天监二年。	正月	刘季连（活跃于 480—502 年间）据成都起兵，为梁兵所围，城中食尽，升米三千，人相食，遂请降，送建康，废为庶人。
南朝 32	505	梁	天监四年。	正月	梁汉中太守夏侯道迁惧归附之氐王杨灵珍势众，遂杀之，叛梁降魏。
南朝 33				二月	梁交州刺史据州起兵，为朝廷击败。
南朝 34	516	梁	天监十五年。	十一月	梁交州阮宗孝起兵，为刺史斩杀。
北朝 4	520	魏	魏孝明帝神龟三年/正光元年。	七月	魏侍中元义杀清河王怿，禁胡太后，权倾内外，百僚重迹（不敢迈步）。
北朝 5				七月	魏中山王元熙以讨元义为名，在邺。② 起兵，未几，兵败，被斩于邺街。

① 今四川成都。

② 今河北磁县东南。

九　南朝与北朝 465—520 年间宫廷皇室中的残杀

由于南朝换了两个朝代而北朝连一个朝代都没有换过，因此，南朝血淋淋的宫廷人伦惨剧比北朝多一倍。人们爱说，孝道是中国文化最珍贵的遗产，但是在中国统治层中，孝悌之道是不存在。而且，三千年来，我们找不出一个办法，把孝悌之道带进统治层，让统治者活得有人性。一直要到宪政的传入，中国的统治者才开始知道什么是温暖的家庭生活。北朝献文帝是一个典型的宫廷悲剧性人物，生活在帝王之家，却不能透彻地认识绝对权力的本质，在借口礼佛退位为太上皇之后，还去招惹冯太后，结果为其毒杀。如果他安心礼佛，不问朝政，或许能舒舒服服地安度余生；按《洛阳伽蓝记》的描绘来看，很多皇室寺庙其实是宫廷的延伸，寺庙中充满温香软玉、罗裳华堂的生活。冯太后信佛，自然是讲求慈悲的，但当绝对的权力受到威胁时，她杀人是一点都不会手软的。在很多层次上—对权力本质的了解和掠夺、对政权的维系靠良好的政制、对行政要靠贤人、对杀亲人的不手软、对男色的不假装等——冯太后是武则天的先声或缩影。南北朝有三个好统治者：冯太后、孝文帝、齐武帝。至于为什么梁武帝不是一个好皇帝，那是因为他手上百姓斑斑的血渍远超过南北朝任何一个统治者，虽然他是一个多才多艺、多姿多彩的人物。

表附录九　　南朝与北朝465—520年间宫廷皇室中的残杀表

序号	年份	国别	建元	月份	事件内容
南朝1	466	宋	宋泰始二年。	十月	明帝尽杀孝武帝二十八子，并派兵北上去除地方上反对自己的官将。
南朝2	471	宋	宋泰始七年。	七月	宋王室自相残杀：宋明帝诸兄弟，皆为明帝先后所杀。诸弟俱尽，唯桂阳王刘休范，以人才凡劣，得以幸存。故民谣云："遥望建康城，小江逆流萦，前见子杀父，后见弟杀兄。"
北朝1	476	魏	魏孝文帝延兴六年/承明元年。	六月	魏冯太后毒死太上皇献文帝①。是时，已在位六年的孝文帝年仅12岁，冯遂以太后身分再次临朝称制，改元承明。
南朝3	477	宋	宋后废帝元徽五年/宋顺帝升明元年。	七月	宋帝刘昱忌萧道成威名，尝自磨铤曰："明日杀萧道成"。道成闻之，忧惧，密与袁粲、褚渊谋废立。越骑校尉王敬则为道成听察帝之动静，阴结帝左右杨玉夫等，见机杀帝，以太后令，数帝罪恶，迎安成王刘准（467—479）即帝位，是为顺帝，改元升明。以萧道成为录尚书事。
南朝4	494	齐	齐废帝隆昌元年/海陵王延兴元年/齐明帝建武元年。	七月	萧鸾（452—498）杀齐帝。萧鸾与帝不睦，相互谋之。是时，西昌侯萧鸾握有兵权，矫太后令废帝为郁林王，立新安王萧昭文，时年十五。萧鸾为录尚书事、宣城郡公，改元延兴。
南朝5				九月	萧鸾大杀齐诸王。萧鸾权势益重，内外皆知其蓄不臣之志。或劝鄱阳王刘锵入宫发兵辅敛。事发，鸾遣兵杀之。晋安王刘子懋闻鄱阳王、随王被杀，欲起兵，为鸾得知，使人杀之。先后杀安陆王萧子敬、晋熙王萧銶、宜都王萧铿、桂阳王萧铄、衡阳王萧钧、江夏王萧锋、建安王萧子真、巴陵王萧子伦。萧鸾每杀诸王，常夜遣兵围其第，斩关踰垣，呼噪而人，家赀皆封籍之。
南朝6				十月	萧鸾自称皇帝。萧鸾晋爵为宣城王，未几，废齐帝为海陵王，自立为皇帝，改元建武，是为高宗明皇帝。十一月，立皇子萧宝卷为太子。
北朝2	496年	魏	魏太和二十年。	八月	魏太子元恂叛逃。魏太子元恂不乐南迁，乘魏帝游嵩山之机，与左右密谋，召牧马轻骑奔平城。尚书陆秀驰告魏帝，帝返洛阳，以杖痛击元恂，囚于城西。
北朝3	497	魏	魏孝文帝太和二十一年。	四月	魏帝因废太子元恂复与左右谋逆，遂赐死。
南朝7	498	齐	齐明帝建武五年/永泰元年。	正月	齐帝以近亲寡弱，忌高、武子孙。时高、武子孙犹有十王，帝欲尽杀除，遂遣萧遥光逐一杀之。
南朝8	502	齐	齐和帝中兴二年/武帝天监元年。	二月	齐诏萧衍进爵梁王。衍称齐诸王谋反，杀晋熙王萧宝嵩等三王。鄱阳王萧宝寅惧，潜逃奔魏。至寿阳，魏以车马侍卫迎之。

① 关于献文帝拓跋弘的介绍，见附录十五《南朝和北朝465—520年间的重要人物介绍》。

续表

序号	年份	国别	建元	月份	事件内容
南朝 9				四月	萧衍称帝建梁。梁王萧衍在建康南郊称皇帝，是为梁高祖武皇帝，改元天监，国号梁，建都建康。因皇室姓萧，史称萧梁。废齐和帝为巴陵王，未几，杀之，齐亡，共七帝，历二十四年。
北朝 4	508	魏	魏宣武帝正始五年/永平元年。	八月	魏元愉（488？—508）称帝。魏京兆王元愉，因势位不及二弟，心怀不满，遂据冀州①，自称皇帝，改元建平。魏帝命尚书李平领兵击之。九月，愉与平大战，平奋击，大破愉。未几，平擒愉。魏帝命锁送洛阳，途中为高肇②（？—513）使人杀之。

① 今河北中部冀县、南宫、枣强一带。

② 关于高肇的介绍，见附录十五《南朝和北朝 465—520 年间的重要人物介绍》。

十　南朝与北朝465—520年间彼此的外交往来

在56年间，北朝遣使南朝21次，平均每三年一次；南朝遣使北朝11次，平均每五年一次。北朝对彼此间的外交往来，远比南朝有积极性。在战争上也是如此，附录十三《南朝与北朝465—520年间彼此的战争和冲突》显示，北朝攻打南朝46次，而南朝攻打北朝则只有29次。因此，在做朋友和相互冲突上，北朝都要比南朝来得主动，事实上，是北朝先向南朝伸出友谊之手，在历经四年，三趟使节（469年、471年、473年）之后，南朝才在473年遣使回礼。南朝之所以迟迟不接受北朝的外交善意，可能是因为在467年用千两黄金，想向魏赎义阳王刘昶，为魏帝所拒绝，因此深为不满，迟迟不肯握北朝所伸出来的外交之手。由于外交的往来，表示两国是友邦，两国民众可以互相来往做生意，增加民间的财富，以及政府的税收。南朝在这段时期经济衰退，在465年就因国库空泛，州郡官吏田禄被减一半；民间则通货膨胀，商货不行，自盗铸滥钱（见本书第二部分第三章）。最后，在经济的压力下，南朝接受了北朝的外交友谊。

表附录十　　**南朝与北朝465—520年间彼此的外交往来表**

序号	年份	国别	建元	月份	事件内容
北朝1	469	魏	魏献文帝皇兴三年。	十一月	魏遣使访宋，修好和亲。自是，信使岁通，然两国攻战仍不辍。
北朝2	471	魏	魏献文帝皇兴五年/孝文帝延兴元年。	三月	魏遣邢祐访宋。
北朝3	473	魏	延兴三年。	正月	魏遣崔演访宋。
南朝1	473	宋		九月	宋遣使访魏。

续表

序号	年份	国别	建元	月份	事件内容
北朝4	474	魏	延兴四年。	三月	魏遣许赤虎访宋。
北朝5	475	魏	延兴五年。	五月	魏遣许赤虎访宋。
北朝6	478	魏	魏孝文帝太和二年。	十月	魏遣郑羲访宋。
北朝7	479	魏	太和三年。	十一月	魏奉宋降王刘昶，分兵数道攻齐，许昶以克复旧业，称藩于魏。
南朝2	481	齐	齐高帝建元三年。	七月	齐遣车僧朗访魏；为宋降人解奉君刺杀。
南朝3	483	齐	齐武帝永明元年。	十月	齐使刘缵①（活跃于483年）访魏，以答谢之。魏主令李安世出内藏珍宝，使商贾在市上买卖。刘缵见后曰："魏金玉大贱，当由山川所出。"李安地曰："圣朝不贵金玉，故贱同瓦砾。"缵欲多市，闻其言，内惭而止（《资治通鉴·135》）。
北朝8	483	魏	太和七年。	七月	魏使李彪访齐，以贺武帝继位。
北朝9	484	魏	太和八年。	五月	魏遣李彪访齐，以报齐聘。
北朝10				十一月	魏为答谢齐使九月访魏，遣李彪访齐。
南朝4	485	齐	齐武帝永明三年。	三月	齐使刘缵访魏。
北朝11	485	魏	太和九年。	十月	魏遣李彪访齐。
南朝5	486	齐	永明四年。	二月	齐遣裴昭明访魏。
南朝6	489	齐	齐武帝永明七年。	十二月	齐遣颜幼明访魏。
北朝12	489	魏	魏孝文帝太和十三年。	八月	魏遣邢产访齐。
北朝13	490	魏	魏孝文帝太和十四年。	四月	魏遣邢产访齐。
南朝7	491	齐	齐武帝永明九年。	正月	齐遣散骑常侍裴昭明、谢竣访魏吊冯太后之丧。
北朝14	491	魏	魏孝文帝太和十五年。	三月	魏遣李彪报谢访齐。李彪六次奉使，齐武帝敬重之。李彪返魏，帝送至琅邪城②，命群臣赋诗以宠之。
北朝15				十一月	魏遣李彪访齐。
南朝8	492	齐	齐武帝永明十年。	正月	齐遣庾荜等访魏。
南朝9				十二月	齐遣萧琛、范云访魏。
北朝16	492	魏	魏孝文帝太和十六年。	七月	魏遣宋弁访齐。及还，魏帝问弁："江南何如？"弁曰："朝无股肱之臣，野有愁怨之民。"（《资治通鉴·137》）。

① 可能和冯太后发生情人关系。

② 今山东临沂东南。

续表

序号	年份	国别	建元	月份	事件内容
北朝 17	493	魏	魏孝文帝太和十七年。	十一月	魏遣使访齐。
北朝 18				正月	魏遣邢峦访齐。
北朝 19				九月	魏遣高聪访齐。
南朝 10	494	齐	齐废帝隆昌元年/海陵王延兴元年/齐明帝建武元年。	二月	齐使刘敩访魏。
北朝 20	494	魏	魏孝文帝太和十八年。	六月	魏遣卢昶、王清石访齐。魏帝谓清石曰："凡使人以和为贵，勿迭相矜夸，见于辞色，失将命之体也。"①
南朝 11	495	齐	齐明帝建武二年。	正月	齐遣将拒魏。
北朝 21	520	魏	魏孝明帝神龟三年/正光元年。	十二月	魏遣刘善明访梁，始复通好。

① 《资治通鉴·139》："凡使人以和为贵，勿迭相矜夸，见于辞色，失将命之体也。"胡三省注："奉命而行，谓之将命。"

十一　南朝与北朝465—520年间各自与境外国家政权的外交往来

从下面的列表，我们可以看到南朝与境外国家政权的外交往来（68次）是北朝（22次）的三倍。一方面，可能境外国家政权在汉朝时就已和汉民族政权有往来，认为是正统，而认为鲜卑族的政权非正统；另一方面，南朝占了地理位置的优势，中国南边的境外国家政权，例如，扶南国、狼牙脩、林邑等，是不太可能去和北朝往来做生意的。在附录十中笔者曾提到，外交往来，乃表示两国是友邦，两国民众可以互相来往做生意。跟随在使节后面的，就是商旅生意人。在这个意义上，北朝是有点吃亏的，他们如果想要扶南国、狼牙脩、林邑的商品，例如，沉木香、象牙、孔翠、五色鹦鹉等，他们必须到南朝来购买，价钱会比直接购买贵上几倍。由于南朝控制了四川，北朝之北的游牧民族部落国家都可以通过四川到南朝经商。从经商的层面看，南朝要比北朝优胜得多，但在财富的累积上，南朝并不显得比北朝更繁华多财。原因何在，待考。

一　南朝与北朝境外国家政权名称介绍

邓　至　主要为境内少数民族部落，见附录十四《南朝和北朝465—520年间与境内少数民族部落间的战争与联盟》。

氐　　主要为境内少数民族部落，见附录十四《南朝和北朝465—520年间与境内少数民族部落间的战争与联盟》。

宕昌国　据《魏书·宕昌国传》记载："宕昌国，在河南之东南，益州之西北，陇西之西，羌种也。其地自仇池以西（今西和县西），东西千里，席水以南（即今甘谷南的籍水），南北八百里，地多山阜。”其国都宕昌城在白龙江西北，岷江河畔，即今宕昌镇旧城村。郦道元的《水经注》中称“羌水（今宕昌境内岷江）东南流经宕昌城东”。（“新华网”）

百 济 又称南扶余，是古代朝鲜半岛西南部的国家。532年新罗兼并伽倻后，在朝鲜半岛上百济与高句丽、新罗三足鼎立，这段时间被历史学家称为朝鲜三国时代。

扶南国 扶南国也称夫南、跋南，是中南半岛的一个受印度文化影响的古国，建国于公元1世纪，《汉书》中称为“究不事”，遗址在今柬埔寨境内，奉印度教为国教，受印度文化影响甚深。扶南王国国都在公元五世纪在毗耶陀补罗城（vyadhapura，梵文：猎人城），在今波罗勉省（Prey Veng）附近，有湄公河西北流东入海。高棉语中扶南国王叫“山帝”（kurungbnam），是“帝”（kurung）与“山”（bnam）的结合。扶南是高棉语bnam（山）的对音。《梁书》：“扶南国，在日南郡之南海西大湾中，去日南可七千里，在林邑西南三千余里。城去海五百里。有大江广十里，西北流，东入于海。其国轮广三千余里，土地洿下而平博，气候风俗大较与林邑同。出金、银、铜、锡、沉木香、象牙、孔翠、五色鹦鹉。其南其南界三千余里有顿逊国……羁属扶南。顿逊之外，大海洲中，又有毗骞国，去扶南八千里……扶南王数遣使与书相报答，常遗扶南王纯金五十人食器，形如圆盘，又如瓦塸，名为多罗，受五升，又如碗者，受一升……扶南东界即大涨海，海中有大洲，洲上有诸薄国……扶南国俗本裸体，文身被发，不制衣裳。”（“维基百科”）

滑 国 似非是春秋时的滑国，究为何国，待考。

高 丽 高句丽，也简称为高丽，是西汉到隋唐时期东北地区出现的一个有重要影响的边疆民族。高句丽的先人周秦时期一直生活在东北地区。公元前108年，汉武帝设四郡管辖辽东及朝鲜半岛北部，其中玄菟郡高句丽县就是高句丽人的聚居地。公元前37年，夫余人朱蒙在玄菟郡高句丽县辖区内建立政权，起初定都纥升骨城（今辽宁桓仁县城附近），公元3年（汉平帝元始三年）迁都国内城（今吉林集安市）。公元427年迁都平壤城（今平壤市）。高句丽鼎盛时期其势力范围包括吉林东南部、辽河以东和朝鲜半岛北部。公元668年，高句丽被唐王朝联合朝鲜半岛东南部的新罗所灭，在历史上持续了705年之久。（“百度百科”）

龟　兹　龟兹（前272—14世纪），是古代西域绿洲国家。龟兹国以库车绿洲为中心，最盛时北枕天山，南临大漠，西与疏勒接，东与焉耆为邻，相当于今中国新疆阿克苏地区和巴音郭楞蒙古自治州部分地区。在极长的历史时期内，是丝绸之路新疆段塔克拉玛干沙漠北道的重镇，宗教、文化、经济等极为发达，此外尚有冶铁业，名闻遐迩，西域许多国家的铁器多仰给于龟兹。公元初年前后，印度佛教经大夏（今阿富汗北部）、安息（今伊朗东北部）、大月氏（今阿姆河流域），并越过葱岭（今帕米尔高原）传入龟兹。龟兹佛教以小乘为主，兼及大乘。公元3世纪中叶，龟兹佛教进入全盛时期。佛教很可能是最初由龟兹传入中国的。法国汉学家列维在《所谓吐火罗语B即龟兹语考》一文中指出据中国最早的2世纪佛经译本中的佛教用语如“沙门”、“沙弥”不能对比梵文的sramana、sramenera，但与龟兹语的samane、sanmir很近，由此断定中国2世纪佛经必定是从原始的龟兹语翻译而来，龟兹语作为佛经传入中国的谋介，大约在公元1世纪。著名的佛经翻译家如龟兹国师鸠摩罗什于401年到长安，组织译场翻译佛经。来自龟兹的高僧还有龟兹王世子帛延、帛尸梨蜜、帛法炬、佛图澄、莲华精进等。龟兹的佛教石窟是中国佛教石窟中开凿最早的，包括六个主要石窟群。龟兹语属于印欧语系中Centum语组的吐火罗语方言B，与近邻的印度—伊朗语（Indo—Iranian）的距离较远，反而与分布于欧洲的Centum语组的拉丁—凯尔特语与日耳曼语有较近的关系，故它在印欧语分类学的研究中占有举世公认的重要地位。（“维基百科”）

狼牙脩　狼牙脩（马来文：Langkasuka）是古代东南亚的印度化国家之一，其领土包括今马来半岛东岸北大年以东和东北地区，约位于东经101°18′，北纬6°48′，以及今马来西亚的吉打州。狼牙脩建国年代约于公元1世纪末至2世纪。狼牙脩的居民以吉蔑人为主，而统治阶级是印度人。狼牙脩开始是盛行佛教，使用南印度的文字。但至元代称“龙牙犀角”时期，已不见佛教盛况，那时期伊斯兰教已传入东南亚多时。由于地理位置优越，狼牙脩是当时世界的重要航站。（“搜搜百科”）

林　邑　林邑古国名。象林之邑的省称。故地在今越南中部。秦汉时为象郡象林县地。东汉末，象林功曹之子区连自立为王。8 世纪后改称环王。9 世纪后期又改称占城。（“百度百科”）

末久半　究为哪个古民族，目前未有定说；其名记载出自《魏书·肃宗纪第九》、《册府元龟·外臣部》。

末　陋　究为哪个古民族，目前未有定说；其名记载出自《魏书·肃宗纪第九》、《册府元龟·外臣部》。

婆利国　古国名。故地或以为在今印度尼西亚加里曼丹岛，或以为在今印度尼西亚巴厘岛。公元 6 世纪初至 7 世纪后期，和中国有外交关系。《梁书·海南诸国列传》、《隋书·南蛮列传》和《唐书·南蛮列传》有专条记述。亦作“马礼”。（“百度百科”）

契丹族　契丹族，古代游牧民族，居住在蒙古及中国东北地区，采取半农半牧生活，语言属于阿尔泰语系蒙古语族，但受到通古斯语族的强烈影响，与现代蒙古族的亲缘相近，可能拥有共同祖先。古契丹有八部：悉万丹部、何大何部、伏弗郁部、羽陵部、日连部、匹絜部、黎部、吐六於部。涅里是辽的始祖。契丹人有三年选一次可汗的习惯，早期可汗都在大贺氏家族中产生，中期在遥辇氏中产生，最后由契丹迭剌部耶律氏族夷里堇建立统一的契丹。

契丹人的衣食住行、风俗习惯与汉人不同。契丹人髡发，服装通常为长袍左衽，圆领窄袖，裤脚放靴筒内。女人袍内著裙，亦穿长筒皮靴。腰外系蹀躞带，上挂金玉、水晶和琥珀等饰件，还有随时可用的火石、筷子、餐具刀等。契丹人无论男女皆髡发。男子在两鬓各留一绺头发，别处的头发全剃光。妇女仅剃沿前额边的头发。（“维基百科”）

千陀利　古国名。见《梁书·海南诸国列传》和《南史·海南诸国列传》。亦作干陀利、斤陀利。或以为即三佛齐的古称，故地在今印度尼西亚苏门答腊巨港地区。（《中外关系史辞典》）

柔　然　柔然，亦称蠕蠕、芮芮、茹茹、蝚蠕、檀檀，是鲜卑拓跋部的一支。公元 4 世纪末至 6 世纪中叶，继匈奴、鲜卑之后，活动于中国大漠南北和西北广大地区的古代民族，主要是柔然和敕勒。当时，正是中国历史上处于十六国、南北朝纷争对峙时期。南北朝时柔然也自称“汉”，与北魏连年战争不辍，互有胜负，柔然君臣于481年致南齐皇帝萧道成的国书说明他们对北魏的敌意：“虽吴（指长江以南）、汉（指柔然）异域，义同唇齿……光复中华（北魏占领的中原）……岂不盛哉!”（《南齐书·59·列传40·芮芮虏》）公元552年柔然因属下突厥部落起义而灭国。柔然的一支568年进入了东欧。在那里，柔然成了欧洲人所说的阿瓦尔人。（“维基百科”）

吐谷浑　吐谷浑（约329—663），是西晋至唐朝时期位于祁连山脉和黄河上游谷地的一个古代国家，原为鲜卑慕容部的一支，因其统治地区位于黄河以南，统治者又被封为“河南王”，因此被南朝称为河南国或河南，后不复见。（“维基百科”）

倭　国　倭国是古代中国诸王朝对于日本列岛上政治势力的称呼，而有别于“倭”这个地理概念。日本列岛在早期与中国的交往时还没有形成统一国家的概念，直到公元57年才第一次有明文记载“倭人国家”与中国往来。早期的倭人系以个别或团体进贡。（“维基百科”）

勿　吉　勿吉，又称靺鞨，是中国古代一个民族，隋唐时活跃今中国东北的部落。自北魏延兴五年（475年）勿吉遣使到北魏朝贡后，与中原关系日益紧密，并逐渐兴盛起来。包括扶余、高句丽、百济在内五十余国遣史向北魏朝贡。478年，勿吉人曾朝贡北魏，要求准许其和百济配合，南北夹攻高句丽。魏廷以三方都是自己的藩属，令彼等“宜共和顺，勿相侵扰”。勿吉听从魏廷的谕令，停止对高句丽的进攻。北魏太和十七年（493年），勿吉灭亡邻近的夫余，领土扩展到伊通河流域松辽平原的中心，为东北一支强大势力。（“维基百科”）

嚈　哒　嚈哒，又作挹怛、挹阗，是古代西域的古国名、族名。东罗马帝国史学家称嚈哒人为“白匈奴”。嚈哒人起源于塞北，公元4世纪70年代初越阿尔泰山西迁河中，疆域从裕勒都斯河上游（焉耆西北）起，越过伊犁河流域到巴尔喀什湖，再到楚河和塔拉斯河草原、锡尔河地区，一直达到咸海，在5—6世纪时期，于大漠南北与北魏争雄，嚈哒与柔然汗国相结，广泛活动于阿尔泰山脉以西的地方；并从河中地区越过阿姆河侵略当时处于衰落中的贵霜帝国，并扩展其势力于萨珊王朝，将波斯打败，占据呼罗珊并打败和杀死国王，使波斯称臣纳贡。白匈奴后来入侵印度，直到旁遮普被笈多王朝击溃，再抄掠至比哈尔邦才被打败。（“维基百科”）

于阗国　于阗国是古代西域王国，中国唐代安西四镇之一。古代居民属于操印欧语系的吐火罗人，而非塞种人。11 世纪，其人种和语言逐渐回鹘化。于阗地处塔里木盆地南沿，东通且末、鄯善，西通莎车、疏勒，盛时领地包括今和田、皮山、墨玉、洛浦、策勒、于田、民丰等县市，都西城（今和田约特干遗址）。东汉初，为莎车所吞并。汉明帝永平四年（公元 61 年），贵族广德立为王，灭莎车，服从于阗。十六年（73 年），汉军司马班超至于阗，广德杀匈奴使者降汉，班超以此为根据地，北攻姑墨，西破莎车、疏勒，于阗都出兵相助。时南道诸国，唯于阗、鄯善强大。魏晋南北朝时期，仍向中原王朝进贡。又兼并戎卢、扜弥、渠勒、皮山等国。西晋时，与鄯善、焉耆、龟兹、疏勒并为西域大国。北魏年间，曾先后被吐谷浑、柔然攻袭，国势渐衰。（“维基百科”）

二　南朝与北朝 465—520 年间各自与境外国家政权的外交往来列表

表附录十一　　**南朝与北朝 465—520 年间各自与境外国家政权的外交往来表**

序号	年份	国别	建元	月份	事件内容
南朝 1	467	宋	宋泰始三年。	十一月	高丽①、百济②遣使向宋奉献特产。
南朝 2	468	宋	宋泰始四年。	四月	柔然③、吐谷浑④等遣使向宋奉献特产。
南朝 3	469	宋	宋泰始五年。	三月	吐谷浑遣使向宋奉献。

① 高句丽，见本章前面的介绍。

② 百济（前 18—660），见本章前面的介绍。

③ 柔然，见本章前面的介绍。

④ 吐谷浑（约 329—663），见本章前面的介绍。

续表

序号	年份	国别	建元	月份	事件内容
北朝1		魏	魏皇兴三年。	是岁	高丽遣使向魏奉献。
北朝2	470	魏	魏皇兴四年。	四月	魏击败吐谷浑，其王拾寅遣使向魏入贡，魏帝囚之。
南朝4	470	宋	宋泰始六年。	十一月	高丽遣使向宋奉献。
南朝5				是岁	于阗①为柔然所攻，遣使向魏请援。魏帝因道远难救当时之急，未发兵，但劝慰于阗，并表示将为其除患。
南朝6	471	宋	宋泰始七年。	三月	柔然遣使向宋奉献特产。
南朝7				六月	柔然遣使向宋奉献。
南朝8				十一月	百济遣使向送奉献特产。
南朝9	472	宋	宋明帝泰豫元年。	三月	林邑②遣使向宋奉献方物。
南朝10				十一月	柔然、高丽遣使向宋奉献特产。
南朝11	473	宋	宋后废帝元徽元年。	三月	婆利国③遣使向宋奉献。
南朝12				五月	吐谷浑向宋奉献特产。
北朝3	473	魏	魏孝文帝延兴三年。	八月	魏长孙观入吐谷浑境，其王拾寅请降，遣子斤入侍。自是每岁向魏献贡。
北朝4				十二月	吐谷浑向宋献特产。
南朝13	474	宋	宋元徽二年。	五月	柔然遣使访宋。
南朝14	475	宋	宋元徽三年。	三月	吐谷浑遣使向宋奉献特产。
南朝15				九月	宋加吐谷浑王拾寅为车骑大将军。
南朝16				十月	高丽遣使向宋奉献。
南朝17	477	宋	宋顺帝升明元年。	十一月	倭国遣使向宋奉献。
南朝18	478	宋	宋升明二年。	五月	倭国④王武遣使向宋奉献特产，宋封为安东大将军。
南朝19				九月	柔然遣使向宋奉献特产。
南朝20				十二月	高丽遣使向宋奉献特产。
南朝21	479	齐	齐高帝建元元年。	五月	吐谷浑遣使向齐朝贡。
南朝22				是岁	齐进封倭国王武为镇东大将军。

① 于阗国，见本章前面的介绍。
② 林邑，见本章前面的介绍。
③ 婆利国，见本章前面的介绍。
④ 倭国，见本章前面的介绍。

续表

序号	年份	国别	建元	月份	事件内容
北朝5	479	魏	魏孝文帝太和三年。	是岁	契丹①酋长莫贺弗勿干率部落万余口、车三千乘，向魏归附，住干白狼水东②。
南朝23	480	齐	齐高帝建元二年。	三月	百济遣使向齐朝贡，齐命其王牟都为镇东大将军。
南朝24				四月	齐封高丽王琏为乐浪公、骠骑大将军。
南朝25				九月	柔然遣使访齐。
南朝26				十一月	齐封氐王杨后起为北秦州刺史、武都王，镇武兴。
北朝6	480	魏	魏孝文帝太和四年。	五月	邓至③王像舒遣使向魏归附。
南朝27	481	齐	齐建元三年。	九月	柔然遣使访齐，奉送狮子皮袴褶④，约同攻魏。
南朝28				十月	吐谷浑王拾寅死；其子度易侯继位，齐封其为河南王。
南朝29				十二月	高丽遣使向齐朝贡。
北朝7	482	魏	魏孝文帝太和六年。	九月	魏封氐王杨后起为武都王。
南朝30	483	齐	齐武帝永明元年。	二月	齐封氐帅杨炅为沙州刺史、阴平王；封宕昌王梁弥机为河、凉州刺史，封邓至羌王像舒为西凉州刺史。
北朝8	484	魏	魏太和八年。	十月	高丽王琏亦遣使向魏奉献特产。
北朝9	485	魏	魏太和九年。	七月	魏封梁弥承为宕昌王。
南朝31	485	齐	齐武帝永明三年。	六月	齐遣使诣吐谷浑，并送柔然使还。
北朝10	486	魏	魏太和十年。	三月	柔然遣使访魏。
南朝32	486	齐	齐武帝永明四年。	闰正月	齐、魏均封氐王杨集始为武都王。
南朝33	490	齐	齐武帝永明八年。	八月	吐谷浑王度易侯死，其子伏连筹立。齐遣使吊丧，伏连筹杀齐使。
南朝34				十二月	齐封百济王牟大为镇东大将军、百济王。
南朝35	491	齐	齐武帝永明九年。	正月	夷人范当根纯夺林邑国，自立为王，遣使向齐献金簟（金篮子）等物，齐诏其为林邑王。
北朝11	492	魏	魏孝文帝太和十六年。	三月	魏封高丽王云为辽东公、高句丽王。
北朝12				七月	吐谷浑王伏连筹遣子贺虏头入朝于魏，魏帝封伏连筹为西海公、吐谷浑王。

① 契丹族，见本章前面的介绍。
② 今辽宁大凌河东。
③ 邓至，见本章前面的介绍。
④ 即骑服。

续表

序号	年份	国别	建元	月份	事件内容
南朝36	492	齐	齐武帝永明十年。	十二月	是岁，林邑王范阳迈之孙范诸农，击败夺国者范当根纯，恢复其国，齐封其为林邑王。
北朝13	493	魏	魏孝文帝太和十七年。	九月	邓至王像舒彭遣子朝魏。
南朝37	496	齐	齐明帝建武三年。	正月	齐封氐王杨崇祖为沙州刺史，封阴平王。
南朝38	498	齐	齐明帝建武五年/永泰元年。	十二月	林邑王范诸农向齐朝贡，因海风船沉淹死，齐封其子范文款为林邑王。
南朝39	502	梁	天监元年。	闰四月	梁封宕昌帅梁弥邕为宕昌王。
南朝40				六月	梁封氐帅杨绍先为武都王。
南朝41				八月	林邑、千陀利①向梁奉献特产。
南朝42				是岁	中天竺（今印度）王屈多遣竺罗达向梁奉献琉璃、唾壶、杂香、吉贝（即棉花）等物。
南朝43					梁进封高丽、百济、宕昌、吐谷浑、倭国王官爵。
南朝44	503	梁	天监二年。	七月	扶南②、龟兹③、中天竺向梁奉献。
北朝14	503	魏	魏宣武帝景明四年。	十一月	氐王杨集始死，魏封其子绍先为武兴王。
南朝45	504	梁	梁武帝天监三年。	五月	梁封扶南王侨（?）陈如阇耶跋摩为安南将军。
南朝46				九月	北天竺国遣使向梁奉献。
南朝47				九月	梁封吐谷浑王伏连筹为河南王。
南朝48	505	梁	梁武帝天监四年。	四月	梁封梁弥博为宕昌王。
北朝15	505	魏	魏宣武帝正始二年。	二月	魏封宕昌世子梁弥博为宕昌王。
南朝49	506	梁	天监五年。	七月	邓至向梁奉献。
北朝16	508	魏	魏宣武帝正始五年/永平元年。	是岁	柔然又向魏献貂裘请和，魏帝仍不许。
南朝50	510	梁	天监九年。	三月	于阗向梁奉献特产。
南朝51				是岁	林邑天凯遣使向梁奉献白猴。
南朝52	511	梁	天监十年。	是岁	宕昌向梁奉献。
南朝53					婆利国向梁奉献金席。
南朝54	512	梁	天监十一年。	三月	高丽向梁奉献。
南朝55				四月	百济、扶南、林邑等国向梁奉献特产。

① 千陀利，见本章前面的介绍。

② 扶南国也称夫南、跋南，见本章前面的介绍。

③ 龟兹（前272—14世纪），见本章前面的介绍。

续表

序号	年份	国别	建元	月份	事件内容
南朝 56				九月	宕昌遣使向梁奉献特产。
南朝 57	514	梁	天监十三年。	是岁	扶南、林邑、于阗各遣使向梁奉献特产。
北朝 17	515	魏	延昌四年。	二月	柔然遣使访魏。
南朝 58	515	梁	天监十四年。	十二月	狼牙脩国①遣使向梁奉献特产。
南朝 59	516	梁	天监十五年。	四月	高丽遣使向梁奉献。
南朝 60				八月	柔然、吐谷浑等遣使向梁奉献。
南朝 61	517	梁	天监十六年。	三月	吐谷浑向梁奉献，并遣使朝献于魏。
南朝 62				八月	扶南、婆利国向梁奉献。
北朝 18	517	魏	魏孝明帝熙平二年。	十月	勿吉②国向魏奉献楛矢。
北朝 19				十二月	柔然伏跋可汗遣大臣尉比建向魏请和。
北朝 20	518		魏孝明帝熙平三年/孝明帝神龟元年。	正月	魏封氐帅杨定为阴平王。
北朝 21				二月	嚈哒③、高丽、勿吉、吐谷浑、宕昌、疏勒、久末陋④、末久半⑤诸国，遣使向魏朝贡。
南朝 63	518	梁	天监十七年。	五月	干陁利国（今印尼苏门答腊）向梁奉献。
南朝 64				是岁	扶南向梁献火齐珠、苏合等香。
南朝 65	520	梁	梁武帝普通元年。	正月	高丽、扶南等遣使向梁奉献。
南朝 66				二月	梁封高丽世子为高丽王，并遣使送衣冠佩剑，途中为魏兵劫至洛阳。
南朝 67				三月	滑国⑥遣使向梁奉献。
南朝 68				四月	吐谷浑向梁奉献。
北朝 22	520	魏	魏孝明帝神龟三年/正光元年。	九月	柔然内讧。柔然伏跋可汗为侯吕陵氏所杀，其弟阿那环立。族兄示发率众击之，阿那环兵败，向魏归附。魏封其为朔方公、蠕蠕王。阿那环从父兄婆罗门自立，号弥偶可社句可汗。十二月，魏派精兵两千护送阿那环回柔然。

---

① 狼牙修，见本章前面的介绍。

② 勿吉，见本章前面的介绍。

③ 嚈哒，见本章前面的介绍。

④ 究为哪个古民族，目前未有定说。名出自《魏书·肃宗纪第九》、《册府元龟·外臣部》。

⑤ 同上。

⑥ 似非是春秋时的滑国，究为何国，待考。

十二　南朝和北朝465—520年间各自与境外国家政权间的战争

在56年间，南朝除了与北朝之外，并没有和任何境外国家政权有战争，而北朝则有21次这样的战争。主要战争的对象是柔然，亦和地豆干、百济、吐谷浑、敕勒、高车诸国发生冲突。在470年，北朝击败柔然，在女水之滨，斩首五万级，归降者万余人，获戎马器械不可胜数。北朝可能通过战争掠夺来获取财富，此说待考。

一　境外国家名称介绍

地豆干　北魏时期的一个民族，也称为“地豆于国”，主要是游牧生活，根据考证应该是“地豆干”，在蒙语中也可译作达达干，即“鞑靼的王”的意思。地豆于地豆于是出现在北魏时期的一个民族。《魏书》记载：“地豆于国在失韦（即室韦）西千余里。”它的地理位置，北魏时散居南室韦以西，北界乌洛候，西以今兴安岭与柔然相接，南临奚、契丹，大约在今乌珠穆沁旗境内。地豆于国“多牛羊，出名马，皮为衣服。无五谷，惟食肉酪”。从这一记载看，他们当时主要是游牧生活。地豆于国自从延兴二年（472年）八月，遣使“朝贡”北魏后，贡使不绝。（“搜搜百科”）

敕　勒　敕勒人最早被称为丁令族（又作丁零、丁灵、钉灵），生活在勒拿河至贝加尔湖附近，在冒顿单于时臣属于匈奴。南迁入中原的敕勒被晋朝、南朝称为丁零。鲜卑人因北方的敕勒人使用车轮高大的车子，称之为高车。汉朝在91年击败北匈奴。后来遭受鲜卑人的攻击下，敕勒人在158年最终击溃匈奴并让其退出东亚的历史舞台，敕勒的地域开始南移，与中国的汉朝人交往。公元4世纪末至6世纪中叶，继匈奴、鲜卑之后，敕勒人和柔然人活动于中国北疆境外的内陆亚洲的大漠南北和中亚广大地区。在中原的丁零人曾建立翟魏政权。（另一说法是丁零由狄族与西伯利亚土著混血而成，敕勒是匈奴与一个以狼为图腾的部落混血而成，汉朝人认为高车是匈奴的外甥）由土拉河至今南俄草原也有他们。487年，阿伏至罗为摆脱柔然统治，率十万多人西迁，在车师地区建立了自己的政权。4世纪中叶，生活在阴山一带的人大都已鲜卑化。著名的《敕勒歌》，是北齐时敕勒人的鲜卑语的牧歌，后被翻译成汉语。敕勒人在北魏时期大量参加北魏的战争，其中大部和丁零人一起逐渐融入汉族。高车有六姓，袁纥、纥骨、解批均与回纥有关。（“维基百科”）

柔　然　见附录十一《南朝与北朝465—520年间各自与境外国家的外交往来》。

高　车　见本附录十二的敕勒条。

百　济　见附录十一《南朝与北朝465—520年间各自与境外国家的外交往来》。

吐谷浑　见附录十一《南朝与北朝465—520年间各自与境外国家的外交往来》。

二　南朝和北朝465—520年间各自与境外国家政权间的战争列表

表附录十二　**南朝和北朝465—520年间各自与境外国家政权间的战争表**

序号	年份	国别	建元	月份	事件内容
北朝1	470	魏	魏皇兴四年。	九月	柔然部真可汗攻魏，于是魏分兵击败柔然，在女水（近内蒙古武川西）之滨，斩首五万级，归降者万余人，获戎马器械不可胜数。魏改女水为武川。
北朝2	472	魏	魏延兴二年。	二月	柔然攻魏，东部敕勒归之。魏遣将击柔然，并追至石碛（今内蒙古锡拉木河以东广大地区），不及而还。
北朝3				七月	柔然部帅无虑真领兵三万攻魏敦煌（今甘肃敦煌）、晋昌（今山西定襄），皆败还。

续表

序号	年份	国别	建元	月份	事件内容
北朝4				十月	柔然再攻魏五原（今内蒙古包头一带），为魏兵击败，北走千里。
北朝5	473	魏	魏孝文帝延兴三年。	十二月	柔然攻魏柔玄镇①，二部敕勒皆响应。
北朝6	474	魏	魏延兴四年。	七月	柔然攻魏敦煌，为魏击败。
北朝7	485	魏	魏太和九年。	十二月	柔然攻魏边塞，为魏击败。
北朝8	486	魏	魏太和十年。	正月	柔然攻魏。
北朝9	487	魏	魏孝文帝太和十一年。	八月	柔然攻魏，大败。
北朝10	488	魏	魏孝文帝太和十二年。	十二月	柔然伊吾戍主高羔子率众三千以城附魏。
北朝11					魏攻百济，为百济击败。
北朝12	489	魏	魏孝文帝太和十三年。	十二月	柔然别帅叱吕勤领众降魏。
北朝13	490	魏	魏孝文帝太和十四年。	四月	地豆干②攻魏，为魏击败。
北朝14				五月	库莫奚③攻魏，不克，败走。
北朝15				十二月	高车阿伏至罗及穷奇遣使至魏，请击柔然。
北朝16	491	魏	魏孝文帝太和十五年。	五月	魏陷吐谷浑二戍，俘三千余人。
北朝17	492	魏	魏孝文帝太和十六年。	八月	魏发兵十万，大败柔然而还。
北朝18	498	魏	魏孝文帝太和二十二年。	八月	魏攻高车，高车人奉袁纥树者为主北逃，魏兵追击，大败而还。
北朝19				九月	魏因齐新丧，遂撤攻齐之兵攻高车。
北朝20	501	魏	魏景明二年。	七月	柔然攻魏。
北朝21	504	魏	魏宣武帝正始元年。	九月	魏筑九城。柔然攻魏沃野④、怀朔镇⑤。魏将源怀遂在北边东西筑九城，以防柔然。

① 今内蒙古兴和西北。

② 地豆干，见本章前面的介绍。

③ 奚族，见本章前面的介绍。

④ 今内蒙古五原东北。

⑤ 今内蒙古固阳西南。

十三　南朝与北朝465—520年间彼此的战争和冲突

在附录十《南朝与北朝465—520年间彼此的外交往来》中，我们指出，北朝对彼此间的外交往来，远比南朝有积极性，在战争上也是如此，北朝攻打南朝46次，而南朝攻打北朝则只有29次。南朝和北朝之间的战争互有胜负，没有一场决定性的战役，谁把谁打垮了。不过，北朝如此主动性的喜欢打仗，的确令人怀疑北朝是否因战胜品而挑拨起战争，例如，499年，魏王亲征，击败齐军，追至汉水，获齐军资以亿计，颁赐将士。不过，南朝的战胜品也不少，例如，507年，韦睿乘淮水暴涨，驾战舰击魏，又放火烧魏营，魏军大溃，弃甲投水及被梁军斩杀者计20余万，擒五万余人。梁军收其资粮、器械、牛马驴骡不可胜计。

表附录十三　　**南朝与北朝465—520年间彼此的战争和冲突表**

序号	年份	国别	建元	月份	事件内容
南朝1	467	宋	宋明帝泰始三年。	正月	宋魏交战，宋败，失淮北四州①及豫州淮西②。
南朝2				八月	宋将沈攸之攻魏，不克，大败，由是，下邳③等郡为魏所陷。
北朝1	467	魏	魏献文帝天安二年/皇兴元年。	二月	魏攻宋汝阴，未下，魏退。
北朝2				三月	魏攻宋青州④，连下四城。

① 指青、徐、冀、兖。

② 指汝南、新蔡、谯、梁、陈、南顿、颍川、汝南、汝阴诸郡。

③ 今江苏睢宁。

④ 今山东东北部临淄、益都一带。

续表

序号	年份	国别	建元	月份	事件内容
北朝3				十二月	魏再攻宋汝阴，未克。
南朝3	468	宋	泰始四年。	正月	宋东徐州①、东兖州②、兰陵③、历城④守将向魏归降。
南朝4				四月	宋将刘勔在许⑤击败魏兵。
北朝4	468	魏	皇兴二年。	正月	魏攻宋武津⑥、义阳⑦，不克，败还。
北朝5				十二月	魏攻陷宋不其城⑧。
北朝6	469	魏	皇兴三年。	正月	魏攻陷宋东阳⑨。青、冀二州之地为魏据有。
北朝7				三月	魏攻宋汝阴，为宋击败。
南朝5	471	宋	宋明帝泰始七年。	十月	宋遣将垣崇祖攻魏，入魏境七百里，据蒙山⑩而还。
北朝8	472	魏	魏孝文帝延兴二年。	十二月	魏攻宋义阳，为宋击退。
北朝9	479	魏	魏孝文帝太和三年。	十一月	魏奉宋降王刘昶，分兵数道攻齐，许昶以克复旧业，称藩于魏。
南朝6	480	齐	齐高帝建元二年。	二月	齐攻破魏淮阳⑪等城戍。
北朝10	480	魏	魏孝文帝太和四年。	正月	魏攻陷齐马头戍⑫，继攻钟离⑬，为齐击败。
北朝11				二月	魏刘昶等以步骑二十万攻齐寿阳⑭，豫州刺史垣崇祖于城西北堰肥水，待魏攻城，决堰下水，人马溺死者以千数。魏师退走。
北朝12				三月	宋降王刘昶因雨，请魏还师，魏遣冯熙将兵迎之。
北朝13				八月	魏发兵数路攻齐。

① 今山东沂蒙山区莒南一带。
② 今山东兖州东北。
③ 今江苏常州西北。
④ 今山东济南。
⑤ 今河南许昌。
⑥ 今河南上蔡西南。
⑦ 今河南信阳。
⑧ 今山东崂山。
⑨ 今山东益都北。
⑩ 今山东蒙阴西。
⑪ 今河南淮阳。
⑫ 今安徽怀远东南。
⑬ 今安徽凤阳一带。
⑭ 今安徽寿县。

续表

序号	年份	国别	建元	月份	事件内容
北朝 14				闰九月	魏攻齐朐山①，为玄元度击败。魏师见有援军至，遂还军。
南朝 7	481	齐	齐高帝建元三年。	二月	齐将垣崇祖渡淮攻魏，杀获千计。
北朝 15	481	魏	太和五年。	正月	魏攻齐淮阳②，先胜后败，死伤以万计。
南朝 8	487	齐	齐永明五年。	正月	齐桓天生引魏兵攻齐，自称桓玄宗族，与雍③、司④二州蛮联合，占据南阳⑤，请魏发兵，引至泚阳⑥，为齐击败，损兵以万计。五月，桓天生复结魏攻齐，败逃。次年四月，齐击败桓天生，桓天生又结魏兵据齐隔城⑦，齐将曹虎连败魏军，俘斩四千余人。桓天生败逃。
南朝 9	488	齐	齐武帝永明六年。		齐将陈显达攻魏泚阳⑧，十余日未下，乃退。
北朝 16	488	魏	魏孝文帝太和十二年。	三月	魏攻齐角城戍⑨，见援兵至乃退。
南朝 10	490	齐	齐武帝永明八年。	正月	齐释放在 488 年隔城败退时为齐所俘魏俘两千余名还魏。
北朝 17	494	魏	魏孝文帝太和十八年。	十月	魏禁荆⑩、郢⑪等州诸蛮攻齐。魏帝诏曰："比闻缘边之蛮，多窃掠南土，使父子乖离，室家分绝，朕方荡壹区宇，子育万姓，若苟如此，南人岂知朝德哉！可诏荆、郢、东荆三州，禁勒蛮民，勿有侵暴。"（《资治通鉴·139》）
北朝 18				十二月	魏帝闻齐之变，萧鸾自立，遂谋举兵攻齐。
北朝 19	495	魏	魏孝文帝太和十九年。	二月	魏攻齐义阳，久攻未下，士卒多死，乃退。
北朝 20				四月	魏攻齐南郑⑫，不克。
北朝 21					魏攻齐赭阳⑬，不克，败退。

① 今江苏连云港西南锦屏山。
② 今河南淮阳。
③ 今湖北襄樊一带。
④ 今湖北随县、云梦及河南信阳一带。
⑤ 今河南南阳一带。
⑥ 今河南沁阳南。
⑦ 今河南桐柏两北。
⑧ 今河南沁阳南。
⑨ 今江苏清江西南。
⑩ 今湖北西部。
⑪ 今湖北钟祥以下汉江流域。
⑫ 今陕西南郑。
⑬ 今河南方城。

续表

序号	年份	国别	建元	月份	事件内容
北朝22	496	魏	魏孝文帝太和二十年。	四月	魏攻齐司州①，不克，败走。
南朝11	497	齐	齐明帝建武四年。	十二月	齐分兵数道攻魏，损兵折将，均大败而还。
北朝23	497	魏	魏孝文帝太和二十一年。	八月	魏帝集兵二十万，诏中外戒严，军发洛阳攻齐。
南朝12	498	齐	齐明帝建武五年/永泰元年。	三月	齐在涡阳②屡败魏军。
北朝24	498	魏	魏孝文帝太和二十二年。	正月	魏攻陷齐沔北③诸郡。
北朝25	499	魏	魏孝文帝太和二十三年。	三月	魏攻败齐兵。齐太尉陈显达发兵四万攻魏，欲复沔北诸郡。三月，魏王亲征，击败齐军，追至汉水，获齐军资以亿计，颁赐将士，斩杀齐士卒三万余人。
南朝13	500	齐	齐东昏侯永元二年。	正月	齐豫州刺史裴叔业闻齐帝数诛大臣，遂降魏，齐发兵击之。魏以叔业都督豫、雍五州诸军事。
南朝14				三月	齐发兵围攻魏寿阳，为魏击败。
北朝26	500	魏	魏宣武帝景明元年。	八月	魏在肥口④击败齐兵，斩首九千余级，淮南郡县均为魏占有。
北朝27	501	魏	魏宣武帝景明二年。	十一月	魏东豫州刺史田益宗，乘萧齐内乱之机，领兵攻齐。在赤亭⑤大败齐兵。
南朝15	502	齐	齐和帝中兴二年/武帝天监元年。	十二月	梁攻魏淮南⑥，为魏击败。
北朝28	503	魏	魏宣武帝景明四年。	三月	魏攻梁，夺取阴山⑦等二城戍。
北朝29				十月	魏分兵攻梁，先后攻占大岘⑧等三城，又围义阳。
南朝16	504	梁	梁武帝天监三年。	二月	梁攻魏寿阳，不克，大败。
北朝30	504	魏	魏宣武帝正始元年。	三月	魏败梁援义阳之兵，俘斩四千余人。
北朝31	504			八月	魏陷梁义阳。
南朝17	505	梁	梁武帝天监四年。	六月	梁豫州刺史王超宗攻魏小岘⑨，不克，大败。

① 今河南南部及湖北一部。
② 今安徽蒙城。
③ 今湖北沔水以北。
④ 今安徽寿县淝水与淮水会合处。
⑤ 今湖北麻城西南。
⑥ 今安徽淮河以南。
⑦ 今河南潢川西南。
⑧ 今安徽含山东北，一名赤焰山。
⑨ 今安徽含山北。

续表

序号	年份	国别	建元	月份	事件内容
南朝 18				九月	梁与魏战于马头①，不克，大败。
南朝 19				十月	梁诏王公上国租。梁大举攻魏，诏王公以下各上国租及田谷，以助军用。时，帝以临川王萧宏都督北讨诸军事。
北朝 32	505	魏	魏宣武帝正始二年。	四月	魏大败梁军，占有梁州② 14 郡，东西 700 里，南北千里。
北朝 33				七月	魏攻逼梁涪城③。
北朝 34				八月	魏攻梁雍州④，大败梁兵。梁雍州蛮沔东太守田青喜向魏归降。
北朝 35				十一月	魏师退离涪城，巴西（今四川阆中、南充一带）重归于梁。
南朝 20	506	梁	梁武帝天监五年。	二月	梁徐州刺史昌义之在梁城⑤攻魏，不克，败退。
南朝 21					梁肖昞攻魏徐州⑥，进围淮阳⑦。
南朝 22				三月	梁刘思效在胶水⑧击败魏军。
南朝 23				五月	梁豫州刺史韦睿⑨（442—520）攻小岘，魏出数百人阵于门外。睿指其节曰："朝廷授此，非以为节，韦睿法不可犯！"遂进击之，士卒皆殊死战，大败魏军，追杀魏兵万余人，占有合肥。
南朝 24				九月	梁军洛口大败。梁临川王萧宏领军至洛口⑩，因魏军攻梁城，遂召诸将商议退师。吕僧珍曰："知难而退，不亦善乎！"昌义之须发尽磔（张开），大怒曰："吕僧珍可斩也！岂有百万之师出未逢敌，望风遽退，何面目得见圣主乎！"萧宏见此，遂停军不前。魏人知其不武，遗以巾帼，且歌之："不畏萧娘与吕姥（指肖宏、吕僧珍），但畏合肥有韦虎（指韦睿）。"（《资治通鉴·146》）适洛口暴雨，梁军大惊，萧宏与数骑逃去，将士无主，弃甲投戈，死者近五万人。

① 今湖北公安北。
② 今陕西南部、汉水上游。
③ 今四川三台西北。
④ 今湖北襄樊一带。
⑤ 今安徽寿县东北。
⑥ 今河南兰考一带。
⑦ 今河南淮阳、太康等地。
⑧ 今山东平度东南。
⑨ 韦睿介绍，见附录十五《南朝和北朝 465—520 年间的重要人物介绍》。
⑩ 今安徽洛涧入淮处。

续表

序号	年份	国别	建元	月份	事件内容
北朝36	506	魏	魏宣武帝正始三年。	四月	魏以中山王英领兵10万拒梁。
北朝37				七月	魏大举攻梁。魏发定、冀、瀛、相、并、肆六州十万人，加强攻梁。时魏将邢峦挥军占孤山①，又拔固城②。十月，魏军进围钟离③。
南朝25	507	梁	梁武帝天监六年。	正月	梁大败魏于钟离。魏以数十万之众围攻钟离，一日战数十合，梁守将昌义之全力抵抗。
南朝26				二月	梁武帝派豫州刺史韦睿援救。韦睿自合肥至钟离，命士兵夜掘长堑为城，及晓营立。魏军见之惊惧，以杖击地曰："是何神也!"魏将杨大眼以万骑来战，韦睿结车为阵，以强弩二千，一时俱发，杀伤甚众，杨大眼右臂中箭败退。
南朝27				三月	梁韦睿乘淮水暴涨，驾战舰击魏，又放火烧魏营，魏军大溃，弃甲投水及被梁军斩杀者计二十余万，被擒者五万余人。梁军收其资粮、器械、牛马驴骡不可胜计。
南朝28				六月	梁冯翊等七侨郡向魏归降
北朝38	507	魏	魏宣武帝正始四年。	十二月	魏淮阳镇④都军主常邕和以城降梁。
北朝39	508	魏	魏宣武帝正始五年/永平元年。	正月	魏颍川太守王神念向梁归附。
北朝40				九月	魏郢州司马彭珍等引梁兵攻义阳。
北朝41				十月	魏悬瓠⑤军主白早生杀豫州刺史，自号平北将军，向梁归附。梁命其为司州刺史。郢、豫二州，自悬瓠以南至安陆⑥诸城皆归附于梁。唯义阳一城，为魏所守。魏遣尚书邢峦等将兵击之。
北朝42				十二月	峦引军斩白早生，郢、豫二州复归魏。
北朝43	509	魏	魏宣武帝永平二年。		是岁，魏宗正卿元树向梁归附，梁封其为邺王。
南朝29	511	梁	梁武帝天监十年。	十二月	梁击败魏兵，攻取朐山，斩杀十之八九，获粮畜器械，不可胜数。
北朝44	514	魏	魏宣武帝延昌三年。		魏发兵十五万攻梁益州，次年正月，魏宣武帝死，召还攻梁益州之师。

① 今山东滕县南。

② 今山东滕县北。

③ 今安徽中部凤阳一带。

④ 今河南周家口一带。

⑤ 今河南汝南。

⑥ 今湖北安陆。

续表

序号	年份	国别	建元	月份	事件内容
北朝45	516	魏	魏孝明帝熙平元年。	二月	魏攻陷梁峡石①，并斩将俘众。
北朝46				七月	魏攻陷梁东益州。

① 今安徽寿阳西北。

十四　南朝和北朝465—520年间与境内少数民族部落间的战争与安抚以及镇压起义

南朝虽然在这段时期从未和境外的少数民族部落国家政权战争过，但对境内少数民族部落则有十次冲突或镇压（表附录十四项：3，5，7，8，9，10，11，14，16，19），五次安抚封官（表附录十四项：1，2，6，13，18），以及部落弃南朝而投北朝（表附录十四项：4，12，15，17）。北朝则有21次冲突或镇压（表附录十四项：1，2，3，6，7，10，11，13，14，15，16，17，18，19，20，21，22，23，24，25，26），五次安抚封官（表附录十四项：4，5，8，9，12）。北朝镇压的手段血腥残暴，强掠不留余地，例如，471年，斩杀八千余人，俘男女万余口、杂畜三万余头；又496年，魏吐京胡起义，魏击之，俘杂畜数以万计；又502年，魏鲁阳蛮鲁北燕等起兵攻湖阳，兵败被杀。魏迁万余户于幽、并诸州及六镇。诸蛮皆叛南走，魏追杀殆尽。但是，前面提到有四宗南朝的少数民族部落弃南朝而投北朝，也是一件有点令人奇怪的事。

一　南朝与北朝境内少数民族部落名称介绍

蛮　　蛮，先秦非华夏民族的泛称之一，秦汉至魏晋南北朝为南方少数民族的泛称。各地的蛮族在南北朝时最少有以下的分布：

今河南东南部及湖北东北角有“西山蛮”。

今湖北沔水有“大阳蛮”。

今湖北省中南部有“五溪蛮”。

今湖北、湖南、河南及广东、山西部分有“五洲蛮”。

今河南开封道有“襄城蛮”。

今河南洛阳市东辖区，陕西中部，山西西南部及河南西部有“司州蛮”。

今湖南大部及广东北部有“湘州蛮”。

今湖北随县、云梦及河南信阳一带有“司二州蛮”。

今河南光山有“光城蛮”。

今湖北省西北部有“襄阳蛮”。

今湖北西部和湖北钟祥以下汉江流域有“蛮”。

今河南省鲁山县有“鲁阳蛮”。

今湖北省中南部有“荆州蛮”

今陕西省中部北部有“雍州蛮”。

今湖南岳阳有“马营蛮”。

今湖北汉水之北有“潺沟蛮”。

氐　　古代中国西北部少数民族之一，原在中国北部和西部的广大地区游牧。从东汉起陆续内迁，主要活动于今陕西、甘肃、四川三省的交界地区。汉朝至三国期间，氐族曾两度大迁徙，至关中一带居住。其时还有如羌族的少数民族迁入关中。惠帝时代，氐人曾与晋相战两年余，到十六国时晋室南下，氐人便在北方建立前秦、后凉、仇池等政权。（“维基百科”）

俚　人　中国南方古代民族，是发源于广东境内的古越族一支骆越，属壮族先民的分支。东汉后改称“里人”。俚人最早见于范晔《后汉书·南蛮西南夷列传》。

羌　族　羌，读qiāng，中国少数民族羌族，主要聚居在四川省阿坝州的茂县、汶川县、松潘县及绵阳市北川羌族自治县境内。《说文·羊部》：“羌，西戎牧羊人也，从人从羊，羊亦声。”（“百度百科”）

獠　　獠也指中国的一个古民族，僚族，分布在今广东、广西、湖南、四川、云南、贵州等地区。亦泛指南方各少数民族。（“百度百科”）

敕 勒 敕勒人最早被称为丁令族（又作丁零、丁灵、钉灵），生活在勒拿河至贝加尔湖附近，在冒顿单于时臣属于匈奴。南迁入中原的敕勒被晋朝、南朝称为丁零。鲜卑人因北方的敕勒人使用车轮高大的车子，称之为高车。汉朝在91年击败北匈奴。后来遭受鲜卑人的攻击下，敕勒人在158年最终击溃匈奴并让其退出东亚的历史舞台，敕勒的地域开始南移，与中国的汉朝人交往。公元4世纪末至6世纪中叶，继匈奴、鲜卑之后，敕勒人和柔然人活动于中国北疆境外的内陆亚洲的大漠南北和中亚广大地区。在中原的丁零人曾建立翟魏政权。（另一说法是丁零由狄族与西伯利亚土著混血而成，敕勒是匈奴与一个以狼为图腾的部落混血而成，汉朝人认为高车是匈奴的外甥）由土拉河至今南俄草原也有他们。487年，阿伏至罗为摆脱柔然统治，率十多万人西迁，在车师地区建立了自己的政权。4世纪中叶，生活在阴山一带的人大都已鲜卑化。著名的《敕勒歌》，是北齐时敕勒人的鲜卑语的牧歌，后被翻译成汉语。敕勒人在北魏时期大量参加北魏的战争，其中大部和丁零人一起逐渐融入汉族。高车有六姓，袁纥、纥骨、解批均与回纥有关。（“维基百科”）

邓 至 羌族一支，又称邓至羌、白水羌，是中国南北朝时期的一个羌族所建立的政权，其地在仇池以西，宕昌以南，相当于今中国四川省北部，都城邓至城（今中国四川省九寨沟县西），首领姓“像”，史籍第一位有记载的首领是像舒治（430—?）。（“维基百科”）

山 胡 即稽胡。古族名。又称步落稽。源于南匈奴。南北朝时，居今山西、陕西北部山谷间。《资治通鉴·梁武帝普通六年》：“魏山胡刘蠡升反，自称天子，置百官。”胡三省注：“山胡，即汾州之稽胡。”（“汉典网”）

二 南朝和北朝465—520年间与境内少数民族部落间的战争与安抚以及镇压起义列表

表附录十四 **南朝和北朝465—520年间与境内少数民族部落间的战争与安抚以及镇压起义表**

序号	年份	国别	建元	月份	事件内容
南朝1	466	宋	宋明帝泰始二年。	五月	宋弋阳①西山蛮②田益之出兵，以应建康朝廷。诏以益之为辅国将军，督弋阳西山蛮事。
南朝2				七月	氐③帅杨僧嗣归附建康，宋帝诏拜北秦州刺史、武都王。
南朝3	468	宋	泰始四年。	三月	宋晋康太守刘思道攻俚人④失利，还兵斩杀广州刺史，未几被杀。
北朝1	471	魏	魏皇兴五年。	三月	敕勒诸部反魏，魏帝使殿中尚书胡莫寒选西部敕勒为殿中武士。莫寒遂大肆接纳贿赂，众怒杀之。四月，诸部皆起而反魏。
北朝2				十月	魏沃野、统万二镇敕勒起兵。太尉贺源领兵击降敕勒二千余落，又追击余众至枹罕⑤、金城⑥，斩杀八千余人，俘男女万余口、杂畜三万余头。
南朝4	472	宋	宋明帝泰豫元年。	正月	宋大阳蛮帅桓诞以沔水⑦之北，滍⑧、叶⑨以南8万余落，向魏归降。魏命其为东荆州刺史、襄阳王，听自选郡县吏。
南朝5				闰七月	闰七月，宋荆州刺史沈攸之（？—478）待五溪蛮苛虐，禁鱼盐，诸蛮起义，后为宋兵击败。
北朝3	477	魏	魏孝文帝太和元年。	十月	氐帅杨文度攻陷魏仇池⑩。
北朝4				十二月	魏攻斩氐帅杨文度，以杨广香为阴平公、葭芦戍主；文度弟文弘奉表向魏谢罪，遣子杨苟奴入侍。后魏以文弘为南秦州刺史、武都王。
南朝6	479	宋	宋顺帝升明三年/齐高帝建元元年。	七月	魏葭芦镇⑪主氐帅杨广香向齐请降，齐命其为沙州刺史。

① 今河南东南部及湖北东北角。
② 蛮，见本章前面的介绍。
③ 氐，见本章前面的介绍。
④ 俚人，见本章前面的介绍。
⑤ 今甘肃临夏。
⑥ 今甘肃兰州。
⑦ 今湖北沔水。
⑧ 今河南鲁山沙河。
⑨ 今河南叶县。
⑩ 今甘肃成县西洛谷镇。
⑪ 今甘肃武都南。

续表

序号	年份	国别	建元	月份	事件内容
南朝7				十月	晋寿①李乌奴引氐兵攻齐梁州②，为齐击败。乌奴复走入氐。
北朝5	479	魏	魏孝文帝太和三年。	是岁	契丹③酋长莫贺弗勿干率部落万余口、车三千乘，向魏归附，住于白狼水东④。
南朝8	480	齐	齐高帝建元二年。	正月	五州蛮攻齐。齐荆、湘、雍、郢、司五州⑤蛮，得知魏发兵攻齐，遂乘机出动。襄城蛮攻潼阳⑥，杀县令；黄蛮攻汶阳⑦，驱逐太守；司州蛮攻平昌⑧。未几皆为齐兵击败。二月，齐改三巴校尉为巴州刺史，以镇群蛮。
南朝9				五月	氐李乌奴攻齐梁州⑨，败退至武兴⑩。
北朝6	485	魏	魏太和九年。	十二月	魏梁州氐羌起兵，为魏击败。
南朝10	486	齐	齐武帝永明四年。	四月	齐湘州⑪蛮起事，为齐击败。
北朝7	487	魏	魏孝文帝太和十一年。	正月	胡丘生⑫在悬瓠⑬起兵，附齐攻魏，兵败奔齐。
南朝11	492	齐	齐武帝永明十年。	九月	氐王杨集始攻齐汉中⑭，为齐击败，损失数千人。集始向魏请降，魏封其为汉中郡侯、武兴王。
南朝12	493	齐	齐武帝永明十一年。	四月	齐光城⑮蛮帅田益宗，领部落四千余户附魏。
北朝8	493	魏	魏孝文帝太和十七年。	五月	襄阳蛮帅雷婆思率户千余附魏，居于沔北⑯。

---

① 今四川广元南。

② 今陕西汉中。

③ 契丹，见本章前面的介绍。

④ 今辽宁大凌河东。

⑤ 今湖北、湖南、河南及广东、山西部分。

⑥ 今湖北兴山东北。

⑦ 今湖北远安西北。

⑧ 今山东潍、坊西南。

⑨ 今陕西南部，汉水上游。

⑩ 今陕西略阳。

⑪ 今湖南大部及广东北部。

⑫ 齐“荒人”桓天生煽动雍、司二州蛮，据南阳故城，降魏，齐兵破之。魏“荒人”胡丘生在悬瓠起兵应齐，被魏兵所败。魏大旱，牛疫，民多饿死，代地尤甚。魏齐州刺史韩麒麟言时弊，谓京师民庶，不耕者多，游食之人占三分之二；工商之族，仆隶玉食，农民则缺衣食。（《全后魏文·31》）

⑬ 今河南汝南。

⑭ 今陕西南部、汉水流域。

⑮ 今河南光山。

⑯ 今湖北沔水之北。

续表

序号	年份	国别	建元	月份	事件内容
南朝 13	495	齐	齐明帝建武二年。	七月	齐封氐帅杨馥之为北秦州刺史、仇池公。
北朝 9	495	魏	魏孝文帝太和十九年。	是岁	魏封光城蛮帅田益光为南司州刺史，听其任选守令。
北朝 10	496	魏	魏孝文帝太和二十年。	十月	魏吐京胡①起义，魏击之，俘杂畜数以万计。
北朝 11	497	魏	魏孝文帝太和二十一年。	八月	汉中氐帅杨灵珍叛魏，举州降齐，并遣其弟婆罗阿卜珍将步骑万余袭魏武兴王杨集始，杀其弟。魏帝以河南尹李崇为都督陇右诸军事，将兵数万讨之。九月，崇折木攀山，出氐不意，表里袭之。灵珍屡败，乃奔还汉中。十一月，齐以杨灵珍为北秦州刺史、仇池公、武都王。
南朝 14	499	齐	齐东昏侯永元元年。	九月	蜀人赵续伯起兵，蜀中皆起而响应，益州②大乱。
南朝 15	500	齐	齐东昏侯永元二年。	六月	齐大阳蛮田育丘等二万八千户，向魏归附。
北朝 12	500	魏	魏宣武帝景明元年。	八月	是岁，氐王杨集始向魏归附，魏帝还其爵位，使归守武兴。
北朝 13	502	魏	魏宣武帝景明三年。	四月	魏鲁阳蛮鲁北燕等起兵攻湖阳③，兵败被杀。魏迁万余户于幽、并诸州及六镇。诸蛮皆叛南走，魏追杀殆尽。
北朝 14	503	魏	魏宣武帝景明四年。	十一月	魏东荆州蛮樊素安等起兵。次年，正月，魏大破荆州蛮樊季安（素安之弟）。
北朝 15				正月	正月，魏梁州氐王杨会起兵。五月，魏大败杨会，斩首数千级。
北朝 16	504	魏	魏宣武帝正始元年。	七月	魏败荆州蛮，擒樊素安，诸蛮降魏。
北朝 17	505	魏	魏宣武帝正始二年。	二月	魏将邢峦至汉中④，击诸城戍，所向无敌。氐帅杨集起帅群氐叛魏，断汉中粮道，峦遣军击破之。十月，氐帅杨集起、杨集义立杨绍先为皇帝，自皆称王。
北朝 18	506	魏	魏宣武帝正始三年。	正月	仇池氐杨氏亡。魏将傅竖眼攻占武兴⑤，虏氐王杨绍先，杨集起等败走，仇池⑥杨氏遂亡。魏改武兴为东益州。

① 泛指外国或外族的人。

② 今四川、陕西南部，云南、贵州之一部。

③ 今河南唐河西南湖阳镇。

④ 今陕西汉中南郑、城固等地。

⑤ 今陕西略阳。

⑥ 今甘肃成县西北洛谷镇。

续表

序号	年份	国别	建元	月份	事件内容
北朝19					魏秦州屠各胡人①王法智（一作王智）聚众二千人起义，推秦州主簿吕苟儿为主，号齐太祖高帝，建元建明，置百官，攻州郡。泾州②民陈瞻亦聚众起义称王，号齐太祖高帝，建元圣明。六月，魏将元丽击败王法智，斩首六千级。七月，吕苟儿因兵败，向魏归降；陈瞻为魏军斩杀。
北朝20				十一月	獠③王赵清荆引梁兵攻魏，败还。
南朝16	508	梁	梁武帝天监七年。	五月	巴陵④马营蛮，沿江攻打郡县，为梁击败。
南朝17				十二月	蛮帅田益宗向魏归附，魏置十六郡五十县，命东府长史郦道元案行置之。
北朝21	508	魏	魏宣武帝正始五年/永平元年。	九月	魏徙柔然降户至济州⑤，降户不乐，起而反魏。
南朝18	509	梁	梁武帝天监八年。	三月	潺沟蛮向梁归附。潺沟⑥蛮因魏将元志领七万之众攻击，渡汉水向梁归附。梁发兵击魏，斩首万余级。
北朝22	511	魏	魏永平四年。	正月	魏汾州⑦山胡⑧刘龙驹聚众起义，攻夏州⑨。魏发四州兵攻之。四月，魏将薛和击败刘龙驹。
南朝19	515	梁	梁武帝天监十四年。	四月	魏梁州氐人起义，为魏击败。
北朝23	518	魏	魏孝明帝熙平三年/孝明帝神龟元年。	正月	魏秦州羌⑩起兵。
北朝24				二月	魏东益州氐人起兵。
北朝25				三月	魏南秦州氐起兵。
北朝26				七月	魏河州羌郤铁忽起兵，自称水池王。八月，向魏归降，首尾不及二旬。

地图见书前插图《五世纪中期中国形势及周边民族分布示意图》。

① 匈奴裔或泛指外国人。
② 今甘肃泾川北。
③ 獠，见本章上面的介绍。
④ 今湖南岳阳。
⑤ 今山东茌平西南。
⑥ 今湖北汉水之北。
⑦ 今山西隰县。
⑧ 山胡，见本章前面的介绍。
⑨ 今内蒙古乌审旗白城子。
⑩ 羌，见本章上面的介绍。

十五　南朝和北朝465—520年间的重要人物介绍

跋陀

（梵名 Bhadra，活跃于471—508年间）梵名或音译为佛陀，僧迦佛陀，意译为觉者，本是天竺人，是嵩山少林寺的开创者和中国佛教史上的著名人物。据说，跋陀早年在天竺时，性喜守静习禅，与其他的同伴五人相随出家修行。他一面学习禅观之法，一面云游各地。其他五人都已成正果，唯独他无所收获，跋陀勤劳励节，还是无济于事，为此他自怨自艾，甚至想用自杀来了却此生。已得道的一位同伴劝他说："修道要靠机缘，时机到了，自有成果。我看你与中国有缘，我们还是到中国等待机缘吧。"跋陀便与这位道友一同游历，他们先是西行，甚至到过"拂林国（东罗马帝国）"。接着，他们又沿着丝绸之路东行，经过西域诸国，大约在北魏孝文帝元宏"亲政"的太和十四年（490）前后到达佛法兴隆的魏都平城。（"搜搜百科"）

般若流支

（梵名 prajäāruci，活跃于516—543年间）意译作"智希"。又称般若留支、瞿昙般若流（留）支、瞿昙流（留）支。南印度波罗城人，姓瞿昙，婆罗门种姓。北魏孝明帝熙平元年（516）来到中国，在魏都邺地，于538年至543年间，与昙曜、菩提流支共译出《正法念处经》、《顺中论》等14部85卷。其后不知所终。（《佛光大辞典》）

宝唱

（活跃于505—516年间）南朝齐梁时期僧人、佛学家。俗姓岑，吴郡（治今苏州）人。师事僧祐。约生于宋孝武帝大明间。齐建武中入闽。梁天监中还京，住新安寺，又住庄严寺。著作有《名僧传》三十卷，撰著达七种。（“百度百科”）

宝亮

（444—509）南北朝僧人。东莱（山东掖县）人，俗姓徐，年12时，投青州道明法师出家，从学经论，博通睿解。受具足戒后，南至京邑，住于中兴寺，专致禅思。其时，齐竟陵文宣王闻其道誉，亲至其居，请为法匠。未久，住于灵味寺，盛讲《涅槃》、《成实》、《法华》、《无量寿》等经论，席间辩锋纵横而无所凝滞，故问者皆能尽其所问。又其与宝志交游，曾施予纳衣。至梁代，亦得武帝之尊崇。天监八年（509），汇集诸家所说，撰成《涅槃经集解》七十一卷，武帝亲为作序。八年十月圆寂于灵味寺，世寿66。文宣王绘其像，供奉于普弘寺。门人有庄严寺僧旻、光宅寺法云、灵根寺僧迁等。（《佛光大辞典》）

鲍照

（约415—466）南朝宋文学家，与颜延之、谢灵运合称“元嘉三大家”。久居建康（今南京）。家世贫贱，临海王刘子顼镇荆州时，任前军参军。刘子顼作乱，照为乱兵所杀。他长于乐府诗，其七言诗对唐代诗歌的发展起了很重要的作用。有《鲍参军集》传世。（“百度百科”）

褚渊

（435—482）见刘祥条。

达摩

（初入中国约527），全称菩提达摩，梵名Bodhidharma，意译为觉法。南天竺人，生卒年月不详，婆罗门种姓，自称佛传禅宗第二十八祖，为中国禅宗的始祖，故中国的禅宗又称达摩宗，是《洗髓经》、《易筋经》的撰写者。达摩被尊称为“东土第一代祖师”、“达摩祖师”。与宝志禅师、傅大士合称梁代三大士。于中国南朝梁武帝时期航海到广州。梁武帝信佛。达摩至南朝都城建业会梁武帝，面谈不契，遂一苇渡江，北上北魏都城洛阳，后卓锡嵩山少林寺，面壁九年，传衣钵于慧可。后出禹门游化而终。（“维基百科”）

达摩摩提

（活跃于483—493年间）外国三藏法师，梵名Dharmamati（法意），译经两部二卷。

法显

(334—420）东晋平阳武阳（今长治襄垣）人。他是中国佛教史上的一位名僧，一位卓越的佛教革新人物，是中国第一位到海外取经求法的大师，杰出的旅行家和翻译家。法显是中国经陆路到达印度并由海上回国，而留下记载的第一人。他还参加翻译从天竺取回的佛经《摩诃僧祇律》、《大般泥洹经》等。（“百度百科”）

法献

(334—422）南朝名僧，萧齐时任僧统，僧祐之师，效智猛（活跃于403—453年间）远游西域，获“提婆达多品”等经物而归。《高僧传·法献传》载：“释法献，姓徐，西海延水人（今陕西延川东南）。先随舅至梁州（今陕西勉县东）乃出家……至元嘉十六年（440），方下京师止定林上寺。博通经律，志业强捍……以宋元徽三年（475）发踵金陵，西游巴蜀，路出河南，道经芮芮（亦称蠕蠕、茹茹等，即柔然），既到于阗欲度葱岭，值栈道断绝，遂于于阗而反。获佛牙一枚、舍利十五身并《观世音灭罪呪》及《调达品》（即提婆达多品），又得龟兹国金钟鍱像。”其所获佛牙在20世纪60年代仍收藏于北京广济寺舍利阁。（陈垣《法献佛牙隐现记》；张南南提供）

法颖

(416—482）南齐僧，敦煌人，俗姓索。13岁出家，住于凉州公府寺，依法香修学，致力律学，博涉经论。元嘉末年，至金陵新亭寺。南朝宋孝武帝命为都邑僧正，后辞任，归多宝寺，齐高帝即位后又敕以僧主之任。撰有《十诵比丘尼戒本》、《十诵律羯磨杂事》。建元四年圆寂，世寿67。

范云

(451—503）字彦龙，南乡舞阴（今河南泌阳县西北）人，南朝文学家。范缜从弟，子范孝才。范云6岁时随其姑父袁叔明读《诗》，“日诵九纸”。8岁时遇到宋豫州刺史殷琰，殷琰同他攀谈，范云从容对答，即席作诗，挥笔而成。早年在南齐竟陵王萧子良幕中，为“竟陵八友”之一。齐武帝永明十年（492），和萧琛出使北魏，受到魏孝文帝的称赏。从北魏还朝，迁零陵内史，又为始兴内史、广州刺史，皆有政绩。萧衍代齐建梁时，任为侍中，迁散骑常侍、吏部尚书，再迁尚书右仆射，又任霄城县侯。居官能直言劝谏，天监二年病故，享年 53 岁。范云病故后，梁武帝闻讯痛哭流涕，即日御驾临殡。死后追赠侍中、卫将军，赐谥曰文。（“百度百科”）

范缜

（450—510）字子真，南乡舞阴（今河南泌阳县西北）人。晋安北将军范汪六世孙，祖父范璩之，曾任南朝宋中书侍郎。范缜初为宁蛮县主簿，升迁为尚书殿中郎。南齐永明年间，为了进一步缓和南北局势，齐武帝派范缜作为使者出使北魏，范缜的学识和能力受到北魏朝野的称赞。天监六年（507）被召为中书郎。天监六年，他以惊人的勇气著《神灭论》一文。曰：“神即形也，形即神也。是以形存则神存，形谢则神灭也。”“形者无知之称，神者有知之名，知与无知，即事有异，神之与形，理不容一。”（《梁书·48》）反对当时借助政权力量、以势压人的佛学，证明物质是实在的，精神是附生的。范缜的《神灭论》一出，“朝野喧哗”。曹思文作《难神灭论》：“秦穆公七日乃寤，并神游于帝所，帝赐之钧天广乐，此其形留而神逝者乎。”萧琛作《难神灭论》引“杜伯关弓”、“伯有被介”故事驳之。梁武帝萧衍是一个信佛之人，作《敕答臣下神灭论》，命令他放弃观点，不要论战；并组织僧俗六十多人发表文章对范缜进行围攻。王琰则痛斥范缜：“呜呼范子！曾不知其先祖神灵所在。”范缜巧妙地回道：“呜呼王子！知其先祖神灵所在，而不能杀身以从之。”（“维基百科”）

冯太后

（442—490）长乐信都（今河北冀县）人，出身于名望之家，她的祖父冯文通是十六国时期北燕的国君。冯后的曾祖因军功渐渐发达，他的两个儿子冯跋、冯弘（字文通）先后做了北燕的国主。只是没多久，北魏太武帝进逼北燕，冯弘被迫逃往高丽，并最终死在那里。冯后的母亲王氏，乐浪（今朝鲜平壤）人，是冯朗在北燕时所娶。冯后出生后不久，哥哥冯熙就因叔叔冯邈战人蠕蠕（柔然，居于阴山一带的少数民族），被人带着逃到氐、羌中生活，多年以后才找回。接着，冯家突然遭遇了飞来横祸，冯朗因受一桩大案株连被太武帝下令诛杀了。按照惯例，冯氏因为年幼又是女孩，就被没入宫中，成了拓跋氏的婢女。也算是不幸中的万幸，冯氏在宫中得到了姑母冯昭仪的多方照应。冯后 11 岁的时候，宫中发生了一场重大事变，中常侍宗爱谋杀了太武帝，殿中尚书长孙渴侯与尚书陆丽迎立了宗室拓跋濬，即北魏高宗文成皇帝。拓跋濬即位之初的一两个月里，把宗爱、贾周等作恶不法的宦官诛杀。13 岁的文成帝登基不久，就选中冯氏做了贵人。456 年，14 岁的冯氏被文成帝立为中宫皇后。拓跋濬死后，冯氏操纵政权。北魏献文帝尊冯氏为皇太后。在冯氏的指导和辅佐下，北魏孝文帝把“太和改制”推向高潮。476 年冯太后毒死献文帝，再度临朝称治达 14 年之久，她是 477 年至 490 年 14 年间一系列改革的实际主持者。（“搜搜百科”）

伽跋陀罗

（活跃于 488）外国沙门僧，梵名 Saṃghabhadra、Sajghabhadra（众贤、僧贤），译经一部十八卷。《开元录・六》载：“沙门僧伽跋陀罗，齐言众贤，西域人。怀道放旷，化惠无穷……”（张南南提供）

高肇

（？—513）字首文，渤海莜（今河北景县）人。孝文昭皇后之兄，宣武帝元恪舅。北魏权臣。景明初，封平原郡公，拜尚书左仆射、领吏部、冀州大中正。尚孝文妹高平公主，迁尚书令。延昌初，迁司徒。孝明即位，被赐死。灵太后临朝，赠营州刺史。永熙中，赠侍中、太师、大丞相、太尉、录尚书事、冀州刺史。（“百度百科”）

顾欢

（422？—485？）南朝齐著名道教学者。生卒年不详，字景怡，一字玄平。吴郡盐官（今浙江海宁市西南黄冈）人。家贫好学，于天台山开馆讲授，徒生常近百人，口不辩，善著论，征为扬州主簿，自称山谷臣，迁太学博士，不就。顾欢是南朝释道斗争中的著名人物。他见释、道二家互相非毁，欲辨其是与非，于宋末作《夷夏论》，以论释、道二家的是非、优劣。论中虽有调和二教之辞，如云：“二经所说，如合符契”，“道则佛也，佛则道也”；但重点是强调二者之异，说道教是产生于华夏的圣教，佛教则是出于西戎的戎法；虽然二教皆可化俗，但只能各自适用于自己的国度，即道教适用于中国，佛教只适用于西戎。《夷夏论》在宋齐之际引起了巨大反响，遭到了佛教信徒的反对，纷纷著书批驳。居士明僧绍也撰写了《正二教论》，意思是要改正顾欢的二教之说。在这篇文章里，明僧绍阐述了二教的宗旨及其关系，他指出佛、道二教并非同本共源。道教唯以长生为宗，以不死为主，蔽于一生之形；而佛教则“圆应无穷”、“殊生共理”。且道教标榜《老》、《庄》，但所行却是炼丹服药、成仙不死之说，以及张陵、葛洪之徒的“符咒”怪诞之术，大乖《老》、《庄》之本，“诬乱已甚矣”。总之，明僧绍说：“佛明其宗，老全其生；守生者蔽，明宗者通”，佛教是究明终极之道的，不仅在于“全生”、“守生”，因而佛优于道。(《弘明集·6》)(“百度百科”)

胡丘生

(活跃于 487 年) 民间起义者，生卒年不详，出生籍贯不详。南齐“荒人”桓天生煽动雍、司二州蛮，据南阳故城，降魏，齐兵破之。魏“荒人”胡丘生在悬瓠起兵应齐桓天生，被魏兵所败。魏大旱，牛疫，民多饿死，代地尤甚。魏齐州刺史韩麒麟言时弊，谓京师民庶，不耕者多，游食之人占三分之二；工商之族，仆隶玉食，农民则缺衣食。(《全后魏文·31》)

胡太后

(活跃于 515—528 年间) 北魏宣武帝皇后，孝明帝母。谥灵。安定临泾（今甘肃泾川北）人。延昌四年（515），孝明帝即位，年幼，胡太后得到妹夫宗室元叉、宦官刘腾的保护、支持而听政。正光元年（520）被元叉、刘腾幽囚，孝昌元年（525）杀元叉，再度临朝摄政。其时北魏统治危机四起，北方边镇守将和州郡官吏腐化贪污，府户、镇人积愤已久。神龟二年（519），京都羽林、虎贲由于武人待遇不平，近千人暴动。元澄、袁翻建议改革边镇用人，魏兰根建议改府户为民，胡太后都不采纳，反而实行崔亮所制停年格、按年资用人，吏治益趋腐败。胡太后迷信佛教，大建佛寺。洛阳永宁寺之壮丽，伊阙石窟寺之宏伟，都是民脂民膏凝成。其奢侈浪费导致公私穷困，民不聊生。正光四年六镇起义爆发，给北魏统治以致命打击。胡太后害怕儿子年龄渐长，于己不利，武泰元年（528）与郑、徐合谋杀死 19 岁的孝明帝，立临洮王子3岁的元钊为帝，天下哗然。当时虽镇压了一部分起义，但兵势强盛的并、肆、汾、唐、恒、云六州讨虏大都督尔朱荣从并州进军洛阳，在河阴溺死胡太后及幼主，并杀诸王、高官等两千余人，实际上结束了统一的北魏政权。（“搜搜百科”）

桓天生

（活跃于487年）见胡丘生条。

慧皎

(497—554)，南朝梁时僧人，佛教史学家。会稽上虞（今属浙江）人。出家后博通内外学，于佛教经、律深有研究。住会稽嘉祥寺，春夏讲经弘法，秋冬专心著述。又曾住会稽宏普寺，饱读丰富的藏书。梁大同六年（540）至太清元年（547）湘东王萧绎任江州刺史时，曾向他征求资料。承圣二年（553）为避兵乱，迁居湓城（今江西九江），仍不废讲说。所著《涅槃经义疏》十卷和《梵网经疏》三卷，均早佚。现仅存《高僧传》十四卷。他自称立传以德行高超为标准。依据史籍、地质、僧传凡数十家，内容精审，义例明确，条理清晰，文采斐然。所创传记体例对后世的僧传，有深远影响。（《中国大百科全书》）

吉迦夜

（活跃于472年）西域沙门，梵名Kivkara、Kiṅkara（何事），译经五部十九卷。《开元录·六》载：“沙门吉迦夜，魏云何事，西域人也。游化在虑，道物为心，以孝文帝延兴二年壬子，为昭玄统沙门昙曜译《大方广十地》等经五部，刘孝标笔受。”（张南南提供）

江敩

(452—495）字叔文，南齐阳考（今河南民权东）人。南朝宋文帝外孙，孝武帝女婿。历宋、齐两朝，官至侍中。好文辞，少即有美誉。

江淹

(444—505）字文通，齐阳考城人。家贫好学，很有才华，为建平王刘景素赏识，后官至金紫光禄大夫，安于高官厚俸，才思衰退，人谓“江郎才尽”。今存《江文通集》十卷。少有文才，曾在梁武帝时，认出古墓出土竹简之蝌蚪文；在梁时，官至光禄大夫，封醴陵侯。著名作品有《恨赋》和《别赋》。

勒拿摩提

（Ratnamati，？—约 515）中印度高僧，博学多闻，记忆力极好，能背诵上亿首偈语，又善“五明”，道术高超。他于北魏永平元年（508）到嵩山少林寺，被跋陀安排于大“翻经堂”中，请他翻译世亲菩萨（约 420）所造《十地经论》十二卷。在少林寺，勒拿摩提还翻译了《毗耶沙问经》、《龙树菩萨和香方》、《法华经论》等经书，也向弟子们传授他的禅法，对促进中印佛教文化交流起到了重要的作用。

郦道元

（约 466—527）字善长，汉族，范阳涿州（今河北涿州）人。北朝北魏地理学家、散文家。仕途坎坷，终未能尽其才。他博览奇书，幼时曾随父亲到山东访求水道，后又游历秦岭、淮河以北和长城以南广大地区，考察河道沟渠，搜集有关的风土民情、历史故事、神话传说，撰《水经注》四十卷。文笔隽永，描写生动，既是一部内容丰富多彩的地理著作，也是一部优美的山水散文汇集。可称为我国游记文学的开创者，对后世游记散文的发展影响颇大。另著《本志》十三篇及《七聘》等文，已佚。（“百度百科”）

梁武帝萧衍

（464—549，502—549 在位）字叔达，南兰陵（今江苏省常州市新北区孟河镇万绥村）人。萧衍在位时间达四十八年，晚年爆发“侯景之乱”，都城陷落，被侯景囚禁，死于台城，享年 86 岁。能文能武，不独能打仗，亦能写文，讲解儒经佛典，亦通道藏。好的政绩有：置谤木肺石、诏试通经之士而不限门第授官、修五礼等。梁武帝好佛，私生活上极尽简俭，佛事上却奢华，掏空国库。其对权力十分迷恋，对佛的礼拜丝毫没有消淡他对权力的执着，好大喜功，为了战争而建浮山堰，工程失误，导致十多万人死亡，他手上百姓的血债远超过南北朝任何一个统治者。其又是一个没有雅量的人，因为范缜反佛，把范缜流放至死；因吴均私撰《齐春秋》，梁武帝恶其实录，焚稿免职。他敕令多部佛经的撰译，对佛教传播的功过，还有待进一步的论述。

刘季连

（活跃于 480—502 年间）曾据成都起兵，为梁兵所围，城中食尽，升米三千，人相食，遂请降，送建康，废为庶人。

刘祥

（活跃于480年）刘祥好文学，性刚直不阿，撰有《宋书》，讥斥禅代。褚渊入朝以腰扇障日，刘祥讽之曰："作如此举止，羞面见人，扇障何益！"（《南齐书·刘祥传》）褚渊是宋文帝女婿，曾助萧道成建齐，时人讥其无节："可怜石头城，宁为袁粲死，不作彦回生。"（《资治通鉴·宋纪十六》）刘祥故讽之。

刘缵

（活跃于483年）曾访魏，魏主令李安世出内藏珍宝，使商贾在市上买卖。刘缵见后曰："魏金玉大贱，当由山川所出。"李安地曰："圣朝不贵金玉，故贱同瓦砾。"缵欲多市，闻其言，内惭而止。（《资治通鉴·135》）

刘孝标

（462—521）名峻、本名法虎，字孝标，南朝著名文学家，于目录学亦有深研。代表作有《广绝交论》、《辨命论》等，所作《世说新语注》更名闻古今。《梁书》、《南史》有传。北魏陷青州后，刘孝标约于皇兴三年（469）与母一同被迁至平城，因家贫，曾出家为僧，后还俗。永明四年（486）二十五岁时逃归南朝，充任译经笔受当在此之前。（陈垣《云冈石窟之译经与刘孝标》；张南南提供）

陆修静

（406—477）宋明帝泰始三年（467）奉命至建康崇虚馆整理道经，撰写《三洞经书目录》（成书于467—477年间）道藏书目。他据封建宗法思想，吸收佛教仪式，编成新道教斋戒仪式，被称"南天师道"。

曼陀罗仙

（活跃于503—519年间）扶南国沙门，梵名Mandāra（弱声、弘弱、弘声），《开元录·六》载："沙门曼陀罗仙，梁言弱声，亦云弘弱，扶南国人。神解超悟，幽明毕观……大赍梵经，远来贡献。以武帝天监二年癸未（503）居于梁都，敕僧伽婆罗令共翻译，遂出《文殊般若》等经三部。虽事传译，未善梁言，故所出经文多隐质。"（张南南提供）

明僧绍

（？—483）字承烈，山东平原人。南朝齐时著名隐士。宋元嘉年间，曾举秀才；宋齐之交，便隐居山中，聚徒讲学。后迁住金陵摄山（今南京栖霞山），与沙门僧远、法度相交游，累征不出。明僧绍博通三教，尤精于佛学。时有道士顾欢作《夷夏论》，把夷夏之辩与佛老之争结合起来，居山期间，明僧绍计划要在岩石上凿石为像，未果而死。临终前，他把在摄山的山居舍给了沙门法度。此即为后来的栖霞寺前身。明僧绍的儿子仲璋承继父志，于齐永明二年（484年）与法度在山岩上合力共凿成数尊佛菩萨石像，此后又有人不断在上面凿雕佛像，渐具规模，此即为现今的栖霞山“千佛岩”。

摩诃乘

（活跃于483—493年间）外国沙门，梵名Mahāyāna（大乘）。另外稍早的中天竺三藏法师求那跋陀罗，因擅大乘学，亦被称为“摩诃乘”，非一人。（张南南提供）

菩提流支

（活跃于508年）梵名Bodhiruci，北魏僧人。佛经翻译家，一译菩提留支，意译道希。北印度人，深悉三藏，显密兼通。北魏永平元年（508）携大量梵本，经葱岭来洛阳。宣武帝慰劳礼遇，请居灵太后所建规模宏丽的永宁寺。当时，该寺有印度、西域僧七百人，而以菩提流支为翻译的宗主。后随东魏迁到邺城（今河北临漳），继续翻译。到天平二年（535），前后20余年所译经论，据唐《开元释教录》刊定，有《金刚般若波罗蜜经》一卷、《弥勒菩萨所问经》一卷、《胜思惟梵天所问经》六卷、《深密解脱经》五卷、《入楞伽经》十卷、《大萨遮尼乾子所说经》十卷、《弥勒菩萨所问经论》五卷、《究竟一乘宝性论》四卷（阙本）、《法华经论》二卷、《宝积经论》四卷等共三十部，一百零一卷。据李廓《众经目录》所记，他室内梵本万夹，译稿满屋。其翻译偏重大乘瑜伽行派的学说。《十地经论》系与勒那摩提等共译，主张阿梨耶识为诸法缘起的根本。他和弟子道宠号称相州北道系，为地论学派内两个对立的流派之一。所译《入楞伽经》，对于北方禅师的修禅，有一定的影响。他又以《观无量寿经》授予修习净土的昙鸾，并译有《无量寿经论》，对于净土宗的建立也起了很大的作用。在判教方面有独到的见解。智顗的《法华玄义》说他主张二时教，即佛成道后十二年内所说法都是半字教，十二年后所说才是满字教。窥基在《大乘义林章》则说他主张一音教，即佛用一音说法，众生随不同的根性而获得不同的理解。（苏晋仁：《中国大百科全书》）

求那毗地

（？—502）中印度人，梵名 Guṇavṛddhi，是僧伽斯那的弟子。聪慧强记，能诵大小乘经十余万言。僧伽斯那所集百喻，他悉皆诵习，并深明其意义旨趣。他于南齐建元初（479）来建业，住毗离耶寺，永明十年（492）九月十日译出《百喻经》，同时并译出《须达长者经》及《十二因缘经》各一卷，后于建业止观寺摄受徒众，甚为有名，中兴二年（502）寂于止观寺。译经三部十二卷。《开元录·六》载："沙门求那毘地，齐言德进，中印度人。弱龄从道，师事天竺大乘法师僧伽斯，聪慧强记，勤于讽习。"（张南南提供）

任昉

（460—508）字彦升，小字阿堆，乐安博昌（今山东寿光，一说山东广饶）人。南朝梁文学家。生于宋孝武帝大明四年，卒于梁武帝天监七年，年49岁。任昉汉御史大夫敖之后。父遥，齐中散大夫。昉未生时，其母尝昼寝，梦有彩旗盖四角悬铃，自天而坠，其一铃落入裴怀中，心悸动，既而有娠，生昉。

僧伽婆罗

（活跃于503—519年间）《高僧传·求那毘地传》载："梁初有僧伽婆罗者，亦外国学僧。仪貌谨洁，善于谈对，至京师亦止正观寺。今上（梁武帝）甚加礼遇，敕于正观寺及寿光殿占云馆中译出《大育王经》、《解脱道论》等，释宝唱、袁昙允等笔受。"（张南南提供）

僧朗

（232—348）南朝齐、梁时之三论学僧，新三论学派之鼻祖。高句丽辽东城人，生卒年不详。又称道朗、大朗法师、摄山大师。初随佛图澄习戒，曾就法度学习经论，尤精于华严、三论之学。历住摄山栖霞寺、钟山草堂寺弘法。梁天监十一年（512），武帝仰其德风，敕僧诠、僧怀等赴摄山，从其学三论，后仅僧诠一人嗣其之法。然另有一说，谓其先至敦煌，从昙庆法师学三论，一度隐居会稽山，后始入摄山。（《梁高僧传·8》、《法华玄义释签·19》）

僧旻

(467—527）南朝梁代僧。吴郡富春（浙江富阳）人，俗姓孙。与法云、智藏被誉称梁三大法师。7岁出家，入住虎丘西山寺，从僧回受五经。年13，随僧回住建业白马寺，后移南京庄严寺，师事昙景。其安贫好学，精进修道，博通诸经，尤擅长《成实论》，为南北朝成实宗论师之一。永明十年（492）于兴福寺宣讲《成实论》，道俗来集如林，声誉大扬。琅琊王仲宝、吴人张思光等，学冠当时，亦皆与其缔交游。齐末纷乱，乃遁于徐州，未久即受请至吴，大张讲席。天监六年（507）敕建元寺僧朗撰《大般涅槃子注经》，书成，为七十二卷，此即今存《大般涅槃经集解》。帝敕京邑之五大法师讲经，僧旻最受优遇。又受敕于惠轮殿讲说《胜鬘经》，帝亲临其座。未久，又奉敕与僧亮、僧晃、刘勰等三十人集于上定林寺，编《众经要抄》并目录七十八卷。大通元年圆寂，世寿61。帝深哀惜，敕葬钟山开善寺之墓所。僧旻振兴道安以后久废之讲前诵经之风，又营缮庄严寺与虎丘西山寺，常有放生、布施之举。弟子有智学、慧庆等。著有《论疏杂集》、《四声指归》、《诗谱决疑》等百余卷，尤以《成实论》义疏十卷为著名。(《梁高僧传·8》、《续高僧传·5》)。

僧柔

(431—494）南齐僧。丹阳（安徽当涂）人，俗姓陶。少孤家贫，9岁入道。师事弘称法师，修禅习戒，深究大小乘诸经典，尤善《成实论》。年甫弱冠，便登讲席。初住剡白山灵鹫寺，有终焉之志；后应文宣王之诏，移住建业定林寺，敷演经论，学者如林。僧柔恒讲成实、涅槃、法华等经论，又愿往生安养，每西向虔礼，恭陈其誓。延兴元年身染微恙，西向虔礼，奄然而寂，世寿64。葬于山南，僧祐为之立碑，东莞刘勰制文悼之。(“维基百科”)

僧绍

(活跃于515年）南朝梁代僧，又作僧韶。僧柔（431—494）之弟子。生卒年不详。尝住安乐寺。武帝天监十四年（515)，奉敕编集《华林佛殿众经目录》四卷，世称《宝唱录》，系依僧祐之《出三藏记集》，略作增减而成。(《梁高僧传·8》)

僧嵩

（活跃于 413 年）北魏僧，生卒年不详。初随从长安鸠摩罗什（梵 Kumārajīva，344—413）学诸经论，尤擅长《成实论》、《毗昙》、《涅槃经》等。曾参与罗什之译经。于罗什圆寂后，住彭城白塔寺，聚徒讲学。其门下成实学者辈出，如僧渊等，后僧渊又传登法师、纪法师等，蔚成北方《成实论》研究之一大系统。北魏孝文帝亦敬仰其名，于太和十九年（495）行幸白塔寺，瞻抚遗迹。

僧佑

（445—518）南朝律学大师，杰出的佛教文史学家。其经典巨著有《出三藏记集》十五卷，亦编有《弘明集》及其他著作。先后在建业城内建初寺和钟山上定林寺营建般若台造立经藏，后者给予刘勰棲身之所，刘勰得以博览群书，写就《文心雕龙》。僧佑幼小时随父母入建初寺（当时在建业城内）礼拜，欢喜踊跃，不肯回家。父母依从他的愿望，允许他在寺内出家，奉僧范为师。到了 14 岁时，又投上定林寺法达（昙摩密多的弟子，见《高僧传·昙摩密多传》）门下，法达“戒德精严，为法门栋梁”（《高僧传·僧祐传》）；同时法献也在定林寺弘化，“律行精纯，德为物范”（《高僧传·法献传》），僧祐都从而服膺奉事，执操坚明。受具足戒（即大戒，僧尼所受戒律充足谓之具足）后，又受业于当时律学名匠法颖，尽心钻研二十余年，终于精通律部，戒德高严，有名于当世，史称“僧祐律师”。法颖逝世（齐建元四年，482）后，永明年中（483—493）竟陵王萧子良每请他开讲律学；由于他披释精详，辩解入微，因此听众常七八百人。又奉齐武帝敕，往三吴（今湖州、苏州、绍兴地区）去试简僧众，并讲《十诵律》，说受戒法。所得的信施，都用来修治建初、定林诸寺，并在两寺造立经藏。从此以后，在他后半生数十年中，经常为学众广开律席，“春秋讲说，七十余遍”（《出三藏记集·12》）。他一生的主要事业，也就在于传弘律学。（“百度百科”）

沈约

（441—513）梁武帝命太子家令沈约撰《宋书》，沈约为南朝文坛巨擘，好学，昼夜不倦，博通群书，曾校四部图书，是“竟陵八友”之一，著名文学家、史学家，著有《四声谱》、《宋文章志》、《晋书》、《宋书》、《齐纪》、《高祖纪》等书。

释法度

（活跃于482—493年间）扬州沙门，“出”经二部二卷。《开元录·18》载：“右按梁僧祐录、隋费长房录、唐道宣录等，并云齐武帝时沙门释法度‘出’，而不言‘译’，未详出字其意云何……其本复阙，诠定寔难……”智升据前人经录，亦疑为伪经，但二经当时既已散逸，无法确证。在此权且收入本表。释法度在我国佛教史上有一定地位，据载其先游北土、备综众经，以苦行为务。后受邀于宋、齐间高士明僧绍，居摄山棲霞精舍，此为棲霞寺创建之始。又与僧绍次子仲璋同造无量寿佛大像（现存）。其弟子有辽东僧朗，即南朝名僧法朗，擅《华严》、三论之学，深受梁武帝崇敬，敕僧入摄山受教，大弘其旨，后人称“摄山大师”。传周颙从僧朗受学，著《三宗论》，破斥《成实论》诸师。僧朗弟子僧诠，诠弟子兴皇法朗，朗弟子嘉祥吉藏，均为三论巨匠，可见由法度开创的摄山一脉影响之大。（汤用彤《汉魏两晋南北朝佛教史·周颙梁武与摄山僧》；张南南提供）

宋云

（活跃于518年）北魏时西行求法者，生卒年不详，敦煌人，为侍应太后的主衣子统。北魏明帝神龟元年（518）十一月，受胡太后之命，与崇立寺沙门惠生（亦作慧生）、法力等出访天竺，礼佛迹，献礼品，求佛经。一行从洛阳出发，入吐谷浑，受后者庇护取道今青海省入西域，经鄯善、左末（今新疆且末）、捍（媲摩，Phema）、于阗等地入钵和国（Wakhan，今阿富汗瓦汉山谷），至哒国境。宋云等谒见哒王之后，于神龟二年入乌场国（或乌仗那，Uiyna，今巴基斯坦印度河上游及斯瓦特河流域）。此后，宋云、惠生在天竺广礼佛迹，访问乾陀罗（犍陀罗，Gndhra，今印度白沙瓦）等地。正光三年（522），携大乘经论一百七十部返回洛阳。《旧唐书·经籍志》地理类、《新唐书·艺文志》地理类均著录有宋云撰《魏国以西十一国事》一卷，当是宋云西行之见闻录，惜此书与《惠生行传》一卷均已亡佚。今赖547年前后成书的《洛阳伽蓝记》引述的宋云《家纪》、惠生《行记》、《道荣传》等得知宋云等人的西行梗概。（“维基百科”）

昙无最

（活跃于520年）北魏僧，生卒年不详，武安（在今河南省）人，俗姓董。少年出家，常诵经论，研究律典，又博览玄儒，为时人所推崇。初于邯郸崇尊寺讲戒典，后奉敕驻锡洛阳融觉寺，讲《涅槃》、《华严》诸经。

昙曜

（活跃于446—469年间）北魏僧，籍贯、生卒年均不详。北魏太平真君七年（446），太武帝下令废佛，佛教一片凋零。在此风声鹤唳的情况下，许多僧人纷纷还俗以免惨遭杀害。太子唯恐昙曜遭到不测，一再劝诫他明哲保身，并要求他还俗以为朝廷所用。然而昙曜道心坚固，誓守沙门生活，暗中还将法物、法器带在身边，因而赢得时人的钦佩与赞叹。在各种复佛事业中，昙曜所开凿的云冈石窟，其石雕佛像和石窟内雕饰之奇伟，可谓当世之冠，也是中国佛教艺术史上灿烂的奇葩。他确立了“僧祇户”、“僧祇粟”和“佛图户”制度。（“百度百科”）

昙摩伽陀耶舍

（活跃于481年）天竺沙门，梵名Dharmagatayaśas（法生称）。《开元录·六》载：“齐言法生称，中印度人……手善隶书口解齐言，传受经人。”（张南南提供）

昙摩流支

（活跃于501年）南天竺国三藏法师，梵名Dharmaruci（法乐、法希）。擅律学，曾应庐山慧远之请，继弗若多罗（梵名：Puṇyatāra功德华）之后与鸠摩罗什（梵名Kumārajīva童寿）共译《十诵律》（梵名Sarvāstivādavinaya，五十九卷，《大正藏》第二十三册律部）。《高僧传·昙摩流支传》载：“昙摩流支，此云法乐，西域人也。弃家入道，偏以律藏驰名。以弘始七年秋（405）达自关中。”（张南南提供）

王俭

（452—489）南朝文学家、目录学家。曾撰《宋元徽元年四部书目录》，已佚。

王融

（467—493）南朝齐文学家，“竟陵八友”之一，琅琊临沂（今属山东）人。王导七世孙，王僧达之孙，王道琰之子，王俭从侄。少年聪慧，博涉有文才，年少时即举秀才，入竟陵王萧子良幕，极受赏识。累迁太子舍人。齐武帝时，王融曾上书求自试，后迁至秘书丞，官至中书郎。永明九年（491），武帝在芳林园禊宴群臣，并命各人赋诗，时王融作《三月三日曲水诗序》，文藻富丽，当世称誉。又因融有辩才，永明十一年（493），兼任主客郎，接待北魏使者，应对便捷。但融自恃有才华，希望可在 30 岁内成为公辅。时北魏侵边，竟陵王萧子良于东府募人，举融为宁朔将军、军主。融与子良相友善。不久，齐武帝病重，融欲矫诏拥立子良即位，事未成。萧子良和郁林王萧昭业争夺帝位失败，王融因依附子良而下狱，被孔稚圭奏劾，赐死。（“百度百科”）

王僧虔

（426—485）琅琊临沂（今山东省临沂市北）人，王导玄孙，王羲之四世族孙，南朝齐书法家。才学高，以幽默机警著称，官至吏部尚书。常与齐高帝萧道成同案挥毫，帝问：“谁为第一?”王僧虔答说：“臣书人臣中第一，陛下书帝中第一。”（《太平广记·207》）著有《论书》、《笔意赞》、《书赋》。《笔意赞》提出“书之妙道，神彩为上”的理论。（“维基百科”）

王肃

（464—501）字恭懿，琅琊临沂人，司马衍丞相王导之后。父奂，萧赜尚书左仆射。肃少而聪辩，涉猎经史，颇有大志。仕萧赜，历著作郎、太子舍人、司徒主簿、秘书丞。肃自谓《礼》、《易》为长，亦未能通其大义也。父奂及兄弟并为萧赜所杀，肃自建业来奔。是岁，为太和十七年（493）。（“百度百科”）

韦睿

（442—520）字怀文，南朝梁武帝时名将。汉族，原籍京兆杜陵（今陕西西安东南）人，曾祖时迁至襄阳（今属湖北）。其家族是三辅地区有名的大姓。在宋、齐时并没有突出表现。宋时为右军将军、辅国将军等职。指挥果断，谋略过人。（“百度百科”）

吴均

（469—520）字叔庠。南朝梁史学家，文学家，时官吴兴主簿。明人辑有《吴朝清集》。其因私撰《齐春秋》，梁武帝恶其实录，焚稿免职，后奉诏撰《通史》，起三皇至齐代，未成而死。（“百度百科”）

献文帝拓跋弘

(454—476，465—471 在位）南北朝时期北魏的皇帝，文成帝拓跋浚长子。456 年被立为太子，465 年继位。他崇文重教，兴学轻赋，喜玄好佛。469 年就将襁褓中的长子立为太子。皇兴五年（471）传位于太子拓跋宏，自为太上皇，专心信佛。476 年，由于杀了嫡母冯太后宠爱的大臣，被冯太后毒死，时年 23 岁。据《北史·后妃传》载，献文帝诛太后内宠李弈，“太后不得意”。后来，献文帝又把李䜣擢为尚书，参决国政，使冯太后更无法容忍。于是，冯太后利用自己的声威与势力逼迫献文帝交出皇位。献文帝本人虽则聪睿夙成，刚毅有断，但生性喜好黄老浮屠之学，常常与朝中士大夫和沙门（僧人）一起高谈玄理，也给人一种雅薄富贵、厌倦国政、不以天下事为意的印象。在冯太后的强大压力下，献文帝曾想传位给素有时誉的叔父——拓跋子推，但遭到宗室大臣和宦官的联合反对。无奈，他只得在 471 年（皇兴五年）八月，禅位给不满 5 岁的太子拓跋宏，正如《魏书·天象志三》所说：“上迫于太后，传位太子。”太子拓跋宏即位，即是历史上著名的孝文帝。（“百度知道”、“搜搜百科”）

萧鸾

(452—498，494—498 在位）南齐明帝，萧道生之子，萧齐的第五任皇帝。萧鸾自小父母双亡，由萧道成抚养，萧道成对其视若己出。宋顺帝时，萧鸾担任安吉令，以严格而闻名；后迁淮南、宣城太守，辅国将军。齐高帝时任西昌侯、郢州刺史；齐武帝萧赜时升任侍中，领骁骑将军。萧赜死时，以萧鸾为辅政，辅佐萧昭业。萧鸾与帝不睦，相互谋之。是时，西昌侯萧鸾握有兵权，矫太后令废帝为郁林王，立新安王萧昭文，时年 15。萧鸾为录尚书事、宣城郡公，改元延兴。萧鸾大杀齐诸王，权势益重，中外皆知其蓄不臣之志。或劝鄱阳王刘锵入宫发兵辅敛。事发，鸾遣兵杀之。晋安王刘子懋闻鄱阳王、随王被杀，欲起兵，为鸾得知，使人杀之。先后杀安陆王萧子敬、晋熙王萧銶、宜都王萧铿、桂阳王萧铄、衡阳王萧钧、江夏王萧锋、建安王萧子真、巴陵王萧子伦。萧鸾每杀诸王，常夜遣兵围其第，斩关踰垣，呼噪而入，家赀皆封籍之。萧鸾自称皇帝。未几废齐帝为海陵王，自立为皇帝，改元建武，是为高宗明皇帝。十一月，立皇子萧宝卷为太子。萧鸾任内长期深居简出，要求节俭，停止各地向中央的进献，萧鸾晚年病重，相当尊重道教与厌胜之术，将所有的服装都改为红色，498 年萧鸾病故，葬于兴安陵。（“维基百科”）

萧统

(501—531) 梁武帝萧衍长子，母亲为萧衍的贵嫔丁令光，又称丁贵嫔。于天监元年十一月被立为太子，然英年早逝，未及即位即于 531 年去世，死后谥号“昭明”，故后世又称“昭明太子”。主持编撰的《文选》又称《昭明文选》。由于《文选》的出版意味着把文学作为一种学问放在与传统经学同等的地位，有历史标志性的意义。（“百度百科”）

萧子良

(460—494) 齐武帝萧赜的次子，封竟陵王，官至司徒。通经史黄老，尤喜佛典，与兄长文惠太子并精佛理。齐永明年间，移居鸡笼山邸，集学士抄《五经》、百家，依《皇览》例撰《四部要略》千卷。招致名僧，将论佛法，又造经呗新声，撰《净住子》二十卷。有文士集合于竟陵王左右，其中最著名有萧衍、沈约、谢朓、王融、萧琛、范云、任昉、陆倕等八人，文学史上称“竟陵八友”。任司徒时，移居鸡笼山邸，常在邸园内操办各类斋戒，大集朝臣众僧。一生奉戒极严，自名为“净住子”。何胤的学生钟岏进议曰“食蚶蛎不为食肉”，遭到子良的怒斥。范缜时亦为宾客，盛称无佛，著《神灭论》。萧子良集僧难之，范不为屈服。为政体恤百姓疾苦，遇有灾荒，则上奏朝廷宽减役税、开仓赈济，深受百姓拥护。汤用彤赞叹说：“竟陵王者，乃一诚恳之宗教徒也。”（“维基百科”）

谢朓

(464—499) 南齐代表作家。曾任宣城太守，尚书吏部郎，世称“谢宣城”。齐东昏侯永元元年，遭始安王箫遥光诬陷下狱死。诗多描写山水景色，风格清逸秀丽，完全摆脱了玄言诗的影响，为当时人所爱重。梁武帝（萧衍）称：“不读谢诗三日觉口臭。”有《谢宣城集》五卷传世。《谢朓逸集》一卷，均佚。后人辑有《谢宣城集》。今人曹融南有《谢宣城集校注》。（“百度百科”）

玄畅

（416—484）魏晋时代僧。河西金城（位于陕西华县）人，俗姓赵。幼时，家为胡军所灭，遂往凉州出家。初名慧智，后至平城，就学于玄高，改名为玄畅。北魏武帝因崔浩及道士寇谦之进言，禁止私养沙门及巫觋，拘捕玄高、慧崇等，玄畅脱走。刘宋元嘉二十二年（445），抵扬州，文帝深加礼重，请为太子之师，玄畅固辞，迁荆州，止于长沙寺。于升明三年（479 年）西游，望岷岭，见岷山郡北广阳县界有齐后山，遂有终老之志，乃入山结草庵，并于同年建立齐兴寺。及萧齐武帝即位，司徒文宣王启迎玄畅至京师，惠文太子亦发使请之，玄畅于是泛舟东下，中途罹疾，止于京师灵根寺，永明二年入寂，世寿 69，葬于钟山。玄畅明经律，深达禅要，占记吉凶无不灵验，于诸子之学多所涉猎。尝慨叹《华严》文旨浩博，未有义释，遂励精研思，作其疏释，盖为《华严》经疏之嚆矢。又善《三论》，学者宗之，著有《诃梨跋摩传》一篇。（《出三藏记集·十一》、《梁高僧传·八》）

臧荣绪

（415—488）史学家。删取王隐、何法盛等两晋书，著《晋书》110 卷。已佚，有辑本。

钟嵘

（468—518）著名文学批评家。颍川长社人，著有《诗品》三卷，品评汉魏以来 120 多位诗人作品，为五言古诗作总结，是我国第一部论诗专著，品位高超，见解精辟，其对陶渊明与曹操评价受现代人所诟病，此实不同时代品味迁异，不足为诟。然其审音不精，对四声不了解。

周颙

（？—485？）为晋左光禄大夫周顗的七世孙。精通声律，于武帝永明年间发现汉字“平、上、去、入”四声，著有《四声切韵》，对音韵学和后来的诗律体例有划时代的意义。周颙年少时为族祖周朗所识，用为海陵国侍郎。后为益州刺史萧惠开所赏识，周颙随其入蜀，以厉锋将军带肥乡、成都二县令，仍为府主簿。周颙长于佛理，曾著有

《三宗论》，发挥般若三论之义，阐述佛义颇精深。又善《老》、《易》之学，言辞玄妙，极善辩语。与宾友相聚，辞韵如流，听者倾心不知疲倦，乐而不归。其生活上清贫寡欲，终日以素为食，虽有妻子，但却寄意山林之间，曾于钟山西立隐舍，常喜独处山舍之中，号为名士。时宋明帝亦好玄理，以周颙言语辞义精深，引入殿内，为身边亲近。明帝性情刻暴，其诸弟休祐、休仁、休若等皆为其所杀，唯江州刺史桂阳王休范以人才庸劣得免。周颙为人亦小心谨慎，不敢直接明谏，而是常诵经中因缘罪福之事，以此来感化明帝，明帝潜移默化中，亦受其感召，略有收敛。周颙也因此得以自保，深见赏遇。后累官至太子仆射，兼著作，撰起居注。又迁中书郎，兼著作如故。（《南齐书·周颙传》）

竺法眷

（活跃于 465—471 年间）天竺沙门，梵名无考，亦写作“竺法卷”，译经六部二十九卷。（《开元录·五》；张南南提供）

祖冲之

（429—500）宋齐间科学家。博学多才，尤擅长历数，首次把圆周率准确数值推算到小数点后七位数，比欧洲早一千多年。著有《缀术》、《大明历》等重要著作。

参考书目

参考书目共分成四个部分：一、古籍；二、中文书刊；三、中译外文书刊；四、英文书刊。

古籍我们不按传统惯例，列述版本，那是由于网络电子书的崛起，版本之繁多，已数不胜数。而且，大家正流行古籍以篇章做参考基准。

中文书刊中有时会出现古籍版本，那是为了要引一个特别注家的意见。

很多英文书籍已有中译本，但因手头上没有这些书，故不录。

一　古籍

《北齐书》

《出三藏記》

《楚辞》

《春秋繁露》

《大明历》

《大载礼记》

《大正藏》

《佛祖历代通载》

《佛祖统纪》

《广弘明集》

《国语》

《韩非子》

《汉书 · 艺文志》

《弘明集》
《晋书》
《旧唐书·经籍志》
《开元录》
《老子》
《礼记》
《梁书》
《论衡》
《论语》
《吕氏春秋》
《墨子》
《南齐书》
《内典录》
《山海经》
《尚书》
《诗经》
《诗品》
《十三经注疏》
《史记》
《释氏稽古略》
《释氏通鉴》
《宋书》
《隋书·经籍志》
《太平御览》
《魏书》
《新唐书·经籍志》
《荀子》
《仪礼》
《易经》
《战国策》
《周礼》

《竹书纪年》
《庄子》
《资治通鉴》
《左传》

二 中文书刊

安居香山、中村璋八辑:《纬书集成》，河北人民出版社 1994 年版。
遍照金刚著、周维德校点:《文镜秘府论》，人民出版社 1980 年版。
陈寅恪:《陈寅恪先生文史论集》（上下卷），香港文文出版社 1972 年版。
程千帆、程章灿:《程氏汉语文学通史》，辽海出版社 1999 年版。
杜天縻注、黄叔琳序:《文心雕龙》（繁体版），香港文光书局 1955 年版。
范文澜:《〈文心雕龙〉注》（上下册），人民文学出版社 2008 年重印 1958 年版。
丰子恺:《绘画与文学》，香港开明书局 1949 年版。
冯友兰:《中国哲学史》（繁体版），香港太平洋图书公司 1968 年版。
冯友兰:《中国哲学史》（全三册），人民出版社 1998 年版。
冈村繁:《汉魏六朝的思想和文学》，《冈村繁全集》第 3 卷，陆晓光译，上海古籍出版社 2002 年版。
高名凯:《汉语语法论》，科学出版社 1957 年版。
葛晓音:《汉唐文学的嬗变》，北京大学出版社 1990 年版。
顾颉刚:《顾颉刚古史论文集》（全 13 册），中华书局 2011 年版。
顾颉刚:《中国上古史研究讲义》，中华书店 2002 年版。
郭晋稀:《〈文心雕龙〉译注十八篇》，香港开明书局 1964 年版。
郭鹏:《〈文心雕龙〉的文学理论和历史渊源》，齐鲁书社 2004 年版。
郭绍虞:《中国文学批评史》（繁体版），香港宏智书店 1956 年版。
郭绍虞:《中国文学批评史》（上下册），商务印书馆 2012 年修订 1956 年版。
郭味农:《关于〈文心雕龙〉的三准论》、《〈文心雕龙〉研究专号》，香港大学出版社 1962 年版。

郭英德、过常宝：《中国古代文学史》（上下册），中国人民大学出版社 2012 年版。

郭预衡：《中国古代文学史》（简编），上海古籍出版社 2003 年版。

过常宝：《楚辞与原始宗教》，东方出版社 1997 年版。

胡适：《白话文学史》，团结出版社 2005 年版。

黄寿祺、张善文撰：《周易译注》，上海古籍出版社 2004 年版。

贾奋然：《六朝文体批评研究》，北京大学出版社 2005 年版。

翦伯赞主编：《中外历史年表》，中华书局 1958 年版。

赖永海主编：《中国佛教通史》（全 13 卷），江苏人民出版社 2010 年版。

李景濚：《〈文心雕龙〉新解》，翰林出版社 1968 年版。

李零：《郭店楚简校读记》（增订本），中国人民大学出版社 2007 年版。

李零：《简帛古书与学术源流》（修订本），三联书店 2008 年版。

李零：《丧家狗》，山西人民出版社 2007 年版。

李鑫《商周城市形态的演变》，中国社会科学出版社 2012 年版。

李学勤：《〈史记·五帝本纪〉讲稿》，三联书店 2012 年版

李学勤：《简帛佚籍与学术史》，江西教育出版社 2001 年版。

廖序东：《楚辞语法研究》，商务印书馆 2006 年版。

刘大杰：《中国文学发展史》（繁体版），香港古文书局 1973 年版。

刘永济：《〈文心雕龙〉校释》，附徵引文录（上下册），中华书局 2007 年版。

罗常培：《汉语音韵学导论》（繁体版），香港广智书局 1970 年版。

罗根泽：《中国文学批评史》第一集，古典文学出版社 1958 年重印 1957 年版。

罗宗强：《读〈文心雕龙〉手记》，三联书店 2007 年版。

吕叔湘、王海棻编：《马氏文通读本》，上海教育出版社 1986 年版。

吕叔湘：《吕叔湘文集》第 3 卷，商务印书馆 1975 年版。

马积高、黄钧：《中国古代文学史》（全 3 册）上册，人民文学出版社 2009 年版。

牟世金：《刘勰年谱汇考》，巴蜀书社 1988 年版。

牟世金：《〈文心雕龙〉研究》，人民文学出版社 1995 年版。

任继愈：《汉唐佛教思想论集》，人民出版社 1973 年再版 1963 年版。

任继愈主编：《中国佛教史》第 3 卷，中国社会科学出版社 1988 年版。

容庚：《金文编》，中华书局 1985 年版。

邵耀成：《孔子这个人与他所面对的问题》，中国社会科学出版社 2009 年版。

邵耀成：《试论刘勰二层次的“创作论”》载《古代文学理论研究》丛刊第五辑，上海古籍出版社 1981 年版。

石家宜：《〈文心雕龙〉系统观》，江苏古籍出版社 2001 年版。

苏宏斌：《文学本体论引论》，上海三联书店 2006 年版。

苏晋仁：《序言》，于释僧祐之《出三藏记集》，中华书局 1995 年版。

孙蓉蓉：《古代中国文学批评思维方式研究》，台南暨南出版社 2001 年版。

孙蓉蓉：《刘勰与〈文心雕龙〉考论》，中华书局 2008 年版。

谭戒甫：《墨辩发微》，武汉大学出版社 2006 年版。

谭其骧：《中国历史地图集》，第 4 册，中国地图出版社 1996 年版重印 1982 年版。

汤用彤：《汉魏两晋南北朝佛教史》，商务印书馆 1938 年版。

汪涌豪：《风骨》，收入杨明照等编之《〈文心雕龙〉资料汇编》，新华书店 1995 年版。

王更生：《〈文心雕龙〉研究》，台湾文史哲出版社 1976 年版。

王国维：《宋元戏曲史》，上海古籍出版社 2006 年重印 1986 年版。

王力：《汉语史稿》，文学出版社 1958 年版。

王力：《汉语语音史》，中国社会科学出版社 1997 年重印 1985 年版。

王力主编：《古代汉语》，中华书局 2000 年重印 1962 年版。

王毓红：《在〈文心雕龙〉与诗学之向》，学苑出版社 2002 年版。

王元化：《读〈文心雕龙〉》，新星出版社 2007 年版。

王元化：《〈文心雕龙〉创作论》，上海古籍出版社 1979 年版。

闻一多：《楚辞校补》，李定凯编校，巴蜀书社 2002 年版。

闻一多:《诗经讲义》,天津古籍出版社 2005 年版。

夏野:《乐史曲论》之《西汉音乐历史纪要》,上海音乐学院出版社 2006 年版。

夏野:《中国古代音乐史简编》,上海音乐出版社 2010 年再版 1989 年版。

徐复观:《中国文学论集》,台北环宇出版社 1966 年版

徐公持:《魏晋文学史》,人民文学出版社 1999 年版。

徐兴无:《刘向评传》,南京大学出版社 2005 年版。

徐中舒主编:《甲骨文字典》,四川辞书出版社 2003 年重印 1989 年版。

徐中玉、陈谦豫:《意境 · 典型 · 比兴编》,中国社会科学出版社 1994 年版。

许道勋、徐洪兴:《中国经学史》,上海人民出版社 2006 年版。

杨明:《刘勰评传》,南京大学出版社 2001 年版。

杨明照:《增订〈文心雕龙〉校注拾遗》(上下册),中华书局 2000 年版。

杨明照等编:《〈文心雕龙〉资料汇编》,新华书店 1995 年版。

杨义:《文学地理学会通》,中国社会科学出版社 2013 年版。

杨英:《魏晋郊祀及祭祖礼考》,载《北大史学》第 9 辑。

姚名达:《中国目录学史》,台湾商务印书馆 1967 年版。

叶嘉莹:《叶嘉莹说汉魏六朝诗》,中华书局 2007 年版。

叶君远:《中国古代文学史》(全 3 册)第 1 册,中国人民大学出版社 2003 年版。

叶舒宪:《老子与神话》,陕西人民出版社 2004 年版

印永清:《百年家族——钱穆》,台北立绪文化事业公司 2002 年版。

袁行霈、孟二冬、丁放:《中国诗学通论》,安徽教育出版社 1994 年版。

詹福瑞:《汉魏六朝文学论集》,河北大学出版社 2001 年版。

詹子庆:《夏史与夏代文明》,李学勤、孟世凯编,上海科学技术文献出版社 2012 年版。

张少康:《〈文心雕龙〉新探》,齐鲁书社 1987 年版。

张少康：《文心与书画乐论》，北京大学出版社 2006 年版。

张习孔、田珏主编：《中国历史大事编年》（全 5 册），北京出版社 1986 年版。

张严：《〈文心雕龙〉通识》（繁体版），台湾商务印书馆 1975 年重印 1969 年版。

褚斌杰：《中国古代文体概论》，北京大学出版社 1999 年重印 1990 年版。

郑奠、麦梅翘编：《古汉语语法学资料案编》（繁体版），香港中华书店 1972 年版。

周明：《〈文心雕龙〉校释译评》，南京大学出版社 2007 年版。

周勋初：《中国文学批评小史》，长江文艺出版社 1981 年版。

周一良、邓广铭、唐长孺、李学勤等编：《中国历史通览》，东方出版社 1994 年版。

周振甫：《〈文心雕龙〉今译》，中华书局 2005 年重印 1986 年版。

周振甫：《〈文心雕龙〉选择》，中华书局 1980 年版。

朱光潜：《诗论》，上海世纪出版集团 2005 年版。

朱光潜：《文艺心理学》、《朱光潜全集》第一卷，安徽教育出版社 1987 年版。

邹纪万：《大动乱时代的人口流动与民族融合》、《中国通史：魏晋南北朝史》，九州出版社 2009 年版。

祖保泉：《〈文心雕龙〉解说》，安徽教育出版社 1993 年版。

三 中译外文书刊

［法］克洛德·列维－斯特劳斯（Claude Levi-Strauss）著，张毅声、张祖建、杨珊译：《人类学讲演集》，中国人民大学出版社 2007 年版。

四 英文书刊

Abrams, M. H. *The Mirror and the Lamp: Romantic Theory and the Critical Tradition*. London, Oxford, and New York: Oxford University Press, 1953;

rpt. , 1977.

Abrams, M. H. *A Glossary of Literary Terms.* New York: Holt Rinehart and Winston, 1957; 3rd ed. , 1971.

Barry, Peter. "The Limitations of Stylistics." In *Essays in Criticism: A Quarterly Journal of Literary Criticism*, 1988 July v38. 3.

Birch, David and O' Toole, Michael. Ed. *Functions of Style.* London & New York: Printer, 1988.

Birrell, Anne. *New Songs from a Jade Terrace: An Anthology of Early Chinese Love Poetry.* Penguin Books, 1986.

Bodman, Richard W. *Poetics and Prosody in Early Medieval China: A Study and Translation of Kukai's Bunkyo Hifuron.* Ph. D. dissertation, Cornell University, 1978.

Brehier, Emile. *The Philosophy of Plotinus.* Trans. Joseph Thomas. University of Chicago Press, 1958.

Bremmer, Jan. "Ritual." In *Religions of the Ancient World.* Ed. Sarah I. Johnston. Cambridge, Mass: The Belknap Press of Harvard University Press, 2004.

Brooks, Cleanth and Robert Penn Warren. *Modern Rhetoric.* New York: Harcourt, 1949; 2nd ed. , 1958.

Casey, Edward S. *Imagining: A Phenomenological Study.* Bloomington and London: Indiana Univ. Press, 1976.

Chen, Kenneth K. S. *Buddhism in China: A Historical Survey.* New Jersey: Princeton Univerity Press, 1964; rpt. , 1973.

Chatman, Seymour. "On the Theory of Literary Style." In *Linguistics*, 27, November, 1966.

Chatman, Seymour. *Literary Style: A Symposium.* London: Oxford University Press, 1971.

Chou Fa-kao. *A Pronouncing Dictionary of Chinese Characters.* Chinese University of Hong Kong Press, 1973.

Cluett, Robert. *Prose Style and Critical Reading.* New York: Teachers College Press, 1976.

Coleridge, Samuel T. "Shakespeare's Judgment Equal to His Genius." In *Critical Theory Since* Plato. Ed. Hazard Adams. University of California Press, 1971.

Coleridge. *Biographia Literaria.* Ed. by George Watson, XIII. London and New York: Dent & Dutton, 1965; rpt., 1975.

Croce. *Aesthetic.* Trans. Douglas Ainslie. New York: Macmillan, 1909; Noonday Press; rpt., 1968.

Dien, Albert E. *Six Dynasties Civilization.* New Haven & London: Yale University Press, 2007.

Dufrenne, Mikel. *The Phenomenology of Aesthetic Experience.* Trans. Edward S. Casey and others. Northwestern University Press, 1973.

Eliade, Mircea. *Shamanism: Archaic Tecbniques of Ecstasy.* Trans. from the French by Willard R. Trask. Arkana: Penguin Books, 1964.

Fenollosa, Ernest. *The Chinese Written Character as a Medium for Poetry.* San Francisco: City Lights, 1936; rpt., 1969.

Fingarette, Herbert. *The Self in Transformation.* Basic Books, 1963; New York: Harper Torchbooks, 1965.

Frankel, Hans H. *The Flowering Plum and the Palace Lady: Interpretations of Chinese Poetry.* Yale University Press, 1976.

Freud, Sigmund. "Creative Writers and Daydreaming." In *Critical Theory Since Plato.* Ed. Hazard Adams. University of California Press, 1971.

Gibson, E. J. and H. Levin. *The Psychology of Reading.* Cambridge, (Mass.): M. I. T. Press, 1975.

Graf, Fritz. "Myth." In *Religions of the Ancient World.* Ed. Sarah I. Johnston. Cambridge, Mass: The Belknap Press of Harvard University Press, 2004.

Gray, Bennison. *Style: The Problem and Its Solution.* The Hague: Mouton, 1969.

Hendricks, William O. *Grammars of Style and Styles of Grammar.* New York: North-Holland, 1976.

Hirsch, E. D., Jr. *The Philosophy of Composition.* University of Chicago

Press, 1977.

Hogben, L. George. "Linguistic Style and Personality." In *Language and Style*, 10. Fall, 1977.

James, William. *Principles of Psychology*, Vol. I. New York: H. Holt & Co., 1890.

Johnson-Laird, P. N. *The Perception and Memory of Sentences.* In *New Horizons in Linguistics*, ed. J. Lyons. Penguin Books, 1970.

Johnston, Sarah I. "Visual Representations." In *Religions of the Ancient World.* Ed. Sarah I. Johnston. Cambridge, Mass: The Belknap Press of Harvard University Press, 2004.

Johnston, Sarah I. "Myth and Sacred Narratives." In *Religions of the Ancient World.* Ed. Sarah I. Johnston. Cambridge, Mass: The Belknap Press of Harvard University Press, 2004.

Jung, C. G., et. al. *Man and His Symbols.* New York: Doubleday, 1964.

Kao Yu-kung and Mei Tsu-lin. *Syntax, Diction, and Imagery in T'ang Poetry.* In *Harvard Journal of Asiatic Studies*, 31. 1971.

Kieschnick, John. *The impact of Buddhism on Chinese Material Culture.* Princeton University Press, 2003.

Krieger, Murray. *Theory of Criticism: A Tradition and Its System.* Johns Hopkins University Press, 1976.

Kris, Ernst. "Psychoanalysis and the Study of Creative Imagination." In *The Creative Imagination.* Ed., Hendrik M. Ruitenbeek. Chicago: Quadrangle Books, 1965.

Li, Wai-Yee. "Between 'Literary Mind' and 'Carving Dragons': Order and Excess in *Wenxindiaolong.*" In *A Chinese Literary Mind, Culture, Creativity, and Rhetoric in Wenxin Diaolong.* ed. Zong-qi Cai, Stanford University Press, 2001.

Lin, Shuen-fu. "Liu Xie on Imagination." In *A Chinese Literary Mind* (culture, creativity, and rhetoric in *wenxin diaolong*). Ed. Zong-qi Cai, Stanford University Press, 2001.

Liu, James J. Y. *Chinese Theories of Literature.* Chicago and London: The

University of Chicago Press, 1975.

Liu, James J. Y. *Major Lyricists of the Northern Sung*. Princeton University Press, 1974.

Liu, James J. Y. *The Art of Chinese Poetry*. University of Chicago Press, 1962.

Liu, James J. Y. *The Poetry of Li Shang-yin*. University of Chicago Press, 1969.

Lynn, Richard John. "Wang Bi and Liu Xie's *Wenxindiaolong*: Terms and Concepts, Influence and Affiliations." In *A Chinese Literary Mind* (culture, creativity, and rhetoric in *wenxin diaolong*). Ed. Zong-qi Cai, Stanford University Press, 2001.

Mair, Victor H. "Buddhism in*The Literary Mind and Ornate Rhetoric*." In *A Chinese Literary Mind* (culture, creativity, and rhetoric in *wenxin diaolong*). Ed. Zong-qi Cai. Stanford University Press, 2001.

Mather, Richard. "The Spiritual Quest of the Poet ShenYüeh." Manuscript.

Miller, G. A. *The Magic Number Seven, Plus or Minus Two: Some Limits on Our Capacity for Processing Information*. In *The Psychology of Communication* by G. A. Miller. New York: Harmondsworth, (1970): 14 – 44.

Miller, George A. and Philip N. Johnson-Laird. *Language and Perception*. Harvard University Press, 1976; rpt., 1977.

Millic, Louis. *A Quantitative Approach to the Style of Jonathan Swift*. The Hague, 1967.

Miyoshi, Masao. *Accomplices of Silence: The Modern Japanese Novel*. University of California Press, 1974.

Murry, Middleton. *The Problem of Style*. London: Oxford University Press, 1922.

Nahm, Milton C. *Genius and Creativity: An Essay in the History of Ideas*. New York and Evanston: Harper & Row, 1956; rpt., 1965.

Needham, Joseph. *Science and Civilization in China: Mathematics and the Science of the Heavens and the Earth*, Vol. III. London: Cambridge University

Press, 1958.

Needham, Joseph. *Science and Civilization in China*: *History of Scientific Thought*, Vol. II. London: Cambridge University Press, 1956.

Needham, Joseph. *Science and Civilisation in China*, Vol II. With the research assistance of Wang Ling. Cambridge Univ. Press, 1956.

Owen, Stephen. "Liu Xie and the Discourse Machine." In *A Chinese Literary Mind* (culture, creativity, and rhetoric in *wenxin diaolong*). Ed. Zong-qi Cai, Stanford University Press, 2001.

Owen, Stephen. "A 'Grammar' of Early Poetry." In *The Making of Early Chinese Classical Poetry*. Published by the Harvard University Asia Center for the Harvard-Yenching Institute. Distributed by Cambridge (Mass.) and London: Harvard University Press, 2006.

Owen, Stephen. *Readings in Chinese Literary Thought*. Published by the Council on East Asian Studies, Harvard University. Distributed by Cambridge (Mass.) and London: Harvard University Press, 1992.

Plaks, Andrew H. "The Bones of Parallel Rhetoric in*Wenxindiaolong*." In *A Chinese Literary Mind* (culture, creativity, and rhetoric in *wenxin diaolong*). Ed. Zong-qi Cai, Stanford University Press, 2001.

Qian, Nanxiu. *Spirit and Self in Medieval China*. Honolulu: University of Hawai' I Press, 2001.

Raine, Kathleen and George Mills Harper, Ed. *Thomas Taylor the Platonist*. With introductions by Raine and Mills. Princeton University Press, 1969.

Ribot, Th. "Essay on the Creative Imagination." Trans. from the French-by Albert H. N. Baron. Chicago and London: Open Court Co., 1906.

Rodin, Auguste. *Art*. Trans. Mrs. RomillyFedden. Boston: Small, Maynard & Co., 1912.

Ronald Egan, "Poet, Mind, and World: A Reconsideration of the 'Shensi' Chapter of *Wenxindiaolong*," In *A Chinese Literary Mind* (culture, creativity, and rhetoric in *wenxin diaolong*). Ed. Zong-qi Cai, Stanford University Press, 2001.

Ruberstein, H., S. S. Lewis and M. A. Ruberstein. "Evidence for phonemic recording in visual word recognition." In *Journal of Verbal Learning and Verbal Behavior*, 10, (1971): 645 - 657.

Sachs, J. S. "Recognition Memory for Syntactic and Semantic Aspects of Connected Discourse." In*Perception and Psychophysics* 2 (1967): 437 - 42.

Sayce, A. R. *The Definition of the Term "Style"*. In Proceedings of the Third Congress of the International Comparative Literature Association, The Hague, 1962.

Schapiro, Meyer. "Style." In *Aesthetics Today*. Ed. Morris Philipson. Cleveland: Meridian Books, 1961; rpt., 1968; rpt. from *Anthropology Today*. Ed. A. L. Kroeber. The University of Chicago Press, 1953.

Shih, Vincent Y. *The Literary Mind and the Carving of Dragons*. New York: Columbia University Press, 1959.

Spitzer, Leo. *Linguistics and Literary History*. Princeton University Press, 1948; rpt., New York: Russell & Russell, 1962.

Steinberg, Erwin R. "Stylistics as a Humanistic Discipline." In *Style X*. 1. Winter, 1976.

Strunk, W. and E. B. White. *The Elements of Style*. New York: MacMillan, 1942; revised edition, 1972.

Sun Chang, Kang-I. "Liu Xie's Idea of Canonicity." In *A Chinese Literary Mind* (culture, creativity, and rhetoric in *wenxin diaolong*). Ed. Zong-qi Cai. Stanford University Press, 2001.

Sun Chang, Kang-i. *Six Dynasties Poetry*. Princeton University Press, 1986.

Teiser, Stephen F. *The Ghost Festival in Medieval China*. Princeton University Press, 1996.

Tian, Xiaofei. *Beacon Fire and Shooting Star: The Literary Culture of the Liang* (502 - 557). Published by the Harvard University Asia Center for the Harvard-Yenching Institute. Distributed by Cambridge (Mass.) and London: Harvard University Press, 2007.

Traugott, Elizabeth C. and Mary L. Pratt. *Linguistics for Students of Literature*. New York: Harcourt Brace Jovanovich, 1980.

Wade, Nicholas. *The Faith Instinct: How Religion Evolved and Why It Endures.* New York: The Penguin Press, 2009.

Wang, C. H. *The Bell and the Drum: Shih Ching* AS FORMULAIC POETRY IN AN ORAL TRADITION. University of California Press, 1974.

Wellek, Rene and Austin Warren. *Theory of Literature.* New York: Harcour, Brace & World, 1942; rpt. , 1956.

Wilhelm, Richard, trans. *The Secret of the Golden Flower—A Chinese Book of Life.* With a Commentary by C. G. Jung. Translated into English by Solome Wilhelm. New York: Harvest Book, 1931, rpt. 1962.

Wood, Michael. *India.* New York: Basic Books (Perseus Book), 2007.

Wright, Arthur F. *Buddhism in Chinese History.* Stanford University Press, 1959.

Wrolstad, M. E. "A Manifesto for Visible Language." In *Visible Language*10 (1976): 4 –40.

后记　四十年来的心路历程

——我的宗教情怀

从1979年开始考虑将《文心雕龙》作为博士论文研究题目，到1981年完成，再到2013年改写成书，30多年的经历，真如一梦。可是，人事变迁虽然很大，但内心的宗教情怀却历久弥新，恍如昨日。在我这一生中，有两个8年，第一个8年，发生在我26岁至35岁时（1973—1982），第二个8年，发生在我58岁至66岁时（2005—2013）。唯一的不同是，第一个8年的我，充满不切实际的幻想，相信一个人的生计是从天上坠落下来的，自己是名正言顺地会得到生计的，甚至看不起为生计打算的人，认为他们俗。第二个8年的我，对现实生活已没有任何幻想，知道生计是经过努力和争取得来的。没有这份俗，就不会有自立，以及从自立而来的尊严，也不会对心中的信仰有一个更透彻的领悟。

在追述自己的人生道路之前，让我先说一说，我是如何会有一种宗教情怀的，以及这又是一种怎样性质的宗教情怀。

我在1970年9月进入加州大学大伯克莱分校数学系读硕士。那时，该校园举世闻名的学生运动已退潮，但热情还是相当地高涨，在校园和邻近校园的街道上，示威景象此起彼落。美国同学因为“越战”而闹了好几年的学运，并没有影响到中国留学生，他们基本上是旁观者，不是参与者。但是，一个事件的发生，把留学生卷进学运的大浪潮中，那就是“钓鱼台运动”。保钓使中国留学生也开始派传单、组织政治讨论会、上街示威游行。一年多下来，为数不少的高才生放弃学业去街上摆摊、开小食店或其他小本买卖。我虽然一开始就参与了“保钓运动”，但一个意外阻挡了我的脚步，我被诊断患了癌症。当时癌症的存活率没有现在高，我妈妈很担心，要我放弃学业，回香港和她同住，言外之意，如果治不好，我至少在生命的最后几年，能和家人在一起。确诊之后，开始时，心里满怀惶恐和不安，经过开刀，把腹腔内所有的淋巴结切除了，切口从前胸一直伸延至小腹，那时，要扎胸扎腹后才能起来行走，身体弯曲如“虾公”。一个经历过生死考验的人经常会有一种本质上的改变，在这个时候，我听到内心里有一个声音说：“你将会平安无事，你将要为中国人文学科的现代化付出你的一生。”由于自己是学自然科学出身的，而且是家中七个兄弟姊妹中罕有没有受基督教洗礼的人之一，这时忽然听到冥冥之中有一个声音在启示自己，在认知上是很存疑的。因此，我从来不对人提起这件事。但是，不知不觉间我的精神世界却发生了根本性的变化，一种平静、充实而又乐观的情绪充满了整个身心。从那时开始，我有了宗教情怀。

从 1972 年的 5 月，到第二年的 9 月，在一年多的时间里，总算把病养好，同时也完成了数学系的学业。虽然，我是在电光一闪之中，决定了人生的转向，但实际操作起来，却是有很多问题需要解决的。我要转文科，文科的范围很广，我到底要转到哪个文科专业呢？而且选中的学系不一定会允许我入学。在参与“保钓运动”的时候，我认识了杜维明先生，他那时刚从哈佛毕业，在历史系教书，家在校园旁，走路十分钟就可到达。他家每周都有一个晚会，各种各样的学生聚会在一起，讨论一些学术上的问题，例如，韦伯（Max Weber）的学说，韦伯认为资本主义的精神起源自加尔文主义（Calvinism）基督新教的伦理教义；大家讨论得很热烈，我却插不上嘴。对一个刚刚想认识人文学科的出身于理科的人来说，这是有点玄虚的。因此，我决定还是学一点自己熟悉的东西，那就是文学，我计划进东亚语文系。

当家里知道我要转系，来了三封信，劝我不要这样做，对他们来说，念文科是一件没有前途的事。我把自己三次的回信整理成一篇文章，题为《家信一封——在一个重理轻文的时代》[①]。这篇文章在经过四十年艰辛人生的旅程后再重读，心里的信念和认知还是和当年一样，没有丝毫增减。但毕竟阅历与当初大不相同，此时再想起家人的信，对他们的苦口婆心也有了更深一层的认识。我这篇《后记》就是为了要见证我四十年来的宗教情怀，因此，容我做一次自己的文抄公，把那时的一些话抄录下来。

---

① 《南北极》，1973 年 7 月，第 54—56 页。

“所以现在我的转系，是一个经过长久思虑后的决定，我了解一切摊在自己面前的困难，对克服这些困难，我并没有什么把握，但我知道自己必须设法去克服它们。”“在我来说，我有必须那样做的心理状态，至于成败，或适不适宜，已非一个太重要的问题。”那时，我还不知道，等着我的是一条布满荆棘的路。

我在2010年出版的《孔子这个人》一书中，说我们目前文史哲的学术水平不佳[①]，很招一些人的不满，包括一些我认识的人。其实，我这个说法是没有针对性的，只是感到我们比起西方来，远远落后，必须急起直追。这是我一向的理念。在四十年前，我也是这样说的：“我们在科学方面总算追上了人家；我们在治文史社会学方面的方法，跑在别人后面，不知相差几千几万里。若治学问的态度和方法能鉴照出我们的精神面貌的话，那么，我们的社会精神就是肤浅专断兼做作。我不是在说自己不肤浅不专断不做作，或者在说念多几年书后就会不肤浅不专断不做作（事实上，在我的自身上，我最最明确深切地体会到自己民族的败坏和弱点）。我只是说我们是有些问题存在着，要改良它们，就得尝试，尝试了不一定会成功，但不尝试，就连成功的指望也不会有。活在希望中，总比活在没有希望当中来得好，我选择了活在希望当中，我也盼望在自己的一生中，这个希望不要熄灭。”[②] 后来由于外在环境的压力，自己的意志几乎被摧毁而丧失这份“希望不要熄灭”的宗教情怀，还好有孔子与他的言论，给予我的这份宗教情怀以生命、温暖和阳光。

我1976年完成了硕士论文，那是关于李后主的白描艺术手法的分析，得到斯坦福大学刘若愚先生和芝加哥大学余国藩先生的赏识，在两处都得到了全额奖学金。刘先生对我说，花两年时间，把硕士论文改写成博士论文，就可以找工作。那时，我已是29岁，已感到找工作的压力，就进了斯坦福。我没有选择重写的捷径，而是另找研究领域，博士论文以《文心雕龙》为对象，从文学理论、文学批评、文章作法论三个角度来分析它。我这个选题可能会影响我找工作的预警出现在1980年春的“红楼梦国际研讨会”，哈佛的韩南（Patrick Hanan）先生见到我后和我说，哈佛

---

① 台湾商务印书馆2010年版，第5—12页。

② 同文，载《南北极》，1973年7月，第56页。

由于有一个不太好的先例，请了一个研究《文心雕龙》的人①，因此，对研究《文心雕龙》的人都很有戒心。后来还寄了一份王元化先生书籍封面影印给我，我当时人不机灵，也没很在意。直到第二年春天，去耶鲁大学面试失败之后，才知道事态的严重，意会到自己可能会找不到教书的工作。唯一使我还存着一线希望的，乃是我的博士论文被“吐温世界作家丛书”（Twayne's World Authors Series）接受出版，在“不出版，就死亡”的美国学术界，这是唯一将来能找到工作的一条生命线，虽然该丛书缺乏学术权威性。意想不到的是，当我签了出版合同，又支付了哥伦比亚大学出版社的版权税（因为我引用了施友忠先生在该出版社翻译的《文心雕龙》）时，丛书的总编威廉·舒尔茨（William R. Schultz）突然写信告诉我，他患了癌症，并且出版丛书有经济困难而要被取消。如果世界上有晴天霹雳的话，这无疑是一个例子。至此，我一切的生路似乎都已被断绝。我尝试了最后的努力，写信给还在耶鲁的宇文所安（Stephen Owen）先生，看看有没有在耶鲁大学出版社出版的可能，他说我可以寄给出版社的爱伦·格雷厄姆（Ellen Graham）女士，就说是他提议我寄去的。结果还是给退了回来。至此，我完全绝望。

那时，杜维明先生正要离开加大到哈佛去，我们约了见面，一方面给杜先生送行，另一方面讨论我是否要另找出路。他鼓励我留在学术界，见面过后，还把他给我写的推荐信副本寄了一份给我——美国学术界的操作像一个秘密会所，实行机密文件制度，被推荐者往往放弃阅读推荐信的权利——他在信中说：“他（指笔者）从一个很广的文化层面去解读技术性的问题。给我留下深刻的印象是他在解读古诗时能小心谨慎地把语文学的研究与具复杂性的演绎联系在一起。他建筑在最新近的中文和英文学术成果上的《文心雕龙》研究，让人大开眼界，结满在比较文学上有见地的观察成果。他在这个领域的学术生产承诺是真的非比寻常的。”②

---

①　指唐纳德·吉布斯（Donald A. Gibbs）先生，曾在哈佛任教，1970年完成关于《文心雕龙》博士论文。

②　原文：“He tackles technical issues from a broad cultural background. I am impressed by his ability to combine interpretive sophistication with careful philological study in his reading of classical Chinese poems. His work on *Wen-hsin t'iao-lung*, built upon the most current scholarship in Chinese and English, is an eye-opener. It is laden with insightful observations in comparative literature. His promise of productive scholarship is this area is truly exceptional.”

很有给我打气的意思。这时，我也收到钱锺书先生的信，说我“精思孤诣”，鼓励我“掉臂径行”（见书前插图），也有打气的意思。我父亲也来信说，要我不要放弃就读的专业，他会在经济上支持我，也就是说，他会养我。我有点心动，这到底是我八年来苦心孤诣想做的事。但妈妈的一封信完全改变了我的意向。妈妈劝我快快进入一个可以自立的行业，认为自立是一件最可贵的事。她没有明说，她唯恐我变成一个寄生虫，一个靠别人的接济过生活的人。那时，我已 35 岁，还未在社会上做过一天的事，即使在今天看来，也是一件顶可怕的事。于是我接受了母亲的意见。我因为有数学底子，学电脑程序是最好找事的途径，于是，我便孜孜不倦地去学电脑程序。但想不到九年研读文科的经历变成我求职上的巨大的包袱，在第一轮的面试中，就被淘汰下来，最终，一位 IBM 人事经理感到我的头脑还没有完全被文科“软化”，说愿意替我安排工作，问我愿不愿意去东海岸，我自然一口说愿意。IBM 有各种不同的科研园地，他精心研究之后，认为离大华府的维州园地最合适我，就安排我去那里面试。经过一层层的面试，到部门经理时，我奢谈电脑中文化引起了他的不满，求职 IBM 因而告吹。当时我的四哥住在大华府的马州，由于我的二哥刚从大陆到香港开了一家小型的电子手表厂，他正在申请美国移民，我四哥提议我自己创业，到我二哥来美后，可以接手，我再去做我的学问。这个建议得到做医生的大姐的支持。我认识一个在旧金山开面厂的朋友，他愿意把整套行业知识告诉我，而大华府那时还没有面厂，面食都要从纽约运过来，于是，我们决定在维州开面厂。

1983 年我去了日本和中国台湾地区两次，购买生产面食的机器，该年冬天日本派了两个工程师来帮我们组建约十米长的机器。我东亚语文学系的同学格雷厄姆·约翰逊（Graham Johnson）先生也过来帮忙（见图一，摄影于 1983 年），他的日文比我棒多了，帮了我近一个月时间才离开。可是，面厂在质量控制上出了问题，一年多后，才稳定下来。1985 年冬我二哥一家到来，我夏天离开面厂，9 月初重回斯坦福当访问学者，计划重写博士论文出版（见图二，摄影于 2013 年）。

图一　1983 年，本书作者（左三）开面厂

图二　2013 年，本书作者回到面厂

（1985 年）9 月是学年的开始，上届系主任上田（Ueda）先生还未搬迁出系主任办公室，我跟他念过日本文学史，见到了我，热情得很，拉了我进系主任办公室，谈了半个多小时，鼓励我重回文科的领域。接任系主任的是王靖宇先生，这应该是他上任的一年，王先生却安排了为期一年的教职公休假，请了元老辈的倪德卫（David Nivison）先生替代他做一年临时系主任，他自己则在一年后才上任。刘若愚先生对我说，我改写完论文，他可以推荐给斯坦福大学出版社。我请了同学管佩达（Beata Grant）女士做我

的编辑。我自己也做了一件事，那就是去叩校长室的门，给校长写了一封信，希望校方在我找工作的事情上能给予我帮助①。没多久，文理学院教务室约我见面，和我谈话的是副教务长威尔逊（Wilson）先生，他是统计学教授，说校方会研究这件事。约三四周之后，一个星期五的晚上，威尔逊先生出现在我们系里的酒会上，他对我说："保罗，你再不用为你的生活担心，安心做学问吧！"②第二个星期某一天，王靖宇先生对我说：大学虽然愿意给我工作，但系里却没有通过。他认为那天酒会我不应该早退，系里因此有人对我不满。但他依照机密运作的常规，没有告诉我谁投了反对票。教语言学的高工义先生对我说：倪德卫先生、丁爱博（Albert Dien）先生、威廉·莱尔（William Lyell）先生投了反对票。28年来，我从来没有公开谈论过这件事，任何国家机密的文件，在一定时限之后，会被公开，因此，我在28年后公开此事，希望没有陷高先生于不义。威尔逊先生再次参加我们系里的酒会时，他对这事的后果比我还吃惊，很沉痛地对我说：你要想找教书的工作，恐怕是没有什么希望的了！唯一能帮助你的，可能是你从前的老师，例如在哈佛的那一位（指杜维明先生）。

这中间还发生了一件事，可以提一提。针对我给校长的信，倪德卫先生也写了一封公开信③，说：他看了我的信后，心里非常难过，认为我们学系从前的做法可能是错误的；不计量学生能否找到工作就大量收研究生，从今以后，应严控研究生的录取。我去他的办公室找他，他说：校长室每过一两个星期，都会跟他打电话，弄得他很烦；他提议我不要再在斯坦福找工作，要到别的大学找工作。我说：只要有别的大学请我，我是一定会去的。他说只要有好的工作通告出来，系里会全力推荐。不久，加拿大的多伦多大学有空缺，我通知了倪先生。果然，多大给了我面试的机会，到达那儿之后，发现日文部门对我异常的亲切（上田先生在那里教过书），我如果是应聘日文教职，被录取的可能性很大；而中文部门对我充满敌意，可能有人影响了他们对我的看法。不过，我遵守对倪先生的承诺，在学期还没有结束之前，1986年的3月就离开了斯坦福。

---

① 该信件被遗失，但校长室或文理学院应有存档。

② 英文："Paul, you don't need to worry about your livelihood, just put your mind to work..."

③ 该信件被遗失，但校长室或文理学院应有存档。

那段时间，我天天念诵《论语》。中学时期，学校要求学生背诵一些《论语》章节，但我从来没有把它从头到尾念诵过一遍。这段时间，则念了好几遍，而且有极强的精神感应，我甚至从《论语》里听到一种声音，要我坚持自己的信念，不气馁，不向命运屈服。尽管时运多舛，但我对心中的信念没有一丝一毫的放弃，反而愈加坚定。事过之后，我对当时自己的那种感觉也感到不可思议：为什么我会从《论语》里汲取到那么强大的力量？为什么我对自己的信念那么固执地坚守着？我生长在一个基督教家庭，从小就去主日学，有十年之久，我是不是把小时候就有的宗教经验投射进我对《论语》的情感里了呢？还是纯粹因为《论语》的诵读而产生的心灵感应，强化了我的宗教情怀，因此听到了“神灵”的声音呢？

很多人都有过切身的体会，念唐诗会提升人的美感，那么，念《论语》是否会增强人的宗教情怀呢？也就是说，有那么一种文字，比起其他文字来，更具有道德的感染力。而且，这种感染力有时会超出文字本身，具有一种文义以外的精神力量。这话有点玄虚，但是，我个人相信这种精神是存在的。近十年来，中国的家长由于对社会道德风气的不满，送孩子去私塾念国学，相信传统文化会灌输给孩子一种道德的警觉性，这是一般性宣传道德的文字所没有的力量。犹之乎，唐诗提升美感，而平常诗作则缺乏这种魔力。不过，这是一种潜移默化的影响，跟我在《论语》中听到一种声音的宗教体验是不同的。由于我不能确定我是否把《论语》宗教化了，因此不敢乱说，只强调：我依傍着孔子的脊梁站了起来。

在西方基督教社会，有一个最原始性的信仰，那就是“人与神之间的契约”（covenants between God and Man），那是西方民主契约社会最基本的立足点。也就是说，人只要这样做，神就会那样做，履行祂对人的承诺。在我心中，有一个非常幼稚的“契约”观念，当自己把生命放进去，全力以赴，毫无保留地做学问，心中期待有一个生计。校方能理解我这种心态，也因而把“神”重新复活在我的心中，使我内心重新有了光明。我虽然失望，没有获得我想要的生计，但内心并不冰冷，从《论语》而来的声音使我内心踏实而不过度惶恐。那时我已 39 岁，前途茫茫，还有两个待哺的幼儿，心里却有一个声音告诉我自己：你终将完成你的心愿，用现代化的方法研究中国的人文学科。

虽然如此，我还需找一个职业谋生，活下去才有希望。大家都不看好我去做房地产经纪人，人既不机灵，又木讷寡言，缺乏说家常话的能力。但一年后，我却在这个行业站稳了脚跟。我的顾客并不要求我风花雪月，只要求我诚实、勤快、有效率；如果这些特性可以算是我的本质的话，那么，这些本质虽不能让我在学术界挣到一口饭吃，却也让我有了维持生计的能力。

一年多后，我路经旧金山，又到系里去了一趟，看到王靖宇先生。他说：他能从我的外表看出我的日子过得很不错，很替我高兴。我谢谢他的关怀，也就回了大华府，再没有和系里联络。但心里还是存着一个希望能回学术界做学问，至于这个希望会怎样发生，则毫无头绪。1989 年夏天，我在德州教书的同学张圣诵女士问我有没有兴趣去她那里教半年书，那时我刚开了房地产经纪公司，又买了大房子，很有点犹豫；最终，我接受了她充满善意的提议。1990 年 1 月去了德大的奥斯汀校园，教宋词、《论语》两门课，我当时已与学术界的最近发展脱节，还好，杜维明先生给我寄来书单，还能充一下场面。当时班中有一位美国同学，他受过严格的西方哲学的训练，我把他推荐给杜先生，杜先生也有收他为学生的意思，该同学经过深思熟虑之后，不想走学中文的漫长道路，放弃了进哈佛的机会。这趟进校园最大的收获是能重温旧同学的深厚情谊，以及与三位学生结成忘年交。但在事业和婚姻上，是我人生的又一个大转折点。

我到达奥斯汀校园还不到一个月，大华府的房地产就开始崩盘，我几乎每隔一周就回华府一次，处理房市不振的问题，同时出售自己的大房子。那时，在地产方面的收入已萎缩，不足以支付日常的生活，教书的收入不足以支付房租和机票，靠举债度日，才完成我在奥斯汀的职责。搬回大华府之后，把卖大房子得来的钱，一部分还债，一部分给太太和两个孩子买了一个住所，就和太太分居了。我自己则居住在别人的地下室，除了当房地产经纪人之外，又加入了保险经纪的行列。有三年的时间，我的手放在桌上，就这样放着，一动都不想动，因为实在太累了。杜维明先生曾经给我打过一个电话，想了解我为什么没有进一步找教书的工作；我并没有告诉他自己糟糕的情况，只说：没有十万元一年的收入（我太太坚持要送小孩去私立学校），我没法维持生计，教书不会有这样的收入。从此在学术界有这样的流言，说我因为贪图安适的生活，不愿去过艰苦的教学生涯。自然，没有人会问：为什么不在我 35 岁时，给我一份工作，让我过艰苦的教书生涯，而要我在 45 岁时，放下一切，从最低级的教职做起呢？不过，我告诉杜先生，我是不会放弃做学问的，有一天，我一定会回去做学问的。至于在什么时候，怎样一个做法，我自己也是茫然的。我之所以这样说，是出于我对内在声音坚强不移的信仰。

在1995年之前的某一年，我曾经回过斯坦福，作过一次演讲，而且据说是东亚研究中心该学年度第一个演讲。系里来参加的只有倪德卫先生，我因而感到斯坦福已不是一个我可以重新开始的地方，虽然美国大学有一个传统，让毕业生重回校园当访问学者。从1995年至2000年，我的生活渐趋安定，开始思考如何回去做学问。我参加了1995年在普林斯顿的学术会议，1998年在湖南怀化开的《文心雕龙》会议，1999年在维也纳召开的学术会议。同时也开始改写我关于《文心雕龙》的博士论文、关于李后主的硕士论文。不过，我发现学术界对我的排挤，虽然经过将近二十年，还是存在着的。1998年的《文心雕龙》会议，大家把我当成贵宾，说我是海外来的清风，但在2000年镇江会议就不通知我参加了，2009年，当我因为《孔子这个人与他所面对的问题》而造访南京大学时，孙蓉蓉女士邀请我参加2010年《文心雕龙》会议，我说我可能不太合适这样的场合，她说不会；但第二年春，我再访南京时，她已不再提这件事，虽然她对我非常友好，带我去镇江参观刘勰学术研究中心，又安排一起到钟山去找上定林寺的遗址。

由于我认为《文心雕龙》的一些思想来自《易经》，因此找了《易经》来看。可是越看越不明白，我意识到自己国学的根基有缺陷，于是兴起搬到北京来住而能接国学地气的念头。我终于在2002年冬成立了北京吉屋房地产经纪有限公司，想不到，2003年夏，我在美国新开的地产过户公司被人移走了三十多万美元，结果，钱后来虽然追讨回来，却花了十几万美元律师费，三四万美元会计师费，足足两年的时间。而且，我猛然警醒，我已58岁，再不静心坐下来做学问，我的宗教情怀就不外是自己欺骗自己的“骗子情怀”，于是，立心动笔写文章。2004年发生了当时很具争议性的《甲申文化宣言》事件[①]，作为发起人之一的杨振宁先生提到了《易经》和近代科学的关系，我因而写了一篇长文，题为《在〈宣言〉与〈易经〉波澜下的独白》[②]，我再

① 于2004（甲申）年9月3—5日在北京举行“2004文化高峰论坛”，发起人为许嘉璐、季羡林、任继愈、杨振宁、王蒙五位先生。

② 该文最初发表在华府1月份的《华盛顿新闻》上，友人赵福坛先生雅爱此文，刊在他主编的《私立华联学院学报》（2005年6月）。

重新翻阅《易经》，发觉如果从人类发展史的角度来看它，还真是很有意义的历史文献。于是我更加潜心研读——看来到北京来接地气的决定还是不错的，虽然在经济上有很大的损失。此后我写了四五篇杂文，同时专心改写论文。就在这期间发生了一件事。

我一向很少看中央电视台的《百家讲坛》的，但在2006年12月，看到于丹女士谈论她读《论语》的心得，也在同一周，一位女士说她算命之后，要改名，名字中要有水，我有点漫不经心地随便说了两个名字，这位女士很不满意，说我起的名字要有出处，不能随口胡诌。我说这两个名字都来自于丹女士在谈论的《论语》，她不信，我只好翻出一本《论语》来，告诉她出处在哪里。自从我离开奥斯汀以后，15年间，我再没有碰过《论语》。这一次，一拿起书来，就再也放不下，好像书中跑出来一个精灵，把我的魂魄一下子摄了进去，而且，再一次听到1986年书中的声音，要带我去一个我从来未去过的做学问的领域。我在一周内就进入状态，像我26岁至35岁时那样，早上一早醒过来，就想着学问上的问题，往往，在入梦的时候，还在思索着同样的问题，内心充满着愉悦，那种感觉是相当美好的。那时，我两个论文已改写得差不多了，在找出版商，却毅然把它们放下，百分之一百地投入到关于孔子的写作中。而在此之前，我做梦也不曾想到，我会去写孔子的。在电光一闪的刹那，我完全进入做学问的状态。对孔子的研究还惠及到其他方面的研究，我在2012年冬季，重新开始整理《文心雕龙》时，似乎有一个亮光在指引我，三十年来一直在困扰我的一些文学史上的问题，开始清晰起来。五六个年头对孔子的研究竟会产生如此美好的效益，那也是我完全意想不到的事情。

由于从小的科学训练，四十年来，我一直对自己的宗教情怀保持审慎怀疑的态度。2011年4月到2012年2月我陷入冥想，思索孔子塑造中国文化人格这个问题，以及孔子给予民族一种向内凝聚的向心力。出乎我自己意料之外，我一反素常认为孔子不是宗教的观点，竟越来越觉得孔子是一种宗教。那是一种以人为本的宗教，有别于以神为本的宗教，例如基督教；在孔子的论说中，没有人格化的神，但有中性的形而上的天，是道德精神的源头，也是道德行为最后的审判者。在俗世中，祠堂和学堂起着和教堂一样的作用，人的一生中，出生、成年、结婚、殡葬，以及教育样样都照顾到。最重要的是他的思想中有使命感，他的话语蕴藏着道德的魔力，释放着强烈的宗教情怀的感染力，比起《圣经》来，那是毫不逊色的。那些送孩子们去学堂念国学的中国家长恐怕也隐隐感悟到这个道理。而我这个受了孔子宗教情怀四十年好处的人，却一直懵懵懂懂，没有明确认识到他的宗教本质。今天，总算体会到，支持我四十年来踏实、愉悦、坚强地活着，背后的力量来自何方，我以虔诚感激的心见证孔子的感染魔力——对我来说，孔子是宗教。

因为排版的关系，《前言》中来不及致谢金耀基先生的题字、张洪溪先生对出版的关怀、陶雷先生的封面设计、张国风先生对定稿的编辑、彭迎女士对《后记》的编辑、黄玉成先生绘制题为《南朝与北朝465年各自与境外政权的疆域图》插图。他们的帮助提升了本书的质量和文化品位，在此衷心感谢。

友人日本文学教授宋佳（Sonjia Armtzen）女士听了我关于中文音韵学受到佛经翻译的影响之后，认为日本语言学亦如是。她说："日本在九世纪所发展成的两种用来书写日文的音标性质的日语假名表，'平假名'，与'片假名'，乃是在对梵文有知识的日本僧人影响下而产生的。一、佛教梵文给予日人一个例子，语文是完全可以用表音的音节符号来书写的；二、梵文语言学给予日文一个系统，以之分析和组织日文的基本音位。日文音节性质的日语假名表的整理形成乃根据梵文字母组织，同时以'附加变音节'（diacritical marks）来分别浊音和送气音亦遵循梵文拼写的做法。"①

此为作者又及。

邵耀成

2013年12月

---

① 原文："The development in the 9th century of the two phonetic syllabaries, *hiragana and katakana*, for writing the Japanese language was influenced by a knowledge of Sanskrit among Japanese Buddhist monks. First of all, Buddhist Sanskrit provided the example of writing a language entirely phonetically. Secondly, Sanskrit provided a system for analyzing and organizing the basic phonemes of the Japanese language. The order for the Japanese phonetic syllabary is based on the organization of the Sanskrit alphabet and the use of diacritical marks to distinguish voiced and aspirated sounds also follows Sanskrit orthographic practice."